rororo

Wie in allen berückenden Familiengeschichten geht es auch in Jenny Glanfields zauberhaftem Roman um die Entdeckung der Vergangenheit – als ginge es darum, ein Stück des eigenen Lebens aufzuspüren.

Jenny Glanfield, geboren 1946, lebt in London und auf ihrem Landsitz Chatelaine.

JENNY GLANFIELD

Über die Hügel

Roman

Deutsch von
Michaela Link

Rowohlt Taschenbuch Verlag

Neuausgabe
16.–23. Tausend Juni 2000

Veröffentlicht im Rowohlt Taschenbuch Verlag
GmbH, Reinbek bei Hamburg, Mai 1998
Lizenzausgabe mit Genehmigung des Scherz
Verlages, Bern und München

Einzig berechtigte Übersetzung aus dem
Englischen von Michaela Link
Titel des Originals: Yondover

Umschlaggestaltung C. Günther/W. Hellmann
(Foto: PICTOR/International)

Gesamtherstellung Clausen & Bosse, Leck
Printed in Germany
ISBN 3 499 22763 0

Über die Hügel

Jenny Glanfield

Pippa geht vorüber

Jung ist das Jahr
und früh ist der Tag,
Blütengewimmel
auf tauigem Feld,
die Lerche steigt hoch
über Acker und Hag,
Gott ist im Himmel,
in Frieden die Welt.

ROBERT BROWNING

1

«Nummer achtundfünfzig, ein schönes, zeittypisches Schrank-Bureau aus Mahagoni und diverse Bücher», kündigte der Auktionator an, während er seinen Blick durch den Raum schweifen ließ. «Mindestgebot ist dreihundert Pfund.»

Sebastian Devere, der im hinteren Teil des Auktionsraumes saß, rührte sich nicht. Kein Muskel zuckte in seinem Gesicht. Er hatte sich das Stück vor dem Verkauf nicht einmal angesehen, denn jedes besondere Interesse seinerseits hätte unweigerlich den Preis schon vor den ersten Geboten in die Höhe getrieben. Allein seine Anwesenheit hier bei der Auktion in Worthing hatte Neugier erweckt. Sebastian, eine schlanke, distinguierte Gestalt in makellosem Savile-Row-Anzug und Gucci-Schuhen, ein Mann, dem man seine dreiundfünfzig Jahre trotz der Silberfäden im dunklen Haar nicht ansah, war sich der vielen Blicke, die auf ihm ruhten, vollauf bewußt.

Provinzauktionen waren für die großen Londoner Händler wie ihn in aller Regel reine Zeitverschwendung, obwohl er selbstverständlich alle Kataloge abonnierte und gelegentlich – wie in diesem Falle – Zustandsberichte anforderte. Wohnungsräumungen von Altersruhesitzen an der Südküste förderten manchmal unerwartete Schätze zutage.

Dieser Schrank-Sekretär, den der Auktionator fälschlicherweise als Schrank-Bureau bezeichnete, war ein gutes Beispiel. Es konnte sich natürlich um eine Fälschung handeln. Ohne das Innere der Schubladen, die Holzverbindungen, das Furnier, den Zustand des Holzes und den Verlauf der Maserung inspiziert zu haben, konnte man da niemals hundertprozentig sicher sein. Aber nach über dreißig Jahren in diesem Geschäft hatte Sebastian einen sechsten Sinn entwickelt. Der Sekretär sah ihm ganz nach einem Familienstück aus, das über Jahrhunderte hinweg benutzt worden war. Chippendale, 1750 bis 1760, schätzte er, wenn man von der ziemlich steifen architektonischen Kranzleiste und den im Querschnitt halbkreisförmigen Hohlkehlen an den Türen des Bücherschranks ausgehen durfte.

«Achthundertfünfzig. Neunhundert. Neunhundertfünfzig.»

Das letzte Gebot kam von einer Frau in mittleren Jahren, gegen die Sebastian schon bei früheren Gelegenheiten geboten hatte. Ihr gehörte ein Geschäft in den Lanes in Brighton, und sie verkörperte einen Typ Frau, der ihm zutiefst unsympathisch war: Sie verstand es, Eleganz, Intelligenz und Charme mit einem scharfen Geschäftssinn zu verbinden. Auch wenn er damit den selbstgesetzten Rahmen sprengte, hob er den Daumen.

«Tausend Pfund hinten im Saal», sagte der Auktionator in seinem monotonen Singsang. «Wird mehr geboten?» Die Brighton-Frau nickte. «Tausendfünfzig. Wer bietet tausendeinhundert?»

Sebastian hob abermals den Daumen.

«Tausendeinhundert. Wer bietet mehr?» Der Auktionator sah die Händlerin aus Brighton fragend an, aber diese schüttelte nur den Kopf. Niemand sonst machte ein Gebot.

«Verkauft für tausendeinhundert an den Herrn hinten im Saal.»

Nicht ganz das Geschäft, auf das er gehofft hatte, überlegte Sebastian, aber auch nicht schlecht. Es würde ihm in seinem Ausstellungsraum in South Kensington mindestens ein paar Hunderter Gewinn einbringen. Die Fahrt hierher hatte sich bereits gelohnt.

Durch seine Halbbrille sah er sich noch einmal flüchtig den Katalog an. Obwohl eigentlich Möbel seine Spezialität waren, interessierte er sich stets auch für Silber und Glas – «Kleinkram», wie man es in seinem Gewerbe nannte –, das die Möbel im Ausstellungsraum erst lebendig machte. Nummer neunundsiebzig, frühviktorianisches Silber, zu dem auch ein paar ziemlich hübsche Kerzenleuchter zählten, könnte möglicherweise interessant sein, aber davon abgesehen gab es nichts, was auf seiner Linie gelegen hätte.

Das Gebot ging dann allerdings über vierhundert, und er überließ das Silber der Dame aus Brighton. Wenn sie nicht schon einen Käufer dafür hatte, würde es ihr schwer werden, diesen Fang gewinnbringend loszuschlagen.

Ein Blick auf seine Rolex zeigte ihm, daß es erst kurz nach zwölf war. Die Auktion war zügiger vonstatten gegangen, als er erwartet hatte. Er konnte noch seine Mutter in Arundel besuchen, ohne allzu spät wieder zurück in London zu sein.

Er bezahlte den Sekretär in bar, und ein ältlicher Möbelpacker half ihm, ihn nach draußen zu seinem Range Rover zu tragen. «Vergessen Sie Ihre Bücher nicht, Sir», sagte der Mann, nachdem sie den Sekretär vorsichtig eingeladen und eine Decke darübergebreitet hatten.

Bei den Büchern schien es sich um ein Sammelsurium von Anthologien, Klassikern, Wörterbüchern, Enzyklopädien sowie Werken über Kunst und Geschichte zu handeln; Sebastian bezweifelte sehr, daß sie etwas wert waren, aber sie gehörten nun einmal dazu. «Packen Sie sie hinten rein», wies er den Möbelpacker an. Michael Ashton, sein Assistent, war ein Bücherwurm – sollte er sich damit beschäftigen.

Ein paar Sekunden später reihte er sich in die lange Wagenkolonne ein, die sich langsam und stockend durch Worthing schob, und mußte gleich darauf hart bremsen, als ein Austin A30 aus einer Nebenstraße hervorschoß und ihm die Vorfahrt nahm. Die meisten Einwohner hier standen schon mit einem Fuß im Grab, und viel zu viele von ihnen saßen noch am Steuer, obwohl sie besser mit Laufgestellen vorliebgenommen hätten.

«Du solltest toleranter sein, mein Junge», sagte seine Mutter, wenn er sich bei ihr über solche Mißstände beklagte. «Eines Tages wirst du selbst alt sein.»

Aber er würde sich niemals hier unten an die Costa Geriatrica zurückziehen, das stand fest, auch wenn Valerie alte Städte wie Arundel sehr malerisch fand und das Reihenendhaus aus dem 17. Jahrhundert, in dem seine Mutter wohnte, für «schlicht allerliebst» hielt. Ja, seine beiden Frauen ließen sich leicht von Äußerlichkeiten beeindrucken. Das Bild, das seine Frau sich von Arundel machte, war genauso irrig wie das seiner Tochter von ihrer Großmutter. Sie sahen nur das gefällige Äußere: Rosen, die sich über Mauern aus Feuerstein rankten; eine nette alte Dame, die in ihrem Garten herumwerkelte. Was unter der Oberfläche lag, ahnten sie nicht.

Wenn Dominic und Philippa aus dem Haus waren,

würden er und Valerie sich allerdings vielleicht doch etwas Kleineres suchen – aber natürlich in Dulwich. Sie waren seit ihrer Hochzeit viermal umgezogen. Ihr erstes Zuhause war eine Wohnung in Tooting gewesen, dann hatten sie eine Doppelhaushälfte in Worcester Park gekauft und danach ein freistehendes Haus in Barnes. Zur Zeit lebten sie in Dulwich – drei Wohnzimmer, fünf Schlafzimmer, Ölzentralheizung, Doppelgarage, Swimmingpool. Das Haus war der Gipfel all seiner Träume. Und was noch wichtiger war, es würde ihm einen hübschen Profit einbringen.

Er hatte vor zehn Jahren, 1976, nur dreißigtausend Pfund dafür bezahlt; Terry Hawkins dagegen – der Artdirector einer Agentur im Westend und für Philippas Entschluß, Fotografie zu studieren, verantwortlich war – hatte vor einigen Monaten sein Haus gleich gegenüber für dreihunderttausend verkauft, und das, obwohl es nicht einmal einen Pool besaß. Also müßte ihres mindestens dreihundertfünfzig erzielen. Was man auch sonst von Margaret Thatcher halten mochte, den wirtschaftlichen Aufschwung, den ihre Regierung bewirkt hatte, mußte man ihr jedenfalls zugute halten.

Malerisch mochte dieses Arundel ja sein, überlegte Sebastian grimmig, während er das Tempo drosselte, um die Brücke über den Fluß zu passieren und sich in das Einbahnstraßensystem im Schatten der Burg einzufädeln, aber damit waren seine Vorzüge auch schon aufgezählt. Es gab keine Supermärkte in der Stadt, nicht einmal Marks & Spencer, und punkto Unterhaltung hatte es, wenn man von Chichester absah, überhaupt nichts zu bieten – keine Oper, kein Kino und keine Restaurants, in denen es nicht von alten Leuten wimmelte. Mit wem um alles in der Welt sollte man hier jemals ein kultiviertes Gespräch führen?

Überflüssig zu erwähnen, daß er in der Pannet's Row keinen Parkplatz fand. Das war auch so ein Problem in diesen alten Städten, in denen die Häuser zur Straße hinausgingen – sie waren einfach nicht für den modernen Verkehr geeignet. Parkverbot, so weit das Auge reichte. Nicht, daß seine Mutter das gestört hätte: Sie besaß keinen Wagen.

Nach einigem Suchen fand er schließlich eine Lücke, schloß den Range Rover ab, machte die Alarmanlage scharf und kletterte den steilen Hügel wieder hinauf. Als er vor der Tür von Rose Cottage stand, den abgegriffenen Messingklopfer betätigte und seinen Blick über die Dächer und das Tal des Arun bis zum fernen Silberstreifen des Ärmelkanals schweifen ließ, überkam ihn der vertraute Ärger, den weder die hübschen alten Cottages noch die schöne Aussicht zu dämpfen vermochten.

Sein Verdruß wuchs, als die Reaktion auf sein Klopfen ausblieb und keine eiligen Schritte zu hören waren. Es kam ihm lächerlich vor, daß er wie ein Zeuge Jehovas oder ein anderer unerwünschter Besucher draußen auf dem Gehsteig warten mußte. Sie sollte endlich eine elektrische Klingel mit einer Außenglocke installieren lassen, damit sie ihn auch im Garten hörte. Auch wenn sie die Drähte häßlich fand, mit solchen geringfügigen Widrigkeiten hätte sie sich um der Bequemlichkeit anderer willen einfach abfinden müssen.

Aber das war typisch für ihre sture Einstellung gegenüber allen modernen Errungenschaften. Jahrelang hatte sie das Cottage mit einem großen Kohleherd beheizt und auch gekocht und erst kürzlich zugegeben, daß die Kohlenschlepperei und das Ausleeren der Asche eine unnötig harte Arbeit für eine Frau von weit über siebzig war. Jetzt stand ein Gasherd an der Stelle des alten Kohleherdes, und das Haus wurde zentral mit Gas beheizt. Aber sie weigerte sich immer noch, sich von ihrem alten Röhrenradio zu trennen, und hatte auch nur mit größtem Widerwillen Philippas alten Schwarzweißfernseher angenommen, der zu deren einundzwanzigstem Geburtstag einem neuen Farbfernseher Platz gemacht hatte. Ansonsten waren in Rose Cottage die einzigen Zugeständnisse an das ausgehende 20. Jahrhundert ein Telefon und eine uralte Waschmaschine mit separater Schleuder.

In diesem Augenblick tauchte Colonel Wakehurst aus dem Cottage nebenan auf, mit gestutztem weißem Schnurrbart, geröteten Wangen und bleichen, wäßrigen Augen, einen kläffenden Yorkshireterrier an der Leine, der Sebastians Schuhe beschnupperte und verdächtig danach aussah, als würde er jeden Augenblick an seiner Hose das Bein heben. Sebastian trat einen Schritt zurück, und der Colonel blaffte: «Nun, nun! Guten Tag, Sebastian.» Eine verdammte Unverschämtheit, daß der Mann ihn immer beim Vornamen nannte, aber seinerseits erwartete, mit «Colonel» angesprochen zu werden, obwohl sein Abschied aus der Armee mindestens dreißig Jahre zurückliegen mußte. «Ihre Mutter hat mir heute morgen schon erzählt, daß Sie eventuell vorbeischauen würden, da Sie Geburtstag hätten. Herzliche Glückwünsche!»

Jetzt würde er gleich nach seinem Alter fragen. Sebastian bedachte ihn mit einem frostigen Lächeln und sagte: «Danke.»

«Ich glaube, Ihre Mutter ist im Garten.»

Was zum Teufel machte sie im Garten? Sie hatte ihn doch zum Mittagessen eingeladen.

«Sie könnten es am Gartentor versuchen», fuhr der Colonel fort. «Aber ich schätze, die Tür hier ist ohnehin nicht verschlossen.» Er hob den Riegel hoch, und die Tür schwang prompt auf. «Ha! Habe ich es mir doch gedacht! Die Tür ist meistens nicht verschlossen ...»

Sebastian trat in den Flur, der ihm nach dem hellen Aprilsonnenschein draußen ziemlich dunkel erschien, und nickte kühl.

«Ha! Na schön!» In der Hoffnung auf eine Verlängerung des Gesprächs zauderte der Colonel noch einen Augenblick und sagte dann, als Sebastian Anstalten machte, die Tür zu schließen: «Nun, dann werde ich wohl mal meinen Spaziergang antreten. Wünsche Ihnen noch einen schönen Tag, junger Mann.»

Sebastian schloß die Tür, drehte den Schlüssel des Sicherheitsschlosses um und ging in die Küche. Das war der größte Raum im Cottage, und seine Mutter schien dort buchstäblich alles zu tun außer zu schlafen. Wie der Rest des Hauses war auch die Küche weiß gestrichen, ein niedriger Raum mit alten, dunklen Eichenbalken in der Decke. Die Katze schlief auf einem Stuhl in der Sonne, der mit Steinfliesen ausgelegte Boden war mit Freßnäpfen, Schuhen und Gartenutensilien übersät, in der Spüle stapelten sich schmutzige Teller und Becher, und auf dem Tisch und der Anrichte standen Blumentöpfe und etliche Schalen mit Setzlingen herum, umringt von Baumschulkatalogen, Büchern, Briefen und Rechnungen.

Die Gartentür stand weit offen, und vom Wintergarten aus konnte Sebastian mit einem einzigen Blick den winzigen, nach Süden gelegenen Garten überblicken – ein bloßes Taschentuch im Vergleich zu seinen zweitausend Quadratmetern in Dulwich –, der genauso penibel gepflegt wie das Innere des Cottages verwahrlost war.

Seine Mutter plagte sich an einem Blumenbeet ab, eine kleine Gestalt mit einem dichten Schopf ungebärdiger weißer Locken, schmutzbespritzten Hosen, Gummistiefeln und dieser absurden, viel zu großen Jacke eines Arbeitsanzuges, die sie vor Jahren auf einem Wohltätigkeitsbasar erstanden hatte.

Er räusperte sich und rief laut: «Mutter, wie oft habe ich dir schon gesagt, du sollst die Haustür abschließen?»

Sie blickte auf, und ihre porzellanblauen Augen mit den seltsamen haselnußfarbenen Tüpfelchen darin weiteten sich vor Überraschung. Dann stand sie schnell auf und eilte auf ihn zu. «Sebastian! Ich dachte, du schaffst es nicht, vorbeizuschauen, nachdem du nicht angerufen hast. Alles Gute zum Geburtstag!» Auf Zehenspitzen stehend, hob sie den Kopf, um ihn zu küssen, aber er wich hastig einen Schritt zurück, damit ihre schmutzigen Hände und ihre Jacke seinem Anzug keinen Schaden zufügen konnten.

«Ich kann nicht lange bleiben», sagte er schroff. «Ich erwarte um fünf einen Kunden.» Das stimmte nicht, aber es war eine Entschuldigung, bald aufbrechen zu können.

«Wie schade. Trotzdem, schön, dich zu sehen.»

Sie huschte zurück in den Garten, ließ sich wieder auf die Knie nieder und schöpfte eilig Erde über irgendwelche zwiebelartigen Dinger, die sich in kleine Löcher schmiegten. Schließlich meinte sie: «Das sollte für den Augenblick reichen. Ich habe Gladiolen gepflanzt. Dies hier sind ‹Sweet Song› und ‹Dream Castle›, und hier sind

‹Fox Fire› und ‹Smidgen›. Sind das nicht herrliche Namen?»

«Sehr schön», murmelte er; er ahnte schon, was ihm jetzt bevorstand. Und tatsächlich, es folgte die unvermeidliche, ermüdende Tour durch den Garten, bei der von ihm erwartet wurde, Bewunderung für Pflanzen zu heucheln, deren Namen er weder wußte noch wissen wollte, Pflanzen, von denen viele nicht einmal richtig zu sehen waren, geschweige denn blühten. Der einzige Grund, warum *er* einen Garten hatte, waren die Kinder, und er hatte jemanden eingestellt, der zwei Vormittage die Woche das notwendige Umgraben, Jäten und Mähen übernahm, genauso wie er sich einen Jungen gesucht hatte, der jeden Samstag den Range Rover und Valeries Volvo Estate wusch, und eine Zugehfrau, die im Haus saubermachte.

«Wie hübsch», brummte er, während seine Mutter ins Schwärmen geriet:

«Sind die Narzissen nicht ein Gedicht? Und sieh dir nur diese Blausterne und die Traubenhyazinthen an! Findest du nicht, daß sie wie ein Wasserfall aussehen, wie sie sich da über den Steingarten ergießen? Oh, und etwas muß ich dir noch unbedingt zeigen – die Blaumeisen im Nistkasten sind gerade ausgeschlüpft –, fünf kleine Vögelchen. Hoffentlich fängt Tabitha sie nicht …»

Schließlich zeigte sie ihm noch eine Rose, die im Augenblick nur ein Strunk mit einigen wenigen blutroten Trieben war, aber anscheinend in Kürze schon in Hülle und Fülle über den neuen Bogen ranken würde, den sie über den zwei Stufen aufgestellt hatte, die von der Terrasse herunterführten. Terrasse, um Himmels willen! «Innenhof» wäre noch eine zu großspurige Bezeichnung für die paar Pflastersteine gewesen! Dann sagte sie in reichlich später Erkenntnis: «Aber wo habe ich nur meine Gedanken? Du bist schließlich nicht den ganzen Weg hierhergekommen, nur um meinen Garten zu bewundern. Gehen wir hinein …»

An der Küchentür streifte sie ihre Stiefel ab und schlüpfte in ein Paar ausgetretene Mokassins. «Ich hab zwar etwas vorbereitet, da ich aber nicht wußte, ob du überhaupt kommst, hab ich noch nicht gewagt, es in den Ofen zu schieben. Aber es dauert nur einen Moment. Wenn du so lieb sein würdest, uns einen Sherry einzuschenken, wasche ich mir unterdessen die Hände.»

Eins mußte man ihr lassen – sie trank Tio Pepe und nicht irgendein billiges Zeug, das nur zum Kochen taugte. Er holte zwei Gläser aus der vollgestopften Anrichte, hielt sie ins Licht, um sicherzugehen, daß sie nicht staubig waren, und nahm dann die Sherryflasche aus dem Kühlschrank.

«Danke, Sebastian. Setz dich doch gemütlich hin.»

Aber das war ein Ding der Unmöglichkeit. Er zog sich einen Stuhl heran und suchte ihn sorgfältig nach Katzenhaaren ab. Er mochte Tiere nicht und schon gar nicht in der Nähe von Nahrungsmitteln. Philippa hätte, als sie klein war, gern ein Haustier gehabt, hatte sich aber mit Reitstunden begnügen müssen.

«Hast du einen schönen Geburtstag gehabt?» erkundigte sich seine Mutter.

«Na ja, ich war heute morgen auf einer Auktion in Worthing.»

«Hast du was Interessantes gekauft?»

«Einen Sekretär. Der Rest war Plunder.»

«Wie gut, daß die Leute nicht wissen, was nach ihrem

Tod aus ihrer Habe wird. Es wäre doch traurig, die Dinge, die einem das ganze Leben lang wert und teuer waren, als Plunder bezeichnet zu hören.»

Bevor Sebastian eine ärgerliche Antwort geben konnte, verschwand sie und kam mit einem unförmigen Paket zurück. «Ich hoffe, er ist dir groß genug. Eine Freundin von mir hat ihn gestrickt.»

Während Sebastian das Geschenk auspackte, nahm sie einen Topf aus dem Kühlschrank und schob ihn in den Backofen. «Ich hab Pilz-Lasagne gemacht. Möchtest du einen Salat dazu?»

Wie Sebastian es haßte, in der Küche zu essen! Zum einen war es eine Angewohnheit der Arbeiterklasse, zum anderen war es ihm zuwider, inmitten einer Halde von schmutzigen Töpfen zu essen und hinterher festzustellen, daß seinen Kleidern noch stundenlang die Küchengerüche anhafteten. Er hätte sie vielleicht zum Essen ausführen sollen, aber da sie vegetarisch lebte, waren teure Restaurants an sie völlig verschwendet.

Geschickt begann sie Tomaten, Zwiebeln und Gurken zu hacken und wusch den Salat.

Das Geburtstagsgeschenk entpuppte sich als Aran-Wollpullover. «Danke, Mutter», sagte er ohne große Begeisterung.

Sie lächelte ihn an. «Gern geschehen. Am besten, man wäscht ihn von Hand. So, und wie geht's der Familie, Sebastian? Als ich das letzte Mal mit Valerie sprach, war sie und auch Dominic erkältet.» Sie machte die Salatsoße und begann dann, den Tisch zu decken.

«Hm, glücklicherweise habe ich mich nicht angesteckt.»

Wäre Valerie nicht gewesen, wäre er heute überhaupt

nicht gekommen. Früher, als die Kinder noch klein waren, hatte sie darauf bestanden, wie wichtig es für sie sei, ihre Großmutter zu kennen, da sie sonst keine anderen Großeltern hatten, und sie hatten sie während der Ferien und über die Feiertage regelmäßig besucht. Doch jetzt, da die Kinder erwachsen waren, beschränkte sich der Kontakt auf gelegentliche Telefonanrufe. Nur Pippa kam ihre Großmutter manchmal besuchen.

«Kommt Dominic mit seinem Job zurecht?»

«Sieht so aus. Er ist gerade befördert worden. Seine Firma will das Rechnungswesen auf EDV umstellen, und Dominic wird dafür verantwortlich sein.»

«Diese jungen Leute heutzutage sind so klug. Ich habe nicht die leiseste Ahnung von Computern.»

Natürlich nicht, was redete sie auch daher ...

In diesem Augenblick sprang die Katze, die bisher fest geschlafen hatte, von ihrem Stuhl auf seinen Schoß und bohrte ihre Krallen in seinen Oberschenkel. «Runter mit dir, du Mistvieh!» schrie er, sprang auf und warf das Tier zu Boden. Dann untersuchte er seine Hose auf Zugfäden und Risse.

Seine Mutter, die sich mehr um die Katze als um ihn sorgte, ließ das Besteck fallen, nahm das Tier in die Arme, kraulte es und murmelte: «Tabitha, du unartiges Mädchen, du weißt doch, daß Sebastian keine Katzen mag.»

Sie setzte Tabitha wieder auf ihren Stuhl und deckte den Tisch fertig. «Und wie geht es Pippa?» erkundigte sie sich, ganz so, als wäre ihr Gespräch nicht unterbrochen worden.

«Ich wünschte wirklich, du würdest sie nicht so nennen», beklagte Sebastian sich. Ihm mißfiel zutiefst, wenn jemand seinen eigenen Namen, den seiner Frau oder die seiner Kinder abkürzte.

«Ich weiß, mein Schatz. Da bist du ganz wie mein Vater. Er hat auch immer darauf bestanden, mich Catherine zu nennen, obwohl alle anderen mich Kitty nannten. Aber für mich wird Pippa immer die Pippa sein, die Browning im Sinn hatte, als er *Pippa geht vorüber* schrieb. Sie scheint den Frühling zu verkörpern und den Morgen und alles, was gut und recht ist in der Welt.»

Er erinnerte sich vage an das Gedicht, aber mit Lyrik hatte er genausowenig im Sinn wie mit Gärtnerei.

Seine Mutter stellte eine Flasche Côtes du Rhône auf den Tisch. «Ich hoffe, der schmeckt dir. Du magst doch Rotwein.»

Es war ein guter Tropfen, kein billiger Supermarkt-Wein. «Eigentlich schon, aber ich muß noch fahren. Wasser tut's auch.»

«Sehr vernünftig. Du kannst die Flasche ja mitnehmen.»

Sie füllte zwei Gläser mit Leitungswasser und nahm die Lasagne aus dem Ofen. «Und wie kommt Pippa auf dem College zurecht?»

«Anscheinend läßt sie sich dort kaum sehen. Sie ist gerade von einer Parisreise zurückgekommen.»

«Ja, sie hat mir eine Postkarte geschickt. Wirklich sehr lieb von ihr.» Sie häufte Lasagne auf die Teller und setzte sich; die Katze sprang auf ihren Schoß.

«Und davor war sie für eine Woche in Wales. Inwiefern ihr diese ganze Herumtreiberei nutzen soll, wenn sie sich schließlich nach einem Job umsehen und ihren Lebensunterhalt verdienen muß, kann ich mir nicht vorstellen.» Er verzichtete darauf, zu erwähnen, daß Pippa demnächst ein zweiwöchiges Praktikum in einem richtigen Studio machen würde: Das hätte nicht recht in seine Aufzählung gepaßt.

«Aber wahrscheinlich hat sie auf ihren Reisen fotografiert?»

«Ich schätze, das war der Sinn der Sache. Aber wenn man sie reden hört, scheint das Ganze eher eine einzige lange Party gewesen zu sein. Ich hätte dabeibleiben und sie einen Kursus für Sekretärinnen absolvieren lassen sollen, statt nachzugeben und ihr ein Fotografiestudium zu erlauben. In ein paar Jahren wird sie wahrscheinlich sowieso heiraten und eine Familie gründen, und bis dahin habe ich ein kleines Vermögen in Kameras investiert, die sie nie mehr benutzen wird.»

Philippa hatte ins Feld geführt, sie habe noch lange nicht – wenn überhaupt je – die Absicht zu «brüten», und wenn sie tatsächlich Kinder bekäme, sei Fotografin ein idealer Beruf, da sie sich ihre Arbeitszeit selbst einteilen könne. Diese Ausführungen allerdings betrachtete er mit einigem Vorbehalt, genauso wie all ihre anderen hochfliegenden Ideen.

Nachdem sie eine Weile geschwiegen hatten, fragte seine Mutter: «Habt ihr schon Urlaubspläne für diesen Sommer?»

Sie erwischte ihn mit vollem Mund und mußte auf eine Antwort warten, bis er wieder sprechen konnte. «Wir machen Ende Juni eine Kreuzfahrt durch die griechische Inselwelt. Nur Valerie und ich natürlich. Dominic und Philippa finden, sie seien zu alt für Familienferien.»

«Ah, Griechenland, wie schön ...»

Sie wollte doch nicht etwa andeuten, daß sie gern mit ihnen kommen würde?

Anscheinend nicht, denn sie fuhr fort: «Aber Kreuzfahrten haben mich noch nie gereizt. Das einzige, was man zu sehen bekommt, sind Häfen. Und ich würde es schrecklich finden, tagelang mit einer Horde Fremder zusammengepfercht zu sein. Auf einem Schiff kann man ja überhaupt nicht aus dem Weg gehen.»

«Das hängt wohl davon ab, was man von einem Urlaub erwartet», zwang sich Sebastian mit gleichmäßiger Stimme zu sagen. «Das Abklappern der sogenannten Sehenswürdigkeiten interessiert uns nicht besonders. Valerie freut sich auf die Gelegenheit, neue Bekanntschaften zu schließen. Und ich selbst wünsche mir ehrlich gesagt einfach nur eine Pause, um mal dem Arbeitsdruck zu entgehen, ohne mir ständig Gedanken machen zu müssen, ob die sanitären Anlagen funktionieren, ob ich mir eine Nahrungsmittelvergiftung zuziehen werde oder ob mich auf der Straße Bettler belästigen werden. In meinem Job herrscht heutzutage ein mörderischer Konkurrenzkampf. Die Ware wird immer teurer, ist immer schwerer zu finden. Deshalb habe ich heute auch den weiten Weg nach Worthing auf mich genommen.»

Seine Mutter nickte geistesabwesend. «Ich habe auch darüber nachgedacht, ob mir ein Tapetenwechsel nicht ganz gut täte. Es ist so lange her, daß ich irgendwo hingefahren bin; ich fühle mich schon richtig eingerostet.»

Sie verfolgte irgendwelche Hintergedanken, dessen war Sebastian sich sicher. «Vielleicht solltest du mit einem Seniorenclub wegfahren.»

«Wenn es irgend etwas gibt, wovon ich weiß Gott genug habe, dann sind es alte Leute!» entgegnete sie scharf. «Nein, was ich am meisten vermisse, ist die Gesellschaft junger Leute.»

Also, das war doch wirklich der Gipfel … Die Großvateruhr in der Ecke schlug zwei. «Ich muß bald los», sagte er und legte Messer und Gabel auf seinem Teller zusammen. «Bei Guildford und Dorking ist wahrscheinlich wieder kein Durchkommen …»

Sie stellte ihren Teller für die Katze auf den Boden, die sofort behende von ihrem Stuhl sprang. «Tee oder Kaffee?» fragte sie, stand auf und füllte den Kessel. «Ich fürchte, ich habe nur Instantkaffee da.»

«Ich möchte gar nichts.»

Die Zunge der Katze schabte über den Teller, und Sebastian wurde zu seinem Entsetzen klar, daß das Tier sich auch an dem Teller, von dem er gerade gegessen hatte, schon einmal zu schaffen gemacht haben könnte.

Seine Mutter nahm einen Becher aus der Spüle, wusch ihn unter fließendem Wasser ab und sagte dann: «Ich werde ziemlich faul auf meine alten Tage. Den Abwasch mach ich nur noch einmal am Tag, am Abend nach dem Essen.»

«Warum tust du's überhaupt?» erwiderte Sebastian sarkastisch. «Das Tier scheint die Sache doch bestens im Griff zu haben.» Er stand entschlossen auf. «Ich muß jetzt los …»

Kitty schaute Sebastian nach, bis er verschwunden war, und ging dann wieder ins Haus, um den Tisch abzuräumen und sich eine Tasse Tee zu machen. Wie immer hinterließ sein Besuch bei ihr ein ernüchterndes Gefühl des Scheiterns, den Wunsch, noch einmal von vorn anfangen und alles anders machen zu können.

Aber selbst wenn sie sich, statt bis zu den Ellbogen in Erde und Knochenmehl zu stecken, piekfein gemacht und auf die Klingel gelauscht hätte, mit einem fixfertigen Mittagessen in einer aufgeräumten Küche und ohne gedankenlose Bemerkungen – er hätte trotzdem etwas auszusetzen gefunden.

So war es schon immer gewesen. Nein, nicht immer, nicht, als er noch ein ganz kleiner Junge war. Aber später, nach dem Krieg … Sie hatte versucht, ihm ihre Liebe zu zeigen, aber er hatte sie zurückgewiesen, hatte eine Barriere zwischen sich und ihr errichtet und sich gegen sie abgeschottet, so daß sie niemals wirklich wissen konnte, was er dachte …

Wieviel gelöster verliefen da doch Pippas schöne, wenn auch allzu seltene Besuche. In Pippas Gesellschaft war sie weder unsicher noch nervös. Pippa behandelte sie nicht wie eine dumme alte Frau, die sich überlebt hatte und der Gesellschaft nur noch eine Last war. Pippa nahm liebevoll Anteil an ihrem Leben, an ihrem Garten und an Tabitha. Sie hatte immer kleine Anekdoten über ihre Freunde und Kommilitonen auf Lager, amüsante Berichte über ihr Zuhause und ihre Familie. Ja, sie kam sogar mit ihren Sorgen zu ihr, erzählte ihr von ihren Problemen mit Jungen oder ihren Schwierigkeiten auf dem College. Denn Pippa, äußerlich ein strahlendes, sonniges Mädchen, war durchaus nicht oberflächlich in ihrem Wesen und erinnerte Kitty stark daran, wie sie selbst in ihrer Jugendzeit gewesen war.

Kitty stellte das Radio an, und die Klänge von Bachs Doppelkonzert für zwei Violinen erfüllten die Küche. Wenn je ein Komponist den falschen Namen getragen hatte, dann war es Bach, hatte Leo immer wieder festgestellt. Ein Komponist von Bachs Kaliber, pflegte Leo zu sagen, hätte besser Fluß, See oder Meer heißen sollen.

Sebastian wußte es wahrscheinlich nicht, aber sie hatte ihn nach Bach benannt. Jetzt jedoch hatte die Musik keinen Raum in seinem Leben. Wenn sie selbst den Tag mit dem Morgenchor begann und anschließend dem Vormittagskonzert auf Radio drei lauschte, so waren es bei Sebastian die Nachrichten auf Radio vier und die eingehende Lektüre der *Financial Times*. Sie hatte nicht einmal eine Tageszeitung abonniert und neigte dazu, dem Wetterbericht mehr Aufmerksamkeit zu schenken als den Nachrichten, denn sie sah keinen Sinn darin, sich über Ereignisse zu grämen, auf die sie nicht den geringsten Einfluß hatte.

Ach, Sebastian ... Er gab ihr immer das Gefühl, als hätten sie die Rollen getauscht, als sei er der Erzieher und sie das Kind. Seine Haltung ihr gegenüber ähnelte tatsächlich der ihres eigenen Vaters – überkritisch und intolerant ...

Nicht daß Sebastian seine eigenen Kinder sehr streng erzogen hätte. Dominic und Philippa bekamen wirklich alles, um das sie baten – Spielzeug, Fahrräder, Hi-Fi-Anlagen, Reitstunden, Partys, Ferientrips und später Autos. Und genausowenig hatte er – trotz seiner Einwände heute – jemals versucht, sie nach dem Schulabschluß in ihrer Berufswahl zu beeinflussen.

Bei Dominic war das natürlich kein Problem gewesen, denn er besaß Sebastians scharfen, analytischen Verstand – allerdings ohne den künstlerischen Zug, der Sebastian solchen Erfolg in seinem Beruf bescherte, und nach einem erstklassigen Abschluß in Wirtschaftswissenschaften hatte er bei einer alteingesessenen Finanzierungsgesellschaft in der City angefangen, eine Entscheidung, die ganz und gar den Vorstellungen seiner Eltern entsprach.

Was Pippa betraf ... Kitty hatte ihre eigenen Vorbehalte bezüglich Pippas Berufswahl, auch wenn diese sich deutlich von denen Sebastians unterschieden. Aber sie hatte absolut keinen Zweifel daran, daß Pippa trotz Sebastians negativer Prognose durchhalten und ihren Weg gehen würde.

Ihr hatte man nicht erlaubt, einen Beruf zu lernen oder zu studieren: In ihrer Jugend arbeitete ein anständiges Mädchen nicht. Ihr Vater, der noch fest in der viktorianischen Ära verankert gewesen war, hatte sie zuerst auf eine Schule für Töchter von Kirchenmännern und Missionaren geschickt, dann in ein Mädchenpensionat. Und danach hatte ihr nur eine, genau eine Möglichkeit offengestanden: die Ehe.

Seit sie vor dreißig Jahren ins Rose Cottage gezogen war, hatte sie einen großen Teil ihrer Zeit damit zugebracht, die versäumte Bildung nachzuholen. Zuerst hatte sie Abendkurse besucht und die mittlere Reife und später das Abitur nachgeholt. Als dann die Offene Universität gegründet wurde, hatte sie sich noch ehrgeizigere Ziele gesteckt. Nach einem Grundkurs in Geisteswissenschaften hatte sie ihren BA in Literatur und Kunstgeschichte mit Auszeichnung gemacht, und jetzt studierte sie Philosophie.

Nicht, daß sie mit ihren Leistungen groß geprahlt hätte. Ihr Wissensdurst war eine rein persönliche Angelegenheit, etwas, das Sebastian nur spöttisch belächeln würde ...

Ja, Sebastian schien tatsächlich alle schlechten Eigenschaften ihres Vaters geerbt zu haben – fast so, als hätte das Blut der Fellowes mit ihr, Catherine, eine Generation übersprungen, um dann in ihrem Sohn um so stärker durchzuschlagen. Er besaß nicht das geringste Feingefühl, genausowenig wie ihr Vater es besessen hatte. Griechenland auf sanitäre Anlagen, Nahrungsmittelvergiftung und Bettler zu reduzieren – um Himmels willen! Wie absolut typisch das für die Einstellung ihres Vaters gegenüber fremden Ländern gewesen wäre …

Sebastian aß sogar auf dieselbe langsame und bedächtige Art und Weise wie sein Großvater. Hastig heruntergeschlungene Speisen, pflegte Reverend Thurston Fellowes zu sagen, haben Blähungen und andere Magenverstimmungen zur Folge. Aber sie wußte schon als kleines Mädchen, daß das Tempo, mit dem er kaute – genauso wie die Sprechpausen in seinen Predigten –, auf maximale Wirkung zielte.

Ihr Vater war ein leidenschaftlicher Anhänger des Apostels Paulus gewesen und hatte dieselbe verächtliche Meinung über Frauen und dieselbe Unnachgiebigkeit gegenüber Kindern gezeigt wie dieser. «Denn wenn ein Mann nicht in seinem eigenen Haus zu herrschen vermag, wie soll er da über die Kirche Gottes wachen?» pflegte er zu sagen.

Ihre Mutter mußte wirklich eine Heilige gewesen sein, daß sie es mit diesem Mann ausgehalten hatte: Immer war sie ihm blind ergeben gewesen, hatte ihre Pflichten als Ehefrau über ihre Mutterliebe gestellt, hatte ohne ein einziges Wort der Klage eine freudlose Ehe und eine farblose Existenz ertragen und sogar standhaft über die Tatsache hinweggesehen, daß er sie nur deshalb geheiratet hatte, weil sie die Tochter eines Dekans gewesen war und er gehofft hatte, durch den Einfluß seines Schwiegervaters vorwärtszukommen – ein Ehrgeiz, an dem es dem heiligen Paulus zufolge absolut nichts auszusetzen gab.

Denn hatte der Apostel nicht gesagt: «Wenn es einen Mann nach dem Amt des Bischofs gelüstet, gelüstet es ihn nach einem guten Werk», und wenn auch Reverend Thurston Fellowes in der Kirchenhierarchie nicht so weit aufgestiegen war, wie er vielleicht gehofft hatte, hatte die Kirche ihm doch einen bequemen Lebensstandard in einer überaus angenehmen Umgebung ermöglicht.

Was für ein bigotter Tyrann er gewesen war, was für ein eingefleischter Snob und Heuchler, ein Mann, der den Adel beinahe noch mehr verehrte als Gott, der dem Geld huldigte als einer omnipotenten Macht – und bei alledem hatte er es immer verstanden, seine Heuchelei unter einer Maske der Frömmigkeit zu verbergen.

Kitty sah sich plötzlich als junges Mädchen, wie sie mit ihrer Mutter am Kirchenportal stand, während ihr Vater nach der Morgenliturgie seine Schäfchen begrüßte; wie reserviert er den armen Bewohnern gemieteter Cottages zunickte, die nur ein paar Farthings in den Klingelbeutel werfen konnten, und wie unterwürfig er sich vor Sir Hector und Lady Maude Pugh verbeugte, die er immer ins Gespräch zog, damit er sie später in Gesellschaft zitieren konnte: «Wie mein Freund Sir Hector sagt ...» – «Wie ich schon zu Lady Maude bemerkte ...»

Auch Sebastian legte größten Wert darauf, sich in den richtigen Kreisen zu bewegen, im besten Viertel zu wohnen und teure Besitztümer zu erwerben – aber wie ihr Vater schien er dem Leben selbst traurigerweise wenig Freude abzugewinnen. Für ihn hatte nicht einmal ein Apriltag wie dieser etwas Besonderes, etwas Magisches, ein Tag, an dem winzige Triebe durch die Erde in neues Leben brachen, an dem kleine Kumuluswölkchen über einen zartblauen Himmel huschten, ein Tag, an dem eine warme Brise den Duft des Meeres herüberwehte und das Nahen des Sommers ahnen ließ.

Und was für ein Aufstand, als die arme Tabitha ihm auf den Schoß gesprungen war! Und dann dieses blödsinnige Gerede, weil Tabitha ihren Teller ablecken durfte.

Aber Sebastians Abneigung gegen Tiere war eine weitere Eigenschaft, die er von seinem Großvater geerbt hatte. Daß sie als Kind einen Hund haben durfte, hatte sie einzig und allein Lady Maude Pugh zu verdanken.

Sie konnte Lady Maude noch hören, wie sie ihrer Mutter unter den glasigen Blicken der ausgestopften Hirschköpfe in der großen Halle ihres Gutes erklärte: «Die Kleine ist ein bißchen spitz im Gesicht. Sie sollten ihr ein Pony kaufen. Dies ist genau die richtige Gegend zum Reiten – und natürlich zum Jagen.»

Und Mrs. Fellowes hatte schüchtern erwidert: «Wir kommen aus London, und Catherine hat nie reiten gelernt. Außerdem hätte ich keine ruhige Minute mehr, wenn sie ganz allein auf einem Pferd herumzöge. Sie ist doch erst dreizehn ...»

Daraufhin stieß Lady Maude ein ungeduldiges, verdächtig nach Pferd klingendes Schnauben aus. «Ich bin schon geritten, als ich kaum laufen konnte. Übrigens ist auch gegen Laufen nichts einzuwenden. Ist natürlich nicht das Größte im Leben, aber mit einem Hund geht's. Einer der Schäferhunde von der Home Farm hat Anfang des Sommers geworfen, und wir haben noch einen Welpen übrig. Ihre Tochter kann ihn haben, wenn sie mag.»

Und so war sie zu Rafe gekommen ...

Im Pfarrhaus hatte ihr Vater später zu ihrer Mutter gesagt: «Es wäre höchst unklug gewesen, Lady Maudes

Angebot zurückzuweisen. Sie und Sir Hector haben größten Einfluß hier in der Gegend. Und mir ist es lieber, Catherine geht mit einem Hund spazieren, als daß sie sich mit den Bauerntrampeln aus dem Dorf zusammentut ...»

Das Konzert von Bach erreichte sein lebensvolles Finale, und plötzlich wurde sie sich eines blauen Leuchtens in der Trockensteinmauer am Rande der Terrasse bewußt, das vorher noch nicht dagewesen war. Oh! Der erste Enzian! Sie ging hinüber und kauerte sich hin, um in seinen azurblauen Blütentrichter zu spähen, und vor ihrem inneren Auge wurde diese einzelne Blüte zu einer Wiese in Österreich, die sich jedes Frühjahr in ein himmelblaues Enzianmeer verwandelte, ein Meer, das sich bis zum Horizont erstreckte, bis es mit dem Dunkel des Waldes verschmolz. Sie mußte daran denken, wie sie dieses Wunder zum ersten Mal bestaunt und wie Leo über ihre Begeisterung gelacht hatte: «Sie sehen aus wie Wasser, nicht wahr?», und wie er in die Blumen hineingelaufen war, sorglos die Blüten niedergetreten und gerufen hatte: «Siehst du, ich bin Jesus! Ich kann auf den Wellen gehen!»

Plötzlich schien Leo so wirklich, seine Stimme so klar, als bräuchte sie sich nur umzudrehen, um ihn neben sich zu sehen. Dies war eine der Seltsamkeiten des Alters: Die Gegenwart verschmolz mit der Vergangenheit; vielleicht deshalb, weil man selbst im Begriff stand, zur Vergangenheit von morgen zu werden.

In diesem Augenblick hörte sie einen Schrei und lautes Flügelschlagen. Sie legte die Hand über die Augen, um sich vor dem silbernen Leuchten der Sonne zu schützen, und sah einen Gänseschwarm, der an der gewaltigen Kathedrale vorbei zum Meer flog.

Vielleicht war es der Anblick der Vögel zusammen mit dem Duft von Sommer und den Erinnerungen an ihre Kindheit und Leo, so kurz nach Sebastians Besuch, daß plötzlich dieses Gefühl sehnsüchtiger Rastlosigkeit zurückkehrte, das sie schon am Morgen gespürt und von dem sie Sebastian törichterweise erzählt hatte. Auf einmal überwältigte sie das Wissen um die Unermeßlichkeit der Welt jenseits ihres Gartens, einer Welt, zu der auch sie einst gehört hatte ...

Sie war nicht länger in Stimmung für Gartenarbeiten. Wenn sie eine letzte Erdschicht über die Gladiolen gebröselt hatte, würde sie spazierengehen. Ein kleiner Szenenwechsel war immer die beste Therapie. Gerade als sie wieder in Mantel und Stiefel schlüpfen wollte, klopfte es an der Haustür, und sie sah sich Colonel Wakehurst gegenüber.

Er hielt ein Glas mit einem rot-weiß karierten Baumwollviereck darüber in der Hand, das mit einer Schleife befestigt war. «Die Memsahib dachte, Sie hätten vielleicht für den Tee mit Ihrem Sohn gern etwas selbstgemachte Erdbeermarmelade.»

Der gute Colonel Wakehurst: Hinter seinem unbeholfenen militärischen Gehabe steckte so viel Freundlichkeit. Sie waren jetzt seit dreißig Jahren Nachbarn: Die Wakehursts waren ein Jahr nach ihrem eigenen Umzug ins Rose Cottage hierhergekommen, 1956. Sie mußte immer noch lächeln, wenn sie daran dachte, wie sie Mrs. Wakehurst – die sich in der Armee daran gewöhnt hatte, stets bedient zu werden – zeigen mußte, wie man den Staubsaugerbeutel leerte.

«Das ist schrecklich nett von ihr – richten Sie ihr das doch bitte aus –, aber mein Sohn ist schon gegangen.»

«Schon gegangen?» Die freundlichen Augen des Colonels nahmen einen besorgten Ausdruck an. Da sie selbst keine Kinder hatten, zeigten die Wakehursts ein peinlich besitzergreifendes Interesse an Sebastian, was sogar so weit reichte, daß sie ihm und seiner Familie zu Weihnachten eine Karte schickten, und es verstörte sie zutiefst, daß er seine Mutter zu vernachlässigen schien.

«Er hatte noch einen wichtigen Termin in London ...»

«Ha! Ja, verstehe. Nun ...» Er räusperte sich. «In diesem Fall hätten Sie vielleicht Lust, mit uns Tee zu trinken, Mrs. Devere. Wir erwarten ein paar Bekannte. Befreundeter Offizier aus meinem alten Regiment. Hatte im Winter einen leichten Schlaganfall, erholt sich jetzt aber prächtig ...»

Hier in der Pannet's Row wahrte man höfliche Distanz. Wenn ihr nicht danach zumute war, mit den Wakehursts Tee zu trinken, konnte sie ablehnen, und niemand würde sich gekränkt fühlen. Aber ausnahmsweise einmal verspürte sie das Bedürfnis nach menschlicher Gesellschaft. Ihr Spaziergang konnte warten. Mrs. Wakehursts selbstgebackener Dundeekuchen mit seinen wie immer eingesunkenen Früchten und Colonel Wakehursts wohlbekannte Indien-Reminiszenzen waren allemal besser als ein einsamer Streifzug durch den Park, bei dem ihre Gedanken unweigerlich zu einer Zeit zurückkehren würden, die unwiederbringlich verloren war. «Vielen Dank», sagte sie, «ich komme gern.»

2

Elliott Berkeley, die unvermeidliche Zigarette lässig zwischen die Finger geklemmt, stand vor dem Verkaufsraum auf dem Pflaster der South Kensington Street und bewunderte einen funkelnden roten Sportwagen, einen zweisitzigen Jaguar SS 100 1939, 3,5 Liter, als Sebastian vorfuhr.

Er stellte den Motor des Range Rover ab, und Elliott schlenderte mit einem breiten Grinsen zu ihm herüber. «Ist er nicht eine Pracht?»

Sebastian stieg aus seinem eigenen Wagen aus und ging zu dem Jaguar hinüber. Das Nummernschild kam ihm bekannt vor. «Aber das ist doch nicht ...»

«Und ob er das ist. Derselbe Wagen. Mein erstes Auto. Mein alter Herr hat ihn mir 1954 zum Einundzwanzigsten geschenkt. Sechs Jahre lang war er meine einzige wahre Liebe. Dann haben zwingende und schreckliche Umstände uns auseinandergetrieben ...»

Elliott hat sich seit seinem ersten Semester an der Uni kaum verändert, dachte Sebastian mit plötzlichem Neid. Er hatte kaum zugenommen, keine einzige graue Strähne machte sich in seinem Haar breit, und er verströmte immer noch denselben jungenhaften Charme wie früher. Er trug sogar noch immer die gleichen Kleider, die er als Student bevorzugt hatte, nur daß es damals schwarze Pullover und purpurne Cordhosen waren.

«Wenn ich mich recht erinnere», warf Sebastian trokken ein, «hast du Barbara in andere Umstände gebracht, mußtest heiraten und hast den Jaguar für vierhundert Pfund verkauft, um die Kaution für ein Haus aufbringen zu können.»

«Ich ziehe es vor, solche Banalitäten aus meinem Gedächtnis zu streichen. Schau sie dir an, diese Schönheit, und gib zu, daß sie genauso bezaubernd und begehrenswert ist wie ehedem.»

«Der Wagen scheint jedenfalls gut in Schuß zu sein», räumte Sebastian ein.

Sein Partner stieß einen Seufzer gespielter Verzweiflung aus. «Dein Problem ist, daß du keine Seele hast. Für dich ist ein schöner Gegenstand nicht eine ewige Freude, sondern nur etwas, das man kauft und verkauft. In deinen Augen ist dieser Wagen lediglich ein Transportmittel, während er für mich ein Quell nie versiegender Freude ist.»

Elliott hatte seinerzeit in Oxford Englische Literatur gehört und die ärgerliche Angewohnheit entwickelt, seine Äußerungen mit poetischen Zitaten zu würzen. Wenn Sebastian, der klassische Philologie studiert hatte, sich mit lateinischen oder griechischen Ausdrücken rächen wollte, wurde er des Snobismus bezichtigt.

«Darf ich daraus schließen, daß du den Wagen zurückgekauft hast?»

«Ich bin zufällig an der Oldtimer-Ausstellung in der Brompton Road vorbeigekommen, und seine Scheinwerfer haben mir durchs Schaufenster klagende Blicke zugeworfen. Wie hätte ich da widerstehen können?»

«Wieviel hast du dafür bezahlt?»

«Hundertzwanzigtausend», erwiderte Elliott unbekümmert. «Aber was ist schon Geld?»

«Etwas, wofür ich Tag und Nacht schufte und das jedermann mir mit beängstigender Ungeniertheit aus der Tasche zieht.»

«Besser, als es dem Finanzamt hinterherzuwerfen. Aber mach dir mal keine Sorgen, alter Junge, ich habe meine Schöne nicht mit Firmengeldern gekauft, sondern aus der eigenen Tasche bezahlt.»

«Aus *deiner* Tasche?»

«Ich habe jüngst einen tragischen Verlust erlitten. Du warst wahrscheinlich so beschäftigt, daß ich es seinerzeit nicht zu erwähnen wagte, aber meine Großtante Jessica ist im Alter von hundertundeinem Jahr verschieden und hat mir in ihrer Großzügigkeit ein kleines Erbe hinterlassen. Na ja, gar so klein ist es eigentlich nicht ...»

Es war nicht das erste Mal, daß Elliott von dem Tod einer alten Verwandten profitiert hatte. Sebastians mangelnde Begeisterung über den Jaguar wurde von der mürrischen Überlegung ausgelöst, daß er persönlich, abgesehen von seiner Mutter, keinerlei Anverwandte besaß, die sterben oder ihm gar etwas hinterlassen konnten.

Er versuchte, seiner Stimme einen heiteren Ton zu geben. «Deshalb bist du also immer runter nach Dorset geflitzt! Hast also mal wieder Sargnägel poliert!»

«Deine Ausdrucksweise ist manchmal äußerst rüde, Sebastian. Denk doch nur an die Freude, die ich der alten Dame in den letzten einsamen Jahren ihres Lebens geschenkt habe. Und jetzt Schluß mit der Scheinheiligkeit! Laß uns lieber eine kleine Tour machen.»

«Zuerst möchte ich nachsehen, ob Michael irgendwelche Nachrichten für mich hat, und ihn bitten, mir zu helfen, *meine* jüngste Neuerwerbung in den Verkaufsraum zu schaffen.»

«Soso, du hattest also auch Spendierhosen an.»

«Der Sekretär ist eine geschäftliche Erwerbung – und nicht der Versuch, meine vertane Jugend zurückzuholen ...»

«Du bist ja bloß eifersüchtig. Kein Grund, so unfreundlich zu werden.»

«Ich bin nicht ... Ach zum Teufel, Elliott, ich habe einen ziemlich anstrengenden Tag hinter mir. Zuerst Worthing, und dann war ich noch bei meiner Mutter ...»

«An ... Jetzt ist der Groschen gefallen ... Du hast ja heute Geburtstag. Das hab ich glatt vergessen.»

«Macht nichts. Da gibt's ja auch nichts zu feiern mit dreiundfünfzig.»

«Unsinn! Es gibt immer einen Grund zum Feiern.»

Sie gingen in Sebastians Büro. Elliott setzte sich an den Schreibtisch, auf dem, wie Sebastian mit Abscheu bemerkte, mehrere leere Kaffeetassen und ein überquellender Aschenbecher standen. Er lehnte sich im Schreibtischstuhl – einem schönen Sheraton-Stück aus Rosenholz mit Messingintarsien, das Sebastian für sich reserviert hatte, bis sich ein passender Käufer fand – zurück und fragte: «Und wie geht's deiner Mutter?»

«Wie immer.»

«Glaubst du nicht, die Fehde mit deiner Mutter dauert jetzt lange genug?» fragte Elliott besorgt. «Sie ist doch schon eine alte Dame. Wäre es nicht langsam Zeit, die Vergangenheit ruhen zu lassen?»

«Da bin ich anderer Meinung», erwiderte Sebastian hitzig, «vor allem nicht, nachdem ich gerade erst von einem Besuch bei ihr zurückkomme. Hör mal, Elliott, ich bin ein vernünftiger Mensch und neige nicht dazu, jemandem etwas grundlos nachzutragen. Aber was meine

Mutter mir als Kind angetan hat, ist einfach unverzeihlich.»

Elliott lehnte sich noch weiter zurück, balancierte den Stuhl gefährlich auf zwei Beinen, so daß der Verlust mehrerer hundert Pfund sowie ein abruptes Ende einer nahezu zwei Jahrhunderte währenden Geschichte drohte. «Hast du deine Mutter je gefragt, warum sie getan hat, was sie getan hat?»

«Pfff! Sie hätte oft genug Gelegenheit gehabt, es zu erklären. Wenn es ihr die Mühe nicht wert ist, dann soll mich der Teufel holen, wenn ich mir die Mühe mache, danach zu fragen. Außerdem hat sie dabei mehr verloren als ich. Nicht eine einzige meiner Erfahrungen hat mir auf lange Sicht geschadet.»

Elliott stellte den Stuhl wieder aufrecht hin und zündete sich die nächste Zigarette an. «Abgesehen davon, daß du so verdammt dünnhäutig bist.»

Diese Anschuldigung tat weh, wahrscheinlich deshalb, weil Sebastian tief in seinem Herzen wußte, daß sie mehr als nur ein Körnchen Wahrheit enthielt. Obwohl er und Elliott sich sehr nahestanden, waren die Unterschiede nicht zu übersehen. «Der geborene Gentleman», hatte ein gemeinsamer Freund Elliott einmal charakterisiert. Elliott verfügte über das angestammte Selbstbewußtsein jener, die in die englische obere Mittelklasse hineingeboren sind, ein Selbstbewußtsein, das nicht einmal eine Privatschulerziehung in vollem Umfang vermitteln konnte. Elliott scherte sich keinen Pfifferling um die Meinung anderer und bemühte sich nicht einmal, den äußeren Schein zu wahren. Er hatte keine Ahnung, wie es war, sich ständig nach Sicherheit und Ansehen zu sehnen, während Sebastian von Geburt an keine Privilegien genossen hatte:

Alles, was er erreicht hatte, verdankte er seinen eigenen Bemühungen und nicht dem Einfluß seiner Familie oder ihrem Geld.

«Tut mir leid», bemerkte Elliott, «das ging unter die Gürtellinie.»

«Könnte man sagen.»

«Ich habe es nicht so gemeint. Um die Wahrheit zu sagen, ich hatte einen ziemlich nervigen Nachmittag. Kurz bevor du zurückgekommen bist, hat Barbara angerufen. Donald scheint beschlossen zu haben, in den heiligen Stand der Ehe zu treten, und sie ist auf die Prachtidee verfallen, daß bei diesem glücklichen Ereignis auch sein richtiger Daddy zugegen sein sollte.»

«Womit sie ganz recht hat.»

«Warum zum Teufel sollte ich das wohl? Er lebt jetzt seit zwei Jahren mit dem Mädchen zusammen. Und der Gedanke an ein Standesamt in Harlow und einen Empfang im Vorgarten der Brauteltern, bei dem Barbara zwischen mir und Cecil – ihrem gegenwärtigen Ehemann – hin und her flattert, also dieser Gedanke behagt mir überhaupt nicht. Ich schicke Donald einen Scheck. Das ist ihm bestimmt lieber als meine Teilnahme an dem Spektakel.»

«Aber du kannst doch nicht der Hochzeit deines eigenen Sohnes fernbleiben!»

«Wenn ich zu seiner Hochzeit gehe, muß ich zu allen anderen auch hin. Nein, Sebastian, ich habe nicht die geringste Lust, einen Präzedenzfall zu schaffen.»

«Mir scheint», bemerkte Sebastian trocken, «meine Mutter und du, ihr habt eine Menge gemeinsam, wenn es um eure Verantwortung gegenüber euren Kindern geht.»

Elliott lachte. «Ich glaube, gegen diese Behauptung

würde deine Mutter zu Recht protestieren. Soweit ich weiß, hatte sie nur einen einzigen Ehemann – und sie war auf alle Fälle so vernünftig, nach dir keine Kinder mehr zu bekommen.»

«Das ist keineswegs zum Lachen», wandte Sebastian ein.

«Womit du zweifellos recht hast. Aber ich habe einfach keine Lust, mich zu dieser späten Stunde noch in eine tiefschürfende Diskussion verwickeln zu lassen. Laß uns deine Jagdbeute abladen, und dann spendier ich dir was zur Feier des Tages. Ich kenne da ein Pub in Isleworth ...»

Man konnte Elliott unmöglich lange böse sein. Deshalb bedauerte Sebastian ehrlich, daß er absagen mußte. «Tut mir leid, ich muß nach Hause. Terry und Wendy kommen zum Abendessen. Und du weißt ja, wie Valerie ist ...»

«Na, und ob ich das weiß», murmelte Elliott grimmig.

Er und Valerie hegten eine gegenseitige Abneigung. «Paß auf», hatte Elliott Sebastian gewarnt, «als Milton schrieb: ‹Tugendhaft und sich ihres eigenen Wertes bewußt›, da hatte er eine Frau wie Valerie im Sinn.» Das war in ihrem ersten Jahr in Oxford gewesen, als Elliott merkte, daß Sebastian ihr den Hof machte. Sie hatten sich beim Universitätsball kennengelernt, den Valerie als Partnerin ihres Bruders besucht hatte, der Theologie studierte und gegen den Elliott ebenfalls eine sofortige Abneigung gefaßt hatte. «Ich hoffe doch aufrichtig, daß du nicht die Absicht hast, das Mädchen zu heiraten», hatte Elliott gesagt. «Denk an meine Worte, sie wird sich in einen wahren Hausdrachen verwandeln – und sie hat wahrlich ein breites, gebärfreudiges Becken.»

Aber die Aura altmodischer Bescheidenheit und Zuverlässigkeit, die Valerie umgab und die Elliott so sehr mißfiel, war genau das, was Sebastian zu ihr hinzog. Das und die Tatsache, daß sie ihre Eltern während des Kriegs verloren hatte. Nach ihrem Tod waren sie und ihr Bruder bei einer Tante und einem Onkel aufgewachsen, die selbst keine Kinder hatten.

Sie hatten zwei Jahre nach seinem Universitätsabschluß geheiratet, und er hatte nie Grund gehabt, seine Wahl zu bedauern. Valerie hatte ihre Stelle als Arztgehilfin aufgegeben und hatte seither nie die Neigung gezeigt, wieder arbeiten zu gehen. Sie war vielleicht nicht die schillerndste Frau, aber sie war ihm immer unbeirrbar treu gewesen und liebte ihre Kinder hingebungsvoll.

«Ach, was soll's», lenkte er ein, «nur eine kleine Spritztour um den Block.»

«Das geht aber auf deine Kappe!» meinte Elliott grinsend. «Ich kann die Verantwortung nicht auf mich nehmen, daß vielleicht das Soufflé zusammenfallen wird.»

Es war bereits Abend, als Philippa in den Hausflur stürmte und gleich hinter der Tür Fototasche, Jacke und Rucksack zu Boden fallen ließ. «Hi, Dad! Hab's gerade noch rechtzeitig geschafft. Draußen fängt es gleich an zu gießen.»

Sie war etwas kleiner als Valerie, aber größer als ihre Großmutter, hatte eine gute Figur und volles, dunkles, natürlich gewelltes Haar, das ein herzförmiges Gesicht mit großen Augen und langen Wimpern umrahmte. Sie trug die obligatorischen Jeans und ein T-Shirt und hatte sich ein Sweatshirt um die Taille geknotet.

«Herzlichen Glückwunsch zum Geburtstag, Dad.» Sie

gab ihm einen Kuß auf die Stirn und überreichte ihm ein hübsch verpacktes Geschenk.

Es war eine Porträtaufnahme von ihm und Valerie, die in einem antiken Rahmen steckte.

«Gefällt's dir?» fragte Pippa ängstlich.

«Sehr schön, danke, Liebes. Übrigens, Terry und Wendy kommen zum Abendessen. Ißt du mit uns?»

«Ja. Aber danach muß ich noch weg, ich hab Claire versprochen, rüberzukommen und ein paar Aufnahmen von ihr zu machen.»

In diesem Augenblick stürmte Dominic herein und bereicherte Philippas Hinterlassenschaften um seine Aktentasche.

«Hi, Dad. Herzlichen Glückwunsch!» Er hielt Sebastian eine Plastiktüte hin. «Hatte leider keine Zeit, es einzupacken.» An der Scotch-Flasche, die sie enthielt, klebte noch das Preisschild.

Dominic hatte starke Ähnlichkeit mit Sebastian, selbst in diesem Alter – groß schlank, dunkelhaarig, mit braunen, intelligenten Augen in einem schmalen Gesicht. Und er zog sich ordentlich an. Melone und Regenschirm gehörten zwar nicht länger zur Geschäftskluft, aber Firmen wie die United Anglo-Scottish Trust erwarteten von ihren Angestellten, daß sie im Anzug erschienen.

Nachdem Philippa in der Küche verschwunden war, um ihre Mutter zu begrüßen, fragte Dominic: «Kann ich heute abend deinen Wagen haben?»

«Aber Terry und Wendy kommen heute zum Abendessen. Ich dachte, du würdest mit uns essen.»

«Ich helfe Simon beim Umzug. Ich hab dir doch erzählt, er hat sich eine Wohnung oben am Kristallpalast gekauft.»

Sebastian hatte nicht den leisesten Schimmer, welcher von Dominics Freunden Simon war, und sicher wußte er von keinem Umzug. «Was ist mit deinem Wagen?»

«Batterie leer, und der Range Rover ist praktischer. Ein paar Fahrten müßten eigentlich reichen. Danke, Dad. Oh, und könntest du mir vielleicht einen Zehner leihen?»

«Es geht wirklich über meinen Verstand, wie es jemand, der für eine Finanzierungsgesellschaft arbeitet, fertigbringt, niemals Geld in der Tasche zu haben.»

«Wir sind keine Geschäftsbank wie die auf der High Street», sagte Dominic mit der übertriebenen Geduld eines Menschen, der ein und dasselbe viele Male erklärt hat. «Und ich habe so viel zu tun, daß ich tagsüber nicht aus dem Büro komme.»

Seufzend griff Sebastian in die Hosentasche, holte sein Portemonnaie heraus und zückte eine Zehn-Pfund-Note.

«Du bist eine Wucht», sagte Dominic.

«Geduldig wie ein Heiliger, meinst du wohl», gab Sebastian trocken zurück.

Obwohl Dominic sich nach der Vorspeise verabschiedete, wurde es ein sehr netter Abend. Während sie darauf warteten, daß Valerie den Hauptgang servierte, unterhielt Sebastian seine ehemaligen Nachbarn – Terry Hawkins, den Art-director, der Pippas Begeisterung für die Fotografie geweckt hatte, und dessen Frau Wendy – mit einem Bericht über den lachenden Erben Elliott und die Spritztour in dem alten Jaguar.

«Wirklich ein toller Hecht», meinte Terry lachend.

«Irre ich mich, oder kennen Sie und Elliott sich schon seit Kindertagen?» fragte Wendy.

«Ja, wir sind beide in einem kleinen Dorf namens Puddlescombe aufgewachsen – Puddles haben wir es immer genannt –, unten in Dorset, nicht weit von Shaftesbury. Wir sind fast gleichaltrig – Elliott ist ein paar Monate älter als ich –, so daß wir fast wie Zwillingsbrüder groß geworden sind. Wir haben dieselben Schulen besucht und schließlich gemeinsam ein Geschäft aufgebaut.»

«Wie sind Sie eigentlich auf Antiquitäten verfallen?»

«Oh, das haben wir Elliotts Großvater zu verdanken. Prächtiger alter Knabe. Sie haben vielleicht von ihm gehört – Professor Elliott Berkeley. Elliott hat seinen Namen nach ihm bekommen. Er war Archäologe und zu seiner Zeit ausgesprochen bekannt. Hat den größten Teil seines Berufslebens in Griechenland, Italien und Ägypten zugebracht. Als Elliott und ich Kinder waren, herrschte ja Krieg, so daß er nicht mehr so ungehindert reisen konnte – und natürlich wurde er auch älter. Er muß damals schon hoch in den Siebzigern gewesen sein.

Elliott und ich waren ganz fasziniert von seinen Erzählungen über Könige, Gräber, Rituale und Götter der Antike. Sein Wohnzimmer war die reinste Schatzkammer, voller Andenken, die er von seinen Reisen mitgebracht hatte. Er nahm uns oft auf Expeditionen durch die nähere Umgebung mit, und einmal, erinnere ich mich, haben wir sogar ein paar römische Münzen entdeckt, obwohl wir meist bestenfalls Fossilien fanden.

Aber das genügte, um uns zu ködern. Allerdings waren wir ein geldgieriges Pärchen und fanden schon früh heraus, daß es viel einträglicher ist, mit Antiquitäten zu handeln als sie auszugraben. Dann haben wir lange Zeit Secondhandläden und Flohmärkte abgegrast und haben tatsächlich ein paar recht wertvolle Stücke ergattern können. Man kann sagen, daß wir, noch während wir zur Schule gingen, einen schwunghaften Handel trieben – immer ermutigt von dem Professor. Ich glaube, wir haben seinem Leben einen neuen Sinn gegeben ...»

In diesem Augenblick betrat Valerie mit dem Filet Wellington das Eßzimmer; der Teigmantel leuchtete in einem dunklen Goldton und war so kunstvoll gearbeitet wie eine Skulptur. Valeries leicht gerötetes Gesicht glänzte noch von der Hitze des Ofens, ihr Mascara war ein wenig verschmiert und ihr feines mausbraunes Haar leicht zerzaust. Unter ihrer Küchenschürze trug sie einen pfirsichfarbenen Hosenanzug, der ihrer etwas fülligen Figur gar nicht bekam.

«Das sieht ja wunderbar aus, Valerie!» rief Wendy.

«Vielen Dank. Ich hoffe, das Fleisch ist durch ...»

«Sebastian hat uns gerade von Elliotts Großvater erzählt und von den Anfängen seines und Elliotts Antiquitätengeschäft», sagte Terry.

Valerie schnitt eine abschätzige Grimasse, und Terry lachte. «Was soll denn dieser Blick heißen?»

«Ach, Elliott ...»

«Wieso? Mögen Sie ihn nicht?»

«Ich kann ihn nicht ausstehen.» Sie griff auf eine Weise nach dem Tranchiermesser, die besser als alle Worte sagte, daß sie es mit Vergnügen in Elliotts Herz gestoßen hätte statt in das Filet Wellington.

«Valerie glaubt, ich mache die ganze Arbeit und Elliott hat den ganzen Spaß», erklärte Sebastian.

«Nun, das stimmt doch auch», erwiderte sie, während sie gekonnt die blättrige Kruste zerteilte. «Er schert sich keinen Pfifferling um das Geschäft.»

Noch vor kurzem hätte Sebastian keine Lanze für Elliott gebrochen, aber jetzt beeilte er sich, ihn zu verteidigen. «Nein, das stimmt nicht. Er ist ein hervorragender Verkäufer. Wenn irgend jemand einem Araber Sand verkaufen könnte, dann er – aber glücklicherweise handeln wir mit kostbareren Dingen. Wir tragen jeder auf unsere Weise zum Geschäft bei. Deshalb funktioniert unsere Partnerschaft auch so hervorragend.»

Valerie geriet in Rage. «Ohne dich gäbe es überhaupt kein Geschäft mehr. Nimm nur den heutigen Tag. Was hat Elliott getan, während du – an deinem Geburtstag – Waren eingekauft hast? Sich einen teuren Wagen zugelegt!»

«Das ist sein gutes Recht. Wenn eine alte Tante stirbt und ihm ein Vermögen hinterläßt –»

Was Valerie auf ein neues Thema brachte. «Also, was die Frauen an ihm finden, ist mir wirklich ein Rätsel.»

«Wie oft war er eigentlich schon verheiratet?» erkundigte sich Wendy.

«Seine vierte Frau hat sich gerade scheiden lassen. Wahrhaftig, wenn Sebastian sich so entwickelt hätte wie Elliott – unfähig zu einer dauerhaften Beziehung –, wäre das kein Wunder gewesen. Bei seiner Geschichte ...»

So rührend Valeries Loyalität auch sein mochte, Sebastian fand, es war höchste Zeit, das Thema zu wechseln. «Entschuldige, daß ich dich unterbreche, meine Liebe, aber Wendy scheint keine Kartoffeln abbekommen zu haben. Und Terry, es tut mir schrecklich leid, dein Glas ist leer. Wie nachlässig von mir ...»

«Ich hätte wirklich gern noch einen Tropfen», gab Terry zu. «Ein exzellenter Rotwein.»

«Und diese Soße ist einfach köstlich!» schwärmte Wendy.

Valerie vergaß Elliott, zumindest für den Augenblick. «Seid ihr sicher, daß nicht zuviel Knoblauch drin ist? Ich habe ein neues Rezept ausprobiert ...»

Während die beiden Frauen die Zutaten der Soße analysierten und anschließend die Verdienste der verschiedenen Schulen der französischen Küche diskutierten, dachte Sebastian darüber nach, daß es immer noch Augenblicke gab, in denen er Elliott in den verborgensten Winkeln seines Herzens ein wenig beneidete, Elliott mit seinem extravaganten, verantwortungslosen Lebensstil und seiner lässigen Einstellung zu Geld, Arbeit und Frauen. Nicht, daß er sich gewünscht hätte, wie Elliott zu sein. Aber manchmal, wirklich nur manchmal, wünschte er, er könnte über seinen Schatten springen und ihm ein wenig ähnlicher werden: sich kleiden, wie er gerade Lust hatte, immer genau das tun, was ihm Spaß machte, und sagen, was ihm durch den Sinn ging, ohne seine Worte ständig abzuwägen. Vielleicht lief es letztendlich darauf hinaus, daß die meisten Menschen – abgesehen von Valerie – Elliott instinktiv mochten, während er für alles in seinem Leben immer hart arbeiten mußte, auch für die Zuneigung anderer.

Im Rose Cottage machte Kitty sich gerade einen Becher Ovomaltine und dachte schon ans Zubettgehen, als das Telefon klingelte.

«Kitty, ich bin's, Adam. Mein Anruf kommt doch hoffentlich nicht ungelegen? Ich fand, es wäre mal wieder an der Zeit, dich anzurufen.»

«Ach, Adam, wie nett. Wie geht es dir und Eve?»

«Mir geht's prächtig, und Eve flickt gerade ihr Feigenblatt.»

Adam ließ ihr Zeit, über seinen Witz zu lachen. Er wurde es niemals müde, auf die ungewöhnliche Kombination ihrer beiden Namen anzuspielen. Bei ihrer Verlobung hatte er hartnäckig beteuert, daß sein «Fall» auf einen Apfel zurückzuführen sei, den Eve ihm gegeben habe. Und bei ihrem Hochzeitsempfang hatte er den versammelten Gästen erzählt: «Um euch zu beruhigen – wir werden unser Haus nicht Eden nennen und unsere Kinder auch nicht Kain oder Abel.»

«Und selbst?» erkundigte sich Adam weiter.

«O danke, bestens.»

«Hm. Was ist los mit dir?»

«Wie meinst du das?»

«Kitty, ich kenne dich schon sehr lange und habe festgestellt, daß du, wenn du ‹danke, bestens› sagst, für gewöhnlich genau das Gegenteil meinst.»

«Ach, das ist mir neu. Ich bin nur froh, daß wir niemals in feindlichen Lagern vor Gericht gestanden haben.»

«Hör auf, um den heißen Brei herumzureden. Sag mir, was los ist.»

«Ach, nichts. Sebastian war heute hier.»

«Aha …»

Mehr brauchten sie nicht zu sagen. Sie beide wußten, woran sie bei Sebastian waren, und hatten sich schon lange damit abgefunden, daß man einem Leoparden halt nicht seine Flecken abwaschen konnte.

«Und wenn ich ehrlich bin, muß ich gestehen, daß ich mich ein wenig – hm – niedergeschlagen fühle.»

«Es ist doch hoffentlich nichts Ernstes?»

«Nein, nein. Ich bin nur etwas rastlos. Der Frühling hat immer diese Wirkung auf mich.»

«Was du brauchst, ist ein Tapetenwechsel», sagte Adam entschieden. «Und das bringt mich auch auf den eigentlichen Grund meines Anrufs. Jetzt, da das Wetter langsam besser wird, wie wäre es da mit einem Ausflug nach Puddles? Elliott droht uns immer wieder einen Besuch an. Er könnte über Arundel fahren und dich mitnehmen.»

«Aber das wäre doch ein meilenweiter Umweg ...»

«Unfug. Außerdem hätte er auf diese Weise Gelegenheit, mit seinem neuen Wagen anzugeben. Ich habe gerade mit ihm gesprochen. Er hat den Jaguar zurückgekauft, den wir ihm zu seinem einundzwanzigsten Geburtstag geschenkt haben ...»

Der gute Adam, dachte Kitty, als sie den Hörer auflegte; sie hatten einen Termin für ihren Besuch ausgemacht und noch eine Viertelstunde über Gott und die Welt geplaudert.

Keiner von beiden hätte bei ihrer ersten Begegnung vor sechzig Jahren geahnt, daß ihrer beider Schicksal einmal so eng miteinander verknüpft sein würde. Er hatte sich als der beste Freund erwiesen, den man sich wünschen konnte, war ihr in Augenblicken der Verzweiflung ein Trost gewesen, ein Fels in der Brandung in Zeiten der Not. Sie hatte ihm so viel zu verdanken, vor allem aber die Tatsache, daß er und Eve Sebastian während des Krieges buchstäblich adoptiert und wie einen zweiten Sohn aufgezogen hatten.

Ihre Freundin aus Mädchentagen, Sonja Arendt, pflegte zu sagen, daß sie Adam hätte heiraten sollen. Aber das hätte nicht funktioniert. So gern sie ihn auch immer gehabt hatte, sie war nie in ihn verliebt gewesen.

«Du mißt der Liebe zu große Bedeutung bei», hörte

sie Sonja noch immer sagen. «Leidenschaft sollte nicht das entscheidende Kriterium sein, Kitty. Zuneigung, Vertrauen, Respekt, Kameradschaft – diese Qualitäten sind für eine Ehe viel wichtiger als romantische Liebe. Du liest zu viele Gedichte und zu viele Romane. Wenn du weiter deinen törichten Hirngespinsten nachjagst, stürzt du dich noch ins Unglück.»

Aber Kitty war nicht aus dem Holz geschnitzt, aus dem man Ehefrauen für Provinzanwälte macht, von Bezirksrichtern ganz zu schweigen. Sie wäre in den Kreisen, in die Eve so gut hineinpaßte, ein glatter Fehlschlag gewesen. Sie hätte Adam in seiner Karriere behindert, statt ihm zu helfen, und er hätte seinen Fehler schon bald eingesehen und sich über sie geärgert – während sie sich mit ihm endlos gelangweilt hätte …

So war es letzten Endes vielleicht besser gewesen, daß sie ihrem Herzen und nicht ihrem Kopf gefolgt war, obwohl Sonja behaupten würde, daß ihre schlimmsten Prophezeiungen sich bewahrheitet hatten. Denn die Liebe, wie sie, Kitty, sie erlebt hatte, hatte sich als etwas unendlich Vergängliches erwiesen, als ein Traum und vielleicht eine Illusion …

3

Kitty genoß die Fahrt nach Puddles, und Elliott hätte nicht liebenswürdiger sein können. Obwohl sie, als er an die Tür klopfte, schon fix und fertig bereitstand, hatte er darauf bestanden, hineinzukommen, um ihr Cottage und den Garten zu bewundern. Als sie schließlich im Wagen saß, erkundigte er sich, ob es ihr lieber sei, wenn er den «Deckel» zumache, aber sie meinte, ihr gefiele es ohne Dach viel besser, woraufhin er ihr aufmerksam einen Schal reichte, den sie sich um den Kopf schlingen konnte.

Elliott fuhr schnell, aber völlig entspannt, ganz anders als Sebastian, der sie immer an einen Kühler kurz vorm Überkochen erinnerte. Als sie wegen Straßenarbeiten langsamer werden mußten, machte sie ihm Komplimente zu seiner Fahrweise, und er erwiderte: «Es macht mir Spaß. Die Mischung aus Können und Geschwindigkeit und dem Unterwegssein von einem Ort zum anderen.»

«Der erste Wagen, mit dem ich je gefahren bin, gehörte deinem Vater.»

«War das sein alter Cowley? Er hat mich immer auf seinem Schoß sitzen lassen, als ich noch ein kleiner Junge war. Ich durfte die Gangschaltung bedienen. Seither bin ich ein Autonarr.»

«Es hat einen unheimlichen Wirbel in unserem Dorf gegeben, als er zum ersten Mal in seinem neuen Wagen auftauchte. Das war im Sommer 1928 ...»

«Wie hast du meinen Vater eigentlich kennengelernt?»

«Er war mit dem Sohn eines unserer Nachbarn zusammen in Oxford. Wir wurden Freunde, und unsere Freundschaft hat gehalten.»

«Wohntest du damals in Sussex?»

«Ja, genau. Seitdem ist es meine Lieblingsgrafschaft in England.»

«Ich kenne Sussex kaum. Ich habe nicht viel übrig für das Landleben. Nichts gegen Mutter und den alten Herrn, aber ich konnte es nicht erwarten, von Puddles wegzukommen.»

Elliott hatte wirklich eine entwaffnende Art, dachte sie. Wer konnte den Frauen einen Vorwurf machen, daß sie auf ihn hereinfielen? Wirklich seltsam, daß Sebastian und er nicht nur Geschäftspartner, sondern die allerbesten Freunde waren. Was hatten sie gemeinsam außer den Jugendjahren, die sie miteinander verbracht hatten? Aber Gegensätze zogen sich ja bekanntlich an; anders ließ sich diese Freundschaft nicht erklären: der Charme und der Mutterwitz des einen als Ausgleich für die spießige Nüchternheit des anderen; Elliotts Enthusiasmus, der Sebastian dazu trieb, sich auf unbekanntes Territorium vorzuwagen, und Sebastians gesunder Menschenverstand, der Elliotts Ausschweifungen zügelte.

Es war schon fast Abend, als sie die steile Hauptstraße zum «Hügelhaus» hinauffuhren, das, wie sein Name verriet, auf dem Gipfel einer kleinen Erhebung lag. Wie immer fühlte sie sich angerührt von der klassischen Würde des schön proportionierten, dreistöckigen georgianischen Wohnhauses aus roten Backsteinen mit seiner säulengestützten Veranda, seiner breiten Auffahrt und seinem in Streifen gemähten Rasen, der sie stets in das Zeitalter der Pferdekutschen, des dekadenten Landadels, der kecken Dienstmägde, gepuderten Perücken und Reifröcke zurückversetzte.

Elliott bremste und stellte den Motor ab. Kitty nahm ihren Schal ab und drehte sich zu ihm um. «Vielen Dank, die Fahrt hat mir großen Spaß gemacht. Ich habe das Gefühl, als hätte der Wind alle Spinnweben aus meinem Kopf geblasen.»

Die Haustür öffnete sich, und Eve erschien; nach ihrer noch nicht lange zurückliegenden Hüftoperation mußte sie einen Stock benutzen, aber mit ihrem makellos frisierten Haar, das sie zu einem diskreten Silberblond färbte, ihrer cremefarbenen Seidenbluse, ihrem Liberty-Rock und den Pumps besaß sie immer noch ein Höchstmaß kultivierter Eleganz und gab Kitty wie immer das Gefühl, selbst ziemlich vergammelt auszusehen in ihren bequemen weiten Hosen, ihrem Baumwollpulli und den Sandalen – obwohl ihre Kleider natürlich sauber und zu Beginn der Fahrt auch unzerknittert gewesen waren.

«Elliott! Du bist doch nicht etwa den ganzen Weg mit offenem Dach gefahren? Kitty, Liebste, du mußt ja bis auf die Knochen durchgefroren sein.» Sie drehte sich um und rief ins Haus: «Adam! Kitty ist da.»

Ein Labrador schoß heraus und sprang mit ekstatisch wedelndem Stummelschwanz auf Elliott und Kitty zu, ohne sich auch nur einen Augenblick um Eves Ermahnungen («Bertie! Hör auf damit! Komm sofort her, Bertie!») zu scheren.

Adam folgte, in Köperhose und Hemd mit offenem Kragen. Ein bequemes Leben hatte seine Figur fülliger werden lassen, eine Vorliebe für Rotwein seine rundlichen Wangen gerötet; sein Kopf war fast kahl, aber in Anbetracht der Tatsache, daß er in diesem Jahr achtzig wurde, mußte man zugeben, daß er für sein Alter immer noch bewundernswert munter die Treppen herunter und über die Kiesauffahrt eilte. Er küßte Kitty auf den Mund, nahm sie bei den Schultern und rief: «Ich muß schon sagen, Kitty, du siehst erstaunlich gut aus. Wirklich, du wirst immer jünger.»

«Kitty, du willst dich sicher waschen und ein wenig frisch machen nach dieser schrecklichen Fahrt», sagte Eve. «Ich setze derweil den Kessel auf. So wie ich dich kenne, lechzt du schon nach einer Tasse Tee.»

«Der Chauffeur hat wohl keine Chance, etwas Stärkeres zu bekommen, wie?» erkundigte sich Elliott. «Die Sonne ist schon drei Viertel untergegangen.»

«Da wirst du dich wohl noch etwas gedulden müssen, Bürschchen», erwiderte Adam. «Sobald du Kittys Koffer nach oben gebracht hast, möchte ich diesen Prachtwagen hier nach all den Jahren noch einmal so richtig auf Touren bringen.» Er tätschelte liebevoll die Motorhaube des Jaguars.

Kitty folgte Elliott durch den Flur und die breite Treppe hinauf zu ihrem Zimmer. Er stellte ihren Koffer auf einen Stuhl und sagte dann: «Wir sehen uns ja gleich unten, vorausgesetzt, der alte Herr und ich kommen heil zurück.» Mit diesen Worten ließ er sie allein und schloß die Tür hinter sich.

Sie war dankbar dafür, ein paar Minuten für sich zu haben. Sosehr sie auch versuchte, es zu überwinden – das «Hügelhaus» gab ihr immer das Gefühl, klein und unzulänglich zu sein. Nicht, daß das Haus selbst irgendwie einschüchternd gewirkt hätte, höchstens vielleicht im Hinblick auf seine Ordnung, die einen solchen Kontrast zu dem behaglichen Chaos im Rose Cottage darstellte.

Nein, es war weniger das Haus selbst als die Erinnerungen, die es wachrief: Erinnerungen an jenen Besuch in Puddles, damals im Sommer 1945, als sie Sebastian zum ersten Mal nach mehr als fünf Jahren wiedersah.

Wie unwirklich Puddlescombe ihr damals erschienen war – eine Oase der Ruhe, die vom Krieg fast unberührt geblieben war. Wie deplaziert sie sich in ihrem dünnen, von der Reise zerknautschten Mantel und den staubigen Schuhen gefühlt hatte; ihr ganzer Besitz war ein einziger Koffer gewesen, der all ihre Habe enthielt.

Eve hatte sie an der Tür empfangen und sie in ebendieses Zimmer geführt, sich auf die Bettkante gesetzt und nervös geplappert, während sie, Kitty, sich Gesicht und Hände gewaschen und das Haar gekämmt hatte. «Wir haben uns solche Sorgen um dich gemacht. Ja, deine Briefe sind angekommen, aber es stand immer so wenig drin, und außerdem hatte sich die Zensur daran zu schaffen gemacht ...» Und dann: «Tja, die Jungs müßten jetzt jeden Augenblick aus der Schule – in Shaftesbury – nach Hause kommen. Sie sind dort im Internat untergebracht, können aber zum Wochenende immer heimfahren. Sebastian geht es gut. Aber das soll er dir alles selbst erzählen ...»

Auch jetzt machte sich Kitty wieder nach einer Fahrt hierher zurecht, wusch sich den Straßenstaub vom Gesicht und brachte ihr Haar in Ordnung. Diesmal würde sie sich, wenn sie die Treppe hinunterging, wenigstens nicht einem Zwölfjährigen gegenübersehen, der genauso groß war wie sie selbst und sie mit einem Blick musterte, in dem nicht einmal ein Schimmer des Erkennens lag, als Eve sagte: «Sebastian, deine Mama ist hier.» Und Sebastian sagte: «Ich habe keine Mutter.»

Mit einem schnellen Blick in den Spiegel verließ sie das Gästezimmer und schloß die Tür hinter ihren Erinnerungen. Im Wohnzimmer schenkte Eve den Tee ein. «Kein Zucker, stimmt's?»

Kitty nahm Tasse und Untertasse entgegen und setzte sich auf die Kante eines Sessels. Sie unterhielten sich übers Wetter, den Hund der Berkeleys und Kittys Katze, bis man von draußen das Dröhnen des Jaguars hören konnte und die beiden Männer sich ihnen mit einem aufgeregten Bertie im Schlepptau zugesellten.

«Meine Güte, wirklich wie in alten Zeiten!» seufzte Adam wehmütig. Dann wandte er sich an Kitty. «Du hättest Elliott bitten sollen, dich auch mal ans Steuer zu lassen.»

«Ich wußte nicht, daß Kitty fährt, sonst hätte sie es gern tun können.»

«Oh, ich fahre schon seit einiger Zeit nicht mehr ...»

«Aber früher war sie ein richtiger Teufel hinterm Lenkrad», kicherte Adam. «Da gibt's doch diese Straße, die von Beachy Head nach Eastbourne runterführt, mit diesen vielen Haarnadelkurven. Ich weiß noch, wie Kitty einmal mit fast hundert Sachen da runtergebraust ist. Ich könnte schwören, daß zwei Räder in der Luft gehangen haben.»

«Unfug!» protestierte Kitty lachend. «So schnell fuhr dein Wagen gar nicht.»

«Bergab schon, jedenfalls mit Rückenwind. Ah, das waren Zeiten, was? So, wie steht's jetzt mit einem Drink? Kitty, für dich einen Tio Pepe?»

Am Sonntag morgen gingen sie und Adam mit Bertie spazieren. «Hast du in letzter Zeit mal was von Sonja gehört?» fragte Adam, während sie über einen Trampelpfad querfeldein liefen.

«Seit Weihnachten nicht mehr. Im Dezember habe ich einen langen Brief von ihr bekommen. Wußtest du, daß sie jetzt fünf Enkelkinder hat? Sie lädt mich immer wieder nach New York ein.»

«Warum fährst du nicht?»

«Vielleicht tu ich es eines Tages. Aber du weißt ja, was ich von Großstädten halte.»

«Ja, du warst immer ein richtiges Mädel vom Lande, was?» Ein paar Schritte weiter fügte er hinzu: «Ah, es tut mir so gut, dich wiederzusehen, Kitty. Ich brauche dich nur anzusehen und dich reden zu hören, und meine Batterien laden sich wieder auf, und plötzlich fühle ich mich nicht mehr wie ein alter Tattergreis. Nichts gegen Eve, du weißt schon. Aber wir führen hier ein sehr gleichförmiges Leben.»

«Das tue ich doch auch, Adam.»

«Vielleicht, aber du hast dir nie gestattet, in Trägheit zu verfallen. Als wir uns gestern abend über meinen alten Cowley unterhalten haben, mußte ich an *jenen* Sommer denken. Du und Sonja, ihr wart gerade aus dem Pensionat gekommen und habt in Liegestühlen auf dem Rasen gesessen, als wir vorfuhren. Ich kann dich immer noch vor mir sehen in deinem kurzen Kleid, den Lackschuhen und diesem überaus bezaubernden Glockenhut. Es war eine umwerfende Verwandlung – das häßliche Entchen auf dem Weg zum Schwan. Nein, das ist ungerecht. Selbst als Mädchen warst du, wenn auch auf eine ungewöhnliche Art, sehr hübsch.»

Sie waren am oberen Ende des Feldes angekommen, wo ein kleines Schwingtor in den Zaun eingelassen war.

Adam trat einen Schritt zurück, um sie vorgehen zu lassen. Dann sagte er: «Erinnerst du dich noch an den Abend, an dem ich dich geküßt habe?»

Ja, sie erinnerte sich. Aber nur deshalb, weil Adam sie im Laufe der Jahre ab und zu darauf angesprochen hatte – bei Gelegenheiten wie dieser, wenn sie allein waren und er gerade in sentimentaler Stimmung. Jener Sommer war ihr aus ganz anderen, viel beunruhigenderen Gründen im Gedächtnis haftengeblieben ...

«Ich war wahnsinnig in dich verliebt, Kitty ...»

«Es wäre nicht gutgegangen.»

«Da bin ich mir nicht sicher.»

«Ich hätte dir das Herz gebrochen.»

«Das hast du ohnehin.»

Sie stieß ein etwas zittriges Lachen aus. «Adam! Mach dich nicht lächerlich.»

«Da hast du's mal wieder. Genau das hast du damals auch getan. Du hast gelacht.» In Erinnerungen versunken blickte er über die Felder. «Das war der Sommer, in dem West das tragbare Grammophon gekauft hat. Der Sommer, in dem Charleston der letzte Schrei war. Jeden Abend haben wir getanzt. Du warst eine tolle Tänzerin, Kitty ... Und dann habe ich es endlich geschafft, dich allein im Garten zu erwischen.» Er kicherte. «Ich fand mich ungeheuer raffiniert. Ich habe zum Mond hinaufgezeigt, und als du meinem Blick folgtest, habe ich dich geküßt. Und du hast gelacht ...»

Wenn das stimmte, war es aus reiner Nervosität geschehen, denn sie hatte ihn viel zu gern gehabt, um ihn absichtlich zu verletzen.

«Und dann hast du gesagt, ich sähe aus wie ein überraschter Pinguin.»

«Nein, Adam, das habe ich nicht gesagt – nun ja, jedenfalls nicht damals.»

«Aber später hast du zugegeben, daß du genau das gedacht hast.»

Das stimmte. Adam hatte einen Abendanzug getragen, und als sie den Kopf in den Nacken gelegt und ihm in die Augen gesehen hatte, hatte der Mond sich in seinen Brillengläsern gespiegelt, und mit seinen leicht geöffneten Lippen hatte er sie tatsächlich an einen überraschten Pinguin erinnert. Und als er sich geweigert hatte, ihr zu glauben, daß sie ihn nicht liebte, war sie mit der Wahrheit herausgeplatzt.

Jetzt war es an ihm zu lachen. «Kitty! Mach doch nicht so ein bestürztes Gesicht! Ich habe mich schnell von dem Schock erholt. Onkel Hamilton erzählte mir damals, daß die besten Mädchen auf gutaussehende Männer hereinfallen, die sie zum Lachen bringen – obwohl er meinem Ego noch weiter zugesetzt hat, indem er mir anschließend eröffnete, daß die hübschesten Mädchen die häßlichsten Männer mit den größten Bankkonten heiraten würden. Warum Eve mich eigentlich genommen hat, ist mir nie so recht klargeworden ...» Er sah sie mit einem beruhigenden Augenzwinkern an. «Sag mal, wollen wir eigentlich den ganzen Tag hier stehenbleiben, oder läßt du mich jetzt endlich durch?»

Sie machte ihm Platz, und nachdem er neben sie auf die andere Seite des Tores getreten war, hob er einen Stock auf und warf ihn weg, damit Bertie etwas zu tun hatte. Dann nahm er ihren Arm, und sie waren wieder in der Gegenwart, zwei alt gewordene Freunde, die einen Sonntagmorgenspaziergang machten.

4

Pippa tauchte ziemlich niedergeschlagen aus der Dunkelkammer auf. Sie hatte genaue Vorstellungen gehabt, wie ihr Studioporträt von Claire ausfallen sollte, aber das tatsächliche Ergebnis wies nur geringe Ähnlichkeit damit auf. Es war nicht Claires Schuld: Sie war unglaublich geduldig gewesen und hatte immer die gewünschte Pose eingenommen. Nein, es lag an ihr. Die Beleuchtung war zu hart. Sie hätte die Softbox anders ausrichten und daneben noch einen Reflektor einsetzen sollen. Und der Aufnahmewinkel war zu klein gewesen, so daß das Objektiv wenig schmeichelhaft in Claires Nasenlöcher geblickt hatte.

Das schlimme war, daß sie zuwenig Übung im Studio hatte. Das College verfügte nur über drei Studios und eine beschränkte Ausrüstung. Allein im zweiten Jahr gab es fünfzig Studenten, von denen etwa ein Dutzend sich auf Stilleben spezialisierte. Folglich neigte Philippa dazu, den größten Teil ihrer Zeit auf Außenaufnahmen zu verwenden, vor allem, da sie ein Faible für Landschaften und Gebäudefotografie entwickelt hatte, eine Vorliebe, in der ihre Lehrer sie begreiflicherweise bestärkten. Wenn sie dann doch einmal eine Stunde im Studio ergatterte, fand sie den leeren Raum einschüchternd und scheute sich, großformatige Kameras zu benutzen.

Aber die Porträtfotografie machte ihr großen Spaß. Eine ihrer Arbeiten in diesem Jahr waren Aufnahmen von Menschen bei der Arbeit gewesen, und obwohl ihr Lehrer von den Ergebnissen nicht viel gehalten hatte, war sie doch recht stolz auf die Art, wie sie die Bilder aufgebaut hatte, nämlich so, daß ihre Modelle mit ihrem Hintergrund zu verschmelzen schienen.

Jetzt hingen diese Fotos zusammen mit denen ihres anderen Projektes – grafische Schwarzweißaufnahmen von modernen Gebäuden – zwecks Benotung im Studio. Als sie mit den Fotos von Claire in der Hand in den Raum trat, sah sich ein Mann, den sie noch nie hier gesehen hatte, eine ihrer Architekturaufnahmen an. Er trug Jeans und ein kurzärmeliges kariertes Hemd mit einem Sweater um die Schultern, war von mittlerer Größe, kräftigem Körperbau und hatte ein rundliches Gesicht mit einer Stupsnase und glattes, dichtes mittelbraunes Haar, das ihm fast bis über die Augen fiel.

Neugierig trat sie auf ihn zu. «Hallo. Wer sind Sie?»

«Interessanter Stil», bemerkte er, ohne auf ihre Frage einzugehen.

«Danke.»

«Aha! Das sind also Ihre Bilder?» Er warf einen Blick auf das Pappschild mit ihrem Namen. «Sie sind Philippa Devere?»

«Mir ist es lieber, man nennt mich Pippa.»

«Mhm, ich glaube, das ist mir auch lieber.»

Er sah sich das nächste Foto an. «Ihre Bilder sind ziemlich minimalistisch», kommentierte er. «Geben sie Ihren persönlichen Geschmack punkto Architektur wieder?»

«Irgendwie schon. Ich hab's gern einfach und gradlinig.»

Er stieß einen undefinierbaren Laut aus.

«Sie mögen moderne Architektur nicht?»

«Ein Teil davon ist ganz in Ordnung. Aber ich bekenne mich ohne Scham zu meinem konservativen Geschmack. Wie Prinz Charles finde ich die moderne Architektur überwiegend ziemlich scheußlich. Wenn die neuen Gebäude besser mit ihrer Umgebung harmonierten und eine attraktivere Atmosphäre zum Leben und Arbeiten schaffen würden, gäbe es meiner Meinung nach weniger Aggression in der Welt.»

Er wandte sich der letzten Aufnahme zu, der Decke einer Kirchenkrypta, die sie erst nach einigem Zögern in die Reihe eingeschlossen hatte, weil sie glaubte, ihre Lehrer würden der Ansicht sein, daß sie nicht zu den übrigen paßte. Aber das Muster der Architrave hatte sie fasziniert, und sie glaubte, die ruhige, kühle Atmosphäre dieser unterirdischen Kapelle gut eingefangen zu haben.

«Das da gefällt mir», bemerkte er. «Und ich mag auch Ihre Porträts. Sie haben viel Charakter.»

«Sind Sie Fotograf?» fragte sie.

«Okay, ich glaube, jetzt wäre eine Erklärung angebracht. Mein Name ist Chris Hillyard, und ich arbeite für ein Architekturbüro namens Lightfood Godfrey. Ich bin als Talentsucher hergeschickt worden.»

Ihr Puls beschleunigte sich.

«Ich wollte mir die Ausstellung des dritten Jahres ansehen, und da ich schon mal hier war, dachte ich, ich könnte mal schauen, was sie hier sonst noch zu bieten haben.»

Ihre Hoffnungen erstarben. «Ah, ich verstehe ...»

Er legte den Kopf zur Seite und sah sie nachdenklich an. «Glauben Sie, Sie könnten mit einem alten Gebäude dasselbe machen, was Ihnen bei diesen Bildern gelungen ist?»

Ihre Hoffnungen erwachten von neuem. «Das könnte ich sicher. Warum?»

«Wir fangen demnächst mit einer Renovierung an, ein Haus in Streatham Common, das zu einem Drogenrehabilitationszentrum umgebaut werden soll. Wir brauchen eine Bilddokumentation. Das Honorar wird nicht sehr üppig ausfallen, fürchte ich, aber wenn Sie Interesse hätten ...»

Einen Augenblick lang fehlten ihr die Worte.

Er lachte. «Ich nehme an, dieser Gesichtsausdruck bedeutet ja.»

Als Sebastian vom Lunch zurückkehrte, räumte sein Assistent gerade den Lagerraum aus. «Wurde langsam Zeit», bemerkte er. «Was in drei Teufels Namen haben eigentlich die ganzen Bücher hier zu suchen?»

«Sie gehören zu dem Sekretär, den Sie im April in Worthing gekauft haben», erklärte Michael. «Wir haben sie vorläufig hier untergebracht.»

Der Sekretär war sofort weggegangen – zu einem deutlich besseren Preis, als Sebastian erwartet hatte –, aber die Bücher hatte er völlig vergessen.

«Bei unserer Miete kann ich es mir nicht leisten, irgendwelchen Ramsch zu horten. Ich schätze, es ist nichts Wertvolles dabei?»

«Keine Erstausgaben. Aber eine Werkausgabe von Trollope, die ich ganz gern hätte. Außerdem ein paar Bücher über Fotografie und ein Album, das vielleicht Ihre Tochter interessieren könnte.» Michael blätterte die Seiten eines in Leder gebundenen Fotoalbums durch, das man auf den ersten Blick irrtümlich für ein Buch halten konnte; ab und zu hielt er bei Schwarzweißporträts inne, die der Kleidung und den Frisuren der Modelle nach zu urteilen in den dreißiger Jahren aufgenommen worden waren.

Sebastian zuckte die Achseln. «Könnte schon sein, daß sie sich dafür interessiert, obwohl ich es eigentlich bezweifle. Pippa hat nicht viel übrig für alten Kram, auch wenn ich die Hoffnung noch nicht ganz aufgebe ...»

Michael lachte mit der Selbstsicherheit eines Sechsundzwanzigjährigen, der auf sein eigenes jugendliches Rebellentum zurückblicken konnte. «Es sind gute Aufnahmen.» Er schlug die erste Seite auf, auf der in ordentlicher Handschrift geschrieben stand: Edith Spencer.

Sebastian zuckte abermals die Achseln. Der Name sagte ihm nichts. «Ich nehme die Alben heute abend mit nach Hause. Was den Rest betrifft, rufen Sie Peter Simpson an. Wenn er die Sachen nicht haben will, werfen Sie sie auf den Müll.»

Als Sebastian an diesem Abend nach Hause kam, überfiel ihn Pippa geradezu, um ihm begeistert von der Begegnung mit einem Architekten, der einen Auftrag für sie hatte, zu erzählen. Sebastian quittierte diese Neuigkeit mit beträchtlichen Bedenken – weil das Gebäude, das sie fotografieren sollte, mit Drogen zu tun hatte – und mit Skepsis, weil er sich nicht vorstellen konnte, daß irgendein Mann eine Fotografin engagieren würde, ohne irgendwelche Hintergedanken zu haben. Da ihr College jedoch wahrscheinlich von dem Arrangement wußte, beschloß er abzuwarten, bis seine schlimmsten Befürchtungen sich bewahrheiteten.

Er hielt ihr die Tasche mit Edith Spencers Büchern hin. «Ich dachte, die könnten dich vielleicht interessieren.» Pippa überflog die Titel der Fotobücher und zog eine Grimasse. «Lauter alte Schinken.»

«Wenn sie nutzlos sind, wirf sie weg», erwiderte Sebastian.

Philippa stöberte weiter in der Tüte und zog das Fotoalbum heraus. Sie legte es sich auf die Knie, schlug es auf, verharrte einige Sekunden später bei einem Porträt und fragte: «Wer hat diese Aufnahmen gemacht?»

«Da die Bücher einer gewissen Edith Spencer gehörten, bin ich davon ausgegangen, daß sie die Fotos auch gemacht hat.»

«Sie war offensichtlich ein Profi. Wie seltsam, daß sie die Fotos in ein solches Album geklebt hat. Man sollte doch meinen, sie hätte sie ordentlich gerahmt. He, was ist das?»

Valerie schaute ihr über die Schulter. «Sieht aus wie König Georg V.»

Valerie wandte sich der nächsten Seite in dem Album zu. «Und da ist noch ein berühmtes Gesicht! Howard Redmayne. Für den hab ich auch mal geschwärmt.»

«Du meinst, du bist mit ihm ausgegangen?» fragte Philippa.

«Mach dich nicht lächerlich! Er war ein Filmstar. Ah, war er nicht ein hübscher Kerl?» Valerie seufzte, zog das Bild aus den Fotoecken und drehte es um. Auf der Rückseite befand sich der Aufkleber eines Fotografen. «Gawaine de Vere», las sie, «Porters Place Nummer 10, London ...»

Philippa riß ihr das Bild aus der Hand. «Gütiger Gott! Gawaine de Vere. In französischer Schreibweise – was für ein Zufall!» Sie wandte sich an ihren Vater. «Glaubst du, er ist – oder war – ein Verwandter von uns?»

Sebastian schüttelte nachdrücklich den Kopf. Nach allem, was er wußte, konnte Gawaine de Vere durchaus ein Verwandter sein, aber wenn, dann handelte es sich um die Familie seines Vaters, und das war ein Kurs, von dem er auf keinen Fall wünschte, daß Pippa ihn einschlug.

«Gawaine war einer der Ritter der Tafelrunde», sagte Valerie. «Ich fand diese alten keltischen Namen immer so romantisch. Als ich klein war, habe ich mir immer gewünscht, meine Mutter hätte mich Guinevere getauft. Obwohl es vielleicht ganz gut war, daß sie es nicht getan hat. Guinevere Devere wäre doch ein arger Zungenbrecher ...»

Philippa achtete nicht auf sie. «Meinst du, Kiki ...?»

Sebastian verzog das Gesicht; Kiki war ihr Kindername für ihre Großmutter, und Sebastian mochte ihn nicht. «Nein, der Name ist bloß Zufall», sagte er mit Bestimmtheit.

Philippa legte Howard Redmayne wieder zurück und wandte sich dem Bild einer Frauengestalt zu, die nur mit Blättern bekleidet aus einem Baumstamm heraustrat und anscheinend den Wolken entgegenflog. «He, das hier ist ja richtig surreal!»

Valerie runzelte die Stirn. «Wie um alles in der Welt wurde denn diese Aufnahme gemacht?»

«Das ist eine Montage», erklärte Philippa. «Der Fotograf hat die verschiedenen Teile einzeln aufgenommen und dann die entsprechenden Negative auf einen einzelnen Abzug gebracht. Extrem schwierig, so was gut hinzukriegen.»

Valerie stieß einen undefinierbaren Laut aus und blätterte zu dem nächsten Foto weiter, einem Mädchenkopf inmitten einer Unmenge Seerosen; die Haut des Mädchens war genauso bleich wie die Seerosenblüten, und ihr Haar trieb auf der Wasseroberfläche und nahm dieselbe Form an wie die Blütenblätter. «Wie unbequem. Was hat sie bloß in dem Teich verloren?»

«Woher hast du dieses Album, Dad?» fragte Philippa.

«Von einer Auktion. Die Bücher gehörten zu einem Sekretär, den ich ersteigert habe.»

«Waren noch mehr Alben dabei?»

«Nicht, daß ich wüßte. Das mußt du Michael fragen; er hat die Bücher durchgesehen. Warum?»

«Abgesehen von der Tatsache, daß Gawaine de Vere und ich sozusagen den gleichen Namen haben, finde ich diese Fotos hier einfach brillant.»

«Aus deinem Munde ein echtes Lob», bemerkte Sebastian trocken. «Nun, außer einer Trollope-Werkausgabe, die Michael schon mit Beschlag belegt hat, sind die anderen Bücher noch in unserem Lagerraum. Du kannst sie gern mal durchsehen.»

Nachdem der Rest der Familie an diesem Abend schlafen gegangen war, saß Pippa noch lange über das Fotoalbum gebeugt an ihrem Schreibtisch. Neben den Fotos enthielt es einige Schnappschüsse, Zeitungsausschnitte und Ausstellungskritiken, die sich samt und sonders auf Gawaine de Vere bezogen.

«Die augenblicklich in der Burlington Gallery stattfindende Ausstellung bestätigt Gawaine de Veres Rang unter den größten lebenden Fotografen dieses Landes», hieß es in einer Kritik vom August 1932.

Ein Zeitschriftenartikel aus dem folgenden Jahr begann mit den Worten: «Die Royal Photographic Society hat Gawaine de Veres Porträt von Howard Redmayne ausgezeichnet ...»

«Der Gesellschaftsfotograf Gawaine de Vere hat den Auftrag bekommen, ein Porträt von Seiner Majestät König Georg V. zu dessen fünfundzwanzigjährigem Jubiläum anzufertigen ...»

«Mit seinem surrealen Porträt der Schauspielerin Lily Waters ist Gawaine de Vere zu dem visuellen Einfallsreichtum zurückgekehrt, der seinen Erfolg in der Burlington Gallery im Jahre 1932 begründet hat ...»

Den Schnappschüssen fehlte Gawaine de Veres professioneller Schliff, und Pippa vermutete, daß sie von Edith Spencer selbst aufgenommen worden waren. Sie zeigten zwei Häuser, eins davon ein imposantes Haus in einer Stadtstraße – Porters Place Nummer zehn vielleicht? –, das andere ein altes Landhaus inmitten herrlicher Gärten. Auf mehreren Fotos waren Menschen zu sehen, aber wahrscheinlich hatte Edith Spencer sie so gut gekannt, daß es ihr nicht notwendig erschienen war, sie zu identifizieren. Auf einem Bild war ein Fotograf zu sehen, der in eine Kamera auf einem Stativ spähte; wahrscheinlich handelte es sich dabei um Gawaine de Vere, aber sein Gesicht lag im Schatten, und seine Züge waren unkenntlich.

Pippa konzentrierte ihre Aufmerksamkeit auf die Fotomontagen. Obwohl sie sich im allgemeinen nicht für alte Sachen interessierte, hieß das nicht, daß sie gegen die Einflüsse der Vergangenheit immun war. Künstler wie John Heartfield, Man Ray und Angus McBean hatten sie sehr beeindruckt, genauso wie viele andere Studenten vor ihr. Während ihrer zwei Jahre auf dem College hatte sie ab und an versucht, eigene Fotomontagen herzustellen, indem sie bis zu zehn Bilder zu einem einzigen Foto zusammengesetzt und mit Man Rays Solarisationstechniken experimentiert hatte.

Unter dem Bett bewahrte sie eine Kiste mit einigen dieser Versuche auf. Jetzt zog sie sie hervor, setzte sich auf den Boden und blätterte die Abzüge durch.

Plötzlich erfüllte sie ein Gefühl tiefster Hoffnungslosigkeit. Gawaine de Veres Fotos waren technisch so perfekt und in visueller Hinsicht so verblüffend, so wunderschön komponiert, und doch waren die Endergebnisse von geradezu klassischer Einfachheit. Verglichen mit seinen Bildern waren ihre eigenen der reinste Ausschuß.

Dann fiel ihr Chris Hillyard wieder ein. Ihm zumindest hatten ihre Bilder gefallen. Mit diesem tröstlichen Gedanken schloß sie die Kiste, beförderte sie mit einem Tritt wieder unters Bett und begann sich auszuziehen, ohne Edith Spencers Album auch nur noch eines einzigen Blickes zu würdigen.

Am folgenden Samstag fuhr sie nach Streatham, um sich mit Chris zu treffen. Er war bereits da, als sie ankam, saß in einem roten, offenen MGB und sah zu dem Gebäude hinüber. Als sie ihren gelben Metro hinter ihm parkte, warf er einen Blick in den Rückspiegel und sprang aus seinem Wagen. Eine Sekunde später wurde ihr die Tür aufgehalten – eine galante, aber ihr völlig unvertraute Geste –, und er sagte lächelnd: «Hallo. Wie geht's uns denn so heute?»

«Gut», antwortete sie ziemlich nervös.

«Tja, das wäre dann also das Haus», verkündete er.

«Schön, finden Sie nicht auch? Mich erstaunt bloß, daß so viel von dem ursprünglichen Bau noch steht. Sehen Sie sich nur den Eingang an. Die Säulen sind aus Portland-Stein und die Kapitelle sowie die gesamten Verzierungen aus einem Kunststein namens Coade.»

«Ist das Gebäude bewohnt?» erkundigte sie sich.

«Nein, die letzten Mieter sind vor einem Monat endlich ausgezogen.»

Sie gingen hinein, und der hölzerne Fußboden der leeren Diele knarrte unter ihren Schritten.

«Wollen Sie, daß ich sofort anfange zu fotografieren?» fragte sie. Da sie nicht wußte, ob er erwartete, daß sie sich auf der Stelle an die Arbeit machen würde, hatte sie beschlossen, auf Nummer Sicher zu gehen, und ihren Fotokoffer mitsamt Stativ und einigem Filmmaterial mitgebracht. Sie wollte auf keinen Fall den Eindruck erwekken, unprofessionell zu sein.

«Wie sieht denn Ihr Stundenplan im College aus?»

«Ach, das Semester ist praktisch vorbei. Von jetzt an passiert nicht mehr viel.»

«Warum fangen Sie dann nicht am Montag an? Für heute sollten Sie einfach versuchen, ein Gefühl für das Haus zu bekommen.»

«Ich hoffe, meine Fotos werden gut genug.»

«Natürlich werden sie das.» Er grinste. «Vielleicht fühlen Sie sich etwas besser, wenn Sie wissen, daß das auch mein erstes richtiges Projekt ist.»

«Was? Sie meinen, Sie hätten noch nie …?»

«Wenn man Architekt werden will, muß man einen langen, mühsamen Weg gehen. Man studiert sieben Jahre lang und glaubt am Ende, alles zu wissen. Dann tritt man in ein Architekturbüro ein und stellt fest, daß man sozusagen gar nichts weiß. Man kann zwar wunderschöne Pläne zeichnen, hat aber keinen blassen Schimmer davon, wie man mit Bauunternehmern, Installateuren, Elektrikern und all den anderen Gaunern umgehen muß, die nur darauf warten, einen zum Narren zu halten, einem das Geld aus der Tasche zu ziehen und den Job zu vermasseln ... Übrigens arbeite ich noch nicht einmal jetzt völlig selbständig. Ich stehe immer noch unter der Aufsicht eines meiner Partner. Aber das ist meine große Chance. Wenn ich mich gut halte, liegt mir die Welt zu Füßen. Wenn ich die Kiste in den Sand setze – na ja, hoffen wir, daß das nicht passiert. Mit dreißig ist man doch schon ein bißchen alt, um noch mal ganz von vorn anzufangen.»

Als Pippa klar wurde, daß das Projekt für Chris noch wichtiger war als für sie, fühlte sie plötzlich eine Art Solidarität, und sie nahm sich nun erst recht vor, ihren Teil der Sache gut zu machen.

«Wo wollen Sie denn überhaupt anfangen?» fragte sie.

«Grob gesagt, indem wir ein paar Mauern einreißen; diese beiden Räume zum Beispiel waren früher einer. Sehen Sie sich nur die Täfelung an und die schrägen Seitenwände. Schlampige Arbeit.»

«Wann ist das Haus gebaut worden?»

«1790. Der erste Besitzer war ein Kaufmann namens Charles Updike. Streatham war seinerzeit nur ein Dorf. Erst im neunzehnten Jahrhundert entwickelte es sich, vor allem wegen der Eisenbahnverbindung, zu einem Vorort von London.»

Sie hatten die Besichtigung der Erdgeschoßwohnung abgeschlossen und standen nun an einem bezaubernden, großen Bogenfenster mit Blick auf einen kleinen, sehr verwilderten und mit einer Mauer umgebenen Garten, hinter dem die Dächer der Nachbarhäuser sichtbar wurden. «Früher gehörten mehrere Hektar Land zum Haus», sagte Chris, «ferner Wiesen, Rosengärten, ein Rhododendronpfad, Gewächshäuser und sogar ein Treibhaus für Reben.»

«Woher wissen Sie das alles?»

«Aus alten Ratsprotokollen, Büchern und Papieren aus der Bibliothek und aus Gesprächen mit Archivaren. Es macht mir Spaß, etwas über die Geschichte von Häusern in Erfahrung zu bringen, und es ist ein wichtiger Bestandteil des Jobs. So, sehen wir uns den Rest des Hauses an.»

Anderthalb Stunden später hatten sie jeden Raum vom Dachboden bis zu den Kellern besichtigt. «Haben Sie Zeit für einen Drink?» fragte Chris, als sie das Gebäude verließen.

«Das wäre nett.»

Sie ließen ihre Wagen draußen vor dem Updike House stehen und gingen quer durch den Stadtpark in einen Pub.

«Es ist ziemlich ungewöhnlich, daß sich ein Mädchen für Baufotografie interessiert», bemerkte er, nachdem sie ihre Drinks bekommen hatten.

«Ja, wahrscheinlich. Ich bin da quasi hineingeschlittert. Obwohl ich zugeben muß, daß ich mich manchmal zwischen Gebäude- und Porträtfotografie hin und her gerissen fühle.»

«Das kann ich mir vorstellen. Diese Porträts, die Sie ausgestellt haben, sind exzellent.»

Sie stieß einen leisen Seufzer aus. «Das sind ganz einfache Sachen. Ich meine, der Hintergrund und die Kulissen waren allesamt schon vorhanden. Das einzige, was ich tun mußte, war, ein bißchen mit der Beleuchtung zu spielen und dafür zu sorgen, daß das Modell das passende Gesicht machte.»

«Stellen Sie Ihr Licht nicht unter den Scheffel.»

«Das tue ich nicht. Ich bin nur ehrlich. Mein Vater hat gestern abend ein altes Fotoalbum mit nach Hause gebracht. Ein Teil der Bilder darin ist absolut brillant. Ich komme immer noch nicht darüber hinweg. Nach diesen Fotos fühle ich mich – so unfähig.»

«Was sind das denn für Bilder?»

«Ein paar Porträts, unter anderem auch eins von König Georg V. und einem Filmstar namens Howard Redmayne. Außerdem ein paar irre surreale Aufnahmen, etwa im Stil von Angus McBean, falls Sie schon mal was von dem gehört haben.»

«Nur weil ich von Beruf Architekt bin, muß ich ja nicht ein völliger Ignorant sein.»

«Tut mir leid, so war das nicht gemeint. Es ist nur so, daß ich abgesehen von den Leuten im College niemanden kenne, der auch nur die leiseste Ahnung von Fotografie hätte.»

«Da verkehren Sie offensichtlich mit den falschen Leuten.»

Sie lachte. «Gegen meine Familie kann ich nicht viel machen.»

«Wer immer der Fotograf war, er muß wirklich Spitzenklasse gewesen sein, um die königliche Familie fotografieren zu dürfen.»

«Sein Name war übrigens Gawaine de Vere, ein ausgesprochen seltsamer Zufall!»

«Ist er ein Verwandter von Ihnen?»

«Unglücklicherweise wohl nicht. Zum einen schreibt er seinen Namen in zwei Worten. Und mein Vater sagt, er habe noch nie von ihm gehört. Nicht, daß das etwas zu bedeuten hätte. Dad spricht nie viel von seiner Familie. Aber sein Vater starb, als er noch ein kleiner Junge war; das ist möglicherweise der Grund dafür.»

«Lebt die Mutter Ihres Vaters noch?»

«O ja. Sie wohnt in Arundel.»

«Dann könnten Sie's ja mal bei ihr versuchen.»

«Das werde ich auch. Meine Eltern fahren demnächst in Urlaub. Ich dachte, ich fahre sie nach Gatwick und statte bei der Gelegenheit Kiki einen Besuch ab. Aber ich habe irgendwie das Gefühl, daß sie mir auch nicht viel weiterhelfen wird. Ich habe sie nie auch nur ein einziges Wort über meinen Großvater verlieren hören, und ich bin sicher, daß sie überhaupt keinen Kontakt mehr zu seiner Familie hat. Ich kann nur annehmen, daß sie sich nach dem Tod ihres Vaters aus den Augen verloren haben.»

«Ich würde dieses Album schrecklich gern mal sehen.» Chris nippte an seinem Bier. Dann fuhr er fort: «Warum bringen Sie's nicht mit, wenn Sie heute abend mit mir essen gehen?»

Als Pippa sich an diesem Abend fertigmachte, versuchte sie vergeblich, sich daran zu erinnern, wann sie das letzte Mal vor einem Rendezvous derart nervös gewesen war. Es war einfach lächerlich. Eigentlich könnte sie mit Fug und Recht wütend über die Art und Weise sein, mit der Chris einfach davon ausgegangen war, daß sie keine anderen Pläne für den Abend hatte. Statt dessen litt sie an allen Symptomen des Verliebtseins – ihr Magen krampfte sich zusammen, und ihr Herz flatterte.

Dabei wußte sie nicht einmal, ob sie Chris gefiel. Er hatte keinerlei persönliche Bemerkungen gemacht, nichts, was nicht in direktem Zusammenhang mit ihrer Arbeit gestanden hätte. Sein Interesse an ihr war freundlich, aber rein beruflicher Natur gewesen, und genauso würde zweifellos ihr Dinner ausfallen. Seine Einladung war nur eine höfliche Geste, um ihre künftige Zusammenarbeit zu besiegeln. Und davon ganz abgesehen war Chris überhaupt nicht ihr Typ. Zum einen war er dreißig und damit neun Jahre älter als sie. Nicht, daß er den Eindruck erweckte, alt zu sein, genausowenig wie er ihr das Gefühl törichter Jugend vermittelte. Bei ihren Gesprächen hatte sie den Altersunterschied jedenfalls nicht empfunden.

Was war überhaupt ihr Typ von Mann? Die erste große Liebe ihres Lebens war Richard gewesen, den sie während ihres Grundstudiums kennengelernt hatte – langer schwarzer Pferdeschwanz und tiefbraune Augen. Er hatte ihr traurige Gedichte geschrieben, und sie hatte melancholische Fotos von ihm gemacht. Aber er war sehr besitzergreifend und introvertiert gewesen, und am Ende hatten seine düsteren Launen sie völlig zermürbt.

Dann war da Andy gewesen, in jeder Hinsicht genau das Gegenteil von Richard. Kurzes blondes Haar und blaue Augen, mit Sinn für Humor und Bubenstreiche. Auch der Sex hatte mit Andy Spaß gemacht, bis sie herausfand, daß er sie nicht nur mit einer, sondern gleich mit zwei Frauen betrog.

Seither war sie auf Nummer Sicher gegangen, sorgsam darauf bedacht, emotional unbeteiligt zu bleiben; sie hatte sich eingeredet, daß sie es vorzog, ihre Gefühle außen vor zu halten und Spaß zu haben, wenn ihr der Sinn danach stand. Und jetzt saß sie hier auf ihrem Bett und zermarterte sich den Kopf darüber, was sie anziehen sollte.

Sie entschied sich für ihr schwarzes Samtkleid: kurzärmelig, wadenlang, mit V-Ausschnitt, dazu schwarze Strumpfhosen und Schuhe; es war schick, ohne übermäßig sexy zu sein. Statt sich das Haar zurückzubinden, ließ sie es locker auf die Schultern fallen.

Sie sah auf die Uhr und stellte zu ihrem Entsetzen fest, daß es fast schon Viertel vor acht war. Also schnappte sie sich Jacke und Handtasche, stürzte aus dem Zimmer und war schon am Fuß der Treppe, bevor ihr Edith Spencers Album einfiel. Sie stürmte die Stufen wieder hinauf, um es zu holen.

Sie und Chris kamen gleichzeitig vor dem Restaurant in der Queenstown Road an. «Gutes Timing», sagte er und warf ihr einen anerkennenden Blick zu. «Sie sehen toll aus. Schwarz steht Ihnen. Ah, ist das das Album? Darauf freue ich mich schon.»

Er hielt ihr die Tür auf, um sie vorgehen zu lassen, und ein Kellner führte sie zu ihrem Tisch.

Sie bestellten das Essen, und dann machte sich Chris gleich über das Album her.

Er ließ sich viel Zeit beim Durchblättern, las die Zeitungsausschnitte, sah sich Gawaine de Veres Fotos aufmerksam an und betrachtete vor allem die Schnappschüsse des Landhauses mit besonderer Faszination. «Wirklich ein Traum», murmelte er. «Können Sie sich vorstellen, wie es in den zwanziger Jahren dort ausgesehen haben mag – Krocketspieler auf dem Rasen, offene Balkontüren, Paare, die in den Abend hinaustanzen? Ich wette, heute wimmelt es da wahrscheinlich von Fernsehantennen, Doppelglasfenstern, Schiebetüren – und abscheulichen kleinen Plastikgartenzwergen …»

«Was glauben Sie, wo das Haus steht?»

«Schwer zu sagen. Eindeutig in Südengland. Vielleicht in Dorset oder Sussex.»

«Ich glaube, dieses Haus ist sein Studio gewesen. Auf der Rückseite eines der Fotos steht seine Adresse. Porters Place Nummer zehn.»

«Das ist in Chelsea, in der Nähe der Eindeichung. Da stehen eine ganze Reihe sehr hübscher Regency-Häuser.»

Der Kellner brachte den ersten Gang, und Chris legte das Album beiseite.

«Sie verstehen, was ich über Gawaine de Veres Bilder sagen wollte, nicht wahr?»

«Allerdings.»

«Ich werde nie so gut sein, auch nicht, wenn ich hundert Jahre alt werde.»

«Unsinn! Ich versichere Ihnen, daß Ihre Fotos schon jetzt etwas haben, das sie von den Arbeiten anderer Studenten unterscheidet.»

«Danke, aber es gibt immer noch so viele Dinge, die ich lernen möchte.» Sie erläuterte ihm das Problem, im College einen Platz im Studio zu bekommen, und erzählte ihm von dem katastrophalen Porträt, das sie am Tag vor ihrer ersten Begegnung von Claire gemacht hatte.

«Hm, aber immerhin haben Sie schon einen Job. Ich weiß, es ist nicht gerade ein umwerfend kreativer Auftrag, aber immerhin ein Anfang. Und Sie können nicht wissen, was vielleicht noch draus wird. Wie sind Sie überhaupt zum Fotografieren gekommen?»

«Reiner Zufall. Wahrscheinlich hat es angefangen, als Dad mir und Dominic, als wir beide noch Kinder waren, Fotoapparate schenkte. Einer unserer Nachbarn war in der Werbebranche und außerdem ein begeisterter Fotograf, sogar mit eigener Dunkelkammer. Er hat mir ziemlich viel beigebracht. Schließlich riet er mir, Fotografie zu studieren. Wo sind Sie zur Schule gegangen?»

«So ziemlich überall. Ich komme aus einer Familie von Globetrottern. Mein Großvater und mein Vater waren beide in der Armee. Geboren wurde ich 1956 auf Zypern, aber danach haben meine Eltern in Deutschland, Aden und Gibraltar gelebt. Als ich acht wurde, haben sie mich auf ein Internat nach England geschickt. Ich habe selbst eine Zeitlang eine militärische Laufbahn in Erwägung gezogen, aber mein alter Herr hat es mir ausgeredet. Ich bin nicht aus dem Holz, aus dem man Soldaten macht.»

Chris lächelte, und plötzlich wurde ihr klar, wie entwaffnend jungenhaft und charmant dieses Lächeln war, und obwohl man ihn kaum gutaussehend nennen konnte, wirkte er doch sehr attraktiv.

«Ist Ihr Vater immer noch bei der Armee?»

«Nein, er ist mit fünfzig in Pension gegangen, aber seither hat er bei Unicef zu tun und ist daher immer noch viel auf Reisen. Meine Eltern haben ein Cottage in Tewkesbury, aber ihr Hauptwohnsitz ist New York.»

«Haben Sie Geschwister?»

«Zwei Schwestern. Die jüngste heißt Deborah und arbeitet für eine große Public-Relations-Agentur in Los Angeles. Und Jeanette lebt in Vancouver, verheiratet, mit zwei Kindern.»

«Und warum haben Sie beschlossen, in England zu bleiben?»

«Das war eher Zufall als Absicht. Als meine Großmutter starb, hinterließ sie uns dreien eine Wohnung in London. Dort haben wir während des Studiums zusammen gewohnt. Dann lernte Jeanette ihren Mann kennen und ging mit ihm nach Kanada. Deb bewarb sich um ihren Job in L. A. und zog ebenfalls weg. Und ich habe geheiratet ...»

Einen Augenblick lang hatte Pippa das Gefühl, als würde ihr Herz aufhören zu schlagen.

«Ich wußte nicht, daß Sie – daß Sie v ... verheiratet sind», stammelte sie.

«Oh, das ist inzwischen vorbei. Carol und ich haben uns vor sechs Monaten getrennt. Wir stecken mitten in den Wehen der Scheidung.»

Zögernd, weil sie sich nicht ganz sicher war, wie sie reagieren sollte, murmelte Pippa: «Das tut mir leid.»

Er zuckte die Achseln. «Mir nicht. Zumindest glaube ich das. Sie war eine Hexe.» Er schüttelte den Kopf. «Als wir uns trennten, hat sie zugegeben, daß sie mir schon vor unserer Hochzeit untreu war. Ihre bitterste Anklage bestand darin, ich sei ein Langweiler.»

Ein paar Augenblicke saßen sie schweigend da. Dann rief Chris plötzlich: «Ich weiß, was wir machen, wenn wir mit dem Essen fertig sind! Wir fahren rüber nach Chelsea und sehen uns Porters Place Nummer zehn an.»

Porters Place war eine Enttäuschung. Es war ein stiller Platz mit einer eingezäunten Grünanlage in der Mitte. Einige der Häuser im Regency-Stil standen noch, genau wie auf einem von Edith Spencers Schnappschüssen, aber es gab auch viele beträchtlich jüngeren Datums. Das Haus Nummer zehn war ein pseudogeorgianischer Bau mit einem hochglanzpolierten Messingschild an der Tür, das eine Arztpraxis anzeigte.

«Wie seltsam», sagte Pippa. «Glauben Sie, es gibt noch ein anderes Porters Place?»

«Nicht, daß ich wüßte. Ich schätze, die alte Nummer zehn ist während des Krieges ausgebombt worden. Tja, tut mir leid, Pippa, aber wir werden hier wohl nichts über Gawaine in Erfahrung bringen.»

Sie waren in seinem MG hergefahren und er brachte sie zum Restaurant zurück. Bevor sie ausstieg, legte er ihr eine Hand unters Kinn und drehte ihr Gesicht zu sich herum. «Wissen Sie, was ich am meisten an Ihnen mag, Pippa Devere?»

Sie schüttelte den Kopf.

«Daß Sie so ungeheuer natürlich und offen sind. Bitte, bleiben Sie so.»

Ihre Blicke trafen sich, dann zog er sie an sich und küßte sie. Und in dieser Sekunde wurde ihr bewußt, daß es möglich war, sich auf den ersten Blick zu verlieben, und daß sie Chris Hillyard niemals langweilig finden würde.

5

Als Pippa am Montag morgen zum Updike House fuhr, war sie erneut übernervös. Als wäre es nicht schon schlimm genug, sich darüber Sorgen machen zu müssen, ob sie ihrer Aufgabe gewachsen sein würde, hatte der Kuß ihre Beziehung, die als rein berufliche Partnerschaft gedacht war, auf eine persönliche Ebene verlagert. Wie würde Chris reagieren, wenn er sie sah? Würde er sehr formell sein und so tun, als hätte es den Samstagabend gar nicht gegeben? Oder würde er sich das leere Haus zunutze machen, um sie noch einmal zu küssen, so daß sie sich nicht auf ihre Arbeit konzentrieren konnte – mit dem Ergebnis, daß sie wahrscheinlich lauter dumme Fehler machte? Oder, was noch schlimmer wäre, hatte er seinen Kuß bereits bedauert?

Aber sie hätte sich keine Sorgen zu machen brauchen. Chris begrüßte sie liebevoll mit einer flüchtigen Berührung an der Schulter und einem warmen, schnellen Kuß. Er erkundigte sich, ob sie einen schönen Sonntag gehabt habe, und sagte dann: «Ich schlage vor, daß wir zusammen den Zeitplan durchgehen, und dann lasse ich dich allein wursteln. Im Flur steht ein Telefon; du kannst mich jederzeit im Büro anrufen, falls es irgendwelche Probleme gibt. Obwohl das sicher nicht der Fall sein wird. Ich komme dann so gegen Abend wieder her.»

Die Liste der notwendigen Aufnahmen war von überwältigender Länge: Jeder Winkel eines jeden Raumes mußte abgelichtet werden, mit Nahaufnahmen aller wesentlichen Details. Sie brauchte bis weit in den Nachmittag hinein, nur um den ersten Raum zu fotografieren. Und bis das Licht zum Fotografieren nicht mehr reichte und Chris zurückkehrte, hatte sie noch nicht einmal eine Wohnung abgedeckt.

«Bei diesem Tempo bist du mit den Renovierungen fertig, bevor ich meine Fotos geschossen habe», sagte sie, nachdem sie sich für ihre Langsamkeit entschuldigt hatte.

«Keine Sorge. Ich hatte nicht damit gerechnet, daß du sofort würdest anfangen können, daher haben wir noch jede Menge Zeit. Jetzt, finde ich, hast du dir erst mal einen Drink verdient.»

Sie gingen wieder in denselben Pub, aber sie konnte sich nicht so recht entspannen. Es steigerte ihre Unruhe, daß sie mit Farbnegativfilm arbeitete, es also zwei Tage dauern würde, bis die Abzüge aus dem Labor zurückkamen. «Das Licht hat sich ständig geändert. Ich habe es gemessen und die Belichtungszeit eingestellt, aber was ist, wenn alle Bilder schlecht geworden sind?» fragte sie. «Und ich bin mir nicht sicher, ob ich die jeweils günstige Aufnahmeposition gewählt habe. Das Weitwinkelobjektiv läßt einen Raum größer aussehen, aber es verzerrt auch die Vertikalen.»

«Hör auf, dir Gedanken zu machen», meinte Chris lachend, nachdem sie mindestens eine Viertelstunde lang lamentiert hatte. «Wenn es zum Allerschlimmsten kommt, kannst du die Aufnahmen ja wiederholen. Jetzt wollen wir die Arbeit vergessen und über anderes reden ...»

Als der Film entwickelt war, lösten sich Pippas Befürchtungen natürlich in nichts auf. Chris zeigte sich begeistert von den Bildern, und mit neugewonnenem Selbstbewußtsein ging ihr die Arbeit immer schneller von der Hand.

Ihre persönliche Beziehung zu Chris machte gleichermaßen erfreuliche Fortschritte. Die ersten Abende war Pippa so müde, daß sie nach einem Drink nach Hause fuhr, ein schnelles Abendessen zu sich nahm und dann sehr zur Überraschung ihrer Eltern erschöpft ins Bett sank. Aber je mehr ihre Arbeit sie in Bann zog, desto mehr neue Energie schöpfte sie auch daraus. Am Mittwoch abend ging sie mit Chris in ein italienisches Restaurant, um die ersten Ergebnisse ihrer Arbeit zu feiern. Am Abend darauf sahen sie sich einen Film an und am Freitag eine Ausstellung in einer Fotogalerie. Am Samstag – einem herrlichen, heißen Tag – fuhren sie mit dem MG nach Brighton. Am Sonntag machte das Wetter jedoch eine typisch englische Verwandlung durch, und es goß in Strömen. Chris rief sie am Morgen an und lud sie zum Mittagessen zu sich ein.

Es gab Paella. «Wie hast du das gelernt, so zu kochen?» fragte Pippa, stark beeindruckt von der sachkundigen Art, mit der er Knoblauch hackte, Paprikaschoten aufschnitt, Reis briet und all die anderen Zutaten hinzufügte – gekochtes Huhn, Garnelen und Muscheln.

«Aus reiner Not. Während ich hier in London wohnte und keine Mutter mehr für mich sorgte. Und während der Ehe mit einer Frau, die nicht kochen konnte. Wie steht es mit dir? Kochst du gern?»

«Ich fürchte, ich bin keine besonders gute Köchin», gestand sie. Dann fügte sie aus Angst, sich möglicherweise in die Carol-Kategorie katapultiert zu haben, hinzu: «Meine Mutter läßt niemanden in ihre Küche.»

Nach dem Mittagessen ließ der Regen für eine Weile nach; sie schlenderten durch den Battersea Park, dann fing es wieder an zu gießen, und sie kehrten zu ihm nach Haus zurück. «Was möchtest du heute abend gern machen?» fragte er. «Möchtest du zum Essen ausgehen, oder bist du zufrieden mit dem, was der Hausmann auf den Tisch bringt?»

«Ich entscheide mich für den Hausmann», erwiderte sie, ohne einen Augenblick zu zögern. Sie hatte nicht das Bedürfnis, mit Chris gesehen zu werden – sie wollte lediglich bei ihm sein und ihn für sich allein haben.

Um elf sagte Chris: «So, morgen ist ein Arbeitstag. Kommst du allein zurecht – oder soll ich dich nach Dulwich bringen?»

Mit einem Gefühl der Enttäuschung versicherte sie ihm: «Nein, ich komme schon klar.»

Er nahm sie in die Arme. «Es war sehr schön heute.»

«Finde ich auch», murmelte sie und legte den Kopf an seine Schulter.

Er küßte sie hart und entschlossen, zog sich dann aber abrupt zurück. «Los mit dir», sagte er.

Am folgenden Wochenende mußte Chris arbeiten, und Pippa hatte den ganzen Samstagabend für sich. Ihre eigene Arbeit war so zügig vorangekommen, daß sie mit der ersten Serie von Fotografien fast fertig war. Obwohl Chris behauptete, mit ihrer Arbeit absolut zufrieden zu sein, war es durchaus denkbar, daß er für die fotografische Dokumentation der Renovierungsarbeiten einen erfahreneren Fotografen einsetzen wollte. Was würde dann mit ihrer Beziehung geschehen?

Pippa war sich noch immer nicht klar, ob das, was sie

für Chris empfand, lediglich Zuneigung war, oder ob sie tatsächlich verliebt war; sie hatte noch nie zuvor jemanden wie ihn kennengelernt. Auf jeden Fall wollte sie ihn so schnell nicht wieder aus den Augen verlieren.

Ihr Blick fiel auf das dunkelgrün eingebundene und mit Goldlettern beschriftete Buch auf ihrem Toilettentisch: den Fotografiealmanach des *British Journal* aus dem Jahre 1933. Ganz in ihre eigenen Gedanken versunken, öffnete sie es. Beim ersten Durchblättern erschien ihr der Inhalt genauso undramatisch wie der Titel – über hundert Seiten mit Annoncen, ein Inhaltsverzeichnis, das so spannende Themen wie «Vereinfachter Thiokarbamidentwickler für Lichtbilder» aufführte.

Sie wollte das Buch gerade zurücklegen, als es von selbst an einer ganzseitigen Abbildung aufklappte. Der Name des Fotografen sprang ihr ins Auge: Gawaine de Vere. Das Bild trug den Titel «Frau im Mond» und zeigte eine wunderbar beleuchtete, sitzende Nackte, die die Arme um die Knie geschlungen hatte und im Umriß die Form des großen, zu dreiviertel vollen Mondes im Hintergrund wiederholte.

Der Grund, warum sich das Buch an dieser Stelle geöffnet hatte, war ein Briefumschlag, der einmal als Lesezeichen gedient hatte. Die Adresse auf dem Umschlag lautete: Miss E. Spencer, Chanctonbury Lodge, West Parade, Worthing. Der Brief war auf billigem liniertem Papier und in einer hastigen, ziemlich altmodischen Handschrift geschrieben:

Yondover, 14. August

Liebe Edith,

vielen Dank für Ihren Brief und Ihre Anteilnahme. Obwohl das, was B. über mich sagte, mich natürlich sehr aufgeregt hat, bin ich doch bemüht, die Dinge im richtigen Verhältnis zu sehen. Sie haben wahrscheinlich recht, wenn Sie sagen, das Motiv sei Eifersucht. Glücklicherweise scheint es im Haus oder im Garten immer etwas zu tun zu geben, so daß ich nicht übermäßig viel zum Nachdenken komme. Jethro leidet noch immer unter den Nachwirkungen eines schlimmen Hexenschusses und kommt nicht wieder so gut auf die Beine, wie er sich das wünscht. Aber Millie geht es gut, und Ted ist zu einem strammen Burschen herangewachsen. Sie werden sicher froh sein zu hören, daß ich keine Probleme mehr mit den Behörden oder Eindringlingen auf meinem Land habe.

In der Hoffnung, daß es Ihnen genauso gutgeht wie mir, bin ich

Ihr G. G. D. V.

Pippa warf noch einen Blick auf den Umschlag, aber der Poststempel war verschmiert, und der einzige Hinweis auf das Datum, an dem er abgeschickt worden war, war die Briefmarke, die noch aus der Zeit vor der Einführung des Dezimalsystems in der Währung stammte.

Voller Eifer durchsuchte sie nun auch die anderen Bücher, die allesamt in den dreißiger Jahren erschienen waren, aber obwohl sie zwischen den Seiten noch mehrere Papierschnipsel und zwei weitere Gawaines fand, blieb dies der einzige Brief. Das jüngste Foto, ein beunruhigendes Porträt einer wildäugigen, zerzausten, aber doch ungeheuer schönen jungen Frau vor dem Hintergrund eines grauen Himmels, stammte aus dem Almanach von 1939. Sein Titel lautete: «Verzweiflung».

Von diesem Porträt, das so spontan und so viel weniger kunstvoll war als die anderen Arbeiten Gawaine de Veres, konnte sie lange Zeit den Blick nicht abwenden. Hier handelte es sich, davon war sie überzeugt, um ein sehr persönliches Bild, bei dem der Fotograf einen Teil seiner Seele entblößt hatte.

Eine Woche später stand sie auf dem Flughafen von Gatwick und sah zu, wie ihre Eltern sich Richtung Paßkontrolle und Abflughalle entfernten; ihre Mutter trug ein absurd jugendliches ärmelloses Sommerkleid, das bei weitem zuviel von ihren dicklichen Armen enthüllte, und ihr Vater hatte sich gleichermaßen lächerlich gekleidet, in einen Blazer und peinlichst gebügelte Baumwollhose, obwohl er ausnahmsweise keine Krawatte trug.

Valerie drehte sich um und rief fröhlich: «Mach's gut, und bis in vierzehn Tagen.»

«Vergiß nicht, die Alarmanlage einzuschalten, bevor du aus dem Haus gehst», fügte Sebastian hinzu, dessen Gedanken wie eh und je bei seinem Besitz weilten. «Und sag es auch Dominic noch einmal!»

«Mach ich! Viel Spaß, ihr zwei!»

Dann waren sie verschwunden, und der Rest des Tages gehörte Pippa allein. Sie suchte eine Telefonzelle und wählte die Nummer ihrer Großmutter. Das Telefon klingelte und klingelte, und sie wollte gerade aufgeben, als sie Kikis ziemlich atemlos klingende Stimme hörte.

«Ich bin's, Pippa. Ich bin in Gatwick. Kann ich auf einen Sprung zu dir runterkommen?»

«Pippa, mein Liebes! Natürlich! Wann wirst du hier sein?»

«In einer Stunde oder so, schätze ich.»

«Nun, dann paß gut auf dich auf und fahr vorsichtig.»

«Keine Angst. Das mache ich immer. Bis gleich.»

Bald darauf fuhr sie Richtung Süden, und statt Radio eins einzustellen, wie sie es noch vor einer Woche getan hätte, spielte sie eine Kassette mit Mozarts Klarinettenkonzert ab, die Chris ihr geliehen hatte.

Sie hatte ihren Eltern nicht erzählt, was sie für den Rest des Tages geplant hatte. Einen flüchtigen Augenblick lang, als sie die Außenbezirke von Worthing erreichte, fragte sie sich, ob sie nicht geradeaus weiterfahren und nach der Chanctonbury Lodge suchen sollte, entschied sich aber sofort dagegen. Sie würde mit Kiki anfangen, und wenn sie bei der – wie sie stark vermutete – kein Glück hatte, dann würden sie vielleicht zusammen hinfahren und schauen, ob sie Edith Spencer aufspüren konnten.

Ihre Großmutter öffnete die Tür, kaum daß sie den Klopfer betätigt hatte. «Wie schön, dich zu sehen, Kleines», sagte sie. «Komm rein und erzähl, was dich so unerwartet herführt. Irre ich mich oder sind deine Eltern heute in Urlaub gefahren?»

Pippa folgte ihr durch den Flur in die Küche. «Ja, sie müßten jetzt eigentlich schon unterwegs sein. Hallo, Tabitha, mein liebes, altes Pussikätzchen. Warum liegst du nicht draußen in der Sonne?»

Sie trat an die Küchentür und blickte hinaus auf die kleine Terrasse, auf der ein gedeckter Tisch und zwei

Klappstühle standen. Auf einen dieser Stühle ließ sie sich fallen, schob die Ärmel ihres T-Shirts hoch und rollte ihre Jeans auf. Die niedrige Steinmauer am Rand der Terrasse war nahezu unsichtbar unter den üppigen Polstern von Lobelien und Steinkraut und hinter dem Gedränge der Kübel mit Geranien, Fuchsien und Petunien. Zwischen den Pflastersteinen wuchsen Thymianbüschel, die sich den Platz mit Grasnelken, Federnelken und Glokkenblumen teilen mußten; bunte Schmetterlinge und summende Bienen umlagerten die Blütenpracht. Ein hölzerner Spalierbogen, der sich unter herrlich duftendem Geißblatt und korallenfarbenen Rosen zu biegen schien, spannte sich über zwei niedrige Stufen, die hinunter in die Farborgie des Gartens führten.

«Das ist wirklich ein sonniges Eckchen hier», rief Pippa ihrer Großmutter zu, die noch in der Küche hantierte. «Wozu fährt man da eigentlich nach Griechenland? Hier könnte man sich doch glatt am Mittelmeer wähnen.»

Kitty trat mit einem vollbeladenen Tablett auf die Terrasse. «Wahrscheinlich hast du recht», sagte sie etwas überrascht. «Obwohl ich glaube, daß ich schon viel zu lange hier bin. Es wird Zeit, weiterzuziehen.»

Pippa starrte sie erstaunt an und versuchte gleichzeitig vergeblich, sich ihre Großmutter an einem anderen Ort vorzustellen. «Aber du hast doch immer hier gelebt.»

«Nein, nicht immer.»

«Nun ja, jedenfalls seit ich auf der Welt bin.»

Kitty lachte und machte sich daran, verschiedene appetitliche garnierte Teller mit Quiche, Käse, hartgekochten Eiern und Salat auf dem Tisch zu verteilen.

«Mmh», murmelte Pippa erwartungsvoll, «lauter

Kleinigkeiten – genau die Art Essen, die ich am allerliebsten mag.»

«Ich auch. So, und jetzt erzähl erst mal, was du in letzter Zeit so getrieben hast.»

Die Beziehung zwischen Pippa und ihrer Großmutter war seltsam und ungewöhnlich. Sie sahen einander viel zu selten, aber wenn sie zusammenkamen, setzten sie ihr Gespräch beinahe genau dort fort, wo sie es bei ihrem letzten Treffen abgebrochen hatten, so als hätte es gar keine Unterbrechung, keine Zeit dazwischen gegeben. Zu den liebenswertesten Eigenschaften ihrer Großmutter zählte, daß sie immer äußerst interessiert wirkte, ganz gleich, worum es ging, und daß sie darüber hinaus niemals einen Vertrauensbruch begehen würde. Das hatte Pippa schon als ganz kleines Mädchen herausgefunden, wenn sie ihrer Großmutter ihre kindlichen Geheimnisse anvertraut hatte.

Also begann Pippa mit dem Thema, das in ihren Gedanken an erster Stelle stand, das ihr weit wichtiger war als Gawaine de Vere – Chris. Sie erzählte, wie sie sich kennengelernt hatten, berichtete von ihrer Arbeit im Updike House, beschrieb Chris' eigenes Haus und verschwieg nicht einmal die Tatsache, daß er verheiratet war – obwohl sie immerhin vorsichtig genug war, hinzuzufügen, daß ihre Eltern davon nichts wußten. Sie war sich nicht sicher, wie ihre Mutter reagieren würde, aber ihr Vater wäre davon ganz sicher nicht angetan. Kiki dagegen zeigte sich durch ihre Enthüllungen keineswegs schockiert, obwohl in ihren Augen kurz ein Ausdruck der Sorge aufflackerte. «Jeder kann mal einen Fehler machen», murmelte sie. «Und jetzt erzähl mir von diesem Projekt im Updike House. Wie soll das weitergehen?»

«Der nächste Schritt liegt bei den Bauunternehmern. Chris meinte, man würde mich für die Dokumentation der Baufortschritte brauchen. Und wenn dann die Renovierung abgeschlossen ist, muß jedes Zimmer noch einmal fotografiert werden.»

«Was für eine großartige Chance! Ich freue mich so für dich. Und hoffentlich springen bei der Sache auch ein paar gute Fotos für deine Mappe raus.»

«Ja, ich habe mich auch schon gefragt, ob ich das Projekt für meinen Abschluß nutzen kann. Das Updike House hat ein paar besonders schöne Eigenheiten – dekoratives Mauerwerk, alte Kamine, ja sogar noch einige der ursprünglichen Bogenfenster.»

«Also hast du beschlossen, dich auf Architekturfotografie zu spezialisieren?»

«Eigentlich nicht. Mir wäre es lieber, mich überhaupt nicht auf eine einzige Sache festzulegen. Und Chris ist da ganz meiner Meinung. Wenn ich das College abgeschlossen habe, möchte ich bei einem Fotografen mit einem breiten Arbeitsspektrum assistieren, so daß ich all meine Wissenslücken stopfen kann – all die Dinge, die ich eigentlich auf dem College lernen soll und dort nicht lerne.»

«Und was willst du in den Ferien anfangen?» fragte ihre Großmutter, als Pippa mit ihren Klagen über das College fertig war.

«Darüber habe ich noch gar nicht richtig nachgedacht», erwiderte sie. Am Wochenende hatte Chris ihr dieselbe Frage gestellt und dann beiläufig bemerkt: «Mir steht selbst auch noch ein bißchen Urlaub zu.» Eine Weile hatten sie über die Orte gesprochen, die sie gern sehen würden, aber das Gespräch war schließlich im Sande verlaufen, und sie hatte keine Ahnung, ob er daran dachte, ihr einen gemeinsamen Urlaub vorzuschlagen.

Sie hatten ihre Mahlzeit beendet, und ihre Großmutter machte sich daran, den Tisch abzuräumen. «So, wie wär's jetzt mit einer Tasse Kaffee?»

«Im Augenblick nicht, danke. Ich würde mir erst gern deinen Garten ansehen. Er sieht einfach prächtig aus.»

Sie gingen den kleinen Pfad hinunter. Pippa kannte so gut wie keine der Pflanzen bei ihrem Namen, aber das spielte keine Rolle. Kiki gehörte nicht zu jenen langweiligen Gärtnerinnen, die darauf bestanden, eine jede Pflanze bei ihrem vollen lateinischen Namen zu nennen; sie war schon vollauf zufrieden, wenn man eine Blume wegen ihrer Farbe, ihrer Gestalt und ihres Dufts bewunderte.

Pippa pflückte ein Gänseblümchen und zog seine Blütenblätter ab. «Er liebt mich. Er liebt mich nicht.» Schließlich blieb nur noch ein einziges, sehr befriedigendes Blättchen übrig. «Er liebt mich!»

Ihre Großmutter lachte. Sie schaute sehnsüchtig über die Dächer hinunter in Richtung Meer. «Das wunderbare an der Jugend ist, daß jeder Tag etwas Neues und Aufregendes bringt, etwas, worauf man sich freuen kann. Im Alter hingegen hat man sein Leben hinter sich ...

Pippa war so mit ihren Gedanken an Chris und das College beschäftigt gewesen, daß sie Gawaine de Vere um ein Haar vergessen hätte. Jetzt fiel er ihr plötzlich wieder ein. «Hm, ich weiß nicht, ob sich dies als aufregend erweist oder nicht, aber ich habe ein kleines Rätsel, bei dessen Lösung du mir vielleicht helfen kannst.»

Sie gingen zurück zum Haus. «Erinnerst du dich, daß

Dad im Frühling nach Worthing zu einer Auktion gefahren ist? Nun, zu dem Sekretär, den er dort gekauft hat, gehörten ein paar alte Bücher und ein Fotoalbum. Das Album habe ich dir mitgebracht. Es enthält ein paar ganz erstaunliche alte Fotos – von wirklich berühmten Leuten – und ein paar Schnappschüsse von einem wunderschönen alten Haus, das mich auf eine seltsame Art und Weise an deins erinnert, obwohl es viel größer ist und mitten im Nichts zu stehen scheint. Ich glaube, es heißt ‹Yondover›, weil ich in einem der Bücher einen Brief gefunden habe. Aber wie dem auch sei – als Dad mir die Bücher gab, habe ich erst angenommen, die Frau, der das Album gehörte, hätte die Bilder aufgenommen – Edith Spencer ...»

Als sie merkte, daß Kitty nicht mehr neben ihr herging, drehte Pippa sich um und fand sie ganz vertieft in den Anblick einer Rosenblüte. «Kiki, hörst du mir überhaupt zu? Jetzt kommt nämlich das eigentlich Erstaunliche an der ganzen Sache.»

«Ja, mein Schatz, ich höre dir zu. Bitte, sprich doch weiter.» Die Stimme ihrer Großmutter klang irgendwie geistesabwesend; wahrscheinlich hatte sie entdeckt, daß die Rose von Läusen oder anderen Schädlingen befallen war.

«Nein, ich zeig's dir lieber.» Pippa lief auf die Terrasse, um das Album aus ihrer Tasche zu holen. Sie blätterte es durch, bis sie zu dem Porträt von Georg V. kam. «Sieh dir das nur an!» sagte sie, zog das Bild vorsichtig aus seinen Fotoecken und drehte es um. «Das ist König Georg V., und der Fotograf heißt – rate mal! – de Vere. Gawaine de Vere!»

Kitty achtete wahrscheinlich mehr auf das Foto als auf die Treppe. Sie stolperte auf der oberen Stufe, strauchelte, fiel und schlug mit dem Kopf auf der niedrigen Steinmauer auf.

Völlig reglos und mit geschlossenen Augen lag sie da.

Pippa ließ das Album fallen und bückte sich zu ihr hinunter. «Kiki! Fehlt dir was? Kiki!»

Aber ihre Großmutter rührte sich nicht und antwortete auch nicht, obwohl ihr flacher Atem Pippa verriet, daß sie noch lebte.

Von Panik erfüllt, rannte Pippa ins Haus und rief einen Krankenwagen.

Es war bereits Abend, als Pippa vom Arundel Hospital ins Rose Cottage zurückkehrte. Glücklicherweise war der Krankenwagen in Windeseile dagewesen, und die Sanitäter hatten die immer noch bewußtlose Kitty auf eine Bahre gelegt und mit Blaulicht und heulenden Sirenen ins Krankenhaus gebracht. Pippa hatte selbst zusehen müssen, wie sie ins Krankenhaus kam. Nachdem sie die Hausschlüssel gesucht und die Tür abgeschlossen hatte, ließ sie sich von Colonel und Mrs. Wakehurst, die darauf brannten, zu erfahren, was geschehen war, den Weg zum Krankenhaus erklären.

«Ach, die arme Frau», hatte Mrs. Wakehurst voller Mitleid gesagt. «Ich hoffe, es ist nichts Ernstes.»

«Vielleicht hatte sie einen Schlaganfall», hatte der Colonel gemutmaßt.

«Oder einen Herzinfarkt», hatte Mrs. Wakehurst hinzugefügt.

Ein Schlaganfall? Ein Herzinfarkt? Pippa sah die beiden entsetzt an. «Sie ist gestürzt, auf der Treppe ins Stolpern geraten», sagte sie. «Das hätte jedem passieren können.»

Im Krankenhaus hatte man Kitty bereits geröntgt und untersucht, als Pippa endlich eintraf.

«Wir müssen Mrs. Devere noch eine Weile hierbehalten, bis wir die notwendigen Tests durchgeführt haben, um sicherzustellen, daß sie keinen Gehirnschaden erlitten hat», sagte der Arzt. «Vielleicht hatte sie eine kurze Bewußtseinsstörung, und falls dem so ist, müssen wir den Gründen dafür nachgehen. Es ist durchaus möglich, daß so etwas nicht zum ersten Mal passiert ist.»

«Ist sie denn immer noch nicht wieder bei Bewußtsein?» fragte Pippa ängstlich.

«O doch, sie ist wieder zu sich gekommen.»

Eine ungeheure Woge der Erleichterung bemächtigte sich Pippas. «Gott sei Dank ...»

«Aber sie ist noch sehr benommen. Sie hat sich nicht nur den Kopf verletzt, sondern sich auch ein paar böse Prellungen an den Rippen zugezogen und eine ziemlich üble Wunde an der Schulter, die wir bereits genäht haben. Wir haben ihr schmerzstillende Medikamente gegeben, die ihr außerdem helfen werden, ein wenig zu schlafen.»

«Ich bin sicher, sie hätte es mir erzählt, wenn sie früher schon einmal gestürzt wäre.» Aber noch während Pippa diese Worte aussprach, fiel ihr ein, daß Kitty an diesem Tag ziemlich merkwürdig gewesen war und sogar von Umzug gesprochen hatte. «Außerdem können Sie sie ja danach fragen.»

«Sie wird sich vielleicht nicht erinnern. Sie hat eine ziemlich schlimme Gehirnerschütterung, die wahrscheinlich einen Gedächtnisausfall bewirken wird. Es könnte mehrere Tage, ja sogar Wochen dauern, bevor sie sich an die allerletzten Ereignisse vor dem Sturz erinnert, und es ist durchaus wahrscheinlich, daß sie sich an das, was ihr heute zugestoßen ist, niemals mehr erinnern wird. Bei einer Gehirnerschütterung kommt es recht häufig vor, daß den Betroffenen die Erinnerung an die letzten vierundzwanzig Stunden fehlt.»

«Wie lange muß sie denn im Krankenhaus bleiben?»

«Das hängt davon ab, wie schnell sie sich erholt und was unsere Tests ergeben. Lebt sie allein?»

«Ja, ich habe sie heute nur zufällig besucht. Aber jetzt werde ich natürlich bleiben.» Sie hatte zwar keine Kleider zum Wechseln bei sich und auch sonst nichts, was sie für die Nacht benötigte, aber das ließ sich ja leicht ändern. Und es gab keinen Grund für sie, auf der Stelle nach Dulwich zurückzukehren. Dominic konnte sicher auch ohne ihre Gesellschaft auskommen, und falls sie längere Zeit hierbleiben mußte, würde Chris sie hoffentlich einmal besuchen.

«Das wäre sicher eine gute Idee, zumindest wenn sie keine anderen Verwandten in der Nähe hat.»

«Nein, außer uns hat sie niemanden mehr. Und meine Eltern sind nach Griechenland in Urlaub gefahren. Es sei denn, Sie meinen, ich solle Kontakt mit ihnen aufnehmen.»

«Oh, ich glaube, das wird nicht nötig sein.»

Mehr als irgend etwas anderes gab ihr diese Bemerkung die Hoffnung, daß Kitty sich bald erholen würde. «Kann ich jetzt zu ihr?»

«Besser nicht. Was sie jetzt vor allem braucht, ist Ruhe. Kommen Sie morgen nachmittag während der Besuchszeit. Wir haben ja Ihre Telefonnummer und werden Sie natürlich verständigen, falls sich ihr Zustand heute nacht verändern sollte.

6

Als Kitty die Augen öffnete, fand sie sich in einem schwach beleuchteten Raum wieder, unter einer Decke, die sie nicht kannte und die auf ganz und gar ungewöhnliche Weise erst näher zu kommen und sich dann zurückzuziehen schien. Schließlich vernahm sie ferne Geräusche, die nicht nach Zuhause klangen, das Gemurmel unvertrauter Stimmen, das Schlurfen von Füßen, das Scharren von Stuhlbeinen auf Vinylfußboden und das leise Rumoren schnarchender Menschen. In der Luft lag ein alles beherrschender Geruch nach Desinfektionsmitteln. Als sie sich ein wenig bewegte, schoß ihr ein heftiger Schmerz durch Kopf und Schultern und dann den Rükken hinunter, so daß ihr übel und schwindlig wurde und sie die Augen schnell wieder schloß.

Schritte näherten sich. Kühle Finger umschlossen sanft ihr Handgelenk. Eine weibliche Stimme fragte: «Mrs. Devere, können Sie mich hören?»

Sie stieß einen undefinierbaren Laut aus, der überhaupt nicht von ihr zu kommen schien.

«Sie haben einen schweren Sturz erlitten», sagte die Stimme. «Sie sind im Krankenhaus. Aber Sie kommen schon wieder auf die Beine.»

Ein Sturz? Sie konnte sich nicht daran erinnern, gestürzt zu sein. Im Krankenhaus? Wie hatte sie es geschafft, ins Krankenhaus zu kommen?

«Ich habe gerade Ihren Puls überprüft, und jetzt messe

ich noch Ihren Blutdruck», sagte die Krankenschwester. «Sie brauchen einfach nur still dazuliegen. In einer Sekunde ist alles vorbei.»

Das letzte, woran Kitty sich erinnern konnte, war, ja, daß sie in einem Garten stand. Es war sehr heiß, die Sonne brannte ihr auf die Schultern. Sie hatte die Hand um eine Rose gelegt und schaute in den Blütenkelch, eine wunderschöne Rose mit vollkommen geformten rosafarbenen Blütenblättern …

Die Rose war eine von unzähligen Blüten eines Strauches, der sie um einiges überragte, und etwas vor ihr rankte sich ein weiterer Rosenstock über eine hohe Feuersteinmauer; verschwenderisch breitete er sich über das Gemäuer aus, sein Stamm vom Alter dick und knorrig, seine äußersten Zweige umrankt von cremefarbenem Geißblatt. Ringsum blühten noch mehr Rosen, hie und da Malven und Hortensien mit ihren Spitzenhäubchen von Blütendolden, Päonien und Lilien und auf dem Boden Polster von Feder-, Garten- und Grasnelken, von Skabiosen, Jungfern im Grünen und zarten japanischen Anemonen.

«Als ich nach dem Tod meines Vaters mein Erbe antrat, war das Land hier vollkommen von Disteln und Brennesseln überwuchert», hörte sie Wests Stimme sagen. «Ursprünglich war es ein Teil des Bauerngartens, aber falls diese Erde jemals zu etwas gut war, ist das schon viele Jahre her. Wir mußten ganze Wagenladungen Humus aus dem Dorf heraufschaffen …»

In der eigenartigen Weise, in der man sich selbst manchmal im Traum sieht, sah sie sich als kleines Mädchen von dreizehn Jahren mit langen, lose fallenden Haaren. Und auf ebenso eigenartige Weise hörte sie Wests körperlose Stimme, ohne ihn zu sehen.

Sie ließ die Rose los und schlenderte den Weg entlang, bis sie an eine Treppe kam, die zu einem kleinen, offenen Durchlaß führte. Dort wuchs weißer und roter Baldrian in den Ritzen, und eine alte Tür hing seit Jahrzehnten unverschlossen und ein wenig schief in ihren Angeln, überwuchert mit blutroten Reben. Der Durchgang führte sie in einen weiteren Garten.

«Und dies hier war eine Scheune», sagte Wests Stimme. «Das Dach ist zwar eingefallen, aber die Wände sind immer noch gut. Die Blumen hier sehen am Spätnachmittag und am frühen Abend am schönsten aus, wenn ihre Farben in der letzten Glut der untergehenden Sonne aufleuchten.»

An den Mauern wuchsen karminrote Rosen und Waldreben von einem so intensiven Blau, daß der Himmel darüber beinahe farblos wirkte. Auf der gegenüberliegenden Seite befand sich ein weiteres, mit üppigem Baldrian überwuchertes Tor, breit und hoch genug für einen zweispännigen Heuwagen. Jetzt kam sie an eine Weggabelung. Zu ihrer Rechten führten Treppenstufen zu einem breiten, mit Azaleen und Perückensträuchern gesäumten Weg hinunter. Dahinter konnte man den Obstgarten sehen und die schlanke Gestalt von Gurneys Enkel Jethro, der mit steten, gleichmäßigen Bewegungen die Sense durch das hohe, reich mit Löwenzahn, Klee, Wicken und Butterblumen durchsetzte Gras schwang. «Wenn es nach Jethro ginge, würde der ganze Garten wieder eine Weide werden.» West lachte. «Seiner Meinung nach sind Blumen etwas Frivoles. Aber hör nicht hin, was Jethro sagt; er poltert gern. Er ist an der Somme schwer verwundet worden und als körperliches und geistiges Wrack nach England heimgekehrt. Er war erst siebzehn Jahre alt, aber ausgesehen hat er wie siebzig. Nach seiner Entlassung aus dem Krankenhaus haben wir ihn zur Erholung hierhergebracht – und seither lebt er hier.»

Nach dem Obstgarten stieg das Gelände ein wenig an, und man konnte die Koppel erkennen, auf der im Schatten einer uralten Eiche Pferde grasten und mit ihren Schweifen schlugen, um die Fliegen zu vertreiben. Hinter der Koppel begann Wests Wald. Er erstreckte sich nach Osten hin talwärts bis zum Fluß und nach Norden über die Straße nach Lewes hinaus bis zur Bahnlinie.

Sie schlenderte zwischen Hain- und Rotbuchen einher, zwischen Eichen und Birken, lief über einen sonnendurchwirkten Teppich, den der Laubfall und die Buckeckermast des letzten Herbstes hinterlassen hatten, durch hohe Farne und streifte die braunen Spitzen frühsommerlichen Fingerhuts.

«Die meisten dieser Bäume habe ich selbst gepflanzt», hörte sie wieder Wests Stimme. «Der ursprüngliche Waldbestand unten an der Straße ist sehr alt, aber ich habe die Waldfläche weit hangaufwärts vergrößert, damit uns der Anblick der Eisenbahn erspart bleibt.»

Vor sich sah sie ein Holztor in der sorgfältig gestutzten Eibenhecke, die Gurneys Gemüsegarten umgab, und beugte sich darüber.

«Das ist heiliger Boden», warnte sie Wests Stimme. «Laß auf keinen Fall Rafe hier herumstrolchen ...»

Sie betrachtete die schnurgeraden Pflanzenreihen, die in solch seltsamem Gegensatz zu der wilden Überfülle des Blumengartens standen. Die Vogelscheuche, die da inmitten ungezählter Obst- und Gemüsepflänzchen prangte, hätte Gurney selbst sein können: groß und dünn, mit spärlichem Strohhaar, das unter einer flachen Kappe hervorlugte.

«Ist als Stallbursche zu mir gekommen, unser Gurney», sagte Wests Stimme nun. «Das einzige, was er seinerzeit im Kopf hatte, waren Pferde – und Pferde werden auch sein Leben lang immer seine größte Liebe sein. Ich habe ihn nie so außer sich erlebt wie damals, als sein Sohn Frederick Eisenbahner wurde ... Fanny ist ein paar Jahre nach Gurney zu uns gestoßen. Sie war ein hübsches junges Ding, aber nach Gurneys Reaktion hätte man meinen können, eine wahre Hexe hätte bei uns Einzug gehalten. Und doch hat sie ihn irgendwie dazu gekriegt, daß er ihr einen Antrag machte. Und jetzt sind sie seit über fünfzig Jahren verheiratet ...»

Sie lächelte und wandte sich nach links, wo der Pfad unter der schattigen, moosbewachsenen Nordwand der Scheune in Fanny Gurneys sonnigen Kräutergarten führte, bevor man auf einen mit Steinplatten gepflasterten, hufeisenförmigen Hof kam, der von dem glyzinienberankten Küchenflügel des Hauses, Ställen, in denen die Schwalben ein und aus flogen, und der alten Milchkammer gesäumt wurde.

Aus der Küche kam das Geklapper von Töpfen und ein Duft von frisch gebackenem Brot, und Kitty spähte durchs Küchenfenster in Fannys Reich: die Anrichte, auf der sich das Geschirr stapelte, das tiefe Porzellanspülbekken, der Waschkessel und die Mangel; von den dunklen, niedrigen Eichenbalken hingen Kräuterbündel herab, auf dem Tisch standen Schalen mit Äpfeln und Eiern, und neben dem schwarzen, offenen Herd, in dem ein helles

Feuer brannte, stand Fannys Schaukelstuhl. Auf dem Kamineinsatz pfiff ein rußiger Kessel, und verschiedene Kupfertöpfe köchelten und dampften leise vor sich hin. Auf einem Regal trockneten Geschirrtücher, und auf dem Kaminsims standen ein Krug mit Kienspänen, eine Uhr, ein wenig Porzellan, Zierat und der Pokal, den Gurney einmal für einen außergewöhnlich prächtigen Kürbis gewonnen hatte.

Fanny rollte auf dem sauber gescheuerten Holztisch Teig aus, ganz in Schwarz gekleidet und mit einer gestärkten weißen Schürze ausstaffiert, so klein und rund und fröhlich, wie ihr Mann groß und mager und mürrisch war; ihr weißes Haar hatte sie unter dem altmodischen Spitzenhäubchen zu einem Knoten frisiert, ihre Wangen waren rosig, und ihre braunen Augen blitzten freundlich. Das Nudelholz in einer mehlbestäubten Hand, kam sie an die Tür. «Ah, Kitty, gerade rechtzeitig für ein Stückchen Kümmelkuchen ...»

In diesem Augenblick schoß Rafe an Fannys Röcken vorbei. Ungestüm wedelte er mit seinem buschigen schwarz-weißen Schwanz und sprang vor ihr her, während sie der Auffahrt ums Haus herum folgte, vorbei an den offenen Balkontüren, die zu beiden Seiten mit duftenden Levkojen bepflanzt waren und in Wests Musikzimmer führten. Ein breiter Sonnenstrahl fiel über den cremefarbenen Teppich zu Füßen des großen Pianos.

Die Auffahrt setzte sich quer über einen samtgrünen, mit Gänseblümchen gesprenkelten Rasen fort, führte durch ein Tor und den Hügel hinauf, bis sie sich auf dessen Kamm den Blicken entzog, um sich den steilen jenseitigen Hang hinunter in Richtung Dorf zu schlängeln.

Sie drehte sich um: Vor ihr lag Yondover, die glänzend

silbriggrauen Mauern umrankt mit Rosen, die sich in üppiger Fülle noch um die Fensterflügel des oberen Stockwerks wanden, aus denen bunte Vorhänge in der leichten Brise flatterten. Auf dem Dach kauerten Tauben, und die Luft war erfüllt von ihrem leisen Gurren, dem Zwitschern der Schwalben, dem Tschilpen der Spatzen, dem schläfrigen Summen der Bienen – und dem schweren Duft der Rosen.

«Es ist wunderschön hier, nicht wahr?» fragte Wests Stimme. «Das war das alte Bauernhaus aus dem siebzehnten Jahrhundert. Der Küchenflügel ist moderner. Den hat mein Vater bei der Renovierung Mitte des letzten Jahrhunderts hinzufügen lassen. Es hätte mich nicht überrascht, wenn er sich für einen gräßlichen pseudogotischen Anbau entschieden hätte, aber Gott sei Dank ist mir das erspart geblieben ...»

Dann war sie im Haus selbst, schlenderte durch Räume mit niedrigen, von Eichenbalken getragenen Decken und dunklen Eichenfußböden mit weißen Fußleisten, kleinen Fenstern mit Butzenscheiben und tiefen Simsen. Im Wohnzimmer mit seinen chintzbezogenen, inzwischen verblichenen Sofas und Sesseln gab es eine geräumige, mit blau-weißen Delfter Kacheln geflieste Kaminecke, in der Feuerholz aufgestapelt war. Im Speisezimmer stand der Eßtisch aus Walnußholz, den Fanny Gurney jeden Tag polierte, so daß seine Oberfläche wie Wasser funkelte und nach Bienenwachspolitur roch. Dann das anheimelnde Durcheinander in Wests Arbeitszimmer und die einladenden Reihen ledergebundener Bücher in seiner Bibliothek.

Zu guter Letzt stieg sie die gewundene, holzvertäfelte Treppe, vorbei an den Schlafzimmern im ersten Stock bis zum Dachboden, hinauf, wo in den Zeiten des alten Yondover die Dienstboten geschlafen hatten. Jetzt war aus dem Dachboden ein einziges langes Zimmer mit einer so niedrigen Decke gemacht worden, daß sie die einzige Person im Haus war, die aufrecht darin stehen konnte. Am anderen Ende befand sich ein einzelnes Bett mit einer bunten Patchworkdecke. In einer Nische war ein Waschtisch untergebracht und in einer anderen ein Kleiderschrank.

«Das war früher mein Kinderzimmer», sagte Wests Stimme. «Und es wird immer mein Lieblingsraum bleiben ...» Überall waren noch Spuren seiner Jugendtage zu sehen – ein Regal mit Jungenbüchern, eine Mundharmonika, ein Schaukelpferd, ein fadenscheiniger Teddybär, ein Kaspertheater aus Pappe mit weinroten Plüschvorhängen.

Mit einem kleinen, zufriedenen Seufzer stützte sie die Ellbogen auf die Fensterbank und blickte über den Garten hinweg zum Uffing Down, der großen, buckligen Erhebung, deren Hänge Yondover zu umfangen schienen wie die Arme einer Mutter den Säugling auf ihrem Schoß, tröstlich, beschützend und gütig.

Nach viel zu langen Jahren der Abwesenheit war sie endlich heimgekehrt.

7

Wieder schlossen sich kühle Finger um Kittys Handgelenk, und eine Manschette wurde um ihren Oberarm gelegt, um ihren Blutdruck zu messen. Aus ihrem tiefen, ohnmachtsähnlichen Schlaf geweckt, gelang es ihr nur mit äußerster Mühe, die Augen zu öffnen; als sie eine Krankenschwester über sich gebeugt sah, überkam sie eine Woge tiefster Enttäuschung. «Oh, ich dachte, ich sei in Yondover», sagte sie.

«Yondover?» fragte die Schwester lächelnd. «Wo ist das?»

Aber Kittys Verstand war zu verwirrt, um eine Antwort zu formulieren.

«Sie müssen geträumt haben», fuhr die Schwester fort.

Geträumt? O nein! Es war viel zu real gewesen, als daß es ein Traum hätte sein können.

Oder war dies der Traum und die hübsche Krankenschwester eine Ausgeburt ihrer Phantasie? Ja, so mußte es sein, denn jetzt bewegte sich die Gestalt der Schwester von ihr weg, ihre Konturen verschwammen, schon war sie ganz verschwunden – und die Decke des Krankenhauszimmers verwandelte sich in eine unendliche blaue Himmelsdecke, unter der Möwen schreiend ihre Kreise zogen und eine Lerche, ein kaum sichtbarer Tupfer zwischen Himmel und Erde, ihr jubilierendes Lied schmetterte.

Sie lagen auf der abgemähten Wiese. Rafe hatte seine Nase zwischen die Pfoten gelegt, Catherine ihr Kinn auf die Hände gestützt und spürte unter ihren nackten Armen warm das stoppelige Gras. Hinter ihr, nur ein paar Meilen welligen Hügellandes entfernt, lag das Meer – ein fernes silbriges Schimmern.

Gestern war die Luft sehr klar gewesen, und man hatte am Horizont eine dünne, scharfe Linie sehen können, dort, wo möglicherweise der Ärmelkanal zu Ende war und Frankreich begann, aber heute sah es aus, als verschmölze das Wasser mit dem Himmel, als wolle es sich in die Unendlichkeit erstrecken.

Der Blick nach Norden bot ein vollkommen anderes Bild. Dort, wo die South Downs in einem steilen Hang endeten, begann der Sussex Weald: ein reiches Flickenwerk aus Wiesen und Wäldern, Flüssen, Eisenbahnlinien und Straßen, Bauernhöfen, Dörfern und Städten, so weit das Auge reichte, über den Ashdown Forest hinweg zu den nebelumhüllten Erhebungen der North Downs, und dahinter lag London.

Im Schutz des Uffing Down, dort, wo der Nordhang des Hügels ins flache Land hineinragte, lag das Dörfchen Kipwell. Von ihrem Ausguck aus hatte Catherine einen guten Blick auf die Dorfstraße. Kinder – aus dieser großen Entfernung winzige Gestalten – spielten auf dem Dorfanger, der von der Schule, der Pfarrkirche St. Peter und dem Pfarrhaus, einem roten Gebäude im Queen-Anne-Stil, das ein Stück abseits von den anderen Häusern stand, umrahmt wurde.

Ihr Vater, mit steifem, hohem Chorrock und in der Sonne schimmernder Glatze, ging entschlossen über den Kirchhof, und ihre Mutter Prudence, die wie immer gedämpftes Perlgrau trug und ihr Gesicht mit einem Strohhut vor der Sonne schützte, gab im Garten des Pfarrhauses Polly ihre Anweisungen, dem Hausmädchen, das, sauber und adrett gekleidet mit weißem Rüschenhäubchen und Schürze, gerade die frisch gewaschene Wäsche aufhängte.

Hinter dem Dorf lag Kipwell Grange, der Sitz von Sir Hector und Lady Maude Pugh, dessen Eingang von zwei sich aufbäumenden Einhörnern bewacht wurde; hinter dem Gutshof sah man die Eisenbahngleise, auf denen sich ein Zug dem Bahnhof entgegenschlängelte, genau der gleiche Zug vielleicht, in dem sie und ihre Eltern von London hierhergekommen waren.

Catherine stieß einen tiefen Seufzer der Zufriedenheit aus. Das war kein Traum. Sie würde nicht plötzlich aufwachen und sich in London wiederfinden. Kipwell war jetzt ihr Zuhause ...

Der Zug fuhr auf der anderen Seite wieder aus dem Bahnhof heraus und überquerte parallel zu den Downs den kleinen Fluß Kip, um seine Reise nach Hastings fortzusetzen, und sie drehte sich ein klein wenig, um ihm nachschauen zu können, bis er sich endgültig ihrem Blick entzog. Dann drehte sie sich noch etwas weiter um, so daß sie den Lauf des Kip verfolgen konnte, der träge unter einer buckeligen Brücke hindurchfloß und durch eine Lücke in den Downs seiner Mündung entgegenstrebte. Ein Teil seines Laufs lag hinter den dichten, leicht ansteigenden Wäldern verborgen, die zu Yondover gehörten.

Yondover selbst bot von ihrer Warte aus ein unwiderstehliches Bild von Dächern und Kaminen, Bäumen und hohen Feuersteinmauern.

«Exzentrisch ist genau das richtige Wort, um Westrup

Lambourne zu charakterisieren», hatte Lady Maude Pugh an jenem Sonntag nachmittag bemerkt, als sie ihr Rafe geschenkt hatte. «Als Mensch mag ich ihn eigentlich ganz gern. Und er hat ein gutes Auge für Pferde, das muß man ihm lassen. Aber als Nachbarn kann ich ihn nur mißbilligen. Er läßt zu, daß sich jeder, aber auch wirklich jeder Schädling nach Herzenslust vermehren kann. Wahrscheinlich gibt es allein in Yondover mehr Kaninchen, Füchse, Dachse und Tauben als sonst in ganz Sussex zusammen. Er läßt auch niemanden in seinem Abschnitt des Kip fischen oder in seinen Wäldern jagen. Und er macht ein Heidentheater, wenn er harmlose Wanderer auf seinem Land vorfindet.»

«Kann nicht sagen, daß ich ihm einen Vorwurf daraus mache», hatte Sir Hector eingeworfen. «Wanderer sind die größte Plage für einen Bauern, zertrampeln seine Ernte, lassen überall Müll liegen ...»

«Westrup ist kein Bauer», schnaubte Lady Maude. «Er läßt zwar unsere Schafe auf seinem Land grasen, aber das tut er nur, um seine Wiesen kurzzuhalten.»

«Zumindest verlangt er nichts dafür von uns», entgegnete Sir Hector.

«Das braucht er auch nicht. Westrup mag es ja an gesundem Menschenverstand mangeln, aber ganz gewiß nicht an Geld.»

Die Augen des Pfarrers leuchteten auf. «Er ist also ein wohlhabender Herr?»

«Ziemlich wohlhabend», erwiderte Sir Hector trokken. «Sein Vater war der Eisenbahnbaron Samuel Lambourne. Er war Direktor der London Brighton South Coast Railway und hatte großen Einfluß beim Bau der Ostküstenlinie zwischen Lewes und Hastings. Ihm haben wir es zu verdanken, daß Kipwell seinen eigenen Bahnhof hat.»

«Westrup hat gewiß nichts getan, um das Familienvermögen zu vergrößern», bemerkte Lady Maude streitlustig. «Im Gegenteil, er muß Tausende auf seine ausgefallenen Ideen für Yondover verschwendet haben ...»

«Ist er verheiratet?» erkundigte sich der Pfarrer.

«Er war es, aber nur kurze Zeit. Ziemlich tragische Geschichte das. Seine Frau hat ihn verlassen – sie war Schottin, müssen Sie wissen – und die kleine Tochter mitgenommen. Das Mädchen hat recht ordentlich geheiratet – ich glaube, einen Diplomaten. Aber sie sind beide auf der *Titanic* umgekommen ...»

Der Pfarrer hatte mitleidig mit der Zunge geschnalzt.

«Es gibt einen Enkel, der in Harrow erzogen wird», hatte Sir Hector hinzugefügt. «Lebt bei seiner Großmutter. Kommt manchmal während der Schulferien nach Yondover. Macht einen ganz netten Eindruck, der Junge, aber ist ein bißchen verweichlicht ...»

Catherines Gedanken waren noch bei dem Gespräch, als Rafe ein Kaninchen entdeckte. Sie befahl ihm stehenzubleiben, aber er kümmerte sich nicht um sie, sondern verschwand den steilen Hügel hinunter, so daß ihr nichts anderes übrigblieb, als ihm zu folgen; ihre Füße berührten den federnden Rasen kaum, ihr Hut verrutschte, und ihr Haar flatterte im Wind, während sie hinter ihm herjagte.

Das Kaninchen fand in einem Erdloch Zuflucht, aber das Mädchen und der Hund setzten ihren ungebärdigen Lauf fort, bis sie durch ein kleines Feldgehölz brachen und sich am Rand einer Wiese einem älteren Mann gegenübersahen, der an einer Staffelei saß und malte. Er trug einen

Schlapphut, eine abgewetzte Tweedjacke, ausgebeulte Knickerbocker und einen kurzen weißen Bart. Aus tiefliegenden braunen Augen unter buschigen weißen Brauen sah er sie und den Hund über eine auf halber Höhe auf seiner langen Nase sitzenden Goldrandbrille hinweg an.

Erstaunt betrachtete Catherine die groben Farbkleckser auf der Leinwand, das kühne Oliv des Grases, durchtupft mit dem lebhaften Scharlachrot der Mohnblumen und dem Gelb des Gänsefingerkrauts, das intensive Blau des Himmels, ihre und ihres Hundes angedeutete Gestalt. Instinktiv trat sie zurück und kniff die Augen zusammen, und plötzlich wurde ihr klar, daß sie die Wiese genau so gesehen hatte, als sie aus dem Wäldchen herausgerannt war, bevor irgendwelche Einzelheiten in ihr Bewußtsein dringen konnten.

«Was hältst du davon?» wollte er wissen, ganz als seien sie alte Freunde und dies keineswegs ihre erste Begegnung.

«So hat das Feld ausgesehen, als ich zwischen den Bäumen hervorkam, aus der Dunkelheit hinein in den Sonnenschein.»

Seine Überraschung war offenkundig. Dann stieß er ein erfreutes Lachen aus und fügte noch ein paar Pinselstriche hinzu, so daß Rafes schwarzer, buschiger Schwanz deutlicher wurde und ihr eigenes formloses marineblaues Baumwollkleid um ihre schwarzen Florstrümpfe zu wirbeln schien.

Er tupfte dem stumpfen Ocker ihres Haars ein wenig weiße Farbe auf, so daß es einen goldenen Schimmer erhielt. Nach einer Weile fragte er: «Diese Bäume da im Hintergrund. Was meinst du? Brauchen sie vielleicht ein wenig mehr Betonung? Etwas mehr Schwarz?»

Wieder schloß sie halb die Augen und schaute auf seine Palette mit ihrem verlockenden Kaleidoskop von Farben. «Kein Schwarz», erwiderte sie zögernd, «aber vielleicht etwas Braun und Orange ...»

«Ah, ja ...» Nach einem weiteren kurzen Schweigen fragte er: «Malst du auch gern?»

«In der Schule erlaubt man uns nicht, so zu malen. Wir sollen Stilleben malen und Porträts, und die Bilder müssen genauso aussehen wie die Gegenstände selbst. Meine tun das nie. Ich bekomme für gewöhnlich die schlechtesten Noten in der Klasse.»

«Ich habe dasselbe Problem, wie du siehst.» Er lachte. «Aber mach nur ja nicht den Fehler zu glauben, daß meine Bilder was taugen. Ich liebe die Malerei, vor allem die der Impressionisten. Ich habe eine Weile sogar versucht, mir meinen Lebensunterhalt als Maler zu verdienen, bis mir klar wurde, daß die Fähigkeit, sich an anderer Menschen Arbeit zu freuen, nicht bedeutet, daß man selbst Talent hat. Jetzt male ich nur noch zu meinem eigenen Vergnügen.»

«Ich mag Ihre Bilder trotzdem», entgegnete Catherine hartnäckig.

«Vielen Dank.» Nachdem beide ein paar Minuten geschwiegen hatten, fuhr er fort: «Bist du neu hier in der Gegend? Ich habe dich erst vor kurzem einmal oben in den Hügeln gesehen.»

«Wir sind gerade erst umgezogen. Früher haben wir in London gewohnt.»

«Es ist herrlich auf dem Uffing Down, nicht wahr? Es ist, als wäre man auf dem Gipfel der Welt. Als Junge habe ich jede freie Minute auf den Downs zugebracht. Tust du das auch manchmal – in den Himmel schauen und Berge und Inseln und Wüsten darin entdecken? Und Gebäude, Märchenschlösser und uralte Ruinen?» Er hielt einen Augenblick inne und zitierte dann: «‹*Qu'aimes-tu donc, extraordinaire étranger?*› – ‹*J'aime les nuages … les nuages qui passent … là-bas … les merveilleux nuages.*› Kennst du Baudelaire?»

Sie schüttelte den Kopf.

«Aber du sprichst doch Französisch? Hast du verstanden, was ich eben gesagt habe?»

«O ja. Sie sagten: ‹Was liebst du, ungewöhnlicher Fremder? – Ich liebe die Wolken … die Wolken, die ziehen … dort drüben … dort drüben … die herrlichen Wolken.› Aber auf französisch hat es viel besser geklungen.»

Sie konnte an seinem Gesichtsausdruck sehen, daß sie ihn zum zweiten Mal überrascht hatte, aber er sagte nur: «Natürlich. Französisch ist die eleganteste Sprache der Welt.» Er fügte seiner Leinwand noch ein paar Farbspritzer hinzu und fragte dann: «Liest du gern?»

«Hm, ja, aber ich bringe mich ständig in Schwierigkeiten, weil ich zur falschen Zeit lese: Wenn ich eigentlich schlafen sollte oder aufstehen oder meine Schularbeiten machen …»

Er nickte mitfühlend. «Wir scheinen eine Menge gemeinsam zu haben, du und ich.» Dann blinzelte er hinauf in die Sonne und sagte: «Das Licht hat sich zu sehr verändert, um heute noch weiterzumachen. Zeit aufzuhören. Wohnst du in Kipwell? Dann könnten wir ja zusammen über den Fahrweg zurückgehen.»

Da der einzige Fahrweg in der Gegend die Zufahrt vom Dorf nach Yondover war, mußte Catherine annehmen, daß er eben diesen meinte. «O nein! Jeder weiß, daß Mr. Lambourne keine Leute auf seinem Land haben will.»

«Das ist richtig. Aber in diesem Fall wäre das nicht weiter schlimm. Ich bin Westrup Lambourne ...»

Das Blut stieg ihr in die Wangen, und sie stammelte: «Oh, das wußte ich nicht – ich entschuldige mich, Mr. Lambourne.»

«Wofür entschuldigst du dich? Machen die Leute mich da unten zu solch einem Ungeheuer?»

Sie biß sich auf die Lippe.

«Egal. Aber du könntest zumindest so freundlich sein, mir ebenfalls zu sagen, wer du bist.»

«Mein Name ist Catherine Mary Fellowes, Mr. Lambourne.»

«Um Himmels willen, Mädchen! Du hast dich die ganze Zeit völlig natürlich mit mir unterhalten. Warum nennst du mich jetzt plötzlich ‹Mr. Lambourne›?» Er schaute sie über seine Brille hinweg eindringlich an, und schließlich sagte er: «Deine großen, runden Augen erinnern mich an ein Kätzchen. Ich werde dich Kitty nennen. Und da wir jetzt Freunde sind, kannst du mich West nennen ...»

«Mrs. Devere, sind Sie wach? Können Sie mich hören?» Es war eine Frauenstimme, die da sprach. Sie schien aus großer Ferne zu kommen und doch gleichzeitig sehr nahe zu sein. Finger tasteten nach ihrem Puls. «Na, kommen Sie, Mrs. Devere, wachen Sie auf ...»

Mrs. Devere ...

Matt öffnete sie die Augen. Eine Schwester stand an ihrem Bett und hielt ihr eine Vase mit einem wunderschönen Strauß rosafarbener Rosen und Nelken hin. «Sehen Sie nur», sagte sie, «Sie haben Blumen bekommen. Ihre Nachbarn haben sie gebracht. Mit den besten Wünschen von Kenneth und Ursula Wakehurst. Ist das nicht nett?»

«Ja», murmelte Kitty schwach. «Sehr nett ...»

Die Krankenschwester stellte die Vase auf den Nachttisch, und Kitty versuchte sich zu erinnern, wer Kenneth und Ursula Wakehurst wohl sein konnten. Die Namen klangen irgendwie vertraut, aber ...

Ihre Augenlider senkten sich wieder, und dort, wo die Schwester gestanden hatte, kletterte West eine Leiter hinauf, um die welken Rosenköpfe an der Vorderfront von Yondover abzuschneiden ...

Es war der Morgen nach ihrer ersten Begegnung. Ihr Vater hatte darauf bestanden, sich selbst davon zu überzeugen, daß Westrup Lambourne ein passender Umgang für seine Tochter war. Als sie in ihrem Einspänner vorfuhren, stieg West von der Leiter herunter, kam auf sie zu und wischte sich die Hand an der Hose ab, bevor er sie dem Pfarrer hinhielt. «Mr. Fellowes, nehme ich an? Herzlich willkommen in Yondover.»

«Meine Tochter behauptet, Sie hätten sie eingeladen, wieder nach Yondover zu kommen, nachdem sie gestern so unhöflich in Ihren Privatbesitz eingedrungen ist, Mr. Lambourne. Ich hielt es für meine Pflicht, mich selbst zu versichern, daß das wirklich der Wahrheit entspricht.»

«O ja, gewiß. Sie ist ein reizendes und so intelligentes Mädchen. Ich kann Sie zu ihrer Erziehung nur beglückwünschen, Herr Pfarrer.»

Ihr Vater nickte selbstgefällig und sah sich dann neugierig um. «Ich habe gehört, Sie sind ein leidenschaftlicher Gärtner.»

West strahlte. «Aha! Haben wir ein gemeinsames Interesse? Dann werden Sie gewiß meine *Ipomoea rubrocaerulea* bewundern. Ein gelungenes Exemplar, finden Sie nicht auch? Ich habe sie selbst gezogen, und sie hat mehrere Winter überlebt.»

«Ja, ähm, sehr schön ...»

«Es ist immer eine Freude, eine verwandte Seele kennenzulernen. Aber wo habe ich bloß meine Gedanken? Erlauben Sie mir, Ihnen eine kleine Erfrischung anzubieten. Vielleicht ein Täßchen von Mrs. Gurneys exzellentem Hagebuttentee – oder mögen Sie lieber Pfefferminztee?»

«Überaus freundlich, Mr. Lambourne, aber ich möchte Ihnen keine Ungelegenheiten bereiten.» Der Pfarrer zog seine Uhr aus der Westentasche. «Und unglücklicherweise, ähm, ist meine Zeit ein wenig knapp. Ich habe eine Verabredung ...»

«Ach, wie schade. Aber ich will Sie natürlich nicht aufhalten.»

Also hatte ihr Vater kaum eine andere Wahl, als sich zu verabschieden.

Catherine wartete, bis der Einspänner außer Sicht war, und erkundigte sich dann: «Was ist eine *Ipomoea*?»

«Das da», erwiderte West und zeigte auf eine Winde, die sich quer über die vordere Veranda rankte und mit einer Unmenge riesiger himmelblauer Trompetenkelche behangen war. «Der Name hat deinen Vater jedenfalls eiligst verscheucht.» Er lachte.

Zu ihrem eigenen Erstaunen hörte Catherine sich nun etwas sagen, von dem sie früher nicht einmal im Traum gedacht hätte, daß sie es je aussprechen würde. «Ja, er haßt es, wenn jemand mit ihm über ein Thema spricht, von dem er nichts versteht.»

«Das muß eine Unterhaltung mit ihm extrem eintönig gestalten», bemerkte West mit einem schiefen Lächeln. «Wie dem auch sei, Kitty-Cat, zurück zu unseren Rosenknospen. Ich darf doch davon ausgehen, daß du mir gern helfen würdest?» Er reichte ihr eine Schere. «Wenn wir die toten Blüten abschneiden, ermutigen wir die Rose, all ihre Kraft in die Knospen strömen zu lassen, statt Hagebutten zu produzieren. Paß nur gut auf, daß du keine Blätter abtrennst, denn die sind es, mit denen eine Pflanze ihre Nahrung produziert ...»

Durch Wests Einfluß war die Gartenarbeit für sie immer eine Mischung aus Poesie und praktischer Anwendung gewesen. Die meisten Leute glaubten, daß Pflanzen lediglich Nahrung und Wasser benötigten, um zu gedeihen, aber West hatte gewußt, daß Pflanzen genau wie Menschen auch Zuneigung brauchen und jemanden, der sich um ihre täglichen Bedürfnisse kümmert.

Sie selbst war wie eine Pflanze gewesen. Und in Yondover hatte sie sich von einem bleichen, spindeldürren Grashalm in eine Blume verwandelt – natürlich in nichts so Exquisites wie eine Rose, aber deswegen war sie jenen, die sie liebten, West, Fanny und Gurney, nicht weniger teuer ...

Die Gurneys ...

Von ihrer ersten Begegnung an nannte sie Fanny beim Vornamen. Aber ihr Mann blieb immer Gurney. Niemand, abgesehen von Fanny – nicht einmal West –, nannte Zaccariah bei seinem Taufnamen. Es war kein Name, der einem leicht über die Lippen kam, und Gurney war nicht der Mann für Abkürzungen, genausowenig wie später sein Sohn und sein Enkel. Im Dorf war Zaccariah als der alte Gurney bekannt, Jethro als der junge Gurney, und Frederick war einfach der Stationsvorsteher.

Während Fanny mit ihrer mütterlichen Seele sie schon bald ins Herz geschlossen hatte, war es Catherine viel schwerer gefallen, Zaccariah Gurneys zähe alte Schale zu durchdringen, und mit Jethro war sie niemals so recht warm geworden. Ihr wurde jedoch schnell klar, daß Pferde der Schlüssel zu Gurneys Herz waren. Obwohl Catherine dies nicht einmal West gegenüber zugegeben hätte, empfand sie Pferden gegenüber eine ängstliche Scheu. Aus der Ferne waren sie prächtig anzuschauen, aber von Nahem so furchtbar groß und so unberechenbar in ihren Bewegungen. Und diese gewaltigen gelben Zähne …

Es gab drei Pferde in Yondover – Conker, Wests glänzende haselnußbraune Stute, Pegasus, den schwarzen Wallach seines Enkels, und Captain, das Kutschpferd. Fest entschlossen, ihre geheime Angst zu überwinden, ging Catherine, die Taschen voller Äpfel, eines Nachmittags zur Koppel hinauf. Sie beugte sich über den Zaun und rief nach den Pferden, und nach einer Weile löste sich Conker aus dem Schatten der Eiche und kam langsam auf sie zu. Sie hielt ihr den Apfel zwischen Finger und Daumen hin.

«Und was soll das wohl werden?» erscholl plötzlich Gurneys Stimme, und er riß ihr den Apfel aus der Hand. «Hast du nicht mehr Grütze im Kopf, als einem Pferd einen ganzen Apfel zu geben? Der könnte der alten Conker gut in der Kehle steckenbleiben, und womöglich wird sie dran ersticken.» Geschickt brach er den Apfel in Viertel auf, legte sich dann eines der Stücke auf den Handteller und hielt es der Stute hin, die es vorsichtig zwischen ihre samtigen Lippen nahm.

Als alle vier Apfelstücke weg waren, sah Conker Catherine abwägend an, dann beugte sie ihren Kopf über den Zaun und stupste gegen die Tasche des Mädchens. Catherine trat hastig einen Schritt zurück, und Gurney sagte: «Du hast also mehr als einen Apfel mitgebracht, wie? So was weiß unsere Conker nämlich. Der kann man nichts vormachen. Ihr nicht. Und da kommen auch schon die anderen. Die möchten natürlich auch ihren Anteil. Nun, Gerechtigkeit muß sein, und jetzt, wo du gesehen hast, wie's geht, solltest du ihnen auch was geben.»

Sie teilte die Äpfel, wie sie es bei Gurney gesehen hatte, und hielt mit nur geringfügigem Zittern erst Pegasus und dann Captain ein Viertelchen hin. Der Atem der Pferde streifte heiß und feucht über ihre Haut.

«Du mußt deine Hand immer schön flach halten», sagte Gurney, und seine Stimme klang plötzlich weniger schroff als sonst. «Sie meinen's nicht böse, aber manchmal vergessen sie sich halt. Vielleicht denken sie, so 'n Finger wär 'ne Karotte oder so was. Hab ich recht, Conker, meine Schöne?» Er streichelte den weißen Stern auf Conkers Stirn.

Catherine holte tief Luft. «Mr. Gurney», fragte sie, «würden Sie mir das Reiten beibringen?»

Von seiner großen Höhe schaute er mißtrauisch auf sie herab. «Dir das Reiten beibringen?»

«Ich würde es wirklich gern lernen ...»

«Tja», sagte er langsam, «spricht wohl nix dagegen. Aber nicht auf diesen Pferden hier, auf denen nicht.»

Sie biß sich auf die Lippen.

Dann fuhr Gurney fort: «Selbst wenn man dich in den Sattel heben würde, würdest du mit deinen kurzen Beinen nie bis runter in die Steigbügel reichen. Nein, Miss Kitty, da mußt du erst noch ein bißchen wachsen, dann wollen wir sehen, ob wir nicht eine Reiterin aus dir machen …»

Danach wurde seine Haltung ihr gegenüber etwas weicher, so daß sie ihm bald sogar in seinem Gemüsegarten helfen durfte; sie pflückte Bohnen, erntete Herbsthimbeeren, machte Kartoffeln, Möhren und Rüben aus, flocht Zwiebeln zusammen. Unter seiner Anleitung lernte sie, wie man Himbeer- und Johannisbeersträucher zurückschnitt, wie man altes Stroh über Erdbeeren verbrannte, sie lernte hacken, rechen, den Boden mulchen und düngen und die Erde für eine neue Ernte Winterspinat, Frühlingskohl, Brokkoli und Rettich vorbereiten.

So verging ihr erster Sommer auf Yondover, ein herrlicher, sonnendurchtränkter Tag verschmolz mit dem anderen. Ihr Gesicht, ihre Arme und ihre Beine wurden tiefbraun, ihre Fußsohlen hart vom Barfußlaufen, und sie selbst entwickelte sich zu einer kleinen Expertin in Sachen Gärtnerei.

Eines Tages, als sie West eine Lücke in einer Hecke flicken half, durch welche die Schafe der Pughs mit beharrlicher Sturheit immer wieder eindrangen, um sich an Wests Blumen gütlich zu tun, zeigte er hinüber zum Uffing Down. «All dieses Land gehörte zu Yondover, als mein Vater es kaufte.»

Bis dahin hatte Catherine angenommen, seine Familie hätte immer in Yondover gelebt, genauso wie die Pughs in Kipwell Grange.

«Gütiger Himmel, nein! Mein Vater war Londoner, ein waschechter Cockney, um genau zu sein. Die ersten fünfzig Jahre seines Lebens hat er in London verbracht. Nach Yondover ist er erst 1850 gekommen, kurz vor meiner Geburt. Das Licht der Welt erblickte er als eins von zehn Kindern in einer Elendsbaracke im East End. Nicht, daß ich meine Großeltern oder meine Onkels und Tanten je kennengelernt hätte. Als ich geboren wurde, hatte mein Vater sich endgültig von seiner Familie distanziert.

Mit zwölf hat er die Schule verlassen, um eine Eisenbahnerlehre zu machen. Eine kluge Wahl zu Beginn des Eisenbahnbooms. Von seinem ersten Arbeitstag an investierte er seinen gesamten Lohn in die Eisenbahn. Mit dem Ertrag aus seinen Investitionen kaufte er weitere Anteile – allesamt bei Firmen, die mit der Eisenbahn zu tun hatten. So hat er ein Vermögen angesammelt.

Als er Yondover erwarb, war es nicht mehr als ein verfallenes Bauernhaus, aber es gehörte eine Menge Land dazu. Und als dann die Ostküstenbahn von Lewes nach Hastings gebaut wurde, rate mal, durch wessen Land sie verlief? Er pflegte immer damit zu prahlen, daß die Entschädigung, die er erhalten hatte, den Preis für den gesamten Besitz bei weitem überstieg, und als Teil des Geschäftes handelte er aus, daß die Gesellschaft hier zu seiner eigenen Bequemlichkeit einen Bahnhof einrichten mußte. Nachdem er dann den Rahm abgeschöpft und zugelassen hatte, daß ein wunderschönes Fleckchen Erde zerstört wurde, verkaufte er das Land, das er nicht wollte, an die Pughs. Zu einem exorbitanten Preis natürlich.

Geheiratet hat er erst, als er schon über Fünfzig war. Ich habe meine Mutter nie kennengelernt. Sie starb bei meiner Geburt ...» Er schwieg gedankenverloren. Schließlich fuhr er mit einer für ihn untypischen Bitterkeit fort: «Mein Vater war ein geiziger, geldgieriger Tyrann, der alles darangesetzt hat, mein Leben zu zerstören. Mein Vater war es auch, der meine Frau vertrieben hat. Als er starb, hätte ich um ein Haar auf mein Erbe verzichtet, so sehr habe ich ihn gehaßt. Aber da war Yondover. Und ich liebte Yondover ...» Er schaute hinüber zum Haus. «Schließlich beschloß ich, mein Erbe für schöne Dinge zu verwenden – für Bilder und Musik, Blumen und Bäume. Geld ist wie ein Strom, Kitty. Man sollte nicht zulassen, daß es stillsteht oder nur benutzt wird, um immer mehr Geld zu machen. Man sollte es fließen lassen – und Schönheit schaffen ...»

Kitty schwebte in jener seltsamen Zwischenwelt von Schlafen und Wachen, in der der Verstand sich zu lösen scheint und die Dinge mit ungewöhnlicher Schärfe und Klarheit sieht, die jedoch zu verschwimmen beginnen, sobald der Träumer erwacht.

Ja, sie und West hatten tatsächlich viel gemeinsam gehabt. Zwischen Reverend Thurston Fellowes und Samuel Lambourne hatte kaum ein Unterschied bestanden. Beide waren durch und durch selbstsüchtig und ohne einen Funken christlicher Nächstenliebe, beide waren bereit, das Glück ihrer Kinder ihren eigenen starren Prinzipien und ihrem gnadenlosen Ehrgeiz zu opfern.

Von Sir Hector und Lady Maude wußte der Reverend, daß Westrup Lambourne ein Vermögen geerbt hatte, und das wenige, was er von Yondover gesehen hatte, ließ keinen Zweifel daran, daß es tatsächlich nicht an Geld für den Unterhalt des Hauses mangelte. Das war der Grund, warum ihr Vater ihre Freundschaft mit West so gern gesehen hatte …

Aber nein, sie wollte nicht daran denken. Sie wollte bei diesem ersten Sommer in Yondover verweilen, als die Welt vom Morgen bis zum Abenddämmern in goldenen Sonnenschein getaucht war und die einzige dunkle Wolke die Aussicht auf den Schulbeginn gewesen war.

An dem Nachmittag, an dem ihre Mutter die Koffer für die Reise in das neue Internat in Hove packte, waren Kitty und West zum Fluß gegangen …

Libellen huschten über die nahezu reglose, von Rohrkolben und gelben Schwertlilien gesäumte Wasseroberfläche. In der Luft lag der betäubende Duft von Mädesüß.

Plötzlich rief West: «Kitty, schau!» Sie sah etwas in Blau und Gold aufblitzen: Ein Eisvogel jagte über den Fluß, um sich für einen Augenblick auf einen überhängenden Weidenzweig zu setzen.

Dieses Bild flüchtiger Schönheit ließ Catherines ganzes aufgestautes Elend herausplatzen. «Ich will nicht nach Hove», stieß sie hervor. «Ich hätte gar nichts gegen die Schule einzuwenden, wenn ich in Kipwell bleiben könnte, ich will nicht weg von hier.»

«Und ich wünschte bei Gott, du könntest bleiben!» rief West. «Was du in diesem Sommer gelernt hast, ist viel wichtiger als das nutzlose Wissen, mit dem man dich in der Schule vollstopfen wird. Bitte, Kitty, laß dir von niemandem deine Natürlichkeit rauben …»

Kitty bewegte sich, und ein scharfer Schmerz durchbohrte sie, so daß sie laut aufschrie.

«Psst», sagte eine Stimme, die ihr seltsam vertraut

schien, obwohl sie nicht zu Yondover gehörte. «Bleiben Sie ganz still liegen.»

«Es tut weh», klagte Kitty, und die Tränen strömten ihr über die Wangen. «Ich will nicht in die Schule. Ich will nicht von Yondover weg.»

«Hm, ich glaube, wegen der Schule brauchen Sie sich im Moment keine Gedanken zu machen», erwiderte die Stimme belustigt. Eine kühle Hand legte sich auf ihre Stirn. «Allerdings sollte ich wohl mal Ihre Temperatur messen.»

Widerwillig öffnete sie die Augen und fand sich in einem schwach beleuchteten, mit Vorhängen abgeteilten Schlafraum wieder, zusammen mit einer hübschen jungen Krankenschwester, die ihr ein Thermometer unter die Achsel schob.

«Wo bin ich?» fragte sie.

«Im Krankenhaus von Arundel. Sie sind gestern gestürzt. Sie haben sich eine Gehirnerschütterung zugezogen.»

«Wo bin ich gestürzt?»

«Tut mir leid, das weiß ich nicht.» Die Krankenschwester holte hörbar Luft. «Sie haben ziemlich hohe Temperatur. Ich glaube, der Doktor sollte nach Ihnen sehen. Inzwischen gebe ich Ihnen etwas gegen die Schmerzen.» Vorsichtig half ihr die Schwester, sich ein wenig aufzusetzen, und hielt das Wasserglas fest, während sie die Tabletten schluckte.

Nach dieser kleinen Anstrengung war Kitty schweißgebadet und vollkommen erschöpft. Sie ließ sich in die Kissen zurücksinken, schloß die Augen und versuchte sich daran zu erinnern, was sie zuletzt getan hatte, was die Ursache für ihren Sturz gewesen sein könnte.

Sie hatte kurz vor ihrer Abreise in die Schule gestanden. Die Krankenschwester hatte gesagt, sie müsse sich keine Gedanken wegen der Schule machen, also waren vielleicht gerade wieder Ferien – ja, natürlich, es war Weihnachten! Das schönste Weihnachten ihres Lebens …

Ihr erstes Vierteljahr in Hove war vorbei, sie würde endlich Rafe wiedersehen, der von den Gurneys in Pflege genommen worden war. Sie rannte den steilen Pfad hinauf quer durch das winterliche, wilde, windgepeitschte Grasland nach Yondover, und da kam auch schon Rafe auf sie zugesprungen, und hinter ihm tauchte West auf und hinter den beiden ihr liebes, vertrautes Yondover, über dessen Kaminen sich blauer Rauch kräuselte. West schloß sie in die Arme, drückte sie an sich und murmelte: «Kitty-Cat! O Kitty-Cat …»

Ja, es war Weihnachten, denn West nahm sie mit hinaus zu den Ställen, und an einer der Stalltüren hing ein hufförmiges Blumengewinde aus Stechpalmen, Efeu und Christrosen. Und im Stall selbst stand, als sie die obere Türhälfte öffnete, das hübscheste Pony, das sie je gesehen hatte: Sein Fell war von einem hellen, warmen Braun und seine Mähne cremefarben.

West holte eine Karotte aus der Tasche und reichte sie ihr; das Pony trat eifrig ein Stückchen vor, und sein Atem streifte warm und feucht über ihre Haut, als es ihr die Karotte aus der Hand nahm.

«Wie heißt es?» fragte sie.

Und West erwiderte: «Das mußt du entscheiden. Es gehört dir.»

Ein paar Augenblicke stand sie wie betäubt da. Dann schlang sie die Arme um seinen Hals und küßte ihn. «O West, ich danke dir …»

«Du mußt dich nicht nur bei mir bedanken, sondern auch bei Gurney. Er und Ledy Maude haben ihn für dich ausgesucht.»

«Na, das reicht jetzt aber», brummelte Gurney, als sie auch ihn küßte. «Das erste, was du lernen mußt, ist, ihn zu versorgen – und seinen Stall auszumisten.»

«Das erste, was sie lernen muß, ist reiten», sagte West, während er die untere Hälfte der Stalltür öffnete. «Komm herein und nimm ihn auch einmal in die Arme. Ich bin sicher, das wird ihm gefallen, nicht wahr, alter Junge?»

Sie legte ihren Arm auf die dichte Mähne des Ponys und schmiegte ihr Gesicht an das seine. «Ich werde es Honey nennen», verkündete sie.

Dann waren sie wieder im Haus, im Wohnzimmer, wo ein Feuer im Kamin brannte und Kerzen auf einem lamettaglänzenden Weihnachtsbaum flackerten und Fanny ihr ein unförmiges Paket in die Hand drückte. «Das ist ein kleines Geschenk von mir.»

Sie löste die Schleife, riß das Papier weg und förderte eine schwarze, samtene Reitjacke und eine hellbeige Reithose zutage.

«Geh und probier sie an, damit du uns alle endlich erlöst», befahl West. «Fanny hat uns schier zum Wahnsinn getrieben, seit sie mit dem Nähen angefangen hat und nicht wußte, ob sie dir wirklich passen würden.»

Erst als sie sich umzog, wurde Catherine klar, daß sie gar keine Geschenke für West und die Gurneys hatte. Hose und Jacke paßten perfekt, trotzdem kehrte sie mit bekümmertem Gesicht ins Wohnzimmer zurück, um sich in ihrem neuen Reitkostüm zu präsentieren.

Fanny war viel zu beschäftigt damit, sich das Ergebnis

ihrer Arbeit anzusehen, als daß sie Catherines Gesichtsausdruck bemerkt hätte.

«Da siehst du's, ich hab doch gesagt, daß du dir keine Sorgen zu machen brauchst», sagte West zu ihr.

Fanny ließ einen zufriedenen Seufzer hören. «Es ist das erste Mal, daß ich Reithosen für ein Mädchen gemacht habe. Ich war nicht sicher …»

Bevor Catherine etwas dagegen tun konnte, rannen ihr die Tränen die Wange herunter.

«He, was ist los?» fragte West.

Catherine biß sich auf die Lippe und schüttelte den Kopf.

«Na komm schon, heraus damit, Kitty-Cat. Gefallen dir unsere Geschenke nicht?»

«Natürlich gefallen sie mir. Sie sind wunderbar. Aber ich habe überhaupt nichts für euch.»

«Ach, mein liebes Mädchen, mach dir deswegen mal keine Gedanken, wir haben auch gar nichts erwartet», sagte Fanny. «Wir sind froh, dich wieder hier in Yondover zu haben. Wir haben dich so sehr vermißt, als du in der Schule warst. Stimmt's, Zaccariah?»

Gurney stocherte heftig im Feuer herum und räusperte sich.

West streckte die Hand aus. «Fanny hat recht, Kitty-Cat», sagte er rauh. «Du schenkst uns Freude – das ist das schönste Geschenk, das man sich denken kann.»

8

Sonnenlicht durchflutete das Zimmer, und die Uhr neben dem Bett zeigte schon sieben, als Tabitha sich von ihrem Schlafplatz an Pippas Seite löste, die Glieder streckte und sich ihr dann auf die Brust setzte. Die Katze starrte dem Mädchen aus nächster Nähe ins Gesicht und schnurrte so laut, daß Pippa davon wach wurde. Einige Sekunden lang lag sie gähnend da, bevor sich die Ereignisse des vorigen Tags wieder in ihr Bewußtsein drängten. Dann sprang sie aus dem Bett und schoß die Treppe hinunter, um im Krankenhaus anzurufen.

Mrs. Devere, sagte die Stationsschwester im Tonfall eines Menschen, der wichtigere Dinge im Kopf hatte, habe eine recht angenehme Nacht gehabt, obwohl sie sich als Folge ihrer Gehirnerschütterung angeschlagen fühle. Pippa könne sie selbstverständlich während der Besuchszeiten sehen. Wenn sie ihrer Großmutter Nachtwäsche zum Wechseln, eine Zahnbürste, Zahnpasta und so weiter mitbringen könnte, wäre das sehr willkommen.

Pippa fühlte sich benommen vor Erleichterung. Erst jetzt wurde ihr klar, daß sie im stillen befürchtet hatte, Kitty könnte sich einen schweren Hirnschaden zugezogen haben oder wäre vielleicht sogar gelähmt.

Mit einem vorwurfsvollen Miau bohrte Tabitha ihre Krallen in den Teppich, eine unverblümte Ermahnung, daß es Zeit für ihr Frühstück sei. Nachdem Pippa in verschiedene Schränke geschaut hatte, fand sie die Dosen mit Katzenfutter, öffnete die teuerste davon und häufte eine großzügige Portion in Tabithas Schüssel.

Bei ihrem kargen Frühstück – eine Tasse Kaffee und eine Scheibe Toast – wurde Pippa plötzlich bewußt, was für ein stilles Leben Kitty hier im Vergleich zu dem Chaos führte, das für gewöhnlich morgens bei ihr zu Hause in Dulwich herrschte, wenn Dad knurrte, Mum schnauzte, Dominic zu spät aufgestanden oder verkatert oder beides war, sie selbst pausenlos irgendwelchen verlegten Sachen nachjagte und sie alle einander ständig in die Quere kamen.

Was tat ihre Großmutter nur den lieben langen Tag? Seit Pippa hier war, hatte niemand angerufen, war lediglich die Gasrechnung in der Post gewesen. Kitty mußte ein ziemlich eintöniges Leben führen. Kein Wunder, daß sie sich über jeden Besuch freute. Pippa wollte sich bemühen, in Zukunft häufiger nach Arundel zu fahren.

Aber jetzt hieß die Frage zunächst einmal, was sie mit dem Vormittag anfangen sollte. Der spärlich bestückte Kühlschrank, die Bitte der Krankenschwester und die Tatsache, daß ihr selbst die wichtigsten Toilettengegenstände und Wäsche zum Wechseln fehlten, sprachen sehr dafür, einen ausgiebigen Einkauf vorzunehmen.

Kitty träumte einen dieser herrlichen, sonnendurchfluteten Träume, die so wirklich scheinen, als ihr jemand auf die Schulter tippte und laut sagte: «Mrs. Devere, wachen Sie auf. Sie haben Besuch.»

So ein wunderbarer Traum, so verlockend schön … Ach, warum mußte sie aufwachen? Warum durfte sie sich nicht ihrem Traum überlassen, ihn zu Ende träumen? Jetzt wurde er blasser, löste sich auf …

«Hallo, Kiki, wie fühlst du dich?» Eine vertraute Stimme, aber keine, die in ihren Traum gehörte ...

Sie öffnete die Augen, und die Vergangenheit verschwand hinter einem Vorhang. Vage Erinnerungen an die Gegenwart kehrten zurück. Sie war nicht mehr Catherine Fellowes, sondern Kitty Devere. Sie lag im Krankenhaus. Und dieses strahlende junge Gesicht gehörte ... «Ach, du bist es, Pippa! Was machst du hier? Bist du etwa den ganzen Weg hergekommen, nur um mich zu besuchen?»

Pippa setzte sich auf den Stuhl neben dem Bett, nahm Kittys Hände und sagte sanft: «Ich bin schon länger hier in Arundel. Ich war bei dir, als du gestürzt bist.»

«Bei mir? Das weiß ich überhaupt nicht mehr. Ich erinnere mich nur noch sehr verschwommen daran, daß ich in einem Garten war.»

«Das stimmt. Wir hatten gerade zu Mittag gegessen und haben uns deinen Garten angesehen, als du auf der Terrassentreppe gestolpert bist.»

Kitty kniff die Augen zusammen und versuchte sich zu konzentrieren. «Meinen Garten? Ich kann mich beim besten Willen nicht daran erinnern. Ist das nicht lächerlich? Als ich heute morgen aufwachte, war ich mir sicher, ich hätte auf einem Pferd gesessen.»

«Auf einem Pferd? Du mußt geträumt haben.»

«Wahrscheinlich. Aber es kam mir alles so real vor ... Erzähl mir genau, was passiert ist. Ich bin über eine Stufe gestolpert?»

«Dann bist du irgendwie zur Seite und nach hinten weggetaumelt. Unglücklicherweise war ich zu weit weg, um dich aufzufangen. Wenigstens hast du dir nichts gebrochen, obwohl du wahrscheinlich wie ein Preisboxer aussehen wirst, wenn deine ganzen Prellungen erst richtig aufgeblüht sind.»

«Ich fühle mich jetzt schon so.»

«Na ja», fuhr Pippa fort, «falls du dir irgendwelche Sorgen gemacht hast – zu Hause ist alles in Ordnung. Tabitha hat die Nacht in meinem Bett zugebracht und mich in aller Herrgottsfrühe aus den Federn geholt.»

«Tabitha!» Kitty richtete sich erschrocken auf. «O wie schrecklich, die hatte ich völlig vergessen!» Dann zog sie eine Grimasse. «Autsch! Jedesmal, wenn ich mich bewege, scheint mir etwas anderes weh zu tun. – Hast du das Katzenfutter gefunden? Sie darf nicht zu viele von den Katzenplätzchen bekommen, und du mußt darauf achten, daß sie immer frische Milch in ihrer Schale hat.»

«Tabitha ist ja unglaublich verwöhnt», beschwerte sich Pippa. «Falls ich mal wiedergeboren werde, will ich bei dir Katze werden.»

Kitty, die die Ungereimtheit dieser letzten Bemerkung ignorierte oder wahrscheinlich überhaupt nicht wahrnahm, erwiderte: «Seit Rafe habe ich all meine Haustiere mehr als Menschen behandelt denn als Tiere. Für mich gehören sie einfach zur Familie.»

«Wer war Rafe?»

«Was, das weißt du nicht? Er war mein erster Hund.» Sie seufzte. «Aber natürlich weißt du das nicht. Ich bin heute wirklich durcheinander.»

«Mach dir keine Sorgen deswegen, Kiki. Hm, sieh mal, ich war heute morgen einkaufen und habe dir ein paar Kleinigkeiten mitgebracht – eine neue Zahnbürste, einen Kamm, ein paar Erfrischungstücher, und die Schwester meinte, ich solle dir auch ein Nachthemd mitbringen. Ich weiß nicht, ob dies hier das richtige ist ...»

Den Rest des Nachmittags verbrachte sie damit, Kitty zu helfen, sich ein wenig zurechtzumachen und eine Liste zusammenzustellen, was sie alles sonst noch von zu Hause brauchte. Mit genauen Anweisungen zur Versorgung der Katze und der Pflanzen, die sie den größten Teil des Abends in Atem halten würden, verließ Pippa schließlich das Krankenhaus.

Nach dem Abendessen war Kitty ziemlich erschöpft. Sie hatte einen langen und äußerst verwirrenden Tag hinter sich, beinahe so, als hätte sie mit drei verschiedenen Leben jongliert, deren realstes Yondover zu sein schien, das mit ihrer Gegenwart jedoch anscheinend keinerlei Verbindung hatte.

Nein, das Krankenhaus war real. Rose Cottage war real. Pippa war real. Und Yondover war nur ein Traum, eine Erinnerung …

Und doch, wenn sie die Augen schloß, konnte sie Yondover so viel deutlicher vor sich sehen als Rose Cottage, und West schien ihr so viel näher zu sein als Pippa, obwohl sie gerade erst mit Pippa gesprochen hatte.

Im Alter werden Kindheitserinnerungen angeblich lebendiger, als es Erinnerungen an die jüngste Vergangenheit sind, ungefähr so, wie die Sommer der Kindheit rückblickend von pausenlosem Sonnenschein erfüllt scheinen. Es mußte während jener lang vergangenen Tage mit West auch Zeiten gegeben haben, da der Himmel über Yondover bewölkt war, aber in ihrer Erinnerung hatte sich Yondover, abgesehen von einem gelegentlichen Gewitter zur Reinigung der Luft, vom Morgengrauen bis zum Abenddämmern in goldenen Sonnenschein gehüllt.

Oder lag das einfach nur daran, daß die ersten Eindrücke immer die dauerhaftesten sind? War das der Grund, warum Wests Worte sich so unauslöschlich in ihr Gedächtnis eingemeißelt hatten? Dabei waren seine Gedanken nicht einmal besonders originell gewesen. Ja wirklich, wenn man bedachte, daß er damals ungefähr genauso alt war wie sie jetzt, kamen ihr seine Bemerkungen romantisch und beinahe naiv vor. West war ein Träumer gewesen. Er hatte niemals irgend etwas zu Ende gebracht. Dieses Bild von ihr und Rafe auf der Wiese hatte jahrelang unvollendet auf seiner Staffelei gestanden. West hatte mit Kunst und Gärtnerei nur herumgespielt, genau wie mit der Ehe. Und wie mit dem Leben ...

Bis zum Ende hatte er voller jugendlicher Energie und Elan gesteckt, viel zu beschäftigt mit dem Leben, um sich über den Tod Gedanken zu machen. Er hatte mehr als irgend jemand sonst in der lebendigen Gegenwart gewurzelt und nach seinem Tod nur flüchtige Abdrücke im Sand der Zeit hinterlassen.

Er hatte immensen Einfluß auf sie gehabt. West hatte sie geprägt, viel mehr als ihre Eltern oder ihre Lehrer: West, dem sie ihre tiefe, beständige Naturverbundenheit verdankte; West, der zum ersten Mal mit Musik ihre Seele angerührt, ihr die Fenster der Welt weit geöffnet und ihrem Geist Freiheit geschenkt, ihr den Mut zur Unabhängigkeit gegeben und ihr das Geschenk der Liebe gemacht hatte ...

Wußte er damals, wie dankbar sie ihm für all das war? Wußte er, wie sehr sie ihn liebte? Oder war ihr zu spät klargeworden, wieviel er für sie getan hatte, zu spät, um es ihm noch zu sagen? Hatte sie sich so sehr mit sich selbst beschäftigt, daß sie übersehen konnte, daß er trotz seines jugendlichen Geistes ein alter Mann war und der Tod schon damals eine Hand nach ihm ausgestreckt hatte?

Damals war es ihr jedenfalls nie in den Sinn gekommen, daß sie für West und die Gurneys genauso wichtig sein könnte, wie diese es für sie waren. Sie hatte lediglich gespürt, daß sie ihrem Leben eine bis dahin unbekannte Wärme geschenkt hatten, daß sie die Familie waren, die sie, Catherine, sich immer gewünscht hatte. Sie konnte damals unmöglich wissen, daß die Menschen in Yondover vor ihrem Erscheinen beinahe genauso einsam gewesen waren wie sie selbst.

Sonja hatte ihr später einmal erzählt, daß man nur neun Freunde im Leben brauche – die Menschen, die man gern an seinem Totenbett versammelt sehen würde.

Sie waren damals in den Bergen über Vevey gewesen, hatten über den Genfer See zum Montblanc hinübergeschaut, an einem herrlichen Nachmittag, im Spätherbst, der Jahreszeit, in der die Berge so schön sind wie nie, die Gipfel schneebedeckt, die Hänge malvenfarbig und bedeckt von Heidekraut und Sonnenröschen. Ganz in der Nähe stürzte ein Bach zu Tal, aus dem das melodische Läuten von Kuhglocken bis zu ihnen herauftönte. Auf dem See heulte ein Dampfer, der sich dem Anleger näherte, und am Himmel stand scheinbar reglos ein Raubvogel.

Catherine hatte die Namen ihrer Freunde aufgezählt. «West, Fanny, Gurney, Jethro und natürlich du, Sonja. Mit Rafe und Honey macht das sieben.»

Sonjas dunkle Augen hatten vor Freude aufgeleuchtet.

Ja, Sonja war ihre erste gleichaltrige Freundin gewesen. In Hove hatte sie keine echten Freundschaften geschlossen. Nicht, daß sie auf der Schule unglücklich gewesen wäre, außer daß sie natürlich Yondover vermißt hatte. Und West hatte auch nicht mit seinen schlimmen Befürchtungen recht behalten. Auch wenn sie nie zu den Klassenbesten zählte, hatte sie doch ebensowenig das Schlußlicht gebildet. Und obwohl sie mit ihren Mitschülerinnen gut auskam und ihrerseits einigermaßen beliebt war, wurde sie von niemandem in den Ferien nach Hause eingeladen, genausowenig, wie sie jemals eine Mitschülerin nach Kipwell mitnahm.

In gewisser Weise konnte man ihre Zeit in Hove mit den letzten dreißig Jahren im Rose Cottage vergleichen – eine lange Phase der Leere, zeitlos, weil ereignislos.

Ihre Freundschaft mit Sonja dagegen hatte vor sechzig Jahren in Madame Valentins Internat in Vevey begonnen und bis auf den heutigen Tag gehalten, obwohl sie sich mittlerweile überwiegend auf Weihnachts- und Geburtstagsbriefe beschränkte: eine Freundschaft zwischen Gegensätzen – sie selbst ein schüchterner, linkischer Wildfang, Sonja die einzige Tochter der fünften Generation einer Familie deutschjüdischer Banker, ein kultiviertes, vornehmes Stadtmädchen. Eine Freundschaft, die nicht nur die Schranken von Sprache und Religion überwunden, sondern auch den Prüfungen der Zeit standgehalten hatte, trotz ihrer beider Ehen nicht eingeschlafen war und lange Perioden der Trennung überlebt hatte.

Was für eine weitsichtige Frau Madame Valentin gewesen war, die aus den Mädchen in ihrer Obhut viel mehr machen wollte als vorzeigbare Ehefrauen; Madame Valentin wollte ihren Schülerinnen mehr als nur Etikette, gutes Benehmen, gute Haltung und die Kunst höflicher Konversation mit auf den Weg geben; ihre Absolventinnen sollten maschineschreiben und stenografieren können, fremde Sprachen fließend beherrschen und fremden Kulturen gegenüber offen sein – kurz, kultivierte und weltoffene junge Europäerinnen werden.

Als Catherine am Ende der zwei Jahre das Internat verließ, sprach sie fließend Französisch und Deutsch und sehr passabel Italienisch, hatte ferner einige Landschaftsaquarelle gemalt, die man für gut genug hielt, um sie in der örtlichen Kunstgalerie auszustellen, und spielte hinreichend Klavier, um sich selbst und andere damit zu erfreuen.

Selbst West konnte nicht umhin, Madame Valentins Weitblick zu loben, und obwohl er Catherine während ihrer Zeit in Vevey seltener sah als irgendwann sonst, gab er ihr doch nie das Gefühl, daß er ihre Abwesenheit bedauerte, wie es während ihres Aufenthalts in Hove der Fall gewesen war. Nicht einmal als sie den Uffing Down ziemlich geringschätzig mit den gigantischen Gipfeln der Alpen verglich, in die sie so verliebt war, hatte er sich verletzt gezeigt, sondern nur verständnisvoll gelächelt.

Und entgegen ihren Befürchtungen hatte er sich niemals gegen ihre Freundschaft mit Sonja ausgesprochen. Aber sie war sich damals in ihrer kindlichen Unsicherheit nicht im klaren darüber gewesen, daß Eifersucht und absolutes Besitzenwollen eines anderen Menschen typische Zeichen emotionaler Unreife sind. West wußte seit langem, daß es das Los eines jeden Menschen ist, zu haben und zu halten und auch zur rechten Zeit loszulassen, aber ihr war diese Erkenntnis damals noch nicht zuteil geworden. Diese harte Lektion hatte sie später gelernt – falls sie sie überhaupt je ganz gelernt hatte …

Und West hatte niemals auch nur ein einziges Wort der

Kritik geäußert, wenn sie ihre ganzen Sommerferien lieber mit Sonja in Berlin verbrachte und bei ihrer Heimkehr von der luxuriös ausgestatteten Villa der Liebermanns mit dem Innenhof, den zahllosen Salons und der atemberaubenden Galerie mit ihren kostbaren Wandteppichen, den alten Meistern und den Schnitzereien schwärmte; von den anregenden Teegesellschaften, den intellektuellen Soireen und den eleganten Abendeinladungen, denen sie zusammen mit der Creme der Berliner Gesellschaft beigewohnt hatte; von den avantgardistischen Kunstausstellungen, den Theater- und Opernvorführungen und den Konzerten, die sie besucht hatte; den Malern und Dichtern, denen sie in Straßencafés begegnet war; und der Woche, die sie in dem herrlichen Landhaus der Liebermanns verbracht hatte, an einem See tief in den Wäldern Pommerns.

West hatte Berlin als einen wesentlichen Teil ihrer Erziehung angesehen und darauf vertraut, daß diese Erfahrung sie weder überwältigen noch verderben würde.

Sie besaß noch immer das Tagebuch, das sie damals in Berlin geführt hatte; es lag zusammen mit den kostbarsten Erinnerungsstücken ihres Lebens in einem kleinen Aktenköfferchen unter ihrem Bett im Rose Cottage. Es war ihr immer wichtig erschienen, weil es ihre erste Begegnung mit Leo festhielt. Erst später war ihr klargeworden, daß sie darin auch einen Lebensstil festgehalten hatte, der für alle Zeit verloren war – und das schon lange, bevor Berlin selbst während des Zweiten Weltkriegs von den Bomben der Alliierten und den russischen Panzern zerstört wurde und Pommern hinter dem Eisernen Vorhang verschwand.

Rückblickend jedoch war das erstaunlichste von allem, daß ihr Vater mit seinem beinahe krankhaften Fremdenhaß sie überhaupt auf ein ausländisches Pensionat geschickt und darüber hinaus sogar ihre Freundschaft mit Sonja geduldet hatte. Als Sonja in dem Sommer nach Kittys Besuch in Berlin zu ihr nach Kipwell gekommen war, hatte der Pfarrer sie erst mit voller Absicht vor seiner versammelten Gemeinde zu demütigen versucht, indem er seine Predigt auf Matthäus 18,3 gründete: «Wenn ihr euch nicht bekehrt und werdet wie die Kinder, so werdet ihr nicht ins Himmelreich kommen …»

Catherine war zutiefst verletzt gewesen. Nach dem Gottesdienst hatte sie ihrem Vater zum ersten Mal in ihrem Leben offen widersprochen. Als sie mit ihrer Schimpftirade fertig war, hatte absolute Stille geherrscht, dann war er mit bleichem Gesicht hinausstolziert.

Damit Sonjas Besuch nicht völlig verdorben war, hatte sie sich später bei ihrem Vater entschuldigt, seitdem hatte er Sonja mit steifer Höflichkeit behandelt. Und im Anschluß an Sonjas Rückkehr nach Berlin hatte der Fonds für ein neues Gemeindehaus von der Liebermann-Bank eine so großzügige Spende erhalten, daß der Pfarrer in seiner typischen Scheinheiligkeit durchaus fähig war, all seine Vorurteile zu überwinden. Am Ende war die Gier immer der beherrschende Impuls im Leben ihres Vaters gewesen.

Und was ist mit meinem Leben, fragte Kitty sich, während sie versuchte, auf der Krankenhausmatratze eine etwas bequemere Position zu finden, was ist mein Leitprinzip gewesen?

Das war einfach. Natürlich die Liebe. Die Liebe hatte ihre Gedanken geleitet und ihr Herz beherrscht, seit sie denken konnte …

9

«Wenn du in der Nähe bist, braucht man wohl keinen Wecker?» brummte Pippa, als Tabitha ihre Vorstellung vom vorangegangenen Morgen wiederholte. Aber sie war nicht wirklich ungehalten. Im Gegenteil, die Beziehung, die sich zwischen der Katze und ihr entwickelte, rührte sie sogar ein wenig.

Wieder war ein Anruf im Krankenhaus der erste Gedanke, und diesmal schien die Stationsschwester überrascht zu sein, von ihr zu hören. Abgesehen von einer immer noch leicht erhöhten Temperatur und steifen Gliedern machte Mrs. Devere, wie sie Pippa versicherte, hervorragende Fortschritte.

Nachdem sie nun endlich davon überzeugt war, daß Kitty nicht mehr in Gefahr schwebte, beschloß Pippa, die Spur Gawaine de Veres wiederaufzunehmen und den Morgen in Worthing zu verbringen.

Sie konnte sich nicht daran erinnern, schon einmal dort gewesen zu sein. Die West Parade war jedoch leicht zu finden, da sie ein Abschnitt der Seepromenade war, und Chanctonbury Lodge erwies sich als ein großer, moderner Wohnblock mit einer Unzahl verglaster Balkone.

Pippa parkte in einer Nebenstraße, nahm die Tasche mit dem Fotoalbum und Gawaine de Veres Brief aus dem Kofferraum und ging zum Chanctonbury Lodge zurück. Ein Schild am Eingang verkündete: Altenwohnungen mit ständiger Betreuung. Zwischen den makellos gepflegten

Rasenstreifen schlurfte mit Hilfe eines Gehgestells eine gebeugte alte Dame in Hausschuhen.

Wenn das nun Mrs. Spencer ist, dachte Pippa mit plötzlichem Entsetzen. Wie um alles in der Welt sollte sie einem Menschen in diesem Zustand ihr Anliegen erklären?

Entschlossen ging sie durch die Drehtür und auf die grauhaarige Frau zu, die im Foyer hinter einem Schreibtisch saß und neugierig zu ihr aufschaute. «Ich suche eine Miss Edith Spencer», erklärte Pippa.

«Miss Spencer?» Die Frau senkte die Stimme. «Das tut mir leid, meine Liebe, Miss Spencer ist Anfang des Jahres verstorben.»

«Oh ...»

«Sie sind nicht zufällig eine Verwandte? Einen Augenblick lang dachte ich ... Es erscheint mir immer so tragisch, wenn Menschen alt werden und niemand von der Familie ...»

«Ich studiere Fotografie», erklärte Pippa. «Vor einigen Monaten hat mein Vater bei einer Auktion in Worthing einige Gegenstände gekauft, zu denen auch ein paar Bücher über Fotografie gehörten, in denen Miss Spencers Name stand. In einem dieser Bücher lag ein Brief mit dieser Adresse hier. Wissen Sie, ob sie jemals einen Mann namens Gawaine de Vere erwähnt hat?»

«Gawaine de Vere? Das ist ein ungewöhnlicher Name. Daran würde ich mich sicher erinnern.»

«Hat Miss Spencer lange hier gelebt?» fragte Pippa.

«Mal sehen. Sie war bei ihrem Tod fünfundachtzig, also wird sie wohl vor ungefähr fünfzehn Jahren hier eingezogen sein. Aber sie war eine sehr reservierte Dame, hat nicht viel Anschluß gesucht. Sie hatte ihren eigenen

Tisch im Speisesaal – sie hat nicht einmal Whist gespielt. Aber einen Augenblick, wo habe ich nur meine Gedanken? Wenn irgend jemand etwas über diesen de Vere weiß, dann Mr. Kingsley, Miss Spencers Anwalt. Sein Büro ist in Liverpool Gardens.»

Mr. Kingsley erwies sich als jovialer älterer Herr, der auch ohne Termin Zeit für sie hatte. «Das Wetter ist prächtig, da macht niemand sein Testament», meinte er kichernd. «Wenn es schneit, stehen die Leute vor meiner Tür Schlange! So, Miss Devere, wie kann ich Ihnen helfen?»

Pippa wiederholte ihre Geschichte und zeigte ihm das Fotoalbum und den Brief.

«Ah, Sie fragen sich, ob Gawaine de Vere möglicherweise ein verschollener Verwandter ist...»

«Selbst wenn wir nicht verwandt sind, würde ich gern mehr über ihn wissen. Ich finde seine Bilder einfach wundervoll.»

«Das überrascht mich aber! Ich hätte gedacht, daß man seine Arbeit heutzutage altmodisch finden würde.»

«Dann wissen Sie also etwas über ihn?»

«O ja, obwohl ich ihm nie begegnet bin. Meine verstorbene Klientin – Miss Spencer – war früher seine – hm, wie heißt das noch? –, ja, seine Retuscheurin, damals vor dem Krieg, als er noch ein Atelier in London hatte.»

«Deshalb hat sie also diese Abzüge behalten. Sie waren genauso sehr ihre Arbeit wie seine! Wissen Sie, ob Gawaine de Vere noch lebt?»

«Soweit mir bekannt ist, ja, obwohl er schon vor mehreren Jahren aufgehört hat, als Fotograf zu arbeiten. Muß wohl mindestens schon achtzig sein.»

«Sie können mir nicht zufällig sagen, wo er lebt? Auf dem Brief steht nur ‹Yondover›.»

«Ja, wahrscheinlich lebt er immer noch dort. Kennen Sie sich in Sussex aus?»

«Nicht besonders.»

«Hm, wenn meine Erinnerung mich nicht trügt, liegt Gawaine de Veres Besitz in der Nähe eines Städtchens namens Kipwell. Zeigen Sie mir den Brief noch einmal. ‹Sie werden sicher froh sein zu hören, daß ich keine Probleme mehr mit den Behörden oder Eindringlingen auf meinem Land habe.› Hm, ja, jetzt fällt es mir wieder ein. Das Haus liegt auf einem großen Grundstück, und es hat da irgendein Problem mit einer Baugenehmigung gegeben – ein Mordskrach, über den sogar die überregionalen Zeitungen berichtet haben. Aber das ist viele Jahre her, wahrscheinlich waren Sie da noch nicht einmal auf der Welt.»

«In dem Album sind auch ein paar Bilder von einem Haus. Meinen Sie, das könnte Yondover sein?»

«Da kann ich Ihnen nicht weiterhelfen. Ich weiß nicht mehr über Gawaine de Vere, als was ich von Miss Spencer erfahren habe.»

«Die beiden waren wohl gute Freunde?»

«Ah, ich verstehe, worauf Sie hinauswollen. Nun, wenn Sie vermuten, es könne irgendeine Art Romanze zwischen Miss Spencer und Gawaine de Vere gegeben haben, dann sind Sie auf dem Holzweg.»

«Wissen Sie, wer ‹B.› ist?»

«Leider nein. Auch das würde Miss Spencer wohl gewußt haben. Wie schade, daß Sie sie nicht mehr kennenlernen konnten. Sie hätte bestimmt gern mit Ihnen über ihre Arbeit gesprochen …»

«Wie geht's dir denn heute, Kiki?» Pippa hockte sich auf die Bettkante und ließ ihre Beine herabbaumeln.

«Danke, bestens», versicherte Kitty ihr.

«Du siehst auch schon viel besser aus. Und was machen die Rippen und die Schulter?»

«Die tun auch nicht mehr so weh wie gestern.»

«Hat irgend jemand angedeutet, wann du wieder nach Hause kannst?»

«Nein, die Schwester meinte, daß ich auf die Visite des Arztes warten müsse. Du mußt dich nicht verpflichtet fühlen, meinetwegen hierzubleiben, Kind. Ich komme ganz gut zurecht.»

«Ich würde nicht einmal im Traum daran denken, nach Hause zu fahren, bevor es dir wirklich bessergeht.»

Kitty war gerührt, fuhr jedoch hartnäckig fort: «Aber wenn du heimfahren willst, verstehe ich das vollkommen. Es muß doch hier langweilig sein für dich.»

«Überhaupt nicht.» Pippa stockte und sah sie abwägend an. «Erinnerst du dich an irgend etwas, das vor deinem Sturz passiert ist?»

Kitty schüttelte den Kopf. «Ich erinnere mich an gar nichts mehr, außer dem, was du mir erzählt hast, daß ich im Garten über eine Stufe gestolpert bin.»

«Weißt du noch, daß Dad vor ein paar Monaten nach einer Auktion in Worthing mal kurz bei dir war?»

«Nein. Wie ärgerlich! Das weiß ich auch nicht mehr.»

«Aber du weißt doch, wer Dad ist, oder? Ich meine, wenn du dich an mich erinnerst –»

«Natürlich weiß ich, wer ihr seid, du und dein Vater», gab Kitty gereizt zurück. Ihr Gedächtnis mochte ihr zwar den einen oder anderen Streich spielen, aber deswegen war sie nicht plötzlich total plemplem.

Pippa zögerte. «Was ist mit deiner Kindheit?»

Mit einem kläglichen Lächeln gab sie zu: «Merkwürdig, daß du das sagst. Meine Kindheit ist das einzige, woran ich denken kann, seit ich im Krankenhaus bin.»

«Und was ist mit deinen Eltern – und, hm, Leuten wie meinem Großvater? Kannst du dich denn an die erinnern?»

Kitty überkam ein ungutes, prickelndes Gefühl, die unerklärliche Vorahnung einer Gefahr. «Warum? Warum fragst du?»

«Na ja, weißt du, ein Grund, weshalb ich dich ursprünglich besucht habe, war, daß Dad in Worthing ein paar Bücher gekauft hat, zu denen auch ein altes Fotoalbum gehört. Ich wollte es dir gerade zeigen, als du gestürzt bist.»

«Ein Fotoalbum?»

«Ich dachte, es könnte dich vielleicht interessieren. Ich habe es dabei, falls du es gern sehen würdest.» Pippa griff in ihre Tasche und zog das dicke ledergebundene Buch heraus. «Einige der Bilder sind wirklich erstaunlich, und ich habe zuerst gedacht, die Frau, der das Buch gehörte, hätte sie aufgenommen – Edith Spencer. Aber mittlerweile habe ich herausgefunden, daß sie nur die Retuscheurin war.»

Edith Spencer …

«Aber – und das ist das erstaunlichste an der Sache – der Fotograf, für den sie arbeitete, hieß Gawaine de Vere.»

Kitty hatte das Gefühl, als hätte ihr Herz für ein paar Sekunden zu schlagen aufgehört. Kein Wunder, daß sie nach einem solchen Schock ohnmächtig geworden war. Selbst jetzt brach ihr der kalte Schweiß aus, obwohl es im Krankenhaus beinahe unerträglich warm war. Mit unsicherer Hand griff sie nach dem Wasserglas und nahm ein paar Schlucke daraus.

Glücklicherweise war Pippa so damit beschäftigt, eines der Fotos aus dem Album zu ziehen, daß sie nichts bemerkte. «Er hatte ein Atelier in Chelsea, am Porters Place. Sieh mal! Er schreibt seinen Namen zwar nicht so wie wir, aber trotzdem habe ich mich natürlich gefragt, ob er nicht vielleicht ein Verwandter ist ...»

Kitty sah im Geiste vor sich, wie sie im Garten von Rose Cottage die Stufen hinaufging, plötzlich diesen Namen hörte und den Stempel auf dem Foto las. Porters Place. Auch wenn sie nicht in Ohnmacht gefallen wäre, hätte sie ganz bestimmt nicht mehr darauf geachtet, wo sie hintrat.

«... natürlich wäre er nicht direkt mit dir verwandt, da du ja doch erst durch deine Hochzeit eine Devere geworden bist, sondern mit Großvater. Dad sagt, er hätte noch nie von ihm gehört, aber ich dachte, du würdest vielleicht ...»

Zum ersten Mal in ihrem Leben fehlten Kitty die Worte. Sie konnte nur stumm den Kopf schütteln.

Glücklicherweise glaubte Pippa, sie wolle damit ausdrücken, daß der Name Gawaine de Vere ihr nichts sagte. «Na ja, ich habe auch nicht wirklich geglaubt, daß wir mit ihm verwandt sind. Sonst hättest du ihn sicher mal erwähnt. Aber es ist doch ein erstaunlicher Zufall, vor allem, da er in Sussex lebt. In dem Album sind auch ein paar Fotos, auf denen anscheinend sein Haus abgebildet ist. Es heißt Yondover und muß in der Nähe eines Dorfes namens Kipwell liegen.»

Das also war der Grund, warum ihre Gedanken seit

ihrer Einlieferung ins Krankenhaus nur um Yondover kreisten. Ihr Unterbewußtsein hatte sich an dem, was Pippa ihr erzählt hatte, festgebissen, und so, wie man seine Zunge nicht von einem lockeren Zahn fernhalten kann, war sie im Geiste immer wieder nach Yondover zurückgekehrt, zu West, zu den Gurneys, ihren Eltern, zu Sonja …

Aber nie zu Gawaine de Vere. Nein, jedesmal, wenn ihre Gedanken sich ihm genähert hatten, hatte ihr Verstand sich dagegen gesperrt, war davor zurückgeschreckt, an etwas zu rühren, das er weder akzeptieren noch ändern konnte, war vor den dunklen, klaffenden Abgründen geflohen, die sich vor ihm auftaten, vor den höhnischen Dämonen der Fehler, die sie in ihrer Vergangenheit gemacht hatte.

«Ich bin heute morgen nach Worthing gefahren, weil ich hoffte, Miss Spencer besuchen zu können. Aber in dem Heim, in dem sie gelebt hat, habe ich erfahren, daß sie Anfang des Jahres gestorben ist. He, Kiki, ist alles in Ordnung mit dir? Du bist plötzlich so blaß.»

Nein, überhaupt nichts war in Ordnung. Aber Pippa durfte diesen Dingen auf keinen Fall noch näherkommen, als es ihr bereits gelungen war.

Von irgendwoher nahm sie die Kraft zu sprechen. «Mir geht es gut. Ich bin nur ein wenig müde. Mein Kopf … Das ist alles ziemlich verwirrend …»

«Oh, entschuldige bitte.» Pippa war zerknirscht. «Ich hätte dich nicht so überfallen dürfen. Aber es ist so ein faszinierendes Rätsel, und ich habe gehofft, du würdest dich vielleicht dafür interessieren …»

Warum konnten Edith Spencers Erinnerungen nicht mit ihr sterben? Und wenn ihr Album gefunden werden mußte, warum dann ausgerechnet von Sebastian? Und warum interessierte sich Pippa, die noch nie die geringste Neugier bezüglich der Vergangenheit an den Tag gelegt hatte, für einen Mann nur deshalb, weil er einen ähnlichen Namen trug?

Aber schließlich studierte Pippa ja Fotografie. Das war die Brücke. Wäre Gawaine de Vere nicht Fotograf gewesen, wäre Edith Spencers Album auf irgendeinem Regal verstaubt. Statt dessen hatte sich durch eine grausame Fügung des Schicksals der Kreis ihres Lebens geschlossen, und was sie endlich hinter sich gelassen zu haben hoffte, holte sie nun wieder ein.

Irgendwie gelang es ihr, Pippas Besuch zu überstehen, obwohl sie kaum wahrnahm, wovon ihre Enkelin sprach.

Als sie gegangen war, griff Kitty nach *Rebecca*, einem der Bücher, die Pippa ihr mitgebracht hatte. Ihr Blick fiel sogleich auf die vielleicht berühmtesten ersten Zeilen: *Letzte Nacht habe ich wieder von Manderley geträumt* … Sie überflog die vertrauten Worte, die Beschreibung eines geliebten Hauses, von dem nur noch eine Ruine übrig war, und eines Gartens, der in den Schoß der Natur zurückgekehrt war. Sie blätterte weiter. *Ich bin froh, daß es das nicht zweimal geben kann, das Fieber der ersten Liebe* …

Pippa konnte nicht ahnen, welche Schreckgespenster sie weckte …

Einige der Bilder sind wirklich erstaunlich …

Kitty ließ die *Rebecca* auf den Schoß sinken und schloß die Augen.

Bilder … Fotos, gerahmt und an einer Wand aufgehängt. Schwarzweißfotos, sanfte Bilder, die denselben Eindruck schimmernden Lichtes vermittelten wie Wests Gemälde. «Das ist Mr. Westrup, und das hier sind Zaccariah und Jethro im Garten, aber das Foto ist ein wenig unscharf», sagte Fannys Stimme. «Er ist ganz versessen aufs Fotografieren, unser Master George. Mr. Westrup hat ihm irgendwann mal eine Kamera zu Weihnachten geschenkt, und die beiden hatten viel Spaß damit, haben Aufnahmen gemacht und die Bilder in der Dunkelkammer entwickelt, die sie sich neben Mr. Westrups Atelier in der alten Milchstube eingerichtet haben.

Wir freuen uns immer so, wenn Master George nach Yondover kommt», fuhr Fanny fort. «Für gewöhnlich verbringt er ja seine Schulferien bei seiner Großmutter, Mrs. McDonnell, in Edinburgh. Seine Eltern sind mit der *Titanic* untergegangen, wissen Sie. Der arme Master George, mit fünf Jahren schon eine Waise. Aber trotz all ihrer Sünden hat seine Großmutter ein gutes Herz und erlaubt Mr. Westrup, Master George zu sehen …»

Marion McDonnell … Kittys Gedanken machten einen Zeitsprung, sie war achtzehn Jahre alt und stand in Marion McDonnells Salon in Edinburgh. Es war Winter und die Stadt weiß verschneit gewesen.

Sie war mit George nach Schottland gefahren, denn er hatte darauf bestanden, daß sie seine Großmutter kennenlernte. Auch West hatte sie zu dem Besuch ermuntert, obwohl ihr das damals eigenartig erschien. Denn sie war noch jung, und eine Scheidung war etwas, das genauso wie Tod über ihren Erfahrungshorizont ging.

So klar, als wäre es erst gestern gewesen, sah sie sie vor sich, eine winzige Frau – noch kleiner als Catherine selbst –, die in dem hohen Ohrensessel, auf dessen Kante sie saß, wie verloren wirkte. Ihr Haar war schneeweiß und umrahmte ein hübsch geschnittenes, kleines Gesicht; sie trug Schwarz, und die düstere Wirkung ihrer Kleidung wurde nur von einer goldenen Uhr gemildert, die an einer Kette um ihren Hals hing.

Sie bedeutete Catherine, sich auf den Puff neben ihr zu setzen, und nachdem das Mädchen den Tee serviert hatte, fragte sie sie mit ihrem angenehmen schottischen Akzent: «Und jetzt erzählen Sie mir, wie geht es Westrup?»

Die Direktheit ihrer Frage hatte Catherine völlig überrascht. Da sie nicht wußte, wie sie antworten sollte, hatte sie nur verlegen gelächelt.

Mrs. McDonnell hatte ihre Hand genommen. «Weil wir geschieden sind, heißt das nicht, daß ich Westrup nicht immer noch gern habe. Sie wissen ja, daß mein Enkel ihn in den Ferien immer besucht, daher bin ich einigermaßen im Bilde über das Leben in Yondover. Aber George ist wie alle jungen Männer so mit sich selbst beschäftigt, daß er die Welt um sich herum kaum wahrnimmt. Ich würde gern Ihre Meinung hören, meine Liebe. Geht es Westrup gut? Macht er einen glücklichen Eindruck?»

«Es geht ihm ausgesprochen gut, und er scheint sehr zufrieden zu sein», hatte Catherine ihr versichert, fest entschlossen, um jeden Preis zu Westrup zu halten.

«Ich bin sicher, Ihre Freundschaft bedeutet ihm viel. Es tut alten Menschen immer gut, junge Leute um sich zu haben.»

«Aber ich finde West überhaupt nicht alt!» hatte Catherine gerufen.

Mrs. McDonnells Lächeln war so strahlend, daß es nicht anders als echt sein konnte. «Oh, ich bin so froh, daß Sie das sagen! Wann immer ich an Westrup denke, sehe ich ihn als jungen Mann vor mir – als den, der er bei unserer ersten Begegnung war.»

In ihrer Stimme lag eine solche Wärme, daß Catherine es wagte zu fragen: «Bitte, würde es Ihnen etwas ausmachen, mir zu erzählen – was mit Ihrer Ehe schiefgegangen ist? Warum haben Sie West verlassen?»

Mrs. McDonnell war nicht gekränkt. Sie nahm einen Schluck Tee und stellte die Tasse wieder auf das Tablett. «Ja», murmelte sie, «wenn es überhaupt jemanden gibt, der die ganze Geschichte kennen sollte, dann vielleicht Sie ...»

Sie schwieg für einige Augenblicke, sammelte ihre Gedanken und begann schließlich zu erzählen: «Meine Eltern waren einfache Leute vom Land, aus einem kleinen Dorf in der Nähe von Fort William. Meine Mutter war Köchin in einem großen Haus und mein Vater Wildhüter auf demselben Besitz. Ich selbst war Kindermädchen, als West mich kennenlernte. Er und mein Arbeitgeber waren zusammen zur Schule gegangen. Meine Arbeitgeber müssen sehr großzügige und liberale Menschen gewesen sein, denn sie haben mir während Westrups Besuchen viel freie Zeit zugestanden. Ich erinnere mich, daß wir lange Spaziergänge durchs Gebirge gemacht haben, bei denen Westrup mir von all den Träumen erzählte, die er für sein Leben hatte. Er war ein wenig älter als ich und so ein hübscher junger Mann ... Ich hatte noch nie jemanden wie ihn kennengelernt. Er kam mir so – ja –, so romantisch vor ... Wie hätte ich seinen Antrag ablehnen können?

Er hat mich nach Yondover mitgenommen, damit ich seinen Vater kennenlernte. Das war vielleicht ein Tyrann, dieser alte Mann. Ich kann ihn noch immer vor mir sehen, wie er da stand, die Hände unter seinen Rockschößen verborgen, die kaum unterdrückte Wut, die sein Gesicht rötete, während ich ihm in Antwort auf seine Fragen von mir und meiner Familie erzählte. Später, nachdem ich mich auf mein Zimmer zurückgezogen hatte, hat er West verboten, mich zu heiraten. Als Westrup ihm die Stirn bot, enterbte er ihn.»

«Aber warum?» fragte Catherine nach.

«Weil ich nicht aus dem richtigen Stand stammte.»

«Aber er selbst war doch auch nicht aus guter Familie. Er kommt aus dem East End von London!» rief Catherine.

«Ach, mein Kind, wieviel Sie noch über die Menschen zu lernen haben. Wenn Samuel Lambourne als Aristokrat auf die Welt gekommen wäre, hätte er mich als Schwiegertochter vielleicht auch nicht gutgeheißen, aber bestimmt hätte er mehr Verständnis gezeigt.»

«Und was haben Sie dann getan?»

«Zunächst einmal waren wir so verliebt, daß es uns egal war. Westrups Vater besaß ein Haus am Porters Place in Chelsea, aber er erlaubte uns nicht, dort zu wohnen, daher haben wir ein kleines Cottage in Kensington gemietet. Wir haben sehr einfach gelebt, trotzdem ist uns schon bald das Geld ausgegangen. Westrup war ein guter Maler und versuchte, Aufträge für Porträts zu bekommen. Das Geschäft lief jedoch nur sehr langsam an – und Westrup konnte der Porträtmalerei eigentlich auch nichts abgewinnen. Dann wurde Elisabeth geboren, und es gab drei hungrige Mäuler zu stopfen. Wir haben dann noch zwei weitere Jahre durchgehalten, während deren wir immer tiefer in Schulden gerieten und Westrups Gesundheit und Nerven zu leiden begannen. Manchmal sprach er voller Sehnsucht von Yondover, und ich war sicher, daß er sich fragte, ob er die richtige Entscheidung getroffen hatte, als er mich heiratete.

Schließlich begriff ich, daß ich nur eine einzige Möglichkeit hatte. Ich stand Westrups Glück im Weg. Wenn ich ihn verließ, wären seine Probleme gelöst. Er würde die Gunst seines Vaters zurückgewinnen und Yondover erben, wenn der alte Mann starb. Also versetzte ich meinen Verlobungs- und meinen Ehering, um mir eine Eisenbahnkarte zu kaufen, und kehrte nach Schottland zurück. Westrup schrieb ich, ich hätte einen anderen kennengelernt. Und später habe ich dann auch tatsächlich Hugh geheiratet ...» Ihre Stimme verlor sich.

Plötzlich ergab alles einen Sinn. Marion McDonnell hatte ihr eigenes Glück für Wests Glück geopfert. Aber warum war sie nach Samuel Lambournes Tod nicht zu ihm zurückgekehrt? Es sei denn, sie wäre damals schon in Hugh McDonnell verliebt gewesen.

«Ist Wests Vater nicht schon bald, nachdem Sie West verließen, gestorben?» fragte Catherine.

«Ja – ein oder zwei Jahre später. Ich weiß, was Ihnen im Kopf herumgeht, mein Kind, und ich werde mein Bestes tun, auf Ihre unausgesprochene Frage zu antworten. Ich habe Westrup nicht wegen Hugh verlassen, und genausowenig war er der Grund, warum ich nach dem Tod seines Vaters nicht zu Westrup zurückgekehrt bin.»

Geistesabwesend strich sie über den schwarzen Stoff ihres Kleides. «Ich kannte Hugh schon lange – seit unserer Kindheit. Er mochte mich sehr und behandelte Elisabeth wie seine eigene Tochter. Es brach ihm das Herz, als sie starb ...» Ihre Augen verschleierten sich. «Ja, wir waren dreiunddreißig Jahre verheiratet ... Aber ich habe ihn nie auf dieselbe Art und Weise geliebt, wie ich Westrup geliebt habe.»

«Aber warum haben Sie dann ...?»

Marion McDonnells Blick fiel auf das blühende Alpenveilchen auf dem niedrigen Bücherregal. «Liebe ist wie eine exotische Treibhauspflanze», sagte sie langsam. «Man muß sie sehr sorgsam nähren, damit sie die Grausamkeit der Elemente überlebt. Und die Liebe, die Westrup und mich verband, war zerbrechlicher als die der meisten Menschen. Für eine kurze Spanne war sie blühend und stark. Aber in einer Atmosphäre von Kälte und Hunger und extremer Armut ist sie verwelkt und gestorben ...»

«Aber das stimmt nicht», beharrte Catherine. «Sie haben West immer noch geliebt, und er hat Sie geliebt. Er muß Sie geliebt haben. Er hat nie wieder geheiratet ...»

«Nein», korrigierte die alte Dame sie sanft. «Er hat sich in einen Traum verliebt. Er hat ein Bild von mir geschaffen, das nichts mit der Wirklichkeit zu tun hatte. Indem ich ihn verließ, konnte ich ihm die eine wahre, dauerhafte Liebe seines Lebens zurückgeben, eine Liebe, die ihn nie im Stich lassen würde – Yondover ...»

Rückblickend konnte Kitty nicht umhin, sich zu fragen, ob Marion McDonnell damals versucht hatte, sie zu warnen. Hatte die alte Dame ihr tiefer ins Herz geschaut, als ihr klar gewesen war?

Aber damals hatte sie sich von Marion McDonnells Geschichte nicht persönlich angesprochen gefühlt. Warum auch? Obwohl sie verliebt war und bald heiraten wollte, hatte ihr Vater, der in mancher Hinsicht ebenfalls ein Tyrann war, nichts an dem Mann ihrer Wahl auszusetzen. Sie war nie mit Hunger und Armut konfrontiert worden. Ihre Liebe, davon war sie in jener Zeit überzeugt, war keine vergängliche Blüte, die verwelken und sterben würde, sondern ein mächtiger Baum wie die Eiche auf der Koppel von Yondover, und ihre Liebe würde allen Unbilden des Schicksals trotzen und nur stärker und stärker werden …

10

Sie hatte sich auf den ersten Blick in ihn verliebt. Nein, nicht sofort … Zuerst hatte es eine Zeit kindlicher Eifersucht und Unsicherheit gegeben …

Es war Weihnachten, wahrscheinlich dasselbe Weihnachten, an dem West ihr Honey geschenkt hatte – oder nein, es mußte im Jahr darauf gewesen sein, denn sie war kein Neuling im Sattel mehr, sondern durchaus in der Lage, zu galoppieren und über Hecken und Gräben zu springen –, und sie war in der Küche des Pfarrhauses und trank ein Glas warme Milch, ihren Schlummertrunk, als die Köchin sagte: «Ich höre, Master George verbringt seine Ferien wieder auf Yondover. Da wird sich Mr. Lambourne aber freuen.»

«Ich habe ihn in der Kutsche gesehen, als sie ihn vom Bahnhof abgeholt haben», meinte Polly, das Hausmädchen, seufzend. «Er ist ja so ein hübscher Bursche geworden. Man stelle sich nur vor, wie es wäre, von Master George geküßt zu werden. Ich kriege ja schon weiche Knie, wenn ich nur daran denke.»

«Du gibst besser acht, was du redest, und kümmerst dich um den Abwasch», wies die Köchin sie scharf zurecht. «Und für Sie, Miss Catherine, wird es höchste Zeit, daß Sie ins Bett kommen.»

Als Catherine die Küchentür hinter sich zuzog, hörte sie, wie die Köchin sagte: «Was denkst du dir nur dabei, einem Kind solche Ideen in den Kopf zu setzen?»

Als sie später in ihrem Bett lag, gingen Catherines Gedanken keineswegs in dieselbe Richtung wie jene Pollys. Weit entfernt davon, George in einem romantischen Licht zu sehen, betrachtete sie ihn vielmehr als Bedrohung. Seit Sir Hector Pugh gesagt hatte: «Es gibt einen Enkel, der in Harrow erzogen wird … Macht einen ganz netten Eindruck, der Junge, aber ist ein bißchen verweichlicht …», hatte sie von seiner Existenz gewußt. Aber er war noch nie zur gleichen Zeit wie sie auf Yondover gewesen.

Doch selbst in seiner Abwesenheit konnte man seine Gegenwart überall auf Yondover spüren: seine Fotos an den Wänden seines Zimmers. Pegasus, sein Pferd. Ein Baumhaus, das West für ihn gebaut hatte, als er noch ein Kind war. Eine Schaukel im Obstgarten …

Sie hatte mittlerweile das Gefühl, daß sie nach Yondover gehörte, daß sie genauso sehr ein Teil davon war wie West und die Gurneys, aber jetzt dachte sie darüber nach, ob sie, wenn George da war, auf Yondover noch erwünscht sein würde.

Sie hatte natürlich gewußt, daß er über Weihnachten kam, aber als sie am nächsten Morgen nach Yondover ging, war ihr das Herz schwer. Rauhreif lag über dem Land, und die Sonne hing tief am Himmel, eine riesige orangefarbene Kugel, die ein orangefarbenes Glühen auf die weißen Weiden warf. Das Haus kam in Sicht, und kein West wartete dort auf sie, kein Rafe stürmte auf sie zu. Es war so, wie sie befürchtet hatte: Jetzt, da sie George wiederhatten, brauchten sie sie nicht mehr.

Verzweifelt machte sie sich wieder auf den Heimweg, mühte sich über eine Hecke und kletterte den Uffing Down hinauf, ging dann zur anderen Seite des Kammes und setzte sich auf einen am Boden liegenden Zaunpfosten, an einer Stelle, von der aus man Yondover nicht sehen konnte.

Da hörte sie plötzlich das Wiehern eines Pferdes, ein Hund bellte, und Wests Stimme rief: «Kitty! Was machst du hier oben?» Rafe stürzte auf sie zu und warf sie zu Boden, wedelte, ganz außer sich vor Freude, mit dem Schwanz und bedeckte ihr Gesicht und ihre Arme mit begeisterten Küssen.

Sie schob den Hund von sich und setzte sich auf, nur um als nächstes zu spüren, wie Honeys samtige Nase gegen ihre Wange stupste und ihr die Sicht versperrte.

West nahm Catherines Hand und zog sie auf die Füße. «Na komm schon, du wirst dir noch eine scheußliche Erkältung holen. Da ist jemand, der dich gern kennenlernen würde.»

Langsam strich sie sich das Haar aus den Augen und schaute an West vorbei zu George, der hoch über ihr auf Pegasus' Rücken saß; er war groß und schlank, hatte glattes, dunkles Haar, tiefliegende braune Augen, eine Adlernase und einen zarten Mund.

Er nickte ihr zu, und etwas an der Art, wie er sie ansah – die ziemlich arrogante Haltung seines Kopfes, das kaum merkliche Stirnrunzeln –, gaben ihr das Gefühl, jung und kindisch zu sein. Trotz Pollys Schwärmerei hatte sie nicht erwartet, daß er so gut aussah und so erwachsen wirkte.

«Wir haben dich über den Hügel kommen sehen», fuhr West fort. «Aber dann bist du verschwunden.»

«Du warst nicht da, und deshalb dachte ich ...» Ihre Stimme verlor sich.

Er drückte ihre Schulter, und einen kurzen Augenblick

lang fühlte sie sich ihm sehr nahe. «Wir waren auf der Koppel, um die Pferde zu satteln, und wollten dir entgegenreiten», erklärte er. «Bei uns geht alles drunter und drüber, seit George gestern angekommen ist. Er hatte zwar ein Telegramm geschickt, aber es muß irgendwie verlorengegangen sein.»

Sie ging zu Honey hinüber, und es war tröstlich, seine zottige Mähne unter ihren Fingern zu spüren. George hatte sich abgewandt und starrte in die Ferne, dorthin, wo das Meer lag.

West sah erst ihn an und dann sie und schwang sich schließlich wieder auf Conkers Rücken. «So», verkündete er energisch, «laßt uns losreiten.»

Während Catherine sich bemühte, auf ihrem Pony mit den beiden Männern auf ihren Pferden Schritt zu halten, fühlte sie sich erst recht wie ein Kind, das Erwachsenen hinterherzockelt. Die beiden unterhielten sich über Oxford, wo George im Herbst sein Studium aufnehmen sollte. «G-Großmutter will, daß ich P-Politik, Ph-Philosophie und Wirtschaft belege», sagte George. «Sie m-möchte, daß ich D-Diplomat werde, wie V-Vater.»

Plötzlich verfielen sie in einen Galopp und ließen Catherine einfach hinter sich zurück. Auf der nächsten Anhöhe warteten sie auf sie. «Tut mir leid, Kitty», sagte West, «ich habe ganz vergessen, daß Honey so kurze Beine hat.»

«Macht nichts», erwiderte sie und versuchte, ihre Kränkung zu verbergen.

Danach paßten sie ihr Tempo dem ihren an, aber ihre Unterhaltung geriet ins Stocken, und sie war sich sicher, daß George ihre bloße Anwesenheit übelnahm und ihr die Schuld daran gab, daß sie jetzt so langsam dahintrabten.

Als sie an die Klippen kamen und einen Schwarm Möwen aufjagten, die mit klagenden Schreien auf das silberne Meer hinausflogen, stieg George ab. Er schaute lange über das Wasser und sagte schließlich mit einer seltsam weichen Stimme: «Es ist wunderbar, wieder z-zu Hause zu sein, West. Ich habe das alles so sehr v-vermißt.»

Er benutzte Wests Kosenamen, von dem sie gedacht hatte, daß er ihr allein gehöre, und die Tatsache, daß er sie völlig ignorierte, gab ihr erst recht das Gefühl, ausgeschlossen zu sein.

Honey trottete zu einer Stelle hinüber, an der das Gras besonders lang war, senkte den Kopf und begann zu grasen. Als Catherine sich umsah, erblickte sie West und George, die zusammen mit Rafe in die entgegengesetzte Richtung davongingen. Sie zögerte ein paar Augenblicke, dann lenkte sie Honey zurück nach Yondover. Weder West noch George schienen zu bemerken, daß sie nicht mehr bei ihnen war. Ein- oder zweimal schaute sie über die Schulter zurück und sah, daß die beiden ihr in gemächlichem Schrittempo folgten. Sie spornte Honey zu einem Galopp an.

Als sie ihr Pony auf der Koppel absattelte, kam Gurney mit einer Schubkarre voller Heu zu ihr herüber. Er holte einen Apfel für das Pony aus seiner Tasche und bemerkte: «Du bist ja herangeschossen gekommen wie eine Fledermaus aus der Hölle.»

Tränen brannten in ihren Augen, sie wischte sie mit ihrem Handschuh weg und hoffte, daß er glauben würde, die eiskalte Luft hätte ihr die Tränen in die Augen getrieben.

Gurney leerte seine Schubkarre, blinzelte ins Licht, schaute hinüber zum Uffing Down, wo die beiden Männer gerade auf dem Gipfel der Anhöhe angekommen waren. Dann sagte er: «Fanny braucht noch Kartoffeln fürs Abendessen. Ich hätt' nichts dagegen, wenn mir jemand beim Ausmachen helfen täte.»

Da sie ihrer Stimme nicht traute, folgte sie ihm wortlos in den Gemüsegarten.

Als sie aus dem Garten kam, fand sie sich plötzlich West gegenüber. Sie warf ihm ein Lächeln zu, das unbekümmert wirken sollte, aber West ließ sich nicht täuschen. Er nahm ihre Hand und führte sie in sein Atelier. «Na komm schon, Kitty-Cat, spuck's aus.» Sie starrte schweigend auf den Fußboden, aber er legte seine Hand unter ihr Kinn, so daß sie gezwungen war, ihn anzusehen. Zu ihrem Entsetzen stiegen ihr trotz größter Bemühungen, dagegen anzukämpfen, die Tränen in die Augen.

Er seufzte. «Es geht um George, nicht?»

«Ja ... nein ...» Dann brach es aus ihr heraus: «Jetzt, wo er hier ist, wollt ihr mich nicht mehr.»

«Kitty-Cat, vergiß nicht, das ist sein erster Tag heute. Sei nicht eifersüchtig auf ihn, dazu besteht absolut kein Grund. Im Gegenteil, er sollte dir eher leid tun. Ich weiß, er macht den Eindruck, arrogant zu sein, aber das ist er überhaupt nicht. Im Gegenteil, er ist sehr unsicher und schüchtern. Du hast doch sicher bemerkt, daß er stottert? Nun, das passiert immer, wenn er nervös ist. Bitte, Kitty – wirst du versuchen, dich mit ihm anzufreunden?»

Sie nickte langsam. «Ich versuch's», versprach sie.

Und um Wests willen versuchte sie es wirklich. Aber es war nicht einfach, obwohl Georges Leidenschaft für die Fotografie ihnen dabei half, die Tage, die sonst recht lang geworden wären, auszufüllen, denn es wurde draußen wieder trübselig, regnerisch, und er bekam eine schlimme Erkältung, die ihn fast bis ans Ende seines Aufenthalts auf Yondover begleitete.

Wests ehemaliges Spielzimmer auf dem Dachboden wurde in ein provisorisches Atelier verwandelt, und obwohl George sie als Person weiterhin buchstäblich ignorierte, war sie doch als Modell durchaus gefragt und wurde in den seltsamsten Kostümen oder sogar mit Vorhängen umwickelt fotografiert, wobei sie die unbequemen klassischen Posen einnehmen mußte, während er und West über Komposition und Belichtungszeit diskutierten. Aber wie sehr sie sich auch bemühte, seine gestotterten Anweisungen zu befolgen, endeten ihre Sitzungen für gewöhnlich damit, daß er in brütendes Schweigen verfiel, während sie sich in seiner Gegenwart zunehmend unwohl und unbeholfen fühlte.

Sie war jedesmal zutiefst erleichtert, wenn die beiden verkündeten, daß sie sich nun in die Dunkelkammer zurückziehen würden, und Jethro Anweisung bekam, Wasser in das Fotobad in der Dunkelkammer zu pumpen, damit sie ihre Abzüge waschen konnten. Dann floh sie aus dem Haus, um auf Honey über die Downs zu galoppieren oder mit Rafe durch den Wald zum Fluß zu spazieren. Aber wenn sie zurückkehrte, bekam sie jedesmal Georges Klagen zu hören: «K-K-Kitty taugt nicht als Modell. Noch nie hat jemand weniger Ähnlichkeit mit einer W-W-Wassernymphe gehabt.»

Und West sagte tröstend: «Aber die Beleuchtung ist gelungen, George, und der Effekt, den wir durch das Glas erzielt haben, ist sehr interessant. Vielleicht solltest du die Belichtungszeit noch etwas verlängern ...»

Dann kam der Nachmittag, an dem der Regen sich in Strömen über die Downs ergoß und die Wolken so tief über dem Land hingen, daß es beinahe nachtfinster war. Da sie zum Fotografieren nicht genug Licht hatten, gingen sie ins Musikzimmer, wo Fanny die Vorhänge zugezogen und ein Feuer angezündet hatte. West saß am Klavier, und George setzte sich sehr zu Catherines Überraschung nicht auf einen Sessel, sondern zu ihr auf den Kaminvorleger, auf dem sich auch Rafe bereits ausgestreckt hatte.

Und während sich der Raum mit der erhabenen Musik von Schubert, Skrjabin, Chopin und Liszt füllte und den Regen, der gegen die Fensterscheiben trommelte, in den Hintergrund verbannte, löste sich plötzlich die Spannung zwischen ihr und George.

Nach den letzten nachklingenden Noten einer Schubert-Sonate murmelte George ohne einen Anflug von Stottern: *«Musik, wenn sanfte Stimmen sterben, schwingt in Erinnerungen nach …»*

Im Widerschein des Feuers wirkten seine Züge weicher, und in seinen Augen stand ein friedlicher, verträumter Blick.

«So auch dein Denken, wenn du nicht mehr bist», setzte West das Shelley-Gedicht im selben verträumten Tonfall fort, *«die Liebe selbst jedoch schläft nur und wird niemals vergehen.»*

Er erhob sich vom Klavierhocker und setzte sich auf das Sofa hinter ihnen, legte die eine Hand auf Georges Schulter, die andere auf ihre und zog sie beide an sich. Catherine lehnte den Kopf an sein Knie, und seine Finger fuhren durch ihr Haar. Und plötzlich wußte sie mit absoluter Gewißheit, daß sie und George ihm gleichermaßen teuer waren, seine Liebe schien geradezu körperlich greifbar zu sein, und Schuberts Musik und Shelleys Worte schufen ein Band zwischen ihnen dreien, das für alle Zeit Bestand haben würde.

Ja, das war der Augenblick, in dem sie sich in George verliebt hatte. Wie hätte sie auch anders gekonnt: Er war Wests Enkel, Wests Fleisch und Blut. Er hatte Wests Aussehen geerbt – dieselbe Nase, dieselben Augen, derselbe Mund. Wie West hatte er eine künstlerische Ader, und er teilte auch Wests Empfindsamkeit der Seele. Ja, das vor allem anderen.

Es kümmerte sie nicht, daß sie ihm weiterhin scheinbar genauso gleichgültig war wie bei ihrer ersten Begegnung. Es kümmerte sie nicht, daß ihre Unterhaltungen bei seinen späteren Besuchen auf Yondover sich nur im Rahmen allgemeiner Höflichkeit bewegten, wenn er sich zum Beispiel bedankte, daß sie ihm das Salz gereicht hatte. Adam – den George in Oxford kennengelernt und später häufiger nach Vondover mitgebracht hatte – zog sie auf und neckte sie, ja, und West gab sich allergrößte Mühe, sie an ihren Gesprächen teilhaben zu lassen. Aber George ignorierte sie.

Nein, es kümmerte sie nicht, daß er sie nicht liebte. Das, davon war sie überzeugt, würde später kommen, wenn sie älter war, weniger linkisch und unbeholfen, und die vier Jahre umfassende Kluft zwischen ihnen nicht mehr so viel bedeutete. Sie sah sich und George, wie sie über die vom Regen ausgewaschenen Pfade durch die im Abendschein erglühenden Bäume schlenderten, sah, wie sie auf dem Gipfel des Uffing Down standen und in schweigendem Einverständnis über die gelb leuchtenden Hügel zum Silberrand des Meeres hinunterschauten.

Das war der Traum, den sie während ihres letzten Jahres in Hove hegte, in jener Zeit, in der sie die schmerzliche Verwirrung des Heranwachsens durchmachte, in der sie sich körperlich entwickelte und geistig veränderte, immer noch dann am glücklichsten, wenn sie Gurney draußen in der freien Natur helfen konnte oder Honey ohne Sattel über die Koppel ritt, obwohl sie sich gleichzeitig verzweifelt danach sehnte, als junge Frau betrachtet zu werden.

Das war der Traum, der sie dazu inspirierte, die Gedichte in dem dünnen Schulheft zu verfassen, das jetzt in dem Aktenkoffer unter ihrem Bett im Rose Cottage lag, Gedichte, die niemand außer ihrer Freundin Sonja je gelesen hatte. Nein, nicht einmal West – und schon gar nicht George – hatte sie diese Gedichte gezeigt, denn sie verrieten, deutlicher noch als ihre Tagebücher, ihre intimsten Gedanken.

Sonja besaß, obwohl sie gleichaltrig waren, eine Weisheit, die ihren Jahren weit voraus war. Sie konnte sehen, daß Catherine so jung und unerfahren war – und doch so reif für die Liebe –, daß die Liebe an sich, das Prinzip der Liebe, sie berauschte, so daß sie impulsiv nach ihr griff und ihr die Form und Substanz ihrer Träume gab, ohne auch nur daran zu denken, daß der Mann, den sie liebte, möglicherweise nichts als eine Ausgeburt ihrer Phantasie war. Aber nicht einmal Sonja konnte, als sie George kennenlernte, etwas Konkretes an ihm bemängeln, sondern bemerkte lediglich: «Der arme George, er tut mir so leid. Bestimmt fühlt er sich ganz wohl, wenn er mit Männern zusammen ist, aber mit Frauen … Ach, das britische Erziehungswesen ist so barbarisch! Eure Schulen sind wie Klöster, und eure Universitäten sind noch schlimmer! Sie sind so lebensfern …»

Hatte Sonja mehr gespürt, als sie in Worte kleiden wollte? War das der Grund, warum sie sie davor gewarnt hatte, den romantischen Impulsen ihres Herzens zu folgen? Statt dessen hatte Sonja sie immer wieder gedrängt, Adams Werben nachzugeben.

So wie Sonja ihre erste gleichaltrige Freundin war, war Adam der erste Freund, den George je hatte; die beiden teilten sich in Oxford ein Zimmer. Nicht, daß George viel von seinem Leben an der Universität sprach, es sei denn, es ging in irgendeiner Weise um Fotografie – er war dem Fotoclub der Universität beigetreten, und seine Briefe an West enthielten immer Muster seiner jüngsten Arbeiten.

Als George am Ende seines ersten Jahres in Oxford Adam nach Yondover mitbrachte, erfuhren Kitty und West zum ersten Mal von Boy Tate.

«Oxford», hatte Adam ihnen erklärt, der genauso mitteilsam und extrovertiert war wie George zurückhaltend und in sich gekehrt, «spaltet sich in zwei Gruppen auf: die Athleten und die Astheten – die einen rudern, und die anderen lesen; die einen trinken Bier, die anderen nippen Sherry; die einen essen in der Mensa, die anderen dinieren auswärts; und die einen präsentieren sich in Tweedjacketts, Collegepullovern und grauen Flanellhosen, die anderen tragen seidene Krawatten, pinkfarbene Hosen und lila Hemden. G. G.» – Adam nannte George immer bei den Initialen seiner Vornamen – «und ich zählen uns gern zu den Ästheten, aber keiner von uns kann Boy das Wasser reichen.»

West hob die Augenbrauen. «Boy?»

«Constant Tape, Sir. Er ist der älteste Sohn von Lord Blendon.»

Wie diese Verbindung Catherines Vater beeindruckt hatte! Auch wenn Lord Blendon arm wie eine Kirchenmaus war und nicht mehr ganz richtig im Oberstübchen. Nicht, daß Tate je nach Kipwell gekommen wäre – dieses kleine Kaff hatte nichts, was ihn mit seinen besonderen Neigungen hätte verlocken können …

«G. G. hat bei der Studententheateraufführung von Shaws *Heiliger Johanna* ein tolles Foto von Boy gemacht. Wenn man es nicht wüßte, würde man nie darauf kommen, daß er gar keine Frau ist. G. G., hast du das Foto zufällig dabei?»

George schüttelte den Kopf, und West bemerkte trokken: «Ich werde es wohl verschmerzen, wenn ich es nicht zu sehen bekomme. Aber ich habe doch irgendwie den Eindruck, daß ihr jungen Burschen mehr Zeit auf euer Vergnügen als auf eure Studien verwendet.»

Kitty konnte sie förmlich vor sich sehen, wie sie in jenem Sommer, als Sonja zu Besuch war, im Sonnenlicht des späten Nachmittags auf dem Rasen von Yondover saßen und an ihren Drinks nippten, auf Georges Gesicht dieser hochmütige Ausdruck, an den sie sich so gut erinnerte, und in ihrem eigenen Herzen der Schmerz der unerwiderten Liebe. Wie immer blieb es Adam überlassen, das Gespräch in Gang zu halten, und er war es auch, der ihnen mitteilte, daß George sein Examen mit der höchsten Auszeichnung bestanden hatte. George tat ihre Glückwünsche mit einer lässigen Geste ab und richtete seinen Blick in die Ferne, während Adam weiter fröhlich drauflosplapperte. Er hatte noch ein ganzes Jahr vor sich bis zu den Prüfungen, da er das Fach gewechselt hatte.

«Ohne G. G. wird nichts mehr so sein, wie es war», sagte er in gespielt tragischem Tonfall, «aber ich werde mich schon irgendwie durchschlagen.»

«Was ist aus diesem anderen Jungen geworden – Tate, oder wie hieß er?» fragte West.

Ein Schatten huschte über Adams Gesicht. Dann erwiderte er: «Oh, Boy ist vor der Prüfung abgegangen.»

«Relegiert?»

«Ähm – ja. Ein ziemlich unglücklicher Zwischenfall. Ich würde lieber nicht ins Detail gehen, Sir.»

Später hatte sie natürlich die ganze Geschichte erfahren. Aber damals war Boy Tate nicht mehr als ein Name für sie gewesen, den sie sogleich wieder vergessen konnte, ein Name, der nichts mit ihrem eigenen Leben zu tun hatte. Damals war George das einzige, was sie interessierte.

Oh, dieser Sommer, dieser selige Sommer ... Tagsüber waren sie spazierengegangen oder über die Downs geritten. Sie waren an den Strand gefahren, um zu schwimmen und sich in der Sonne zu aalen. Sie hatten gemütlich im Garten gesessen und über Kunst, Musik und Politik geredet, über Orte, die sie besucht hatten, und darüber, was sie mit ihrem Leben anzufangen gedachten. Und abends hatten sie getanzt – und Adam hatte sie geküßt ...

Erst nach Adams Abschied wurde offenbar, wie sehr seine Plaudereien und sein schlagfertiger Humor sie alle zusammengehalten hatten. Als er nicht mehr da war, schien Sonja ihre ausgeglichene Ruhe zu verlieren, Georges Stottern wurde auffälliger, und Catherine selbst wurde in seiner Gegenwart jedesmal von einer unaussprechlichen Schüchternheit ergriffen. West erwies sich als Retter in der Not, indem er George vorschlug, die beiden Mädchen zu fotografieren.

«Nein! Das hat keinen Sinn!» war ihre vehemente Reaktion darauf gewesen, denn sie hatte die früheren Desaster nicht vergessen. «Ihr wißt doch, daß ich nicht fotogen bin.» Aber als West sie bat, es wenigstens zu versuchen, gab sie nach.

Die ersten Sitzungen fanden auf dem Dachboden statt; Catherine lag auf schwarzem Samt, und Sonja kniete so über ihr, daß ihr langes, dunkles Haar den Hintergrund für ihrer beider Profile bildete, die zusätzlich von einem Spiegel zurückgeworfen wurden.

«Sonja, du sollst etwas nachdenklicher wirken, und wende das Gesicht ab, so daß du an Kitty vorbeischaust», ertönte Georges Stimme unter dem schwarzen Tuch. «Du bist in Gedanken weit, weit weg. Du denkst an Berlin und an Felix. Kitty, mach die Augen weiter auf. Du darfst nicht so verkrampft sein. Entspann dich! Sonja ist deine Freundin. Sie wird dich schon nicht beißen! So ist es richtig! Jetzt keine Bewegung mehr.» Der Kameraverschluß klickte. «Und noch einmal.»

Catherine spürte, wie sie dem Bann seiner Stimme verfiel, während er sie und Sonja bat, ihre Position leicht zu verändern, mal auf diese, mal auf jene Weise, während der Kameraverschluß immer weiter klickte und er eine Platte nach der anderen einlegte.

Die fertigen Bilder zeigten auf dramatische Weise seine überlegene Regie und sein Gefühl für Komposition und Beleuchtung, vor allem für Beleuchtung, denn da es auf Yondover keine Elektrizität gab, mußte er sich mit dem Tageslicht begnügen, das durch die Fenster fiel, und mit Spiegeln und weißen Brettern, die er als Reflektoren einsetzte. Er hatte erreicht, daß Sonjas dunkle Schönheit einen scharfen Kontrast zu Catherines hellem Haar bildete, das seinerseits vor dem Hintergrund des schwarzen Samtes besonders hell leuchtete, und ihre Spiegelbilder – die den Betrachter zu der Frage veranlaßten, welches Bild das echte und welches das Spiegelbild war – fügten dem einen seltsam beunruhigenden Effekt hinzu.

Sonja war von einer ruhigen, ja beinahe tragischen Schönheit. Was Catherine aber wirklich überraschte, war ihr eigenes Aussehen: Ihr Gesicht auf den Fotos hatte etwas Leuchtendes, ja sogar Ätherisches, das von dem strahlenden Kranz ihres dichten, kurzen Haars noch betont wurde.

George war so zufrieden mit dem Experiment, daß sie weitere Sitzungen anschlossen, die allesamt zu Studien in Licht und Schatten wurden. Er fotografierte die Mädchen auf dem niedrigsten Ast der Eiche in der Koppel und ließ sie durch Büschel unscharf aufgenommener Blätter spähen; er fotografierte sie im Sattel, zwei Silhouetten gegen den Sonnenuntergang, als Wassernymphen zwischen den Binsen an den Ufern des Kips und in schwarzen Abendkleidern zwischen weißen Felsbrocken vor dem Hintergrund der weißen Kreidekliffs in Birling Gap.

Diese letzte Aufnahme war die ehrgeizigste, und sie zog eine Reihe neugieriger Zuschauer an. Da George bei ihren vorangegangenen Sitzungen nicht einmal West hatte dabeihaben wollen, rechnete Catherine damit, daß dieses Publikum ihn aus der Fassung bringen würde, aber er war so in seine Arbeit vertieft, daß er alles um sich herum zu vergessen schien.

Damals wurde ihr bewußt, welche Verwandlung in

ihm vorging, wenn er fotografierte. Solange er über sein Lieblingsthema reden konnte, fühlte er sich in seinem Element. Keine Spur von Stottern, kein hochmütiger Zug mehr um seinen Mund.

Als er mit der Aufnahme zufrieden war und sich daranmachte, seine Ausrüstung abzubauen und zu verstauen, verzogen sich die Zuschauer langsam. Sonja schlenderte zu den Stufen hinüber, die zum Kliff hinaufführten, wo Jethro mit dem Einspänner auf sie wartete.

«Komm, laß mich einen Teil der Sachen tragen», sagte Catherine.

George reichte ihr das Stativ, und ihre Finger berührten sich kurz. Sie blickte zu ihm auf, und eine Sekunde lang trafen sich ihre Blicke.

Wäre dieser Augenblick stillschweigender Übereinkunft nicht gewesen, hätte sie vielleicht besser achtgegeben, als sie Sonja die Treppe hinauf folgte. So aber trat sie am Anfang der Stufen auf den Saum ihres langen Rocks und geriet ins Stolpern. Auf keinen Fall wollte sie Georges Stativ fallen lassen, konnte aber in ihren hochhackigen Schuhen das Gleichgewicht nicht halten und landete unbeholfen im Kies.

Sie war nicht verletzt, kam sich aber furchtbar töricht vor, und der Sturz hatte ihr im Verein mit dem schweren Stativ, das auf ihrer Brust lag, für einen Moment den Atem geraubt. Einige Sekunden lang blieb sie liegen, bis sie Georges ängstliche Stimme hörte: «Meine Güte, Kitty, bist du verletzt?»

Er nahm ihr das Stativ ab und reichte ihr die Hand, um ihr aufzuhelfen. Sie wollte gerade erwidern, daß alles in Ordnung sei, als sie den seltsamen Ausdruck auf seinem Gesicht bemerkte und ihre Worte unausgesprochen blieben. Statt dessen griff sie nach seiner Hand und erhob sich langsam, aber als sie stand, ließ er ihre Hand noch immer nicht los, und sie sahen sich lange in die Augen. Sie vergaß Sonja und Jethro, ja sogar das Klatschen der Wellen auf den Kieselstrand schien einfach aufzuhören, und sie hatte das Gefühl, als seien sie beide ganz allein in einer schweigenden Welt, in der die Zeit stehengeblieben war.

Dann hörte man einen Hund bellen und ein Kind nach seiner Mutter rufen. Eine Möwe schrie, und die Wellen nahmen ihren trägen Rhythmus wieder auf. Eine leichte Röte färbte Georges Wangen, eine Röte, die nichts mit der heißen Sonne zu tun hatte. Er ließ ihre Hand los und schaute in eine andere Richtung. Der Augenblick war vorüber.

Am nächsten Morgen bat West Gurney, ihn und Sonja nach Lewes zu kutschieren, wo er einige Dinge zu erledigen hatte und Sonja Geschenke für ihre Familie kaufen wollte. Catherine und George waren unversehens allein miteinander und beschlossen, über die Downs zu reiten.

Es war sehr schwül, und um die Pferde nicht zu überanstrengen, ritten sie in gemächlichem Tempo auf den Gipfel des Uffing Down, dann hinüber nach Long Barrow und schließlich hinunter zum Kip, wo sie abstiegen, um den Pferden etwas Ruhe zu gönnen und sie trinken zu lassen. Bis zu diesem Zeitpunkt waren sie buchstäblich schweigend nebeneinander hergeritten, aber jetzt spürte Catherine, daß sie etwas sagen mußte. «Was wirst du mit all den Fotos anfangen, die du hier gemacht hast?» erkundigte sie sich.

«Meine G-Großmutter ist einverstanden, daß ich v-v-versuche, die Fotografie b-berufsmäßig zu betreiben. Nach den Ferien fahre ich nach L-London und zeige diese und andere Bilder aus meiner M-Mappe einigen Zeitschriften, um vielleicht A-Aufträge von ihnen zu bekommen.» Unerklärlicherweise war sein Stottern plötzlich zurückgekehrt.

Catherine zweifelte nicht im mindesten an seinen Fähigkeiten, aber es verwunderte sie, daß er tatsächlich erwartete, für seine doch sehr speziellen Fotos bezahlt zu werden. «Was für Zeitschriften meinst du?»

«*V-Vogue*, den *T-Tatler* und *New S-Society Arts* …»

«Aber die werden doch keine Fotos von Sonja und mir kaufen?»

«N-Nein», gab er zu, «aber auf diese Weise haben sie eine Vorstellung von m-meinem Arbeitsstil. Und werden auf mich aufmerksam.»

Daraufhin verfielen sie abermals in Schweigen, bis George fragte: «Und was hast du vor?»

Seit ihrer Rückkehr nach Hause war die Frage ihrer Zukunft noch nicht aufgekommen, aber sie hatte keinen Grund, daran zu zweifeln, daß ihr Vater nach wie vor eine passende Ehe für sie im Sinn hatte. «Ich bin mir noch nicht ganz sicher», meinte sie ausweichend. «Ich werde mich entscheiden, wenn Sonja wieder nach Berlin gefahren ist.»

«Du hast doch nicht vor, einen B-Beruf zu erlernen, oder? Ich persönlich finde es ja ganz in Ordnung, wenn Frauen H-Hobbys und Interessen haben, aber in der Arbeitswelt sollten sie nicht versuchen, sich auf eine Stufe mit den Männern zu stellen, schon gar nicht, wenn sie v-v-verheiratet sind. Das wäre ihren F-Familien gegenüber nicht fair. F-Frau und M-M-Mutter sein ist eine Vollzeitbeschäftigung.»

Rafe wählte genau diesen Augenblick, um für Ablenkung zu sorgen, indem er sich in den Fluß stürzte und zu einer heißen Verfolgungsjagd auf eine Wasserratte ansetzte. Catherine rannte flußabwärts hinter ihm her, überzeugte ihn, von seiner Beute abzulassen, und zog ihn schließlich tropfnaß und zerrauft ans Ufer. Der Himmel hatte sich inzwischen bezogen, es war windig geworden, und die Sonne hatte hinter tiefen Gewitterwolken Zuflucht gesucht.

Für Catherine gab es kaum etwas Schöneres als Gewitter. Zu ihren wunderbarsten Erlebnissen in Vevey gehörten die schweren Unwetter in den Bergen, während deren sie zu Madame Valentins Mißfallen und der Belustigung der anderen Mädchen hinaus ins Freie lief, um mit nackten Armen und Füßen im Regen zu tanzen.

George konnte ihre Begeisterung anscheinend nicht teilen. «Wir s-sollten b-besser zurückreiten», sagte er.

Sie hatten jedoch gerade erst den Wald erreicht, als es anfing zu regnen und ein gewaltiger Lichtblitz den Himmel zerriß. Der ohrenbetäubende Donnerschlag folgte fast im selben Augenblick und hallte durch den ganzen Wald. Honeys einzige Reaktion war ein nervöses Zucken der Ohren, aber Pegasus – wahrscheinlich angesteckt von der Furcht seines Reiters – verdrehte die Augen und bäumte sich auf, so daß er George beinahe abgeworfen hätte.

Catherine brachte Honey zum Stehen, sprang aus dem Sattel und griff hastig nach Pegasus' Zaumzeug. Entschlossen hielt sie die Lederriemen fest, obwohl sie achtgeben mußte, daß sie nicht von den Hufen des Pferdes getroffen wurde. Die ganze Zeit über redete sie leise und beruhigend auf Pegasus ein, bis er sich so weit von seinem Schrecken erholt hatte, daß George absteigen konnte.

Die Atmosphäre im Wald war seltsam unwirklich, denn obwohl die Donnerschläge ohrenbetäubend laut und die blauen, gezackten Blitze von blendender Helligkeit waren, ließ das dichte Blätterwerk doch so gut wie keinen Regen durch. Catherine hatte das Gefühl, eine Zuschauerin in einem geschützten Saal zu sein; die Bäume saßen mit ihr im Publikum, und der Himmel und die Downs bildeten eine riesige Freiluftarena. Vor allem anderen war sie sich eines Gefühls der Spannung bewußt, einer beinahe körperlich greifbaren, elektrisierten Erregung, die ihr Herz hämmern und ihre Nervenenden kribbeln ließ.

Nach vielleicht fünf oder zehn Minuten zog das Unwetter landeinwärts ab, und der Himmel begann von der See her aufzuklaren. Es regnete immer noch, aber die Blitze wurden seltener, und der Donner war nur noch ein fernes Rumpeln. Catherine trat aus dem Wald, bot ihr Gesicht dem Regen dar, schloß die Augen und streckte die Hände aus, um sich der Wohltat der kühlen Tropfen zu überlassen.

«Du bist ein sehr ungewöhnliches M-Mädchen. Das G-Gewitter hat dich überhaupt nicht erschreckt», sagte George neben ihr.

«Warum sollte es?» fragte sie. «Gewitter sind wunderbar.»

«Die meisten F-Frauen würden ...» Er verstummte, dann sagte er: «Ich wünschte, ich hätte meine K-Kamera dabei. So würde ich dich gern fotografieren.»

Dann sagte er überhaupt nichts mehr, sondern nahm sie in die Arme und küßte ihr nasses, nach oben gewandtes Gesicht.

Von George geküßt zu werden, war ganz anders: Während Adam sie mit der Gewandtheit eines Mannes geküßt hatte, für den es nicht das erste Mal gewesen war, spürte sie instinktiv, daß sie für George das erste Mädchen war. Seine Lippen waren unbeholfen, als er die ihren suchte, und sein Körper zitterte, als er sie an sich drückte.

Doch als er sie losließ, wirkte er absolut nicht lächerlich, obwohl der Regen ihm übers Gesicht tropfte und sein feuchtes Haar an seinem Kopf klebte. Catherine fand ihn ganz einfach schön. Seine Lippen zitterten immer noch von ihrem Kuß, und seine Augen blickten wie dunkle Teiche in die ihren, so daß sie das Gefühl hatte, bis in seine Seele schauen zu können.

«Es tut mir l-leid», stammelte er. «Das hätte ich nicht t-tun dürfen.»

«O George, nein, bitte, du mußt dich nicht entschuldigen ...»

«Ich weiß, daß du und A-Adam ...»

«Nein», rief sie erschrocken, voller Angst, daß er etwas über jene Episode im Garten wissen könnte. «Zwischen mir und Adam ist gar nichts – außer Freundschaft.»

«Und es gibt auch k-keinen anderen?»

«Keinen», antwortete sie energisch.

Er griff nach ihren Händen und drückte sie so fest, daß sie glaubte, ihre Knochen würden brechen. Er wollte etwas sagen, bekam es aber nicht über die Lippen. Dann brach es plötzlich aus ihm heraus: «Ich liebe dich, K-Kitty.»

Und in diesem Augenblick hörte es auf zu regnen, und die Sonne trat hinter einer dunklen Wolkenbank hervor und überflutete die Hügel mit Strahlen goldenen Lichts, blendend in ihrer gleißenden Helligkeit. Die überschäumende Freude in Catherines Herzen war so überwältigend, daß sie für einen Augenblick unfähig war zu sprechen. Dann sagte sie: «Ich liebe dich auch, George.»

Als sie schließlich wieder nach Yondover kamen, waren Sonja und West bereits zurück und noch voller Aufregung über das Unwetter, das gerade in dem Moment begonnen hatte, als sie von Lewes aufbrachen. Gurney hatte darauf bestanden, trotz des Regengusses loszufahren, aber als sie Kipwell erreicht hatten, schlug ein Blitz in eine Ulme an der Einfahrt nach Kipwell Grange ein. Der Baum stürzte nur wenige Meter vor ihnen quer über die Straße. «So etwas habe ich noch nie erlebt», erzählte Sonja, die noch immer leicht unter Schock stand. «Wenn wir nur ein paar Sekunden früher dagewesen wären, hätte der Baum uns zermalmt.»

«Ich möchte wissen, welchen Schaden das Gewitter sonst noch angerichtet hat», sagte West. «Im Wald sind bestimmt viele Bäume umgestürzt.»

«Nein, ich glaube nicht», meinte George. «K-Kitty und ich waren da. Wir h-hätten sicher etwas bemerkt.»

West drehte sich zu ihm um. «Ihr wart während des Gewitters im Wald? Was für eine Idiotie ...» Dann erstarben ihm die Worte auf den Lippen, als er bemerkte, daß George und Catherine Hand in Hand nebeneinander standen. Er lächelte und murmelte: «Ah, seid ihr beiden also endlich zu Verstand gekommen ...» Er legte seine

Hände auf ihrer beider Schultern und zog sie an sich. «Ein größeres Glück könnte ich mir nicht wünschen ...»

Sonja mußte ein paar Tage später nach Berlin zurückkehren. Vor ihrer Abreise ging George ins Pfarrhaus, um Reverend Fellowes um die Hand seiner Tochter zu bitten, woraufhin der Pfarrer West um ein Gespräch bat. Das Ergebnis dieser Unterredung war, daß Catherines Vater das junge Paar pflichtschuldigst in sein Arbeitszimmer zitierte und verkündete: «Es erfüllt mich mit großer Freude, eurem Bund meine Zustimmung zu geben. Mir erscheint diese Verbindung überaus passend, da sie die Interessen zweier einheimischer Familien zusammenführt. Außerdem besitzt Mr. Lambourne ein Haus in London – am Porters Place –, das er euch zur Hochzeit schenken will. Und er hat sich einverstanden erklärt, George eine überaus großzügige Apanage auszusetzen, die es ihm ermöglichen wird, sich ein Fotoatelier einzurichten.»

Es entging Catherine nicht, daß ihr Vater sich mehr für die finanziellen Arrangements interessierte als für ihr Glück. Ihre Mutter dagegen ließ sich zu einer seltenen Zurschaustellung ihrer Gefühle hinreißen und brach in Tränen aus.

Aber das wichtigste für Catherine war, daß West und die Gurneys ihr Vorhaben guthießen und daran konnte es keinen Zweifel geben. Fanny zog sie beide an ihren üppigen Busen, während Gurney ihnen heftig die Hand schüttelte und ihnen auf seine gewohnt schroffe Weise gratulierte. Jethro sagte zunächst einmal gar nichts, sondern ging hinaus in den Garten und kehrte mit einem Strauß roter Rosen zurück, den er Catherine in die Hand drückte, bevor er brummte: «Ich wünsche euch viel Glück.»

11

Catherine und George heirateten im folgenden April nicht in St. Peter in Kipwell, sondern mit einem Sonderdispens in der Kathedrale von Berkeshire, deren Dekan ihr Großvater mütterlicherseits war. Dies geschah auf Bitten ihres Vaters, denn er witterte die Gelegenheit, die Kirchenoberen an seine Existenz zu erinnern. Der Bischof selbst nahm die Zeremonie vor, und die Gäste wurden sorgsam ausgewählt; das Kriterium für eine Einladung war nicht ihre Beziehung zu Braut oder Bräutigam, sondern ihre gesellschaftliche Stellung. Sir Hector und Lady Maude Pugh wurden selbstverständlich eingeladen, aber nur Wests Beharrlichkeit war zu verdanken, daß auch die Gurneys an der Hochzeit teilnehmen durften.

Nicht, daß Catherine sich deswegen übermäßig aufgeregt hätte. Der einzige Mensch, den sie wirklich gern dagehabt hätte, war Sonja, aber sie verstand völlig, daß ihr der Weg von Berlin viel zu weit gewesen wäre.

Den Rest der Bänke füllten Verwandte, die sie kaum kannte, und Freunde von George von der Universität und aus London. Ihre Brautjungfern hatte ihr Vater ausgesucht, zwei junge Cousinen, ebenfalls Enkelinnen des Dekans. Adam war Georges Trauzeuge.

«Wenn G. G. nicht mein bester Freund wäre, würde ich ihm sein großes Glück heute neiden», sagte Adam während seiner Rede beim anschließenden Empfang im

Dekanat. «Wie die Dinge liegen, kann ich den beiden Menschen, die meinem Herzen am nächsten stehen, nur meine besten Wünsche für ein langes und glückliches gemeinsames Leben aussprechen.»

Später waren Catherine und er einen Augenblick allein zusammen in dem überfüllten Raum, und Adam ließ sein Glas leise gegen das ihre klirren. «Ich meine es ernst», sagte er. «Ich hoffe, ihr werdet glücklich.»

Zu ihrer Überraschung trat ein besorgter Ausdruck in seine Augen, aber sie konnte damals nur annehmen, daß seine Gefühle für sie doch tiefer gingen, als er erkennen ließ. Dann hatte George sich zu ihnen gesellt, ihr besitzergreifend einen Arm um die Taille gelegt, und Adams Gesicht zeigte wieder sein gewohntes gutmütiges Lächeln.

Sie nahmen den Spätnachmittagszug nach London und verbrachten die erste Nacht ihres Ehelebens in einem Hotel. George ließ sie allein im Zimmer, damit sie sich waschen und umziehen konnte, bevor er nach einer taktvollen Spanne Zeit zurückkehrte, um sich ebenfalls fertigzumachen, bevor sie zum Essen nach unten ins Restaurant gingen. Sie war sich während ihrer Mahlzeit vage bewußt, daß er wieder zu stottern begonnen hatte, aber da sie selbst wegen der vor ihr liegenden Nacht ziemlich nervös war, schenkte sie seiner Erregung keine weitere Beachtung.

Nach dem Abendessen tanzten sie noch ein bißchen, dann meinte George, sie müsse doch müde sein, und sie ging hinauf ins Zimmer, wo ein Zimmermädchen die Reisetaschen ausgepackt und die Tagesdecke vom Doppelbett gezogen hatte.

Wie die meisten Frauen ihrer Generation war Catherine auf den körperlichen Aspekt der Ehe schlecht vorbereitet, obwohl sie, da sie auf dem Land groß geworden war, dem Fortpflanzungsprozeß nicht völlig ahnungslos gegenüberstand. Sie mochte zwar in den lockeren zwanziger Jahren groß geworden sein, war aber im Innern doch noch ein Kind des prüden Viktorianischen Zeitalters. Ihre Mutter hatte die Einkäufe für ihre Aussteuer dazu genutzt, um ihr in der Damenwäscheabteilung von Harrods eine Warnung zukommen zu lassen: «Ich fürchte, die Realität der Ehe wird deinen romantischen Vorstellungen nicht standhalten. Aber es gibt einige Dinge, mit denen müssen wir Frauen uns einfach abfinden.»

Nun zog Catherine sich aus und schlüpfte in das sittsame, hochgeschlossene, langärmelige Nachthemd, das ihre Mutter ausgesucht und das Zimmermädchen auf das Kissen gelegt hatte. Nachdem sie das Licht gelöscht hatte, so daß der Raum nur noch vom sanften Schein der Straßenlaterne draußen beleuchtet wurde, ließ sie sich zwischen die frischen weißen Laken gleiten.

Es dauerte so lange, bis George nach oben kam, daß sie eingeschlafen war, aber sie war sofort hellwach, als sie hörte, wie er leise durch das Zimmer schlich. Kurz darauf lag er neben ihr im Bett.

Atemlos wartete sie darauf, daß er sie in die Arme nahm, und als er sich nicht rührte, wußte sie nicht, was sie tun sollte. Wenn er glaubte, daß sie schlief, wollte er sie vielleicht nicht wecken. Aber wenn sie den ersten Schritt tat, würde er sie vielleicht für schamlos halten. Nach einer Weile flüsterte sie: «George?»

«Du bist wach? Ich w-w-wußte nicht ... Ich wollte d-dich nicht sch-sch-stören.» Seine Hand fand die ihre.

Wie bei ihrem ersten Kuß zitterte er auch diesmal. Als sie begriff, daß er größere Angst hatte als sie, tat er ihr plötzlich leid, und sie rückte näher zu ihm. Er hob die Hand, ließ sie über ihren Busen gleiten, und ein Kribbeln der Erregung durchlief sie. Mit bebenden Fingern schloß sich seine Hand um ihre Brust und begann, sie zu liebkosen.

Seine Berührung löste eine Flut unbekannter Gefühle in ihr aus, deren stärkstes ein warmes, ihren ganzen Körper umfassendes Verlangen war, sich an ihn zu pressen und ihre Glieder um ihn zu schlingen. Aber auch diesmal wußte sie nicht, was von ihr erwartet wurde, und daher blieb sie, wo sie war, innerlich zitternd und äußerlich reglos. Schließlich zog er sie mit seinem anderen Arm an sich und küßte sie. Jetzt, da sie einander berührten, bemerkte sie, daß nicht nur seine Hände bebten, sondern sein ganzer Körper.

Im Laufe der Nacht gewannen beide allmählich an Selbstvertrauen. Seine Finger öffneten die Schleifen ihres Nachthemds, und ihre krochen in sein Pyjamaoberteil. Aber obwohl sie einander so nah waren, daß sie spüren konnte, wie sich sein Glied bewegte, berührte er sie kein einziges Mal unterhalb der Taille, bis er ihr plötzlich schwer atmend das Nachthemd hochzog und ihre Beine auseinanderschob.

Ihre Mutter hatte recht. Die Realität der Liebe konnte Catherines romantischen Erwartungen nicht standhalten. Als George sie nahm, verlangte sie mit jeder Faser ihres Körpers nach ihm, aber der Akt selbst war ein Tiefpunkt, enttäuschend unbeholfen und schmerzhaft, und sein Gewicht auf ihr beinahe unerträglich. Als es vorüber war, fühlte sie sich abscheulich und unsauber, und es war ihr furchtbar peinlich, als sie am folgenden Morgen die Blutflecken auf dem Bettlaken entdeckte.

Von London aus nahmen sie den Pullman nach Paris und reisten dann weiter in die Provence. Sie stiegen in einer kleinen Pension ab, die West ihnen empfohlen hatte, weil er dort in der Vergangenheit glückliche Tage verbracht hatte. Auch Catherine und George waren glücklich dort – zumindest versuchte Catherine sich das einzureden.

Die Umgebung war wunderschön, das Wetter meinte es gut mit ihnen, die Leute waren freundlich und ihre Gastgeber überaus gastlich. George fing mit seiner neuen Rolleiflex-Kamera die Sehenswürdigkeiten von Nîmes, Arles und Avignon ein, Alphonse Daudets *moulin* in Fontvieille, den Pont du Gard und die Alpilles, das felsige Vorgebirge der Alpen. Dort hatte van Gogh einige Bilder gemalt, die zu Catherines Lieblingsgemälden gehörten. George dagegen zog den leuchtenden Farben van Goghs die sanfte Raffinesse Cézannes vor.

Ja, ihre Tage verrannen in einem Wirbel von Aktivitäten. Aber am Ende eines jeden sonnendurchleuchteten Tages wartete die Nacht. Wenn die Dunkelheit sich herabsenkte, kehrte auch Georges Stottern zurück, und seine Hand zitterte, wenn er beim Abendessen das Weinglas hob. Seine Stirn legte sich in Falten, und ein Schleier senkte sich über seine Augen.

Zu Beginn ihrer Flitterwochen liebte er sie noch zweimal, und obwohl ihr Körper jedesmal, wenn sie seine zaghaften Liebkosungen spürte, erregt war, war es doch genauso schmerzlich und unbefriedigend wie beim ersten Mal, wenn er sie dann nahm.

Danach gewöhnte er es sich an, noch lange, nachdem

sie sich auf ihr Zimmer zurückgezogen hatte und in dem riesigen Doppelbett in einen unruhigen Schlaf gesunken war, in der Bar zu sitzen. Einmal war er so betrunken, daß er sie weckte, als er durchs Zimmer stolperte, aber sie hielt die Augen geschlossen und atmete weiter gleichmäßig ein und aus, so daß er glauben mußte, sie schlafe.

Ihr fiel nur ein einziger Grund für sein Benehmen ein. Sie mußte ihn enttäuscht haben. Da sie von Natur aus warmherzig und zärtlich war, hätte sie sich von Herzen gern öfter an ihn geschmiegt. Ihr Instinkt sagte ihr, daß ihre Körper leichter miteinander verschmelzen würden, wenn sie beide sich ihrer Kleider entledigten. Aber solange George seinen Pyjama anbehielt, wäre es ihr höchst schamlos erschienen, sich ihr Nachthemd auszuziehen.

Am nächsten Morgen beim Frühstück nahm sie all ihren Mut zusammen und fragte George unverblümt, ob er von ihr enttäuscht sei. «N-Nein», erwiderte er und wandte den Blick ab. «Es ist n-nicht deine Schuld.» Dann fügte er hinzu: «Ich k-kann nicht schlafen, wenn ich früh zu B-Bett gehe. Ich war schon immer ein N-Nachtmensch.»

Auf seine Bitte hin frühstückte sie allein, aber die Neugierde der Gastwirtin verdarb ihr die Mahlzeit. Das ganze Hotelpersonal wußte, daß dies ihre Flitterwochen waren. Jeder mußte sich fragen, warum George die Bar dem Bett seiner jungen Frau vorzog.

Von da an bat sie darum, daß man ihnen das Frühstück aufs Zimmer brachte. Manchmal aß George mit ihr, aber normalerweise blieb er im Bett, schlief oder tat so, als schliefe er, während sie auf dem kleinen Balkon frühstückte und ihrerseits tat, als sei sie ganz in ein Buch vertieft. Sobald sie sich außerhalb der Pension befanden – das heißt vor allem außerhalb des Schlafzimmers –, wurde er allmählich etwas zugänglicher, und Catherine zwang sich zu einer gekünstelten Fröhlichkeit und verbannte die dunklen Erinnerungen an die Nacht in den hintersten Winkel ihres Kopfs.

Am Ende der drei Wochen kehrten sie nach London zurück, und in ihrem Haus in Porters Place stellte Catherine fest, daß das Problem ihres künftigen Schlafarrangements bereits gelöst worden war. Forsyth, der Butler, geleitete sie mit respektvollen Verbeugungen ins Haus, und nachdem zwei Zimmermädchen hinausgeeilt waren, um sich ihres Gepäcks anzunehmen, führte Mrs. Forsyth Catherine nach oben. Im ehelichen Schlafzimmer standen zwei Einzelbetten, die durch einen Nachttisch getrennt waren. «Das ist Ihr Bett, Madame, direkt neben dem Fenster», sagte die Haushälterin ausdruckslos. Und doch war Catherine sicher, einen Unterton matronenhafter Verachtung für eine Frau, deren Mann nicht einmal das Bett mit ihr teilen wollte, herauszuhören.

Catherine hatte niemals wirklich das Gefühl, nach Porters Place zu gehören. Wenn sie zur gleichen Zeit wie George dort eingezogen wäre und selbst ein wenig Einfluß auf die Einrichtung und die Auswahl des Haushaltspersonals hätte nehmen können, hätte sie vielleicht ein anderes Verhältnis zu dem Haus entwickelt, denn es war ein wirklich hübsches dreistöckiges Gebäude mit hellen, geräumigen, hohen Räumen, die nach hinten einen Blick auf einen winzigen Garten gewährten, während man aus den vorderen Räumen direkt auf den Platz mit seiner Grünanlage schaute.

Entschlossen, so schnell wie möglich in seinem Metier voranzukommen, war George schon im vergangenen Herbst eingezogen, während Catherine bis zu ihrer Hochzeit in Kipwell geblieben war. Natürlich war sein Atelier das Wichtigste für ihn gewesen und beanspruchte nun zwei große Wohnzimmer im Erdgeschoß, deren Trennwand niedergerissen worden war. Einen Garderobenraum hatte er in ein kleines Büro verwandelt. Der Frühstücksraum beherbergte die Fotoausrüstung, die Requisiten, die Beleuchtung, und die Spülküche hatte sich in eine Dunkelkammer verwandelt. Von den ursprünglichen Erdgeschoßräumen blieben ihnen nur noch die Küche, das Speisezimmer und ein Wohnzimmer zur privaten Benutzung. Nicht einmal der erste Stock war gegen den fotografischen Einfluß gefeit: Das Badezimmer mußte für Georges Klienten zur Verfügung stehen, und in einem der Schlafzimmer konnten sie sich umziehen.

Geld war genug da. West setzte George eine Apanage aus, die die laufenden Unkosten für das Haus abdeckte sowie die Gehälter für die Forsyths, eine Köchin und zwei Dienstmädchen, ferner für die modernste Ausrüstung und die Einstellung von zwei fotografischen Assistenten und einer Retuscheurin, und bei alledem blieb immer noch mehr als genug für Kleidung und alle möglichen Annehmlichkeiten übrig.

Ja, das Glück war George von Anbeginn seiner Karriere an hold gewesen, obwohl er sich, was den Stil seiner Porträts betraf, mehr, als ihm lieb war, der Konvention beugen mußte. Seine Aufträge kamen nicht nur von Zeitschriften, die er mit seiner Mappe und seinen Ideen so beeindruckt hatte, daß sie ihm Arbeit gaben, sondern auch von Bekannten aus Oxford.

Von der Mittagszeit an, so schien es Catherine, füllte sich das Haus mit elegant frisierten und makellos zurechtgemachten Debütantinnen, die in duftigen Abendkleidern plappernd und lachend aus dem Schlafzimmer herunterkamen, in dem sie sich umgezogen hatten, bevor sie ins Atelier gingen; wenn sie Catherine über den Weg liefen, ignorierten sie sie, als sei sie lediglich ein Stubenmädchen. Ja, in Wahrheit rangierte sie sogar noch darunter, denn George hatte jedes einzelne Wort, das er an jenem Gewittertag am Kip gesagt hatte, ernst gemeint. Er hatte nicht die leiseste Absicht, seiner Frau zu gestatten, irgendeine Arbeit zu verrichten – weder im Haus noch in seinem Atelier.

Catherine, die an die zwanglose Vertrautheit Yondovers gewöhnt war, fiel es schwer, mit der arroganten Korrektheit der Forsyths zurechtzukommen, die sie «Madam» nannten und von ihr erwarteten, daß sie Befehle erteilte, etwas, das sie noch nie im Leben getan hatte. Die Küche war verbotenes Territorium: Wenn sie auch nur an einem Keks knabbern wollte, mußte sie nach einem Mädchen klingeln und ihn sich bringen lassen.

Georges Atelier und die Dunkelkammer waren geradezu sakrosankt. Einmal und wirklich nur einmal machte sie den Fehler, das Atelier zu betreten, während George fotografierte. Sein Modell bei dieser Sitzung war Daphne du Maurier, die am Anfang einer Laufbahn als Schriftstellerin stand und die die Enkelin von George du Maurier war, dessen Romane Catherine ungemein bewunderte. Miss du Maurier saß am Fenster und verströmte vor dem Hintergrund eines hauchdünnen Musselinvorhangs sehnsuchtsvolle Schönheit. Als Catherine eintrat, drehte sie sich um, und George sagte: «Augen zur Kamera bitte, Miss du Maurier.»

«Whyte, ein Stückchen nach rechts mit dem Galgen, nein, nicht zu weit, ein Stückchen mehr nach links. Ja, so ist es richtig. Pickard, blenden Sie den Scheinwerfer weiter auf, der Lichtkegel ist so zu eng. Ich finde immer noch, daß die Aushilfsleuchten ein wenig zu stark sind. Ziehen Sie sie einen halben Meter zurück. Miss Spencer, die Platte.»

Catherine, die vorsichtig über die Kabel stieg, die sich wie Schlangen über den Fußboden zogen, stellte sich hinter ihn und legte ihre Hand auf das Tuch über seinen Schultern. Miss du Maurier bewegte abermals den Kopf, und George sagte: «Bitte, Miss du Maurier, schauen Sie wieder in die Kamera.» Der Verschluß klickte. George zog die Platte heraus und reichte sie Miss Spencer, die sie zu einigen anderen auf einen Rollwagen neben sich legte.

Die Lichter wurden noch mehrfach verrückt, aber Catherine konnte Georges Unzufriedenheit spüren, und fünf Minuten später bedankte er sich bei Miss du Maurier, und die Sitzung war vorüber. Während die beiden Assistenten sich mit Lampen und Hintergrundmaterialien beschäftigten, geleitete Miss Spencer das Modell hinaus.

George wandte sich an Catherine und zischte: «Hast du nicht mehr Verstand, als einfach so hereinzuplatzen?»

«Ich wollte doch nur –»

«Es ist mir völlig egal, was du wolltest. Du hast meine Aufnahmen ruiniert. Du hast sie abgelenkt.»

«Aber ich habe doch kein Wort gesagt. Ich habe mich nicht einmal gerührt. Wenn irgend jemand sie abgelenkt hat, dann deine Assistenten, die diese Lampen hin und her gerückt haben.»

«Nein, du warst es, die neugierige Zuschauerin. Sie ist scheu, aber sie fing gerade an, sich zu entspannen, und da kommst du herein und gaffst sie an. Hast du nicht gemerkt, wie angespannt sie war?»

Catherine schüttelte stumm den Kopf.

«Tu das nie wieder», fauchte George.

In diesem Augenblick kehrte Miss Spencer zurück und warf ihr einen mitleidigen Blick zu.

Catherine konnte nicht umhin, eifersüchtig auf Miss Spencer zu sein, die nur ein paar Jahre älter war als sie, aber so energisch, tüchtig und praktisch mit ihren glatten, schulterlangen Haaren und ihren Tweedkostümen, ihren weißen Blusen und schwarzen Straßenschuhen. Das einzige, was sie über Miss Spencers Privatleben wußte, war, daß sie in Putney lebte und eine verwitwete Mutter und eine ältliche Tante unterstützte.

In Porters Place war sie Georges rechte Hand. Ihr allein vertraute er die Platten an. Sie retuschierte seine Negative und Abzüge. Sie machte seine Termine, bestellte seine Filme, bezahlte seine Lieferanten und fungierte gleichzeitig als Anstandsdame für seine weiblichen Modelle. Sie und George verbrachten Stunden miteinander in der Dunkelkammer, während Catherine dem rätselhaften Vorgang des Entwickelns und Abziehens kein einziges Mal beigewohnt hatte. Sie war nie gefragt oder eingeladen worden.

Nein, Porters Place war nicht Catherines Haus, und die Menschen darin hatten nichts mit ihr zu tun. Das schlimmste von allem aber war, daß George nicht mehr der Mann war, den sie geheiratet hatte. Nicht nur seine

Persönlichkeit schien sich verändert zu haben, er hatte sogar beschlossen, sich bei seinem zweiten Taufnamen nennen zu lassen, Gawaine, und aus seinem Familiennamen Devere hatte er das aristokratischer anmutende de Vere gemacht.

Ihr einziger, wenn auch kurzlebiger Trost bestand darin, daß sie gleich nach ihrer Rückkehr aus Frankreich in ein hektisches Treiben gesellschaftlicher Aktivitäten hineingezogen wurden – Tanztees, Dinnerpartys, Bälle, Konzerte, Theatervorstellungen, Besuche im Nachtclub. Wenn sie in den frühen Morgenstunden endlich ins Bett sank, war sie zu erschöpft, um an irgend etwas anderes als Schlaf zu denken.

Anfangs stürzte sie sich förmlich in diese neue glamouröse Existenz. Sie fand es herrlich, der flotten Clique, der George sich angeschlossen hatte, als Mrs. Gawaine de Vere vorgestellt zu werden und sich im Mittelpunkt der Aufmerksamkeit wiederzufinden. Die Komplimente der Männer schmeichelten ihr genauso wie die scheinbar mißgünstigen Blicke ihrer Frauen und Freundinnen.

Doch was sie erst für Eifersucht gehalten hatte, war in Wirklichkeit bloße Neugier auf die Tochter eines Landpfarrers gewesen, die ein ziemlich unbedeutendes Pensionat besucht und nicht einmal ihr Debüt gegeben hatte. Für kurze Zeit war sie eine interessante Abwechslung gewesen. Danach behandelten die Ehefrauen und Freundinnen sie genauso herablassend wie die Damen und Fräuleins, die in Georges Atelier ein und aus gingen, während ihre nicht minder unbeständigen Partner andere Neulinge entdeckten, mit denen sie flirten konnten.

Falls George sich ihrer unerfreulichen Situation bewußt war, zog er es vor, sie zu ignorieren. Sie bemerkte schon bald, daß er von einer unbarmherzigen Entschlossenheit war, in seinem Beruf Erfolg zu haben. Er war sehr eifersüchtig auf andere Fotografen, vor allem auf gleichaltrige, die besser voranzukommen schienen als er selbst. Der Anblick, ja die bloße Erwähnung von Tunbridge, Baron, Cecil Beaton oder Dorothy Wilding – einer Frau, was die Sache noch schlimmer machte – konnte ihn in tiefe Depression stürzen.

Georges düstere Stimmungen waren sein schwierigster Charakterzug. Er hatte kein heftiges oder jähzorniges Temperament: Tatsächlich sollte sie nur ein einziges Mal während ihrer ganzen Ehe hören, wie er im Zorn die Stimme erhob. Er schmollte auch nicht und wurde auch nicht reizbar, wenn die Dinge sich nicht nach seinem Geschmack entwickelten. Statt dessen fing er wieder an zu stottern, und es schien, so wie es während ihrer Flitterwochen passiert war, als würde sich ein Vorhang über seine Augen senken, so daß er den Blick nach innen richtete und in düsteres Schweigen versank, das tagelang dauern konnte.

Zunächst nahm Catherine – wie auf ihrer Hochzeitsreise – an, daß sie selbst der Grund für seine Launen sei, denn er ließ niemals zu, daß sie seine Arbeit in Mitleidenschaft zogen; wenn er auch seine Assistenten anfauchen mochte, mit seinen Klienten war er immer geduldig und charmant.

Einmal, nachdem er aus einer solchen Depression wiederaufgetaucht war, gab er zu, daß er schon seit frühester Kindheit damit zu kämpfen hatte. «Es passiert ganz ohne G-Grund», erklärte er. «Es ist, als stürzte i-i-ich in einen schwarzen Tunnel. Dann sehe ich p-plötzlich wieder L-Licht, und alles ist gut – bis zum n-nächsten Mal.

Du kannst nichts dagegen tun, K-Kitty, außer mich in R-Ruhe zu lassen und mir Z-Zeit zu geben …»

Aber Catherine konnte nicht gelassen bleiben. Sie lernte seine Launen fürchten, und wenn es wieder einmal soweit war, warfen sie einen Schatten auf sie, und er zog sie mit sich herunter, so daß sie ihren gewohnten Frohsinn verlor. Sie wurde teilnahmslos und verlor den Appetit. Manchmal brach sie in Tränen aus und weckte damit keineswegs Georges Mitleid oder gar Reue, sondern stürzte ihn nur in eine um so schwärzere Stimmung.

Sie hatte niemanden, dem sie sich hätte anvertrauen können. Sonja war weit weg in Berlin, wo sie ihre eigene Hochzeit mit Felix vorbereitete. Früher hätte sie wahrscheinlich den Mut aufgebracht, mit West darüber zu reden, aber sie hatte ihn seit ihrer Hochzeit nicht mehr gesehen.

Ihr Heimweh nach Yondover wuchs, und sie vermißte West so sehr, daß es ein beinahe körperlicher Schmerz war. George dagegen sprach nur selten von Yondover, und wenn sie vorschlug, nach Kipwell zu fahren, antwortete er: «Ich habe zu viele Termine. Ich kann es mir nicht leisten, meine Klienten im Stich zu lassen. Später, im Sommer, können wir fahren, aber jetzt nicht.»

Diese abschätzige Haltung gegenüber dem Ort, der ihm angeblich so teuer war, und den Menschen, denen er so sehr am Herzen lag, verletzte sie tief.

Dann geschah etwas, das sie noch viel schwerer traf. Ungefähr drei Monate nach ihrer Hochzeit waren sie mit einem Teil ihrer Clique in einer enttäuschenden Revue im London Pavillon gewesen, hatten danach ein nur geringfügig besseres Dinner in einem neuen Restaurant eingenommen und waren anschließend in einen überlaufenen

Nachtclub in Soho weitergezogen. Nachdem sie Platz genommen hatten, stellte Catherine fest, daß sie von George getrennt worden war. Sie selbst saß neben dem monokelbewehrten jüngsten Sohn eines Baronets namens Archie, dessen Konversation nicht mehr herzugeben schien als «Also» und «Herrje!» Auf ihrer anderen Seite saß die einschüchternd intellektuelle Hermine Chalcott, die neben einem Eton-Bürstenschnitt ebenfalls ein Monokel zur Schau trug und außerdem eine peinlich lautstarke Verfechterin der Empfängnisverhütung war.

Die Kellner servierten gerade den Champagner, als die Kapelle zu spielen aufhörte und die Tänzer an ihre Tische zurückkehrten. In diese vorübergehende Stille hinein ertönte plötzlich eine Stimme. «Aber *hallo*, Cynthia, Darling», hörte Catherine einige Tische entfernt, «haben wir Henry heute abend allein zu Hause gelassen? Ach, meine Liebe, das tut mir ja *so leid*. Du mußt ihn unbedingt von mir grüßen und ihm sagen, daß er bald gesund werden soll.» Die Stimme kam näher. «Sarah, Liebste, was für ein *göttliches* Kleid. – Gertrude! Dich habe ich ja seit der kleinen Feier bei Clermont-Blythes nicht mehr gesehen. Ja, natüüürlich erinnere ich mich. Der Champagner war wie Hundepisse, und was den Kaviar betrifft ...»

Nun endlich schwebte auch der Besitzer der Stimme ins Bild, ein großer junger Mann mit goldenen Locken, in Smoking und Hosen, die wie angegossen saßen, einem rosafarbenen Hemd, einer gewaltigen, schlaffen magentaroten Fliege und dazu passendem Kummerbund. Er warf den Damen exaltierte Kußhände zu und ließ dabei die Diamanten des Rings, den er an der rechten Hand trug, aufblitzen.

Vor Catherines Tisch blieb er stehen, und seine seltsam malvenblauen Augen glitten taxierend über die kleine Gesellschaft. Dann formte sich ein Lächeln auf seinen Lippen und enthüllte makellose, sehr weiße Zähne. «Nein, wirklich, Gigi, *Darling*, daß ich *dich* hier treffe!» sagte er gedehnt. «Ich habe so oft an dich gedacht, mein lieber Junge, seit ich rausgeflogen bin. Wie *lange* das her zu sein scheint, nicht *wahr*? Aber wir hatten so viel *Spaß*, findest du nicht? Diese *wunderbaren* Fotos, die du immer gemacht hast. Ich muß unbedingt mal in dein *Atelier* kommen, damit du noch mehr Aufnahmen von mir machen kannst.»

«Herrje», rief Archie, und sein Monokel sprang ihm aus dem Auge.

«Gütiger Gott», murmelte Hermine Chalcott mit tiefem Bariton. «Boy Tate ... Der hat uns gerade noch gefehlt!»

Keiner von uns kann Boy das Wasser reichen, hörte Catherine Adam sagen. *G. G. hat ein tolles Foto von Boy gemacht. Wenn man es nicht wüßte, würde man nie darauf kommen, daß er gar keine Frau ist ...*

Sie zwang sich, an den neugierig starrenden Gesichtern vorbei zu ihrem Mann zu sehen. Georges Wangen waren dunkelrot angelaufen, und er sah die extravagante Gestalt, die vor ihrem Tisch stand, beinahe flehentlich an. Boy Tate jedoch sprach weiter: «Ein kleines Vögelchen hat mir gesungen, daß du jetzt *verheiratet* bist.» Er ließ seine langen Wimpern fragend in Richtung der beiden hübschen Mädchen flattern, die neben George saßen.

«Willst du mir die Glückliche nicht vorstellen, Gigi?»

Endlich fand George seine Stimme wieder. «B-B-Bitte, B-B-Boy ...»

Boy Tate warf seine Locken zurück und lachte. «Oh, keine Sorge, Darling, ich verspreche, nicht *eifersüchig* zu sein …»

Plötzlich bekam alles einen Sinn. Die Bemerkungen, die Adam fallengelassen hatte. Georges Reaktion, wann immer die Rede auf Boy Tate kam. Sie mochte vielleicht das erste Mädchen gewesen sein, das George je geküßt hatte, aber sie war nicht der erste Mensch …

Ausgerechnet in diesem Augenblick erwachte die Kapelle jäh wieder zum Leben. Mehrere Pärchen entflohen auf den Tanzboden. Archie wandte sich an Catherine und fragte: «Möchten Sie vielleicht auch tanzen?»

Sie zitterte so sehr, daß sie nicht sicher war, ob sie auch nur stehen konnte, und sie war dankbar für Archies ausgestreckte Hand. Als sie aufgestanden war, schaute sie noch einmal zu George hinüber, aber der starrte immer noch Boy an. Mit bebender Stimme sagte sie zu Archie: «Ich wäre Ihnen sehr dankbar, wenn Sie mir ein Taxi rufen könnten.»

Als sie dann allein im Schlafzimmer in Porters Place war, machte Catherine keine Anstalten, Licht zu machen oder ihre Kleider abzulegen, sondern zog sich einen Stuhl ans Fenster. Obwohl der Abend warm war, zitterte sie unkontrolliert. Sie wickelte sich in die Tagesdecke und kehrte zu ihrem Stuhl zurück.

Eine Weile später – wie lange, hätte sie nicht sagen können – hörte sie die Haustür und Schritte auf der Treppe. Die Schlafzimmertür öffnete sich und schloß sich wieder. George kam herein und trat ans Fenster.

Als das Schweigen zwischen ihnen unerträglich wurde, sagte sie: «Ich verstehe nicht …»

Zu ihrem Entsetzen fiel er auf die Knie, vergrub sein Gesicht in ihrem Schoß und begann zu weinen. Krampfartiges Schluchzen schüttelte seinen Körper, seine Tränen durchnäßten die Decke.

Lange Zeit kämpften Abscheu und Mitleid in ihrem Herzen. Schließlich gewann das Mitleid. Sie streckte die Hand aus und fuhr ihm übers Haar, und allmählich ließ sein Schluchzen nach. «B-B-Bitte, K-K-Kitty», flüsterte er, «v-verzeih mir.»

«Ich verstehe nicht», wiederholte sie.

Er lag noch immer auf Knien, die Tagesdecke dämpfte seine Stimme, und er stotterte so sehr, daß seine Worte manchmal fast unverständlich waren.

Seine Kindheit sei sehr einsam gewesen, sagte er. In der Schule hätten die anderen Jungen ihn wegen seines Namens, seines Stotterns und seiner mangelnden Sportlichkeit ausgelacht, während die Lehrer ihn für Missetaten züchtigten, deren er sich nicht bewußt gewesen war. Dann hatte er sich mit einem der älteren Aufsichtsschüler angefreundet. Der Junge hatte ihn in sein Arbeitszimmer eingeladen, ihn getröstet und nach einer Weile in die Kunst männlicher Liebe eingeführt.

«I-I-Ich wußte, daß es f-falsch war», stammelte er, «a-aber i-i-ich konnte nicht dagegen an. Es war so w-wunderbar, irgendwo e-erwünscht zu sein.»

Nachdem der ältere Junge die Schule verlassen hatte, habe es niemanden mehr gegeben, bis er nach Oxford ging und Boy kennenlernte. Boy sei in jenen Tagen, so erzählte er, ein ganz anderer Mensch gewesen als der, den Catherine heute abend erlebt habe. Da er so hübsch war, habe er in der Schule sogar noch mehr zu leiden gehabt als George. «E-Er w-war eine verlorene S-Seele genau wie ich. I-I-Ich habe ihn geliebt wie einen B-Bruder.» Nur daß ihre Beziehung schnell über ein brüderliches Verhältnis hinausgegangen war.

Sie schaute blicklos über seinen Kopf hinweg. Als sie damals George in den Weihnachtsferien zum ersten Mal gesehen hatte, hatte er bereits seine erste homosexuelle Erfahrung hinter sich. In jenem Sommer, in dem er mit Adam in Yondover gewesen war, waren er und Boy Tate bereits ein Liebespaar gewesen ...

Dann, zu Beginn des letzten Studienjahrs, sei Boy in einem schäbigen Hotelzimmer mit einem anderen Mann im Bett erwischt und von der Universität relegiert worden. «Wenn Adam nicht g-g-gewesen wäre, hätte i-i-ich mich u-umgebracht», sagte George. «Es w-war Adam, der mich davon abgehalten hat. Und dann, letzten Sommer, habe i-i-ich dich wiedergesehen. D-D-Du schienst so n-natürlich, so sch-sch-spontan. Du hattest s-so eine w-wunderbare Begabung für das L-Leben. Ich d-d-dachte, es w-wäre m-mir vielleicht m-m-möglich, zu ... A-A-Als du mir bei diesem G-Gewitter sagtest, daß du mich l-liebtest, da h-habe i-i-ich gehofft ...»

Sie hätte sich am liebsten die Ohren zugehalten, damit sie ihm nicht mehr zuhören mußte. «Liebst du ihn immer noch?» zwang sie sich zu fragen.

«I-I-Ich w-weiß nicht. E-E-Er hat sich verändert. H-Heute abend war er s-s-so hart, so grausam ...»

Draußen brach die Morgendämmerung an. Vögel begannen zu singen. Man hörte das Getrappel von Pferdehufen, das Rumpeln eines Karrens, das Aufheulen eines Automobils. Ein neuer Tag, ein neues Leben ...

Sie konnte es nicht ertragen hierzubleiben. Sie konnte es nicht ertragen, im selben Raum, im selben Haus, in derselben Stadt wie George zu bleiben. Sie schob ihn von sich, stand vom Stuhl auf und sagte: «Ich muß weg von hier.»

Er sah sie bittend an, seine Augen waren rot und geschwollen, sein Gesicht verhärmt. «I-I-Ich l-liebe dich, K-Kitty. B-B-Bitte verlaß mich nicht ... I-I-Ich k-kann nichts dafür, wie ich bin ...»

Die Qual in seiner Stimme zerriß ihr fast das Herz, aber sie schüttelte den Kopf. «Ich brauche Zeit. Um nachzudenken, um mit mir ins reine zu kommen, um das alles in meinem Kopf klarzukriegen ...»

«A-A-Aber wohin wirst du g-gehen?»

Es gab nur einen Ort, wohin sie gehen konnte. Nur einen Ort, wo sie Frieden finden konnte. Und nur einen Menschen, der ihr helfen konnte, die Scherben ihres Lebens wieder zusammenzufügen. «Nach Yondover», erwiderte sie.

Noch nie war ihr eine Reise so lang erschienen. Noch nie waren Mitreisende in einem Zug so entschlossen gewesen, sich mit ihr zu unterhalten. Noch nie war ihr die Fahrt in der Kutsche so zäh erschienen, und noch nie hatte es ihr derart widerstrebt, Lady Maude auf ihrem großen Rotschimmel zu sehen oder ihren Vater, der durch das Friedhofstor trat. Sie zog sich den Hut tiefer in die Stirn und kroch so tief wie möglich in ihren Sitz, damit niemand sie erkannte. Irgendwann würde sie sich zu erkennen geben müssen, aber nicht heute ...

Erst als die Kutsche sie in Yondover abgesetzt hatte und West die Haustür öffnete, erst als sein freudiges Lächeln sich in ein besorgtes Stirnrunzeln verwandelte, als er ihre bleichen Wangen und den Schmerz in ihren Augen sah, erst da brach ihre Selbstbeherrschung zusammen. Erst als sie in den Armen des einzigen Mannes auf der Welt lag, dem sie absolut vertraute, fiel die Maske, die sie seit Georges furchtbarem Geständnis getragen hatte, und sie konnte ihrem Kummer freien Lauf lassen.

West ließ sie eine Weile weinen. Dann fragte er: «Willst du mit mir darüber reden?»

Plötzlich wollte sie kein Wort über die Nacht verlieren. Später vielleicht, aber nicht in diesem Augenblick. Sie war zu erschöpft, zu verwirrt. Jetzt genügte es, daß sie in Yondover und West bei ihr war. Sie schüttelte den Kopf. «Ich habe nicht geschlafen», stieß sie unter Schluchzen hervor.

«Ah, das könnte eine Menge erklären ...» Er legte ihr den Arm um die Schultern und führte sie die Treppe hinauf in sein altes Kinderzimmer auf dem Dachboden mit dem Schaukelpferd und dem Spielzeugtheater und seinem alten Teddybären, der auf dem Kissen saß. «Geh zu Bett», sagte er zärtlich. «Ich bin gleich wieder da.»

Als er zurückkehrte, hatte er einen Becher heißer Milch in der Hand. «Ich habe ein wenig Brandy hineingegeben», sagte er. «Das wird dir helfen einzuschlafen.»

Sie trank die Milch und schlüpfte dann unter die Bettdecke. «West, bleibst du bei mir, bis ich eingeschlafen bin?»

«Ja, ich bleibe ...»

Sie streckte die Hand aus, und er nahm sie in die seine. «Ich fühle mich wie ein Kind», flüsterte sie.

«Du bist ein Kind, Kitty-Cat. Mein Kind ...»

Es dämmerte bereits, als sie erwachte und in einem fremden Zimmer die Augen öffnete, in dem die Vorhänge in einer sanften Brise flatterten und Rosen durchs Fenster lugten. Da kehrte wie eine Sturmflut die Erinnerung zurück: der Nachtclub, Boy Tate, George …

Sie stieg aus dem Bett und sah, daß inzwischen jemand ihre Tasche ausgepackt und einen Wasserkrug sowie eine Waschschüssel auf die Kommode gestellt hatte. Sie wusch sich und trocknete sich mit einem nach Lavendel duftenden Handtuch ab. Dann zog sie sich an, und die Fußbodenbretter quietschten unter ihren Füßen, während sie im Zimmer umherlief. Gerade als sie mit ihrer Toilette fertig war, klopfte es an der Tür, und Fanny trat ein.

«Ich dachte, ich hätte Sie gehört», sagte sie. «Ich habe früher schon ein paarmal hereingeschaut, aber Sie haben so fest geschlafen, daß ich Sie nicht wecken wollte.»

Noch nie waren ihr diese rundliche Gestalt und diese rosigen Wangen so teuer gewesen. «O Fanny!» rief Catherine. Sie wollte sie gerade umarmen und küssen, als etwas in ihrer Miene sie davon abhielt. «Fanny, was ist los?»

Die Haushälterin setzte sich auf die Bettkante. «Ich weiß nicht, was Sie so plötzlich hierher zurückgetrieben hat, Miss Kitty, aber ich glaube, Sie sollten wissen, daß es dem Herrn nicht gutgeht. Es ist das Herz. Er hatte einen Herzinfarkt …»

Einen Augenblick lang hatte Catherine das Gefühl, als würde ihr eigenes Herz zu schlagen aufhören. «Einen Herzinfarkt?» wiederholte sie schwach. Fanny nickte ernst. «Ein paar Tage nach der Hochzeit ging es ihm sehr schlecht. Mr. Westrup war ungefähr vierzehn Tage im

Krankenhaus von Lewes, bevor er wieder nach Hause durfte.»

«Aber warum hat er uns das nicht gesagt?»

«Hm, Miss Kitty, Sie und Master George waren doch in den Flitterwochen.»

«Aber als wir wieder zurück waren?»

«Na ja, da hatten Sie so eine schöne Zeit, er wollte Ihnen Ihr Glück nicht verderben. Außerdem konnten Sie sowieso nichts tun. Wahrscheinlich hätten Sie ihm mehr geschadet als genützt, Miss Kitty, wenn Sie hierhergekommen wären, ein großes Theater um ihn gemacht und ihn aufgeregt hätten. Und genau davor habe ich jetzt Angst. Sehen Sie, Dr. Jenkins hat ihn gewarnt, daß er jederzeit wieder einen Herzinfarkt kriegen könnte. Er hat ihm Pillen gegeben, die er nehmen soll, wenn ihm mulmig wird, und ihn auf Diät gesetzt. Aber vor allem sagt er, daß Mr. Westrup sich nicht überanstrengen soll und daß er sich auf keinen Fall aufregen darf ...»

Catherine schaute blicklos an ihr vorbei. Ihre Sorgen verblaßten vor der Tatsache, daß West um ein Haar gestorben wäre – daß er jederzeit sterben könnte ...

Fanny erhob sich schwerfällig. «Ich dachte, Sie sollten es wissen, Miss Kitty. Und jetzt muß ich mich wieder an die Arbeit machen. Der Herr ist im Musikzimmer. Er sagt, Sie sollten zu ihm kommen, wenn Sie soweit sind.»

West spielte Liszt, als Catherine das Musikzimmer betrat. Er wandte ihr den Kopf zu und lächelte sie an, und er schien so ganz der alte zu sein, daß es ihr beinahe unmöglich war zu glauben, was Fanny ihr erzählt hatte, bis ihr auffiel, daß er viel dünner war als früher und daß Linien in seinem Gesicht aufgetaucht waren, die sie vorher noch nie gesehen hatte.

Sie setzte sich auf die Treppenstufe vor der Balkontür, atmete den Duft des Gartens ein und ließ die Musik über sie hinwegspülen, sie beruhigen und trösten. Rafe lief herbei, drückte die Schnauze in ihre Hand und ließ sich zu ihren Füßen nieder. Ein voller Mond ging am Himmel auf, und im Zwielicht flatterten Fledermäuse unter der Dachtraufe ein und aus.

Als die letzten Kadenzen der *Etude* verklungen waren, stand West auf und trat neben sie. «Schon besser?»

«Viel besser», versicherte sie ihm. «West, ich muß mich wegen heute morgen entschuldigen. George und ich hatten gestern abend eine kleine Kabbelei. Es war unser erster Streit.»

«Willst du mir erzählen, was passiert ist?»

«Ach, es war ziemlich dumm. Wir waren in einem Nachtclub ...»

Er stieß ein erleichtertes Lachen aus. «Laß mich raten! George war eifersüchtig, weil du mit einem anderen Mann getanzt hast?»

Sie griff die Ausrede sofort auf und nickte.

«Nun, das schadet ihm gar nichts. Kein Mann sollte seine Frau für selbstverständlich halten – jedenfalls nicht, wenn sie so hübsch ist wie du.»

Sie biß sich auf die Lippe und dachte darüber nach, wie sie ihre Bitte in Worte kleiden konnte, ohne ihn zu ängstigen. Schließlich fragte sie: «Ist es in Ordnung, wenn ich ein paar Tage hierbleibe?» Dann fügte sie hastig hinzu: «Ich habe mich so nach Yondover gesehnt ...»

«Das verstehe ich, Kitty-Cat. Mir ist es genauso gegangen, als ich in London lebte. Weiß George, daß du hier bist?»

«O ja. Natürlich.»

«Selbstverständlich kannst du bleiben. Obwohl – wenn ich mich einmischen darf –, du solltest ihn morgen früh vielleicht vom Dorf aus anrufen, damit ihr euren Streit beilegen könnt. Vielleicht kannst du ihm ja vorschlagen, am Wochenende runterzukommen. So wie sich die Sache anhört, könntet ihr beide einen Tapetenwechsel und etwas frische Luft vertragen.»

Catherine blieb eine Antwort erspart, weil in diesem Augenblick Fannys Stimme ertönte und sie zum Abendessen rief.

«Wir essen mittlerweile in der Küche», sagte West. «Ich hoffe, du hast Hunger. Fanny hat deine Lieblingsspeise zubereitet: frisch gefangene Scholle ...»

Da Catherine Fannys Blick auf sich spürte, tat sie ihr Bestes, um dem Abendessen gerecht zu werden. Überraschenderweise war es Gurney, der das Gespräch in Gang hielt, indem er zuerst einen kummervollen Bericht über seine Fahrt zum Meer zum besten gab, wo er den Fisch gekauft hatte, und sich über jeden einzelnen verflixten Automobilfahrer beklagte, der ihm begegnet war. Dann erzählte er Catherine von dem schlimmen Braunfäulebefall, unter dem seine Kartoffeln litten.

West lachte. «Gurney wäre nicht glücklich, wenn er keinen Grund zum Jammern hätte.» Catherine fiel auf, daß er in seinem Essen nur herumstocherte und es auf seinem Teller hin und her schob, damit es so aussah, als esse er tatsächlich etwas.

Nach der Mahlzeit sagte er: «Es ist so ein schöner Abend. Hättest du Lust auf einen Spaziergang, Kitty-Cat?»

Fanny runzelte warnend die Stirn, und Catherine versuchte möglichst beiläufig zu klingen, als sie erwiderte: «Das wäre schön. Wir könnten über die Koppel schlendern und nach Honey sehen ...»

Aber sobald sie draußen waren und Arm in Arm über den Rasen gingen, sagte er: «Du kannst Honey morgen besuchen. Laß uns hinauf zum Uffing Down gehen.»

«West, nein! Das ist zu ... Ich habe die falschen Schuhe an ...»

Er seufzte. «Fanny hat es dir erzählt, ja?»

«Ja, und ich bin froh, daß sie es getan hat ...»

«Psst, Kitty-Cat, sag kein Wort. Zieh einfach deine Pumps aus und laß uns auf den Uffing Down steigen. Das verkrafte ich schon, bestimmt.»

Langsam gingen sie den steilen Kreidepfad, der zum Gipfel des Hügels führte, hinauf, wobei sie immer wieder stehenblieben, damit West zu Atem kam. Als sie oben waren, ließ er sich auf den Boden nieder, und sie setzte sich neben ihn.

Nach einer Weile fragte er: «Du hast mir doch die Wahrheit gesagt, oder? Diese Sache mit dir und George, das ist nichts Ernstes? Abgesehen von diesem einen kleinen Streit seid ihr glücklich miteinander?»

Irgendwann würde die Wahrheit unweigerlich zutage treten. Aber nicht jetzt. Jetzt mußte sie West zum ersten Mal in ihrem Leben belügen. «Ja», erwiderte sie leise. «Wir sind sehr glücklich.»

Seine Züge entspannten sich. «Das ist alles, was ich wissen muß. Wenn ihr beide glücklich seid, kann ich in Frieden sterben.»

«West, nein!» Sie hatte unwillkürlich aufgeschrien und die in ihrer Nähe grasenden Schafe aufgeschreckt.

«Kitty-Cat, ich bin sechsundsiebzig Jahre alt. Und diese

letzten sechs Jahre, seit ich dich habe, sind für mich kostbarer als alle vorangegangenen, denn in dir habe ich die Visionen meiner Jugend noch einmal durchlebt und den Gipfel meiner Träume erblickt. Bis ich dir begegnet bin, habe ich geglaubt, mein Leben sei ein Fehlschlag gewesen. Meine Geburt hat den Tod meiner Mutter zur Folge gehabt. Für meinen Vater war ich eine Enttäuschung. Meine Frau hat mich wegen eines anderen Mannes verlassen, meine Tochter wurde mir genommen, bevor ich sie überhaupt richtig kannte. Nicht einmal George konnte mir Hoffnung geben, denn er schien all meine Schwächen geerbt zu haben, und ich sah keine Möglichkeit, ihn vor den Fehlern zu bewahren, gegen die ich mich selbst nicht wehren konnte. Andere Männer haben die Befriedigung eines erfolgreichen Berufslebens, um die Leere in ihrer Existenz zu füllen, aber selbst das war mir nicht vergönnt.»

«Du hattest Yondover», unterbrach ihn Catherine mit einem Klumpen in der Kehle.

«Ja, ich hatte Yondover ... Aber bevor du hierhergekommen bist, hat es Zeiten gegeben, da schien mir Yondover kaum mehr zu sein als eine Ruine, die von Menschen bewohnt wurde, die des Lebens überdrüssig waren. Du hast Yondover Leben eingehaucht, Kitty. Du hast Lachen und Freude gebracht – und, das wichtigste von allem, Liebe ...

Und jetzt habe ich die Befriedigung zu wissen, daß ihr beide, du und George, glücklich seid und weiter auf eine Art und Weise glücklich sein werdet, die Marion und mir verwehrt war, so daß ich gelassen dem Ende entgegengehen kann.»

Catherine war machtlos gegen die Tränen, die ihr über die Wangen strömten.

«Bitte weine nicht.»

«Aber ich kann den Gedanken nicht ertragen, daß du eines Tages nicht mehr hier sein könntest ...»

«Du hast jetzt George.» Er lächelte. «Und ich werde niemals weit fort sein.» Er zeigte hinauf in das dunkle Gewölbe des Himmels. «Da oben liegt das Paradies – all die Sterne, die du da siehst, sind Seelen, die über uns Sterbliche wachen. Wenn du mich brauchst, Kitty-Cat, mußt du nur hier heraufkommen auf den Uffing Down, und mein Geist wird bei dir sein. Des Nachts wird er zwischen den Sternen sein, und am Tag wird er mit den Möwen fliegen und mit den Lerchen singen ...»

Fanny wartete bereits auf sie, als sie zum Haus zurückkehrten, und schaute ängstlich von einem zum anderen, aber Catherine hatte ihre Tränen getrocknet, und West sagte: «Schon gut, Fanny, du brauchst kein Theater zu machen. Ich habe Kitty gestanden, daß ich ein wenig krank gewesen bin, und sie hat gut auf mich achtgegeben. Wir haben einen wunderschönen Spaziergang gemacht. Ja, ich muß sagen, ich fühle mich so gut wie lange nicht mehr. Und ich werde heute nacht bestimmt gut schlafen.»

Er streckte den Kopf durch die Küchentür und rief: «Gute Nacht, Gurney. Gute Nacht, Jethro.» Am Fuß der Treppe blieb er noch einmal stehen, um Rafe zu streicheln. «Gute Nacht, alter Junge. Du kannst heute bei deiner Herrin schlafen.» Dann breitete er die Arme aus und legte sie um Catherine. Als seine Lippen ihr Haar streiften, murmelte er so leise, daß nur sie ihn hören konnte: «Ich habe dich lieb, Kitty-Cat.»

Am folgenden Morgen wurde sie sehr früh von Rafe

geweckt, der aus dem Bett und auf das breite Fenstersims sprang, wo er sitzen blieb und ein seltsames, klagendes Heulen hören ließ. Sie schlüpfte aus dem Bett, stellte sich neben ihn und strich ihm beruhigend über das Fell. Der Morgen war sehr still, der Himmel golden wie eine Aprikose. Plötzlich riß ein Windstoß an dem offenen Fenster, schüttelte die Rosen und ließ die Blätter an den Bäumen und Büschen im Garten erbeben.

Als Fanny kurze Zeit später verzweifelt ins Zimmer stürzte, wußte Catherine, daß West tot war.

12

«O West ...» Kitty erwachte von ihrem eigenen erstickten Aufschrei. Tränen strömten ihr über die Wangen.

Eine kühle Hand legte sich auf ihre Stirn. Ein rundliches, junges Gesicht tauchte über ihr auf, brach mit solcher Plötzlichkeit in ihre Erinnerungen ein, daß sie einige Sekunden lang nicht wußte, wo sie war, und Wests Tod mit ihrem eigenen Aufenthalt im Krankenhaus durcheinanderbrachte. «Mrs. Devere, haben Sie Schmerzen?»

Schmerzen? Natürlich ... Aber nein, der Schmerz in ihrem Körper war nichts im Vergleich zu dem in ihrem Herzen ...

Die junge Frau griff nach ihrem Handgelenk. «Sie scheinen Temperatur zu haben, und Ihr Puls geht ziemlich schnell.» Ein Thermometer wurde ihr in den Mund geschoben, dann wieder herausgezogen. «Hab ich's mir doch gedacht, Sie haben wieder etwas Fieber», stellte die Krankenschwester fest und machte eine Eintragung in der Tabelle am Ende des Betts. Ein Glas Wasser und noch mehr Pillen.

Dann hatte sie wieder das Gefühl fortzugleiten, aber die Jahre hinweg, zurück nach Yondover, zurück zu einem Yondover ohne West ...

Sie konnte sich an die Ereignisse nach Wests Tod nicht mehr genau erinnern, aber das Begräbnis war ihr ziemlich lebhaft im Gedächtnis geblieben: schwarzgekleidete Gestalten auf dem Friedhof, die Stimme ihres Vaters, der mit der distanzierten Frömmigkeit eines Menschen, der keinen persönlichen Verlust erlitten hat, rezitierte: «So hat es dem allmächtigen Gott in seiner unendlichen Barmherzigkeit gefallen, die Seele unseres lieben Verstorbenen zu sich zu rufen. Daher überantworten wir seinen Leib der Erde: Erde zu Erde, Asche zu Asche, Staub zu Staub ...»

Irgend jemand mußte George verständigt haben, denn sie war sich seiner Anwesenheit auf Yondover vor dem Begräbnis bewußt, aber er hatte wohl in seinem eigenen Zimmer geschlafen, während sie in Wests altem Kinderzimmer auf dem Dachboden blieb. Sie konnte sich nicht daran erinnern, mit ihm gesprochen zu haben, nicht, bevor die Messe vorüber war und sie nach Yondover zurückkehrten, wo der Rechtsanwalt Wests Testament verlas. West hatte es vor einigen Jahren aufgesetzt, und es enthielt keinerlei Überraschungen. Abgesehen von kleinen Legaten für die Gurneys ging sein ganzer Besitz an George. Nicht, daß Catherine irgend etwas erwartet hätte, aber es wäre tröstlich gewesen, wenn er ihr ein kleines persönliches Erinnerungsstück hinterlassen hätte. Andererseits, warum hätte West auf eine solche Idee kommen sollen, da er doch angenommen hatte, daß alles, was George gehörte, auch ihr gehören würde?

Nachdem der Anwalt gegangen war, hatte George gesagt: «I-I-Ich muß w-wieder zurück nach L-London, aber wenn d-d-du hierbleiben willst, verstehe i-i-ich das v-vollkommen.»

So entwickelte sich ein neues Muster in ihrem Leben. George lebte in Porters Place und sie auf Yondover. Um des äußeren Scheins willen fuhr sie gelegentlich nach London, und George verbrachte ab und an ein Wochenende in Yondover, obwohl sie stets getrennte Zimmer hatten. Was für schlimme, traurige Jahre das gewesen waren, als der Schatten von Wests Tod und die düstere Wolke ihres eigenen Unglücks über Yondover hingen … Scheinbar endlose, verzweifelte Tage, die sie damit zubrachte, zu versuchen, die Leere zu füllen, die West hinterlassen hatte, obwohl es glücklicherweise viel zu tun gab, denn Fanny konnte die ganze Hausarbeit nicht mehr allein bewältigen und weigerte sich, ein Mädchen aus dem Dorf ins Haus zu holen. Und Gurney schien bei der Pflege von Wests Gärten nicht mehr mit dem Herzen dabeizusein, und so hatte sie auch einen großen Teil seiner Arbeit übernommen. Nur Jethro schien die Endgültigkeit von Wests Tod mit stoischem Fatalismus zu akzeptieren und hatte seine Treue stillschweigend vom Großvater auf den Enkel verlagert. Aber am allerschlimmsten waren die Nächte gewesen, in denen George sich Mut angetrunken hatte und in ihr Zimmer gekommen war, um sie um Verzeihung zu bitten, sie unbeholfen in die Arme zu ziehen und ihr zu versichern, daß Boy ihm nichts mehr bedeute und er nur sie liebe.

Sie hatte gespürt, daß er die Wahrheit sagte. Sie konnte ohne weiteres glauben, daß George, der in seiner Kindheit soviel Unbeständigkeit und Unsicherheit erlebt hatte, sich verzweifelt danach sehnte, wie andere Männer zu sein, Frau und Kinder zu haben …

Allmählich hatte sich bei ihr der erste Schreck über seine Affäre mit Boy Tate gelegt, und ihr war klargeworden, daß die ganze Geschichte mit ihr nicht das geringste zu tun hatte. Sie konnte verstehen, wie er sich damals gefühlt haben mußte, nachdem Tate ihn betrogen und das

Schicksal ihn kurz darauf in ihre, Catherines, Arme geworfen hatte.

Und vielleicht hätte ihre Ehe sogar funktioniert, wäre er nicht eine so verworrene und komplizierte Persönlichkeit gewesen, hätte er sich nicht so sehr mit der Suche nach seiner persönlichen und sexuellen Identität abgemüht. Aber er hatte seine Angst und seine Schuldgefühle mit in ihr Ehebett gebracht. Sie hatten ihn dazu getrieben, sich von seiner Frau zurückzuziehen, getrennt zu schlafen, sich in seine Arbeit zu vergraben, sie beide darüber hinaus in eine Unmenge gesellschaftlicher Aktivitäten zu verwickeln, die es ihnen beinahe unmöglich machte, überhaupt noch miteinander zu reden, und die am Ende sogar zu der Enthüllung des Geheimnisses geführt hatte, das verborgen zu halten ihm so überaus wichtig gewesen war.

Soweit sie wußte, hatte niemand sonst jene Begegnung mit Boy Tate als das erkannt, was sie war, und ihre plötzliche Abreise aus London wurde allgemein mit Wests Tod in Zusammenhang gebracht. Außerdem fand niemand – einschließlich ihrer eigenen Eltern – etwas Ungewöhnliches daran, daß sie in Yondover blieb. Jetzt, da West tot war, war es das Heim ihres Mannes. Viele Ehepaare fanden es aus den verschiedensten Gründen sehr bequem, wenn die Frau auf dem Land blieb, während der Mann wochentags in der Stadt arbeitete.

So hatten sie also nebeneinander hergelebt, aber zugleich vor der Öffentlichkeit den äußeren Schein gewahrt. Scheidung war etwas, das keiner von ihnen je auch nur erwähnte. Soweit es George betraf, bot eine Ehe – selbst eine lieblose – die lebenswichtige Fassade der Respektabilität. Und sie selbst hatte bei einer Scheidung ja noch mehr zu verlieren als George, denn es war unwahrscheinlich, daß sie auf Yondover hätte bleiben können.

Sie war erst neunzehn, noch immer kaum mehr als ein Kind, und doch gab es niemanden, mit dem sie ihren Schmerz, ihre quälende Einsamkeit hätte teilen können. Ihre Eltern hätten kein Mitleid mit ihr gehabt. Marion McDonnell, die sie möglicherweise verstanden hätte, war krank geworden und nicht lange nach Wests Tod ebenfalls gestorben. Adam hatte Oxford inzwischen verlassen und arbeitete in einer Londoner Anwaltskanzlei, aber auch wenn er gelegentlich übers Wochenende nach Yondover kam, war sie doch nie allein mit ihm.

Nicht einmal Sonja konnte sie ihr Herz öffnen, denn Sonja hatte in Berlin genug eigene Probleme: In ihren Briefen erzählte sie von der wirtschaftlichen und politischen Krise, in der sich Deutschland befand, von dem Kollaps des Banken- und Geschäftswesens nach den Börsenstürzen an der Wall Street.

In Erinnerung an Wests letzte Worte war Catherine auf den Uffing Down gestiegen, aber statt bei Vögeln und Sternen seine tröstliche Gegenwart zu finden, war sie sich dort seines Verlustes nur um so schärfer bewußt geworden. Weit entfernt davon, ihn überall um sich herum zu spüren, war sein Bild in ihrem Gedächtnis plötzlich so verschwommen, daß sie sich nicht einmal daran erinnern konnte, wie er ausgesehen hatte …

Wieder war es abscheulich früh, als Pippa von Tabitha geweckt wurde, aber obwohl sie jetzt, da Kiki nicht mehr in unmittelbarer Gefahr schwebte, keinen besonderen Grund mehr hatte, sofort aufzustehen, war sie doch so hellwach, daß sie nicht wieder einschlafen konnte. Das hatte man also davon, wenn man vor zehn zu Bett ging. Aber nachdem sie am Abend zuvor ihre verschiedenen Pflichten erfüllt und eine ganze Ewigkeit mit Chris telefoniert hatte – er war so nett, so besorgt um Kiki –, waren ihr immer wieder die Augen zugefallen, als sie in der Küche ihre gebackenen Bohnen auf Toast gegessen hatte. Und jetzt hatte sie fürchterlichen Hunger.

Um neun Uhr hatten sowohl sie als auch Tabitha ihren Hunger gestillt, und Pippa machte sich auf den Weg nach Kipwell. Sie nahm eine Route, die zu den Downs führte, und drosselte die Geschwindigkeit, als sie an ein schmiedeeisernes Tor kam, von dem sie dachte, es könne vielleicht der Eingang nach Yondover sein. Statt dessen mußte sie jedoch feststellen, daß es zu einem Besitz namens Kipwell Grange gehörte. Ein kleines Stück weiter kam sie auf die Dorfstraße, an der sich hübsche Cottages aneinanderreihten. Eins davon, mit Erkerfenstern, beherbergte ein Geschäft – PADDONS KRÄMERLADEN verkündete eine Anschlagtafel –, und ein rot-gelbes Schild verriet, daß dort zugleich auch eine Postagentur betrieben wurde.

Dann folgte eine Grünfläche, um die herum ein Pub, die Kirche und ein Queen-Anne-Haus lagen, das sie für das Pfarrhaus hielt, und ein weiteres Gebäude, das so aussah, als sei es einst eine Schule gewesen. Daneben befand sich ein kleines Schwingtor, hinter dem ein Weg hinauf in die Hügel führte. Das Schild, das dort stand, wies ihn als öffentlichen Fußweg zum Uffing Down aus. Die Straße führte dann in einen sehr dichten Wald, der mit Stacheldraht eingezäunt war und zahlreiche Schilder mit der Aufschrift PRIVATBESITZ aufwies. Ein kleines

Stück weiter fand sie sich auf der A 27 wieder. Sie kam an einem Schild, das nach rechts zum Bahnhof von Kipwell zeigte, vorbei, und kurz darauf war sie erneut auf der Straße nach Kipwell. Vor Kipwell Grange begegnete sie drei Reitern, die sich gemächlich dem Haus näherten, dann war sie wieder im Dorf. Sie parkte vor der Kirche und mußte darauf achtgeben, daß sie eine mit einem schwarzen Tor versperrte Einfahrt nicht blockierte, die etwas zurückgelegen war, so daß sie sie anfangs übersehen hatte. Das Tor war mit einem Vorhängeschloß verschlossen, oben mit Stacheldraht bewehrt und mit einem Schild versehen: PRIVATBESITZ – WIDERRECHTLICHES BETRETEN WIRD STRAFRECHTLICH VERFOLGT.

Sie ging über den Rasen zu Paddons Krämerladen. Eine Glocke klingelte, als sie die Klinke niederdrückte und die Tür öffnete, und einen Augenblick lang hatte sie das Gefühl, in einem guten alten Dorfladen zu stehen. Aber diese Illusion wurde schnell zunichte gemacht, als sie einen Stapel mit Drahtkörben entdeckte und feststellen mußte, daß Paddon dem Minimarkt-Syndrom erlegen war. Der Postschalter befand sich am anderen Ende des Ladens, und mehrere ältere Leute standen dort Schlange. Sie hatten alle ihre Rentenausweise in der Hand und unterhielten sich, offenbar einander wohlvertraute Dorfbewohner. Als Pippa eintrat, zog sie aller Augen auf sich.

«Ich hab's nicht eilig – stellen Sie sich ruhig vor mir in die Reihe», sagte der Mann vor ihr.

«Vielen Dank, aber ich will eigentlich nur fragen, wo ich ein bestimmtes Haus finden kann», erklärte Pippa.

«Ein Haus? Da müßte ich Ihnen eigentlich helfen können. Wie heißt es?»

Das Gespräch erstarb, und alle starrten sie erwartungsvoll an.

«Yondover», erwiderte Pippa.

Der Mann stieß ein kurzes, bellendes Lachen aus. «Ich kann Ihnen sagen, wo Yondover liegt. Neben der Kirche ist ein Tor. Wenn Sie da durchgehen und dem Fahrweg über die Downs folgen, kommen Sie nach Yondover.»

Pippas Optimismus erstarb. «Ist das das Tor mit dem Stacheldraht und dem Schild ‹Privatbesitz›?»

«Genau das. Ich würde Ihnen allerdings nicht raten, da hinaufzugehen, es sei denn, Sie haben einen Termin. ‹Dynamit› de Vere versteht keinen Spaß, wenn jemand unaufgefordert sein Land betritt.»

«Dynamit de Vere?» fragte Pippa. «Ich suche nach einem Mann namens Gawaine de Vere. Er war in den dreißiger Jahren als Fotograf tätig.»

«Ein Fotograf, wie? Schon möglich. De Vere hat in seinem Leben wahrhaftig genug merkwürdige Dinge getrieben.» Der Mann wandte sich an die Frau hinter dem Schalter und bellte: «Mrs. Taylor, ‹Dynamit› de Vere, heißt der zufällig Gawaine mit Vornamen?»

Die Postbeamtin nahm das nächste Rentenbuch in Empfang und brummte irgend etwas Unverständliches hinter ihrer Glasscheibe, das wohl ja bedeutete.

«Wenigstens lebt er also noch», murmelte Pippa.

«Es sei denn, er wäre gestorben und keiner von uns hätte davon erfahren», sagte der Mann. «Das würde mich keineswegs überraschen. De Vere ist ein Einsiedler. Ich lebe jetzt seit fast zwanzig Jahren in Kipwell, und soweit ich weiß, hat er Yondover in all diesen Jahren kein einziges Mal verlassen. Ich jedenfalls habe ihn nie zu Gesicht bekommen.»

«Hm, ich danke Ihnen jedenfalls für Ihre Hilfe», sagte sie lächelnd in die Runde der neugierig dreinschauenden Gesichter und verließ den Laden.

Draußen blieb Pippa einen Augenblick lang unschlüssig stehen. Da klirrte die Türglocke noch einmal, und eine der Frauen, die in der Schlange gestanden hatten, kam mit einem Einkaufswagen heraus: «Entschuldigen Sie bitte, aber ich habe zufällig Ihr Gespräch mit Major Smythe-Brown mit angehört. Der Major ist noch neu im Dorf. Er war früher bei der Armee, müssen Sie wissen. Hat auf Malta gelebt bis zum Tod seiner Frau. Aber ich lebe seit meiner Hochzeit in Kipwell, und die war vor dem Krieg. Mein Mann hatte ziemlich viel mit Gawaine de Vere zu tun. Haben Sie vielleicht ein paar Minuten Zeit? Dann könnten wir eine Tasse Kaffee zusammen trinken.»

«Hm, vielen Dank …»

Mit einem zufriedenen kleinen Lächeln schob die Frau mit Pippa im Schlepptau ihren Einkaufswagen über die Straße.

Sie lebte in einem Cottage, das eine gewisse Ähnlichkeit mit dem Kikis hatte, nur daß es viel ordentlicher war und die Einrichtung insgesamt sehr modern. Nachdem sie die Tür hinter sich zugezogen hatte, sagte die alte Dame: «Ich bin Mrs. Lowe. Und Sie sind …?»

«Ich heiße Pippa Devere.»

«Gütiger Gott! Sind Sie eine Verwandte?»

«Nein, ich glaube nicht. Aber ich bin Fotografin, das heißt, ich studiere noch … Das ist auch der Grund, warum ich Gawaine de Vere gern kennenlernen würde – um mit ihm über seine Bilder zu reden.»

«Also, was für ein Zufall! So, setzen Sie sich dorthin, während ich den Tisch decke.»

Sie holte Porzellan aus dem Küchenschrank, legte ein Papierdeckchen auf einen Kuchenteller, auf das sie anschließend ein wenig Gebäck verteilte, und kochte dann Kaffee. Als der Kaffee endlich eingeschenkt war, nahm sie den Faden wieder auf. «Also, Gawaine de Vere ... Mal sehen ... Wallace und ich haben 1936 geheiratet ... Ich komme aus Brighton, aber Wallace war aus Lewes. Er hat dort in der County Hall gearbeitet. Wenn die Eisenbahn nicht gewesen wäre, hätten wir nicht in Kipwell wohnen können, aber so konnte er bequem jeden Tag zur Arbeit fahren.»

Pippa nippte an ihrem Kaffee und knabberte an einem Keks. Sie hatte das unangenehme Gefühl, daß Mrs. Lowe sich als Zeitverschwendung erweisen würde.

Ihre nächsten Worte trugen dann auch wenig dazu bei, diesen Eindruck zu zerstreuen. «Um die Wahrheit zu sagen, haben wir von Mr. de Veres Existenz bis nach dem Krieg kaum etwas gewußt. Ich glaube, er hatte noch ein Haus in London.»

«Er hatte ein Atelier am Porters Place in Chelsea.»

«Das wäre natürlich eine Erklärung. Nun ja, er hat jedenfalls nicht viel Zeit auf Yondover zugebracht. Manchmal kam er zum Wochenende runter. Und während des Kriegs war er, glaube ich, ins Ausland abkommandiert. Die Regierung hat dann Yondover requiriert. Nicht, daß wir irgend etwas von dem, was da oben vorging, gewußt hätten. Es war alles furchtbar geheim.»

Dies würde wohl mehr ein Bericht über die Dinge werden, die Mrs. Lowe nicht von Gawaine de Vere wußte, dachte Pippa resigniert.

«Als allererstes hat die Regierung ein paar Dinge modernisiert, so daß Yondover jetzt über fließendes Wasser, eine Kanalisation und Elektrizität verfügt. Verstehen Sie, es hatte sich ja nicht viel geändert auf Yondover seit dem letzten Jahrhundert. Es wurde eine Starkstromleitung gebaut. Ich muß zugeben, daß die Strommasten ziemlich unschön ausgesehen haben, aber das ist ja bei vielen Errungenschaften des modernen Lebens so, meinen Sie nicht auch? Man gewöhnt sich daran.

Also, wie ich schon sagte, Mr. de Vere war während des Kriegs nicht hier. Aber gleich danach kam er zurück und ließ sich in Yondover nieder. Und Sie werden nie erraten, was er dann getan hat.»

Mrs. Lowe sah Pippa, die stumm den Kopf schüttelte, erwartungsvoll an.

«Er hat die Stromversorgung und den Telefonanschluß entfernen und alle Masten beseitigen lassen. Können Sie sich so etwas vorstellen?»

Pippa versuchte, ihrem Gesicht einen angemessen ungläubigen Ausdruck zu geben.

«Dann, Anfang der fünfziger Jahre», fuhr Mrs. Lowe fort, «wollte das Zentralamt für Stromversorgung neue Hochspannungsleitungen bauen. Wallace war damals stellvertretender Baudezernent und daher zusammen mit den örtlichen Räten mit den Planungen befaßt. Wie Ihnen vielleicht aufgefallen ist, ist Kipwell von relativ viel Wald umgeben – ja, und das meiste davon gehört zu Yondover. Nach einer Reihe von Sitzungen kam man zu dem Beschluß, die Hochspannungsleitungen durch diese Wälder zu legen, und Mr. de Vere ging eine behördliche Anordnung zu, das dazu nötige Land zu verkaufen. Trotz des ganzen Ärgers mit den Telegrafenmasten hat eigentlich niemand irgendwelche Schwierigkeiten erwartet. Man konnte die Hochspannungsmasten und -kabel von Yondover aus nicht sehen, und es mußten nur ein paar Bäume gefällt werden.»

«Aber Gawaine de Vere sah das anders», riet Pippa.

«Ganz recht. Er hat dem armen Wallace das Leben zur Hölle gemacht. Mr. de Vere brachte die Sache vor das oberste Gericht und bekam es sogar hin, daß das Thema im Parlament erörtert wurde. Er war in Harrow und Oxford gewesen, wissen Sie, und hatte daher eine Menge einflußreicher Freunde. Aber das Zentralamt bekam letzten Endes recht. Also nahm er das Gesetz selbst in die Hand. Er und der alte Jethro Gurney ...»

Jethro – dieser Name kam auch in dem Brief an Edith Spencer vor.

«... haben das Land mit Stacheldraht umzäunt, Minen gelegt und die Arbeiter, die die Hochspannungsmasten errichten sollten, mit Waffengewalt vom Land verjagt. So kam er denn auch zu seinem Spitznamen ‹Dynamit› de Vere ...»

«Klingt nach einem erstaunlichen Charakter», flüsterte Pippa.

Mrs. Lowe erwog diesen Aspekt und sagte dann: «Aber er ist ein sehr schwieriger Mann und überhaupt nicht vernünftig, wenn man darüber nachdenkt. Ich persönlich glaube, der alte Gurney steckte hinter der ganzen Sache. Jetzt ist er ja tot, aber meiner Meinung nach war er nie ganz richtig im Kopf. Dasselbe könnte man übrigens von Millie und Ted sagen – das sind die Frau des alten Gurney und sein Sohn. Er hat ziemlich spät geheiratet. Millie ist viel jünger als er. Sie stammt ursprünglich aus London und ist während des Kriegs hierhergekommen.»

Mrs. Lowe seufzte und schenkte Kaffee nach. Dann

fuhr sie fort: «Aber damit war die Sache noch nicht zu Ende. Ein paar Jahre später – das muß so gegen 1964 gewesen sein – wurde beschlossen, eine Umgehungsstraße um Kipwell zu bauen. Bis dahin führte die Fernverkehrsstraße, die A 27, direkt durchs Dorf.»

Pippa holte Luft: «Und die Umgehungsstraße führte über Gawaine de Veres Land? Und er hat noch mehr Minen gelegt und ist mit Gewehren auf die Arbeiter losgegangen?»

«Er und die Gurneys. Es ist wirklich ein Wunder, daß sie nie jemanden getötet haben.»

Pippa runzelte die Stirn. «Aber man hat doch Gawaine de Vere sicher für den Verlust seines Landes entschädigt?»

«Natürlich hat man das. Aber Geld bedeutet ihm gar nichts. Er hat von seinem Großvater ein Vermögen geerbt, müssen Sie wissen. Und wofür hätte er das Geld hier ausgeben können, wo er sich doch so auf Yondover verbarrikadiert hat?»

«Deshalb hat Major Sowieso mich davor gewarnt, nach Yondover hinaufzugehen?»

«Major Smythe-Brown», korrigierte Mrs. Lowe sie. «Er hat recht. Jeder Fremde, der sich auf das Land von Yondover wagt, riskiert sein Leben. Wenn Sie nach Uffing Down hinaufgehen und hinüber nach Yondover schauen, können Sie Ted Gurney sehen, wie er mit dem Gewehr seine Runde macht.»

«Aber warum?» fragte Pippa.

«Kann ich beim besten Willen nicht sagen. Es ist nicht einmal so, daß sie sich besonders gut um das Land kümmern. Die Leute hier haben mir erzählt, daß da, wo früher wunderschöne Wiesen waren, heute nur noch Nesseln und Disteln wachsen. Und was die Gärten betrifft, davon ist nur noch Unkraut geblieben. Und erst das Haus – es war früher so malerisch ...»

«Wie lebt denn dieser Gawalne de Vere?» wollte Pippa wissen.

«Da habe ich überhaupt keine Ahnung. Paddons stellen jede Woche eine Lieferung zusammen, die Millie oder Ted Gurney dann holen kommt.»

Pippa runzelte die Stirn. Das Bild, das Mrs. Lowe von Gawaine de Vere gezeichnet hatte, war so anders als der Eindruck, den seine Fotos ihr vermittelten, daß sie kaum glauben konnte, daß sie über denselben Mann sprachen.

«Hat er denn immer schon so zurückgezogen gelebt?» fragte sie.

«Tja das ist ja gerade das Seltsame», erwiderte Mrs. Lowe triumphierend. «Nein, das hat er nicht. Als Wallace und ich damals hierherkamen, haben die Leute im Dorf immer noch über die wilden Partys gesprochen, die auf Yondover stattfanden. Ich erinnere mich an Berichte über alle möglichen eleganten Besucher, die von London herkamen –»

«Sie haben nicht zufällig irgendwann mal etwas von einer Miss Edith Spencer gehört?»

«Edith Spencer? Hm, bei dem Namen klingelt was bei mir. Eine ziemlich ernst dreinschauende Frau, Typ Gouvernante, aber wenn Sie nach einer Romanze in seinem Leben suchen, fürchte ich, sind Sie auf dem Holzweg, meine Liebe.»

Pippa runzelte die Stirn; Mrs. Lewe hatte genau dieselben Worte benutzt wie Mr. Kingsley.

«Sehen Sie ...» Die alte Dame senkte die Stimme. «Es gab da so Gerüchte, daß er ein ... nun ja, zu meiner Zeit nannte man solche Männer ‹warme Brüder›.» Eine schwache Röte trat in ihre Wangen. Dann fügte sie hastig hinzu: «Aber das ist möglicherweise völlig aus der Luft gegriffen. Die Leute schwatzen eben gern, vor allem in einem kleinen Dorf wie diesem – und wenn es keine Skandale gibt, dann denken sie sich welche aus.»

Im Gegensatz zu Mrs. Lewe und ihrer Generation fand Pippa Homosexualität weder peinlich noch schockierend. «Also war er nie verheiratet?»

«Nicht, daß ich wüßte. Sonst müßte es wohl in den Kirchenbüchern vermerkt sein.» Aus dieser Bemerkung schloß Pippa, daß wohl schon andere vor ihr versucht hatten, Gawaine de Veres Vergangenheit zu durchleuchten.

«Und er hat keine Familie, keine Brüder oder Schwestern?»

«Da muß ich wieder passen. Und wenn er Familie hätte, ist in Kipwell jedenfalls nie jemand aufgetaucht. Die Pughs von Kipwell Grange müßten über diese Zeit genau Bescheid gewußt haben, aber die mußten das Grange wegen Erbschaftssteuern verkaufen, und ich habe keine Ahnung, wo sie jetzt wohnen. Das Grange gehört nun einem Araber ...»

In diesem Augenblick schlug die Uhr zwölf, und Pippa rief: «Ich fürchte, ich muß jetzt gehen. Meine Großmutter liegt in Arundel im Krankenhaus, und ich muß sie heute nachmittag besuchen. Ich danke Ihnen sehr. Es war überaus interessant ...»

Natürlich mußte sie Mrs. Lowe daraufhin alles über Kittys Sturz erzählen, so daß es schließlich Viertel nach zwölf war, als sie sich verabschiedete, nicht ohne vorher versprochen zu haben, wieder vorbeizuschauen, falls sie noch einmal nach Kipwell käme.

Einen Augenblick blieb sie vor ihrem Wagen stehen und betrachtete das bedrohliche Tor mit seinen fünf Querbalken und den Weg, der über die Downs nach Yondover führte. Mrs. Lowes Informationen über Gawaine de Vere und der Eindruck, den sie aus seinen Arbeiten gewonnen hatte, waren so widersprüchlich, daß sie völlig verwirrt war.

Er mußte mittlerweile mindestens achtzig sein, hatte Mr. Kingsley geschätzt, was bedeutete, daß er um 1907 herum geboren war, und der Krieg hatte neununddreißig begonnen und fünfundvierzig geendet, wenn sie sich recht erinnerte. Das letzte Foto von Gawaine de Vere in Edith Spencers Almanach war 1939 aufgenommen worden. Ja, langsam fügten sich die Teile zu einem Ganzen.

Irgendwann in der Mitte seines Lebens war etwas geschehen, das Gawaine de Vere von dem brillanten Fotografen mit einer Vorliebe für wilde Partys in einen Einsiedler verwandelt hatte, der sich in einem verfallenden Haus hinter Stacheldrahtzäunen vor der Welt versteckte.

Kitty war in ein Buch vertieft, als die ersten Besucher auf die Station kamen – genauer gesagt hatte sie den Blick auf die Seiten gerichtet, nahm aber den Inhalt kaum wahr. Lesen war, wie sie herausgefunden hatte, die beste Möglichkeit, die Frau im Nachbarbett vom Reden abzuhalten, ohne unhöflich zu erscheinen.

Ihr Fieber war inzwischen zurückgegangen, und mit dieser Besserung war ihr Verstand in die Gegenwart zurückgekehrt.

… ein Grund, weshalb ich dich ursprünglich besucht

habe, war, daß Dad in Worthing ein paar Bücher gekauft hat, zu denen auch ein altes Fotoalbum gehört ... Einige der Bilder sind wirklich erstaunlich ... der Fotograf ... hieß Gawaine de Vere ... Er hatte ein Atelier ... am Porters Place ... Er schreibt seinen Namen zwar nicht wie wir, aber trotzdem habe ich mich natürlich gefragt, ob er nicht vielleicht ein Verwandter ist ... Dad sagt, er hätte noch nie von ihm gehört ... Er lebt in Sussex ... sein Haus heißt Yondover ... in der Nähe eines Dorfes namens Kipwell ... Ich bin heute morgen nach Worthing gefahren, weil ich hoffte, Miss Spencer besuchen zu können ...

«Ihre Enkelin ist heute spät dran», bemerkte die Frau im Nachbarbett. «Sonst ist sie doch immer eine der ersten hier.»

Kitty gab es auf. «Ach, sie wird wohl aufgehalten worden sein. Oder vielleicht findet sie keinen Parkplatz.»

Aber tief in ihrem Herzen wußte sie, daß keiner dieser Gründe zutraf. So wie Pippa auf ihrer Suche nach Gawaine de Vere nach Worthing gefahren war, folgte sie jetzt gewiß der Spur, die nach Kipwell führte ...

«Kiki, entschuldige, daß ich zu spät komme!» Pippa stand plötzlich atemlos an ihrem Bett. «Wie geht es dir heute?»

«Viel besser», versicherte Kitty ihr. «Das Fieber ist endlich weg, ich bin langsam wieder ganz auf dem Posten.»

«Oh, das ist gut.» Sie beugte sich vor und platzte heraus: «Erinnerst du dich noch, daß ich dir gestern von einem Fotografen namens Gawaine de Vere erzählt habe?»

Es war also genauso, wie sie befürchtet hatte. Kitty

zwang sich, mit ruhiger Stimme zu antworten: «Ja, ich erinnere mich. Du warst in Worthing?»

«Ja, und dort habe ich erfahren, daß Gawaine de Vere in der Nähe eines Dorfs namens Kipwell lebt, und da ich heute morgen schon früh auf war, bin ich rübergefahren. Es ist ein ziemlich kleines Dorf am Fuß eines steilen Hügels namens Uffing Down. Ist das nicht ein herrlicher Name? Ich frage mich, ob er so heißt, weil jeder, wenn er oben angekommen ist, nur noch ‹uff› sagen kann.»

Kitty brachte ein schwaches Lächeln zustande.

«Ich habe eine Menge über Gawaine de Vere herausgefunden, aber gesehen habe ich ihn nicht. Er ist anscheinend ein Einsiedler. Sein Haus steht mitten auf den Downs, meilenweit entfernt von allem, und eine Frau namens Millie Gurney und ihr Sohn kümmern sich um ihn. Zu dem Haus gehört eine Menge Land, das mit Stacheldraht abgezäunt ist, und der Sohn der Haushälterin – Ted heißt er – bewacht das Haus anscheinend mit einem Gewehr in der Hand.

Gawaine de Vere ist bei den Einheimischen unter dem Spitznamen ‹Dynamit› de Vere bekannt. Ich habe eine Frau namens Lowe kennengelernt, die seit 1936 in Kipwell lebt. Sie wußte nicht, daß er Fotograf war, aber ihr Mann war beim County beschäftigt, und er ...»

Während Pippa alles, was sie über «Dynamit» de Vere erfahren hatte, wiederholte, spürte Kitty, wie sie sich nach und nach entspannte. Ihr Geheimnis war sicher. Mrs. Lowe war erst nach ihrer Zeit nach Kipwell gekommen. Was immer sie von George wußte, beschränkte sich auf Hochspannungsleitungen und Umgehungsstraßen, Angelegenheiten, über die die Presse seinerzeit ohnehin ausgiebig berichtet hatte.

Dann sagte Pippa: «Den ganzen Rückweg lang habe ich darüber nachgedacht, was den Mann, der diese brillanten Fotos gemacht hat, in einen Einsiedler verwandelt haben könnte. Weißt du, er hat nicht immer so zurückgezogen gelebt. Nach dem, was Mrs. Lowe mir erzählt hat, war er früher für seine wilden Partys bekannt ...»

Ja, es hatte Partys gegeben, obwohl «wild» wohl ein bißchen übertrieben war ...

Nach dem endgültigen Zusammenbruch ihrer Ehe hatte George sich in London vollkommen in seine Arbeit versenkt. Während der Woche war ihr Leben und das der Gurneys demselben Muster gefolgt wie zu Wests Lebzeiten. Statt seine Räume zu einem Tempel seines Andenkens zu machen, hatte sie sie selbst benutzt. Sie führte in seinem Arbeitszimmer die Haushaltsbücher, las in seiner Bibliothek, malte ab und zu in seinem Atelier, spielte nach dem Abendessen Klavier und schlief in dem langgestreckten alten Kinderzimmer auf dem Dachboden. Und deswegen hatte sie auch manchmal das Gefühl, als sei er nicht wirklich tot, sondern nur zu einem kurzen Besuch fortgefahren, von dem er bald zurückkehren würde.

Aber Freitag abends war die Ruhe meist von Autos zerstört worden, die die Einfahrt hinaufholperten, die über Blumenbeete fuhren und auf dem Rasen parkten. Stimmen kreischten dann: «Oh, was für ein entzückendes Cottage!» – «Darling, sieh nur, was für einen göttlichen Blick man von hier aus hat!» Wenn sie erst einmal im Haus waren, konnte sie sie von einem Zimmer zum anderen rufen hören: «Nein wirklich, ist das nicht herrlich primitiv hier? Es gibt kein fließendes Wasser!» – «Aber Regenwasser ist unwahrscheinlich gut für den

Teint, Darling.» – «Und kein elektrisches Licht! Man sollte doch meinen, Gawaine …»

Dann erklang das Grammophon, plärrte hinaus in den Garten, und sie holte tief Luft, bevor sie nach unten ging und die Gäste ihres Mannes begrüßte, diese Lieblinge der vornehmen Gesellschaft, die seine Kundschaft waren, die Salonlöwen, die mondänen Schauspieler und ihre eleganten Kolleginnen. Wie sie diese Wochenenden gehaßt hatte, diese Leute mit ihrem seichten Gerede und ihren aalglatten Manieren, die durch sie hindurch redeten, als sei sie überhaupt nicht da, die in ihre Einsamkeit einfielen und ihre Privatsphäre verletzten.

«Aber die Partys hatten, als Mrs. Lowe und ihr Mann 1936 nach Kipwell zogen, bereits aufgehört», fuhr Pippa fort, «vielleicht waren sie also doch nicht ganz so exzessiv.»

O ja, zu dieser Zeit hatte sich bereits alles geändert. Die wilden Zwanziger waren vorüber. Die Weltwirtschaftskrise hatte begonnen. Arbeitslosigkeit war zum Problem geworden, und sie und George …

«Ich glaube, schuld an den Veränderungen in Gawaine de Veres Leben war der Krieg», stellte Pippa fest. «Sein Atelier war zerstört und sein Haus von der Regierung requiriert worden. Und kurz bevor ich ging, hat Mrs. Lowe durchblicken lassen, daß er homosexuell gewesen sei. Wenn nun also zu alledem auch noch sein Geliebter während des Kriegs gestorben ist, hätte das ausgereicht, um ihn zum Einsiedler zu machen.» Pippa seufzte. «Nun, wie die Wahrheit auch aussehen mag, ich glaube, ich bin mit meinem Latein am Ende. Obwohl ich ihm natürlich noch schreiben könnte.»

Zum ersten Mal, seit Pippa zu erzählen begonnen

hatte, bekam Kitty es mit der Angst zu tun. Es lebten nur noch drei Menschen, die die ganze Geschichte ihrer Ehe mit George kannten – George selbst, Eve und Adam. Wenn Pippa letzteren gegenüber ihr kleines Rätsel erwähnte, würden die beiden sie schon abwimmeln, auch wenn ihnen der Schreck in die Glieder fahren sollte. Aber wie würde George reagieren? Wie würde er auf einen Brief von Pippa antworten?

«Nach allem, was du mir erzählt hast, würde er sich wohl kaum die Mühe machen, dir zu schreiben», sagte sie mit einer Stimme, von der sie hoffte, daß sie beiläufig klang, obwohl sie sich in ihren eigenen Ohren zittrig anhörte.

Pippa nickte. «Ja, da hast du wahrscheinlich recht. Aber wie dem auch sei, es war sehr interessant ...»

Kitty ließ sich wieder in die Kissen fallen. Die Gefahr schien um Haaresbreite abgewendet.

13

Als Pippa an diesem Abend ins Rose Cottage zurückkam, regnete es. Damit war sie der Pflicht entbunden, den Garten eigenhändig zu bewässern, und da es im Fernsehen nichts gab, was sie unbedingt hätte sehen wollen, rief sie Chris an, um ihm von ihren Erlebnissen zu berichten. Dann beschloß sie, es sich mit einem Buch gemütlich zu machen, und ging ins Wohnzimmer.

Sie hatte die Qual der Wahl: Kitty besaß so viele Bücher, daß sie in Zweierreihen auf Regalen standen, die sich auf einer Seite des Raums über die ganze Wand erstreckten. Sie überflog eine Reihe von Titeln, sämtliche Klassiker, zum Teil Gesamtausgaben, dann Romane, Lexika ... Und was war das? Eichendorff: *Aus dem Leben eines Taugenichts*. Hans Fallada: *Der Eiserne Gustav*. Carl Zuckmayer: *Der Seelenbräu*. Bücher in deutscher Sprache? Sie hatte gar nicht gewußt, daß Kitty deutsch sprach.

Ah, Taschenbücher! Das sah schon vielversprechender aus. Aber auch diese Bücher waren Klassiker: Homer. Vergil. Dante. Tolstoi. Pasternak. Hatte Kitty denn überhaupt keine, hm, gewöhnlichen Bücher?

Da entdeckte sie auf dem untersten Regal Kinderbücher – Beatrix Potter, *Heidi, Das Dschungelbuch* – und eine Reihe schmaler Bändchen, die alle gleich aussahen und alle das Wort «*verzaubert*» im Titel trugen.

Sie zog *Der verzauberte Berg* hervor. Der Name der Autorin war Katherine Fountain, und die Widmung auf der ersten Seite lautete: «Für Sebastian, als er noch ein kleiner Junge war wie Roman.» Angestachelt von diesem neuerlichen Zufall vertraut klingender Namen und der hübschen Coverillustration – eine Federzeichnung von einem schneebedeckten Berg, die mit Aquarellfarben sorgfältig koloriert war –, nahm sie das Buch mit in die Küche, machte sich eine Dose Cola auf und begann zu lesen.

> Es war einmal ein kleiner Junge namens Roman, der lebte mit seiner Mama und seinem Papa in einem Holzhaus auf einem Berg in Österreich, etwa auf halber Höhe zum Gipfel. Das Haus stand ganz allein auf einer großen Wiese, die im Sommer voller goldener Butterblumen und im Winter weiß von Schnee war.
> Roman hatte sein eigenes Zimmer in diesem Haus, eine Dachbodenkammer mit spitz zulaufender Decke direkt unter dem steilen Dach, und sein Bett stand neben dem Fenster, so daß er, wenn er des Abends einschlief, den Mond auf sich herabscheinen sah, und wenn er am Morgen aufwachte, flutete das Sonnenlicht in sein Zimmer. Wenn Roman aus seinem Fenster schaute, konnte er hinunter in das Dorf namens Sonntag sehen und in das Tal darunter, und wenn er in die andere Richtung schaute, erblickte er den Gipfel des Greiskopfes. Der Greiskopf trug seinen Namen ganz zu Recht, denn in dem Berg, den Roman jeden Tag betrachtete, konnte man leicht die Züge eines ehrwürdigen alten Mannes erkennen. Sein felsiger Gipfel war rund und schneebedeckt, wie Locken weißen Haares.

Dann kam eine steile Felswand wie eine Stirn mit schneebedeckten Simsen wie Augenbrauen, und darunter waren Höhlen wie Augen. Ein Felsvorsprung bildete die Nase, ein weiterer verschneiter Sims den Schnurrbart und ein Gletscher den wallenden weißen Bart des alten Mannes.

Pippa blätterte weiter und stieß auf eine andere Zeichnung, die eine Sennhütte in den Alpen darstellte, vor der ein kleiner Junge stand, der zu dem deutlich erkennbaren Greiskopf aufschaute.

Wenn Roman aufstand, sagte er als allererstes dem alten Mann im Berg guten Morgen. Gelegentlich kam es jedoch vor, daß er aufwachte und der alte Mann nicht zu sehen war. Sein Papa erklärte ihm, dies liege daran, daß der alte Mann sehr müde sei und sich die Bettdecke über den Kopf gezogen habe, aber Roman war nicht so recht überzeugt von dieser Erklärung. Er glaubte, daß der alte Mann zu geheimen Reisen aufbrach.

Eines Tages, als er erwachte und feststellen mußte, daß man nicht einmal mehr die Kühe mit ihren sanften braunen Augen und ihrem Glockengeläut auf der Wiese sehen konnte, schlüpfte Roman aus dem Bett, zog seine Kleider an und tapste ganz leise aus dem Haus, um herauszufinden, wohin der alte Mann gegangen war.

An dieser Stelle war das Bild eines barfüßigen kleinen Jungen in kurzen Lederhosen eingefügt; er trug mit Blumen bestickte Hosenträger, hatte einen Tirolerhut auf, einen Stock in der Hand und ging einen steinigen Pfad hinauf in wogenden Nebel hinein. Ganz in die Geschichte vertieft, blätterte Pippa zur nächsten Seite weiter.

Zuerst mußte Roman durch den Wald, wo Eichhörnchen über die Bäume huschten und scheue kleine Rehe ihm neugierig nachschauten. Dann mündete der Pfad, dem er folgte, auf den kahlen Berghang. Noch immer konnte er nur ein paar Schritte weit sehen, aber er fürchtete sich nicht und hatte auch keine Angst, sich zu verlaufen, denn er war mit seinen Eltern oft hier oben gewesen. Allerdings wurde er langsam hungrig und war froh über die vielen Beeren, die er essen, und über die Bäche, aus denen er trinken konnte, um seinen Durst zu löschen.

Hinauf und hinauf ging es, bis er schließlich den Gipfel eines Gebirgskamms erreicht hatte, und plötzlich ragte er majestätisch und in Sonnenschein gebadet über ihm auf – der Greiskopf. Noch nie in seinem Leben hatte Roman etwas so Wunderbares erlebt. Zu seinen Füßen war die flaumige rosafarbene Wolkendecke. Von dem Wald, seinem Heim und dem Dorf im Tal war keine Spur zu sehen. Er hatte eine andere Welt betreten.

«Guten Morgen, alter Mann!» rief er freudig, und zu seinem Erstaunen blinzelte der alte Mann …

Es dämmerte bereits, als Pippa ihre Lektüre über Romans Erlebnisse in der verzauberten Welt über den Wolken beendete, denn sie kostete jedes einzelne Wort aus und achtete auf jedes Detail in den Bildern. Mit einem Seufzer des Bedauerns, daß die Geschichte zu Ende war, schloß sie das Buch.

Tabitha rieb sich an ihren Beinen und miaute kläglich. Pippa zwang sich, in die Wirklichkeit zurückzukehren, und öffnete eine Dose Katzenfutter. Dann bekam sie plötzlich ebenfalls Hunger; ihr fiel ein, daß sie seit dem Frühstück nichts mehr gegessen hatte, und so machte sie sich ein paar Scheiben Toast mit Käse zurecht. Danach kehrte sie ins Wohnzimmer zurück und holte sich *Das verzauberte Tal* vom Regal.

Arundel lag schon lange in tiefem Schlaf da, als Pippa mit dem letzten der «verzauberten» Bücher fertig war. Sie hatte das Gefühl, eine Entdeckung gemacht zu haben, die genauso großartig war wie die der Fotos von Gawaine de Vere. Auch wenn sie kein Kind mehr war, fand sie die Geschichten schlicht bezaubernd und die Bilder geradezu atemberaubend schön. Wie sehr sie ihre Phantasie beflügelt hätten, als sie noch klein war! Wie sie sich mit Roman identifiziert hätte, als er seinen magischen Schneemann in dem verzauberten Dorf traf, als er auf seinem von Hirschen gezogenen Schlitten über den verzauberten See glitt, als er den Hexenmeister in dem verzauberten Wald kennenlernte oder von der Sonnenblumenfee durch den verzauberten Garten geführt wurde ...

Warum bekam sie diese Bücher erst jetzt zu sehen? Selbst wenn Katherine Fountain nie den Ruhm anderer Kinderbuchautoren erlangt hatte, kannte Kiki sie doch. Warum hatte sie ihr diese Bücher nicht schon früher gezeigt?

Es war nach zehn, als Pippa am nächsten Morgen schlaftrunken die Treppe hinunterstolperte und in der

Küche von einer sehr ungehaltenen Tabitha begrüßt wurde, der es nicht einmal mit ihren lautstärksten Bemühungen gelungen war, sie zu wecken.

Pippa hob die Post von der Fußmatte vor der Haustür auf, zwei Briefe, auf die sie einen kurzen Blick warf. Der Absender des einen war irgendein Verlag, der Name war jedoch unleserlich geworden, da er über den Rand des Umschlags hinausging. Der Brief wirkte nicht wie eine Werbesendung, denn er war handschriftlich an «Mrs. Katherine Devere» adressiert. Katherine – Catherine ... Diese Widmung: *Für Sebastian, als er noch ein kleiner Junge war wie Roman ...*

Kitty war bester Laune, als Pippa an diesem Nachmittag ins Krankenhaus kam. «Der Arzt war heute morgen da», erzählte sie ihr. «Er sagte, daß ich, sofern meine Temperatur noch einmal vierundzwanzig Stunden normal bleibt, morgen nach Hause gehen kann. Die Schwester sagt, du könntest mich dann um zehn Uhr abholen. Ich bin ja so froh, endlich hier rauszukommen! Ich habe das Gefühl, als wäre ich schon Wochen hier.»

«Na, das sind aber wirklich gute Neuigkeiten!» Pippa hockte sich auf die Bettkante. «Du mußt mir sagen, welche Kleider ich dir mitbringen soll.»

Sie sprachen kurz darüber, wo die verschiedenen Dinge, die Kitty benötigte, zu finden waren, dann sagte Pippa: «Du hast heute morgen Post bekommen.» Sie griff in ihre Tasche und reichte Kitty die beiden Umschläge, den von dem Verlagshaus obenauf.

Kitty warf nur einen kurzen Blick auf die beiden Briefe und legte sie dann auf den Nachttisch.

«Willst du sie nicht lesen?» fragte Pippa.

Aber so leicht ging Kitty ihr nicht in die Falle. Pippa hatte schon genug Geister zum Leben erweckt. «Nein, das kann warten.»

Pippa gähnte.

«Du siehst müde aus, Kindchen. Hast du schlecht geschlafen?»

«Nein, aber ich bin ziemlich spät ins Bett gegangen. Ich habe deine Bibliothek durchstöbert und ein paar wunderbare Bücher gefunden. Kinderbücher von einer Autorin namens Katherine Fountain.»

Kitty stieß einen tiefen Seufzer aus. Es war schon höchst seltsam, wie die Dinge sich entwickelten. Nun, wenn sie wählen dürfte, ob Pippa alles über Yondover und George herausfand oder über die «verzauberten» Bücher, so war ihr letzteres auf jeden Fall lieber.

«Kiki, ich habe doch recht, oder? *Du* bist Katherine Fountain?»

Warum sollte Pippa nicht die Wahrheit wissen? Nun ja, nicht die ganze Wahrheit – aber den Teil davon, der sie jetzt betraf? «Ja», gestand sie, «das ist mein Pseudonym. Die Bücher stammen von mir.»

«Unglaublich! Und warum hast du unter Pseudonym geschrieben? Warum hast du die Bücher geheimgehalten?»

Kitty biß sich auf die Unterlippe. Pippa würde den Grund wahrscheinlich ziemlich lächerlich finden. Aber er entsprach der Wahrheit. «Um deinen Vater zu schützen», erklärte sie. «Er war achtzehn, als das erste Buch veröffentlicht wurde, und stand kurz vor dem Militärdienst. Ich wollte nicht, daß man ihn auslachte. Du hast doch sicher davon gehört, wie Christopher Robin gelitten hat, als A. A. Milne ihn unsterblich machte? Nicht, daß ich damit gerechnet hätte, daß die ‹verzauberten› Bücher so berühmt würden wie *Pu der Bär* –»

Pippa unterbrach sie. «Meinst du damit, daß Dad das Vorbild für Roman war?»

«Nun ja, sozusagen. Die ‹verzauberten› Bücher haben als Gute-Nacht-Geschichten für deinen Vater begonnen, als er noch klein war. Natürlich gibt es da gewisse Ähnlichkeiten zwischen Roman und Sebastian.»

Pippa runzelte die Stirn. «Heißt das, du und Dad, ihr habt tatsächlich einmal in Österreich gelebt?»

«Wir waren dort – ähm, für eine kurze Zeit –, als er ein kleiner Junge war.»

«Dann gibt es all diese Orte, über die du geschrieben hast, wirklich? Es gibt einen Berg namens Greiskopf und ein Dorf namens Sonntag?»

Kitty blickte aus dem Fenster und schien für eine Sekunde den weißen Gipfel vor dem unvergleichlichen Hyazinthenblau eines Alpenhimmels zu sehen. «Ja, es gibt sie», murmelte sie, «aber ich habe ihre Namen geändert.»

«Wo liegen diese Orte?» drang Pippa weiter in sie.

«In Vorarlberg ...!» Dann hatte sie sich wieder gefaßt. Es war schwer vorherzusagen, wie Sebastian reagieren würde, wenn seine Tochter Erinnerungen an seine Kindheit wiederaufleben lassen würde. Aber ihr Instinkt sagte ihr, daß er heute nicht minder wütend sein würde als damals, als die «verzauberten» Bücher erstmals veröffentlicht wurden. «Hör zu, mein Kind, ich wäre dir dankbar, wenn du deinem Vater nichts von diesem Gespräch verraten würdest ...»

«Was? Du meinst, wir durften die Bücher wegen Dad nicht lesen, als wir klein waren?»

«Männer sind manchmal so empfindlich ...»

«Machst du Witze? Ich kann verstehen, daß ihm das als junger Mann peinlich war. Aber das hätte sich doch ändern müssen, als er verheiratet war und selber Kinder hatte. Obwohl ich zugeben muß, daß es schwerfällt, sich ihn als kleinen Jungen in Lederhosen vorzustellen, wie er barfuß durch die Berge läuft. Wahrscheinlich hätten Dom und ich ihn damit aufgezogen ...

Hm, jedenfalls bin ich froh, sie wenigstens jetzt entdeckt zu haben.»

Kitty war tief gerührt. «Ich danke dir, Pippa, Liebes.»

Dann fiel ihr Blick auf den Umschlag von ihrem Verleger, und im Vertrauen darauf, daß, wer auch immer ihren Namen falsch geschrieben hatte, er kein Überbringer schlechter Neuigkeiten war, sagte sie energisch: «Nun, jetzt, da mein Geheimnis heraus ist, kann ich diesen Brief wohl auch öffnen.»

«O ja, bitte!» rief Pippa.

In dem Umschlag steckte ein handgeschriebener Luftpostbrief mit einer australischen Briefmarke und einem Poststempel von Sydney, adressiert an Kitty, c/o Pilgrim Publishing Ltd., Covent Garden, London WC2, überschrieben mit der «Bitte um Weiterleitung». In dem Brief hieß es:

Liebe Mrs. Fountain,

ich habe gerade ein paar wunderbare Tage hinter mir, in denen ich einen Teil des Zaubers meiner Kindheit wiedererlebt habe, und das verdanke ich Ihren Büchern. Wie froh ich bin, daß die «Verzaubert»-Serie neu aufgelegt worden ist. Ich habe Ihre Bücher damals gelesen, als sie in den fünfziger Jahren zum ersten Mal erschienen, als ich ein kleines Mädchen war und in England lebte, aber als meine Familie nach Australien auswanderte, mußte ich, da wir so viel Gepäck hatten, einen Großteil meiner Besitztümer zurücklassen, und dazu zählten auch meine Bücher.

Nach meiner Heirat lebte ich im australischen Busch, wo Bücher nicht leicht zu haben waren, und versuchte vergeblich, Ihre wunderbaren Geschichten für meine eigenen Kinder zu bekommen. Jetzt bin ich in die Zivilisation zurückgekehrt, und nun endlich versteht meine Familie auch meine überschwengliche Begeisterung für diese Bücher. Vor allem meine Tochter, die jetzt Anfang Zwanzig ist, ist ganz hingerissen von den Geschichten und den herrlichen Illustrationen. Wir würden nun gern wissen, ob Sie je daran gedacht haben, weitere Bücher zu schreiben. Wenn nicht, lassen Sie sich versichert sein, daß Sie zumindest hier, auf der anderen Seite der Welt, begeisterte Anhängerinnen haben, die, auch wenn sie nicht mehr in der ersten Blüte der Jugend stehen, zu den ersten zählen werden, die sie kaufen würden.

Mit nochmaligem Dank für das unbeschreibliche Vergnügen, das Sie uns geschenkt haben, und unseren allerbesten Wünschen.

Ihre Susan Davies (Mrs.)

Sie gab den Brief an Pippa weiter. «Ist das nicht nett? Es überrascht mich immer wieder, wenn Menschen wie Mrs. Davies mir schreiben. Ich habe meine Bücher nie für etwas Besonderes gehalten ...»

Pippa las den Brief und rief dann: «O Kiki, wie kannst du dein Licht nur so unter den Scheffel stellen! *Hast* du jemals daran gedacht, weiterzuschreiben?»

Sie schüttelte den Kopf. «Ganz abgesehen von der Frage, ob ich überhaupt noch schreiben und zeichnen kann, würde man heute alles, was ich schriebe, doch für sehr altmodisch halten. Heutzutage wollen Kinder von Robotern, Raumschiffen und Computern und anderen Dingen lesen, von denen ich keine Ahnung habe.»

«Vielleicht gilt das für einige Kinder, aber nicht für alle. Außerdem ist Mrs. Davies' Brief doch der beste Beweis dafür, daß Erwachsene Kinderbücher nicht notwendigerweise nur für Kinder kaufen. Sie kaufen sie für sich selbst. Wie die Väter ihre elektrischen Eisenbahnen.»

«Das ändert nichts an der Tatsache, daß man, um Geschichten für Kinder schreiben zu können, eine Quelle der Inspiration braucht. Abgesehen von dir – und du bist wohl kaum noch ein Kind –, sind die einzigen Leute, die ich zu sehen bekomme, alte Eulen wie die Wakehursts.»

«Ich weigere mich, das als Entschuldigung zu akzeptieren», erwiderte Pippa. «Du erinnerst dich vielleicht nicht mehr daran, aber kurz vor deinem Sturz hast du dich darüber beklagt, alt zu sein. Du sagtest etwas in der Art wie: ‹Das wunderbare an der Jugend ist, daß es jeden Tag etwas Neues und Aufregendes gibt, worauf man sich freuen kann, während man, wenn man alt ist, das Leben hinter sich hat.›»

«Ach herrje, hab ich das wirklich gesagt? Wie kann man nur so in Selbstmitleid schwelgen.»

«Ich finde, das war eine bemerkenswert ehrliche Feststellung. Bei der Gelegenheit habe ich dir übrigens zum ersten Mal von Gawaine de Vere erzählt, weil ich hoffte, dir mit seiner Geschichte etwas Interessantes zum Nachdenken geben zu können.»

Das war es also gewesen. Endlich hatte sich auch dieses Rätsel gelöst …

«Jetzt habe ich aber eine viel bessere Idee», fuhr Pippa fort. «Ich bin ganz Mrs. Davies' Meinung. Ich finde, du solltest wieder schreiben.»

Wie einfach die Dinge schienen, wenn man so alt war wie Pippa. Man hatte eine Idee und hielt es für selbstverständlich, daß man sie durchführen konnte, ohne darüber nachzudenken, was alles dazugehörte. Ja, Enthusiasmus und Energie – das waren die großen Vorzüge der Jugend. Und eine herrliche Ignoranz, was die Realität betraf …

«Nein», sagte sie fest. «Ich habe keine Ideen, ich bin zu alt – und zu müde.»

Und plötzlich fühlte sie sich tatsächlich sehr müde, furchtbar müde, als hätte der seelische Druck der vergangenen Tage ihr alle Kraft genommen.

«Oh, entschuldige bitte», sagte Pippa. «Ich vergesse immer wieder, daß es dir nicht gutgeht.»

Aber es war mehr als das …

Es liegt daran, daß du Erinnerungen hast aufleben lassen, die besser dort geblieben wären, wo sie hingehören, in die toten Annalen der Vergangenheit. Aber es ist nicht deine Schuld. Du sollst nicht wissen, daß ich mehr als ein halbes Leben damit zugebracht habe, Vergessen zu suchen. Ich wollte meine schönen Erinnerungen an West und meine bitteren Erinnerungen an George und die unbeschreibliche Qual, die es für mich bedeutet hat, Yondover zu verlieren, vergessen. Ich wollte vergessen, wie es war, oben auf Uffing Down zu sitzen oder die Felsklippen des Greiskopfs zu dem Gletscher hinaufzuklettern, der den Bart des alten Mannes bildete, wollte vergessen, wie es war, von dort aus in das nebelerfüllte Tal und über die rosa überhauchten Alpengipfel zu schauen …

Nein, du kannst nicht ahnen, welch unglaubliche Mühe es mich gekostet hat, alles auf eine winzige Größe zurechtzustutzen, in einem kleinen Haus zu wohnen, mit hohen Mauern um mich herum, so daß ich nicht in das Blau dahinter blicken kann und dadurch in Versuchung geführt werde, mich an all das zu erinnern, was ich so mühsam vergessen habe. Du sollst nicht wissen, wieviel Mut ich brauchte, um in meinem Garten Rosen und Enzian zu pflanzen, wo ich doch einmal Rosen in üppiger Wildheit und Enzian wie ein azurnes Meer gekannt habe; oder Musikaufnahmen aus einem blechernen Radioapparat zu lauschen, wo ich doch einst bei ihrer ungestümen Erschaffung zugegen war …

Als Pippa fort war, fiel sie in einen leichten Halbschlaf und fand sich abermals auf den Pfaden der Vergangenheit wieder. Mrs. Davies' Brief und Pippas Begeisterung für ihre Bücher hatten weitere Erinnerungen geweckt. Sie hatte nie die Absicht gehabt, sich als Schriftstellerin zu versuchen. Wie die meisten Dinge in ihrem Leben war auch dies ein Zufall gewesen.

Nach dem Krieg – es war im Jahre 1950 – war sie mit gesenktem Kopf und tief in Gedanken über den Russel Square in London gegangen. Es war ihr vierzigster Geburtstag gewesen: einer jener Meilensteine, an denen man Bestandsaufnahme macht, beschließt, vergangene Fehler nicht zu wiederholen und mit der Zukunft Besseres anzufangen als mit der Gegenwart.

Fünf Jahre waren vergangen, seit sie nach London gekommen war, seit jenem Wiedersehen mit Sebastian in Puddles. Die fünf längsten, elendsten Jahre ihres Lebens. Fünf Jahre eines Lebens in diesem schrecklichen möblierten Kellerzimmer in Bayswater. Fünf Jahre, während deren sie einer mühseligen und schlechtbezahlten Büroarbeit im öffentlichen Dienst nachgegangen war.

Sebastian hatte inzwischen die Abschlußklasse erreicht. Nächstes Jahr würde er seine Aufnahmeprüfung für die Universität machen und hinaus in die Welt gehen. Seine Einstellung ihr gegenüber war noch immer von derselben kalten Gleichgültigkeit geprägt wie bei ihrer ersten Begegnung im Wohnzimmer des «Hügelhauses», und sie machte sich nichts vor, daß sich daran jemals etwas ändern würde.

Ihre Eltern waren beide tot. Sie waren während der Luftschlacht um England ums Leben gekommen. Bis an sein Ende war ihr Vater unbarmherzig geblieben und hatte ihr in seinem Testament nichts hinterlassen. Sein ganzer Besitz war an eine Kirchenstiftung gegangen.

Abgesehen von Sebastian hatte sie keine Familie. Sie hatte auch kein richtiges Zuhause und kein Geld. Geld, das war die Wurzel ihres gegenwärtigen Problems. Sie mußte mehr Geld verdienen, nicht nur, um aus Bayswater herauszukommen, sondern um ihre finanzielle Verantwortung für Sebastian wahrnehmen zu können. Aber wie? Sie verfügte über keinerlei Qualifikationen, die in der Nachkriegswelt irgendeinen Nutzen hatten.

In diesem Augenblick war sie – buchstäblich – mit Piers Pilgrim zusammengestoßen. Sie entschuldigte sich, und er hatte gerufen: «Guter Gott! Kitty!»

Sie standen ein paar Sekunden einfach nur da und musterten einander. Er war fünfunddreißig gewesen, als sie ihn zehn Jahre zuvor kennengelernt hatte. Sein Gesicht hatte mittlerweile Falten bekommen, war um die grauen Augen herum runzlig geworden, mit tiefen Einkerbungen zu beiden Seiten seines Mundes und Furchen auf der Stirn, die hauptsächlich von seiner Gewohnheit herrührten, fragend eine Augenbraue zu heben; sein Haar war an den Schläfen dünner geworden, aber er war immer noch ein sehr attraktiver Mann.

Sie hatte gespürt, wie er ihre abgewetzten Schuhe und ihren schäbigen Mantel betrachtete. Dann hatte er ihre Hände ergriffen und gesagt «Die Zeiten ändern sich. Aber es ist immer noch eine Freude, dich anzusehen.»

Das war eine Begegnung, die sie von sich aus nicht herbeigeführt hätte. Piers gehörte in die Vergangenheit, die sie hinter sich zu lassen versucht hatte, seit sie nach London gekommen war. Aber sie war an diesem Tag so niedergeschlagen gewesen und jetzt so glücklich darüber, ein vertrautes Gesicht zu sehen, daß es ihr, als er sie in ein Restaurant einlud, nicht in den Sinn kam, seine Einladung abzulehnen.

Ganz allmählich entlockte er ihr die Details ihrer Situation. «Wie kommt es nur», fragte er, «daß du das Unglück förmlich anziehst?» Dann grinste er. «Na ja, da gibt's nur eins: Du solltest in Zukunft für mich arbeiten. Ich bin jetzt im Verlagsgeschäft. Es ist ein Familienunternehmen, das mein Urgroßvater gegründet hat. Ich denke, es würde dir gefallen. Du hattest doch immer schon viel für Bücher übrig. Betrachte es einfach als Neuanfang. Versuch es ...»

Also hatte sie ihre Kündigung eingereicht und bei Pilgrim Publishing angefangen.

Sie hatte nie Grund gehabt, die Entscheidung zu bedauern. In jenen Tagen war der Verlag klein und belegte nur einen einzigen Stock in einem Haus am Bedford Place. Piers' Vater leitete das Unternehmen, als sie anfing, ein charmanter Herr, ein Kavalier der alten Schule, der sich um seine Angestellten und seine Autoren kümmerte, als gehörten sie zur Familie.

Sie hatte als Schreibkraft begonnen, aber Piers hatte ihr bei erster Gelegenheit gestattet, sich als Korrektorin zu versuchen und später dann als Lektorin. Da sie immer eine Leseratte gewesen war, war es ihr unglaublich erschienen, daß man sie gerade für das bezahlte, was sie am liebsten tat. Ihr Lohn war nicht höher als beim öffentlichen Dienst, daher saß sie noch immer in Bayswater fest, und ihre Schulden bei Adam blieben unbezahlt, aber zumindest machte ihr die Arbeit Spaß.

Nachdem sie den ganzen Tag Manuskripte las und mit Autoren zu tun hatte, kam ihr schließlich die Idee, daß auch sie vielleicht ein Buch schreiben könnte. Aber buchstäblich vom ersten Satz an wußte sie, daß sie es nie beenden würde. Sie brauchte niemanden, der ihr sagte, daß da etwas nicht stimmte, daß etwas sehr Wichtiges fehlte. Sie wußte genau, woran es lag. Solange sie Dinge und Orte und Handlungen beschrieb, kam sie ganz gut zurecht, aber sobald sie versuchte, Gefühle zu beschreiben, erstarrte sie innerlich, und ihre Worte klangen unecht. Es kam ihr vor, als würde sie ihre Seele vor der Welt bloßlegen. Sie brachte es nicht fertig. Es war zu persönlich und tat zu weh.

Also vernichtete sie ihr Manuskript und beschränkte sich wieder darauf, fremde Autoren und deren Werke zu betreuen, bis sie eines Tages ein unverlangtes Manuskript las, ein Kinderbuch, und bei sich dachte: «Das könnte ich besser.»

So waren die «verzauberten» Bücher entstanden. Schon damals hatte das Schreiben einen höheren Preis von ihr verlangt als irgend jemand es sich hätte vorstellen können. Wäre Piers nicht gewesen, der sie darin bestärkte, und hätte sie nicht so dringend möglichst viel Geld verdienen müssen, hätte sie sie wohl nicht beendet. Die Schwierigkeit waren nicht die Geschichten selbst, sondern die Tatsache, daß es ursprünglich eigentlich gar nicht ihre eigenen waren. Sie hatten Leo gehört. Das war auch der Grund, warum sie den Namen Fountain als Pseudonym gewählt hatte – die englische Übersetzung von Leos Nachnamen …

«Wachen Sie auf, Mrs. Devere. Es ist Zeit für eine Tasse Tee …»

Sie schrak aus dem Schlaf auf.

Während sie ihren Tee trank, öffnete sie den anderen Umschlag, den Pippa mitgebracht hatte. Er sah nüchtern und geschäftsmäßig aus. Sie setzte die Brille auf und überflog William Johns kurzen Brief.

Liebe Kitty,
anbei Ihre Abrechnungen für das Jahr, das am 30. April 1985 endete. Wenn Sie sie durchgesehen haben, seien Sie doch bitte so freundlich, mich anzurufen, damit wir offene Fragen besprechen können, zum Beispiel bezüglich Ihrer Investitionen und Ihrer Steuersituation.

Kitty seufzte. William war jetzt seit beinahe dreißig Jahren ihr Steuerberater und sollte sie eigentlich gut genug kennen, um zu wissen, daß sie absolutes Vertrauen in sein Urteil setzte. Trotzdem wunderte er sich immer wieder, daß sie sich so wenig für ihre Finanzen interessierte, und es überstieg sein Fassungsvermögen, daß es ihr vollkommen reichte, genug zu verdienen, um die Steuern zahlen zu können und ein wenig übrig zu haben, das sie investieren konnte.

Wovon William nichts wußte, waren die Zeiten, da sie keinen roten Heller besessen hatte. Doch die waren Gott sei Dank lange vorüber, und die Kellerwohnung in Bayswater gehörte der Vergangenheit an. 1956 hatte sie schließlich genug gespart, um das Rose Cottage anzahlen zu können. Und was noch wichtiger war: Sie hatte weiter Tantiemen für die «verzauberten» Bücher bekommen, so daß sie es sich leisten konnte, ihren Job aufzugeben.

Ja, sie hatte den «verzauberten» Geschichten viel zu verdanken – ihnen und ihrem Publikum, Leuten wie Mrs. Davies, die ihre Bücher immer weiter kauften, so daß sie stets neu aufgelegt wurden …

14

Am nächsten Morgen wurde Kitty wie versprochen aus dem Krankenhaus entlassen. Pippa blieb noch ein paar Tage bei ihr, obwohl sie sich allmählich nach London zurücksehnte – oder, um genauer zu sein, zu Chris Hillyard. Kitty verstand das vollkommen. In ihrem Alter hätte sie genauso empfunden. Eine Woche war eine lange Zeit, wenn man jung und verliebt war.

Es gab auch keinen triftigen Grund mehr, länger zu bleiben. Die Bezirksschwester schaute jeden Tag vorbei, während Mrs. Wakehurst nur allzugern die Einkäufe übernahm und der Colonel ihren winzigen Rasen mähte. Wenn Kitty sich auch noch immer nicht an ihren Sturz erinnern konnte, war ihr Verstand mittlerweile wieder völlig klar. Die Gehirnerschütterung schien keine bleibenden Schäden zu hinterlassen.

Um die Wahrheit zu sagen, hatte sie, obwohl sie Pippas Gesellschaft sehr genoß, das Bedürfnis, wieder allein zu sein, um die seelischen Erschütterungen der vergangenen Tage zu bewältigen. Verflogen war das Gefühl der Unzufriedenheit, das sie, wie sie sich vage erinnerte, vor ihrem Unfall umgetrieben hatte. Rose Cottage mochte zwar nicht Yondover sein, aber es war ein sicherer Hafen, eine Zufluchtsstätte, wo sie die Verwirrung, die in ihren Gedanken herrschte, in den Griff bekommen konnte.

Bevor Pippa abreiste, rang sie sich eines Morgens dazu

durch, Edith Spencers Album durchzusehen. Pippa schlief noch; Kitty saß mit Tabitha auf dem Schoß am Küchentisch, und über der Krone des Fliederbaums im Garten der Wakehursts ging gerade die Sonne auf.

Die Ausstellung in der Burlingtongalerie ... Das Porträt des Filmstars Howard Redmayne ... König Georg V. ... Ja, diese Fotos, Beweise für Georges Ansehen in der Welt der Fotografie der dreißiger Jahre, waren alle da, genauso wie andere, eher surreale Bilder, die seinerzeit wahrscheinlich genauso berühmt waren, obwohl sie selbst sie nicht kannte.

Sie blätterte weiter, war aber nicht überrascht, daß sie kein Foto von Leo fand. George hatte zweifellos darauf bestanden, daß diese Negative zerstört wurden.

Kitty ging zu den Schnappschüssen über, übersprang die Bilder von Porters Place und verweilte bei Ansichten von Yondover, vom Haus und den Gärten, von Fanny und Gurney auf dem Hof – Fanny gealtert und eingefallen, Gurney gebeugt und auf einen Stock gestützt –, von Jethro beim Beschneiden der Apfelbäume, von George selbst, wie er in eine Kamera blickte.

Sie schauderte und hörte mit einem Gefühl der Erleichterung Pippas Schritte im Raum über sich. Sie war nicht länger eifersüchtig auf Edith, wie sie es vor so langer Zeit in den ersten Monaten ihrer Ehe gewesen war. Statt dessen tat ihr diese Frau plötzlich leid. Die arme, treue Edith, ohne Mann, ohne Kinder, dazu verdammt, die letzten Jahre ihres Lebens in dem Heim in Worthing zu verbringen, zur Gesellschaft nur ihre Erinnerungen an vergangenen Ruhm, der nicht einmal der ihre gewesen war, und gelegentlich einen Brief von George, der die Eintönigkeit ihrer Tage linderte.

Sie schloß das Buch, legte es beiseite, setzte sich Tabitha auf die Schulter und ging zum Herd, um den Kessel aufzusetzen. Edith Spencer war tot. Nur ihr Album lebte weiter, eine Stimme von jenseits des Grabes.

Obwohl Pippa in der einen Woche ihrer Trennung viele Dinge im Kopf herumgegangen waren, hatte es kaum einen Augenblick gegeben, in dem Chris nicht wenigstens in ihrem Unterbewußtsein präsent gewesen wäre. Sie war jetzt sicher, daß sie ihn liebte. Mehr noch, aus seinen Andeutungen schloß sie, daß ihre erzwungene Trennung auch ihm geholfen hatte, klarer zu sehen. «Ich kann es gar nicht erwarten, daß du wiederkommst», hatte er bei ihrem letzten Gespräch gesagt.

Noch am Abend ihrer Rückkehr lud Chris sie zum Essen in das Restaurant ein, in dem sie nach ihrem ersten Besuch des Updike-Hauses gewesen waren. Als sie ihre Bestellung aufgegeben hatten, überreichte er ihr eine Tüte mit einer vollständigen Erstausgabe der «verzauberten» Bücher. «Ein kleines Geschenk, um dich zu Hause willkommen zu heißen», sagte er.

Sie zog den *Verzauberten Berg* heraus und blätterte ihn durch. «O Chris, wie lieb von dir! –»

Chris sagte mit trügerisch sachlicher Stimme: «Du erinnerst dich doch, daß mir noch etwas Urlaub zusteht? Nun, ich habe darüber nachgedacht, ob du nicht Lust hättest, mit mir nach Österreich zu fahren. Wir könnten nach dem Greiskopf und Sonntag suchen.»

In Pippas Kopf stimmte ein ganzes Orchester einen Triumphmarsch an, und in ihrem Brustkorb hämmerte ihr Herz den Takt dazu. «Oh», sagte sie leise, «o ja, das würde ich schrecklich gern ...»

Sebastian kehrte dunkelmahagonibraun nach Dulwich zurück, aber der Urlaub hatte kaum dazu beigetragen, sein griesgrämiges Wesen aufzuhellen.

«Wenn Mutter jetzt anfängt, ständig umzukippen, dann ist das der Anfang vom Ende!» orakelte er, als Pippa ihren Eltern von Kikis Unfall erzählte. «Als nächstes werden ihr die Treppen im Cottage zuviel. Sie wird in eine Wohnung umziehen müssen. Oder, wenn es zum Schlimmsten kommt, in ein Altersheim gehen.»

«Sie ist doch nur gestolpert!» protestierte Pippa. «Das hätte jedem passieren können! Und es geht ihr schon wieder viel besser. Bitte, sprich nicht davon, daß sie Rose Cottage verlassen muß – das würde ihr das Herz brechen.» Sie hatte ihre Großmutter im Lauf der Woche mehrmals angerufen, um sich nach ihren Fortschritten zu erkundigen, und jedesmal hatte ihre Stimme ein wenig fester geklungen.

«Wenn die Zeit kommt, wird sie umziehen müssen, ob es ihr gefällt oder nicht», erwiderte ihr Vater grimmig.

«Sie könnte auch bei uns wohnen», meinte Valerie zögernd. «Wir hätten genug Platz.»

«Nein», entgegnete Sebastian in einem Tonfall, der keinen Widerspruch duldete.

In diesem Augenblick kam Pippa zum ersten Mal der Gedanke, daß ihr Vater seine Mutter nicht mochte. Aber warum? Die «verzauberten» Bücher konnten doch gewiß nicht schuld daran sein. Nein, da mußte mehr dahinterstecken. Oder bildete sie sich irgend etwas ein? War er vielleicht einfach reizbarer als sonst, weil er von der Reise müde war?

«Während ich in Arundel war», fuhr sie lebhaft fort, «hab ich versucht, etwas mehr über diesen Fotografen herauszufinden – ihr erinnert euch sicher, Gawaine de Vere …»

Ihr Vater stieß einen undefinierbaren Laut aus. «Der Spinner, der Frauen in irgendwelchen Seen halb ertrinken ließ oder sie in Baumstämme steckte.»

«Na ja, wie dem auch sei», erzählte Pippa ungerührt weiter, «ich habe herausgefunden, daß er in Sussex lebt. Also bin ich, als Kitty im Krankenhaus lag, einmal hingefahren. Ich habe es zwar nicht geschafft, ihn zu Gesicht zu bekommen, aber ich habe eine Menge über ihn herausgefunden.»

Als sie mit ihrem Bericht über «Dynamit» de Veres Feldzüge zur Erhaltung seines Landes zu Ende war, explodierte ihr Vater: «Der Bursche ist ein Irrer! Ich danke Gott, daß du ihn nicht zu Gesicht bekommen hast. Manchmal denke ich, du hast nicht mehr Verstand als bei deiner Geburt, Philippa!»

Sie schluckte eine wütende Antwort hinunter, aber die Reaktion ihres Vaters bestärkte sie in dem Beschluß, Gawaine de Vere auf jeden Fall zu schreiben. Nur ein kleiner Brief, in dem sie ihm von ihrer Entdeckung seiner Bilder berichtete. Vielleicht würde es ihn freuen zu wissen, daß es nach all diesen Jahren immer noch jemanden gab, der seine Arbeit zu schätzen wußte.

Irgendwie mußte Pippa ihren Eltern beibringen, daß sie vorhatte, mit Chris in Urlaub zu fahren. Sie fürchtete sich vor dem Augenblick, denn sie war sicher, daß ihr Vater dagegen sein würde.

Schließlich beschloß sie, zuerst mit ihrer Mutter zu sprechen. Die Gelegenheit dazu ergab sich eines Abends, nachdem Chris sie nach Hause gebracht hatte und noch auf einen Kaffee mit hineingekommen war. Nachdem er gegangen war, sagte ihre Mutter: «Ich finde ihn ausgesprochen sympathisch.»

Ihr Vater und Dominic waren beide nicht zu Hause, ihr Vater bei einem Rotarieressen und Dominic weiß Gott wo.

«Tja, was ich dir noch erzählen wollte», sagte Pippa, «wir haben vor, zusammen in Urlaub zu fahren.»

Ihre Mutter blieb eine Weile still. Dann fragte sie: «Wie ernst ist es euch miteinander? Ich meine, hat Chris dich wirklich gern?»

Pippa nickte.

«Dein Vater wird nicht sehr glücklich darüber sein, vor allem, da er Chris kaum kennt.»

«Das liegt nur daran, daß er sich bisher überhaupt nicht bemüht hat, ihn kennenzulernen. Wenn Chris vorbeikommt, ist Dad immer in eine Zeitung oder ein Buch oder irgendeine lebenswichtige Fernsehsendung vertieft.»

«Ja, ich weiß ...» Ihre Mutter schürzte die Lippen. «Hör zu, laß uns die Dinge hübsch nacheinander angehen. Warum lädst du Chris nicht zum Abendessen ein, damit wir alle Gelegenheit haben, einander besser kennenzulernen? Und dann werden wir weitersehen.»

Das Abendessen verlief bemerkenswert gut, obwohl die Vorbereitungen dafür Pippa mit beträchtlichem Unbehagen erfüllten. Ihre Mutter verbrachte den ganzen Nachmittag in der Küche. Ihr Vater erkundigte sich, welche Weine Chris bevorzuge. Selbst Dominic wurde informiert, daß seine Gegenwart bei diesem Ereignis, das sich zu einem Ereignis in Großbuchstaben entwickelte, erwünscht sei.

Chris erwies sich der Situation in jeder Hinsicht gewachsen. Er brachte ihrer Mutter einen Blumenstrauß mit und ihrem Vater eine Flasche Wein. Vor dem Abendessen begannen er und Sebastian eine Diskussion über den Einfluß verschiedener englischer Möbelmacher von William Kent bis Sheraton und die Beziehung zwischen Architektur und Möbeln, eine Frage, die in eine Debatte über alte Möbel contra Reproduktionen mündete.

Die Diskussion lief auf Hochtouren, als ihre Mutter verkündete, das Essen sei fertig. Chris überhäufte sie mit Komplimenten und zeigte sich in kulinarischen Dingen genauso bewandert wie beim Thema Möbel.

Damit nicht genug, es gelang ihm sogar, Dominic in das Gespräch einzubeziehen, indem er eine Reihe scharfsinniger Fragen über die gegenwärtige und zukünftige Rolle von Computern stellte.

Es war ohne auch nur einen Schatten des Zweifels ein durchschlagender Erfolg. Als Chris sich verabschiedete, schüttelte Sebastian ihm kräftig die Hand und sagte, daß er jederzeit ein gerngesehener Gast sei. Ihre Mutter gab ihm nicht nur das Rezept, um das er sie gebeten hatte, sondern ein ganzes Kochbuch französischer Spitzenköche, und Dominic sagte: «Wenn du abends mal nichts vorhast, könnten wir zusammen einen trinken gehen.»

Er gab Pippa ein züchtiges Gute-Nacht-Küßchen auf die Wange, und nachdem er gegangen war, bemerkte ihr Vater: «Scheint ein sehr anständiger Kerl zu sein.»

«Ich fand ihn ausgesprochen nett», stimmte ihre Mutter zu.

Dominic sagte: «Was er an Philippa findet, geht über meinen Verstand.»

So weit, so gut.

Aber das Thema Urlaubspläne war noch immer nicht angeschnitten worden.

Pippa wartete einen günstigen Augenblick ab, um es zur Sprache zu bringen. Es war ein Freitagabend, und ihr Vater war besonders gut aufgelegt, da er anscheinend am Tag zuvor mehrere lohnende Geschäfte abgeschlossen hatte. Das Dinner war vorüber, und sie saßen im Wohnzimmer, ihr Vater in das Kreuzworträtsel der *Times* vertieft und ihre Mutter in ihre Häkelarbeit.

«Übrigens», sagte Pippa in einem Ton, von dem sie hoffte, daß er möglichst beiläufig klang, «Chris und ich fahren nächstes Wochenende in Urlaub.»

Ihre Mutter hörte mitten in der Masche auf, die Häkelnadel in einer Hand, die Wolle in der anderen. Ihr Vater ließ die Zeitung fallen und sah sie über den Rand seiner halben Brille an. «Ach wirklich? Nur du und Christopher? Oder fahren noch mehr Leute mit?»

Sie konnte lügen und den Urlaub in einem ganz anderen Licht erscheinen lassen, als eine sichere und ungefährliche Sache, gegen die ihr Vater nichts einzuwenden haben würde. Aber das tat sie nicht. «Nein», erwiderte sie mit ruhiger Stimme, «nur ich und Chris.»

«Und wie lange wollt ihr wegbleiben?»

«Chris hat noch zehn Tage Urlaub.»

«Und darf man fragen, wo ihr hinfahren wollt?»

«Das haben wir noch nicht recht entschieden. Nach Europa jedenfalls. Wir wollen einen Wagen mieten und einfach so ins Blaue fahren.»

«Und wo wollt ihr wohnen? In Jugendherbergen?»

«In Gasthäusern oder Hotels.»

Er nickte bedächtig. «Verstehe. Und wie lange habt ihr das schon vor?»

«Wir haben schon seit einer ganzen Weile immer mal wieder darüber geredet.»

«Das ist also nichts Neues? Als Chris neulich abends hier war, standen eure Pläne bereits fest?»

«Nun ja, sozusagen ...»

«Warum hat dann keiner von euch beiden diese Sache damals zur Sprache gebracht?»

Sie kämpfte gegen die Versuchung, ihre Mutter anzusehen. «Weil wir dachten, es wäre besser, du würdest ihn erst kennenlernen.»

«Mit anderen Worten, er hat es vorgezogen, unsere Gastfreundschaft zu genießen – die ihm im besten Glauben angeboten wurde – und dir die Schmutzarbeit zu überlassen. Ich muß zugeben, ich bin überrascht. Mein Eindruck von ihm war recht positiv. Aber das zeigt mal wieder, wie sehr der äußere Schein trügen kann. Und ich bin auch von dir enttäuscht. Ich hätte mehr von dir erwartet.»

«Dad, so haben wir das nicht gemeint, wirklich –»

Er fiel ihr ins Wort. «Nun, meine Antwort lautet nein. Ich werde nicht zulassen, daß meine Tochter allein ins Blaue fährt, «mit einem Mann, den sie erst ein paar Wochen kennt.»

Pippa biß die Zähne zusammen. «Es spielt keine Rolle, was du sagst. Ich werde fahren.»

«In welchem Fall du nicht mehr hierher zurückzukehren brauchst. Solange du in diesem Haus lebst und ich für deinen Unterhalt aufkomme, gehorchst du meinen Anweisungen.»

«Um Himmels willen, seid doch vernünftig, ihr beiden», schaltete ihre Mutter sich ein. «Laßt uns die Sache in aller Ruhe bereden.»

«Soweit es mich betrifft, gibt es nichts mehr zu diskutieren», sagte ihr Vater, schleuderte die Zeitung auf den Teppich und marschierte aus dem Zimmer.

Valerie stieß einen tiefen Seufzer aus. «Ach herrje. Er kann wirklich schwierig sein ...»

Es folgte ein langes, verlegenes Schweigen. Dann fuhr Valerie fort: «Du mußt deinem Vater eins zugute halten: Du bist seine einzige Tochter, und er will nicht, daß jemand dir weh tut.» Sie hielt kurz inne. «Verstehst du, in unserer Jugend waren die Beziehungen zwischen den Geschlechtern ganz anders als heute. Man hielt Jungen und Mädchen voneinander fern, bis sie die Schule hinter sich hatten, so daß sie einander ein absolutes Rätsel waren. Wir hatten nicht die geringste Ahnung von den Tatsachen des Lebens. Es wird dir zwar schwerfallen zu glauben, Philippa, aber ich war noch Jungfrau, als dein Vater und ich heirateten.

Obwohl mir dabei einfällt, daß Elliott die gleiche Erziehung genossen hat wie er, doch auf ihn hatte sie genau die entgegengesetzte Wirkung ...»

Pippa stieß ein nervöses kleines Lachen aus.

«Aber wir reagieren wohl unterschiedlich auf unsere Lebensumstände. Elliott hat sich gegen das mönchische Leben der Internate aufgelehnt, während dein Vater sich nach der Sicherheit der Ehe sehnte. Aber das Endergebnis ist auf jeden Fall, daß unsere Generation sich mit Hemmungen, fixen Ideen und Frustration herumschlägt, die dir und deinen Altersgenossen, die ihr über soviel mehr Freiheit – und Wissen – verfügt, ziemlich lächerlich erscheinen müssen.»

Noch nie zuvor hatte Pippa ihre Mutter so offen reden hören.

Wieder entstand eine lange Pause, bevor Valerie sagte: «Überlaß die Sache mir. Ich werde das mit deinem Vater schon regeln. Aber versprich mir eins, Philippa.» Sie vermied es, ihre Tochter anzusehen, und eine leichte Röte überzog ihre Wangen. «Bitte, sei – ähm, vernünftig. Du hast noch ein Jahr College vor dir – und du mußt an deine Berufslaufbahn denken. Ich würde mich so freuen, wenn du, hm, einige der Chancen bekämest, die ich nicht hatte. Und es wäre so eine Enttäuschung, wenn du – ach, du weißt schon, was ich meine ...»

Einen Augenblick lang überlegte Pippa, ob sie ihrer Mutter gestehen sollte, daß sie ihre Jungfräulichkeit schon vor einer Reihe von Jahren verloren hatte. Aber sie kam zu dem Schluß, daß sie für einen Abend bereits genug Schocks erlebt hatte. «Schon gut, Mum. Ich werde nichts Unbedachtes tun.»

Und natürlich konnte sie ihr auch nicht erzählen, daß der wirklich seltsamste Aspekt dieses gesamten Gesprächs darin bestand, daß sie und Chris einander zwar geküßt und liebkost hatten, sie aber noch nicht zusammen im Bett gewesen waren. Und es war durchaus möglich – obwohl sie es nicht hoffte –, daß sie während des Urlaubs getrennte Zimmer haben würden.

Impulsiv stand sie von der Couch auf und legte ihrer Mutter den Arm um die Schulter. In ihrer Familie war es nicht üblich, Gefühle offen zur Schau zu stellen, aber jetzt umarmte sie ihre Mutter und gab ihr einen Kuß, der, wenn er auch flüchtig wirkte, von Herzen kam.

Pippa bekam ihren Vater nur noch selten zu sehen, bevor sie wegfuhr. Die meisten Wochenenden verbrachte sie bei Chris, und während der Woche war ihr Vater im Geschäft; er verließ das Haus, bevor sie morgens aufstand, und abends ging sie entweder mit Chris aus oder blieb in ihrem Zimmer. Während ihrer kurzen Begegnungen behandelte er sie mit einer Art distanzierter Höflichkeit, beinahe so, als sei sie eine Fremde, der man als wohlerzogener Mensch mit guten Manieren begegnen muß.

An Pippas letztem Abend, während sie packte, kam ihre Mutter nach oben in ihr Zimmer, setzte sich auf die Bettkante und sagte: «Mach dir keine Gedanken wegen Dad. Bis du zurückkommst, habe ich die Sache mit ihm geklärt. Er braucht ein wenig Zeit, um sich der neuen Situation anzupassen, also fahr du nur und genieß die zehn Tage. Und vergiß nicht, uns eine Postkarte zu schicken.»

15

Schon seit Pippa fort war, hatte Kitty gegen die Versuchung gekämpft. Solange Pippa noch bei ihr gewesen war, war es ihr nicht schwergefallen zu widerstehen. Aber jetzt, da sie wieder allein war, schien der kleine Aktenkoffer unter dem Bett eine unwiderstehliche Anziehungskraft auf sie auszuüben.

Du bist stärker, als du glaubst, schien er zu sagen. Du bist wieder mit West spazierengegangen. Du hast die Lerchen auf dem Uffing Down singen hören. Du hast dich dem Geist von George gestellt. Du hast Edith Spencers Album durchgeblättert. Sieh dir an, was sonst noch gewesen ist, schien der Koffer zu sagen. Vielleicht wird es nicht so weh tun, wie du glaubst. Unter all den Souvenirs, die ich in mir berge, könntest du vielleicht sogar Trost und eine Art von Ruhe finden, die du nicht erwartest.

Ja, vielleicht war die Zeit gekommen …

Sie ging nach oben und holte den Koffer in die Küche hinunter, wo sie ihn auf den Tisch legte. Wie seltsam, die Schlösser zu öffnen und das Bündel Briefe wiederzusehen, die sie während des Kriegs von Sebastian bekommen hatte, und daneben ihre Tagebuchkladden, alle sorgfältig datiert, das Heft mit ihren Gedichten, die Originalzeichnungen für die «verzauberten» Bücher, einige handbeschriebene Notenblätter und getrocknete Blumen, die zwischen Seidenpapier lagen, das selbst schon so brüchig geworden war, daß sie fürchtete, es würde bei der leisesten Berührung zerfallen.

Lange Zeit betrachtete sie die Dinge, die da vor ihr lagen, beinahe überwältigt von den Erinnerungen, die ihr bloßer Anblick weckte. Dann nahm sie das Tagebuch mit der Aufschrift «August 1927, Berlin» und blätterte es durch. Wie peinlich genau ihre Handschrift gewesen war und wie detailliert ihre Beobachtungen ...:

Heute abend waren wir in einem Konzert eines österreichischen Pianisten und Komponisten namens Leopold Brunnen. Es wurden zwei Werke gegeben – eines von Alban Berg und ein zweites von Brunnen selbst, ein Klavierkonzert. Das Publikum hatte schon auf den Berg nicht gerade begeistert reagiert, aber als Brunnen mit seiner eigenen Komposition begann, konnten die Leute ihren Hohn nicht mehr verhehlen. Brunnen dirigierte vom Klavier aus und gab eine höchst eigentümliche Figur ab mit seinem zotteligen dunklen Haar, das ihm ständig in seine ziemlich wild dreinschauenden Augen flog. Sein Konzert hatte kaum begonnen, als die Leute auch schon anfingen zu zischen und die Kakophonie von Lauten, die das Orchester produzierte, auszubuhen, während andere über die Mätzchen des Komponisten lachten, der auf seinem Klavierhocker auf und ab hüpfte und sich manchmal sogar daraufstellte, um dem Orchester mit wilden Gesten Anweisungen zu geben, bevor er sich vorbeugte, um mit seinen Tastenhieben weitere schrille Mißklänge zu erzeugen, mit dem Ergebnis, daß sein Hemd sich aus seiner Hose verabschiedete und wie eine zerknautschte Manschette unter seinem Frack hervorlugte.

Als das Konzert sein letztes unharmonisches krachendes Crescendo erreichte, wandte er sich dem Publikum zu, verbeugte sich triumphierend, breitete die Arme aus und grinste breit, woraufhin sich die Stimmung des Publikums unverständlicherweise wandelte und jedermann stürmisch applaudierte.

«Komponieren kann er nicht!» rief der Mann neben mir und klatschte mit hoch über dem Kopf erhobenen Händen. «Aber was für ein Schauspiel!»

Heute morgen standen in mehreren Zeitungen Kritiken des Brunnen-Konzerts. Keine war besonders schmeichelhaft. Der Musikkritiker der *Berliner Zeitung* schrieb: «Gestern abend hat Leopold Brunnen mit seinem ersten und hoffentlich letzten Klavierkonzert unsere Intelligenz beleidigt. Wenn er sich meinen Rat zu Herzen nimmt, wird er das Komponieren den Komponisten überlassen und das Komödiespielen den Komödianten und sich statt dessen darauf konzentrieren, die Werke der Meister zu spielen. Denn unter seinem lächerlichen Gehabe könnte sich möglicherweise doch ein begabter Pianist verbergen.»

Ich verstehe nicht genug von Musik, um beurteilen zu können, ob diese letzte Feststellung den Tatsachen entspricht, aber mit der ersten stimme ich aus ganzem Herzen überein.

Kitty mußte lächeln. Was für ein überhebliches Geschöpf sie doch gewesen war und wie ernst sie ihre eigenen Ansichten genommen hatte. Andererseits mußte Leopold Brunnens Musik für ein junges Mädchen, dessen musikalischer Geschmack von Wests Romantik geprägt war, ein schwerer Schock gewesen sein.

Sie legte das Tagebuch beiseite und nahm die Kladde aus dem Jahr 1932 zur Hand, dem dritten Jahr ihrer Ehe mit George. In den ersten Monaten gab es nur vereinzelte und recht kurze Eintragungen, oft kaum mehr als eine Bemerkung über das Wetter oder eine Pflanze, die zu knospen begann. Genau die Art Tagebuch, die man von einer alten Dame erwarten würde und nicht von einem jungen Mädchen von zweiundzwanzig Jahren.

Aber dann kam der Juli …

Adams Hochzeit in St. Margaret in Westminster. Nachdem Edith und ich all unsere Überredungskunst aufgewendet haben, hat George tatsächlich Fotos gemacht. Eve ist eine dieser ruhigen, klassisch schönen Blondinen, die sich ihrer eigenen Schönheit nicht bewußt sind. Ich habe mehrere Männer darüber rätseln hören, warum sie sich ausgerechnet in Adam verliebt habe, wo sie doch die freie Wahl gehabt hätte. Ich bete, daß sie Adam glücklich machen wird.

Nach Adams Hochzeit bin ich noch ein paar Tage länger am Porters Place geblieben, was wirklich ein Glück war, denn heute morgen bekam ich einen Anruf von Sonja. Wir haben uns im Savoy, wo sie abgestiegen ist, zum Mittagessen getroffen, und angesichts der Probleme, die sie umtreiben, sind meine eigenen zur Bedeutungslosigkeit verblaßt, so daß ich ihr nicht von mir und George erzählte, sondern sie bei der Auffassung ließ, daß mit uns alles zum besten stehe.

Ich hatte ja keine Ahnung von dem Haß, der in Deutschland gegen die Juden und übrigens auch gegen die Intellektuellen und Kommunisten von der Nationalsozialistischen Deutschen Arbeiterpartei geschürt ward. Sie wird von einem Mann namens Adolf Hitler angeführt. Zuerst dachte ich, Sonja müsse übertreiben, aber als sie von den Schmähungen erzählte, denen die Menschen ausgesetzt sind, von den Kundgebungen und Straßenschlachten, da mußte ich ihr glauben.

Felix' Vater hat solche Angst vor der Zukunft, daß er seine Bank verkauft hat und nach London gezogen ist. Sonja, Felix und ihre einjährige Tochter Hanna bleiben eine Woche lang hier, bevor sie nach New York weiterreisen. Sonja ist sehr unglücklich; es hat ihr verständlicherweise schier das Herz gebrochen, ihr Zuhause und ihre Eltern zurücklassen zu müssen, und sie sieht dem neuen Leben, das in Amerika auf sie wartet, voller Beklommenheit entgegen.

Heute nachmittag hat George Familienfotos von Sonja, Felix und Hanna gemacht. Ich werde ihn um einen zusätzlichen Abzug bitten, den ich mir rahmen lassen kann, so daß ich Sonja in der Nähe habe, auch wenn sie auf der anderen Seite des Atlantiks lebt. Es ist wunderbar, wieder mit ihr zusammenzusein, selbst unter so traurigen Umständen.

Gestern abend waren meine Gefühle in zu großem Aufruhr, um mein Tagebuch fortführen zu können. Es war der letzte Abend der Arendts in London. Wir sind in ein Konzert gegangen und haben dann im Savoy zum Abschied ein Glas miteinander getrunken. O Sonja, meine liebe, liebe Freundin, wann werde ich dich wiedersehen?

Aber obwohl ich es nicht einmal mir selber so recht eingestehen mag, wurde unsere Trennung von einem anderen Ereignis beinahe in den Schatten gestellt, einem Ereignis, das so phantastisch ist, daß es mir selbst jetzt noch schwerfällt zu glauben, daß es wirklich passiert ist. Ich werde es Wort für Wort beschreiben, damit ich in späteren Jahren auf den gestrigen Tag zurückschauen kann und weiß, daß es kein Traum gewesen ist.

Es war ein Konzert des Pianisten, den Sonja und ich vor fünf Jahren in Berlin gesehen haben, Leopold Brunnen. Er hat das Komponieren anscheinend aufgegeben; das Programm bestand aus Werken von Chopin, Beethoven und einem Komponisten namens Geza Kovacs.

Brunnen war beinahe nicht wiederzuerkennen. Sein Anzug war tadellos, wenn auch ein wenig altmodisch geschnitten, und verlieh ihm ein Byronsches Aussehen. Sein Haar ist von vielen Silbersträhnen durchzogen, und er ist schlanker geworden, so daß seine hohen Wangenknochen deutlicher zur Geltung kommen. Aber was mich am meisten fesselte, waren seine Augen – Augen, die so dunkel sind, daß sie beinahe schwarz wirken, mit kleinen tanzenden Lichtern darin. Einige Sekunden bevor er mit der Vorstellung begann, ließ er seine Augen über das Publikum schweifen, und ich hatte den Eindruck, als habe sein Blick kurz auf mir geruht.

Ganz im Gegensatz zu dem Berliner Konzert war er so vollkommen in seine Musik vertieft, daß er seine Umgebung anscheinend nicht mehr wahrnahm. Noch nie habe ich etwas so Mitreißendes erlebt wie seine leidenschaftliche Interpretation der Chopin-Etüden oder das Ungestüm, das er der *Appassionata* von Beethoven verlieh. Aber der Höhepunkt des Abends war das Klavierkonzert von Kovacs – ein Werk, das ich bisher nicht kannte. Es besaß eine so machtvolle Intensität, daß es mich ganz in seinen Bann schlug, und als es endete, hatten viele Zuhörer, auch ich, Tränen in den Augen.

Nach den letzten Noten herrschte einige Sekunden lang völlige Stille, und wie auf ein unsichtbares Signal hin standen wir alle von unseren Stühlen auf, um begeistert zu applaudieren. Brunnen blieb reglos vor seiner Tastatur sitzen, stand dann ebenfalls auf und verbeugte sich. Das Haar klebte ihm feucht an der Stirn, seine Arme hingen schlaff herunter, als hätte er den allerletzten Funken Energie hergegeben. Aber als der Applaus nicht abreißen wollte, hob er schließlich den Kopf und schaute ins Publikum.

Eine Sekunde lang spürte ich wieder seinen Blick auf mir und sandte ihm zur Antwort ebenfalls eine leidenschaftliche Botschaft. Sie haben mich bis in den tiefsten Winkel meines Wesens berührt, sagte ich ihm. Ich glaubte, meine Seele sei in mir gestorben, aber Sie haben mich wieder zum Leben erweckt. Ich danke Ihnen, Sie wissen gar nicht, wie sehr …

Neben mir hörte ich George murmeln: «Ich muß ihn fotografieren. Dieses Gesicht, diese Finger …» Auf dem Weg hinaus ins Foyer wiederholte er: «Ich muß ihn fotografieren.» Er griff nach meinem Arm. «Ich gehe hinten herum zum Bühneneingang. Du mußt mitkommen, falls er kein Englisch spricht.» Der Portier, der George erkannte, ließ uns durch, aber als wir schließlich vor Brunnens Garderobenraum standen, öffnete ein Mann, der starke Ähnlichkeit mit ihm hatte, auf Georges Klopfen die Tür.

Es war lange her, seit ich das letztemal Deutsch gesprochen habe, und stockend erklärte ich unser Anliegen, aber der Mann sagte: «Mein Vetter ist erschöpft und muß sich ausruhen. Außerdem läßt er sich nicht fotografieren. Er ist Musiker und kein Filmstar.»

Ich übersetzte das für George, der daraufhin sagte: «Erklär ihm, daß ich kein Pressefotograf bin. Wenn Brunnen darauf besteht, werde ich ihm garantieren, daß die Bilder nie veröffentlicht werden, sondern nur für meine Mappe und die Ausstellung bestimmt sind, die ich in vierzehn Tagen gebe.»

Nach dieser Versicherung taute der Mann so weit auf, daß wir uns vorstellen konnten und er sich seinerseits als Konstantin von Strelow vorstellte. Dann unterhielten wir uns über das Konzert. Ich sagte: «Das Kovacs-Konzert war wunderbar. Ich habe noch nie etwas gehört, das mir so zu Herzen gegangen ist.»

Da wurde die Tür aufgerissen, und Brunnen stand vor uns.

Wieder trafen sich unsere Blicke, und ich spürte, wie mir das Blut in die Wangen schoß. Dann verbeugte er sich und sagte: «Leopold Brunnen. Ich stehe zu Ihrer Verfügung.»

«Heißt das, ich darf ihn fotografieren?» wollte George wissen.

Brunnen sah mich an, als hinge seine Antwort von mir ab. Schließlich erwiderte er: «Ja, ausnahmsweise lasse ich mich fotografieren.»

Ich übersetzte für George.

Und Brunnen fügte hinzu: «Unter der Bedingung, daß Frau de Vere dabei ist, um zu übersetzen.»

Brunnen kam eine ganze Stunde zu spät. George drohte wieder einmal in eine seiner düsteren Stimmungen zu verfallen, und während er im Flur auf und ab ging, zog ich mich ins Wohnzimmer zurück, um in den Zeitungen nach Kritiken des Konzerts vom vergangenen Abend zu suchen. Aber es stand nichts drin. Ich nehme an, die Konzerthalle war zu klein und Brunnen zu unbekannt, um die Aufmerksamkeit der Kritiker auf sich zu lenken.

Da klingelte es an der Tür, und Brunnen stand draußen. Er verbeugte sich vor George, hob dann meine Hand an die Lippen und murmelte, daß es ihm ein großes Vergnügen sei, mich wiederzusehen.

Es war das erste Mal seit jenem Besuch Daphne du Mauriers, daß ich in Georges Atelier gewesen bin, während er dort arbeitete. Er hatte mich vorher ausführlich instruiert, was ich tun dürfe und was nicht, und vor allem hatte er mir aufgetragen, kein Wort zu sagen, es sei denn, um seine Anweisungen für Brunnen zu übersetzen. Brunnen jedoch bestand darauf, Miss Spencer und den Assistenten vorgestellt zu werden, und wollte die ganze Ausrüstung des Ateliers in Augenschein nehmen, bevor George mit dem Fotografieren beginnen durfte, und ich hatte meine liebe Not, all seine Fragen und Georges Antworten zu übersetzen, denn sie enthielten viele mir unbekannte technische Ausdrücke. Er redete während der ganzen Sitzung, die über zwei Stunden dauerte, in denen Brunnen an dem großen Piano, das Georges Assistenten ins Atelier gebracht hatten, bald die eine, bald die andere Position einnahm.

Zuerst wollte er wissen, wo ich Deutsch gelernt hätte, und ich erzählte ihm von meiner Begegnung mit Sonja in Vevey, die zu meinem späteren Besuch in Berlin geführt hatte. «Auch ich war in diesem Sommer in Berlin», sagte er. «Diese Zeit ist mir deshalb im Gedächtnis geblieben, weil es das letzte Mal war, daß ich irgendwelche eigenen

Arbeiten in der Öffentlichkeit gespielt habe. Meine Musik wurde so schlecht aufgenommen, daß ich beschloß, dem Rat eines Kritikers zu folgen, der mir nahelegte, mich in Zukunft an die Interpretation anderer Komponisten zu halten.»

Ich mochte nicht zugeben, daß ich bei diesem Konzert zugegen war, und murmelte, das müsse wohl eine ziemlich irritierende Erfahrung gewesen sein. «Mein Stolz hat tatsächlich etwas gelitten», erwiderte er lächelnd. «Aber je älter ich werde, um so mehr wird mir klar, daß die Musik von Kovacs meine Gefühle viel besser zum Ausdruck bringt als Schönbergs Atonalität. Im Herzen bin ich doch ein Romantiker.»

Als ich meiner Überraschung Ausdruck verlieh, daß Kovacs nicht besser bekannt ist, schien er sich zu amüsieren. Dann erklärte er mir, daß er rein zufällig auf das Manuskript des Klavierkonzerts gestoßen sei, und zwar in einem Antiquariat in Budapest, erst in diesem Jahr, und daß es durchaus noch mehr Werke des Komponisten geben könne, von denen niemand etwas wußte. Dann fragte er mich, ob ich Klavier spiele.

«Nicht sehr gut», gestand ich. «Aber der Großvater meines Mannes spielte wunderbar. Von ihm habe ich die Liebe zur Musik – und zur Kunst – und zu vielen anderen Dingen ...»

«Erzählen Sie mir von ihm», bat Brunnen, und auf sein Drängen hin sprudelte es nur so aus mir heraus, obwohl ich deutsch sprach oder vielleicht gerade deswegen, denn ich wußte, daß George nichts von dem, was ich sagte, verstehen konnte. «Also gibt es sogar in England Bohemiens!» rief Brunnen. «Ah, wie gern ich Ihren West kennengelernt hätte. Ich glaube, wir hätten viele Gemeinsamkeiten entdeckt.» Dann ließ er mich Yondover beschreiben, und ich erzählte ihm von dem Garten, vom Uffing Down, von Rafe und Honey und von vielen anderen Dingen, über die ich sonst nie mehr mit jemandem rede, und weil ihn das Ganze nicht im mindesten zu langweilen schien, habe ich viel mehr geredet, als ich sollte.

Nachdem die letzte Platte belichtet war, sagte er: «Ich hoffe, Sie und Ihr Mann leisten mir und meinem Vetter heute abend beim Essen Gesellschaft.» George lehnte mit der Begründung ab, daß jetzt eine Menge Arbeit in der Dunkelkammer auf ihn warte.

«Dann würde vielleicht Frau de Vere ...»

George war noch immer in der Dunkelkammer, als Brunnen mich um acht Uhr abholte, daher wußte er nicht, daß von Strelow nicht mitgekommen war. «Mein Vetter», sagte Brunnen, als wir losfuhren, «läßt sich entschuldigen und hofft, Sie werden ihm noch einmal vergeben. Er hatte eine andere Verabredung.» Verwirrt, da ich instinktiv davon überzeugt war, daß er nie die Absicht hatte, seinen Vetter zu diesem Essen hinzuzubitten, fragte ich, ob er in Wien lebe.

«Nicht, wenn ich es vermeiden kann», erwiderte er. «Ich bin wie Sie. Ich fühle mich in der Stadt nicht zu Hause.»

Voller Erstaunen fragte ich: «Woher wußten Sie das?»

Er lachte. «Die Ohren eines Musikers fangen nicht nur jede Note einer Melodie auf, sondern auch jede Nuance in der menschlichen Stimme. Als Sie heute nachmittag von London und Berlin erzählten, war Ihre Stimme ausdruckslos. Als Sie dann von Yondover sprachen, gingen Ihnen die Worte leicht und beschwingt von den Lippen.»

Wir fuhren in das Restaurant The Mad Magyar in der

Charlotte Street, ein wunderbares, romantisches Lokal. Wir haben bei Kerzenlicht gegessen, und ein Zigeunergeiger spielte herzzerreißend schöne ungarische Volksmelodien.

Er wählte unser Menü aus und bestellte in fließendem Ungarisch. Als ich meiner Überraschung Ausdruck verlieh, erklärte er mir, daß er in Budapest geboren sei und in seiner Jugend Deutsch und Ungarisch gleichermaßen gesprochen habe. Dann fügte er hinzu: «Und bald werde ich Englisch sprechen.»

Ich fragte ihn, ob er vorhabe, eine Weile in England zu bleiben, und er erwiderte, daß er noch drei Konzerte an anderen Orten im Land geben und anschließend nach Österreich zurückkehren werde. Dann sagte er: «Und Sie werden mit mir kommen.»

Es ist jetzt zwei Uhr morgens. George ist immer noch in der Dunkelkammer. Wenn er hinaufkommt, muß ich mein Tagebuch verstecken und so tun, als schliefe ich, denn wenn wir jetzt miteinander reden, fürchte ich, daß es mir nicht gelingen würde, meine Gefühle zu beherrschen, und daß ich Dinge sagen könnte, die mir später leid täten.

«Wir werden», fuhr Brunnen fort, «in einem kleinen Haus inmitten blumenübersäter Wiesen leben, mit gewaltigen Berggipfeln um uns herum und einem kleinen Bach, der zu Tal plätschert. Wochen und Wochen werden wir niemanden sehen bis auf den einen oder anderen Kuhhirten. Sie werden mir Englisch beibringen – und ich Ihnen die Liebe …»

Vielleicht hätte ich mit Empörung auf seine Kühnheit reagieren müssen oder seine Worte als Scherz abtun. Statt dessen spürte ich, wie mir das Blut in die Wangen schoß, und starrte nur schweigend auf meinen Teller hinab. Er streckte quer über den Tisch die Hand aus und legte mir den Zeigefinger unter das Kinn, so daß ich gezwungen war, zu ihm aufzublicken. «Gefällt Ihnen das Bild nicht, das ich gezeichnet habe? Warum nicht? Sie lieben die Berge. Und ich glaube, Sie mögen mich. Also, wo liegt das Problem?»

Ich fühlte mich wie eine Ertrinkende, hilflos, orientierungslos. «Zum einen bin ich verheiratet», stammelte ich.

Er zuckte die Achseln. «Aber Sie lieben Ihren Mann nicht.»

Die Verwegenheit seiner Worte machte mich sprachlos, und mir wurde klar, daß ich seit unserer Hochzeit kein einziges Mal mir selbst oder irgend jemand anderem gegenüber laut zugegeben habe, daß ich George nicht liebe.

«Es ist keine Schande, Fehler zu begehen», sagte Brunnen. «Auch ich bin verheiratet. Aber meine Frau und ich, wir führen beide unser eigenes Leben. Ich liebe sie nicht, und sie liebt mich nicht. Das einzige, was uns aneinander bindet, ist ein Stück Papier.» Bevor ich noch antworten konnte, fuhr er fort: «Ihr Mann mag ja ein begabter Fotograf sein, aber es fehlt ihm an Menschlichkeit. Das war sogar mir, einem Fremden, offenkundig angesichts der Art, wie er seine Assistenten behandelte – und natürlich Sie. Ihm ist seine Arbeit wichtiger als alles andere in seinem Leben.»

Dann sprach er weiter: «Aber ich interessiere mich nicht für Ihren Mann. Nur Ihretwegen habe ich ihm erlaubt, mich zu fotografieren. Von dem Augenblick an, in dem ich gestern in diesem Konzertsaal auf die Bühne kam, war ich mir nur eines einzigen Menschen im Publikum bewußt. Es waren noch viele andere da außer Ihnen – und doch habe ich nur für Sie gespielt. Es war das Beste, was ich je geleistet habe. Und nachher funkelten in Ihren Augen, die vorher stumpf und bewölkt waren, tausend Lichter. Ich verspürte eine ungeheure Sehnsucht, Sie aus der Menge fortzuholen, damit ich Sie ganz für mich haben konnte.

In meiner Garderobe habe ich dann darüber nachgedacht, wie ich Sie wohl wiedersehen könnte, als ich draußen Stimmen hörte. Plötzlich hörte ich Ihre Stimme. Ich wußte instinktiv, daß es Ihre Stimme war, obwohl mir nie der Gedanke gekommen war, Sie könnten deutsch sprechen. Plötzlich verspürte ich ein so überwältigendes Glück, daß ich am liebsten laut gesungen hätte.

Heute habe ich mich deshalb verspätet, weil ich plötzlich von Zweifeln gepackt wurde. In der vertrauten Umgebung Ihres eigenen Hauses würden Sie vielleicht eine ganz andere sein. Aber heute nachmittag, als ich Ihnen zuhörte und das Wechselspiel der Schatten auf Ihrem Gesicht beobachtete – als ich die Beziehung zwischen Ihnen und Ihrem Mann beobachtete –, wußte ich, daß mich mein erster Eindruck nicht getrogen hatte: Sie versuchen Ihr Unglück zu verbergen, aber es ist da. Sie sind verheiratet, aber Sie verbringen nur wenig Zeit mit Ihrem Mann …»

In diesem Augenblick kam der Kellner, um festzustellen, ob wir für den nächsten Gang bereit waren, und er war entsetzt, daß wir den vorigen noch kaum angerührt hatten. Brunnen sagte irgend etwas auf ungarisch, und der Kellner lachte. «Ich habe ihm erzählt, daß wir nur auf die Liebe Appetit hätten», erklärte Brunnen. «Als Ungar versteht er das.»

Als der Kellner zurückkehrte, lächelte er verschwörerisch, und ich sah, wie er einen Blick auf meinen Ehering warf, und plötzlich wurde mir klar, daß er denken mußte, daß wir eine Affäre miteinander hätten. Eine Blumenverkäuferin kam an unseren Tisch, und Brunnen kaufte ihr eine rote Rose ab, die er an die Lippen hob, bevor er sie mir reichte. Dann sagte er: «Also, erzählen Sie mir, warum Sie nicht mit mir nach Österreich kommen können.»

«Oh, das ist doch wirklich lächerlich!» rief ich, woraufhin er erwiderte: «Die meisten Dinge im Leben sind lächerlich. Und die Liebe ist wahrscheinlich das Lächerlichste von allem. Denken Sie doch nach. Im Augenblick würde ich nichts lieber tun, als Sie zu küssen. Aber ist das Aufeinanderpressen zweier Lippenpaare nicht eine bizarre Art, ein Gefühl auszudrücken? Was den physischen Akt der Liebe betrifft, muß man diesen doch gewiß als die uneleganteste und absurdeste aller menschlichen Funktionen erachten. Und doch gehört diese Erfahrung zu den großartigsten und erhabensten überhaupt ...»

Bevor ich etwas erwidern konnte, sprach er weiter: «Bitte, versuchen Sie doch etwas von dem Karpfen. Er ist einfach köstlich.» Woraufhin er von seinem Vetter zu erzählen begann und von seinen Eindrücken von London, und es war, als hätte es unsere vorangegangene Unterhaltung nie gegeben.

Und jetzt sitze ich hier zu Hause am Porters Place und frage mich bereits, ob das Ganze nicht ein Traum gewesen sei, nur daß in einer Vase neben meinem Bett eine einzelne rote Rose steht. Er sagte, er komme in zwei Wochen wieder nach London zurück und würde sich bei dieser Gelegenheit Georges Ausstellung ansehen. Ich werde nicht dort sein. Gleich morgen früh kehre ich nach Yondover zurück. Es wäre nichts Geringeres als reiner Wahnsinn, ihn wiederzusehen.

Oh, was für eine Närrin ich doch bin …

Ich war bei der Vernissage von Georges Ausstellung. Sein Porträt von Brunnen ist erstklassig. Ich weiß nicht, wie er es gemacht hat, aber es scheint, als hätte er mehrere Bilder zu einem einzigen zusammengesetzt. Der auf Hochglanz polierte Deckel des großen Flügels bildet den Hintergrund und spiegelt ein auf den Kopf gestelltes Bild seiner Hände und der Klaviatur wider. Links unten sitzt Brunnen auf einem Klavierhocker, den Kopf in den Nakken gelegt und die Hände erhoben, bevor er einen neuen Akkord anschlägt. In der Mitte ist eine Nahaufnahme seiner Hände zu sehen, mit den langen, schlanken Fingern, die über den Tasten schweben. Adam und Eve, die ebenfalls dort waren, haben erzählt, daß Howard Redmayne bereits einen Termin vereinbart hat, damit George ihn auf ähnliche Weise fotografiert.

Wir waren ungefähr eine Stunde auf der Ausstellung, als Boy Tate erschien. Er trug einen schwarzen, breitrandigen Hut über seinen langen blonden Locken, ein schwarzes Cape flatterte um seine Schultern, und er hatte einen goldbeschlagenen Ebenholzstock bei sich. In seiner Begleitung war ein rundlicher kleiner Mann mit grauem Haar, glänzenden, babyrosa Wangen und einem cherubinischen Lächeln. Eve, die neben mir stand und offensichtlich nichts von der früheren Beziehung zwischen George und Boy wußte, kicherte. «Sieh doch nur! Da kommen Tate und Lyle!» Dann erzählte sie mir, daß Tate seine Karriere als Schauspieler aufgegeben habe und sich jetzt als Literat versuche, und zwar mit einer wöchentlichen Kolumne für *New Society Arts*, in der er seine unnachahmlichen Ansichten über kulturelle Ereignisse zum besten gibt. Gilbert Lyle ist der Herausgeber des Magazins und anscheinend sein augenblicklicher Liebhaber.

Boy betrachtete Brunnens Foto mit kühlem Blick, dann sagte er laut: «Nicht schlecht gemacht, aber ist es auch Kunst? Was meinst du, Gilbert, Darling? Findest du nicht auch, daß es eine Spur zu gekünstelt ist? In technischer Hinsicht ist es sicher vollkommen, aber in ästhetischer läßt es mich kalt. Es ist so wissenschaftlich. Wenn der Pianist nicht so göttlich schön wäre, könnte ich ja noch verstehen, warum Gigi es für notwendig hielt, an den Aufnahmen herumzumanipulieren, aber so ...»

Ich weiß nicht recht, was mich veranlaßt hat zu tun, was ich dann tat: ob es Tates widerwärtige Bemerkung über Brunnen war oder seine völlig unberechtigte Kritik an Georges Arbeit; denn wie verworren meine Gefühle für George auch sein mögen, er ist mir keineswegs gleichgültig, während ich Tate von ganzem Herzen verabscheue. Ich trat jedenfalls vor und sagte: «Wenn Sie sich weniger auf die Technik konzentrieren würden und statt dessen einfach das Bild als Ganzes genießen – es in seiner Gesamtheit wirken lassen –, würden Sie es auch in *ästhetischer* Hinsicht ungemein gut finden.»

Tate starrte auf mich herab. «Ich glaube nicht, daß ich schon das Vergnügen hatte ...?»

«Nein, wir sind uns nie vorgestellt worden. Ich bin Mrs. Gawaine de Vere.»

Er musterte mich mit unverhohlener Verachtung von oben bis unten. «In diesem Fall sind Sie verständlicherweise zugunsten Ihres Mannes voreingenommen.»

«Nicht, wenn es um seine Arbeit geht», erwiderte ich. «Da ich selbst keine Fotografin bin, kann ich seine Bilder nur mit den Augen der Außenstehenden betrachten. Und dieses spezielle Foto gefällt *mir* sehr – genauso wie vielen anderen Leuten.»

«Aber da Sie keine Fotografin sind, könnte man die Behauptung aufstellen, daß Sie nicht qualifiziert sind, sich zu diesem Thema zu äußern.»

«Und man könnte, möchte ich behaupten, dasselbe von Ihnen sagen!» erwiderte ich und ließ ihn stehen. Sekunden später stand plötzlich Adam neben mir und erkundigte sich nervös, was um alles auf der Welt in mich gefahren sei. «Was es auch gewesen ist, es hat uns jedenfalls von der Gegenwart dieser Giftkröte befreit», schnaubte eine bekannte Stimme, und ich entdeckte Lady Maude an meiner Seite.

Obwohl ich wußte, das George den Pughs aus nachbarschaftlicher Höflichkeit eine Einladung geschickt hatte, hatte ich nicht erwartet, daß sie kommen würden. «Ich mußte sowieso mal wieder in die Stadt», erklärte Lady Maude. «Da konnten wir uns genausogut auch Georges Ausstellung ansehen. Ich hab ihn mit der Herzogin von Quantock bekannt gemacht. Sie ist eine Hofdame von Queen Mary. Ein bißchen wohlwollende Unterstützung von seiten der Königsfamilie hat noch nie geschadet. So, und wer war nun diese abscheuliche Kröte vorhin?»

Adam erzählte ihr von Tates Position bei der *New Society Arts*, als George auftauchte. Er hatte die Fäuste geballt, sein Gesicht war weiß, und sein Mund bildete eine schmale, harte Linie.

«Wie kannst du es wagen, so eine Szene zu machen?» wandte er sich an mich.

«Er war so ungerecht», hörte ich mich stammeln.

«Ich bin durchaus in der Lage, für mich selbst einzustehen», erwiderte George. «Deine Einmischung war völlig unnötig.»

Adam sagte: «Langsam, langsam, immer mit der Ruhe, alter Junge», woraufhin George eisig erwiderte: «Wenn ich deinen Rat brauche, werde ich dich darum bitten.» Dann fuhr er, an mich gewandt, fort: «Du hast mich zum Narren gemacht.»

Ich kehrte mit den Pughs, die sofort nach der Ausstellung aufbrachen, nach Yondover zurück, und ich war überaus dankbar für die Ablenkung, die Sir Hectors unberechenbare Fahrweise bot.

Wir saßen gerade beim Mittagessen, als das Telegramm kam. Der Postbote kam eigens mit seinem Fahrrad zu uns herauf. Der Schweiß lief ihm übers Gesicht, und die Wichtigkeit seiner Mission hatte seine Wangen gerötet. «Es ist in einer fremden Sprache geschrieben», stieß er keuchend hervor.

Zehn kleine Worte, und die ganze Welt hatte ihre Farbe verändert. *Zug kommt heute abend um fünf Uhr in Kipwell an.* In zwei Stunden wird er hier sein.

Fanny schwirrt mit Besen und Staubwedel durchs Haus, Jethro mäht den Rasen, und Gurney bringt den Wagen auf Hochglanz und striegelt Captain. Ich habe vorgegeben, daß George Brunnen nach Yondover eingeladen hat.

Noch nie in meinem Leben war ich so nervös. Mein Magen krampft sich zusammen, und meine Beine sind wie Pudding. Was habe ich getan? Was tue ich? Was soll ich tun?

Anscheinend war Brunnen gerade in dem Moment in der Galerie angekommen, als ich über Boy Tate herfiel.

«Sie waren einfach wunderbar», sagte er. «So stolz, so würdevoll, so englisch. Aber Ihr Mann – pfff –, er verdient Ihre Loyalität nicht.»

In meiner Aufregung war ich anscheinend blicklos an ihm vorbeigelaufen, als ich die Galerie verließ. Danach war auch er gegangen, ohne sich auch nur Georges Foto von ihm anzusehen. «Wenn ich mich sehen will, kann ich in einen Spiegel schauen», sagte er. «Sie waren es, die ich sehen wollte.»

Fanny bestand darauf, daß wir im Speisezimmer aßen, was das Unwirkliche des Ganzen für mich noch verstärkte, denn wir führen sonst ein sehr zwangloses Leben, wenn George nicht hier ist. Brunnen unternahm keinerlei Versuch, mit mir zu flirten, sondern erzählte überaus amüsant von seiner Konzerttournee, und meine Laune verbesserte sich so sehr, daß ich George beinahe vergaß. Brunnen hat eine Art zu reden, daß selbst die gewöhnlichsten Ereignisse komisch wirken.

Nach dem Abendessen gingen wir ins Musikzimmer; ich setzte mich mit Rafe auf die Treppe, wie ich es zu Wests Lebzeiten getan hatte, und Brunnen spielte. Ich wünschte, der Abend würde niemals enden. Als es Zeit zum Schlafengehen war, befürchtete ich, Brunnen könnte vielleicht zudringlich werden, aber er hob lediglich meine Hand an die Lippen, bevor ich das Zimmer verließ. Und jetzt sitze ich hier, und er liegt unten in seinem Bett …

Heute war der wunderbarste Tag in meinem Leben. Ich hatte Angst, daß Brunnen meinen schlichten Lebensstil und meine kleinen Freuden mit Verachtung betrachten könnte, daß er Yondover geringschätzig oder die Gurneys herablassend behandeln könnte. Ich hätte mir keine Sorgen zu machen brauchen. Nach dem Frühstück, für das er sich bei Fanny in gebrochenem Englisch bedankte, bestand er darauf, daß ich ihn durch jedes einzelne Zimmer des Hauses führte, und an der Aufrichtigkeit seiner Bewunderung für Yondover kann kein Zweifel bestehen. Der Garten ist so schön, wie er nur sein kann, die Rosen voller schwerer Blüten wie in jenem ersten Sommer, in dem ich West kennenlernte.

Rafe hat ihn wie einen alten Freund aufgenommen, und er ist ein hervorragender Reiter, was ihn Gurney sofort sympathisch machte, der ihm sogar erlaubt hat, Conker zu reiten. Am Nachmittag sind wir über die Downs galoppiert, und ich fühlte mich wieder so jung und voller Lebensfreude, wie ich es seit Wests Tod nicht mehr war.

Am Abend erzählte er mir von seiner Familie. Die Vorfahren seines Vaters waren Bauern in einem entlegenen Bergdorf in Vorarlberg in Österreich. Sein Großonkel ist vor kurzem gestorben und hat ihm den Hof hinterlassen, denn er war Junggeselle und hatte keine eigenen Kinder.

Seine Großmutter mütterlicherseits heiratete einen Soldaten, der in Budapest stationiert wurde, und Brunnen ist auch in Budapest geboren. Das war 1892, er ist jetzt also vierzig. Obwohl man ihm durch das Silber in seinem Haar sein Alter ansieht, benimmt er sich keineswegs so, als sei er alt. In vieler Hinsicht gibt er mir das Gefühl, beträchtlich älter zu sein als er.

Er ist mit Musik aufgewachsen. Seine Mutter war eine

begabte Pianistin und sein Vater ein leidenschaftlicher Geiger. Beide sind inzwischen verstorben. Brunnens Studium am Konservatorium in Wien fand mit dem Ausbruch des Kriegs 1914 ein Ende.

Vielleicht aus Rücksicht darauf, daß unsere beiden Länder auf verschiedenen Seiten standen – obwohl er am italienischen Feldzug teilgenommen und nicht gegen die Briten gekämpft hatte –, streifte Brunnen seinen Militärdienst nur kurz. «Mir ist die Aufgabe zugefallen, Maultieren, die zum Transport von Munition benutzt wurden, beizubringen, Berge hinaufzuklettern», sagte er lachend. Er trug eine schwere Beinverletzung davon, so daß ich glaube, daß sich hinter der Leichtigkeit seiner Worte große Tapferkeit verbirgt.

Nach dem Krieg versuchte er sich als Pianist durchzuschlagen, spielte in Wiener Kaffeehäusern und in Ballettschulen, während er gleichzeitig eigene Werke zu komponieren begann. In einer Ballettklasse lernte er seine spätere Frau kennen, die Tochter eines reichen Industriellen. (Ihr Name war – ist – Hermine.) Für kurze Zeit glaubte er auf dem Weg zum Erfolg zu sein, bis die Kritiken in Berlin seine Hoffnungen zunichte machten. Von da an ging es auch mit seiner Ehe bergab. Hermine, sagte er, wollte keinen Versager zum Mann. (Ich habe den Eindruck gewonnen, daß sie genauso ist wie die Debütantinnen, die George fotografiert – verwöhnt, schön und oberflächlich.)

Konstantin von Strelow, erzählte er mir lachend, entstammt dem wohlhabenden Zweig der Familie. Ihm gehören Weingärten außerhalb Wiens. Ein äußerst kultivierter Mann, mit Freunden überall in Europa, und als seine Frau vor ein oder zwei Jahren starb, machte er es sich zur Aufgabe, Brunnen bei einem Neuanfang als Konzertpianist zu helfen, um auf diese Weise seinen eigenen Kummer zu überwinden.

Heute nachmittag sind wir am Kip entlang bis zum Meer geritten und von da weiter am Strand entlang, denn es war gerade Ebbe. Das Meer faszinierte Brunnen. Während ich Conkers Zügel hielt, zog er Schuhe und Socken aus, rollte die Hosenbeine auf und hüpfte in den Wellen herum, als wäre er ein Kind. Ich kann mich nicht daran erinnern, wann ich das letzte Mal so gelacht habe wie heute. Ich wünschte, West hätte ihn noch kennenlernen können. Sie wären sicher bereits Freunde. Morgen werden wir früher losgehen, solange noch Flut ist, und wir wollen Badeanzüge und einen Picknickkorb mitnehmen.

Weil das Meer etwas so völlig Neues für ihn ist, hatte ich erwartet, daß Brunnen nicht schwimmen kann, aber da hatte ich die Rechnung ohne die österreichischen Bergseen gemacht. Am besten gefielen ihm die großen Brecher; er stürzte sich in die hohen Wellen hinein und ließ sich von ihnen ans Ufer zurücktragen, wobei ihm die Kieselsteine anscheinend wenig ausmachten.

Er kann so lange unter Wasser bleiben, daß ich (die ich wie ein Fisch schwimmen kann) einmal sogar befürchtete, er sei ertrunken. Ich geriet gerade in Panik, als er wie ein Delphin neben mir aus dem Wasser schoß, mich breit angrinste und dann unter mir hindurchtauchte. Er packte mich an den Knöcheln, und ich ging ebenfalls unter. Aber er faßte mich beinahe sofort an den Händen und zog mich wieder hoch. Ich trug keine Bademütze, so daß mein Haar patschnaß war. Er strich es mir aus den

Augen, legte mir dann einen Finger unters Kinn und hob meinen Kopf etwas an. Einen Augenblick lang glaubte ich, er würde mich küssen. Statt dessen sagte er nur: «Als ich Sie das erste Mal sah, dachte ich, Sie seien hübsch. Aber ich habe mich geirrt. Sie sind schön.»

Noch nie hat mir jemand gesagt, daß ich schön sei.

Nach dem Abendessen fand ich unter Wests Grammophonplatten Debussys *La Mer*. «Wenn ich in Zukunft diese Musik höre, werde ich immer an den heutigen Tag denken», sagte er. O ja, das werde ich auch.

Brunnen hat eine ganz andere Lebenseinstellung als ich. Wenn ihm danach zumute ist, bleibt er den ganzen Morgen im Bett. Wenn er Hunger hat, ißt er. Wenn er glücklich ist, lacht er. Er kümmert sich keinen Pfifferling darum, was andere Leute denken, sondern lebt ganz nach seinen natürlichen Instinkten – wie ein Tier. Das ist eine Fähigkeit, um die ich ihn beneide. Meine eigene Erziehung war so puritanisch und von Schuldgefühlen geprägt.

Heute hat Fanny uns eine Flasche von ihrem Holunderbeerensekt in unseren Picknickkorb gelegt. Wir aßen auf dem Greatling Head zu Mittag, mit einem herrlichen Blick übers Meer, als Brunnen plötzlich fragte: «Wissen Sie, was das heißt – ‹Brüderschaft trinken›?» Er schob seinen Arm durch meinen. «Zuerst verschränken wir die Arme, dann trinken wir.» Er nahm einen Schluck aus seinem Glas, und ich tat es ihm nach. «Jetzt dürfen wir uns duzen und beim Vornamen nennen, und wir können tun, was ich tun wollte, seit ich dich zum ersten Mal gesehen habe.» Und dann küßte er mich …

Es war ein flüchtiger Kuß, kaum mehr als eine Berührung unserer Lippen, aber das allein reichte, um meinen Körper zu entflammen. Als er sich zurückzog, war ich von einem unbeschreiblichen Gefühl der Enttäuschung erfüllt.

«Es heißt, die Augen seien die Fenster der Seele», sagte Leo, «und in deinem Fall ist das besonders zutreffend. Noch nie habe ich so ausdrucksvolle Augen gesehen. Sie sind blau wie der Himmel und sonnenlichtgesprenkelt. Wenn du glücklich bist, leuchten sie, und wenn du unglücklich bist, schieben sich Wolken davor. Wie deine Stimme verraten sie jeden deiner Gedanken.»

Ich wagte es nicht, die Probe aufs Exempel zu machen. Statt dessen begann ich, die Reste unseres Picknicks zusammenzupacken, und er lachte. «Du hast recht, Kitty-Cat, mein Kätzchen. Wir sollten aufbrechen.»

Es war früh am Abend, als wir am Kip entlang zurückkehrten und am Waldrand den Hügel hinaufstiegen. Oben angekommen, blieb Leo stehen, legte einen Finger an die Lippen, und ich hörte tief in Wests Wald eine Nachtigall singen, die erste, die ich seit Wests Tod gehört habe.

Dann geschah es. Er nahm mich in die Arme und küßte mich, nur, diesmal war nichts Flüchtiges an seinem Kuß. Seine Lippen preßten sich auf meine, und sein Körper drängte hart und stark gegen mich. Dann hob er mich hoch und trug mich zu den Bäumen hinüber, dort, wo die Farne besonders hoch stehen. Und dort, inmitten des Farngebüschs ...

Aber nein, dafür gibt es keine Worte. Nicht einmal in meinen wildesten Vorstellungen hätte ich gedacht, daß die Liebe so sein könnte. Nie hätte ich erwartet, solch unendliche Freude zu erleben, mich so absolut frei und ungehemmt zu fühlen. Ich weiß, ich müßte mich schuldig fühlen, aber ich kann es nicht. Das einzige, was ich fühle, ist ein Übermaß an Glück.

Ich lag in tiefem Schlaf, als Fanny heute morgen den Tee brachte, und sie fragte ängstlich, ob ich mich auch wohl fühle. Beim Frühstück erkundigte sie sich, ob ich Leo nicht einige der Sehenswürdigkeiten von Sussex zeigen wollte, ob wir nicht den königlichen Pavillon in Brighton oder das Schloß in Loose ansehen wollten. Ich habe für Leo übersetzt, aber er lernt jetzt sehr schnell Englisch! (Und ich lerne die Liebe ...) «Mir sind Ihre schönen Landschaften hier lieber als die Städte», sagte er zu Fanny. Aber wir müssen gut achtgeben, um nicht den Argwohn der Gurneys zu wecken.

Mein Verlangen nach Leo ist wie eine Sucht, je mehr er mein Verlangen befriedigt, um so mehr brauche ich von ihm. Seine bloße Berührung läßt mir das Blut in den Adern pulsieren. Wie habe ich nur gelebt, bevor ich ihn kannte?

Eine Weile saß ich mit Leo im Musikzimmer, aber als er einzelne Takte immer wieder wiederholte, innehielt, um Noten niederzuschreiben, wurde mir klar, daß er, obwohl es sich ganz anders anhörte als sein frühes Klavierkonzert (die Musik ähnelte im Stil mehr der von Kovacs), mitten in einer Komposition war, und ich schlüpfte davon. Nach dem Abendessen spielte er mir seine Komposition vor, und ich hörte im Baß das Tosen des Meeres und in den Höhen das Lied der Nachtigall, eine Melodie, so süß und ekstatisch ...

Heute war mein Vater hier. Er hatte gehört, daß ich in Georges Abwesenheit einen männlichen Gast im Haus habe. Er bat mich, an meine Position zu denken; die Leute würden schnell die falschen Schlüsse ziehen. Einen Augenblick lang fürchtete ich, Fanny habe herausgefunden, daß Leo die Nächte in meinem Zimmer verbringt, aber dann fügte er hinzu: «Wenn ich richtig informiert bin, ist der Bursche Ausländer. Ich hoffe, du hast das Silber weggeschlossen, Catherine.»

Der zweite Besuch innerhalb von zwei Tagen. Diesmal war es Lady Maude. «Die Leute reden über Sie. Bitte, verstehen Sie mich nicht falsch, Mädchen. Nachdem ich miterlebt habe, wie George Sie letzte Woche behandelt hat, würde ich Ihnen keine Vorwürfe machen, egal, was Sie tun. Aber wenn Ihre kleine Sommerliebe vorbei und Ihr Liebhaber weg ist, werden *Sie* immer noch hier leben müssen. Denken Sie an die Konsequenzen, Catherine.»

Kleine Sommerliebe. Wie überrascht sie wäre, wenn sie wüßte, daß dieser Ausdruck mich mehr schockiert als die Tatsache, daß sie mein Geheimnis erraten hat. Ihre Worte haben mir schlagartig klargemacht, daß ich nicht Yondover *und* Leo haben kann. Leo würde sich niemals an das Leben in Sussex gewöhnen. Er ist zu ungestüm, zu unenglisch für unsere stille, ruhige Art. Und außerdem gehört Yondover ohnehin nur im Geiste mir. Es ist Georges Erbe. Wenn ich mit Leo zusammenbleiben will, werde ich Yondover verlassen müssen.

Aber nicht ein einziges Mal, seit er hier ist, hat Leo seinen Vorschlag, mit ihm nach Österreich zurückzukehren, wiederholt. Vielleicht tun ihm die impulsiven Worte jetzt leid, da er mich näher kennt. Vielleicht liebt er in

Wirklichkeit immer noch Hermine. Aber warum sagt er dann, daß er mich liebt?

Nachdem Leo heute morgen mein Bett verlassen hat, konnte ich nicht mehr einschlafen, also lief ich mit Rafe den Uffing Down hinauf. Über dem Meer lag dichter Nebel, und erst auf dem Gipfel sah ich, daß Leo bereits da war. Er saß im feuchten Gras, die Arme um die Knie geschlungen und auf dem Gesicht einen ungewöhnlich ernsten Ausdruck. Er zog seine Jacke aus und bedeutete mir, mich neben ihn zu setzen. «Dein Vater und die Mylady sind gekommen, um dich zu warnen, daß dein guter Ruf auf dem Spiel steht, nicht wahr?» fragte er. Mein Schweigen war Antwort genug. «Es tut mir aufrichtig leid», sagte er. «Ich habe einen unverzeihlichen Fehler begangen. Ich sollte besser abfahren, bevor ich weiteren Schaden anrichten kann.»

Ich konnte nicht dagegen an. Ich brach in Tränen aus. Er zog mich an sich und strich mir über den Kopf. «Bitte, weine nicht, Kätzchen. Du wirst mich bald vergessen haben.»

«Ich werde dich nie vergessen», rief ich. «Ich liebe dich, Leo.»

«Ich liebe dich auch», sagte er. «Und weil ich dich liebe, muß ich dich verlassen, denn wenn ich bei dir bliebe, würde ich dein Leben zerstören.»

Ich war so verzweifelt, daß ich Vorsicht und Anstand in den Wind schlug. «Aber ohne dich bin ich nichts. Ohne dich kann ich nicht leben.»

Er schüttelte den Kopf. «Nein, dein Leben ist hier. Dies ist dein Heim, dein Zuhause. Ich bin nur ein Musiker, der sich irgendwie durchschlägt. Ich habe dir nichts zu bieten. Bevor ich hierherkam, hatte ich gedacht, daß mein Bauernhof vielleicht ... Aber jetzt, da ich Yondover gesehen habe ... Nein, ich kann dich nicht bitten, all das zurückzulassen. Du gehörst hierher ...»

«Ich gehöre zu dir!» rief ich.

Daraufhin blieb er lange Zeit still. Dann sagte er: «Das wäre mein größter Wunsch. Aber es kann nicht sein. Also, mein Kätzchen, wir müssen uns trennen ...»

Der Rest des Tages war sehr seltsam. Am Morgen arbeiteten wir gemeinsam im Garten, beinahe ohne ein Wort zu wechseln. Am Nachmittag verschwand er plötzlich, und ich hatte schon Angst, daß er ohne ein Lebewohl gegangen sein könnte. Ich konnte meine Erleichterung kaum verhehlen, als ich ihn von Kipwell aus über den Hügel kommen sah. Er erzählte mir, daß er am Bahnhof gewesen sei, um sich nach den Abfahrtszeiten der Züge zu erkundigen.

George traf ein, als wir gerade mit dem Abendessen fertig waren. Leo reagierte mit großer Ruhe, erklärte George in recht gutem Englisch, daß meine Beschreibung Yondovers ihn derart beeindruckt habe, daß er das Haus unbedingt habe sehen müssen, bevor er nach Österreich zurückkehrte, und daß es ihn dann derart in seinen Bann geschlagen habe, daß er länger geblieben sei als beabsichtigt. Georges Miene war unergründlich, und man konnte unmöglich sagen, ob er diese Erklärung akzeptierte. Kurz darauf zog Leo sich höflich zurück, und George ließ mich ebenfalls allein. Einen Augenblick lang fürchtete ich, daß George nach oben gegangen sei, um Leo zur Rede zu stellen, aber dann hörte ich, wie er sich im Arbeitszimmer mit Jethro unterhielt.

Es ist beinahe unerträglich, niederzuschreiben, was gestern nacht geschah. George kam in mein Zimmer. Seine Gestalt beugte sich schwankend über mich, und ich konnte den Whisky in seinem Atem riechen. Er stellte die Kerze auf den Nachttisch und riß mir die Bettdecke weg. Ich schlang meine Arme schützend um mich, aber er drückte sie brutal auseinander und zerriß mein Nachthemd von oben bis unten, und dann stieg er ins Bett, legte sich über mich und preßte mich gegen die Matratze.

«Du Hure», murmelte er mit schwerer Stimme, «du Schlampe, du Hure.» Ich wollte schreien, aber er legte mir die Hand über den Mund. «Wenn er kommt, schreist du nicht, oder?» zischte er. «Bei ihm wimmerst du vor Wollust. Bei ihm ...» Ich kann seine Obszönitäten nicht wiederholen, aber sie waren so detailliert, daß irgend jemand – ich kann nur annehmen, daß es Jethro war – uns nachspioniert haben muß. Noch schlimmer aber war, daß er seine Worte benutzte, um sich in eine wilde Raserei hineinzusteigern ...

Jetzt ist es Morgen, und er ist wieder fort. Von meinem Fenster aus habe ich gesehen, daß Jethro ihn mit dem Einspänner nach Kipwell gefahren hat.

Ich gehe nach Österreich. Nach der vergangenen Nacht will ich George nie mehr wiedersehen. Sein Verhalten hat meine Entscheidung erzwungen. Ich habe keine Wahl mehr.

Ich habe Leo nicht erzählt, was geschehen ist, sondern nur gesagt, daß mir, nachdem ich eine Nacht mit ihm und George im selben Haus verbracht hätte, endgültig klargeworden sei, daß meine Ehe nicht mehr existiert und meine Zukunft bei ihm liegt. Einige Sekunden war Leos Gesichtsausdruck so düster, daß ich schon fürchtete, er habe seine Meinung geändert. Dann aber leuchtete sein Gesicht vor Freude auf, und ich wußte, daß alles gut werden würde, wären wir erst in Österreich. Und ich bin sicher, daß es so kommen wird, denn meine Liebe zu Leo übersteigt alles, sogar meine Liebe zu Yondover.

Plötzlich ertönte aus dem Flur das schrille Klingeln des Telefons. Kitty zuckte zusammen und ließ das Tagebuch fallen. Ihr Herz hämmerte immer noch, als sie nach dem Hörer griff und sich mit leicht zittriger Stimme meldete.

«Hallo, Kiki? Du klingst so seltsam. Geht es dir gut?»

«O Pippa. Ja, mir geht es gut. Ich habe nur gerade, ähm, einige Papiere durchgesehen.»

«Ich dachte, ich rufe mal schnell bei dir an, um zu hören, wie's dir geht, und dir zu sagen, daß Chris und ich morgen in aller Frühe in Urlaub fahren.»

«Oh, wie nett. Wo fahrt ihr denn hin?»

«Ich habe Mum und Dad nichts davon gesagt, aber wir wollen nach Österreich. Wir fliegen nach München und mieten uns am Flughafen einen Wagen.»

Einen Augenblick schien Kittys Herz stillzustehen. Natürlich. Sie hätte es sich ja denken können. Zuerst Gawaine de Vere. Jetzt Roman …

«Du errätst sicher, warum wir uns für Österreich entschieden haben, nicht wahr?»

«Ja», sagte Kitty schwach.

«Wir würden gern nach Sonntag fahren und uns den Greiskopf ansehen. Ich weiß, du hast gesagt, das wäre im Vorarlberg, aber kannst du mir genau erklären, wo?»

Ausgeschlossen, sie konnte nicht riskieren, daß Pippa nach George auch noch Leo auf die Spur kam. Kiki sagte das erste, was ihr einfiel. «Ich fürchte, das wird nicht gehen. Diese Orte existieren nicht. Ich habe sie erfunden ...»

«Aber im Krankenhaus hast du gesagt, es gebe sie wirklich. Du hast gesagt, du und Dad, ihr wärt dort gewesen, als er noch klein war.»

Oh, warum hatte sie ihre impulsive Zunge nicht im Zaum gehalten? «Nun ja, so ausgedrückt gibt es sie vielleicht schon irgendwie wirklich. Ich habe mich an Orten orientiert, die wir besucht haben – und meine eigenen Namen für sie erfunden.» Sie war sich bewußt, daß sie in ihrer Panik herumstotterte und die Dinge wahrscheinlich nur noch schlimmer machte.

Pippa akzeptierte die Erklärung jedoch. «Verstehe. Ich habe übrigens Dad gegenüber kein Wort über die ‹verzauberten› Bücher verloren. Er war in so mieser Laune, daß ich sowieso nicht mehr als unbedingt nötig mit ihm gesprochen habe. Soweit er weiß, fahren Chris und ich irgendwohin nach Europa. Du kannst dir gar nicht vorstellen, was für ein Theater er veranstaltet hat, weil ich allein mit einem Mann in Urlaub fahren will.»

Kitty spürte, daß Pippa irgendeine Reaktion von ihr erwartete, aber sie war im Augenblick selbst zu erschüttert, um Sympathie oder moralische Unterstützung anbieten zu können. Statt dessen fragte sie nur: «Wie lange werdet ihr weg sein?»

«Zehn Tage. Dann muß ich wieder zum College. Tja, also dann, erst mal auf Wiedersehen, Kiki. Gib auf dich acht. Ich melde mich, sobald ich wieder da bin.»

Kitty legte den Hörer auf und ging langsam zurück in die Küche, wo das Tagebuch auf dem Tisch lag.

Vielleicht war es das beste, ihre Erinnerungen ruhen

und Pippa ihre Reise für sie, Kitty, zu Ende bringen zu lassen. Pippa setzte nicht alles, was sie hatte, für die Liebe aufs Spiel. Pippa brach nicht alle Brücken hinter sich ab. Pippa fuhr in Urlaub, nicht einem neuen Leben entgegen. Wenn es mit ihr und Chris schiefging, hatte sie immer noch ein Zuhause und eine Familie, zu der sie zurückkehren konnte. Sebastian mochte zwar toben, aber er würde nicht Feuer und Schwefel auf sie herabregnen lassen, wie ihr eigener Vater es getan hatte, als sie ihren Eltern damals sagte, daß sie George verlassen wollte.

Als sie versucht hatte, ihm zu erklären, daß sie George nicht mehr liebte, daß es Leo war, dem ihre Liebe gehörte, hatte er gebrüllt: «Noch nie in meinem Leben habe ich so einen kompletten Schwachsinn gehört! Wir reden von deiner Rolle als Frau und Herrin Yondovers, von deiner Pflicht deinem Mann und deinen Eltern gegenüber.»

Ihre Mutter hatte sie unter Tränen angefleht, nichts Übereiltes zu tun, aber ihr Vater hatte ihr befohlen, stillzuschweigen. «Ich gebe dir eine allerletzte Chance, Catherine. Bereue deine Sünde, und ich werde dir verzeihen. Wenn du das nicht tust, bist du nicht mehr meine Tochter. Dein Name wird aus der Familienbibel gestrichen und in diesem Haus nie wieder erwähnt werden. Es wird sein, als hättest du nie existiert, und es wäre besser für dich, du wärest nie geboren worden.»

Pippa packte einen Koffer für zehn Tage, nicht für den Rest ihres Lebens. Pippa mußte nicht Fanny und Gurney und Rafe und Honey Lebewohl sagen. Sie mußte nicht ein allerletztes Mal auf den Uffing Down gehen und zurückschauen in dem Wissen, daß sie Haus und Garten nie wiedersehen würde …

16

Pippa war noch nie zuvor in den Bergen gewesen. Die Familienurlaube hatte sie stets am Mittelmeer verbracht, und als sie dann alt genug war, um ohne ihre Eltern in Ferien zu fahren, hatte sie mit Freunden immer noch Sonne, Sand und See angesteuert. Jetzt aber zog die Schönheit der Berge sie sofort in ihren Bann: sprachlos angesichts der ehrfurchtgebietenden Grandiosität der schneebedeckten Gipfel, der atemberaubenden Pässe, zu denen sich die Straße in Haarnadelkurven hinaufwand, der funkelnden Bäche und Wasserfälle, der blumenübersäten Wiesen und malerischen Dörfer. Nicht einmal die ziemlich unansehnlichen Skilifte und Seilbahnen, die kreuz und quer über die Hänge liefen, konnten ihrer Begeisterung Abbruch tun, obwohl es ihr flüchtig durch den Sinn ging, daß Gawaine de Vere solchen Schandflekken gegenüber wohl weniger tolerant gewesen wäre. Sie hatte ihm noch vor dem Urlaub einen Brief geschrieben, hatte aber keine große Hoffnung, daß er ihr antworten würde.

Sie waren buchstäblich mit dem ersten Tageslicht in München angekommen, hatten ihren Weg durch Bayern fortgesetzt und zum Frühstück am Forggensee haltgemacht. Dann waren sie weiter durchs Lechtal über die Grenze nach Österreich bis in das Städtchen Lech gefahren.

Sie beschlossen, nach Bergsee weiterzufahren, wo

Chris' Landkarte einen See unter einem der höchsten Berge in der Umgebung – dem Hohen Steinberg mit über dreitausend Metern – vermerkte. Dort wollten sie zu Mittag essen.

Eine Weile ging es durch sonnenbeschienenen Wald, in dem es wunderbar nach Harz duftete. Dann fuhren sie an einer Wiese vorbei, auf der eine alte Bäuerin mit einer Sense Gras mähte.

Am Ausgang eines Weilers begann die Straße steil anzusteigen. Es gab nur noch saftige Matten, auf denen braune Kühe mit sanften Augen grasten. Eine von ihnen lag sogar wiederkäuend auf der Straße, und erst als Chris aus dem Wagen stieg, um sie zu verscheuchen, trottete sie gemächlich davon.

Etwa einen Kilometer weiter querten sie einen Rükken, und Chris hielt den Wagen abrupt an.

Es war, als hätten sich Theatervorhänge gehoben, um eine Bühne freizugeben. Unter ihnen schlängelte die Straße sich den Berg hinunter zu einem kleinen See von so strahlendem Türkisblau, daß der Himmel dagegen bleich erschien. Die Bäume reichten bis an seine Ufer, und zwischen ihnen ergossen sich funkelnde Sturzbäche in den See.

Die Straße führte unterhalb eines Felshangs am Ufer entlang bis zu dem kleinen Dorf auf der anderen Seite des Sees, einer Ansammlung von Häusern, die sich um die zwiebelturmgekrönte Kirche an den Berghang schmiegten. Jenseits des Dorfes gab es keine Straße mehr, nur noch Fußwege, die sich durch das Weideland bergan schlängelten. Die Wiesen waren durchsetzt von Föhren- und Fichtenwäldchen, gescheckt vom ständig wechselnden Muster der dahinjagenden Wolken, und hier und da stand eine Almhütte. Auch hier gab es mehrere Skilifts, deren Masten und Verankerungen aber mit der Umgebung zu verschmelzen schienen und die über tiefe Schluchten und schroffe Felsspitzen hinwegführten. Der Horizont wurde vom majestätischen Pfeiler des Hohen Steinbergs beherrscht, der die Nachbargipfel überragte. In einzelnen Senken seiner steinigen Nordwand lag noch der Schnee des letzten Winters, und den leicht gerundeten Gipfel bedeckte ein dünner Firnis aus Neuschnee.

Der einzige Zugang nach Bergsee war eine überdachte Fußgängerbrücke über einen reißenden Strom; die Bodenplanken der Brücke waren vielleicht kräftig genug und die Brücke selbst ausreichend breit für ein Pferd und eine Karre, aber nicht für einen Wagen. Sie parkten unter einem Schild, das vor Steinschlag und Lawinen warnte, und machten sich auf den Weg ins Dorf. Sie kamen auf einen kleinen Platz, der an einer Seite von der Kirche und an der anderen vom Berghof Himmelblick gesäumt wurde, einem viergeschossigen Haus in traditioneller Bauweise aus dunklem Holz mit steilem Dach, Blumenkästen voller üppiger Geranien vor den Fenstern und einer Terrasse mit Blick auf den See über die ganze Frontbreite des Hotels.

Das Dorf schien völlig verlassen bis auf einen Hund, der im Schatten einer Viehtränke lag, und zwei Männer, die auf der Hotelterrasse saßen. Der ältere Mann wandte sich, als sie näher kamen, seinem Tischnachbarn zu, sagte etwas und erhob sich dann mit einer freundlichen Miene, in die sich jedoch auch etwas mischte, das beinahe Verwirrung hätte sein können.

Er war ein wahrer Hüne, trug Lederhosen, die von bestickten Trägern über seinem gewaltigen Bauch festgehalten wurden, hatte einen Stiernacken, ein rundes Gesicht und einen kahlen Kopf. «Grüß Gott, die Herrschaften!» begrüßte er sie.

Chris erwiderte seinen Gruß mit einem zuversichtlichen: «Grüß Gott.»

Aber dann stellte der Hüne eine Frage, die Chris nicht verstand.

«Wir sind Engländer», erklärte er.

Der Hüne wandte sich hilfesuchend an seinen Tischnachbarn. Der war etwa zwanzig Jahre jünger, eher lässig gekleidet in Jeans und Sporthemd, ein attraktiver Bursche mit schmalem Gesicht, auffällig hohen Wangenknochen und dunklen Augen. Sein dichtes, schwarzes, ziemlich langes Haar ging an den Schläfen ins Silberne über. Als er nun aufstand und auf sie zukam, strich er sich das Haar mit langen, schmalen Fingern zurück. «Willkommen in Bergsee», sagte er in beinahe akzentfreiem Englisch. «Was für eine Überraschung. Wir haben hier nicht viele englische Gäste. Bitte, setzen Sie sich doch zu uns. Und erlauben Sie mir, Ihnen etwas zu trinken anzubieten.»

«Was hättest du gern?» fragte Chris Pippa.

Pippa zögerte, dachte darüber nach, welche Wirkung Alkohol auf ihren rumorenden Magen haben würde, und beschloß dann, sich den Teufel darum zu scheren. «Ein Glas Weißwein, bitte.»

«Elfi!» rief der Hüne einer Kellnerin im Dirndl zu. «Einen Liter Weißen!»

Das Mädchen kehrte wenig später mit einer Karaffe und vier Gläsern zurück. Der große Mann schenkte den Wein ein und hob dann sein Glas: «Willkommen in Bergsee!»

Der Wein war jung und grünlich, leicht und ein wenig moussierend, als hätte bei der Gärung noch Tau auf den Trauben gelegen.

«Mein Schwiegervater beklagte sich gerade über den Mangel an Gesellschaft», erklärte der jüngere Mann. «Wir beide freuen uns sehr, Sie hier zu begrüßen.»

«Sie liegen ja auch etwas abseits der ausgetretenen Pfade», bemerkte Chris.

«Ja, das ist wohl gleichzeitig ein Vorteil und ein Nachteil für uns. Es bedeutet, daß wir keine Busladungen mit Tagesausflüglern bekommen, aber dafür sind wir auch abhängig von Zufallsbesuchern wie Ihnen. Im Winter ist das natürlich anders ...»

«Ja, das muß eine wunderbare Gegend zum Skifahren sein.»

«Stimmt. Der Hohe Steinberg bietet eine der schönsten Abfahrtsstrecken der Welt.»

«Dann sind Sie wahrscheinlich selbst ein hervorragender Skiläufer?»

«Nicht ein so guter wie meine Frau. Aber als gebürtige Bergseerin hat Lotte mit dem Skifahren angefangen, sobald sie stehen konnte, wogegen ich über zwanzig war, bevor ich zum ersten Mal auf Skiern stand.»

«Sie kommen nicht aus Bergsee?»

Er schüttelte den Kopf.

«Ihr Englisch ist hervorragend – Sie sind doch nicht etwa Engländer, oder?» fragte Pippa.

«Nein, ich bin Österreicher. Gebürtiger Wiener. Aber ich bin zweisprachig aufgewachsen. Mein Vater starb in den letzten Kriegsmonaten, und meine Mutter hat dann einen englischen Offizier geheiratet, einen Soldaten der Besatzungstruppen. Als er nach England zurückgeschickt wurde, sind wir mit ihm gegangen. Ich bin in London zur Schule gegangen, in Dulwich.»

«Das ist ja unglaublich! Da wohne ich.»

«Ich bin zuerst auf die Thomas-Abercombie-Schule gegangen, dann auf das Dulwich College.»

«Da war mein Bruder auch!»

«Tja, ich glaube, dann sollten wir uns langsam vorstellen. Ich bin Pepi Brunnen, und das ist mein Schwiegervater, der Eigentümer des Himmelsblicks, Gebhardt Nussbaum. Und Sie sind ...?»

Als Pippa ihren Namen sagte, schien in den Zügen des Hünen Verblüffung aufzuflackern, aber sie führte das darauf zurück, daß er ihren Namen genauso schwierig fand wie sie den seinen.

Pepi Brunnen erklärte, daß er mit einundzwanzig zum ersten Mal nach Bergsee gekommen sei, als er nach dem Tod seiner Großmutter ein kleines Grundstück im Dorf erbte. «Ich kam her, um mir mein Erbe anzusehen, und habe mich auf der Stelle verliebt», meinte er lachend, «in den Ort – und in Lotte. Und so bin ich hiergeblieben.»

Eine Weile unterhielten sie sich gutgelaunt über das Dorf und die Umgebung. Dann sagte Chris: «Für uns ist dieser Urlaub eine Art Forschungsreise. Vielleicht können Sie uns ja weiterhelfen. Haben Sie schon einmal von einer englischen Schriftstellerin namens Katherine Fountain gehört? Sie hat Kinderbücher geschrieben ...»

Die Blicke der beiden Österreicher kreuzten sich, und Pepi Brunnen sagte wie aus der Pistole geschossen: «Natürlich! Die Kinder hier in Österreich lieben sie sehr. Ich selbst war schon zu alt für diese Bücher, als sie damals erschienen, aber ich habe sie meinen eigenen Kindern vorgelesen, als sie noch klein waren.»

«Wir versuchen, den Schauplatz der Geschichten zu finden», erklärte Pippa. «Sie erinnern sich vielleicht, es gab da ein Dorf namens Sonntag, einen Berg, der Greiskopf hieß, und einen See …»

«Nun, meine eigenen Kinder bilden sich gern ein, daß Bergsee das ursprüngliche ‹verzauberte› Dorf sei und der Hohe Steinberg der Greiskopf …»

«Und?» fragte Pippa atemlos. «Glauben Sie, das stimmt?»

Er sah sie eindringlich an. «Warum? Ist das so wichtig für Sie?»

«Ja, ziemlich wichtig. Wissen Sie, Katherine Fountain ist meine Großmutter. Obwohl das nur ihr Pseudonym ist. In Wirklichkeit heißt sie Devere wie ich. Und Roman, der kleine Junge in den Büchern, hat meinen Vater zum Vorbild.»

In Pepi Brunnens Gesicht erschien ein Ausdruck, den man als Schock hätte interpretieren können. Aber vielleicht war es lediglich Überraschung, denn er fuhr schnell fort: «In diesem Fall haben Sie doch sicher Ihre Großmutter gefragt, welchen Ort sie im Sinn hatte, als sie ihre Bücher schrieb?»

«Ich habe sie tatsächlich gefragt, aber das einzige, was sie mir erzählen wollte, war, daß sie nach Vorarlberg kam, als mein Vater noch klein war, und daß sie sich für ihre Geschichten grob an Orten orientiert hätte, die sie damals besucht hat.»

Er nickte nachdenklich. «Und Ihr Vater? Haben Sie ihn gefragt?»

Sie seufzte. «Er mag die Bücher nicht. Meine Großmutter sagte, er habe immer Angst gehabt, daß man ihn als Roman erkennen und auslachen würde.»

«Was redet ihr denn da?» fragte Gebhardt Nussbaum dazwischen.

Pepi Brunnen holte zu einer schnellen, gutturalen Erklärung aus, an deren Ende sein Schwiegervater Pippa anstrahlte und der Kellnerin zurief: «Elfi! Bring uns noch einen Liter!»

Pippa beobachtete mißtrauisch, wie eine zweite Karaffe gebracht wurde, und legte eine Hand über ihr Glas.

Der große Mann nickte wissend. «Das Mädel hat sicher Hunger.»

«Das macht die Bergluft», bemerkte Pepi Brunnen. «Hätten Sie gern die Speisekarte, oder darf ich Ihnen frische Forellen aus dem See empfehlen, mit neuen Kartoffeln und grünem Salat?»

«Hört sich köstlich an», erwiderte Pippa.

Es war mehr als köstlich. Der Fisch schwamm in Butter und war gewürzt mit Zitrone und Kräutern, und die Kartoffeln schmeckten, als wären sie gerade erst ausgegraben worden.

Nachdem sie guten Appetit gewünscht hatten, zogen sich ihre Gastgeber zurück und ließen die beiden ungestört essen.

Sie tranken ihren Kaffee, als Pepi Brunnen wieder aus dem Hotel auftauchte. «Ich hoffe, das Essen war zu Ihrer Zufriedenheit?» Exzellent, versicherten sie ihm, und dann sagte Chris:

«Wir würden gern ein oder zwei Nächte hierbleiben. Haben Sie ein Doppelzimmer frei?»

Ein Doppelzimmer … Pippas Herz hämmerte so laut, daß sie sicher war, die anderen müßten es hören können.

«Aber natürlich», erwiderte Pepi Brunnen sofort.

«Nichts würde uns mehr freuen! Übrigens, wo haben Sie Ihren Wagen abgestellt?»

«Auf der anderen Seite der Brücke.»

«Wir bringen ihn in die Garage, in der auch mein Wagen steht. Da ist er sicher vor Steinschlag.»

Die Garage erwies sich als umgebaute Scheune, die unter Föhren halb versteckt lag, und Pepi Brunnens eigener Wagen als ein neuer silbergrauer Porsche 928.

Ihr Mittagessen war bemerkenswert billig und der Zimmertarif äußerst vernünftig. Wo auch immer Pepi Brunnens Geld herkam, es stammte jedenfalls nicht von Sommerurlaubern, denen für eine Nacht in seinem Hotel überzogene Preise abverlangt worden wären.

Lotte Brunnen saß in der Rezeption, als sie sich anmeldeten. Eine hübsche, fröhliche Frau Ende Dreißig mit kurzem, blondem, gewelltem Haar und blaugrauen Augen.

Während Chris die Anmeldeformulare ausfüllte, betrachtete Pippa die Fotografien, die an der Wand des Foyers hingen, nicht zuletzt, um ihre Verwirrung zu kaschieren.

Dort hing etwa ein Dutzend gerahmter Schwarzweißfotos, die sich allesamt als Schnee- und Skiaufnahmen erwiesen: herrliche Bilder jungfräulicher, schneebedeckter Berge vor dem Hintergrund eines unglaublich klaren Himmels; sensationelle Aufnahmen von Skiläufern, die von steilen Felsnasen schwindelerregende Sprünge wagten oder gefährliche Hänge hinunterschossen; lange Eiszapfen vor kerzenerleuchteten Fenstern; erschrockene Hirsche zwischen schneegebeugten Bäumen; Kinder, die einen Riesenschneemann bauten, und junge Leute bei einer Schneeballschlacht; eine Frau in einem pelzbesetzten

Kapuzenumhang, die in einem Pferdeschlitten über einen zugefrorenen See fuhr; und eine Aufnahme, noch atemberaubender und dramatischer als alle anderen, von einem Mann, der auf seinen Skiern tief in die Hocke ging, während eine Lawine anscheinend drohte, ihn zu verschlingen.

«Ah!» rief Pepi Brunnen. «Sie haben unsere Bildergalerie entdeckt! Das sind Standbilder aus dem Film *Der Alptraum*, der vor dem Krieg hier in Bergsee gedreht wurde.»

«Die Bilder sind brillant.»

Chris schlenderte zu ihr herüber. «Pippa ist Fotografin.»

«Aha, eine Expertin also. Nun, selbst im Sommer werden Sie in Bergsee und Umgebung genug gute Motive finden.»

«Heißt ‹Alptraum› soviel wie ein Traum von den Alpen?» fragte Chris.

«Hört sich fast so an, nicht wahr? Aber ‹Alptraum› ist die Bezeichnung für einen schlimmen Traum, der einen verfolgt. Den Film hat übrigens Max Zydowitz produziert.»

«Aber ich dachte immer, der sei Amerikaner.»

«Er war, um genau zu sein, ein deutscher Jude, der Ende der dreißiger Jahre nach Amerika emigrierte. Sein Sohn Steven Zydowitz wird nächstens für eine Biographie seines Vaters hier recherchieren.» Pepi Brunnen hielt einen Augenblick lang inne. «Wissen Sie, mein Großvater hat die Filmmusik für den *Alptraum* geschrieben.»

«Ihr Großvater?»

«Leopold Brunnen.»

Chris blieb vor Staunen der Mund offenstehen. «Leopold Brunnen? Aber das war doch dieser brillante Pianist!»

Ihr Gastgeber schaute kurz Pippa an, die seinen Blick ausdruckslos erwiderte; sie hatte noch nie im Leben von Max Zydowitz oder Leopold Brunnen gehört.

«Brunnen ist kein seltener Name», sagte er. Dann fuhr er energisch fort: «So, jetzt zeige ich Ihnen Ihr Zimmer.»

Es war ein wunderschöner, großer Raum mit einer hellen Kiefernvertäfelung und dazu passenden massiven Holzmöbeln sowie einem gewaltigen Doppelbett mit dicken Kissen und einer bauschigen Daunendecke. Der Anblick dieses Bettes verunsicherte Pippa plötzlich zutiefst – wie eine Braut in ihrer Hochzeitsnacht. Es war beinahe so, als seien sie stillschweigend übereingekommen, auf die richtige Zeit und den richtigen Ort zu warten, um ihre Liebe zu zelebrieren. Und jetzt waren die Umstände genau richtig – nur das Wann mußte noch geklärt werden.

Am anderen Ende des Zimmers führte eine Tür auf einen breiten Balkon. Sie schlenderte hinaus in den Sonnenschein, stützte die Ellbogen auf das Geländer und blickte hinunter zum See. Chris stellte sich neben sie. «Glücklich?» fragte er.

«O ja ...»

«Laß uns auspacken und dann einen Spaziergang machen», schlug er vor.

«Ist Leopold Brunnen sehr berühmt?» erkundigte sie sich, als sie ihren Koffer öffnete.

«Er war zu seiner Zeit ziemlich bekannt.» Chris runzelte die Stirn. «Aber ich wußte nicht, daß er nicht nur Klavier gespielt, sondern auch komponiert hat.»

Nachdem sie frische Shorts und T-Shirts angezogen hatten, gingen sie wieder nach unten und hinaus auf den Dorfplatz. Neben der Kirche stand ein Wegweiser.

«Ich glaube, das Alpele, zwei Kilometer, sollte für heute nachmittag reichen», sagte Chris. «Oder möchtest du lieber um den See herumwandern?»

«Nein, laß uns ruhig das Alpele anschauen ...»

Er steuerte mit schnellem Schritt einen Weg durch eine Wiese an, der dann ziemlich steil anstieg. Pippa blieb stehen, um ein Foto zu machen. Als sie Chris wieder eingeholt hatte, saß er auf einem Felsbrocken, beschirmte die Augen mit den Händen und ließ den Blick über das Land unter ihnen schweifen. Schwer atmend ließ Pippa sich ins Gras fallen; ihre Shorts und ihr T-Shirt klebten ihr feucht am Leib. «Uff! Entweder bist du Superman, oder ich bin nicht besonders fit.»

Er grinste. «Oder beides ...»

«Ich wußte nicht, daß wir zu so einem strammen Marsch antreten würden.»

«'tschuldigung. Alte Gewohnheiten sind schwer auszurotten. Bevor ich dich kennengelernt habe, bin ich viel gewandert. Als Student habe ich jede Gelegenheit dazu genutzt – ich war in Schottland, in den Pennines und hier in den Alpen.»

«Das wußte ich ja gar nicht. Ist deine Fr ... ist Carol gern gewandert?»

«Du machst wohl Witze! Carol haßte die Berge und das Wandern. Für sie bedeutete Urlaub Strand und Sonne.»

Pippa spürte wieder dieses seltsame Zusammenkrampfen ihres Magens, das ihr immer zu schaffen machte, wenn Chris von seiner Vergangenheit sprach. Es war nicht eigentlich Eifersucht, sondern ein plötzliches Gefühl der Unsicherheit, als gäbe es da eine Seite an ihm, die dunkel und furchteinflößend war, ganz einfach, weil sie sie nicht kannte. Ihre eigene Vergangenheit war ein offenes Buch. Er wußte alles über ihre Kindheit und ihre früheren Freunde, über Richard und Andy. Aber von ihm wußte sie noch immer nur sehr wenig.

«So! Kann's weitergehen?»

Er half ihr auf die Füße, ließ aber ihre Hand nicht los, und der Augenblick der Unsicherheit verflog, als sie nun Seite an Seite den Weg fortsetzten.

«Ich bin froh, daß wir nicht bis auf den Gipfel des Hohen Steinbergs hinaufwollen», meinte sie atemlos lachend.

«Du willst doch nicht sagen, daß du schon müde bist?» Chris schaute zum Gipfel des Hohen Steinbergs hinauf, der vor ihnen aufragte. «Ich hätte nichts dagegen, da raufzuklettern.»

«Das würde Tage dauern.»

«In den Bergen sind Entfernungen sehr trügerisch. Es sind nur ungefähr acht Kilometer. Das könnten wir leicht an einem Tag schaffen.»

«Acht Kilometer in der Vertikalen sind doch wohl etwas anderes als acht Kilometer in der Ebene», entgegnete Pippa.

An einem Felsvorsprung verzweigte sich ihr Pfad; ein Weg führte hinauf auf den Hohen Steinberg, der andere aufs Alpele. Ein Stück vor ihnen an diesem Weg kauerte sich ein Bauernhof mit steilem Dach in eine natürliche Senke. Selbst aus der Entfernung konnten sie sehen, daß die Fensterläden der kleinen Fenster geschlossen waren und im Garten das Unkraut wucherte.

Aber als sie das Haus erreichten, stießen sie auf deutliche Beweise, daß es nicht völlig unbewohnt war. Die Tür hatte ein modernes Schloß, und als sie durch eins der unverschlossenen Fenster spähten, erkannten sie Vorhänge dahinter und einen spärlich möblierten Raum.

«Vielleicht sind die Besitzer in Urlaub gefahren», meinte Pippa.

Chris ging um das Haus herum, bis er an eine große hölzerne Doppeltür kam.

«Chris, das kannst du doch nicht machen», protestierte Pippa, als er den altmodischen Riegel hochheben wollte.

«Warum nicht? Das ist doch nur der Kuhstall.»

«Aber er gehört zum Haus.»

«Ist dir aufgefallen, daß sich hier die Kuhställe in den Bauernhäusern selbst befinden? Im Winter hilft die Wärme des Viehs, das Haus zu heizen. Kostengünstige Zentralheizung.»

Die Doppeltür gab nicht nach. Chris ging weiter zur Rückseite des Hauses, wo ein Tor in ein umzäuntes Stück Land führte, das früher wohl der Garten gewesen sein mußte, obwohl es jetzt kniehoch mit gelbem Gras bewachsen war, das in der warmen Brise raschelte und vom Zirpen der Insekten belebt wurde. Man hörte auch das Rauschen eines Baches, der über Steine und zwischen den Föhren hindurch zu Tal plätscherte. Vom Haus aus konnte man gerade noch einen Zipfel des Sees von Bergsee erkennen, hinter dem sich steil die Berge erhoben.

«Es ist so schön, daß es weh tut», flüsterte Pippa. «Als ob der Rest der Welt überhaupt nicht existierte.»

«Ich verstehe, was du meinst. Als sei dies eine ganz eigene Welt. Eine Welt innerhalb der Welt.»

Der Giebelseite des Hauses war ein Balkon mit geschnitztem Geländer vorgebaut, der auf stämmigen Holzpfosten ruhte. Darunter lag Brennholz gestapelt, und davor stand ein wettergegerbter Gartenstuhl. Chris deutete auf den Stuhl, Pippa setzte sich, und dann schwiegen sie eine Weile, ließen sich vom Zauber der Landschaft anrühren, bis der Abend heraufzuziehen begann und die Sonne, eine gewaltige goldene Scheibe, Anstalten machte, hinter der düsteren Kette der Berge zu versinken. Der Himmel war indigoblau, goldgestreift und mit Purpur und Karminrot übersprüht, und seine prächtigen Farben spiegelten sich in dem tiefen Wasser des fernen Sees.

Chris seufzte. «Wir sollten uns auf den Rückweg machen.»

«Ich würde so gern hierbleiben. Dieser Ort ähnelt so sehr dem Chalet, das Kiki in ihren Büchern beschrieben hat; sogar der Bach und das Tal sind da.»

Pippa drehte sich um und blickte den Hohen Steinberg hinauf, dessen Granitwände jetzt mit einem sanften Rosa überzogen waren, während der frisch gefallene Schnee auf seinem Gipfel blutrot leuchtete.

Die Fotografin in ihr gewann die Oberhand. Sie holte ihre Nikon aus dem Futteral und stellte den Gipfel scharf.

«Sieh doch, Chris!» rief sie aufgeregt. «Von hier aus sieht der Berg wirklich wie der Kopf eines alten Mannes aus. Siehst du nicht die Augen und die Nase und den Bart?»

Er strich ihr mit den Lippen über den Hals. «Eigentlich nicht, muß ich gestehen. Aber wenn es dich glücklich macht, warum nicht, meine kleine Katherin-Fountain-Enkelin?»

Das Gefühl der Verzauberung hielt bis hinunter ins Dorf an, wo in den Fenstern der Häuser helle Lichter leuchteten und auf der Hotelterrasse Laternen entzündet worden waren. Selbst während des Abendessens im ziemlich gut besuchten Restaurant hatten sie das Gefühl, abseits der übrigen Gäste zu sein, als hätte sich ein magischer Ring um ihren Tisch gelegt, als säßen sie allein innerhalb des Lichtkegels, den die flackernde Kerze auf ihren Tisch warf.

Später, als sie oben in ihrem Zimmer waren, trat Pippa noch einmal hinaus auf den Balkon. Aus der Bar drang gedämpftes Stimmengewirr und das Klirren von Gläsern herauf. Das dunkle Wasser des Sees plätscherte in sanften kleinen Wellen ans Ufer, und aus der Ferne konnte man das Rauschen eines Bergbachs hören.

Sie blickte über den See, hinüber zu den schwarzen Silhouetten der Berge und hinauf in das hohe Gewölbe des Himmels, wo ein riesiger blasser Mond aufgegangen war; die Umrisse seiner eigenen Täler und Berge waren so klar zu erkennen, daß sie das Gefühl hatte, durch ein Teleskop zu blicken, und jeder Stern der Milchstraße strahlte so hell, daß sie scheinbar nur die Hand auszustrecken brauchte, um ihn sich vom Himmel zu pflükken.

Chris war neben sie getreten und hatte ihr den Arm um die Schultern gelegt. Sie lehnte sich an ihn. Dies ist ein Augenblick, dachte sie, den ich bis an mein Lebensende im Gedächtnis bewahren muß. Ich muß mir jedes Detail einprägen, damit ich es zurückholen kann, wann immer ich das Gefühl habe, nicht mehr im Einklang mit der Welt zu sein.

Dann führte er sie ins Schlafzimmer und drückte sie

sanft auf das Bett. Vor ihr niederkniend, küßte er ihre Wangen und ihre Lippen, zog ihr dann die Schuhe aus und öffnete den Reißverschluß ihres Kleides. Als sie ausgezogen war, entledigte er sich seiner eigenen Kleider und legte sich neben sie, zog sie fest an sich und liebkoste ihr Haar und ihren Rücken.

Und als ihre nackten Körper einander berührten, wallte in ihr eine Sehnsucht nach ihm auf, die viel mehr als fleischliches Begehren war, die aus der tiefsten Tiefe ihrer Seele kam.

17

Während der achtundzwanzig Jahre seiner Ehe war Sebastian nach der Arbeit stets zu einer aufmerksamen Gattin zurückgekehrt, und zu einer Mahlzeit, die perfekt zubereitet, wunderbar präsentiert und so berechnet war, daß sie dreißig Minuten nach seiner Ankunft serviert werden konnte. So hatte er noch Zeit, sich zu waschen und umzuziehen und sich dann in aller Ruhe einen Aperitif zu genehmigen. Dieses Ritual hatte auch die Geburt der Kinder schadlos überstanden.

Am Tag nach Pippas Aufbruch in den Urlaub fand er jedoch bei seiner Heimkehr Valerie in der Küche, wo sie einen Stapel Hemden bügelte. «Das Abendessen wird fertig sein, wenn ich fertig bin», informierte sie ihn, ohne sich auch nur mit einem einzigen Wort danach zu erkundigen, wie sein Tag gewesen war.

«Stimmt irgend etwas nicht?» fragte er.

«June hat gekündigt.»

«Gekündigt? Ohne vorher einen Ton zu sagen?»

«Ihre Tochter ist krank.»

«So? Aber sie kommt doch nur vormittags.»

«Ihre Tochter wohnt in Yorkshire», erwiderte Valerie in einem Ton, der besagte, daß er über diese überaus wichtige Tatsache eigentlich hätte Bescheid wissen müssen. «Von jetzt an wird sich hier eben einiges ändern.»

Er beschloß, diese Bemerkung zu ignorieren. «Soll ich dir auch einen Drink holen?»

«Nein, danke.»

Sie griff nach dem Bügeleisen, ließ es auf das Hemd niedersausen, das sie gerade bügelte, und versengte es. Sebastian blieb nur gerade lange genug stehen, um sicherzugehen, daß es eins von Dominics Hemden war, bevor er sich ins Wohnzimmer zurückzog und sich einen großen Scotch einschenkte.

Ob Valerie damit nur die Aufmerksamkeit auf sich ziehen wollte oder ob die Putzfrau bei ihrer täglichen Runde durchs Haus wahre Wunder vollbracht hatte, konnte er nicht sagen, aber nach ihrem Weggang ließ Valerie ihn und Dominic keinen Augenblick im Zweifel darüber, daß Hausarbeit ein Vollzeitjob war.

Der Staubsauger schien niemals stillzustehen. Er heulte auf, noch bevor sie des Morgens richtig wach waren, oder gerade in dem Augenblick, in dem sie sich abends vor den Fernseher setzten. Und wenn es nicht der Staubsauger war, dröhnten Waschmaschine oder Trockner.

Dominics Hemd war nicht das einzige Kleidungsstück, das zu leiden hatte. Als er in der Kommode nach einer ehemals weißen Unterhose suchte, mußte Sebastian feststellen, daß sie rosa geworden war. «Ist wahrscheinlich mit Dominics Sweatshirt in die Wäsche gekommen», stellte Valerie gleichgültig fest.

Wenn er zu Bett ging (Valerie hatte sich plötzlich angewöhnt, länger aufzubleiben als er – sie hatte ja so viel zu tun), mußte er feststellen, daß es noch ungemacht war oder daß zwar die schmutzigen Laken abgezogen, aber nicht durch neue ersetzt worden waren, so daß er erst den Schrank nach sauberer Wäsche durchstöbern und sich das Bett selbst machen mußte. Dasselbe galt für das

Badezimmer. Wenn er tropfnaß aus der Dusche kam, fehlte mit Vorliebe ein Handtuch zum Abtrocknen.

Noch schlimmer war jedoch das Schicksal, das ihre Mahlzeiten getroffen hatte. Statt der raffinierten Kochkunst, an die er gewöhnt war, durfte er sich nun glücklich schätzen, wenn er ein verkohltes Lammkotelett mit tiefgefrorenen Erbsen und Ofen-Pommes-frites vorgesetzt bekam. Dominic, dessen Arbeitszeiten immer unberechenbarer wurden, stieg auf Selbstversorgung um und deckte sich mit Pizza, Hamburgern oder Kebabs ein, Imbißfraß, den Sebastian früher immer mißbilligt hatte, der ihm jetzt aber beinahe wie eine Köstlichkeit erschien.

Gespräche fanden nicht statt. Valerie reagierte nur noch einsilbig auf seine Fragen oder Bemerkungen. Selbst Sebastian war klar, daß sie sich über irgend etwas geärgert hatte, und er konnte nur annehmen, daß die Wurzel allen Übels bei June zu suchen sei. Aber warum Valerie ihren Unmut an ihm ausließ, überstieg sein Vorstellungsvermögen.

In diesem Zustand lebten sie nun schon seit fast einer Woche, als Pippas Postkarte eintraf. Normalerweise kam der Postbote erst, nachdem Sebastian ins Büro gegangen war, aber an diesem speziellen Morgen war er etwas früher dran. Durch den Briefschlitz flatterte eine Postkarte, auf der ein kleiner Junge mit Lederhosen in ein Alphorn blies, mit einem aufmerksamen Publikum von etwa einem Dutzend melancholisch dreinschauender Kühe.

Als Sebastian die Postkarte umdrehte, fiel sein Blick zuerst auf eine österreichische Briefmarke, abgestempelt in «Bergsee am Arlberg». Dann las er Pippas Urlaubsgrüße:

«Ihr Lieben, wir sind gestern hier angekommen. Die Landschaft ist absolut phantastisch. Wir sind in einem hübschen Hotel abgestiegen mit hervorragendem Essen und einem fabelhaften Blick über den See. Wir haben schon einen ausgedehnten Spaziergang unternommen, und ich habe jede Menge Bilder gemacht. Alles Liebe, Philippa.» Und mit anderer Handschrift: «Herzliche Grüße, Chris.»

Weißglühender Zorn flammte in ihm auf. Diese Karte konnte nur eins bedeuten: Pippa hatte die verdammten Bücher seiner Mutter entdeckt. Es war Kitty durchaus zuzutrauen, daß sie ihr selbst davon erzählt hatte.

Während er sich durch den Stoßverkehr nach Kensington kämpfte, verfolgte ihn das Bild des jungen Kuhhirten. Rückschau war eine Gewohnheit, der er sich selten hingab: Sie war nicht nur beunruhigend, sondern auch nutzlos. Pippas Postkarte zwang ihn nun jedoch zurück in seine Vergangenheit.

Er war als kleiner Junge in Österreich auf eine Art und Weise glücklich gewesen, wie er sie seither nie wieder erfahren hatte. Seine Erinnerungen an die ersten sechs Jahre seines Lebens waren verschwommen, aber er hatte ein nebelhaftes Bild von einer Welt, die immer erfüllt gewesen war von der Musik seines Vaters und dem Lachen seiner Mutter. Selbst im Winter, wenn draußen meterhoher Schnee lag und Gebirgsstürme wüteten, war es in ihrem Haus warm und gemütlich gewesen; er erinnerte sich an den Holzofen und die Kerzen und die Strohmatratze, auf der er in seinem Dachbodenzimmer geschlafen hatte, von dem aus man einen Blick auf die Berge hatte. In diesem Zimmer hatte sein Vater ihm die Geschichten erzählt, die seine Mutter später in den «verzauberten» Büchern veröffentlicht hatte, über den alten Mann im Berg und den Zauberer des Waldes.

Vor allem erinnerte er sich an die Winter in Österreich. Die Gemsen und Rothirsche, die auf der Suche nach Futter von den Bergen herunterkamen, so zahm, daß sie ihm aus der Hand fraßen, die Schneemänner, die sie bauten, die Schneeballschlachten, das Schlittschuhlaufen auf dem See, das Rodeln und, sobald er alt genug dazu war, das Skifahren.

Nie würde er seine erste Abfahrt vergessen. Seine Mutter hatte schützend die Arme um ihn gelegt, und sein Vater hatte seinerseits die Arme um sie beide geschlungen. Dann hatte er sie mit einem triumphierenden Jubelschrei und einem kräftigen Stoß seiner Skistöcke talabwärts in Bewegung gesetzt, und sie waren durch den Schnee geschossen, schneller und immer schneller, bis der Hang auslief und sie zum Stehen kamen. Er erinnerte sich an seine flehentliche Bitte: «Bitte, Vati, noch einmal.» Und sein Vater hatte gelacht und ihn einen kleinen Schneehasen genannt, während sie alle drei wieder den Hang hinaufgestapft waren.

Im Frühling schmolz der Schnee beinahe über Nacht. Und im Frühsommer hatten alle Kinder aus dem Dorf den Männern barfüßig und mit sonnengebräunten Gesichtern, Armen und Beinen bei der Heuernte geholfen. Sie hatten das Vieh auf die höher gelegenen Weiden geführt – und der Gipfel seines Ehrgeizes damals hatte darin bestanden, Kuhhirte zu werden, wenn er älter war.

Wie ironisch doch Pippas Wahl der Postkarte war. Es sei denn, sie wußte davon. Es sei denn, seine Mutter hatte es ihr erzählt. Aber nein, so weit wäre sie doch sicher nicht gegangen? Denn wenn sie es erzählt hatte, hätte sie auch die Hintergründe erklären müssen. Diese verflixten Bücher zu schreiben war eins, aber ihr Versagen als Mutter einzugestehen doch etwas ganz anderes …

«Der verzauberte Berg» war 1951 veröffentlicht worden, genau in dem Jahr, in dem er seinen Wehrdienst angetreten hatte. Er war achtzehn gewesen und stand kurz vor seiner Aufnahme in die Royal Air Force. Seine Mutter hatte ihm das Buch geschickt, zusammen mit einem Brief, in dem sie ihm erklärte, daß sie unter einem Pseudonym geschrieben habe, damit er nicht dem Spott der Kameraden ausgesetzt sei. Er hatte das Buch gelesen, sich die Illustrationen angesehen und es ihr dann zurückgeschickt, weil er sie kränken wollte, so wie sie ihn gekränkt hatte.

Nicht, daß er sich davor fürchtete, ausgelacht zu werden. Nein, was ihn an den «verzauberten» Büchern so sehr verletzt hatte, war, daß seine Mutter ihm seine Kindheitserinnerungen gestohlen hatte, Erinnerungen, die er als etwas unendlich Kostbares und zutiefst Persönliches wie einen Schatz gehütet hatte. Ja, auf diese Weise hatte sie ihm seine Kindheit nicht nur einmal, sondern zweimal gestohlen: zuerst, als sie ihn nach England verfrachtet hatte, und dann ein zweites Mal, als sie Erfahrungen, von denen er glaubte, daß sie allein ihm gehörten, veröffentlicht und der ganzen Welt zu lesen gegeben hatte. Abgesehen davon waren es nicht einmal ihre eigenen Geschichten gewesen. Nicht sie hatte Roman erfunden. Roman war die Schöpfung seines Vaters gewesen …

Hinter ihm ertönte ungeduldiges Hupen. Als er aufblickte und sah, daß die Ampel schon auf Grün umgesprungen war, verursachte er durch ein hastiges Schaltmanöver ein böses Krachen und Knirschen im Getriebe, bevor er das Gaspedal durchtrat und davonschoß.

Es war elf Uhr, als Sebastian draußen den unverkennbaren, lauten Auspuff von Elliotts Jaguar hörte. Sebastian schob seinen Stuhl zurück, ging durch den Verkaufsraum und fragte, noch bevor Elliott aus dem Wagen gestiegen war: «Wo zum Teufel bist du gewesen? Du weißt doch, daß Michael Urlaub hat und daß ich heute morgen unbedingt früh loswollte.»

Elliott hielt mitten in einem Takt von *Oh, what a beautiful morning* inne und fuhr sich reumütig mit der Hand durchs Haar. «Ach Gott! Die Tebworth-Hall-Auktion. Die ist mir total entfallen. Na ja, wenigstens habe ich Archies Beerdigung nicht vergessen. Ich habe dir doch sicher von unserem Leichenschmaus erzählt, oder? Von dem hundertjährigen Port, den wir im Keller des armen alten Archie entdeckt haben?»

«Ja, hast du», knurrte Sebastian mit zusammengebissenen Zähnen. Archibald, der zwölfte Earl von Tebworth, war ein Freund von Elliotts Großvater gewesen. Daher waren Elliott und Adam vor einigen Monaten gemeinsam an der Beerdigung gewesen. «Und ich habe dich gestern an die Auktion erinnert.»

«Weiß ich. Aber ich hatte andere Dinge im Kopf. Und ich wollte dich auch noch warnen, daß dir da wahrscheinlich eine schwere Enttäuschung bevorsteht. Ich habe, als ich in Tebworth war, mal schnell einen Blick riskiert. Wie der Port – und der arme alte Archie selbst –, haben seine Habseligkeiten ihre besten Jahre hinter sich. Traurig, wenn eine alte Familie so endet. Mir sind allerdings ein oder zwei ganz hübsche Gemälde aufgefallen – ein Paar Gainsboroughs und ein Landseer …»

«Ich habe seit neun Uhr versucht, bei dir anzurufen.»

«Zeitverschwendung, fürchte ich. Ich war bei Belinda.»

Sebastian knirschte mit den Zähnen.

«Du hättest nicht auf mich zu warten brauchen», meinte Elliott nun. «Du hättest den Anrufbeantworter einschalten und den Laden dichtmachen können.»

«Das letzte Mal, als ich das getan habe, ist uns ein Geschäft von fünftausend Pfund durch die Lappen gegangen.»

«Ich glaube nicht, daß uns jemals ein Geschäft durch die Lappen gegangen ist, weil wir nicht hier waren. Wenn ein Käufer ernsthaftes Interesse hat, kommt er wieder. Außerdem schließt keiner unserer Kunden irgendwelche Geschäfte vor dem Mittagessen ab.»

«Da du selten vor Mittag hier bist, kannst du das wohl nicht beurteilen.

«Tja, jetzt, da ich hier bin, willst du bleiben, oder bist du immer noch fest entschlossen, nach Tebworth zu fahren?»

«Ja», fauchte Sebastian.

«Hast du alles, was du brauchst? Hut, Stock, Brille und Gesangbuch?»

Sebastian machte sich nicht einmal die Mühe, auf diese allzuoft gehörte und nicht besonders komische Floskel zu antworten, sondern sprang in den Range Rover, ließ ihn an und fuhr so schnell über den Kies, daß die Reifen durchdrehten.

Warum ließ er sich das alles von Elliott gefallen? fragte er sich, während er sich in den gewohnten dichten Verkehr von Knightsbridge einfädelte. Aber die Frage war rein rhetorisch. Elliott mochte ihn zwar manchmal fast in den Wahnsinn treiben, aber ein Leben ohne ihn wäre einfach undenkbar.

Seine Gedanken kehrten in seine Kindheit zurück, nach Österreich, zu seiner Mutter, zu Elliott …

Er konnte sich an jede Einzelheit seines Abschieds von Österreich erinnern, angefangen von dem Augenblick, in dem ein fremder Mann den Berg heraufgekommen war, den seine Mutter ihm als «Onkel Adam» vorgestellt hatte. Sie und der Fremde hatten sich dann im Garten auf englisch unterhalten, was er nicht verstehen konnte, da er bisher nur deutsch gesprochen hatte.

Am nächsten Morgen waren sie alle zusammen zum Bahnhof gegangen. Sein Vater hatte von Dampfzügen erzählt. Er konnte sich nicht daran erinnern, was seine Mutter gesagt hatte. Sie hatten ihn beide geküßt, wirkten aber beide nicht im geringsten verstört.

Zunächst hatte er seine bösen Ahnungen vergessen und die Zugfahrt genossen, während der er aufgeregt von Fenster zu Fenster gelaufen war, um die Landschaft vorüberjagen zu sehen. Onkel Adam hatte ein wenig Deutsch gesprochene, auch wenn es nur geringe Ähnlichkeit mit dem Dialekt hatte, der bis dahin seine Muttersprache gewesen war. Dann war es Nacht geworden, und als er wieder aufgewacht war, hatte er zum ersten Mal das Meer gesehen. Aber nachdem sie in England angekommen waren, hatten sich Müdigkeit und der dumpfe Schmerz des Heimwehs breitgemacht. Alles war ihm so grau und so völlig fremd erschienen …

Schließlich kamen sie nach Puddles. Das Haus, erinnerte er sich, war ihm auf den ersten Blick ehrfurchtgebietend groß und bedrückend erschienen. Auch Tante Eve hatte er anfangs als sehr einschüchternd empfunden. Und Elliott hatte den Neuankömmling mit unverhohlener Feindseligkeit begrüßt.

Der einzige Mensch im Haushalt der Berkeleys, zu dem Sebastian in jenen ersten Tagen nach seiner Ankunft in England eine gewisse Zuneigung empfunden hatte, war Elliotts Großvater gewesen. Wie Adam hatte Professor Berkeley über rudimentäre Deutschkenntnisse verfügt; er und Sebastian hatten sich mit Hilfe eines Wörterbuchs verständigt, hatten darum gewetteifert, wer als erster das richtige Wort oder den richtigen Ausdruck in der Sprache des anderen finden konnte. Es war ein Spiel gewesen, an dem Elliott nicht teilgenommen hatte …

Als der Professor kurz nach dem Krieg starb, war das für Sebastian ein großer Verlust gewesen, ein größerer noch als der Tod seines eigenen Vaters, von dem Tante Eve ihn eines Tages unterrichtet hatte. Wenn es einen wirklich wichtigen Einfluß in seinem Leben gab, dann war er von diesem alten Mann ausgegangen, der endlos Zeit für einen verwirrten, einsamen kleinen Jungen gehabt hatte, der ihm half, Englisch zu lernen, der sich seine Sorgen anhörte und nie mit seinem Mitgefühl geizte.

Elliott seinerseits war nicht in der Lage gewesen, seine Reserviertheit lange aufrechtzuerhalten, vor allem nicht, nachdem er in Sebastians Problemen eine Möglichkeit gewittert hatte, seine eigene Überlegenheit zu demonstrieren. Später hatte Elliott jedes Gefühl der Feindseligkeit ihm gegenüber geleugnet, genauso, wie er abstritt, daß sie jemals Schwierigkeiten gehabt hätten, sich sprachlich zu verständigen. Aber Elliott hatte diese

Dinge wahrscheinlich wirklich vergessen. Schließlich hatte er auch nicht unter dem Hohn grausamer Schuljungen und der Gefühllosigkeit nicht minder brutaler Lehrer zu leiden gehabt. Nein, Elliott war nicht derjenige, den man gnadenlos verspottet hatte, weil man ihn für einen Deutschen hielt ...

Wie sehr es ihn danach verlangt hatte, sich anzupassen, genauso zu sein wie alle anderen, als Mitglied einer Clique akzeptiert zu werden, zu einer Gruppe zu gehören. Seine einzige Sonderheit, mit der er die Bewunderung der Mitschüler hätte erringen können, war ein natürliches Talent zum Klavierspiel. Aber als der Musiklehrer entdeckte, daß er eine Chopin-Etüde spielte, ohne das Notenblatt zu beachten, bekam er gleich den Rohrstock auf den Fingern zu spüren. Das Improvisieren sei ein Irrweg, wurde er belehrt, und danach verlor er jedes Interesse an der Musik.

Adam hatte er es zu verdanken, daß er sich nicht auch noch mit dem zusätzlichen Handicap eines offensichtlich deutschen Namens herumschlagen mußte, wie es zum Beispiel Heinrich Rosenberg nicht erspart blieb. Rosenberg war ebenfalls ohne seine Eltern nach England gekommen und hatte versucht, sich mit ihm anzufreunden. Aber Sebastian hatte nicht einen Deutschen als besten Freund haben wollen, schon gar nicht einen Juden. Er wollte anerkannt werden – und das bedeutete, englischer zu sein als die Engländer.

Erst als er seinen ersten Reisepaß beantragte, erfuhr er, daß Devere nicht der Familienname seines Vaters, sondern der seiner Mutter war. Adam hatte erklärt, seine Mutter habe seine Geburtsurkunde verloren, aber weil sie Engländerin sei, habe er Anspruch darauf, sich naturalisieren zu lassen. Und in Anbetracht der Vorurteile, mit denen Sebastian während des Kriegs rechnen mußte, hatte es Adam für vernünftig gehalten, seinen ersten Vornamen Johann zu unterschlagen und ihn bei seiner Ankunft in England als Sebastian Devere registrieren lassen.

Bis heute hatte er keine Ahnung, wie der Name seines Vaters gelautet hatte. Es war ihm auch gleichgültig. Er hatte schon vor langer Zeit jegliches Gefühl der Verbundenheit mit dem Mann verloren, den er zum letzten Mal auf einem österreichischen Bahnhof gesehen hatte und bei dessen letzten an ihn gerichteten Worten es um Dampfmaschinen gegangen war.

Er hatte vielleicht ein Jahr in Puddles gelebt, als Tante Eve ihn eines Tages in ihr Zimmer bat und ihm dort eröffnete, daß sein Vater gestorben sei. Er konnte sich noch an seine Verständnislosigkeit erinnern, als er ihre Worte vernahm. Er konnte keine Träne weinen. Sein Vater und seine Mutter waren zu schattenhaften Gestalten geworden: Er besaß keine Fotografien, um sich auch nur ihr Äußeres vor Augen führen zu können; und inzwischen kamen ihm Onkel Adam und Tante Eve wie die eigenen Eltern, Elliott wie sein Bruder und Professor Berkeley wie sein Großvater vor.

Er fühlte sich sogar fast erleichtert: Der Schmerz der nicht enden wollenden Unsicherheit war endlich vorüber. Für ihn wurden Trennung und Tod Synonyme; mit der Logik eines Kindes waren für ihn fortan beide Eltern tot, und er würde sie niemals wiedersehen.

Seine Mutter schrieb ihm zwar regelmäßig, aber ihre Briefe waren so bedeutungslos, daß sie genausogut von einem anderen Stern hätten kommen können. Tante Eve bestand darauf, daß er antwortete, eine Aufgabe, die er fürchten lernte, so mühselig und sinnlos erschien sie ihm.

Dann, ohne jegliche Vorwarnung, war eines Tages seine Mutter in Puddles eingetroffen. Sie war nur wenige Tage geblieben, bevor sie wieder nach London zurückfuhr; sie hatte ihm erklärt, daß sie unmöglich den Berkeleys auf der Tasche liegen konnte und daß sie mehr Geld verdienen mußte, als ihr das in einem kleinen Dorf wie Puddles möglich sein würde. Doch als Adam und Eve zusammen mit ihm und Elliott sie später in Bayswater besucht hatten, hatte sie ihn immerhin gefragt, ob er bei ihr bleiben wolle.

Selbst heute noch konnte er das Elendsviertel, in dem sie gelebt hatte, deutlich vor sich sehen. Das Haus nebenan war von einer Bombe getroffen und die Rückwand weggesprengt worden, so daß die Zimmer neugierigen Blicken preisgegeben waren und das Dach keinen Schutz mehr gegen die Elemente bot. Elliott hatte die Andersartigkeit dieser Umgebung fasziniert, aber er selbst war nur unruhig auf seinem Stuhl hin und her gerutscht, hatte sich geweigert, etwas zu essen, und die ganze Zeit gefragt, wann es endlich wieder nach Hause ging.

«Du müßtest natürlich die Schule wechseln», hatte seine Mutter gesagt, «aber das Gymnasium hier hat einen sehr guten Ruf. Und wir wären zusammen ...»

Das letzte, was er gewollt hatte, war ein Leben in solchem Schmutz, zusammen mit dieser Fremden, die sich seine Mutter nannte. Und genausowenig hätte er, wie wenig er seine Privatschule auch mochte, auf einem Gymnasium in Bayswater noch einmal von vorn beginnen wollen, Schulter an Schulter mit den rotznasigen, zerlumpten Straßenkindern, die er draußen in den Trümmern und den Bombenkratern gesehen hatte.

Noch immer schauderte es ihn, wenn er daran dachte, was aus ihm geworden wäre, hätte er die Einladung seiner Mutter angenommen. Aber das halbherzige Angebot war kaum mehr wert gewesen als der Atem, den es sie gekostet hatte, die Worte auszusprechen. Seine Mutter hatte ihn genausowenig bei sich haben wollen, wie er bleiben wollte.

Nein, zu dieser Zeit war das «Hügelhaus» schon sein Heim geworden und die Berkeleys die einzige Familie, die er sich wünschte. So groß war ihr Einfluß auf ihn gewesen, daß er als Erwachsener immer noch versuchte, sie nachzuahmen. Sein Haus in Dulwich sah dem «Hügelhaus» so ähnlich wie möglich. Er hatte versucht, ein zweiter Onkel Adam zu werden, und Valerie verkörperte seine Version von Tante Eve. Später hatte er dann versucht, Dominic und Pippa genauso zu erziehen, wie er und Elliott erzogen worden waren. Und was die Leute auch sagen mochten, er hatte weiß Gott Erfolg gehabt …

Er erreichte Tebworth Hall genau drei Minuten vor Beginn der Versteigerung. Wie immer hatte er sich vor der Auktion einen Zustandsbericht schicken lassen. Er hatte ihn heute morgen, während er auf Elliott wartete, durchgesehen und seine Preisvorstellungen notiert. Aber die Mühe hätte er sich sparen können. Abgesehen von den Bildern – da hatte Elliott völlig recht gehabt – legten die Besitztümer des zwölften Earls nur Zeugnis ab für den armseligen Zustand der britischen Aristokratie. Das wenige, was Tebworth Hall verblieben war, nachdem der Fiskus über die Jahrzehnte immer einschneidendere Erbschaftssteuern erhoben hatte, war durch das Fehlen einer vernünftigen Heizung ruiniert oder von Holzwürmern und Motten zerfressen.

Der Verkehr auf der Rückfahrt war nicht mehr so dicht, trotzdem kam er keinen Deut schneller nach Hause. Er fuhr mit fast hundertdreißig Stundenkilometern auf der Überholspur, als die Steuerung plötzlich nachgab und der Range Rover auszubrechen drohte. Glücklicherweise war er ein guter Fahrer, und es gelang ihm, abzubremsen und den Wagen unter Kontrolle zu halten. Dann zog er hinüber auf den Randstreifen und hielt an. Der Vorderreifen auf der Fahrerseite hatte ein Loch. Geschlagene zwei Stunden wartete er auf den Pannendienst, und in der Zwischenzeit begann es, wie aus Kübeln zu gießen. Er hatte kein Frühstück und kein Mittagessen gehabt und fühlte sich dem Verhungern nahe.

Als er endlich wieder in Kensington eintraf, war Elliott bereits auf und davon und hatte seinen Schreibtisch im üblichen Zustand hinterlassen: übersät mit leeren Kaffeetassen, Papieren, ungeöffneter Post und dem obligatorischen überquellenden Aschenbecher.

Der Tag war jedoch bei weitem noch nicht vorüber. Als er heimkam, fand er das Haus leer. Auf dem Küchentisch lag Pippas Postkarte und daneben eine Notiz:

«Bin zu deiner Mutter gefahren. Dominic wird erst spät nach Hause kommen. Dein Abendessen steht in der Mikrowelle. V.»

Das war der Tropfen, der das Faß zum Überlaufen brachte. Zuerst Philippa und jetzt Valerie – die Welt hatte sich gegen ihn verschworen. Er ging ins Wohnzimmer, schenkte sich einen Whisky ein und trank ihn pur.

Als Valerie die Haustür aufschloß, hatte er sich in einen hübschen Wutanfall hineingesteigert. Er stürmte in den Flur und stellte sie zur Rede: «Was zum Teufel ist hier los? Warum bist du heute – ausgerechnet heute – zu meiner Mutter gefahren?»

«Ich wollte mich selbst davon überzeugen, daß sie sich von ihrem Sturz wieder ganz erholt hat.»

«Dein Besuch hatte nichts mit Philippas Postkarte zu tun?»

«Nur indirekt. Die Karte hat meinem Gedächtnis auf die Sprünge geholfen. Ich wollte schon seit einer ganzen Weile nach ihr sehen.»

«Und wußtest du, daß Philippa vorhatte, nach Österreich zu fahren?»

«Nein, wußte ich nicht. Aber es scheint, als würden die beiden sich gut amüsieren. Das freut mich.»

«Es kann nur einen Grund geben, warum sie beschlossen haben, nach Österreich zu fahren», fuhr Sebastian halsstarrig fort. «Nämlich, daß Philippa etwas über die Bücher meiner Mutter herausgefunden hat.»

Valerie erwiderte scharf: «Und wenn schon! Es wurde auch langsam Zeit! Ich wünschte nur, ich hätte den Mut gehabt, zu meinen eigenen Überzeugungen zu stehen, und deine Einwände gegen die ‹verzauberten› Bücher vom Tisch gefegt. Diese Geschichten hätten ihr und Dominic viel Freude gemacht, wenn wir ihnen erlaubt hätten, sie zu lesen, als sie noch klein waren. Aber wegen deines dummen Stolzes sind sie eines Teils ihres Geburtsrechts beraubt worden.»

«Wegen meinem was?»

«Du hast gehört, was ich sagte. Wegen deines dummen Stolzes. Dieser ganze Unsinn, daß die Leute sich über dich lustig machen würden, wenn sie wüßten, daß du das Vorbild für Romane gewesen bist. Nun, ich akzeptiere, daß das vielleicht so gewesen wäre, als du noch ein junger Mann warst. Aber heute würde niemand mehr über dich lachen. Und die Kinder wären stolz auf dich gewesen. Nicht jeder hat einen Vater, der die Hauptfigur in einer ganzen Reihe von Büchern ist. Und nur die wenigsten Kinder haben das Glück, eine so talentierte Großmutter zu besitzen. Aber wenn es nach dir gegangen wäre, hättest du ihnen nicht nur die Bücher verschwiegen, sondern deine Mutter dazu.»

«Valerie, ich hatte einen extrem langen und anstrengenden Tag. Ich bin sechshundert Kilometer nach Derbyshire und zurück gefahren, um eine Auktion zu besuchen. Ich bin nur knapp einem Unfall entgangen, der mich das Leben hätte kosten können. Das letzte, was ich jetzt brauche, ist ein Vortrag über meine Mutter.»

«Du hast das Thema angeschnitten. Nicht ich.»

«Du hast sie besucht.»

«Was du eigentlich sagen willst, ist doch, daß das letzte, was du hören willst, ein paar lange überfällige Wahrheiten sind. Nun, ob es dir schmeckt oder nicht, du wirst mir jetzt zuhören. Sebastian, du bist dreiundfünfzig Jahre alt. Wäre es verdammt noch mal nicht langsam Zeit, daß du erwachsen wirst?»

Wie konnte sie es wagen, ihm das vorzuwerfen – ausgerechnet ihm? Er war mit sechs Jahren erwachsen geworden, als seine Mutter ihn im Stich gelassen hatte, als sie ihn in ein fremdes Land geschickt und es ihm allein überlassen hatte, sich ein neues Leben aufzubauen, eine neue Sprache zu lernen, eine neue Identität und eine neue Nationalität anzunehmen …

«Also hör mir mal zu, Valerie –»

«Nein, ausnahmsweise einmal wirst du mir zuhören.»

«Was immer meine Mutter über mich gesagt hat ...»

Sie warf ihm einen vernichtenden Blick zu. «Deine Mutter hat gar nichts über dich gesagt. Dein Name ist kaum gefallen. Glücklicherweise hatten wir interessantere Gesprächsthemen. Aber die bloße Tatsache, daß du davon ausgehst, unsere Gespräche drehten sich nur um dich, ist typisch für deine Selbstüberschätzung; du nimmst dich zu wichtig.

Es gibt nur einen Menschen, der dir etwas bedeutet, nicht wahr? Und das ist Sebastian Devere. Wir anderen bedeuten in deinen Augen gar nichts.»

«Um Gottes willen, Valerie, du redest absoluten Blödsinn.»

«Das tu ich nicht – und du weißt es. Dein Problem ist, daß du dich weigerst, irgendeinen Standpunkt außer deinem eigenen zur Kenntnis zu nehmen. Du bist immer im Recht, und wir anderen sind immer im Unrecht.» Ihre Stimme wurde schriller. «Du bist der selbstsüchtigste, egoistischste, überheblichste Mensch, den ich je kennengelernt habe. Fast dreißig Jahre sind wir jetzt verheiratet, und statt mit dem Alter verständnis- und rücksichtsvoller zu werden, bist du nur immer bigotter und intoleranter geworden.

Ich wünschte, wir hätten uns in dieser moderneren Zeit kennengelernt. Ich wünschte, wir hätten zusammen in Urlaub fahren können wie Philippa und Christopher, hätten vor der Hochzeit zusammenleben können. Denn wenn wir das getan hätten, bin ich mir keineswegs sicher, ob ich dich überhaupt noch geheiratet hätte, Sebastian.»

Sie starrte ihn mit geröteten Wangen an, den Mund zu einer harten, dünnen Linie zusammengepreßt, die Augen funkelnd.

Mit übertriebener Geduld sagte er: «Valerie, hättest du etwas dagegen, mir zu erklären, was eigentlich los ist?»

«Hab ich mich denn nicht klar ausgedrückt?» Ihre Stimme schwoll zu einem Kreischen an. «*Du* bist los, Sebastian. *Du!*»

Mit einem Blick tiefster Verachtung marschierte Valerie an ihm vorbei und die Treppe hinauf.

Noch lange nachdem sie zu Bett gegangen war, saß Sebastian in der Küche, und der Whiskypegel in der Flasche auf dem Tisch vor ihm sank rapide. Er war wie betäubt und weit erschrockener als vor einigen Stunden, als er beinahe die Kontrolle über seinen Wagen verloren hatte. Noch nie während ihrer ganzen Ehe hatte Valerie so mit ihm gesprochen. Gelegentlich hatte sie ihn angefaucht, aber noch nie zuvor war sie in solchen Zorn ausgebrochen. Sie ist fünfzig, dachte er. Vielleicht kommt sie in die Wechseljahre. Frauen benehmen sich in dieser Phase des Lebens ja ein wenig seltsam, wie man weiß.

Aber tief in seinem Herzen wußte er, daß die Wurzeln dieses Ausbruchs viel weiter hinabreichten – zu etwas, das den Kern seiner Existenz bedrohte.

Du bist los, Sebastian. Du …

Während der nächsten Tage war die Atmosphäre zwischen ihnen weiterhin ausgesprochen gespannt. Nicht, daß sie noch einmal gestritten hätten. Aber sie legten die Differenzen auch nicht bei. Statt dessen herrschte beklommenes Schweigen; Valerie behielt ihre Haltung distanzierter Feindseligkeit bei, und er selbst befand sich in einem Zustand gekränkter Bestürzung.

Er war ernsthaft versucht, sich Elliott anzuvertrauen, aber er wußte, daß Elliott das Ganze mit einer schnippischen Bemerkung abtun und ihn dann noch monatelang gnadenlos damit aufziehen würde. Und wenn Valerie herausfand, daß er mit Elliott über sie gesprochen hatte, würde sie wahrscheinlich erneut an die Decke gehen.

Dann, am Donnerstag abend, kam Dominic früher als gewohnt nach Hause. Er stürmte ins Wohnzimmer, warf Jacke und Aktenkoffer auf den Fußboden und ließ sich in einen Sessel fallen. «Pfff. Was für ein Tag! Das Elektrizitätswerk hat die Straße aufgerissen und dem ganzen verdammten Gebäude den Strom abgestellt. Natürlich ist der Computer abgestürzt, und wir hatten keine Backups. Mein Chef ist total außer sich.»

Sebastian faltete seine Zeitung säuberlich zusammen und legte sie auf den Beistelltisch neben dem Sessel. «Gehst du heute abend aus?» fragte er.

«Nein. Ich glaube, ich lege mich besser mal früh aufs Ohr. Ich will morgen früh raus und den Computer wieder in Gang bringen. Nichts Neues von der Heimatfront, nehme ich an? Noch immer kein Ersatz für June gefunden?»

«Sieht nicht so aus.»

«Verdammt! Weißt du was, warum holen wir uns nicht was vom Chinesen? Das würde Mum das Kochen ersparen.»

Er hätte Sebastian nicht geschickter in die Hände spielen können. «Gute Idee. Aber du solltest es deiner Mutter am besten gleich mitteilen.»

Dominic bedachte ihn mit einem verschwörerischen Mann-zu-Mann-Lächeln und erhob sich aus seinem Sessel.

Sekunden später war er wieder da. «Sie findet den Chinesen auch eine gute Idee. Das Problem ist nur, daß ich heute nicht zum Geldautomaten gekommen bin. Du könntest mir nicht zufällig einen Zehner leihen?»

Bei jeder anderen Gelegenheit hätte Sebastian etwas gesagt wie: «Ich werde demnächst Zinsen von dir verlangen», aber heute wollte er seinen Sohn auf seiner Seite wissen. Also sagte er nur: «Klar doch. Ich komme übrigens gleich mit. Wir könnten unterwegs auf einen schnellen Drink im Pub vorbeischauen.»

Als sie vor ihren Getränken saßen, sagte er: «Ich denke seit einer Weile daran, mir einen Computer fürs Büro anzuschaffen. Irgendwelche Ratschläge, was ich da am besten nehme?»

«Hängt davon ab, wofür du ihn haben willst.»

«Lagerkontrolle vor allem. Aber es könnte nicht schaden, wenn wir damit auch Briefe und Rechnungen tippen könnten.»

Froh über diese Gelegenheit, mit seinem Wissen zu prahlen, beschrieb Dominic die Vorzüge und Nachteile verschiedener Computer und Softwarepakete. Schließlich kamen sie überein, daß er Broschüren und Preislisten besorgen würde, bevor eine endgültige Entscheidung getroffen wurde.

Nachdem das Eis gebrochen war, näherte Sebastian sich zögernd dem Thema, das ihn wirklich beschäftigte. «Dir ist sicher nicht entgangen, daß deine Mutter, ähm, im Augenblick, ähm, in einer seltsamen Verfassung ist, oder? Tja, ich weiß, es ist merkwürdig, wenn ein Vater einem Sohn diese Frage stellt, aber ich wüßte gern, ob du vielleicht eine Ahnung hast, was dahintersteckt.»

Dominic schürzte die Lippen und betrachtete aufmerksam den Inhalt seines Bierglases. Dann sagte er: «Es geht um Philippa. Wenn ich recht verstanden habe, hast du gesagt, daß du sie nicht mehr im Haus haben willst, wenn sie mit Chris in Urlaub fährt. Das ist es, was Mum umtreibt.»

Warum um alles in der Welt, staunte Sebastian, hatte Valerie das nicht einfach gesagt? Wozu diese melodramatischen Szenen? Sie hätten das Problem auf vernünftige und zivilisierte Art und Weise besprechen können: Sie hätte eingesehen, daß Philippa ausgesprochen hinterhältig vorgegangen war; und er hätte zugegeben, daß er sie natürlich nicht aus dem Haus werfen würde.

Er holte tief Luft. «Wenn ich das wirklich gesagt habe, dann doch nur in der Hitze des Augenblicks. Ich gebe allerdings zu, daß ich absolut dagegen war, Philippa mit Christopher in Urlaub fahren zu lassen.»

«Wär wohl etwas schwierig geworden, sie davon abzuhalten», bemerkte Dominic.

«Was hältst du denn von Christopher?»

Dominic zuckte die Achseln. «Scheint ein ganz netter Bursche zu sein. Hat einen positiven Einfluß auf Philippa, wenn es das ist, was du wissen willst. Außerdem war er dafür verantwortlich, daß sie den Job in Stratham bekommen hat.»

Sebastian räusperte sich. «Ich schätze, was ich sagen will, ist folgendes – glaubst du, er hat überhaupt die Absicht, sie zu heiraten?»

«Da habe ich absolut keine Ahnung. Er kann nichts

machen, bevor seine Scheidung durch ist, das steht wohl fest.»

«Scheidung?» wiederholte Sebastian mit schwacher Stimme.

«O Gott», stöhnte Dominic. «Ich bin davon ausgegangen, daß du das weißt. Ich dachte, das wäre der Grund, warum du ihn so mißbilligst.»

Mit unsicherer Hand griff Sebastian nach seinem Glas. «Erzähl ruhig weiter.»

«Da gibt es nicht mehr viel zu erzählen. Soweit ich weiß, ist seine Frau mit einem anderen Mann auf und davon. Ich schätze, die Scheidung wird insgesamt sehr glatt verlaufen.»

«Haben sie Kinder?»

«Glaube nicht. Nein, ich bin sicher, es gibt keine Kinder.»

Das machte die Sache um eine Spur besser, aber nicht viel. Zumindest war die Trennung nicht Chris' Schuld, und es gab keine Kinder, die darunter zu leiden haben würden.

«Na, komm schon, Dad, so schlimm ist es nun auch wieder nicht. Bei allem Respekt, einige deiner Ansichten sind doch sehr altmodisch.»

Sebastian schwieg verletzt.

Dominic versuchte schließlich einzulenken. «Du hast großes Glück mit deiner Ehe gehabt, Dad. Du hast gleich beim ersten Mal das richtige Mädchen kennengelernt. Nicht jeder hat soviel Glück. Chris hat einen Fehler gemacht, und ich bin sicher, er ist anschließend durch die Hölle gegangen. Bestimmt ist er kein zweiter Elliott. Ich hab mich übrigens oft gefragt, ob Elliott dich nicht insgeheim um dein häusliches Glück beneidet.»

«Häusliches Glück» war wohl kaum der Ausdruck, mit dem Sebastian den gegenwärtigen Zustand seiner Ehe beschrieben hätte. Aber im Grunde genommen hatte Dominic recht.

«Und Philippa ist keine Minderjährige mehr», fuhr sein Sohn fort. «Okay, du kannst ihr natürlich den Geldhahn zudrehen, aber du kannst ihr nicht vorschreiben, wie sie ihr Leben zu führen hat.»

Sebastian wurde auf einmal bewußt, daß Dominic kein Junge mehr war, sondern ein Mann. Und Philippa kein Mädchen, sondern eine Frau. Sie waren schon vor einiger Zeit flügge und erwachsene Wesen mit eigenem Willen und eigenen Vorstellungen geworden.

Er stieß einen tiefen Seufzer aus. Wenn er es bei Philippas Rückkehr auf eine Kraftprobe ankommen ließ, war sie durchaus in der Lage, von zu Hause wegzugehen, und dann würde er sie vielleicht nie wiedersehen. Valerie und Dominic würden sich, daran bestand kein Zweifel, mit ihr gegen ihn verbünden. Das gleiche galt selbstverständlich für seine Mutter und Elliott. Und sie alle würden ihm die Schuld an der Entzweiung der Familie geben.

«Und das Wichtigste», sprach Dominic weiter, «sollte doch wohl Philippas Glück sein, oder?»

Sebastian räumte widerwillig ein: «Ja, ich schätze, da hast du recht.»

Sein Sohn grinste. «Komm, ich spendier dir noch einen Drink. Du siehst aus, als könntest du ihn gebrauchen.»

Kraftlos überließ Sebastian ihm sein Glas, eine Geste, mit der er, wie ihm in diesem Augenblick klar wurde, auch viele seiner eingefleischten Überzeugungen preisgab.

Dominic suchte in seiner Tasche nach Kleingeld. «Tut mir leid, hab ich ganz vergessen. Ich bin ja blank.»

«Geht schon in Ordnung», brummte Sebastian und griff nach seiner Brieftasche.

18

Jeden Abend überlegten Pippa und Chris, ob sie nicht weiterfahren sollten, aber wenn der Morgen kam, die Sonne die Hänge des Hohen Steinbergs in sanftes goldenes Licht tauchte und der See unter ihrem Balkon leise plätscherte, verfielen sie abermals dem Zauberbann, und ihr Wagen blieb neben Pepi Brunnens Porsche in der Garage stehen. Wozu weiter durch die Gegend fahren, wo doch alles, was sie brauchten, hier war? Eine Landschaft von unübertrefflicher Schönheit. Überaus freundliche und großzügige Gastgeber – und ein vollkommenes Gefühl innerer Harmonie und inneren Friedens, das ihr wachsendes Verständnis und ihre Übereinstimmung miteinander mit sich brachten.

Sie machten weite Spaziergänge, Chris in klobigen Stiefeln und roten Socken, Kniebundhosen und offenem Hemd, Pippa in Turnschuhen, Shorts und T-Shirt; die ersten Tage war sie immer hinter ihm zurückgeblieben, dann aber, als ihre Muskeln sich an die steilen Steigungen gewöhnt hatten, war es ihr leichtergefallen, mit ihm Schritt zu halten, obwohl sie immer wieder stehenblieb, um zu fotografieren.

Gelegentlich nahmen sie das Ruderboot des Hotels und picknickten am anderen Ende des Sees. Sie schwammen in dem eiskalten Wasser und ließen sich von der Sonne trocknen. Sie fuhren mit dem Sessellift hinauf auf die höheren Almen und suchten sich ein Plätzchen zum

Sonnenbaden. Sie verspeisten abends gewaltige Portionen und liebten sich nachts unter dem dicken weißen Federbett.

Das Wetter setzte dem Ganzen das I-Tüpfelchen auf – Sonnenschein tagein, tagaus –, eine leichte Wärme und ein Licht, das den Körper stimulierte und den Geist anspornte, das ihnen das Gefühl gab, dem Himmel in jeder Hinsicht ein wenig näher zu sein.

«Sie haben Glück mit'm Wetter», sagte Gebhardt Nussbaum jeden Morgen, wenn sie zum Frühstück hinunterkamen und er kurz von seiner Zeitung aufschaute. Sein Blick ruhte dann einen Augenblick auf Pippas Gesicht, und er bedachte sie mit einem liebevollen, beinahe väterlichen Lächeln.

«Er ist so ein Schatz», sagte Pippa eines Morgens seufzend, als sie zum Alpele und dem Bauernhaus hinaufschlenderten – das Ziel, das ihnen von allen am liebsten war. «Ich weiß nicht, wieso, aber irgend etwas an diesem Haus gibt mir das Gefühl, hierherzugehören. Bei dem Gedanken an unsere Abreise fühle ich mich ganz erbärmlich.»

Chris griff nach ihrer Hand. «Ich weiß, was du meinst. Aber denk noch nicht an den Abschied. Wir sind noch ein paar Tage hier. Genieß sie …»

An ihrem letzten Tag kletterten sie auf den Hohen Steinberg. Sie brachen sehr früh auf, als der See noch in Nebel gehüllt lag und das Gras schwer war von Tau.

Trotz der frühen Stunde war Gebhardt Nussbaum auf, um sie zu verabschieden und ihnen nachzuwinken. Als sie den Wald erreichten, verschwanden er und das Dorf hinter den hohen Stämmen blaugrüner Föhren.

Nach der Waldgrenze kamen sie auf hoch gelegene Weiden und dann in eine wilde, zerklüftete, felsenübersäte Gegend, wo Heidelbeeren zaghaft zwischen den Steinen hervorlugten und der Fußweg fast zur Gänze im Geröll verschwand und nur mit Hilfe roter, auf Steinbrocken gemalter Zeichen zu finden war.

Von da an führte ihr Weg steil nach oben, und Pippas Wadenmuskeln beklagten sich erneut. Immer wieder mußte sie stehenbleiben, um Luft zu holen. «Kiki hat die anstrengende Seite des Bergsteigens in ihren Büchern ziemlich beschönigt», stieß sie hervor. «Aber runter wird es wenigstens einfacher sein als rauf.»

Kurze Zeit später mußte sie auch an dieser Hoffnung zweifeln, denn der Pfad wurde zu einem schmalen Grat, fiel zu beiden Seiten in schwindelerregende Tiefen ab, und sie war nicht sicher, ob sie überhaupt den Aufstieg schaffen würde, ganz zu schweigen vom Abstieg.

«Glaubst du, daß Roman wirklich hier entlanggekommen ist?» fragte sie, während sie sich auf allen vieren vorwärts tastete.

«Er war ein kleiner Junge. Er hatte bestimmt keine Höhenangst. Außerdem ist das Schlimmste geschafft, und wenn es dich tröstet, bergab können wir einen anderen Weg nehmen.»

«Wo sind wir jetzt?»

Er breitete die Landkarte aus und deutete mit dem Zeigefinger. «Das ist Bergsee. Hier ist der Weg, auf dem wir uns jetzt befinden. Und das ist der Hirschensprung.»

«Meine Güte, weiter sind wir noch nicht gekommen?»

Die Sonne stand im Zenit, und der Gipfel des Hohen Steinbergs schien nicht länger nur eine ferne Verheißung zu sein, als das Gelände noch trostloser und urzeitlicher wurde. Sie umrundeten eine Felsspitze und fanden sich plötzlich vor einem Fluß aus Gletschereis wieder, gefurcht, als sei das Wasser gefroren, während es noch in Bewegung war.

«Viel weiter werden wir wohl nicht kommen», stellte Chris fest. «Das wäre zu gefährlich. Wir bräuchten Eispickel, Steigeisen und Seile.»

«Das *ist* der Greiskopf», flüsterte Pippa. «Sieh doch! Der Gletscher ist geriffelt wie das Haar im Bart des alten Mannes. Dieser Vorsprung da ist seine Nase. Die Felsen sind seine Augenbrauen. Und der Rasen da ist sein Haar.»

Sie blickte zurück in die Richtung, aus der sie gekommen waren. Unter ihnen zogen sich Gebirgsketten von dunklen Tälern durchbrochen bis in die blaue, dunstige Ferne. Es war, als stünden sie und Chris allein auf dem Gipfel der Welt.

Auf dem Rückweg – sie nahmen eine andere Route – trafen sie auf einen Steinhügel, auf dem ein Kreuz stand. «Was bedeutet das?» fragte Pippa.

«Daß jemand hier gestorben ist», erwiderte Chris ernst.

Sie schauderte und ließ den Blick über die trostlos öde Landschaft schweifen. Steile Felsen stiegen zu beiden Seiten in die Höhe, und zu ihren Füßen lag herabgestürztes Geröll. Ein falscher Tritt konnte den Tod bedeuten. Grund genug für Pippa, das Kreuz zu fotografieren.

Es war erst spät am Nachmittag, als sie wieder auf den Pfad stießen, der zu dem verlassenen Bauernhaus führte. Einträchtig gingen sie den Weg entlang und setzten sich ein letztes Mal auf die alte Gartenbank. Eine Weile saßen sie schweigend nebeneinander, dann stieß Pippa einen tiefen Seufzer aus. «Ich will nicht nach Hause. Ich will hierbleiben ...»

Chris nahm ihre Hand und drückte sie. «Wenn wir wieder in London sind, ziehst du dann zu mir?»

Sie brauchte keine Zeit, um über eine Antwort nachzudenken. «Ja», flüsterte sie. Und plötzlich erschien ihr der Gedanke, Bergsee zu verlassen, nicht mehr so schlimm.

Augenblicke später hörten sie Schritte, das erste Mal, daß sie in diesem Garten gestört wurden, den sie mittlerweile als ihre eigene, geheime Zuflucht empfanden. Erschrocken drehten sie sich um und sahen Gebhardt Nussbaum ums Haus herumschlendern. Er hatte einen Schlüssel in der Hand und fragte: «Woll'n S' hineinschauen?»

Chris sprang mit leuchtenden Augen auf. «O ja, bitte.»

Gebhardt Nussbaum ging voran, nicht zur Haustür, sondern zum Kuhstall, wo er die Doppeltüren aufschloß und sie weit öffnete, so daß man einen Blick in einen großen Raum mit Holzfußboden und vertäfelten Wänden werfen konnte. «Das war der Musiksaal», erklärte er. «Das Klavier stand hier.» Er ahmte einen Menschen beim Klavierspielen nach.

«Ein Musikzimmer war das!» rief Chris. «Dann hat das Haus wahrscheinlich Leopold Brunnen gehört, nicht wahr?»

Nussbaum nickte, und Pippa mußte endgültig akzeptieren, was sie bereits vermutet hatte: Wenn dies Leopold Brunnens Heim war, konnte es nicht das Haus sein, das in Kittys «verzauberten» Büchern eine Rolle spielte.

Der alte Mann öffnete die Tür zum Wohnhaus, und sie gingen von einem spärlich möblierten Raum in den nächsten. Jetzt, da sie das Haus von innen kennenlernten, wurde offensichtlich, daß schon seit langer Zeit niemand mehr hier gelebt hatte, aber das Haus wirkte nicht vernachlässigt. Kein Staub überzog Tische und Stühle, keine Spinnweben hingen an den Wänden, und obwohl sie erwartet hätten, daß die Luft stickig sein würde, war sie in Wirklichkeit frisch und süß, mit einem Duft nach Kiefernholz und Blumen.

Eine Treppe führte von der Küche zu den Schlafzimmern im ersten Stock, und von dort ging es über eine weitere schmale, steile Stiege hinauf, vor der Gebhardt Nussbaum stehenblieb und mit einer vielsagenden Handbewegung andeutete, daß es ihm wegen seiner Körperfülle nicht möglich sein würde, hinaufzusteigen. Die Treppe führte auf einen leeren Dachboden, der so niedrig war, daß selbst Pippa kaum aufrecht stehen konnte. Das kleine Fenster bot einen prachtvollen Blick auf den Hohen Steinberg.

Alles an dem Haus stimmte, überlegte Pippa, bis auf den Besitzer. Vielleicht hatte Kiki, als sie den Greiskopf beschrieb, tatsächlich den Hohen Steinberg im Sinn gehabt, aber es mußte reiner Zufall sein, daß man von diesem kleinen Fenster aus einen Blick darauf hatte. Irgendwo anders im Vorarlberg stand ein anderes Haus mit einem anderen Dachbodenfenster, aus dem Roman auf einen anderen Berg hinausgeschaut hatte …

Aber spielte das eine Rolle? Die Geschichten waren reine Phantasie. Was zwischen ihr und Chris geschehen war, seit sie nach Bergsee gekommen waren, war viel wichtiger: Sie hatten ihren eigenen Zauber geschaffen …

Sie gingen wieder hinunter, lächelten, um ihre Dankbarkeit zu zeigen, und Gebhardt Nussbaum lächelte zufrieden zurück. Dann, nachdem die Führung zu Ende war, gingen sie durch das Kuhstallmusikzimmer und traten wieder hinaus in den Sonnenschein.

«Danke schön», sagte Chris, und Pippa schloß sich ihm an.

Aber Gebhardt Nussbaum blieb stehen und sah sie beinahe flehentlich an, als erwarte er noch irgendeine Reaktion von ihr. Noch nie war ihr die Sprachbarriere so unüberwindlich erschienen, und am Ende stellte sie sich auf die Zehenspitzen und küßte ihn auf die Wange.

Er stieß einen kleinen Seufzer der Zufriedenheit aus und zeigte dann auf den Garten. «Bleib'n S' halt noch a bisserl ...» Mit diesen Worten machte er sich wieder auf den Weg Richtung Bergsee.

Als sie schließlich ins Dorf zurückkehrten, war die Sonne untergegangen, und die Luft wurde langsam kühl. Aus der Hotelbar drang kaum hörbar Klavierspiel.

«Wer spielt da?» fragte Chris, als Lotte Brunnen ihm den Zimmerschlüssel gab.

«Oh, das ist mein Mann.»

«Ob er wohl etwas dagegen hätte, wenn wir ihm zuhören würden?»

«Bestimmt nicht.»

Sie folgten dem Klang der Musik in einen kleinen Salon; Pepi Brunnen saß bekleidet mit dunkelgrauen Hosen und einer waldgrünen Jacke mit Samtkragen an einem großen Flügel. An einem Couchtisch neben der Tür hockte ein kleiner Mann von ungefähr vierzig Jahren mit beginnender Glatze und wachem Blick hinter einer dikken Hornbrille. Er schaute einigermaßen irritiert auf, als Pippa und Chris eintraten, aber Pepi Brunnen lächelte und bedeutete ihnen hereinzukommen.

Die Musik, die er spielte, hatte auf Pippa eine ganz ungewöhnliche Wirkung. Das Klavierspiel erinnerte sie an Schneeflocken, die im Sturm durch die Luft wirbelten, und dann, als der Wind nachließ, langsamer zu Boden fielen, allmählich die Erde bedeckten, bis alles zu einem gedämpften Flüstern verklang.

«Das war herrlich», murmelte sie, als die Musik endete und Pepi sich zu ihnen umdrehte.

Er neigte erfreut den Kopf. «Schön, daß es Ihnen gefallen hat, auch wenn ich traurigerweise nicht so ein guter Pianist bin wie mein Großvater.»

«Die Musik hat mich an Schnee erinnert ...»

«Was keine Überraschung ist», meinte der Fremde nun. Seine Stimme hatte den weinerlichen, näselnden Klang der New Yorker. «Das war die Themenmusik des *Alptraums* – die Schneeflockensonate.»

Pippa biß sich ob der schroffen Belehrung auf die Lippen, aber Chris wandte sich an Pepi Brunnen. «Haben Sie nicht gesagt, Ihr Großvater hätte die Filmmusik komponiert? Die Schneeflockensonate, die Sie gerade gespielt haben, stammt aber von Geza Kovacs.»

«Da irren Sie sich», sagte der Amerikaner. «Die Schneeflockensonate wurde Geza Kovacs zugeschrieben, stammt aber in Wirklichkeit von Leopold Brunnen.»

Pepi Brunnen lachte. «Er hat absolut recht. Mein Großvater hat die gesamte Musik von Geza Kovacs komponiert.»

«Wollen Sie damit sagen, es hat Geza Kovacs nie gegeben?»

«O doch, es hat einen Mann dieses Namens gegeben. Er war sehr unbedeutend, ein Ungar, der Anfang des neunzehnten Jahrhunderts gelebt hat und lange tot war, als mein Großvater geboren wurde. Mein Großvater hat ihn wieder zum Leben erweckt.»

«Aber warum? Das ergibt doch keinen Sinn.»

«Ich erklär's Ihnen. Mein Großvater kam aus einer musikalischen Familie, und sein höchster Ehrgeiz im Leben bestand darin, als Komponist Anerkennung zu finden. Nachdem es unwahrscheinlich geworden war, daß er dies unter seinem eigenen Namen erreichen würde, versuchte er es eben unter dem Namen eines anderen.»

«Aber warum konnte er denn nicht unter eigenem Namen Anerkennung finden?» wollte Chris wissen.

«Ich glaube, der Grund dafür war, daß er sich zu Beginn seiner Karriere an einem falschen Stil versuchte. Verstehen Sie, er hatte am Konservatorium in Wien unter Adler und Schönberg Musikologie und Komposition studiert, mit dem Ergebnis, daß seine frühesten Kompositionen atonal und polyphonisch waren. Als er Mitte der zwanziger Jahre in Berlin sein erstes Klavierkonzert gab, haben ihn die Kritiker in Stücke gerissen, und danach hat ihn niemand mehr ernst genommen. Seine Karriere war, wie es schien, in eine Sackgasse geraten.

Etwa fünf Jahre lang schlug er sich als Pianist durch. Schließlich hatte er eine Inspiration. Vielleicht haben Sie schon mal den Witz über das ungarische Rezept für Omelettes gehört? Es beginnt mit den Worten: ‹Zuerst stehle man sechs Eier.› Nun, meine Urgroßmutter war Ungarin, und mein Großvater ist in Budapest zur Welt gekommen. Also stahl er sich die Identität eines anderen Mannes. Er behauptete, in Budapest Klavierpartituren von Kovacs entdeckt zu haben, und gab seine eigenen Arbeiten als die Kovacs' aus.

Er umgab sich mit einer Aura der Rätselhaftigkeit, weigerte sich, Interviews zu geben oder Schallplattenaufnahmen zu machen. Vor allem genoß er es, die Kritiker, die versucht hatten, ihn zu vernichten, an der Nase herumzuführen.»

«Aber es gibt doch Schallplatten?» wandte Chris ein.

«Der Schleier der Rätselhaftigkeit mußte bald fallengelassen werden, denn er war kontraproduktiv. Er mußte Konzerte geben und Platten aufnehmen, um Geld zu verdienen.»

«Wann kam denn die wahre Geschichte ans Licht – über Kovacs, meine ich?»

Der Amerikaner antwortete: «Erst nach seinem Tod, als mein Vater Geza Kovacs' zweites Klavierkonzert als Themenmusik für seinen Film *Passing Strangers* benutzte und Leopold Brunnen als Komponisten nannte. Einige Experten bestanden natürlich darauf, daß es unmöglich sei, daß ein Komponist seine Musik in zwei so verschiedenen Stilen schreiben könne, und sie behaupteten, Brunnen habe nicht nur Kovacs' Namen, sondern auch seine Musik gestohlen. Aber Brunnen war damals schon tot, und mein Vater hatte mit der Erfindung einer solchen Geschichte nichts zu gewinnen.»

«Also, da bin ich wirklich baff!» Plötzlich dämmerte Chris die Bedeutung der Worte «mein Vater», und er sah den Amerikaner an. «Dann sind Sie Max Zydowitz' Sohn?»

«Wie nachlässig von mir!» rief Pepi Brunnen. «Ich hätte Sie vorstellen sollen. Ja, das ist Mr. Zydowitz, und das sind Miss Devere und Mr. Hillyard – das junge englische Paar, von dem ich Ihnen erzählt habe», fügte er an den Amerikaner gewandt hinzu.

Zydowitz nickte. «Erfreut, Sie kennenzulernen. Ich habe, als ich heute nachmittag hier ankam, mit Pepi darüber gesprochen, wie schwierig es ist, das Leben eines Menschen zu erforschen, und er erzählte mir, daß Sie in einer ähnlichen Angelegenheit hier seien. Eine Ihrer Großmütter hat Kinderbücher geschrieben, von denen Sie glauben, daß sie in Bergsee spielen?»

«Ja, meine Großmutter», erwiderte Pippa. «Tja, ich habe das tatsächlich geglaubt, aber jetzt denke ich das eigentlich nicht mehr. Es gibt da ein Bauernhaus, von dem ich dachte, es könnte das Haus in ihren Büchern sein, aber heute nachmittag haben wir herausgefunden, daß es Leopold Brunnen gehörte.»

«Ja, mein Schwiegervater erzählte, daß er Sie dort getroffen und ein wenig herumgeführt habe», sagte Pepi Brunnen. «Er liebt dieses Haus sehr. Natürlich ist er alt genug, um es gekannt zu haben, als mein Großvater noch dort lebte.» Er breitete vielsagend die Hände aus. «Mein Großvater war ein geselliger Mann. Er hatte früher immer viele Gäste. Vielleicht war Ihre Großmutter einer davon.»

«Ich werde sie fragen, wenn ich wieder zu Hause bin, aber ich denke, wenn es so gewesen wäre, hätte sie es sicher erwähnt. Sie liebt klassische Musik. Ich bin sicher, sie hätte mir, als ich sie nach ihren Büchern fragte, erzählt, wenn sie jemals einen berühmten Komponisten kennengelernt hätte, vor allem einen mit einer so ungewöhnlichen Geschichte.»

«Ihre Großmutter lebt also noch?» fragte Zydowitz. «Dann befinden Sie sich mir gegenüber im Vorteil. Ich wünschte zu Gott, mein Vater wäre noch bei uns. Es gibt so viele Dinge, die ich ihn gern fragen würde, so viele ungelöste Rätsel. Aber er starb, als ich kaum mehr als ein Kind war.»

Chris runzelte die Stirn. «Er war schon ein ziemlich alter Mann, als er starb, nicht wahr?»

«Einundachtzig. Er hat erst sehr spät geheiratet. Nächstes Jahr wäre sein hundertster Geburtstag gewesen. Das ist der Grund, warum ich seine Biographie schreibe.»

«Herr Brunnen hat uns erzählt, daß er ursprünglich Deutscher gewesen sei.»

«Ja, er ist in Berlin zur Welt gekommen. Er und sein Großvater müssen sich im Frühjahr 1933 kennengelernt haben, als mein Vater für die UFA-Filmgesellschaft arbeitete. Brunnen war damals wegen eines Konzerts in Berlin.»

«Das ist durchaus möglich», sagte Pepi Brunnen. «Er ist viel in Europa herumgereist.»

«Vielleicht können wir ein paar Stückchen des Puzzles gemeinsam zusammensetzen», sagte Steven Zydowitz.

«Ich weiß nicht, ob ich Ihnen da eine Hilfe sein kann. Mein Großvater starb, bevor ich geboren wurde. Lange hatte ich keine Ahnung, daß Leopold mein Großvater war, bis ich einundzwanzig wurde und den Besitz meiner Großmutter erbte. Damals war es natürlich zu spät, sie zu fragen – und mein Vater war ebenfalls tot. Das wenige, was ich über meinen Großvater weiß, habe ich von meinem Schwiegervater und von Dorfbewohnern, die ihn persönlich kannten.»

«Anscheinend war mein Vater so beeindruckt von seiner Beschreibung Bergsees, daß er auf den Gedanken verfiel, hier einen Film zu drehen. Irgendwann während jenes Sommers kam er hierher, und damals beschloß er wahrscheinlich auch, Geza Kovacs' Schneeflockensonate als Themenmusik zu benutzen.»

«Wie die Umstände auch gewesen sein mögen – soweit es Bergsee betrifft, war die Begegnung der beiden Männer gewiß ein Glücksfall.» Pepi Brunnen lachte. «Kein anderer Film hat das Skifahren jemals so aufregend beschrieben oder die Berge in solcher Pracht dargestellt. Ihr Vater hat Bergsee über Nacht berühmt gemacht – und ihm großen Wohlstand beschert.»

«Der *Alptraum* war sein erster großer Leinwanderfolg», bestätigte Zydowitz. «Sie sagten vorhin, Ihr Großvater sei in Budapest geboren. Wann ist er dann nach Bergsee gekommen?»

«1932. Davor lebte er in Wien. Er hat sein Bauernhaus von einem Großonkel geerbt – die Familie seiner Mutter kam von hier. Nach den Kirchenannalen reichen meine Wurzeln in Bergsee fünfhundert Jahre weit zurück, obwohl ich das erst wußte, als ich meinerseits 1965 das Haus erbte.»

«Haben Sie je oben in dem Bauernhaus gelebt?» fragte Pippa.

«Nein, das war mir zu primitiv. Im Sommer sieht ja alles sehr romantisch aus. Aber im Winter liegen die Dinge ganz anders. Als mein Großvater seinerzeit hierherkam, war Bergsee eine kleine, sehr isolierte bäuerliche Gemeinschaft und noch dazu eine, die unglaublich arm war. Nur die tollkühnsten Skiläufer verirrten sich hierher. Das Dorf verfügte über keine Elektrizität, kein Telefon, keine Transportmittel, abgesehen von dem wöchentlichen Postbus, und selbst der kam häufig nicht durch, wenn das Dorf wochenlang durch meterhohen Schnee von der Außenwelt abgeschnitten war.»

«Wenn er aus Budapest kam», sagte Steven Zydowitz, «muß das Leben hier ein ziemlicher Schock für ihn gewesen sein.»

Pepi Brunnen lachte. «Der Schock war für ihn nicht annähernd so groß wie für die Leute in Bergsee.» Er hielt inne, um seinen Worten größeren Nachdruck zu verleihen. «Er war damals gut vierzig, in dem Alter also, in dem ich jetzt bin, aber er war eine sehr ungewöhnliche Erscheinung mit langem Haar und bohemehafter Kleidung. Den Berglern hier erschien er wie ein fremdes Wesen von einem anderen Planeten. Er war kultiviert und ein Kosmopolit – war in ganz Europa herumgekommen, in Budapest, Prag, Paris, Berlin und London gewesen. Und dann war da natürlich der Flügel.» Er kicherte. «Er hatte sich ihn von Wien schicken lassen. Von St. Anton wurde er auf einem Pferdekarren nach Bergsee gebracht. Stellen Sie sich nur die Reaktion der Dorfbewohner vor, von denen die meisten noch nie zuvor ein Klavier zu Gesicht bekommen hatten: Sie wurden buchstäblich dazu eingespannt, einen Flügel in ein Bauernhaus zu tragen! Mein Schwiegervater, der damals noch ein Junge war, erzählt gern, wie mein Großvater die Männer des Dorfes wie Maultiere angetrieben hat. Der Flügel wurde mit Seilen gesichert und zwei Gruppen von Männern davorgespannt. Andere mußten ihn hinten und an den Seiten anheben. Auf diese Weise und unter dem Gebrüll meines Großvaters gelangte er hinauf ins Bauernhaus.»

«Wo er dann nicht durch die Tür paßte», vermutete Chris.

Pepi Brunnen nickte. «Genau so war es. Deshalb

wurde dann auch der Kuhstall in ein Musikzimmer umfunktioniert.»

«War es dieser Flügel hier?» wollte Zydowitz wissen.

«Ja, obwohl er in einem traurigen Zustand war, als ich ihn fand. Er hatte jahrelang unbenutzt rumgestanden. Glücklicherweise ist er von hervorragender Qualität.»

«Gar nicht auszudenken, was die Dorfbewohner davon hielten, als mein Vater dann mit seiner Filmmannschaft und all den Schauspielern hier auftauchte. Wenn Ihr Vater ihnen schon wie ein Geschöpf von einem anderen Planeten erschien, muß Hildegard Schroeder noch ganz anders gewirkt haben.»

Chris schnippte mit den Fingern. «Die Schroeder war das also! Ich wußte, ich kenne das Gesicht auf dem einen Foto, aber ich konnte mich nicht auf den Namen besinnen.»

«Ja, Hildegard Schroeder spielte die weibliche Hauptrolle im *Alptraum*. Sie war die eine große Liebe meines Vaters, obwohl nur Gott allein weiß, warum, denn sie hat ihm das Leben entsetzlich schwergemacht. Sie war der Grund, warum er erst so spät geheiratet hat – er war schon über sechzig, als ich geboren wurde. Sie war eine wahre Nymphomanin und hatte, wenn man den Athleten mitzählt, den sie 1936 geheiratet hat, um nach Amerika zu kommen, drei, nein, vier Ehemänner.»

«Aber sie war sehr schön.»

«Stimmt. Und das war natürlich auch ihr großes Unglück. Als ihre Schönheit langsam verblaßte, ist sie daran zerbrochen. Sie lebt übrigens noch. Sie hat ein Haus in Beverly Hills, wo sie buchstäblich wie eine Einsiedlerin lebt. Sie hat mir allerdings erlaubt, sie zu interviewen. Das war eine schaurige Erfahrung, das kann ich Ihnen sagen. Sie saß hinter einem Wandschirm, damit ich ihr Gesicht nicht sehen konnte …

Aber sie war ziemlich ehrlich. Sie hat zugegeben, daß sie damals vorgetäuscht hatte, in meinen Vater verliebt zu sein, nur um die Hauptrolle im *Alptraum* zu bekommen. Nun, wenn man sie reden hört, muß das, was hinter den Kulissen des *Alptraums* vorging, weit interessanter als die Filmhandlung selbst gewesen sein. Zuerst hatte sie ein Auge auf Fritz Hedemann geworfen – er war ein unbekannter Schauspieler, der im Film den Schurken spielte –, dann nahm sie Leopold Brunnen ins Visier.»

Zydowitz hielt kurz inne und sah Pepi Brunnen, der hörbar Luft holte, erwartungsvoll an. «Mein Großvater hat keine glückliche Ehe geführt. Er hat seine letzten Jahre hier in Bergsee verbracht, während meine Großmutter in Wien lebte. Ich schätze, wenn die Gelegenheit sich bot …»

«Hildegard sagte, er hätte mit einer Frau zusammengelebt, die er als seine Haushälterin bezeichnete, die in Wirklichkeit aber seine Geliebte war.»

«Ich habe gehört, daß er eine Gefährtin hatte», bestätigte er mit ruhiger Stimme. «Niemand scheint viel von ihr zu wissen. Sie hatte nicht viel Umgang mit den Dorfbewohnern.»

«Hildegard hätte jede andere Frau als Konkurrentin gesehen, selbst wenn sie so häßlich wie die Sünde gewesen wäre. Aber keine Angst. Ich habe nicht die Absicht, Ihren Großvater mit Schmutz zu bewerfen. Vielleicht haben Hildegard und Leopold wirklich über die Stränge geschlagen. Vielleicht auch nicht. Was fest steht, ist, daß sie am Ende in Rudi Walchs Bett landete – daran gibt es nichts zu rütteln, denn mein Vater erwischte sie in flagranti.

Walch», erklärte er Pippa und Chris, «war nicht nur Schauspieler, sondern auch ein österreichischer Skichampion – ein gutaussehender, blonder, blauäugiger Bursche. Sie wissen schon, welchen Typ ich meine. Hildegard überredete ihn dazu, ihr Skiunterricht zu erteilen. Daraufhin gab es anscheinend einen Mordskrach. Mein Vater wollte Walch rauswerfen, was aber bedeutet hätte, daß der Film nicht hätte beendet werden können. Am Ende des *Alptraums* gibt's eine Szene, in der Walch vor einer Lawine her von einem Berg abfahren muß.»

Pippa und Chris sahen sich über den Tisch hinweg an. «Ist er dabei ums Leben gekommen?» fragte sie.

«Die Sache war jedenfalls verdammt knapp. Im Drehbuch wird die Lawine von Hedemann ausgelöst, der seinen Feind auf diese Weise töten will. Im Film sollte es natürlich keine echte Lawine sein. Aber das Ding war echt, verdammt echt sogar.»

«Als wir heute oben auf dem Hohen Steinberg waren, haben wir einen Steinhügel mit einem Kreuz darauf gefunden.»

«Ah ...» Pepi Brunnen stieß einen leisen Seufzer aus. «Das ist die Gedenkstätte für eine andere Lawine und einen anderen Unfall. Es ist der Ort, an dem mein Großvater starb.»

«Ihr Großvater ist von einer Lawine getötet worden!» rief Zydowitz. «Was für ein unglaublicher Zufall.»

«Nein, kein Zufall. Bis auf den heutigen Tag sind die Lawinen unser größter natürlicher Feind – wie die Erdbeben in Kalifornien.»

«Ja, sicher ...» Zydowitz warf einen Blick auf seine

Armbanduhr. «Heiliger Himmel! Ist es wirklich schon so spät? Kein Wunder, daß mir die Zeitverschiebung solche Probleme macht. Bitte entschuldigen Sie mich. Ich will nur schnell was essen und mich dann aufs Ohr legen.»

Einen Augenblick später war er verschwunden. Pepi Brunnen stand auf. «Tja, ich hoffe, wir haben Sie nicht zu sehr gelangweilt mit unseren Geschichten über unsere Väter und Großväter?»

«Aber überhaupt nicht», versicherte Chris ihm. «Es war höchst faszinierend.»

Pippa nickte. «Mir ist eins ganz klar geworden: Bei all den aufregenden Ereignissen ist es kein Wunder, daß sich niemand an meine Großmutter erinnert, falls sie je in Bergsee war.»

19

Der Umschlag war in der Nachmittagspost. Es steckte eine Postkarte darin, eine Ansicht des Dorfes Bergsee mit dem See und dem dahinter aufragenden Hohen Steinberg. Außerdem lag ein Brief dabei:

Liebe Kiki,
wir haben beschlossen, daß dies Dein «verzaubertes» Dorf ist, selbst wenn es in Wirklichkeit nicht das richtige sein sollte. Unser Hotel heißt Himmelblick und ist einfach himmlisch. Wir sind jetzt seit fünf Tagen hier, und ich habe Unmengen Bilder gemacht, die ich Dir am liebsten auf der Stelle zeigen würde. Wir haben ein altes Bauernhaus entdeckt, und ich bin ganz sicher, daß Du genau dieses Haus im Sinn gehabt haben mußt, als Du die Berghütte beschrieben hast, in der Roman lebte.
Die Hotelbesitzer sind wirklich nette Leute: ein alter Mann namens Gebhardt Nussbaum, seine Tochter und deren Mann. Das Ehepaar spricht unglaublich gut Englisch. Du wirst es nicht glauben, aber Pepi ist tatsächlich in Dulwich zur Schule gegangen! Sein Vater starb im Krieg, und seine Mutter hat einen Engländer geheiratet. Lotte war in den sechziger Jahren eine Skiläuferin von Weltklasse und Pepis Großvater ein berühmter Musiker, von dem ich im Gegensatz zu Chris bisher

noch nie gehört hatte. Du siehst, wir sind mit der Familiengeschichte unserer Gastgeber schon sehr vertraut.

Wir haben Pepi Brunnen von Deinen Büchern erzählt, und er meinte, er habe sie seinen Kindern vorgelesen, als sie noch klein waren, und sie hätten sich immer vorgestellt, ihr Dorf sei Sonntag und der große Berg dahinter der Greiskopf. Aber niemand scheint sich daran erinnern zu können, daß Du jemals dort warst, also ist das Ganze wohl reines Wunschdenken unsererseits. Du solltest wirklich einmal hierherkommen, dann würdest Du verstehen, was ich meine.

Oh, und ich weiß ja nicht, ob Du ihn je gesehen hast, aber anscheinend wurde hier vor dem Krieg ein Film mit dem Namen *Alptraum* gedreht, und zwar im Winter. In der Empfangshalle des Hotels hängen Großaufnahmen aus diesem Film, und jetzt brenne ich natürlich darauf, noch einmal herzukommen, wenn Schnee liegt.

Chris schleppt mich gnadenlos zu Bergwanderungen und anderen anstrengenden Aktivitäten. Ich hoffe sehr, daß es Dir wirklich bessergeht und daß Du gut auf Dich achtgibst.

Mit ganz ganz lieben Grüßen – auch an Tabitha

Pippa und Chris X X.

Der Brief flatterte zu Boden. Aus irgendeinem Grund überraschte es Kitty nicht im mindesten, daß Pippa und Chris den Weg nach Bergsee gefunden hatten. Es schien beinahe unvermeidlich nach allem, was geschehen war – und auf eine seltsame Art und Weise erleichterte es sie, als erführe sie jetzt endlich das Ende eines Buches, dessen letzte Seiten verschollen waren.

Sie lehnte die Karte gegen die mit Rosen gefüllte Vase auf dem Küchentisch und betrachtete sie, während das Brot und der Käse, aus denen ihr Mittagessen bestand, unangetastet blieben. Als sie und Leo damals nach Bergsee kamen, hatte auch sie geglaubt, ein irdisches Paradies zu betreten …

Abgesehen von den Skilifts und einigen neueren Häusern sah das Dorf immer noch fast genauso aus wie vor fünfzig Jahren. Die gedeckte Brücke über den Steinbach, das Himmelblick und die Kirche, der Weg, der auf den Gipfel des Hohen Steinbergs führte, der andere Weg über das Alpele zum Bauernhaus …

Sie hob Pippas Brief auf. Pepi Brunnen … sein Großvater war ein berühmter Musiker – Leopold Brunnen. Sein Vater starb im Krieg …

Das war also aus Franz geworden. Ein passendes Ende …

Pepi hatte Gebhardts Tochter geheiratet, und jetzt betrieben die beiden das Himmelblick. Seltsam, sich vorzustellen, wie das Leben in Bergsee während all der Jahre seit ihrer Abreise seinen täglichen Gang genommen hatte, seltsam auch der Gedanke an Gebhardt, der geheiratet und eine Tochter bekommen hatte …

In diesem Augenblick ging ihr auf, daß Gebhardt begriffen haben mußte, wer Pippa war. Pippa war beinahe genauso alt, wie sie damals gewesen war, als sie nach Bergsee kam: Die Ähnlichkeit zwischen ihnen konnte ihm doch nicht entgangen sein? Andererseits vermittelte Pippas Brief den Eindruck, daß er nichts gesagt hatte, denn sonst hätte sie das doch gewiß erwähnt?

Oder war das Schweigen noch immer nicht gebrochen? War es möglich, daß Pepi Brunnen nichts von diesen Ereignissen wußte, die lange vor seiner Geburt in Bergsee stattgefunden hatten? Aber das war unmöglich. Wenn nicht Gebhardt, dann hatte doch gewiß irgendeine Plaudertasche aus dem Dorf es sich nicht nehmen lassen, ihm von der Geliebten seines Großvaters und ihrem unehelichen Sohn zu erzählen …

Nach Pippas Telefonanruf hatte Kitty den kleinen Aktenkoffer nicht wieder an seinen angestammten Platz unter dem Bett zurückgelegt, sondern ihn neben der Kommode liegengelassen, als hätte sie gewußt, daß sie noch nicht damit fertig war. Jetzt öffnete sie ihn wieder und nahm das Tagebuch vom September 1932 heraus.

Die ersten Einträge waren schwärmerische Beschreibungen ihrer neuen Umgebung und ihres Glücks mit Leo, alles in deutscher Sprache geschrieben.

> Unser neues Zuhause ist sehr primitiv und läßt Yondover im Vergleich modern erscheinen. Es gibt kein fließendes Wasser, abgesehen von dem Bach draußen vor der Tür, und unsere Toilette ist eine kleine Hütte oben zwischen den Bäumen. Wenn wir Licht brauchen, benutzen wir Talgkerzen, die im Dorf gemacht werden, und das Haus wird mit Holzöfen beheizt. Leo ist ganz in seinem Element, hackt Feuerholz und geht auf die Jagd. Jedesmal, wenn er aus dem Dorf zurückkommt, bringt er neue Ratschläge von den Einheimischen mit, wie wir den Winter hier überstehen können. Das Ganze ist ein solches Abenteuer …

Eine Seite war der Ankunft des Klaviers gewidmet, das Konstantin geschickt hatte, und ihre Belustigung über die Verrenkungen, die die Dorfbewohner unternommen hatten, um es zum Bauernhaus hinaufzubringen, schien unverhohlen darin auf.

> Leo und ich haben Schwierigkeiten, ihren Dialekt zu verstehen, aber es gelingt uns wenigstens, uns selbst verständlich zu machen. Weil das Dorf so fromm und katholisch ist, hat er den Leuten erzählt, ich sei seine Haushälterin. Der Zimmermann wird im Kuhstall einen ordentlichen Fußboden verlegen und die Wände vertafeln, damit ein richtiges Zimmer daraus wird. Es wird das schönste Zimmer im ganzen Haus werden!

Mitte Oktober hatte sie geschrieben:

> In der Nacht hat es ein wenig geschneit, und wir sind in einer richtigen Märchenwelt aufgewacht. Den ganzen Tag über sind wir spazierengegangen und haben die Schönheit der Landschaft auf uns wirken lassen. Ich glaube nicht, daß man auf Erden dem Himmel näher kommen kann.
> Leo komponiert ein neues Stück; er nennt es Schneeflockensonate. Heute abend hat er ein erstaunliches Geständnis abgelegt. Das Klavierkonzert, das angeblich von Geza Kovacs stammt, ist in Wirklichkeit von ihm. Niemand, abgesehen von mir und Konstantin von Strelow, weiß davon. Ist es nicht ein wunderbarer, ein erstklassiger Witz, daß Leo das Musikestablishment, das seine ersten Be-

mühungen als Komponist so verhöhnt hat, derart an der Nase herumführt?

Dann, im Dezember, ging es plötzlich auf englisch weiter:

> Ich kann das Geheimnis, das ich vor mir zu verbergen versucht habe, nicht länger ignorieren. Seit meiner Ankunft in Österreich habe ich kein einziges Mal mehr meine Tage gehabt. Zunächst habe ich natürlich angenommen, es läge am Klimawechsel und den ungewohnten Speisen, aber jetzt muß ich die Alternative in Betracht ziehen, obwohl ich mich immer noch sehr wohl fühle und auch nicht zugenommen habe, das heißt, zumindest passen mir noch all meine Kleider. Ich weiß nicht, ob ich es Leo schon sagen soll oder ob ich noch ein wenig warten werde, bis ich mir ganz sicher bin. Ich nehme an, mein Zögern hat nur einen einzigen Grund: Wenn ich mir nur sicher sein könnte, daß es Leos Kind ist, nicht das von George. Aber es muß Leos Kind sein. Es muß.
>
> Weihnachtstag 1932
> Ich bin so furchtbar kindisch. Ich hatte mir so viel von unserem ersten gemeinsamen Weihnachtsfest erhofft. Ich habe das Haus geschmückt und mich bemüht, soweit das unter diesen Umständen möglich war, ein halbwegs traditionelles Weihnachtsessen zuzubereiten. Dann habe ich beschlossen, Leo als mein Geschenk meine Neuigkeit mitzuteilen und ihm sein eigenes persönliches *Christkindl* zu

schenken. Aber es wurde furchtbar. Mit einer Stimme, die so kalt war wie der Schnee draußen, sagte er: «Ich wollte dich, keine Familie.»

Jetzt konnte sie Leos Reaktion sehr gut begreifen. Aber damals hatte sie nicht die geringste Ahnung gehabt, daß er bereits Vater eines Sohnes war. Warum hatte er ihr das nicht erzählt, als er zugegeben hatte, verheiratet zu sein? Hatte er sich schuldig gefühlt, geschämt, weil er vor seiner Verantwortung davongelaufen war? Ja, das mußte der Grund gewesen sein. Leo mochte zwar in seinen Gefühlen beinahe kindlich und impulsiv gewesen sein, aber eine dunkle oder böse Seite hatte ihm gefehlt. Er war niemals mit Absicht grausam oder unfreundlich gewesen. Er hatte niemals irgend jemandem vorsätzlich Schmerz zugefügt …

25. Januar 1933
Der Schnee fällt pausenlos, schwer, geräuschlos mit unablässiger Monotonie, er verschleiert den Himmel, verbirgt die Berge, begräbt alles unter seinem erstickenden Leichentuch. Er liegt auf den Fenstersimsen, und jeden Tag muß Leo vor der Tür einen Weg freischaufeln. Abgesehen von Leo ist das einzige menschliche Wesen, das ich in den letzten Wochen zu Gesicht bekommen habe, Gebhardt, der junge Sohn des Gastwirts.

Gebhardt war der einzige echte Freund, den sie in Bergsee gewonnen hatte. Er mußte damals ungefähr zehn Jahre alt gewesen sein; bei Kriegsanfang war er immer noch zu jung für eine Einberufung gewesen. Aber er war groß und stark für sein Alter gewesen und hatte eines jener typischen ehrlichen, offenen Bauerngesichter gehabt, blonde Haare, rote Wangen und blaue Augen. Er brachte das Feuerholz, wenn ihre Vorräte zur Neige gingen, das Wildbret, frische Milch, Käse, Brot, eingelegten Kohl – all das tauchte auf, wenn ihre Vorratskammer leer war, Schnaps, wenn die Temperaturen weit unter Null sanken. «Hier kommt Sankt Bernhard», meinte Leo dann lachend, ohne sich auch nur im geringsten für seine eigene Unfähigkeit zu schämen, ordentlich für sie und das Kind zu sorgen, das in ihr heranwuchs.

Oh, die unendliche Einsamkeit dieses eisigen, vom Schnee eingeschlossenen Bauernhauses. Sie hatte vergessen – oder vergessen wollen? –, welches Elend ihr erster Winter in Bergsee mit sich gebracht hatte: die schneidenden Schneestürme und die Klaustrophobie, das Gefühl, vom Rest der Welt abgeschnitten zu sein, als bestünde die Welt nur noch aus Bergsee am Ende eines dunklen Tals.

Vergessen, welches Heimweh sie geplagt hatte, vergessen, wie sehr sie Bücher und Briefe vermißt hatte, kleine, seltsame, unvorhersehbare Dinge wie den Gesang der Drossel und den Wind, der über die Downs wehte und den belebenden Duft des Meers mit sich brachte. Vergessen, wie sehr ihr die Gesellschaft von Rafe, Honey und den Gurneys gefehlt hatte. Vergessen, wie oft sie auf die Häuser am Seeufer herabgeblickt hatte und sich danach sehnte, daß irgend jemand ihr in Freundschaft die Hand entgegenstreckte. Vergessen, wie die Dorfbewohner sie geächtet hatten, nachdem ihre Schwangerschaft sichtbar und sie als das erkannt worden war, was sie war – eine Ehebrecherin, eine Isebel …

3. April 1933
Es ist alles vorüber. Die Wehen haben heute morgen sehr früh eingesetzt, und Leo ist ins Dorf hinuntergelaufen, um Gebhardts Mutter zu holen. Dann ist er fortgegangen, und ich habe ihn erst am Abend wiedergesehen, als unser Sohn schon geboren war. Es war sehr schlimm. Ich wußte gar nicht, daß es solche Schmerzen gibt. Einmal dachte ich, ich würde sterben, und ich glaube, Frau Nussbaum dachte das ebenfalls, denn ich sah, wie sie über mir das Kreuzzeichen schlug. Aber das alles zählt jetzt schon nicht mehr. Ich lebe, und unser Sohn ebenfalls. Leo war sehr lieb, sehr zärtlich, und ich bin jetzt ganz sicher, daß alles gut werden wird.

7. April 1933
Heute bin ich zum ersten Mal aufgestanden. Ich bin immer noch sehr schwach, aber das ist wahrscheinlich normal. Leo benimmt sich ganz komisch mit dem Baby. Er kommt immer wieder zu mir herein, um den Kleinen anzusehen, aber sobald das Baby schreit, geht er weg. Er möchte ihn Johann Sebastian nennen, nach Bach. Ich selbst habe bisher überhaupt nicht darüber nachgedacht, wie er heißen soll. Wahrscheinlich wollte ich das Schicksal nicht herausfordern. Aber jetzt muß seine Geburt registriert werden, wir können die Entscheidung nicht länger hinauszögern. Da wir nicht verheiratet sind, wird er meinen oder vielmehr Georges Nachnamen bekommen. Ich mache mir Sorgen, wie sich das auf Johann Sebastian auswirken wird, wenn er älter ist, denn das ganze Dorf

weiß natürlich, daß er unehelich ist, aber Leo macht sich da keine Gedanken und sagt, das alles würde seinen Charakter nur festigen. Nun, das ist ein Problem, dem ich mich stellen muß, wenn es auf mich zukommt.

Wie sich herausstellte, hätte sie sich darüber genausowenig Gedanken zu machen brauchen wie über Leos Gefühle Johann Sebastian gegenüber. Leo war im Dorf so beliebt, daß das alle Vorbehalte gegen sie selbst wettmachte. Die Dorfbewohner blickten zu ihm auf und bewunderten ihn, weil er so anders war als alle Menschen, die sie kannten, und Leo motivierte sein Anderssein und versuchte, dem bohemehaften Bild, das die Leute von ihm hatten, gerecht zu werden.

Nach dem *Alptraum* hatte ihre Ehrfurcht keine Grenzen mehr gekannt: Sogar der Pfarrer wünschte ihm ein herzliches Grüß Gott und erlaubte ihm, die Kirchenorgel zu spielen. Wahrscheinlich war Leo so etwas gewesen wie heutzutage die Popstars. Er hatte die Welt auf Bergsee aufmerksam gemacht. Ihm war der wachsende Wohlstand des Dorfes zu verdanken.

Und um Leos willen hatten die Leute von Bergsee Johann Sebastian ins Herz geschlossen, hatten Leos Sohn als einen der ihren akzeptiert. Sobald Johann Sebastian laufen und sprechen konnte, hatte sich Leo ganz vernarrt in das Kind gezeigt. Es gab nichts, das die beiden nicht zusammen unternahmen. Wenn Leo fort war, schickte er jeden Tag eine Postkarte an Johann Sebastian. Ja, trotz all ihrer Befürchtungen hatte er eine wunderbare Kindheit gehabt.

10. Mai 1933
Heute ist Leo fortgegangen. Er ist nach Berlin gefahren, wo Konstantin ein Konzert für ihn arrangiert hat. «Wenn ich hierbleibe, wird meine Inspiration sterben», erklärte er mir vor seiner Abreise. «Ich brauche Veränderungen. Ich muß andere Orte, andere Gesichter zu sehen bekommen.»

20. Mai 1933
Heute ist Leo in der denkbar besten Laune zurückgekehrt, und es war so, als wäre die Sonne wieder herausgekommen. Im Gegensatz zum letzten Mal ist er diesmal in Berlin gut aufgenommen worden. Zu den Leuten, denen Konstantin ihn vorgestellt hat, gehörte auch ein Filmproduzent namens Max Zydowitz, der vielleicht einen Film in Bergsee drehen wird. Zydowitz wird im Sommer zu uns heraufkommen.

Für den Rest des Sommers 1933 gab es nur wenige Eintragungen in ihrem Tagebuch. Eine sprach von der Ankunft von Max Zydowitz.

Herr Zydowitz ist ein seltsamer Mann. Er ist nicht viel größer als ich und sieht überhaupt nicht gut aus, aber ich kann nicht anders, als ihn zu mögen. Er ist ein wenig älter als Leo und in den Filmstar Hildegard Schroeder verliebt, die, wie er hofft, die Hauptrolle in seinem nächsten Film übernehmen wird. Ich kann mir einfach nicht vorstellen, daß eine so schöne Schauspielerin wie Hildegard Schroeder seine Gefühle erwidert. Ich muß übrigens gestehen, daß mich dieser Film mit ziemlich gemischten Gefühlen erfüllt. Es wäre eine solche Schande, wenn unser Schlupfwinkel berühmt und der Ruhm ihn schließlich zerstören würde.

Dann hatten die Dreharbeiten zum *Alptraum* begonnen …

12. Dezember 1933
Heute sind die Filmleute angekommen. Sie wohnen im Himmelblick und haben Gebhardt eine Statistenrolle versprochen, außerdem wollen sie Leos (oder besser Geza Kovacs') Schneeflockensonate als Titelmusik benutzen. Es ist schwer zu sagen, wer von beiden – Gebhardt oder Leo – aufgeregter ist.

31. Dezember 1933
Heute abend ging Leo hinunter ins Dorf – ich bekomme ihn kaum zu Gesicht, seit die Filmleute hier sind, und wenn er einmal zu Hause ist, spricht er nur noch über den Film. Plötzlich klopfte es an der Tür, und Max Zydowitz trat ein. «Ich bin gekommen, um Leos hübschem kleinem Kätzchen Gesellschaft zu leisten», verkündete er nuschelnd und holte eine Flasche Champagner aus der Tasche seines Mantels. «Armes kleines Kätzchen …»
Er öffnete den Champagner und füllte zwei Gläser, bevor er sich auf das Sofa neben dem Ofen sinkenließ, auf dem ich saß. «Armes kleines Kätzchen», wiederholte er und sah mich aus traurigen braunen Augen an. «Was für eine schreckliche böse Welt

das doch ist. Man stelle sich nur vor, daß jemand sein kleines Kätzchen so behandelt ...» Eine Weile erging er sich in schweigenden Betrachtungen, dann brach es plötzlich aus ihm heraus: «Warum verflucht uns das Schicksal? Warum lieben wir beide Menschen, die unsere Liebe nicht erwidern?»
Die Kirchglocken läuteten das neue Jahr ein, und er stand auf. Unbeholfen nahm er mich in die Arme, küßte mich und ließ mich dann allein mit meinen furchtbaren Ängsten, Leo zu verlieren, und mit Johann Sebastian, der in seinem Bettchen schlief.
Es ist jetzt nach zwei Uhr, und Leo ist immer noch nicht wieder da ...

Hatte Leo mit Hildegard Schroeder geschlafen? Und mit diesen anderen Frauen, die er auf seinen Reisen kennengelernt und nach Bergsee eingeladen hatte, der italienischen Contessa, der deutschen Industriellentochter und der reichen amerikanischen Witwe ... Sie konnte sich nicht an ihre Namen erinnern: Sie hatte lediglich ein nebelhaftes Bild von ihnen zurückbehalten, wie sie Leo bewundernd angeschaut hatten, während er spielte, wie sie von seiner Musik und der idyllischen Umgebung geschwärmt hatten und wie Leo sich in ihrer Bewunderung sonnte.

Es war möglich. Für Leo war Sex ein genauso natürlicher körperlicher Impuls gewesen wie Essen und Trinken. Aber wenn ihre Vermutung zutraf, hatte er diese Frauen nicht geliebt. Mit keiner anderen hatte er die Ekstase erfahren – diese vollkommene Harmonie, diese absolute Einheit und Verbundenheit von Körper und Geist –, die die Liebe für sie beide zu etwas Einzigartigem gemacht hatte, zu etwas, das so lebenswichtig für sie war wie die Luft, die sie atmeten. Leo hatte das gewußt, und deshalb war er auch immer wieder zu ihr zurückgekommen. Die anderen Frauen waren nur flüchtige Abenteuer gewesen. Sie allein war die wahre Liebe seines Herzens gewesen.

Ja, Leo hatte sie als solides Fundament in seinem Leben gebraucht. Sie war sein Rückhalt gewesen, sein Prellbock, das Urgestein seiner Existenz. Sie allein wußte um die endlosen Stunden, die er am Klavier verbrachte, wie er sich mit einer einzigen Note abmühte, einem Akkord, einer Phrase, einer Passage, einer Harmonie. Sie war getreue Pilgerin gewesen, die unablässig am Quell seines Genius gesessen und ihn angebetet hatte. O Leo – was für eine komplexe Persönlichkeit er gewesen war, in vieler Hinsicht so zuversichtlich, in anderen Dingen so gehemmt, so unsicher, was seine eigenen Fähigkeiten betraf, ständig auf der Suche nach Bestätigung seiner Manneskraft, seines meisterlichen musikalischen Könnens und der Macht seiner Persönlichkeit ...

Sie blätterte ein paar Seiten weiter.

9. Juli 1935
Konstantin ist hier. Er hat uns alle reich beschenkt – Lebensmittel und Wein, Kleiderstoffe für mich und Anziehsachen und Spielzeug für Johann Sebastian. «Ihr müßt es mir nur sagen, wenn ihr irgend etwas braucht, und ich schicke es euch», sagte er zu mir. «Du inspirierst Leo zu großer Musik. Für dich ist mir nichts zu kostbar.»

13. Juli 1935
Heute habe ich zum ersten Mal, seit ich nach Bergsee kam, das Tal verlassen. Konstantin meinte, es sei an der Zeit, daß ich einmal aus der Wildnis herauskäme und mir ins Gedächtnis riefe, wie es in der wirklichen Welt aussehe! Leo hat uns nicht begleitet, sondern ist mit Johann Sebastian zu Hause geblieben. Wir sind nach Lech gefahren und dann weiter über den Flexenpaß nach Innsbruck. Es war tatsächlich sehr merkwürdig, wieder über gepflasterte Straßen zu laufen, in Geschäfte zu gehen und von lauter fremden Menschen umringt zu sein. Konstantin hat darauf bestanden, mir ein Paar neue Schuhe zu kaufen und einen Hut, von dem ich nicht weiß, ob ich jemals wieder Gelegenheit haben werde, ihn zu tragen. Dann haben wir in einem wunderbaren alten Gasthof mit Blick auf das Goldene Dachl gegessen, auf dem Balkon, auf dem Mozart einst ein Konzert gegeben hat.
Konstantin ist so ein freundlicher, großzügiger Mann, und es ist so einfach, sich in seiner Gesellschaft wohl zu fühlen. Es tat mir beinahe leid, als der Tag zu Ende ging.

4. Juni 1936
Wie sehr ich doch das Wunder liebe, das der Frühling in den Bergen bedeutet. Der Schnee schmilzt, und plötzlich sind die Wiesen mit Blumen übersät – Krokusse, Scharbockskraut, Wicken, Klee, Gänseblümchen, wilde Narzissen und Enziane –, mein kleiner Garten birst vor Leben. Das Tal hallt von den Rufen ungezählter Kuckucke wider, und

Schwalben bauen ihre Nester unter dem Überhang des Dachs, wie in Yondover. Heute sind die Kühe wieder auf die Alm hinauf, und Johann Sebastian hat mit vollem Ernst festgestellt: «Wenn i groß bin, da werd' i Hirt sein, wie der Hannes.» Leo brüllte vor Lachen und meinte, daß sein Sohn, wenn er in dieser Angelegenheit etwas zu sagen hatte, keineswegs den Rest seines Lebens damit zubringen würde, auf Kühe aufzupassen.

Wie seltsam es ihr heute vorkam, wie Sebastian in einer Mischung aus Leos Wienerisch und Worten aus dem einheimischen Dialekt, die er bei seinen Freunden aus dem Dorf aufgeschnappt hatte, munter vor sich hin plapperte. Denn sie hatte darauf bestanden, daß er deutschsprachig aufwuchs, ohne zu ahnen, wie sehr ihm das noch zum Nachteil gereichen sollte, als er dann nach England ging – mit einer solchen Entwicklung der Dinge hatte sie damals nicht im entferntesten gerechnet.

13. November 1936
Jeden Abend erzählt Leo Johann Sebastian, bevor er zu Bett geht, eine Geschichte über einen kleinen Jungen namens Roman. Aber wenn Leo fort ist, muß ich mir die nächste Episode ausdenken. Meine Schwierigkeit besteht darin, daß Roman für Johann Sebastian so real geworden ist, daß er ihn für einen wirklichen Menschen hält, und wenn ich Ereignisse in meine Geschichten einflechte, von denen er glaubt, daß sie nicht wirklich geschehen könnten, wird er sehr ärgerlich. Heute abend habe ich zum Beispiel eine Sonnenblumenfee auftauchen

lassen, und Johann Sebastian hat mir unmißverständlich klargemacht, daß Roman nicht an Feen glaubt. Wann, so fragte er gleich darauf, würde Vati denn zurückkommen?

30. Juni 1937
Wir haben einen italienischen Geiger bei uns zu Gast, den Leo letztes Jahr in Florenz kennengelernt hat. Heute abend haben die beiden ex tempore die jüngste Komposition von Geza Kovacs gespielt – eine Romanze für Klavier und Violine –, und dabei ist etwas ungeheuer Rührendes geschehen. Der Abend war schön, und die Türen des Musikzimmers standen offen. Ganz langsam kamen immer mehr Leute aus dem Dorf hinauf und versammelten sich auf dem Hof.
Möglicherweise hatten sie nicht die leiseste Ahnung, daß sie die ersten waren, die dieses Stück zu hören bekamen. Ja, es ist unwahrscheinlich, daß sie überhaupt einen Schimmer hatten, was sie da hörten. Die Namen von Komponisten bedeuteten ihnen nichts: Ich bezweifle, daß irgend jemand in Bergsee, abgesehen vom Pfarrer, je von Bach, Beethoven, Schubert oder Mozart gehört hat. Aber ihnen wurde genau wie mir und Johann Sebastian der unvergleichliche Segen zuteil, mitzuerleben, wie Musik entsteht, und bei ihrer ersten Aufführung dabeizusein.
Sie hörten in schweigender, aufmerksamer Verzückung zu, und als die Musik endete, applaudierten sie begeistert. An Leos Miene konnte ich sehen, daß ihr Applaus ihm mehr bedeutete als der des

kultiviertesten Publikums in jeder europäischen Hauptstadt, mehr als die schmeichelndsten Lobeshymnen jedes Musikexperten und viel, viel mehr als die Bewunderung dieser Frauen, die ihre sommerliche Pilgerfahrt hierher unternehmen, um mit ihm zu flirten, um ihn herumzuscharwenzeln und den Maestro spielen zu hören.

14. September 1937
Ich habe wieder zu zeichnen begonnen, und wenn Leo fort ist, verbringen Johann Sebastian und ich häufig den Tag auf den Hochweiden. Während er Hannes Gesellschaft leistet und die Kühe im Auge behält, male ich. Heute hat Gebhardt uns gefunden und mir eine Weile fasziniert zugesehen, während ich versuchte, die Landschaft vor mir neu zu schaffen, und plötzlich mußte ich an mich selbst als kleines Mädchen denken, bei meiner ersten Begegnung mit West.

28. April 1938
Heute morgen kam ein Brief von Adam. Er rät uns, nach England zurückzukehren. Zwischen den Zeilen ist deutlich zu lesen, daß er sich darüber Sorgen macht, welche Konsequenzen der Anschluß für uns haben wird. Konstantin jedoch, der vergangene Woche hier war, ist sehr dafür, obwohl er Hitler und die Nationalsozialisten nicht leiden kann, aber er glaubt, eine Vereinigung von Deutschland und Österreich würde beiden Ländern nützlich sein. Leo meint, was Bergsee betreffe, seien die Deutschen unsere Freunde: Das Dorf verdanke seinen

wachsenden Wohlstand schließlich einer deutschen Filmgesellschaft.

9. August 1939
Heute war gewiß einer der schlimmsten Tage meines Lebens. Gestern ist Adam angekommen. Erfahren habe ich von seiner Ankunft durch Gebhardt, der aus dem Dorf heraufgelaufen kam, um zu erzählen, daß wir einen englischen Besucher hätten. Einen schrecklichen Augenblick lang dachte ich, es müsse George sein, dann sah ich Adam, der sich den Berg hinaufmühte.
Wir saßen im Garten. Bis an mein Lebensende wird mich, wann immer ich an unser Gespräch denke, der Duft der Nelken verfolgen, die beinahe wild in dem Beet neben dem Feuerholz wachsen – dieser Duft und der Klang von Leos Musik, das langsame Entfalten einer Melodie, Harmonien, die in der Luft hängen, sich ineinander verweben und dann plötzlich von einer neuen Melodie verdrängt werden. «Ich bin gekommen, um euch nach England zu holen», sagte Adam. Dann unterbreitete er mir grimmig die Fakten. Er glaubte, daß Hitler, nachdem er Österreich annektiert, die Tschechoslowakei zur Unterwerfung gezwungen und einen Nichtangriffspakt mit Italien geschlossen hat, jetzt Polen im Auge habe. Und wenn Deutschland in Polen einmarschiere, dessen Sicherheit England garantiert habe, könnte das einen Krieg zwischen England und Deutschland bedeuten. Und das wiederum hieße, daß wir uns hinter feindlichen Linien wiederfänden und vielleicht interniert würden.

Ich habe mich rundheraus geweigert, fortzugehen – mit dem Argument, daß dieser Ort hier selbst im Fall eines Kriegsausbruchs zu den sichersten auf der Welt zähle. Daraufhin konfrontierte Adam mich mit entsetzlichen Geschichten darüber, was in anderen Teilen Österreichs und der Tschechoslowakei Juden und anderen Minderheiten angetan worden war.

Als ich mich immer noch weigerte zu gehen, weil es mir völlig unmöglich war zu glauben, daß wir uns tatsächlich in Gefahr befinden könnten und einem Krieg so nahe waren, wurde er wütend, warf mir blinde Dummheit und völlige Verantwortungslosigkeit vor. Dann stürzte er sich auf Leo. Wenn wir schon nicht an unsere eigene Sicherheit denken wollten, sollten wir wenigstens an Johann Sebastian denken. Zu meiner Überraschung gab Leo ihm recht. Johann Sebastians Sicherheit sei das Wichtigste überhaupt, und Adam solle ihn ohne Verzug mit zurück nach England nehmen. Und es sei nur vernünftig, wenn ich ihn begleiten würde. Er selbst könne das Land unmöglich so plötzlich verlassen, denn er würde Ausreise- und Aufenthaltsgenehmigungen brauchen. Nächsten Monat gibt er jedoch ein Konzert in Paris, für das man ihm die notwendigen Visa bewilligen wird.

Ich habe letzte Nacht kaum geschlafen. Am Ende habe ich – ob richtig oder falsch – entschieden, daß Adam Johann Sebastian nach England bringen soll und ich in einem Monat mit Leo nachkommen werde.

Heute morgen sind wir nach St. Anton gefahren,

um sie dort zum Zug zu bringen. Johann Sebastian war so aufgeregt, weil er zum ersten Mal Eisenbahn fahren würde, daß er den Ernst der Situation gar nicht begriff. Mit großer Mühe gelang es mir, die Tränen zurückzuhalten, bis der Zug nicht mehr zu sehen war. Ich bete zu Gott, daß Adam sich irrt und es keinen Krieg geben wird.

Sonntag, 3. September 1939
Leo ist gerade aus dem Dorf zurückgekommen. Anscheinend haben polnische Soldaten in der vorletzten Nacht deutsche Truppen angegriffen. Heute morgen hat England Deutschland den Krieg erklärt. Wir haben zu lange gezögert.

In diesem Augenblick sprang Tabitha auf den Tisch und setzte sich auf das aufgeschlagene Tagebuch. Kitty stieß ein zittriges Lachen aus. «Recht hast du», sagte sie, «ich brauche wirklich nicht weiterzulesen.»

Sie setzte Tabitha wieder auf den Boden, schloß das Tagebuch und legte es in den kleinen Aktenkoffer zurück. Nein, wenn du dich an Leo erinnerst, erinnere dich nicht an den Schmerz, sondern an die Freude. Nicht an die Tränen, sondern an das Lachen. Nicht an die Qual, sondern an die Ekstase. Nicht an den Alptraum, sondern an die Träume. Nicht an Leos Tod, sondern an sein Leben …

Sie ging ins Wohnzimmer, stellte das Grammophon an und nahm eine der alten Schallplatten, die danebenstanden, aus ihrer Schutzhülle. Auch ohne das Etikett zu lesen wußte sie, daß es Geza Kovacs' *Alpensymphonie* war.

Sie setzte sich aufs Sofa, schloß die Augen, und die Musik schwoll langsam an: Musik, so natürlich und rein wie Vogelgezwitscher; Musik, so stürmisch und leidenschaftlich, so unberechenbar und grenzenlos wie der Himmel und die Berge, wo sie komponiert und das erste Mal aufgeführt worden war; Musik, die zu Ohr und Auge sprach, zu den Sinnen und zum Herzen.

Und wie immer hatte sie plötzlich das Gefühl, nicht länger im Rose Cottage zu sitzen, sondern hoch oben in den österreichischen Alpen, und der dem Abend entgegendämmernde Himmel war indigo und purpurn und golden und der Schnee auf dem Gipfel des Hohen Steinbergs blutrot überhaucht.

Und Leo war überhaupt nicht tot, sondern genauso lebendig wie seine Musik. Denn der Tod mochte der Welt zwar den Mann geraubt haben, aber seine Musik konnte er ihr nicht nehmen. Sie lebte weiter und würde ewig weiterleben. Überall um sie herum existierte dieser höchste Ausdruck von Leos Wesenskern, seiner Seele, seines Geists – kraftvoll und lebenssprühend, frei und ungehemmt, grenzenlos und ungezähmt, unsterblich …

20

Ihre Eltern waren an dem Samstagabend, an dem Pippa wieder nach Hause kam, ausgegangen; Chris setzte sie ab und fuhr zu sich nach Hause. Aber Dominic war da. Er schlenderte hinter ihr die Treppe hinauf, während sie ihren Koffer nach oben in ihr Zimmer trug und sich dann aufs Bett setzte.

«Du bist unglaublich braun geworden. War der Urlaub schön?»

«Herrlich. Ich wäre am liebsten gar nicht wieder heimgekommen. Ich kann's gar nicht erwarten, wieder hinzufahren.» Doch tief im Herzen wußte Pippa bereits, daß sie nie wieder nach Bergsee zurückkehren würde. Die Magie dieser Ferientage ließ sich nicht wiederholen.

«Hätte nicht gedacht, daß Österreich auf deiner Linie liegt. Muß doch ein bißchen still sein, oder? Keine Nachtclubs, keine Discos.»

«Im Gegensatz zu dir kann ich durchaus ohne Nachtclubs und Discos leben.»

«Also seid ihr beide, du und Chris, immer noch …?»

Sie lächelte ihn an. «Ja, wir sind immer noch …»

Dominic spielte an dem zerfransten Stoff seiner Jeans herum. Dann sagte er: «Ich muß dir ein Geständnis machen. Dad weiß, daß Chris verheiratet ist. Ich fürchte, ich habe die Katze aus dem Sack gelassen. Aber er war ganz cool, wirklich. Es tut mir leid, Pip. Ich dachte, er wüßte es. Ehrlich, ich war der Meinung, das sei überhaupt der Grund für die ganzen Streitereien. Mir war nicht klar, daß es sich nur darum drehte, daß du mit ihm in Urlaub fahren wolltest.»

«Na, jedenfalls vielen Dank für die Warnung. Wenigstens weiß ich jetzt, was auf mich zukommt.» Das kann ja heiter werden, dachte Pippa, wenn ich mit meinem Entscheid, zu Chris zu ziehen, rausrücke.

«Das Leben war hier etwas kompliziert, während du fort warst. Ich bin nicht sicher, was hinter den Kulissen abläuft, aber ich vermute, Mum und Dad hatten einen Mordskrach.»

«Mum und Dad? Aber die zanken sich doch nie. Du glaubst doch nicht, daß sie sich meinetwegen gestritten haben, oder?»

Dominic zuckte die Achseln. «Kann ich nicht sagen. Ich habe mir größte Mühe gegeben, mich aus der Sache rauszuhalten, aber vor ein paar Tagen hat es mich dann eines Abends doch erwischt. Dad hat mich in den Pub eingeladen, und wir hatten so eine Art Gespräch von Mann zu Mann. Bei der Gelegenheit ist mir auch entschlüpft, daß Chris verheiratet ist. Aber ich muß sagen, daß sich seither die Atmosphäre enorm verbessert hat ...»

Pippa schlief bereits, als ihre Eltern spät in der Nacht zurückkamen, so daß ihr Wiedersehen bis zum Frühstück verzögert wurde. Als es dann jedoch soweit war, entwikkelten sich die Dinge ganz anders, als sie es erwartet, beziehungsweise befürchtet hatte.

Zu Pippas Erstaunen begrüßte ihr Vater sie mit einem Kuß auf die Wange und bemerkte, daß es schön sei, sie wieder zu Hause zu haben, erkundigte sich nach ihrem

Urlaub, was sie getan habe, wie ihr das österreichische Essen gefallen habe, ob sie die Leute nett gefunden habe und wie sie mit der Sprache zurechtgekommen sei. Und ob es, ähm, Chris auch gefallen hätte. Er war so leutselig, daß sie nicht umhin konnte, irgendwelche Hintergedanken hinter seinem scheinbaren Meinungsumschwung zu vermuten; entsprechend vorsichtig war sie mit ihren Antworten.

Dann jedoch, nachdem sie ihren Urlaub in groben Zügen beschrieben hatte, machte ihr Vater sie absolut sprachlos, als er sagte:

«Dominic hat es dir vielleicht schon erzählt; während du weg warst, hat er verraten, daß Christopher – ähm – Chris – verheiratet ist. Er glaubte, wir wüßten es. Wir waren natürlich enttäuscht darüber, daß du es uns nicht selbst erzählt hast, aber da du meine Ansichten in solchen Dingen kennst, hast du wahrscheinlich angenommen, wir würden wütend sein und dir deine, ähm, Freundschaft möglicherweise verbieten. Nun, ich möchte dir versichern, daß deine Mutter und ich nach allem, was wir von Chris gesehen und gehört haben, ähm, durchaus einverstanden damit sind, wenn du, hm, diese Beziehung fortsetzt.»

Pippa konnte ihre Verblüffung nicht verbergen. Ihre Mutter sah sie mit einem zufriedenen kleinen Lächeln an.

«Ich weiß, du hältst uns für ein verknöchertes altes Ehepaar, Philippa, aber wir können uns durchaus noch daran erinnern, wie es gewesen ist, jung zu sein. Wir wollen nur, daß du glücklich bist und nicht verletzt wirst, das ist alles. Aber da Chris sich ja scheiden läßt, steht eurer Hochzeit nichts mehr im Wege – wenn es das ist, was ihr wollt.»

Schließlich fand Pippa ihre Sprache wieder. «Das ist sehr lieb von euch beiden», sagte sie zögernd. «Ich weiß, es muß euch sehr schwergefallen sein.» Sie hielt kurz inne und nahm dann ihren ganzen Mut zusammen, um die Ankündigung zu machen, die ihren Vater möglicherweise trotz allem erzürnen würde. «Da wir gerade beim Thema sind – Chris hat mich gefragt, ob ich zu ihm ziehen wolle. Und ich möchte gerne.»

Betroffenes Schweigen. Helle rote Flecken durchbrachen die Bräune auf den Wangen ihres Vaters, und mehrmals öffnete er den Mund und schloß ihn wieder. Ihre Mutter schmierte sich unterdessen geistesabwesend eine Scheibe Toast, während sie Sebastian immer wieder von der Seite anschaute.

Schließlich, als Pippa sich schon wunderte, ob die beiden jemals reagieren würden, sagte ihre Mutter:

«Nun, ich glaube, das ist eine Entscheidung, die nur du allein treffen kannst, Philippa, mein Kind. Aber soweit es mich betrifft, hast du meinen Segen. Als dein Vater und ich jung waren, ging es für ein verliebtes Paar nicht an, vor der Hochzeit zusammenzuleben. Aber ich kann mich des Gefühls nicht erwehren, daß eine Menge Unglück hätte vermieden werden können, wenn man es den jungen Leuten damals erlaubt hätte. Nur indem man mit einem Menschen zusammenlebt – und damit meine ich mehr als einen gemeinsamen Urlaub , lernt man ihn wirklich kennen mit all seinen Macken.»

Sebastian, der gerade die Tasse an die Lippen gehoben hatte, verschluckte sich an seinem Kaffee. Mit grimmigem Gesichtsausdruck reichte Valerie ihm eine Serviette.

«Du wirst es nicht glauben, Kiki», sagte Pippa. «Mum hat tatsächlich angedeutet, daß sie, wenn sie mit Dad vor der Ehe hätte zusammenleben können, ihn vielleicht nicht geheiratet hätte. Was Dad betrifft, den habe ich noch nie so – so belemmert gesehen!»

Valerie hatte also ihre Drohung wahr gemacht, dachte Kitty mit einem Gefühl grimmiger Befriedigung. Gut für sie! Valerie stieg in ihrer Wertschätzung. Als sie kürzlich überraschend im Rose Cottage erschienen war – der erste Besuch ihrer Schwiegertochter aus eigenem Antrieb, ein echter und sehr willkommener Durchbruch in ihrer Beziehung – und sich über Sebastian beklagt hatte, hatte Kitty ihr nicht wirklich die Kraft zugetraut, sich gegen ihn zu stellen. Valerie hatte immer den Eindruck gemacht, ein unterwürfiges Geschöpf zu sein – ganz ähnlich wie ihre, Kittys, Mutter gewesen war. Aber sie hatte offensichtlich mehr Mumm als die arme Prudence Fellowes. Und hoffentlich würde sie Sebastian jetzt, da sie so weit gekommen war, nicht länger erlauben, sie zu beherrschen.

Nicht, daß Kitty ihr auch nur mit einem einzigen Wort geraten hätte: Sie war klug genug, sich nicht in die Angelegenheiten eines Ehepaars einzumischen, und schon gar nicht, wenn der Mann ihr Sohn war. Aber sie hatte gehofft, daß Valerie ihr Schweigen als unausgesprochene Billigung des Schlachtplans bewertete, den sie sich zurechtgelegt hatte.

«Natürlich wollte Dad nicht einfach so nachgeben», fuhr Pippa fort. «Er war offensichtlich fuchsteufelswild. Aber mehr als seinen Standpunkt zum besten zu geben, konnte er nicht. Nicht, nachdem Mum sich so offensichtlich auf meine Seite geschlagen hatte. Ich kann es immer noch nicht fassen ...»

Kitty wandte dieselbe Technik an wie bei Valerie. Statt sich in Worten zu ergehen, schenkte sie lediglich Kaffee nach.

Am Sonntag nach Pippas und Chris' Rückkehr aus dem Urlaub kamen die beiden zu Kitty zum Mittagessen. Zur Feier des Tages hatte sie ihre Skrupel über Bord geworfen und auch etwas kaltes Huhn und Salami auf den Tisch gestellt, worüber sie anschließend sehr froh war, da Chris eine Flasche hervorragenden Champagner mitgebracht hatte – ein junger Mann mit Stil!

Chris gefiel ihr auf Anhieb. Er hatte ihr gleich als erstes gesagt, wie sehr er für die «verzauberten» Bücher schwärme und was für eine Ehre es sei, sie kennenzulernen. Dann hatte er auch ihren Garten bewundert und sich überraschenderweise als passabler Pflanzenkenner erwiesen. Trotz seines jungenhaften Aussehens verströmte er eine gewisse Reife. Aber er war ja auch einige Jahre älter als Pippa.

«Sie müssen uns unbedingt auch mal besuchen», sagte er jetzt. «Wir würden uns wirklich freuen. In meinem Arbeitszimmer steht eine Bettcouch.»

Kitty lächelte ihn an. «Vielen Dank. Vielleicht komme ich wirklich mal.»

«Oh! Und Kiki!» mischte Pippa sich ein. «Fast hätte ich's vergessen! Wir haben ein Kätzchen! Wir haben es aus dem Tierheim geholt. Es ist drei Monate alt und sieht aus wie Tabitha, nur viel kleiner natürlich. Ich wollte sie ja Tiger nennen, aber Chris fand Cherie besser, weil das zu ihr paßt, und die Kleine ist wirklich süß. Ich habe schon Unmengen Fotos von ihr gemacht. Ach! Dabei fällt mir ein, daß ich die Fotos von unserem Urlaub mitgebracht habe.»

Der Augenblick, den Kitty seit Pippas Telefonanruf vom Freitag, mit dem sie ihren Besuch ankündigte, sowohl erwartet wie gefürchtet hatte, war endlich gekommen. Aber diesmal war sie wenigstens auf Schocks jeder Art gefaßt.

Pippa griff in ihre Tasche. «Es ist eine ganze Menge, fürchte ich. Und die Abzüge sind nicht besonders gut. Ich werde wohl noch einen Satz machen müssen.»

Chris seufzte. «Pippa ist eine furchtbare Perfektionistin.»

«Nun, ich habe die Hoffnung, Fotografin zu werden!» erwiderte Pippa. «So, sieh mal, Kiki. Da haben wir angefangen ...»

Zuerst kamen Bilder von Südbayern und der Gegend um Leermoos, die Kiki ungerührt betrachten konnte. Aber danach folgte das Lechtal, Lech selbst, die schmale Straße nach Bergsee, der See und das Dorf.

«Das ist unser Hotel – das Himmelblick», erklärte Pippa. «Und das ist der Besitzer, Pepi Brunnen, auf der Hotelterrasse.»

Kittys Herz machte einen Sprung, und sie wagte es nicht, das Foto von Pepi Brunnen entgegenzunehmen, aus Angst, ihre zitternde Hand könne sie verraten. Es war unheimlich: Aus diesem Bild schaute ihr Leo entgegen. Dasselbe schmale Gesicht, dieselben hohen Wangenknochen, dasselbe schwarze Haar, das sich an den Schläfen silbern färbte, dieselben langen, schlanken Finger, die eine Zigarette hielten. Nur das Lächeln war anders: Es war sanfter, ohne Leos Unverfrorenheit, seine Zum-Teufel-damit-Haltung ...

«Und das ist sein Schwiegervater, Gebhardt Nussbaum.»

Gebhardt, viel dicker als in jungen Jahren – und kahl. Es war fast unmöglich, sich diesen alten Mann auf dem Foto als Jugendlichen vorzustellen, wie er auf Skiern in hoher Geschwindigkeit die Hänge hinunterjagte.

«Die Leute waren so nett zu uns. Als wir die Rechnung bekamen, merkten wir, daß sie vieles gar nicht berechnet hatten. Pepi Brunnen weigerte sich, uns mehr bezahlen zu lassen. Er sagte, sein Schwiegervater hätte uns ins Herz geschlossen.»

Chris kicherte. «Besonders Pippa. Die hat ihn im Sturm erobert.»

Gebhardt hatte die Ähnlichkeit also bemerkt. Er wußte, wer Pippa war.

Pippa zeigte weitere Fotos. «Das ist der See ... Und das sind ein paar Aufnahmen von dem Bauernhaus, in dem Leopold Brunnen lebte. Ich habe dir doch in meinem Brief von ihm erzählt, oder?»

Kitty nickte mechanisch. Das Bauernhaus hatte sich nicht verändert. Nur der Garten war verwildert. Aber vorm Küchenfenster hingen noch dieselben Vorhänge, und unter dem Balkon stand dieselbe Holzbank.

«Ist die nicht fabelhaft? So blau war der Himmel tatsächlich. Die Aufnahme habe ich an unserem letzten Tag gemacht, als wir auf den Hohen Steinberg geklettert sind. Das hier war ungefähr auf halber Höhe, nachdem wir einen schrecklich schmalen Grat bewältigt hatten, von dem es zu beiden Seiten steil in die Tiefe ging. Chris hatte keine Probleme, aber ich habe vor Angst gezittert. Ich konnte nicht hinunterschauen, sonst wäre ich abgestürzt. Und hier nähern wir uns dem Gipfel. So, jetzt sieh mal genau hin, Kiki. Wage es ja nicht, zu sagen, daß das nicht der Greiskopf ist.»

Verwundert schüttelte Kitty den Kopf. Alles auf der Welt hatte sich verändert, aber der alte Mann im Berg war immer noch derselbe …

«Das ist doch der alte Mann, oder, Kiki? Na, komm schon, sei ehrlich.»

Kitty suchte Zuflucht bei Ausreden. «Die ‹verzauberten› Geschichten basieren nicht auf Tatsachen, Pippa. Aber wenn es dich glücklich macht zu glauben, dieser Berg sei der Greiskopf, warum nicht?» Zu ihrem Erstaunen konnte sie kein Zittern aus ihrer Stimme heraushören.

Pippa lächelte trotz ihrer Enttäuschung. «Ich habe mir gedacht, daß du das sagen würdest. In meinem Brief habe ich dir doch erzählt, daß Pepi Brunnen deine Bücher kannte? Habe ich dir auch von dem *Alptraum* geschrieben?»

Kitty nickte schwach.

«Nun, an unserem letzten Abend tauchte ein Amerikaner namens Steven Zydowitz im Hotel auf. Er schreibt eine Biographie über seinen Vater, Max Zydowitz, der den *Alptraum* produziert hat.»

Kitty erstarrte. Eine weitere Gefahr dämmerte herauf.

Pippa plauderte weiter: «Der Film machte aus dem wirklich armen Dorf einen gut besuchten Urlaubsort. Die Musik zu dem Film stammt von Leopold Brunnen, der eine Affäre mit dem weiblichen Star aus dem *Alptraum* hatte, Hildegard Schroeder, die übrigens auch Max Zydowitz' Geliebte war. Das Ganze ist unglaublich kompliziert …»

«So hört es sich an», murmelte Kitty.

«… und am Ende des Films wäre beinahe einer der Schauspieler in einer Lawine ums Leben gekommen, die anscheinend vorsätzlich ausgelöst worden war. Pepi Brunnen hat uns erzählt, sein Großvater sei durch eine Lawine getötet worden. Ich habe irgendwo ein Bild von dem Kreuz, das die Stelle markiert, an der er starb.» Pippa blätterte die Bergansichten durch. «Ach, ist ja nicht so wichtig …»

Plötzlich war Kitty sich ganz sicher, daß Pepi Brunnen über Leo völlig im Bilde gewesen sein mußte. Gebhardt hatte ihm alles erzählt. Das war die einzige Erklärung für seine Großzügigkeit gegenüber Pippa und Chris. Er hatte versucht, von dem Mann, der möglicherweise auch Pippas Großvater war, ein möglichst positives Bild zu zeichnen, ohne sie auf dessen Geliebte neugierig zu machen. Ja, wenn sie das alles richtig interpretierte, hatte Pepi Brunnen sich nach Kräften bemüht, die grauenhaften Ereignisse, die zu Leos Tod führten, wiedergutzumachen …

21

Irgendwie überstand Kitty den Rest des Nachmittags, ohne Pippas Verdacht zu erregen. Aber nachdem die beiden jungen Leute gegangen waren, befand sie sich in demselben Zustand emotionaler Erschöpfung wie seinerzeit im Krankenhaus, als das Schicksal die ahnungslose Pippa zum ersten Mal auf die Spur der Vergangenheit gesetzt hatte.

Sie ging in die Küche, um sich einen Tee zu machen, ihr altbewährtes Heilmittel in Augenblicken übergroßer Anspannung. Während sie darauf wartete, daß das Wasser im Kessel kochte, fiel ihr Blick auf ein Foto, das mit der Bildseite nach unten unterm Tisch auf dem Fußboden lag. Pippa hatte es wohl versehentlich fallen gelassen.

Sie hob es auf und drehte es um. Ein Steinhügel mit einem Kreuz darauf vor dem trostlosen Hintergrund steiler Granitfelsen. Vergessen war der Tee; sie setzte sich an den Tisch und lehnte das Foto an eine Tasse. Da also war Leo gestorben. Das war der Ort, an dem sich der letzte Akt des *Alptraums* abgespielt hatte, sechs Jahre nachdem die Schauspieler abgereist waren …

Das war im März 1940 gewesen, im sechsten Monat des Kriegs. Aus dem Dorf war ein halbes Dutzend Männer in wehrfähigem Alter einberufen worden; Gebhardt war zu seinem Verdruß immer noch ein Jahr zu jung gewesen. In den Bergen, die sie umgaben, sah man manchmal Gebirgsjäger in ihrer weißen Tarnkleidung. Abgesehen davon hatten sie jedoch nicht das Gefühl gehabt, sich im Krieg zu befinden, und immer noch auf einen frühen Friedensschluß gehofft.

In diesem Winter des Jahres 1940 war das Wetter ein viel härterer Feind gewesen als jede militärische Streitmacht. Nur die ältesten Einwohner konnten sich an einen so schlimmen Winter erinnern, mit Temperaturen weit unter null Grad und meterhohem Schnee, der die Straße nach Lech vollkommen unpassierbar machte. Noch nie zuvor war es Kitty so kalt gewesen, als würde ihr das Mark in den Knochen gefrieren. Wochen und Wochen hatten sie und Leo nur von winzigen Rationen gelebt, hatten nicht einmal ihre Hütte verlassen können, weil der Schnee höher hinaufreichte als die Türen. Die Situation hatte an ihrer beider Nerven gezerrt, und sie wurden sehr unduldsam miteinander.

Dann im März, als die Sonne wärmer wurde, hatte die Schneeschmelze begonnen. Endlich war der Weg nach Lech freigeräumt worden, und sie konnten die so dringend benötigten Vorräte herbeischaffen.

Gegen Ende März war Franz gekommen.

Leo, den es verzweifelt drängte, nach seiner erzwungenen Gefangenschaft hinauszukommen, war zum Skilaufen gegangen, so daß sie allein zu Hause gewesen war, froh darüber, ein wenig Zeit und Raum für sich allein zu haben. Es hatte an der Tür geklopft, und als sie öffnete, stand ein junger Mann auf Skiern in der weißen Uniform der Gebirgsjäger vor ihr. Er hatte den Arm zum Hitlergruß erhoben und sagte: «Ich möchte Herrn Brunnen sprechen.»

Sie war so lange von der Außenwelt abgeschnitten gewesen, daß sie gar nicht mehr an Fremde gewöhnt war, und diese unerwartete Zurschaustellung militärischer Haltung hatte sie irritiert. Sie hatte gestammelt: «Er ist zum Skilaufen auf den Berg gegangen.»

«Wer sind Sie?»

«Seine Haushälterin.»

Seine Oberlippe hatte sich zu einem Hohnlächeln verzogen. «Sie sind also seine englische Hure.»

Sie war zusammengezuckt, und er hatte verächtlich gelacht. «Ich bin sein Sohn, Franz Brunnen.»

«Sein Sohn?» hatte sie verständnislos wiederholt.

Sie hatte ihn aufmerksamer angesehen und die Ähnlichkeit mit Leo entdeckt, die trotz der Kapuze, die er sich über die Stirn und ums Kinn gezogen hatte, deutlich zu sehen war. Aber in seinen Augen lag nichts von der quirligen Vitalität, die in Leos Augen funkelte. Franz' Augen waren kalt und hart wie Stein.

Mit schwacher Stimme hatte sie gefragt: «Wollen Sie nicht hereinkommen?»

Und er hatte erwidert: «Eher würde ich zur Hölle gehen.»

Dann hatte er sie mit einer Flut verbitterter Beschimpfungen überschüttet. «Meine Mutter hat diesem Schweinehund alles gegeben. Ohne sie wäre er nichts geworden. Sie hat ihn während seiner Zeit am Konservatorium unterstützt und auch noch in den Jahren, in denen er verzweifelt versuchte, sich als Komponist zu etablieren. Ohne sie würde er immer noch in Cafés und bei Tanzstunden spielen. Seinen ganzen Erfolg verdankt er ihr allein.

Dann kamen Sie daher und haben ihn verführt. Sie haben ihn uns gestohlen und ihm einen Bastard geboren.

Jetzt, da er reich und berühmt ist, tut er so, als existierten wir gar nicht. Sie beherrschen ihn völlig. Unter Ihrem Einfluß ist er zu einem Feigling geworden. Er kämpft ja nicht einmal, um sein Land zu verteidigen. Er ist ein Verräter – ein Verräter an seiner Familie – ein Verräter seiner Familie – ein Verräter seines Landes ...

Ihr Scheißengländer glaubt, ihr beherrscht die Welt. Aber warten Sie nur, wir werden euch vom Antlitz der Erde wegwischen. Was ihn betrifft ...»

Und dann hatte er vor ihr ausgespuckt.

Als sie sich von ihrem Schock erholt hatte, hatte er seine Skistöcke bereits in den Schnee gerammt und war davongefahren. Sie hatte sich Mantel und Skistiefel angezogen, ihre Skier geholt und sie angeschnallt. Aber Leo hatte während der vergangenen Tage so viel Spuren in den Schnee gefahren, daß sie nicht wußte, welcher sie folgen sollte. Sie hatte die höheren Hänge abgesucht und seinen Namen geschrien, und ihre Worte hatten von den Bergen widergehallt: «Leo, Leo, Leo, Leo, Leo ...»

Am Ende war sie nach Hause zurückgekehrt. Wie viele Stunden sie mit vor Furcht zusammengekrampftem Magen gewartet hatte, hätte sie später nicht zu sagen vermocht. Dann hatte sie von weit oben den scharfen Widerhall eines Gewehrschusses gehört.

Sie war in den Garten hinausgelaufen, und in der Stille des Nachmittags hatte sie das unheilvolle Krachen einer überschweren Ladung Schnee gehört, die sich von ihrem eisigen Halt gelöst hatte, und dann das Dröhnen, mit dem die Lawine ihren Weg bergabwärts begann, im Sturm mehr und mehr Schnee sammelte, alles mitriß, was ihr im Weg stand ...

Eine Woche lang hatten Suchtrupps ihr Leben aufs

Spiel gesetzt und die Berge durchkämmt, weil sie hofften, daß Leo vielleicht noch lebte; dann hatte man die Suche abgebrochen, um sie im Sommer fortzusetzen. Da es keine Leiche gab, konnte keine Todesursache festgestellt werden. Aber das ganze Dorf hatte den Gewehrknall gehört.

Es lag weiß Gott nicht in ihrem Interesse, die Behören hinzuzuziehen. Nicht, nachdem Gebhardt Nussbaum zugegeben hatte, den Schuß abgefeuert zu haben, der die Lawine auslöste.

Gebhardt hatte geschluchzt wie ein Kind, als er den Hergang erzählte. Er hatte im Wald über dem Bauernhaus die Spur eines Hirsches aufgenommen, als Franz gekommen war, und aus der Ferne hatte er dessen Begegnung mit Leo mit angesehen. Er hatte beobachtet, wie Franz sich an ihn heranpirschte, und gespürt, daß der Mann nichts Gutes im Schilde führte.

Dann war Leos unverkennbare Gestalt vom Gipfel des Hohen Steinbergs zu Tal gefahren. Gebhardt hatte beobachtet, wie Franz sich versteckte; das Weiß seiner Uniform war fast mit dem Schnee verschmolzen. Er hatte gesehen, wie Franz in die Tasche griff und ein Stück Draht herauszog, das er zwischen seinen Händen bog.

«Und da wußte ich, daß er Herrn Brunnen töten wollte», hatte Gebhardt ihr erzählt. «Ich war zu weit weg, um ihn aufzuhalten. Also habe ich einen Schuß abgegeben. Ich habe in die Luft geschossen. Das war das einzige, was mir eingefallen ist, um Herrn Brunnen zu warnen. Ich kannte das Risiko, aber ich hatte keine andere Wahl. Dann löste sich die Lawine tatsächlich. Und jetzt habe *ich* Herrn Brunnen getötet. Ich weiß, daß ich ihn getötet habe …»

Niemand sonst, außer Gebhardt und ihr, hatte diese Gestalt in Weiß gesehen. Niemand sonst hatte gewußt, daß Franz auf der Suche nach seinem Vater und mit der Absicht, ihn zu töten, ins Dorf gekommen war …

Aus Angst, daß man ihm die Wahrheit nicht glauben würde, hatte Gebhardt eine Geschichte über eine Gemse verbreitet, die so plötzlich vor ihm aufgetaucht war und ein so unwiderstehliches Ziel abgegeben hatte, daß er ohne nachzudenken auf den Abzug gedrückt habe.

Das Dorf hatte sich wie zu einer Verschwörung zusammengefunden, um ihn zu schützen. Sein Schuß war nur der indirekte, nicht der direkte Grund für Leos Tod, meinten die Leute. Der dumme Junge hätte es besser wissen müssen, sagten sie. Er hätte sich darüber im klaren sein müssen, daß in dieser trügerischsten aller Jahreszeiten die leiseste Störung eine Lawine auslösen konnte. Aber auch Leo war geradezu närrisch leichtsinnig gewesen. Er hätte es besser wissen müssen, als während der Lawinenzeit in solcher Höhe allein Ski zu laufen. Es war ein Unfall – tragisch, wirklich tragisch, aber ein Unfall.

Unerträglich wurde die Stille im Bauernhaus, als Leo nicht mehr war: eine vollkommene Stille, die sie umgab wie ein Grab. Sie war schließlich selbst wie ein Geist durchs Haus gegangen. Es schien, als sei sie unfähig geworden, irgend etwas anderes als Schuld zu empfinden, als sei ihr das Herz im Leib erfroren. Sie konnte nicht essen. Sie konnte nicht schlafen. Sie konnte nicht einmal weinen.

Sie konnte auch nicht fortgehen. Sie fühlte sich so stark an Bergsee gebunden, als sei sie mit unsichtbaren Seilen an den Ort gefesselt, wie gelähmt von der vollkommen unrealistischen Hoffnung, daß Leo vielleicht doch noch leben könnte, von der Überzeugung, daß sie, wenn sie Bergsee verließ, ihn verlassen würde.

Dann war etwas geschehen, das sie aus ihrer Benommenheit herauszwang. Gebhardt war vom Dorf heraufgekommen. Der Bürgermeister hatte eine Order aus Feldkirch erhalten, die ihre sofortige Verhaftung als einer feindlich gesinnten Ausländerin befahl; Adams Befürchtungen waren wahr geworden. Der Bürgermeister hegte, wie Gebhardt ihr versicherte, keinerlei Groll gegen sie, hatte aber keine andere Wahl, als dem Befehl nachzukommen.

Für Gebhardt mußte die Möglichkeit, sie zu retten, wie ein Geschenk des Himmels erschienen sein. So konnte er Leos Tod wiedergutmachen. Er ließ sie einen Rucksack packen, dann gab er ihr einige kurze Augenblicke Zeit, um sich von dem Haus zu verabschieden, in dem sie und Leo beinahe acht Jahre lang gelebt hatten. Schließlich ließ er sie Skier anschnallen und brachte sie in aller Eile in eine der Hütten hoch oben auf der Alm, wo Heu gelagert wurde und die Kuhhirten oder auch Bergsteiger während eines Unwetters Zuflucht suchen konnten.

In dieser Nacht hatte sie ihre Flucht begonnen, immer weiter nach Westen in Richtung Bregenz am Bodensee, wo der Dorfpfarrer einen Vetter hatte, der in der Lage sein würde, Kitty zu helfen, in die Schweiz zu entkommen.

Sie konnte sich auch nicht daran erinnern, wie viele Tage und Nächte sie unterwegs waren. Sie wußte nur, daß es die längste, anstrengendste und gefährlichste Wanderung war, die sie je auf Skiern unternommen hatte. Gebhardt war stark, flink und furchtlos und von einem Gefühl energischer Entschlossenheit angetrieben gewesen. Kein Hang war ihm zu steil oder zu vereist für eine Abfahrt, keine Senke zu gefährlich, um seine Skier zu schultern und hinaufzuklettern, keine Schlucht zu tief, als daß er nicht versucht hätte, sie zu überqueren. Aber sie war nicht nur emotional erschöpft, sondern auch von einem Mangel an Nahrung und Schlaf geschwächt. Ein ums andere Mal hatte sie das Gleichgewicht verloren und war gestürzt. Und ein ums andere Mal hatte Gebhardt sie aus Schneewehen gerettet, ihr über Felsbrocken hinweggeholfen, sie sogar getragen, wenn sie nicht mehr weiterkonnte.

Des Nachts waren die Temperaturen unter den Gefrierpunkt gesunken. Sie hatten in Almhütten geschlafen, aneinandergeschmiegt voll bekleidet, auf einer provisorischen Matratze aus dem Heu des letzten Sommers.

Schließlich hatten sie sich an ihren letzten Abstieg gemacht. Als sie auf den See zugefahren waren, war der Schnee immer weicher geworden, bis schließlich das Gras hindurchgeschienen hatte. Sie hatten ihre Skier abgenommen, die Gebhardt in einer Felsspalte versteckte, wo er sie auf dem Rückweg wieder einsammeln würde.

In Bregenz war Frühling gewesen. Die Gärten hatten in voller Blütenpracht gestanden und die Menschen sich am Seeufer gesonnt. Der Vetter des Bergseer Pfarrers war leicht zu finden gewesen; er hatte sie nach einem kurzen Blick auf das Empfehlungsschreiben, das Gebhardt mitgebracht hatte, schnell ins Haus geführt.

Gebhardt war nur lange genug geblieben, um eine Tasse Kaffee zu trinken, dann hatte er sich auf den Rückweg nach Bergsee gemacht. Sie hatte ihm danken wollen, konnte aber keine Worte finden, deshalb hatte sie ihn nur auf die Wange geküßt und Lebewohl gesagt.

Nach Einbruch des Abends hatte der Vetter des Pfarrers sie hinauf ins Vorgebirge gefahren, wo er von der Straße abgezweigt war und im Schutz der Bäume geparkt hatte. Eine Weile hatten sie schweigend dagesessen, die scheinbar menschenleere Landschaft betrachtet, die gelegentlich von dem schwachen Licht des Halbmonds erhellt wurde. Dann war eine Motorradstreife vorbeigekommen. «Jetzt ist es sicher», hatte er gesagt. «Gott sei mit Ihnen, mein Kind.»

Sie war in die Richtung gelaufen, in die er gezeigt hatte, war über Grasbüschel und Baumwurzeln gestolpert. Plötzlich war eine Taschenlampe aufgeblitzt, und eine Stimme hatte gerufen: «Halt! Wer da?» In der Überzeugung, es mit einem österreichischen Wachposten zu tun zu haben, hatte sie sich flach auf den Boden geworfen. Schritte waren näher gekommen. Sie hatte das Klicken eines Gewehrs gehört, gespürt, daß jemand über ihr stand, und sich darauf gefaßt gemacht, erschossen zu werden.

Sie erinnerte sich daran, daß sie keine Angst empfunden hatte, daß der Tod keinen Schrecken für sie hatte. Im Gegenteil, sie hatte geglaubt, daß es besser war zu sterben: Denn welchen Nutzen hatte die Freiheit, wenn es nichts gab, wofür sie noch leben wollte.

Ein Stiefel hatte gegen ihre Rippen gedrückt und eine Stimme gebrummt: «Na was, eine Frau.»

Sie hatte aufgeblickt, und in diesem Moment war der Mond hervorgekommen, und sie hatte das unverkennbare Schweizer Kreuz auf dem Knopf seiner Uniform glitzern sehen.

«Ich bin Engländerin», hatte sie geflüstert.

Alle hatten sie für eine Spionin gehalten. Die Schweizer Grenzwache. Die Schweizer Polizei. Sogar die Beamten der britischen Botschaft in Bern, wohin sie schließlich von einer Polizeieskorte gebracht worden war. Welche Engländerin, die ihre Sinne beisammenhatte, hätte so unvernünftig und unverantwortlich gehandelt, wie sie es getan hatte, als sie nicht nur ihrem Land, sondern auch ihrem Sohn entsagt hatte? Und aus welchem Grund? Um der Liebe willen – der Liebe zu einem Feind?

Wie fremd und erstickend formell die britische Botschaft ihr erschienen war, wie feindselig die Leute, die sie vernahmen. Und die Fragen, die man ihr an den Kopf warf, so qualvoll, so entwürdigend; sie mußte die intimsten Details ihres Lebens entblößen, und die Reaktionen auf das, was sie sagte, waren so abschätzig gewesen und so voller Mißachtung für ihre Gefühle.

Zu guter Letzt, als sie dem Zusammenbruch nahe war – als sie alles zugegeben hätte, nur um dem Martyrium ein Ende zu machen –, ließ man sie allein in einem kahlen, fensterlosen Büro, dessen Tür abgeschlossen wurde, als säße sie in einer Gefängniszelle.

Wie lange sie in diesem Raum geblieben war, konnte sie später nicht sagen, denn die Zeit schien stillzustehen, und sie begann ihre bloße Existenz zu bezweifeln. Dann öffnete sich die Tür, und Piers Pilgrim trat ein. Er setzte sich ihr gegenüber an den Tisch und zog, während er sie betrachtete, eine Augenbraue auf diese fragende Art hoch, die so typisch für ihn war. Und dann fragte er: «Was halten Sie von überraschten Pinguinen?»

Das Zimmer drehte sich. Als sie wieder zu Bewußtsein kam, lag sie auf einem Sofa im Krankenzimmer der Botschaft, und eine rundliche, matronenhafte Frau drückte ihr einen kalten Umschlag auf die Stirn. «So ist es gut», sagte sie, «jetzt trinken Sie eine schöne Tasse Tee, und ich lasse Mr. Pilgrim wissen, daß es Ihnen wieder gutgeht.»

Als er durch die Tür kam, war ihre erste Frage: «Woher wußten Sie das?»

Seine Augenbraue schoß in die Höhe, und er bedachte sie mit einem schiefen Lächeln. «Ach, im Laufe der Jahre habe ich auf die eine oder andere Weise eine ganze Menge von Ihnen gehört. Adam und ich waren zusammen auf der Schule. Sie haben ihm das Herz gebrochen, als Sie Devere heirateten. Als Sie sich dann nach Österreich davonmachten ...»

Es war so absolut unwirklich, dort zu sitzen, Tee zu trinken, Kekse zu knabbern und Piers zuzuhören, der mit seinem Privatschulakzent über Adam sprach und selbst George aufs Tapet brachte.

«Können Sie Adam erreichen?» fragte sie. «Seit Kriegsausbruch habe ich kaum etwas von ihm gehört. Sebastian ...»

«Ich bin sicher, Ihrem Sohn geht es gut. Aber gegenwärtig ist die Kommunikation mit England ein wenig schwierig. Ich werde jedoch mein Bestes tun, um einen Kontakt für Sie herzustellen.»

«Danke», sagte sie. «Ich würde gern nach England zurückkehren, aber ich habe keinerlei Mittel.»

«Zumindest im Augenblick werden Sie nirgendwo hingehen. Sie sind ja gar nicht reisefähig.»

Piers war mehr als freundlich. Er nahm sie mit zu sich nach Hause, setzte sich über Protokoll und Bürokratie hinweg, indem er seinen Kollegen in der Botschaft erzählte, ihr Mann sei einer seiner besten Freunde. Daß er bereit war, für sie zu lügen, auch wenn es nur eine harmlose Lüge war – dieser Beweis seines unausgesprochenen Vertrauens zu ihr zu diesem Zeitpunkt, so kurz nachdem man sie auf der Botschaft so erniedrigt hatte, ging ihr sehr zu Herzen.

Beim Abendessen – seine Wohnung lag mitten in der Stadt, und sie wußte noch, wie seltsam es ihr erschienen war, sich in einem modernen Badezimmer zu waschen, eine Toilette mit Wasserspülung zu benutzen und den Verkehr draußen auf der Straße zu hören – brachte er sie, was den Krieg betraf, auf den neuesten Stand.

Nach ihrem Einmarsch in Norwegen Anfang April waren die Deutschen in Dänemark, Holland, Belgien und Luxemburg eingefallen. Am 10. Juni hatten die Italiener England und Frankreich den Krieg erklärt, und am 14. Juni waren deutsche Truppen in Paris einmarschiert. Die Schweiz war buchstäblich eine Insel inmitten von Feinden besetzten Territoriums, und ihre Neutralität war keine Sicherheitsgarantie. «Die französische Regierung wird kapitulieren», prophezeite Piers düster. «Das nächste Ziel wird dann England sein. Die Luftwaffe ist an den Küsten des Ärmelkanals und der Nordsee in Stellung gegangen. Churchill zieht sämtliche noch verbleibenden Truppen vom Festland ab, und viele Schiffe, die sie zurück nach England bringen sollen, werden bombardiert. Unter den gegenwärtigen Umständen ist es völlig unmöglich für Sie, von hier wegzukommen.»

Sie dachte an die haßerfüllten Worte, die Franz ihr entgegengeschleudert hatte. «Glauben Sie wirklich, die Deutschen werden England angreifen?» fragte sie.

«Ja, ich fürchte schon.»

Diese Worte fegten den letzten Rest ihrer Selbstkontrolle hinweg, und Tränen, die sie so lange zurückgehalten hatte, brachen hervor; sie weinte, wie sie noch nie zuvor und wie sie auch seither nie wieder geweint hatte.

Piers hielt sie in den Armen, bis sie keine Tränen mehr übrig hatte, dann brachte er sie in ein Schlafzimmer und legte sie aufs Bett.

Sie liebten sich. Ja, es war Liebe, auch wenn sie einander erst seit wenigen Stunden kannten. Es war Liebe, auch wenn sie ihn nicht liebte und er sie nicht. Es war Liebe, geboren aus Verzweiflung und Einsamkeit und Furcht, aus Dankbarkeit und dem Verlangen, jemandem anzugehören, auch wenn es der falsche Mensch am falschen Ort war.

Danach holte er ihnen beiden ein Glas Wein, zündete zwei Zigaretten an und sagte: «Erzähl es mir.»

Sie erzählte ihm alles – von Leo und Sebastian, von Franz, von Gebhardt, von George und West ... Die Worte sprudelten aus ihr heraus und mit ihnen all ihr aufgestauter Kummer und ihre Schuldgefühle, all ihre verworrenen Gefühle.

Die Morgendämmerung brach an, und der goldene Riese auf dem Zytgloggeturm schlug sechsmal auf seine Glocke. Piers stieg aus dem Bett, wickelte sie liebevoll in die Daunendecke und küßte sie: «Schlaf jetzt», sagte er.

An diesem Abend brachte er ihr Neuigkeiten aus Puddles. Ein Telex vom Auswärtigen Amt in London teilte mit, daß man mit Adam Kontakt aufgenommen habe. Sebastian befinde sich bei bester Gesundheit und käme in der Schule gut zurecht.

Den größten Teil der folgenden Woche verschlief sie. Allmählich kam sie wieder zu Kräften, sowohl physisch wie seelisch. Einmal fragte sie Piers, ob er sie wegen der

Art, wie sie sich in der Vergangenheit benommen hatte, für töricht und verantwortungslos halte, und er zitierte: «Das Herz hat seine Gründe, die die Vernunft nicht kennt.»

Ihre Affäre war ein Phänomen des Kriegs gewesen. Wenn sie sich unter anderen Umständen, zu einer anderen Zeit, an einem anderen Ort kennengelernt hätten, wäre wahrscheinlich nichts passiert. Als die Leidenschaft sich nach einer Weile, wie nicht anders zu erwarten war, erschöpft hatte, blieben sie Freunde. In vieler Hinsicht gewann ihre Beziehung sogar, als hätte die Erfahrung der äußersten Vertrautheit dazu geführt, daß sich ihr Verständnis füreinander und ihre wechselseitigen Gefühlsbande vertieften.

Bei Kriegsende gingen sie getrennte Wege. Piers schied aus dem Außenministerium aus, um die Position seines Vaters im familieneigenen Verlag zu übernehmen, und sie ging nach Puddles. Ohne jene zufällige Begegnung auf dem Russell Square wäre es höchst unwahrscheinlich gewesen, daß sie sich bemüht hätten, die Freundschaft zu erneuern.

Nach Piers hatte es keine Männer mehr in ihrem Leben gegeben. Natürlich hätte sie im Alter gern die Liebe und die Kameradschaft gehabt, die Ehepaare wie Adam und Eve teilten, mit einem Sohn wie Elliott, der sich, auch wenn er ein Sorgenkind war, um seine Eltern kümmerte. Aber Leo war der einzige Mann gewesen, an dessen Seite sie gern alt geworden wäre, obwohl sie sich nicht vorstellen konnte, daß ihm ein Leben gefallen hätte, wie Adam und Eve es jetzt führten – genausowenig wie ihr selbst, wenn sie ehrlich war.

Während des Kriegs hatte sie sich Sebastians wegen

mit Schuldgefühlen und Ängsten gequält. Indem sie ihn mit Adam in das sichere England geschickt hatte, schien sie ihn erst recht in Gefahr gebracht zu haben. Nach den BBC-Berichten und den englischen Zeitungen, die sie nach etlichen Tagen in der Schweiz erreichten, wußte sie von der grauenvollen Art und Weise, wie die Luftwaffe England bestrafte. Puddles konnte jederzeit Ziel deutscher Bomber werden, das «Hügelhaus» stand vielleicht schon gar nicht mehr, und die Berkeleys und Sebastian mochten alle tot sein. Die Ungewißheit war beinahe unerträglich gewesen. Nichts, das hatte sie in jener Zeit erfahren, konnte so sehr an den Nerven zerren wie die Phantasie.

Sie konnte Sebastian schreiben, auch wenn Piers ihr erklärt hatte, daß all ihre Korrespondenz durch die Zensur gehen würde und ihre Briefe kaum mehr als der Beweis dafür sein würden, daß sie noch lebte.

Es hatte oft mehrere Monate gedauert, bis sie eine Antwort erhielt. Aber wenn dann ein Brief von Sebastian kam, las sie ihn wieder und wieder, so oft, daß das Papier, wenn sie ihn dann endlich zu den anderen legte, schon zu zerfallen begann. Nicht, daß seine Briefe viel aufschlußreicher gewesen wären als die ihren, aber sie hatten ihr immerhin einen flüchtigen Einblick in sein Leben vermittelt.

Am Ende von vier Jahren, in denen keiner von ihnen irgend etwas Konkretes erzählen durfte, hatte ihre Korrespondenz lediglich einen dünnen Faden der Verbundenheit aufrechterhalten, bis sie sich wiedersahen.

Sobald es ihr einigermaßen gutging, telefonierte sie mit Madame Valentin, die sich zu ihrer Überraschung ganz genau daran erinnerte, wer sie war. «*Bien sûr, Mademoiselle Catherine, la petite anglaise, l'amie de Sonja!*» rief sie. «*Comment allez-vous – et que faites-vous en Suisse? Mais naturellement, rendez-moi visite. Vous serez toujours la bienvenue!*»

Die Fahrt nach Vevey und das Wiedersehen mit Madame Valentin kennzeichneten einen Wendepunkt in Catherines Leben. Madame Valentin öffnete ihr die Augen für die Ungeheuerlichkeit dessen, was in der Welt jenseits der Schweiz vor sich ging.

Sie saßen im Garten des Internats, tranken Eiscafé und schauten über den See zum Montblanc. Madame Valentin hatte sich in den zwölf Jahren, seit Catherine sie nicht mehr gesehen hatte, kaum verändert. Obwohl sie auf die sechzig zuging, hatte sie immer noch die gertenschlanke Figur einer jungen Frau.

«Und was haben Sie nun vor?» fragte Madame Valentin, nachdem Catherine ihr von ihrer Ehe mit George, ihrem Leben in Österreich, Leos Tod und ihrer Flucht in die Schweiz berichtet hatte. Sie zuckte die Achseln. Piers hatte sich erboten, ihr probeweise eine Büroarbeit in der Botschaft zu geben, aber nachdem sie jahrelang nicht mehr getippt hatte, war sie an der Schreibmaschine ziemlich nutzlos, und außer ihren Sprachkenntnissen besaß sie keine Qualifikationen.

«Dann bleiben Sie besser hier und helfen mir», schlug Madame Valentin vor.

Madame Valentins Internat hatte als Schule völlig ausgedient und war zu einem Vorposten für die Flüchtlinge geworden, die über die Schweiz in die Vereinigten Staaten wollten. Und es gab nur eine Route, die dorthin führte: über Südfrankreich nach Spanien und weiter nach Lissabon im neutralen Portugal, dem einzigen Hafen in Europa, von dem aus man noch eine Schiffspassage nach New York bekommen konnte. Es war eine gefahrvolle Reise, die, während der Krieg weiterging und die deutsche Herrschaft über Europa sich weiter festigte, immer unberechenbarer wurde.

Madame Valentin und Catherine taten ihr Bestes, um die Flüchtlinge auf die gefahrvolle Reise vorzubereiten. Sie waren geduldige und mitfühlende Zuhörerinnen, wenn die Verfolgten von dem Martyrium berichteten, das sie bereits hinter sich hatten, und versuchten, ihnen Mut zu machen für die Qualen, die ihnen noch bevorstehen konnten.

Nachdem Amerika Ende 1941 in den Krieg eintrat, gab es allerdings für die Flüchtlinge keine Zuflucht mehr. Sie blieben in der Schweiz, und das Internat wurde zu einer Art Wohnheim. Soweit es möglich war, behalf sich die kleine Gemeinschaft mit Selbstversorgung. Die Rasenflächen wurden umgegraben und mit Gemüse bepflanzt. Sie hielten sich Hühner, Enten und Kaninchen. Zu jener Zeit war Kitty zur Vegetarierin geworden. Sie brachte es einfach nicht über sich, einem hilflosen Tier den Hals umzudrehen, damit sie selbst nicht hungerte.

Die Berichte der neueingetroffenen Juden, die von Einschüchterung und Verfolgung erzählten, wurden im Verlauf des Krieges immer schlimmer. Gleichzeitig war aber, während das großdeutsche Reich sich über Europa bis in die Sowjetunion ausgedehnt hatte, die Zahl der Juden, die die Schweiz erreichten, nicht etwa gestiegen, sondern zurückgegangen. Die, die wie ein Wunder noch hatten entkommen können, erzählten von Ghettos, Massenmorden und Todeslagern.

Nur wenige, vom Internationalen Roten Kreuz und den jüdischen Organisationen in Genf abgesehen, waren willens, diese Berichte für wahr zu nehmen. Piers hatte sich sogar seine Karriereaussichten damit ruiniert, als er darauf bestand, sie seinen Vorgesetzten zu Gehör zu bringen.

Als der Krieg auf sein Ende zuging und die Russen Majdanek und Auschwitz befreit hatten, danach dann die Briten Bergen-Belsen, hatte die Welt zum erstenmal eine Ahnung von der Ungeheuerlichkeit des Völkermordes, der dort stattgefunden hatte, bekommen. Aber sie in der Schweiz hatten lange zuvor davon gewußt. Und deshalb war Catherine auch in Vevey geblieben, selbst wenn Piers mittlerweile in der Lage gewesen wäre, ihr eine Fahrt nach England zu ermöglichen. Sie wollte etwas Nützliches tun – etwas Wichtiges ...

Tabitha kratzte über den Teppich vor ihrem Freßnapf und miaute klagend. Mit einem Ruck kehrte Kitty in die Gegenwart zurück. Während sie in ihre Erinnerungen versunken war, hatte sich der Tag zum Abend geneigt. Das Licht in der Küche wurde schwächer.

Sie fütterte Tabitha und machte sich dann auf die Suche nach einem Umschlag, in dem sie das Foto aufbewahren konnte. Sie hätte es eigentlich Pippa zurückschicken sollen, konnte sich aber nicht dazu überwinden. Statt dessen legte sie es in den kleinen Aktenkoffer, der immer noch neben dem Küchenschrank stand.

Rückblickend war es schon erstaunlich, daß sie in ihrem Unglück und bei der kurzen Zeit, die Gebhardt ihr zum Packen gegeben hatte, instinktiv den Inhalt dieses Köfferchens, Dinge von ungeheurem persönlichen Wert, gerettet hatte. Aber andererseits war das vielleicht doch nicht so überraschend. Kleider, Schmuck und andere weltliche Besitztümer hatten ihr nie viel bedeutet.

Aber ihre alten Tagebücher, ihre Gedichte und die Zeichnungen, die sie später für die «verzauberten» Bücher benutzt hatte, die zerbrechlichen, getrockneten Blumen, die sie vor so langer Zeit auf dem Alpele gepflückt hatte, und die unvollendete Symphonie, an der Leo vor seinem Tod gearbeitet hatte – all das war unersetzlich. Jetzt kam zu diesen Dingen und Sebastians Briefen aus Kriegszeiten das Foto hinzu, das den Ort zeigte, an dem Leo sein Leben gelassen hatte.

Sie brachte das Köfferchen nach oben und schob es wieder unter ihr Bett.

22

Frühmorgens lag bereits eine herbstliche Schärfe in der Luft, und die Grashalme bogen sich unter schweren Tautropfen, aber tagsüber sorgte die Sonne noch einmal für die Wärme eines Altweibersommers. Die Rosen an der Frontseite von Yondover trugen noch einige letzte Blüten, aber die Bäume in Wests Wald hatten sich schon verfärbt, waren golden und bernsteinfarben, scharlachrot und orangefarben geworden.

Nächstes Jahr wurde George Gawaine de Vere achtzig. Schon bald würde der Dezember seines Lebens anbrechen.

«Daher hatte ich das Gefühl, Ihnen schreiben zu müssen, um Ihnen zu sagen, daß ich Ihre Fotos für brillant halte ...» Tag um Tag hatte ihn diese Zeile aus Pippas Brief verfolgt, während er Wasser heraufgepumpt, Feuerholz gesägt, Früchte gepflückt oder mit Ted im Gemüsegarten gearbeitet und seine Domäne inspiziert hatte, um sicherzugehen, daß keine Zäune zerstört worden und keine Vandalen in die Wälder eingedrungen waren, keine Wilderer versucht hatten, Füchse oder Dachse zu fangen, und kein Jäger ein Kaninchen oder einen Fasan geschossen hatte.

Als Ted Pippas Brief vom Postamt mitgebracht hatte, war es Sommer gewesen. George hatte die unvertraute Handschrift auf dem Umschlag betrachtet, ihn aufgeschlitzt, den Brief gelesen und dann mittendurchgerissen, diese unerbetene, unerwünschte Erinnerung an eine Vergangenheit, die er lange hinter sich gelassen hatte. Aber obwohl er das zerrissene Blatt am liebsten ins Feuer geworfen hätte, hielt ihn doch irgend etwas davon ab.

Er hatte gewußt, wer Pippa war, sobald er ihren Namen und ihre Adresse gelesen hatte, denn Adam bestand darauf, ihn über Kittys und Sebastians Leben auf dem laufenden zu halten, obwohl er ganz genau wußte, daß George sich für nichts und niemanden außerhalb Yondover interessierte. Wie für West seinerzeit war Yondover jetzt seine Welt; wie die Gurneys West als Gesellschaft genügt hatten, so waren Jethros Witwe Millie und ihr Sohn Ted die einzigen Menschen, die er, George, brauchte.

Sein stärkstes Gefühl war allerdings Wut auf Edith gewesen. Was zum Teufel hatte sie sich dabei gedacht, seine Bilder in einem Fotoalbum aufzuheben, damit Sebastian – ausgerechnet Sebastian! – nach ihrem Tod darüber stolpern konnte?

Bei nüchternerer Betrachtung war ihm jedoch klargeworden, daß es ihr ähnlich sah, Souvenirs von seiner Arbeit zu behalten. Es war Edith gewesen, die nach Kriegsausbruch darauf bestanden hatte, seine Negative zusammen mit den wertvollsten seiner Kameras und Objektive von Porters Place nach Yondover zu schaffen, wo sie, obwohl die Regierung das Haus damals requiriert hatte, tatsächlich sicherer gewesen waren, als wenn er sie in London gelassen hätte, in Porters Place Nummer zehn, das während der deutschen Luftangriffe in den Jahren 1940/41 dem Erdboden gleichgemacht worden war.

In vieler Hinsicht war Edith wie eine Schwester für ihn gewesen. Nachdem Kitty nach Österreich gegangen war, hatte sie ihn bei seinen Besuchen in Yondover immer begleitet, und er hatte ihre anspruchslose Kameradschaft zu schätzen gewußt, während das Wissen, daß niemand ihre Beziehung falsch interpretieren konnte, ihm die nötige Sicherheit gegeben hatte. Er wußte, daß der Hauch eines Skandals seinen Ruf in ebenso vielen Sekunden hätte zerstören können, wie es ihn Jahre gekostet hatte, ihn aufzubauen. Die bloße Tatsache, daß Edith eine Frau war, trug dazu bei, die Gerüchte zu entkräften, die Boy Tate über ihn verbreitete.

Edith hatte auch dafür gesorgt, daß Millie, sein Hausmädchen vom Porters Place, nach Kipwell gebracht wurde, nachdem sein Atelier eines Abends während seiner Abwesenheit durch deutsche Flugbomben zertrümmert worden war. Millie hatte die Katastrophe im Schutzkeller überlebt.

Als Millie nach Kipwell kam, waren Fanny und Gurney beide schon tot; sie waren innerhalb weniger Wochen gestorben, kurz nachdem man sie gezwungen hatte, Yondover zu verlassen, weil die Regierung es für irgendein fürchterlich geheimes Projekt beschlagnahmt hatte. Millie hatte zusammen mit Jethro für die Pughs gearbeitet, und nach Kriegsende hatten die beiden geheiratet; einige Jahre später war dann Ted auf die Welt gekommen …

Aber jetzt, sechsundvierzig Jahre nach der Bombardierung von Porters Place und nachdem sie schon lange nicht mehr seine Angestellte war, fiel Ediths blinde Anhänglichkeit auf eine Art und Weise auf ihn zurück, die sie nie und nimmer gewünscht hätte.

Wie wütend sie gewesen wäre, wenn sie gewußt hätte, daß ihr Album und ihre Bücher Kittys Sohn in die Hände gefallen waren …

Sie hatte Kitty gehaßt – nicht solange sie noch als Mann und Frau zusammenlebten, aber später, als Kitty mit Leopold Brunnen davongelaufen war. Damals war Ediths Zorn um seinetwillen so gewaltig gewesen, daß sie jedes Negativ und jeden Abzug von dieser Porträtsitzung mit Brunnen zerstört hatte, und hätte sie es gewagt, hätte sie sicher auch jedes Bild zerstört, das er je von Kitty gemacht hatte.

Verbitterung und Wut waren bei ihr viel tiefer gegangen als bei ihm. Aber sie hatte auch nicht alles gewußt; ihr war nicht klargewesen, daß ihn genausoviel Schuld traf wie Kitty, wenn nicht noch mehr. Selbst wenn Edith die Art Frau gewesen wäre, der man seine intimsten Gefühle eingestehen konnte, hätte er sich doch nie dazu überwinden können, ihr seine homosexuellen Affären zu beichten. Selbst als Boys indiskrete Memoiren veröffentlicht wurden, war Edith so loyal und vertrauensvoll gewesen, daß sie sich weigerte, der Wahrheit ins Gesicht zu sehen.

Als Kitty ihn verließ, hatte er sich in die Arbeit gestürzt, bis er mit seinem Porträt von König Georg V. – rückblickend betrachtet – den Höhepunkt seiner Karriere erreicht hatte. Sex war für ihn nie besonders wichtig gewesen; in seinen wenigen engen Beziehungen hatte er eher Zuneigung und emotionale Befreiung gesucht als die Befriedigung fleischlicher Gelüste. Er hatte sich gelegentlich eine diskrete Affäre gegönnt, aber keine hatte lange gedauert. Nachdem ihn schließlich eine junge Frau damit aufgezogen hatte, ein langweiliger Gefährte zu sein und ein unbefriedigender Partner im Bett, hatte er sich zu absoluter Keuschheit entschlossen.

Tates Galerie waren die bösartigsten und gehässigsten

Memoiren, die je veröffentlicht worden waren, ein Meisterwerk von Rufmord und obszönen Andeutungen. George war übrigens gut davongekommen im Vergleich zu einigen anderen Männern, mit denen Boy angeblich Affären hatte, darunter auch Mitglieder des Parlaments, Kirchenmänner und Angehörige des hohen Adels. Boy zufolge war George derjenige gewesen, der den verderblichen Einfluß auf einen scheuen, unschuldigen jüngeren Schulkameraden ausgeübt habe, derjenige, der Boy verführt und ihn dann wegen eines anderen herzlos sitzengelassen hatte. Das Buch löste so viele Gerichtsprozesse aus, daß es schnell aus den Geschäften verschwand. Aber das Kind war bereits in den Brunnen gefallen. Selbst wenn niemand in Kipwell Boys Memoiren gelesen hatte, war George sicher, daß die Leute aus der Zeitung davon wußten. Die Dorfbewohner hatten ihn nie leiden können, weil er sich dem Bau der Umgehungsstraße widersetzt hatte; er rechnete damit, daß sie die kleinen Jungen davor warnen würden, sich nur in die Nähe von Yondover zu wagen.

Also hatte er noch höhere Zäune um sich errichtet und sich ganz von der Welt zurückgezogen. Nicht ein einziges Mal seit 1968 hatte er die Grenzen seines Grundstücks überschritten. Nicht ein einziges Mal hatte er seither mit anderen Menschen als den beiden Gurneys gesprochen. Seine einzigen Informationsquellen waren der *Daily Telegraph*, den er sich gelegentlich von Ted besorgen ließ, und seine sporadische Korrespondenz mit Adam.

Dann war wie ein Blitz aus heiterem Himmel Pippas Brief eingetroffen.

Hätte ihm eine völlig Fremde geschrieben, hätte er es einfach ignoriert. Aber Pippa war, obwohl er sie nie kennengelernt hatte, keine Fremde – sie war Kittys Enkelin, vielleicht seine eigene Enkelin ...

Wessen Sohn war Sebastian, fragte er sich wieder einmal, wie er es vor all jenen Jahren getan hatte, als Adam ihm erzählte, daß Kitty ein Kind zur Welt gebracht habe. War Sebastian sein eigener Sohn, gezeugt in einem Augenblick eifersüchtiger Leidenschaft – oder Leopold Brunnens Sohn, gezeugt in verbotener Liebe? Das war eine Frage, die er jetzt ebensowenig beantworten konnte wie damals.

Nachdem Adam ihn mit der Neuigkeit konfrontiert hatte, hatten sie sich gestritten; er selbst war der Meinung gewesen, einer von ihnen sollte nach Österreich fahren und Kitty zur Rückkehr zwingen, während Adam darauf beharrt hatte, daß Kitty ein Recht habe, ihr eigenes Leben zu führen.

Nicht, daß er Kitty wirklich zurückhaben wollte. Er wußte, daß ihre Ehe nicht mehr zu reparieren war. Aber ein Sohn wäre der Beweis gewesen, daß er ein echter Mann war, nicht nur in seinen eigenen Augen, sondern auch in den Augen der Welt; ein Sohn hätte allen Verleumdungen und schmutzigen Andeutungen Boy Tates ein Ende gesetzt.

Dann war der Krieg immer näher gerückt, und Adam war nach Österreich gefahren und mit Sebastian nach Puddles zurückgekehrt. An seinem ersten Wochenende dort war George nach Dorset geeilt, um ihn zu sehen. In der Sekunde, in der er den Jungen erblickte, redete er sich auch schon ein, daß Sebastian sein Fleisch und Blut war, ungeachtet dessen, daß auch Brunnen dunkelhaarig und braunäugig war.

Er hatte seine Absicht kundgetan, Sebastian mit nach

Porters Place zu nehmen, aber Adam hatte sich geweigert und darauf beharrt, Kitty habe den Jungen ausschließlich ihm anvertraut. Adam hatte ihn auch davon abgebracht, sich Sebastian als richtigen Vater vorzustellen. Am Ende waren sie übereingekommen, daß Sebastian ihn genauso wie Elliott mit «Onkel George» ansprechen sollte.

Aber daß sie so viele Dinge gemeinsam hatten, bestärkte ihn in seinem Glauben, Vater und Sohn zu sein. Seine eigenen Eltern waren gestorben, als er sieben Jahre alt war. Sebastian war mit sechs Jahren von seinen Eltern getrennt worden. Er war bei seiner Großmutter aufgewachsen, Sebastian bei den Berkeleys. Er hatte in West einen Freund und Lehrer gefunden, Sebastian sollte «Onkel George» haben.

In einem Punkt hatte er sich Adam gegenüber durchgesetzt. Wenn auch höchst widerwillig, war dieser schließlich bereit gewesen, ihm die volle finanzielle Verantwortung für Sebastians Unterhalt und Erziehung zu überlassen. Damals hatte er auch ein neues Testament aufgesetzt, das Sebastian als seinen alleinigen Erben auswies.

Er hatte vorgehabt, sich von Kitty wegen böswilligen Verlassens scheiden zu lassen und sich um die legale Vormundschaft über Sebastian zu bemühen. Da sie es vorgezogen hatte, in Österreich zu bleiben, statt ihren Sohn nach England zu begleiten, keinerlei mütterliche Besorgnis für ihn gezeigt und auch keinen finanziellen Beitrag zu seinem Wohlergehen geleistet hatte, konnte kein Gericht, davon war er überzeugt gewesen, zu einer anderen Auffassung gelangen als der, daß sie jedes Recht an ihrem Kind verwirkt hatte.

Ja, das waren damals seine Pläne gewesen, bis der Krieg dazwischengekommen war …

Aber Pippas Brief machte den Eindruck, als wüßte sie nichts von seiner Ehe mit Kitty; ihr war einfach die zufällige Ähnlichkeit ihrer Namen aufgefallen, und seine Fotos hatten sie beeindruckt.

Was versprach er sich von einer Begegnung mit ihr? Warum sollte er sich anhören, wie sie Bilder pries, die er selbst schon seit langem als gekünstelt und überkompliziert abgetan harte, als Verzerrungen der visuellen Wahrheit im Dienste seiner eigenen abstrakten, verrückten Ideen? Oder war auch das eine übertriebene Ansicht? War es möglich, daß er seine Integrität doch nicht, wie er geglaubt hatte, für Ruhm und Geld geopfert hatte und daß seine frühen Fotos doch wertvoll und wahr waren?

Vielleicht war es bloße Eitelkeit, aber er spürte, wie wohl die meisten Menschen, eine Sehnsucht, etwas von sich zurückzulassen, wenn er diese Welt verließ, einen Beweis, daß er dagewesen war. Wenn der Einfluß seiner Bilder und das Wissen, das er erworben hatte, nach seinem Tod durch einen anderen Menschen weiterleben würden, dann war sein Leben vielleicht doch nicht nutzlos gewesen ...

Er blickte über den Hof zur alten Milchkammer, in der die Dunkelkammer untergebracht war, die West und der alte Gurney für ihn gebaut hatten, als er noch ein Schuljunge war. Es war viele Jahre her, seit er sie das letzte Mal betreten hatte, denn nach seinem Umzug nach Porters Place hatte er sie nicht mehr benutzt, und seit dem Krieg hatte er keine Fotos mehr gemacht.

Der Krieg ... alles führt zurück zum Krieg ... Sein ganzes Leben hatte sich verändert an dem Tag, an dem der Krieg ausgebrochen war ...

Am Wochenende, bevor Chamberlain am 3. September 1939 seine unvergeßliche Erklärung abgegeben hatte, daß «dieses Land sich im Krieg mit Deutschland befindet», war er in Puddles gewesen, wo er zum ersten Mal Sebastian gesehen hatte. Er war in einer düsteren Stimmung zurückgekehrt, zornig über Kittys herzloses Verhalten und aufgeregt, weil Adam ihm nicht erlaubt hatte, den Jungen mit nach Hause zu nehmen.

Seine Niedergeschlagenheit hatte sich im Lauf der Woche noch verschlimmert. Nach Chamberlains Ankündigung hatte er es nicht länger im Haus ausgehalten und war an der Themse entlanggegangen. Er war einer jungen Frau begegnet, die sich mit tränenüberströmtem Gesicht ans Geländer lehnte. Ihr Aussehen war fremdländisch gewesen, und sie hätte gut ein jüdischer Flüchtling sein können. Aber vielleicht weinte sie nur, weil sie sich mit ihrem Liebsten gestritten hatte. Oder vielleicht war ihr Mann zum Militär einberufen worden, und sie fürchtete, ihn nie wiederzusehen.

Was immer auch die Wahrheit gewesen sein mochte, das Gesicht dieser Frau hatte ausgedrückt, was er selbst fühlte. Verzweiflung. Verzweiflung über sich selbst und die verschwendeten Jahre, Verzweiflung angesichts der Dinge, die ein Mensch einem anderen antun konnte, Verzweiflung über die Zukunft der Welt.

Seine Rolleiflex hatte ihm um den Hals gehangen, und er hatte die Frau fotografiert, bevor sie Zeit hatte zu begreifen, was er tat. Es war das erste ungestellte Porträt, das er je aufgenommen hatte, doch in seiner Einfachheit eindrucksvoller als all die Studioaufnahmen, für die er gefeiert wurde.

Dieses Porträt hatte ihn davon überzeugt, daß er die notwendige Objektivität besaß, um unter allen möglichen Umständen Fotos zu machen. Wenn er hinter der Kamera stand, war es immer, als verschaffe sich ein Teil seines Gehirns Freiheit, und er nahm nur noch die handwerklichen Feinheiten des Fotografierens wahr. Er empfand keine persönlichen Gefühle. Selbst sein Stottern verflog.

Spontan meldete er sich beim Nachrichtenministerium freiwillig als Fotograf, weil er hoffte, seine Bilder würden den Menschen die Kriegsgreuel vor Augen führen, so daß er einen Beitrag zu einer möglichst schnellen Beendigung des Krieges leisten konnte.

Am Anfang war er sicher gewesen, die richtige Entscheidung getroffen zu haben. Er kam erst nach der Luftschlacht um England ins Ausland. In London war er von dem vielgepriesenen Geist der Kameradschaft getragen worden, von der leicht verschrobenen, humorvollen englischen Hartnäckigkeit, die die meisten von ihnen davon überzeugte, daß der Sieg letzten Endes an Englands Fahnen geheftet werden würde.

Die Objektivität, deren er sich selbst gerühmt hatte, schien unerschütterlich. Wie gewaltig das Werk der Zerstörung auch war, vor dem er stand, wie elend und jämmerlich sich die Menschen in ihrem Leiden fühlten, die er fotografierte, es war ihm möglich, sich davon nicht berühren zu lassen. Selbst als sein Haus am Porters Place getroffen wurde, hatte sein Finger nicht im mindesten gezittert, als er den Auslöser drückte.

Nach der Luftschlacht um England hatte ihn das Nachrichtenministerium auf eine Rundreise zu verschiedenen Luftwaffenbasen im Lande geschickt, längs und quer über die Britischen Inseln, wo er die Fliegerhorste fotografieren sollte, von denen aus die Luftschlacht um

England geschlagen worden war. Damals war ihm zum ersten Mal eine gewisse Einsamkeit bewußt geworden, die ihn bis zum Ende des Krieges begleiten sollte. Trotz seines Majorranges war er ein Außenseiter: Er führte nicht das Leben dieser tapferen Flieger – er war nur ein Zuschauer.

Und danach war er ins Ausland geschickt worden. Es gab kaum einen Flecken auf der Erde, den er damals nicht zu Gesicht bekam. Er hatte Tausende, wenn nicht Zehntausende von Aufnahmen gemacht, aber obwohl das Nachrichtenministerium mit seiner Arbeit zufrieden war und viele seiner Bilder, bei denen dies ohne Sicherheitsbedenken möglich war, veröffentlichte, war er doch nur auf wenige davon stolz gewesen. Technisch waren sie alle in Ordnung, aber der moralische Aspekt seiner Arbeit hatte ihn gequält. Oft hatte er das Gefühl, nichts anderes zu tun, als Propagandabilder zu produzieren, die den Krieg verherrlichten, statt seine Schrecken darzustellen.

Seine Fähigkeit, objektiv zu bleiben, war der Grund für seinen freiwilligen Einsatz gewesen. Der Verstand, so hatte er geglaubt, könne die Gefühle ersetzen. Aber es war ihm schließlich unmöglich geworden, gleichmütig zu bleiben. Er hätte aus Stein sein müssen, um von den quälenden Bildern nicht bewegt zu werden, deren Zeuge er geworden war.

In den letzten Jahren des Krieges war er mit den alliierten Truppen in der Normandie. Nie zuvor war er selbst dem Tod so nahe gekommen wie dort. Er blickte durch den Sucher seiner Rolleiflex – der gleichen Rolleiflex, mit der er vor so langer Zeit die Porträtaufnahme der Frau an der Themse gemacht hatte –, als ein deutscher Scharfschütze auf ihn anlegte. Die Kugel traf die Kamera und blieb darin stecken.

Später wünschte er sich oft, daß die Kamera nicht im Weg gewesen wäre. Er war in Deutschland, als die Konzentrationslager befreit wurden, und nach dem Abwurf der Atombombe auf Hiroschima in Japan. Bei Kriegsende hatte sich seiner eine noch dunklere und überwältigendere Verzweiflung bemächtigt als am Tag des Ausbruchs. Denn kein Bild konnte die Tiefen des Bösen ausloten, zu dem der Mensch fähig war. Seine Fotografien hatten sich als nutzlos erwiesen. Sie hatten nichts geändert, und sie würden niemals etwas ändern.

23

Pippa betrachtete verwundert die fremde, krakelige Handschrift auf dem Umschlag, den ihre Mutter ihr aus Dulwich nachgeschickt hatte. Dann fiel ihr Blick auf den Poststempel, und ihr Herz begann vor Aufregung schneller zu schlagen. Konnte es sein? Nach all dieser Zeit …?

In dem Umschlag lag ein einzelnes Blatt billigen Briefpapiers.

30. September 1986

Liebe Miss Devere,

vielen Dank für Ihren Brief vom 28. Juni. Ich bin zu der Auffassung gelangt, daß ich Sie gern kennenlernen würde. Sie finden den Eingang nach Yondover neben der Kirche. Mein Diener, Gurney, wird am Samstag, dem 4. Oktober, um zwei Uhr dort am Tor auf Sie warten, um Sie zum Haus zu führen. Ich wäre Ihnen dankbar, wenn Sie unsere Verabredung streng vertraulich behandelten, da mir meine Privatsphäre sehr wichtig ist und ich nur sehr selten Besuch empfange.

Mit freundlichen Grüßen,
G. G. d. V.

Pippa konnte den Brief Chris nicht verschweigen, obwohl sie sich fragte, ob es nicht vielleicht klüger gewesen wäre, es zu tun, als er mit einer Stimme, die bemerkenswerte Ähnlichkeit mit der ihres Vaters hatte, sagte: «Nun, du wirst da nicht allein hingehen, soviel steht fest.»

«Aber warum denn nicht?»

«Weil dieser Wahnsinnige, wie du mir erzählt hast, dafür bekannt ist, auf Eindringlinge zu schießen.»

Pippa biß sich auf die Unterlippe, weil ihr der Gedanke kam, daß Gurney sie vielleicht abweisen würde, wenn sie Gawaine de Veres Instruktionen zuwiderhandelte. Auf der anderen Seite hörte man die schrecklichsten Geschichten über junge Mädchen, die ermordet wurden und deren Leichen man dann an irgendwelchen entlegenen Stellen wiederfand.

Dann sagte Chris grinsend: «Du kannst mich doch nicht einfach ausschließen. Ich will das Haus nun endlich mal sehen.»

«Na schön», räumte sie, wenn auch immer noch ein wenig widerwillig, ein, «du kannst meinetwegen als mein Leibwächter mitkommen, aber ich will nicht, daß du auch nur eine einzige unpassende Bemerkung machst oder ihn irgendwie aufregst.»

«Ich werde der Gipfel an Diskretion sein», versprach Chris.

Der Samstag war so ein wunderschöner Tag, daß sie in Chris' MGB mit offenem Verdeck nach Kipwell fuhren. Da sie ein wenig früh dran waren, gingen sie in den von Wochenendgästen übervölkerten Pub, nahmen im Biergarten ein einfaches Mittagessen zu sich und fuhren dann die kurze Strecke zur Kirche, deren Uhr genau zwei Uhr anzeigte.

Von der anderen Seite des gewaltigen Tores mit dem Schild PRIVATBESITZ – WIDERRECHTLICHES BETRETEN

WIRD STRAFRECHTLICH VERFOLGT tauchte ein Mann auf.

Pippa stieg aus dem Wagen. «Mr. Gurney? Ich bin Pippa Devere.»

Er blickte ohne ein Lächeln auf sie herab und schaute dann zum Wagen hinüber. «Der Herr sagte, Sie kämen allein.»

«Das ist mein Freund, Chris Hillyard.»

Gurney verdaute diese Information und sagte dann: «Wird nicht weit kommen mit diesem Wagen. Fahrgestell zu niedrig. Besser, Sie lassen ihn hier.»

Pippa sah zu Chris hinüber, der mit den Schultern zuckte. Während er das Verdeck zuzog, holte sie ihre Tasche aus dem Kofferraum. Auf Chris' Vorschlag hatte sie neben Ediths Album auch ihre eigene Mappe mitgebracht, aber es schien ihr ziemlich anmaßend, daß Gawaine de Vere den Wunsch haben sollte, ihre Arbeiten anzusehen, erst recht bei ihrer ersten Begegnung, daher beschloß sie, die Mappe im Kofferraum zu lassen.

In der Zwischenzeit hatte Gurney das massive Schloß geöffnet, die schwere Kette abgewickelt und das Tor etwa einen Meter weit aufgezogen. Sobald sie hindurchgegangen waren, legte er Schloß und Kette wieder vor und ging ihnen dann, ohne ein weiteres Wort zu sagen, über den tief eingefurchten Weg voran.

Nach kurzer Zeit stieg der Weg steil an. «Nur gut, daß wir immer noch fit von unserem Bergsee-Urlaub sind», murmelte Pippa zu Chris, während Gurney mit federnden Schritten weiterging, ohne sich auch nur ein einziges Mal umzublicken.

Sie erreichten den Gipfel einer Anhöhe, auf deren anderen Seite in einer Bodensenke und von hohen Bäumen umgeben, so daß man nur das Dach und die Schornsteine sehen konnte, ein einsames Haus stand. Dahinter erhob sich der sanfte Hügel des Uffing Down. Gurney marschierte weiter, und sie bemühten sich, mit ihm Schritt zu halten, als es nun den Hang hinunterging, durch ein Tor in einer halb zerfallenen, mit Brombeeren überwucherten Mauer. Dann ging es über eine Wiese, die früher einmal ein prächtiger Rasen gewesen sein mußte, jetzt aber vernachlässigt wirkte. Über die Vorderfront des Hauses rankten sich vereinzelte Kletterrosen, deren knorrige Stämme die Vordertür versperrten. Gurney ging an Balkontüren vorbei, die seit langer Zeit nicht mehr geöffnet worden waren, und dann auf einen Hof, in dessen Mitte ein überdachter Brunnen stand.

«Warten Sie hier», befahl er und verschwand durch eine Tür, deren Farbe wie die der Außenmauern abblätterte.

Nach einer Weile tauchte er wieder auf; ihm folgte ein anderer Mann. Gurney nickte kurz und ließ sie allein.

Aus irgendeinem Grund hatte Pippa sich vorgestellt, daß Gawaine de Vere klein und gebeugt und verhutzelt sein müsse. Sie hätte sich nicht gründlicher irren können. Der Mann, der jetzt in Tweedjackett und Köperhosen vor ihnen stand, war sogar noch größer als Gurney. Er hatte volles silbergraues Haar, buschige graue Augenbrauen und stechende braune Augen, die sie durch eine auf einer energischen Nase sitzenden Halbbrille musterten. Er sprach mit tiefer Stimme, und völlig unerwarteterweise stotterte er. «I-I-Ich bin G-G-Gawaine de Vere.»

Das Stottern verblüffte Pippa. Sie lächelte, um ihre Überraschung zu kaschieren. «Danke für die Einladung.

Ich hoffe, Sie haben nichts dagegen, daß ich meinen Freund mitgebracht habe?»

«S-S-Sie haben sonst niemandem e-erzählt, daß Sie h-hier sind?»

«Nein, sonst niemandem», versicherte sie ihm.

Er nickte. «W-w-warum wollten Sie mich s-s-sehen?»

«Wie ich Ihnen schon geschrieben habe, hat mein Vater auf einer Auktion im Frühjahr ein paar alte Bücher erstanden, zu denen auch ein Fotoalbum und ein paar alte britische Fotojahrbücher mit einigen Ihrer Fotos gehörten. Ich habe noch nie etwas Ähnliches gesehen. Ihre Bilder sind so – perfekt. Und da unsere Namen zufällig auch so ähnlich klingen ...»

Er sah ihr ausdruckslos in die Augen, und sie fühlte sich plötzlich verunsichert.

«Es war auch ein Umschlag dabei, der an eine Miss Edith Spencer adressiert war», fuhr sie fort. «Von Miss Spencers Rechtsanwalt habe ich Ihre Adresse. Ich nehme an einem Graduiertenkurs für Fotografie teil und habe überlegt ... na ja, ich dachte ...»

Was hatte sie gedacht? Sie suchte verzweifelt nach Worten, die weder schwülstig noch naiv klangen, die nicht den Eindruck vermittelten, daß sie glaubte, sie würde je so gut sein wie er, oder, schlimmer noch, daß sie die Absicht hätte, seine Arbeit zu kopieren.

«I-Ich fotografiere nicht mehr», sagte er. «I-Ich fotografiere schon seit vielen Jahren nicht mehr.»

«Darf ich Ihnen die Bilder zeigen?»

Er zuckte mit den Schultern.

Sie zog Edith Spencers Album aus ihrer Tasche und legte es auf den Brunnendeckel. Schweigend und mit völlig ungerührtem Gesichtsausdruck blätterte er es durch.

Als er fertig war, schloß er das Album und gab es ihr ohne ein Wort zurück.

Eine Weile herrschte verlegenes Schweigen. Dann fragte er: «H-Haben Sie k-keine eigenen A-Arbeiten mitgebracht?»

«Ja, aber ich habe meine Mappe im Wagen gelassen.»

«I-I-Ich kenne meine eigenen B-Bilder. Ihre Bilder sind es, die m-mich interessieren.»

Chris warf ihr einen Hab-ich's-dir-nicht-gesagt-Blick zu und erbot sich: «Ich laufe schnell runter und hole sie.»

«Nein», sagte Gawaine de Vere. «Das kann Gurney erledigen.» Er ging über den Hof und rief: «Ted!»

Ein paar Sekunden später tauchte Gurney wieder auf, und Pippa beschrieb ihre Mappe, während Chris ihm die Wagenschlüssel gab.

Wieder breitete sich Schweigen aus, das nur durch das Lied einer Amsel, die auf dem Steildach hockte, durchbrochen wurde, vom Zwitschern der Spatzen und dem Gackern der Hühner zu ihren Füßen.

Dann wandte Gawaine de Vere sich abrupt an Chris. «Sind Sie auch F-Fotograf?»

«Nein, ich bin Architekt.»

«Was für S-Sachen machen Sie? Modernes Zeug?»

«Mir ist Altes lieber. Restauration und Wiederinstandsetzung liegen mehr auf meiner Linie als der Bau von Betonblöcken.»

Mit dieser Bemerkung brachte er ein schwaches Lächeln auf Gawaine de Veres Lippen. «Woran arbeiten Sie zur Zeit?»

«An einem Bau aus dem achtzehnten Jahrhundert in Stratham. Dabei habe ich auch Pippa kennengelernt. Wir brauchten einen Fotografen, der eine Bilddokumentation machte. Ich habe ihre Arbeiten gesehen und war so beeindruckt, daß ich ihr den Job anbot.»

Gawaine de Vere brummte etwas Unverständliches und schaute ungeduldig zur Einfahrt.

Chris sah Pippa an und hob die Augenbrauen. Sie zuckte unmerklich mit den Schultern und war plötzlich sehr froh, nicht allein hergekommen zu sein.

«Das ist wirklich ein schönes altes Haus», sagte Chris. «War es ursprünglich ein Bauernhaus?»

«Ja. Mein Urgroßvater hat es Mitte des neunzehnten Jahrhunderts gekauft, diesen Flügel dort hat er angebaut, aber der Rest ist noch genauso wie damals. Der älteste Teil des Gebäudes stammt aus dem sechzehnten Jahrhundert.»

«Bevor ich mit meinem jetzigen Projekt anfing, habe ich an einer Restauration in Berkshire gearbeitet. Genau wie hier stammten Teile des Baus aus dem sechzehnten Jahrhundert. Ich vermute, bei Ihnen bestehen die inneren Wände ebenfalls aus Lattenwerk mit Putz? Jedenfalls mußte ich es damals unter vielen Schichten Tapeten hervorschälen. In einigen der Zimmer waren die Decken abgesenkt und mit Holz vertäfelt. Können Sie sich das vorstellen? Mit wunderbaren Eichenbalken darunter. Und die Küche war eine regelrechte Beleidigung fürs Auge. Mit Plastikarbeitsfläche und eingebauten Schränken. Der ganze Schrott der sechziger Jahre ...»

Wenn er gehofft hatte, daß seine kleine Ansprache ihnen eine Einladung verschaffen würde, sich Yondover von innen anzuschauen, irrte er sich.

«Wo zum Teufel bleibt Gurney so lange?» war die einzige Antwort.

«Wenn das mal ein Bauernhaus war, muß eine Menge Land dazugehört haben», bemerkte Chris.

«Einen Teil habe ich immer noch. Ich bestelle es nicht, wie Ihnen sicher aufgefallen ist. Die moderne Landwirtschaft macht alles kaputt. Hecken und Bäume werden weggehackt. Biotope, Pflanzen, Insekten, Schmetterlinge, Vögel, alles wird systematisch zerstört. Hier werden weder Pestizide noch chemische Unkrautvertilger benutzt. Ich lasse das nicht zu.»

Plötzlich fiel Pippa auf, daß sein Stottern verschwunden war, seit sie nicht mehr über Fotografie sprachen. Sie zermarterte sich das Gehirn nach einer intelligenten Bemerkung über Naturschutz, aber das einzige, was ihr einfiel, waren seine Kriege gegen Elektromasten und die Umgehungsstraße, und es widerstrebte ihr, das Thema aufzubringen; er könnte sonst den Verdacht schöpfen, daß sie in seiner Vergangenheit herumgestochert hatte.

Chris fiel offensichtlich ebenfalls nichts mehr ein, so daß sie einem neuerlichen verlegenen Schweigen entgegensteuerten.

Endlich kehrte Gurney zurück und gab Pippa ihre Mappe.

Beklommen zog sie den Reißverschluß auf. Die Abzüge in der Mappe waren chronologisch geordnet. Obenauf lag ein Bild aus der Serie, die sie in ihrem ersten Jahr aufgenommen und die sie so deprimiert hatte, als sie sie mit Gawaine de Veres surrealen Bildern in Edith Spencers Album verglich. Es war eine Fotomontage von ihrer Freundin Claire inmitten eines Sammelsuriums von Textilien und Nähutensilien.

«W-Was für K-Kameras benutzen Sie?» fragte er, ohne auf das Bild selbst einzugehen.

«Die meisten dieser Aufnahmen habe ich mit einer Fünfunddreißig-Millimeter-Kamera gemacht – mit einer Nikon F3.»

Er knurrte verächtlich. «Die einzige Fünfunddreißig-M-Millimeter-K-K-Kamera, die ich je benutzt habe, war eine L-L-Leica III. H-H-Habe nicht viel davon gehalten.»

«Welche Kamera bevorzugen Sie denn?»

«All meine St-St-Studiokameras haben mir die Gandolfis nach meinen eigenen A-A-Angaben gemacht. Außerhalb des St-St-Studios habe i-i-ich eine R-R-Rolleiflex benutzt.»

Er wandte sich wieder ihrer Mappe zu. «Was h-haben Sie denn damit angestellt?»

Es war ein anderes Bild aus derselben katastrophalen Serie. Sie hatte sie dazugelegt, damit Gawaine de Vere sehen konnte, warum seine eigenen Montagen und surrealistischen Bilder solchen Eindruck auf sie gemacht hatten. Jetzt wünschte sie, sie hätte die Bilder zu Hause gelassen. «Ich habe einen Streufilter Cokin Nummer drei benutzt, um einen Weichzeichner-Effekt zu erzielen.»

«Hmm. Und das da?»

«Das ist aufgenommen auf E6-Film und entwickelt mit C41.»

«Was zum T-T-Teufel ist das?»

«Das sind Farbprozesse.»

Er knurrte. «Zu meiner Zeit haben wir Dufay-Farben benutzt. Und w-w-was um alles in der Welt haben Sie hier angestellt?»

«Ich habe das Bild im ersten Stadium nur teilweise gebleicht und dann einen Selenium-Toner benutzt.» Er runzelte die Stirn, und sie fragte zögernd: «Kennen Sie sich mit dieser Technik aus?»

«S-Selenium-T-Toner sind ja nichts Neues. Aber zu m-m-meiner Zeit ...»

Chris drückte ihre Schultern, und sie lächelte ihm zu, um zu zeigen, daß sie weder aufgeregt noch wütend war.

«Ah, da kommen w-w-wir der Sache schon näher ...» Gawaine de Vere war zu ihrer ersten Gebäudeaufnahme gekommen: das Elektrizitätswerk in Battersea an einem trüben Morgen.

Dann kamen die Abzüge, die Chris am College bewundert hatte, obwohl ihre Lehrer, wie sie befürchtet hatte, ihr keine besonders guten Noten dafür gegeben hatten. Gawaine de Vere stellte keine Fragen mehr, sondern ging mit undurchdringlichem Gesichtsausdruck die Bilder langsam durch.

Als er fertig war, griff er in die Seitentasche ihrer Aktenmappe und holte Kontaktabzüge heraus, die sie bisher noch nicht hatte vergrößern können, und einige Vergrößerungen, bei denen sie sich noch unschlüssig war, ob sie sie in ihre Mappe aufnehmen wollte. «Das ist das Updike-Haus in Stratham, von dem Chris Ihnen erzählt hat», erklärte sie, als er eine Reihe von schwarzweißen Kontaktabzügen betrachtete. «Diese Bilder habe ich für mich gemacht.»

«Die sind ja so klein, daß i-i-ich überhaupt nichts erkennen kann», beklagte er sich.

Das allerletzte Bild war ein Farbporträt von Kitty in einem Korbstuhl neben dem Küchenfenster im Rose Cottage; die Aufnahme hatte sie vor ein oder zwei Jahren gemacht, und als Porträt war sie sehr gut: Kiki lächelte auf eine Art und Weise in die Kamera, daß man nicht anders konnte, als zurückzulächeln. «Das ist meine Großmutter», sagte sie zögernd.

Er betrachtete das Foto mit einer Aufmerksamkeit, die nicht dafür stand. Dann fragte er in einem Tonfall, der in seiner Vehemenz beinahe grimmig wirkte: «Warum ist das nicht b-bei den a-a-anderen?»

«Weil mein Lehrer es für zu einfach hielt. Meine Großmutter saß da, und ich habe einfach die Gelegenheit beim Schopf ergriffen und fotografiert.»

«Genau deswegen funktioniert es ja», fuhr er sie an. «I-I-Ich weiß nicht, was man I-Ihnen auf diesem C-College beibringt, aber F-F-Fotografie ist es wohl nicht. F-Fotografie bedeutet, das L-L-Leben festzuhalten, wie man es durch das K-Kameraobjektiv sieht. M-Manipulative Techniken sind ja sch-sch-schön und gut, aber sie sollten eine Hilfe für Komposition und Bildaufbau sein und k-k-kein Selbstzweck. Diese e-ersten Bilder, die Sie mir gezeigt haben, sind so vollgestopft mit diesem Z-z-zeug, daß ich nicht s-s-sehen konnte, ob Sie ein f-f-fotografisches Auge haben.» Er schloß den Aktenkoffer und sah sie über seine Brille hinweg an. Dann sagte er abrupt: «Aber jetzt glaube i-i-i-ich, daß Sie es haben. Sie k-können gern noch einmal herkommen, wenn Sie wollen.»

Überzeugt, daß Gawaine de Vere nichts dagegen haben würde, wenn ihre Großmutter von ihrer Begegnung erfuhr, rief Pippa Kitty an, um ihr von ihrem Besuch in Yondover zu erzählen. «Erinnerst du dich noch an das Album, das ich dir im Sommer gezeigt habe, mit den Fotos von Gawaine de Vere?»

Kitty am anderen Ende der Leitung zögerte und murmelte dann: «Ja, ich erinnere mich.»

«Also, ich habe ihm geschrieben. Und nach einer

ziemlich langen Zeit hat er geantwortet. Chris und ich waren gestern bei ihm. Er war ganz anders, als ich ihn mir vorgestellt habe. Er stottert furchtbar, und ich glaube, er ist sehr schüchtern, was nicht weiter überraschend ist, wenn man darüber nachdenkt, denn schließlich ist er ja ein Einsiedler. Leider hat er keinen Zweifel daran gelassen, daß er nicht viel von meinen Bildern hielt – außer von einem. Du wirst nie erraten, welches es war! Es war ein Porträt von dir!»

«Von mir?» Kitty stieß ein zittriges Lachen aus, was Pippa als ein Zeichen der Bescheidenheit wertete. Dann fragte sie: «Wie war sein Haus?»

«Also, das war wirklich unheimlich. Er hat uns nicht einmal hineingebeten. Wir haben nur draußen vor der Hintertür gestanden. Aber das könnte natürlich auch daran gelegen haben, daß das Wetter so schön war. Jedenfalls ist die Lage von Yondover einfach herrlich. Kein anderes Haus weit und breit. Nur Himmel und Hügel, so weit das Auge reicht.»

«Wollt ihr noch einmal zu ihm fahren?»

«O ja! Aber erst, wenn ich ein paar neue Bilder habe, die ich ihm zeigen kann …»

George hatte nicht die Absicht gehabt, unhöflich zu sein oder Pippas Arbeiten derart schonungslos zu kritisieren. Aber als er sie dort im Hof stehen sah – sie hatte Kitty auf den ersten Blick so erschreckend ähnlich gesehen –, da hatte er sie nur noch so schnell wie möglich loswerden wollen.

Bei näherem Hinsehen war ihm jedoch klargeworden, daß Pippa und Kitty sich nicht wirklich ähnelten: Obwohl sie beide gelocktes Haar hatten, war es von unterschiedlicher Farbe; Pippas Knochenbau war weniger zart als der ihrer Großmutter, und ihre Augen waren zwar groß und blau, hatten aber nicht jenen Porzellanpuppenblick, der Kitty eigen gewesen war. Aber das Lächeln war dasselbe – ein Lächeln, das warm und spontan war und das diese ungewöhnlichen goldenen Pünktchen in ihren Augen aufschimmern ließ wie Sonnenstrahlen, die durch Blätterwerk huschen.

Das war es, was Pippa in ihrem Porträt von Kitty festgehalten hatte – die undefinierbare Qualität, die ihm diesen Hauch von Perfektion gab.

Ja, dieses Porträt von Kitty war ein noch größerer Schock für ihn gewesen als der Anblick Pippas ... Es war ihm überhaupt nicht in den Sinn gekommen, daß ihre Mappe auch Bilder von ihrer Familie enthalten könnte. Kitty hatte sich kaum verändert; wenn überhaupt, war sie im Alter noch attraktiver geworden, die Erfahrung hatte ihrem Gesicht Charakter verliehen.

Und doch hatte diese plötzliche Konfrontation mit ihrem Foto auch etwas Positives bewirkt, denn ihm war klargeworden, daß Kitty nicht mehr die Macht hatte, heftige Gefühle in ihm zu wecken, seien es Gefühle der Reue oder des Zorns: Er konnte ihr Bild ganz nüchtern betrachten, wie er vielleicht das Bild einer Fremden betrachten mochte.

Ediths Schnappschüsse von Yondover hatten ihm an diesem Nachmittag einen weiteren Schock beschert. Er hatte sich an das heutige Yondover so sehr gewöhnt, daß er vergessen hatte, wie es aussah, als West noch lebte und er selbst noch jung war. Ediths Bilder zeigten Yondover jedoch in all seiner früheren Pracht, liebevoll gepflegt von Fanny und Gurney, auch wenn West schon tot war und Kitty fortgegangen; diese Bilder hatten ihn mit einer jähen Reue erfüllt, die weit größer war als alles Bedauern, das er angesichts seines Verhaltens Pippa und Chris gegenüber verspürte. Das Yondover aus Ediths Album war das Yondover, das West ihm nach seinem Tod hinterlassen hatte. Es war weit mehr als ein Vermächtnis – es war sein Erbe. Und er hatte es vernachlässigt …

Seine Gefühle für Yondover waren immer zweischneidig gewesen. Er hatte es geliebt, aber nie wirklich das Gefühl gehabt, als gehöre es tatsächlich ihm. Als er noch ein Junge war, war es Wests Heim gewesen; und später, nach seiner Hochzeit mit Kitty, war es gefühlsmäßig eher ihr Heim als das seine. Eigentlich war es weniger überraschend gewesen, daß Kitty ihn verlassen hatte, sondern eher daß sie sich von ihrem geliebten Yondover hatte trennen können.

Die Tatsache, daß er hier lebte, war beinahe Zufall: Bei Kriegsende, als Porters Place nur noch ein Bombenkrater gewesen war, hatte er kein anderes Heim besessen. Nicht, daß er in London hätte leben wollen; die Ruinen waren zu bedrückend gewesen. Abgesehen von den beiden Rolleiflexes, die er während des Kriegs benutzt hatte, und den Gandolfis, die er und Edith zusammen mit seinen Negativen hierhergebracht hatten, war seine ganze Ausrüstung zerstört worden. Abgesehen von diesen Negativen war seine ganze Vorkriegsarbeit in Flammen aufgegangen. Von seinen Klienten und Freunden waren viel zu viele gestorben. Außerdem war ihm zu jener Zeit menschlicher Kontakt ohnehin ein Greuel gewesen. Yondover hatte ihm die Einsamkeit geboten, nach der es ihn verlangt hatte, das Refugium außerhalb der Welt der Menschen.

Fünf Jahre der Besetzung durch irgendeine Regierungsstelle, die hier untergebracht gewesen war, hatten Yondovers Charakter bereits verändert. Neben elektrischen Leitungen waren Wasser- und Abflußrohre installiert worden, und man hatte die alte Scheune in ein Waschhaus verwandelt, mit Badewannen, Duschen und Pissoirs. Der Feldweg, der zum Haus hinaufführte, war asphaltiert worden und die Ställe zu Garagen umgebaut. Wären die Elektrokabel unterirdisch verlaufen wie die Wasserrohre, hätte er sie dagelassen, aber die Masten und Drähte hatten die Landschaft gräßlich verschandelt, genauso wie der häßliche Betonbelag der Straße.

Er hatte die Hauptstromleitung unterbrechen lassen und die Masten abgerissen. Der Schuppen hatte wieder seinen ursprünglichen Zweck bekommen. Aber die Betonstraße aufzureißen hätte ein Vermögen gekostet, also ließ er sie in Ruhe, und mit der Zeit hatte die Natur sie wieder zurückgefordert und mit einer dicken Erdkruste überzogen.

Auch an anderen Stellen seines Besitzes hatte er nichts unternommen, um dem allmählichen Übergriff von Unkraut Einhalt zu gebieten, den Bäumen, die dem Haus immer näher rückten, oder dem Verfall der Gebäude selbst, denn der Verfall hatte der Düsternis seiner Stimmung entsprochen und die Verwilderung um ihn herum sein Gefühl persönlicher Sicherheit vergrößert.

War es möglich, die Jahre der wissentlichen Vernachlässigung wiedergutzumachen? Blieb ihm noch genug Zeit, um die brüchigen Mauern wieder aufzubauen? Den Wildwuchs zu beseitigen, die ehemaligen Rasen umzugraben und frisch einzusäen, die Blumenbeete wieder einzurichten – und vielleicht sogar die Zufahrt freizumachen und möglicherweise neu zu asphaltieren, damit, falls Pippa jemals wiederkäme, sie den Wagen nicht mehr an der Kirche abstellen müßte?

24

Pippa fühlte sich mit Chris immer noch unbeschreiblich glücklich, aber sie hatte auch entdecken müssen, daß die Welt außerhalb des elterlichen Nestes keineswegs ein weiches Federbett war.

Seit sie von zu Hause weggegangen war, hatte ihr Vater sich geweigert, sie weiter finanziell zu unterstützen, und auf ein Stipendium hatte sie keinen Anspruch. Chris' Einkommen reichte gerade, um sie beide durchzubringen, und es war nur ihrer Mutter zu verdanken, daß sie ihren Wagen behalten konnte. Ohne Sebastians Wissen kam Valerie für alle laufenden Unkosten auf. «Ich will nicht, daß du spätabends noch mit der U-Bahn durch London fährst», hatte sie gesagt. «Das ist viel zu gefährlich. Soll dein Vater ruhig fragen, was ich mit dem Haushaltsgeld anfange, dann wird er schon was zu hören bekommen.»

Dank der Hilfe ihrer Mutter und den kleinen Honoraren, die sie für die Updike-Dokumentation bekam, konnte Pippa sich gelegentlich ein neues Kleidungsstück leisten und, was noch wichtiger war, Fotomaterial.

Zeit war ein anderer Luxus, den sie früher immer für selbstverständlich gehalten hatte, der jetzt aber plötzlich knapp war. Der Tag hatte einfach nicht genug Stunden. Die Arbeit für das College verschlang die Wochentage, während die Wochenenden wie im Flug vorbeizurauschen schienen. Samstags ging sie meistens zum Updike

House, und am Sonntag wartete die Hausarbeit auf sie. Nun gut, Chris beteiligte sich daran, aber trotzdem wurde ihr zum erstenmal klar, was für eine zeitaufwendige Angelegenheit es war, einen Haushalt zu führen.

Ihre Lehrer waren damit einverstanden gewesen, daß sie das Updike House als Thema für ihr Abschlußprojekt nutzen konnte, und nach und nach stellte sie eine neue Mappe zusammen, von der sie hoffte, daß sie Gawaine de Veres Zustimmung finden würde. Chris sagte, ihre Bilder vermittelten sehr viel Atmosphäre, aber ihre Lehrer waren da weniger begeistert. An der Qualität der Bilder oder der Abzüge war nichts auszusetzen, aber ihre Lehrer waren enttäuscht, daß Pippa in ihren Ideen nicht innovativer war. Da sie sich immer noch nicht im klaren darüber war, ob sie wirklich die richtige Richtung eingeschlagen hatte, hatte sie beschlossen, daß sie gleich nach Weihnachten noch einmal nach Yondover fahren wollte. Gawaine de Veres Meinung würde für sie den Ausschlag geben.

Weihnachten war schon seit jeher ein Zankapfel zwischen Sebastian und Valerie gewesen. Sie wußte ganz genau, wie er zum Weihnachtsfest stand, und trotzdem ließ sie es sich nicht nehmen, die Sache großartig aufzubauschen. Als die Kinder noch klein waren, war das ja ganz in Ordnung gewesen, und er hatte um ihretwillen diesen ganzen Unsinn toleriert – das von oben bis unten geschmückte Haus, den Baum, die Nußknacker und die Strümpfe, ganz zu schweigen von den Unsummen, die für Geschenke draufgingen. Aber jetzt, da die Kinder erwachsen waren und Philippa nicht einmal mehr bei ihnen wohnte, gab es absolut keinen Grund mehr für all dieses Weihnachtsgetue.

Sollte Valerie ihn ruhig als Geizhals bezeichnen – wenn es nach ihm ginge, wäre der Weihnachtstag nichts als ein ganz normaler Sonntag mit nur einem einzigen Extra: der Ansprache der Königin um drei Uhr im Fernsehen. Den zweiten Weihnachtstag konnte man wohl kaum abschaffen, aber danach hieß es dann: sofort wieder an die Arbeit und zum Kuckuck mit diesem ganzen verlängerten Feiertagsquatsch. Dieses Jahr fiel der Weihnachtstag auf einen Donnerstag, was eine Fortsetzung der sogenannten Festlichkeiten über das Wochenende bedeutete. Wahrscheinlich bis hin zu Neujahr. Kein Wunder, daß Großbritannien nicht länger groß war, wenn das ganze Land fast vierzehn Tage zum Stillstand kam …

In diesem Jahr nun schickte Valerie sich an, ein noch größeres Theater als gewöhnlich zu veranstalten. Auf ihr Betreiben hin hatte seine Mutter Weihnachten immer bei ihnen verbracht, obwohl er oder – seit Pippa ihren Führerschein hatte – seine Tochter sie am zweiten Weihnachtstag jedesmal nach Arundel zurückbringen mußten, seit die Eisenbahn über Weihnachten den Zugverkehr eingestellt hatte. Nicht nur der Besuch seiner Mutter stand ihm ins Haus, sondern Valerie hatte herausgefunden, daß Adam und Eve die Feiertage bei Elliott in London verbringen wollten, und sie alle drei eigenmächtig für den ersten Weihnachtstag nach Dulwich eingeladen.

Sie stürzte sich mit Elan in die Vorbereitungen, von denen allzu viele auch ihn einbezogen. Es verging kein Tag, an dem sie ihn nicht im Büro anrief, damit er ihr irgend etwas mitbrachte, das in Dulwich anscheinend nicht zu haben war. Der krönende Höhepunkt war jedoch, daß sie ihn am Heiligabend beauftragte, schnell bei Harrod's vorbeizuspringen und einen Lachs mitzubringen.

«Verköstigen wir vielleicht eine ganze verdammte Armee?» knurrte er.

«Sebastian, es besteht kein Anlaß, unfreundlich zu werden. Dominic hat mir gerade erzählt, daß seine Freundin Vegetarierin ist. Mit deiner Mutter sind es dann schon zwei. Ich weiß, daß sie Fisch ißt …»

«Dominics Freundin?» fragte er. Aber Valerie hatte bereits eingehängt.

Der erste Weihnachtstag selbst fing ganz gut an. Valerie, die früh aufgestanden war, um den Truthahn in den Ofen zu schieben, brachte ihm um neun Uhr eine Tasse Tee ans Bett; es war das erste Mal seit ihrem Urlaub, daß er ein wenig länger geschlafen hatte. Kurz vor Mittag kamen Philippa und seine Mutter und etwas später Elliott, Adam und Eve. Alle waren in festlicher Stimmung, und gestärkt mit einem ordentlichen Gin Tonic hatte Sebastian beinahe das Gefühl, sich den Geist des Feiertags zu eigen machen zu können.

Valerie hatte sich bei der Herrichtung des Wohnzimmers selbst übertroffen. Überall lagen Arrangements aus Stechpalmen, Efeu und Christrosen. Vor allem der Baum stieß auf allgemeine Bewunderung. Er wurde von winzigen elektrischen Kerzen in den Zweigspitzen beleuchtet, war mit weißem und silbernem Lametta, mit roten Kugeln, Schleifen und anderem Zierat behängt, und zu seinen Füßen türmte sich ein kleiner Berg Geschenke auf.

Der Duft, der aus der Küche kam, ließ einem das Wasser im Mund zusammenlaufen, und alle schienen sich gut zu unterhalten: Seine Mutter und Eve saßen mit einem Gläschen Sherry in bequemen Sesseln und diskutierten die Kultivierung von Christsternen, während Elliott, Adam und Chris mit ihren Whiskygläsern am Fenster standen und über Autos sprachen. Philippa half Valerie den Tisch decken. Der einzige, der noch fehlte, war Dominic.

Wenn er so recht darüber nachdachte, konnte Sebastian sich gar nicht mehr daran erinnern, wann er Dominic das letztemal zu Gesicht bekommen hatte. Seit einigen Tagen nicht, soviel stand fest. Aber Dominic war wahrscheinlich genauso wie er von der allgemeinen vorweihnachtlichen Panik ergriffen worden und hatte bis spätabends gearbeitet. Seit er diesen neuen Job bei der Bank hatte, machte er noch mehr Überstunden als früher. Er mußte gestern nacht wohl sehr spät nach Hause gekommen sein, nachdem Valerie und er schon eingeschlafen waren. Ja, es war sogar möglich, daß Dominic gar nicht im Bett gewesen war …

In diesem Augenblick stieß Elliott einen leisen, anerkennenden Pfiff aus.

«He! Seht mal, was da angefahren kommt! Schwein muß man haben! Gütiger Gott, das ist ja Dominic!» Bevor er ganz ausgesprochen hatte, war er auch schon wie der geölte Blitz aus dem Zimmer geschossen und aus dem Haus gelaufen.

Sebastian trat ans Fenster. In der Einfahrt stand hinter Pippas Metro und Adams Jaguar ein brandroter neuer Porsche 944 – ein Turbo, wenn Sebastian sich nicht irrte. Dominic rutschte vom Fahrersitz und grinste nonchalant. Die Beifahrertür öffnete sich, und ein Paar langer Beine in hauchdünnen schwarzen Strümpfen und sehr hochhackigen schwarzen Schuhen kam zum Vorschein. Dann tauchte die Besitzerin der Beine auf – honigblondes Haar, das über die Schultern wallte, über die ein weißer Kunstpelz drapiert war, dessen Zweck rein dekorativer

Art war, denn er verhüllte den Körper darunter, der in einem hautengen, tief ausgeschnittenen schwarzen Minikleid steckte, nicht im mindesten.

Adam stieß ein johlendes Gelächter aus. «Ich wünschte, ich hätte einen Fotoapparat dabei! Seht euch doch nur Elliotts Gesicht an!»

Seine Bemerkung machte Sebastian bewußt, daß auch er mit offenem Mund dastand und seine Blicke zwischen dem Wagen und dem Mädchen hin und her wandern ließ.

Die drei draußen hatten es nicht eilig, ins Haus zu kommen. Nachdem sie sich minutenlang unterhalten hatten, öffnete Dominic die Motorhaube, und Elliott nahm den Motor in Augenschein, während sich sein Blick immer wieder zu dem Dekolleté des jungen Mädchens verirrte.

«Das Essen ist fertig», rief Valerie. «Wo steckt denn Dominic bloß?»

«Er ist gerade gekommen», sagte Sebastian, in dem der Argwohn wuchs, daß Dominic gestern vielleicht doch keine Überstunden gemacht hatte.

Während des Essens kreiste das Gespräch um Dominic und das junge Mädchen, das er als Suzi vorstellte. «Mein richtiger Name ist Susan», erklärte sie mit dem schlimmsten nur denkbaren Essex-Akzent und barbarischen Vokalen. «Aber als ich beschloß, Model zu werden, war da wohl was anderes angesagt.»

«Ah! Daher kenne ich also ihr Gesicht!» rief Elliott, der zu ihrer Linken Platz genommen hatte.

Sie spitzte provozierend die Lippen und ließ ihre schwer mit Mascara geschminkten Wimpern klimpern.

«Ja, echt, ich war schon x-mal auf Seite drei und in der Flimmerkiste.»

«Ich denke, ich kenne Sie aus dem Fernsehen», erwiderte Elliott schnell.

Valerie brachte den Truthahn herein und stellte ihn vor Sebastian, damit dieser ihn tranchieren konnte. Dann ging sie wieder in die Küche, um den Lachs zu holen. «Der ist für die Vegetarierinnen», erklärte sie.

«Wie aufmerksam von dir, Valerie», sagte Kitty. «Der sieht ja köstlich aus.»

Aber Suzi lehnte sowohl Fleisch als auch Fisch ab und verkündete, daß sie unmöglich Bratkartoffeln essen könne. «Ich muß wahnsinnig auf meine Figur achten, echt. Es wär ja ganz okay, wenn die Extrapfunde auf den Vorbau gingen, aber ich kriege immer nur 'n dicken Hintern.»

«Möchten Sie vielleicht irgend etwas anderes?» fragte Valerie.

«Nein, ich nehme nur Rosenkohl mit ein bißchen Soße.»

Während Valerie das Gemüse servierte, kümmerte Elliott sich um den Champagner.

«Mein richtiger Dad macht in Doppelglas», erzählte Suzi ihm. «Er hat immer ein paar Kisten Schampus in der Garage, echt. Putzt sich die Zähne mit dem Zeug.»

«Darf ich davon ausgehen, daß sich in deinem neuen Job alles gut anläßt?» fragte Chris Dominic diplomatisch.

«Oh, die Sache läuft.»

«Ist das ein Firmenwagen?» wollte Chris wissen.

«Ja. Ich hatte die Wahl zwischen dem und einem Audi Quattro. Ein 956 wäre mir noch lieber gewesen.»

Adam lachte. «Wem wäre der nicht lieber gewesen? Die Bank muß große Stücke auf dich halten.»

«Was nur recht und billig ist. Ich bewege ungefähr zwanzig Millionen die Woche und trage ihnen einen durchschnittlichen Profit von zirka zehn Prozent ein.»

Sebastian war so schockiert, daß er beinahe seinen Daumen statt die Truthahnbrust durchtrennt hätte. In diesem Fall könnte Dominic ja seine Schulden bei ihm zurückzahlen.

«Der Wagen hat eine wunderschöne Farbe», sagte Kitty. «Und er sieht aus, als führe er recht schnell.»

«Der bringt wohl seine zweihundertfünfzig Meilen», erwiderte Dominic in lässigem Tonfall. «Aber ich habe ihn gestern erst abgeholt. Ich werde ihn wohl erst so richtig auf Touren kriegen, wenn er eingefahren ist.»

Die anderen hatten ihre Mahlzeit kaum begonnen, als Suzi mit ihrem Rosenkohl auch schon fertig war. Ihr Gesicht verriet deutlichen Verdruß darüber, daß man sie weitgehend ignorierte, und sie griff nach ihrer Handtasche, die neben ihr auf dem Boden stand. Der Träger ihres Kleides rutschte ihr über die Schulter, so daß sie alle einen sehr schönen Blick auf den Teil ihrer Anatomie werfen konnten, mit dem die *Sun*-Leser wahrscheinlich überaus vertraut waren. Sie holte ein Päckchen Zigaretten aus ihrer Tasche und zündete sich in aller Seelenruhe eine an.

Wie er den Rest der Mahlzeit überstand, konnte Sebastian später nicht mehr sagen. Nach allem, was er für Dominic getan hatte – dem Geld, das er auf seine Ausbildung verwandt, und all dem Mitleid, das er während der letzten Aufs und Abs in seiner Karriere gezeigt hatte –, wie konnte er es da wagen, so ein Flittchen mit nach Hause zu bringen?

Valerie, die am anderen Ende des Tisches saß, bot ihren Gästen unaufhörlich noch mehr zu essen an, obwohl ihre Teller immer noch voll waren. Was Adam dachte, war unmöglich zu sagen, denn seine dicken Brillengläser verbargen den Ausdruck seiner Augen, aber Eve hatte die Lippen mißbilligend zusammengekniffen und Elliott schien, abgesehen von Suzis Dekolleté, überhaupt nichts wahrzunehmen. Chris, Philippa und seine Mutter versuchten, ein allgemeines Gespräch in Gang zu halten. Dominic jedoch schien überhaupt nicht mitzukriegen, daß irgend etwas nicht stimmte.

Sie hatten gerade den Christmaspudding gegessen – alle bis auf Suzi, die statt dessen noch eine Zigarette geraucht und sie wie die erste halb geraucht auf ihrem Teller ausgedrückt hatte –, als sie auf ihre pinkfarbene Swatch blickte und rief: «He, Dom, es ist ja schon tierisch spät! Echt, ich habe Nan gesagt, daß wir um drei Uhr bei ihr wären.»

«Tut mir leid, Leute», meinte Dominic und schob seinen Stuhl zurück. «Wir müssen los.»

«Ich muß erst noch zum Klo», sagte Suzi. «Danke fürs Essen. War wirklich nett, Sie kennenzulernen.» Dann warf sie sich in die Brust, schwang die Hüften und stökkelte aus dem Raum.

Einen Augenblick lang herrschte absolute Stille, die nur von Pippas nervösem Kichern durchbrochen wurde.

«Wir sollten sie wenigstens bis an die Tür bringen», sagte Valerie.

Mit großer Anstrengung erhob sich Sebastian von seinem Stuhl.

Im Flur tauchte Suzi aus dem Badezimmer auf. Dominic hielt ihr den Mantel hin und legte ihn ihr um die

Schultern. Dann gingen sie aus dem Haus und stiegen in den Wagen. Dominic ließ mit einem beeindruckenden Röhren den Motor an und setzte langsam auf die Straße zurück. Das Fenster auf der Beifahrerseite glitt hinunter, und Suzi winkte ihnen zu. «Frohe Weihnachten noch!»

«O nein!» rief Valerie. «Wir haben ganz vergessen, ihnen ihre Geschenke zu geben.»

«Die haben sie auch verdammt noch mal nicht verdient!» explodierte Sebastian. «Dieser egoistische kleine Mistkerl! Der kann sich seinen protzigen Wagen und seine Seite-drei-Schlampe an den Hut stecken und für immer aus meinem Leben verschwinden. Ja, der soll nur warten, bis ich ihn das nächstemal zu fassen kriege ...»

Valerie umklammerte seinen Oberarm und zischte ihm zu: «Sebastian, es ist Weihnachten!»

«Es ist mir scheißegal, was für ein Tag heute ist! Wenn er glaubt, er und seine Hure –»

Valeries Finger bohrten sich so fest in sein Fleisch, daß es weh tat. «Du wirst in diesem Haus *keine* solchen Ausdrücke benutzen.» Ihre Stimme war leise, aber so scharf und hart wie Stahl. «Also, wirst du dich jetzt wie ein zivilisierter Mensch benehmen? Wenn nicht, dann sei gewarnt.»

«Arme Mum – sie hat mir so leid getan», sagte Pippa, als Chris sie und Kitty am späten Abend zurück nach Battersea fuhr. «Sie hat sich so viel Mühe gemacht. Und als sich diese Suzi eine Zigarette anzündete, dachte ich, Dad würde einen Schlaganfall kriegen.»

«Ich bin sicher, dein Vater und deine Mutter werden sich bald von ihrem Schock erholt haben», sagte Kitty tröstend. «Ich muß gestehen, daß ich das Ganze einfach faszinierend fand. Man hört ja manchmal von Seite-drei-Models und Yuppies – und ich nehme an, Dominic ist einer –, aber bei uns in Arundel kriegen wir so etwas nie zu sehen.»

«Und in Suzis Fall war eine ganze Menge zu sehen», witzelte Chris.

«Sieh die Sache doch mal so, Pippa», fuhr Kitty fort. «Wenn Dominic Suzi nicht mitgebracht hätte, wäre der Tag zweifellos so weitergegangen, wie er angefangen hat, mit ziemlich gezwungener, höflicher Konversation. So hatten wir wenigstens ein aufregendes Gesprächsthema.»

«Ja, da wirst du wohl recht haben», gestand Pippa widerwillig ein.

Trotzdem war Kitty doppelt glücklich darüber, daß sie den Rest der Feiertage bei Chris und Pippa verbringen würde und nicht in Dulwich. Sebastian hatte im Lauf des Tages ziemlich viel getrunken, und wenn er morgen früh verkatert aufwachte, war es weit besser, wenn sie nicht da war, um ihn nicht noch mehr zu reizen.

Ja, sie würde in Battersea viel glücklicher sein. Je besser sie Chris kennenlernte, um so besser gefiel er ihr. Und sie mochte die Art, wie er sie Kiki nannte. Und wegen George machte sie sich jetzt nicht mehr ganz so große Sorgen. Pippa und Chris hatten auf eine Art und Weise von dem Besuch in Yondover gesprochen, die Kitty davon überzeugte, daß sie absolut keine Verbindung zwischen George und ihr argwöhnten. Außerdem lag es, wenn man die Sache rational betrachtete, noch weniger in Georges Interesse, ihre Ehe zu erwähnen, als in ihrem eigenen.

Letztendlich hatte Pippa völlig ahnungslos den Kreis

geschlossen und war wieder an den Punkt gelangt, an dem sie mit Ediths Album begonnen hatte. Und – wer konnte das wissen? – möglicherweise erwuchs eine Menge Gutes aus dem allem. Die Fotos, die Pippa ihr gezeigt hatte, Fotos, die sie vor kurzem im Updike-Haus gemacht hatte, waren äußerst professionell und gefielen ihr persönlich viel besser als diese ziemlich gekünstelten Montagen, die für Pippas frühere Arbeit typisch gewesen waren.

Ja, so ungewöhnlich es auch scheinen mochte, sie stimmte durchaus mit George darin überein, daß Einfachheit viel für sich hatte …

25

Die Wolken hingen so tief, daß der Uffing Down von Yondover aus nicht zu sehen war. Eine Schauerstaffel nach der anderen wurde vom Wind über die Downs gepeitscht; der Regen schien manchmal geradezu von vorn und nicht von oben zu kommen. «Ich geh besser schon etwas früher runter. Damit sie nicht lange warten muß. Obwohl ich zweifle, daß sie bei diesem Wetter überhaupt kommt», murmelte Ted schwarzseherisch, als er sich mit tief in die Stirn gezogener Mütze und hochgeschlagenem Kragen auf den Weg machte.

Und wer hätte Pippa einen Vorwurf machen können, wenn sie tatsächlich beschloß, ihren Besuch abzublasen? dachte George, als er am Fenster stand und auf Teds Rückkehr wartete.

In den vergangenen vier Monaten hatte er jeden Tag voller Ungeduld auf einen Brief gewartet, und jedesmal, wenn keiner gekommen war, hatte er einen Stich der Enttäuschung verspürt. Als im Januar Schneestürme das Land heimgesucht hatten und der Schnee die Straßen versperrte, hatte er unerwarteten Zorn darüber empfunden, so von der Außenwelt abgeschnitten zu sein. Dann war der Schnee geschmolzen, und – endlich! – war ein Brief eingetroffen.

Sie habe sehr viel zu tun gehabt, hatte Pippa in ihrer runden, schulmädchenhaften Handschrift geschrieben; sie habe an ihrer Abschlußarbeit gesessen und fotografiert. Aber nun würde sie gern seine ehrliche (dieses Wort war unterstrichen) Meinung zu ihren jüngsten Bildern hören.

Zum ersten Mal seit Jahrzehnten war er an diesem Morgen mit einem Gefühl der Vorfreude erwacht. Dann hatte er aus dem Fenster gesehen und festgestellt, daß es in Strömen goß.

Es war ein Tag, an dem weder Mensch noch Tier ohne guten Grund vor die Tür ging. Er versuchte sich darauf gefaßt zu machen, daß sie nicht kam; Ted würde allein zurückkehren, seine düsteren Prophezeiungen würden sich bestätigen. Und wer konnte es ihr verdenken, wenn sie in ihrer behaglichen Londoner Wohnung blieb, statt sich in einer regengepeitschten Hügellandschaft der vollen Wucht der Elemente auszusetzen, nur um einen verknöcherten alten Mann zu besuchen, der sie zuletzt mit einer Unhöflichkeit empfangen hatte, die schon an Rüdheit grenzte?

Dann sah er sie. Nicht eine, sondern zwei Gestalten, nicht nur Ted, sondern auch Pippa! Und in diesem Augenblick wußte er, daß ihm noch eine allerletzte Chance gewährt wurde, glücklich zu werden.

Plötzlich schien der Tag nicht länger trostlos, und selbst das Feuer im Kamin schien munterer zu werden, denn es verströmte plötzlich größere Wärme. Mit langen Schritten eilte er zur Hintertür und sah Pippa über den Hof kommen. Das Haar klebte ihr feucht am Kopf, das Wasser strömte ihr übers Gesicht, und ihr Anorak und ihre Jeans waren tropfnaß. Einen Augenblick lang fühlte er sich in eine andere Zeit zurückversetzt, dachte an einen anderen Regenguß und ein anderes Mädchen, das am Rand von Wests Wald gestanden hatte.

«Diesmal sind Sie also allein gekommen», bemerkte er schroff.

Pippa lächelte ein wenig unsicher. «Ja, Chris arbeitet heute, aber er läßt Sie grüßen.»

«Sie sollten besser reinkommen.»

Sie gingen in die Küche, wo Millie an der Spüle stand und den Abwasch machte. «Millie, das ist Miss Devere.»

Die Haushälterin trocknete sich die Hände an der Schürze ab und legte den Kopf schief. «Freut mich, Sie kennenzulernen, Miss. Wir hatten gar nicht damit gerechnet, daß Sie bei diesem Wetter kommen würden.»

«Es würde mir nicht im Traum einfallen, mich von so einem bißchen Regen abschrecken zu lassen.»

«Ich würde eher sagen, es schüttet aus Kübeln. Sehen Sie sich nur an: naß bis auf die Haut.»

«Ach, das macht nichts. Ich bin bald wieder trocken.» Dann blickte Pippa hinunter auf die kleine Pfütze, die sich zu ihren Füßen auf den Küchenfliesen bildete. «Tut mir leid, ich tropfe Ihnen den ganzen Boden naß!»

«Machen Sie sich deswegen keine Sorgen, junge Frau. Das nehme ich im Handumdrehen wieder auf. Aber wir dürfen nicht zulassen, daß Sie sich hier erkälten.» Und ohne weitere Worte drängte sie Pippa aus der Küche und die Treppe zum Dachboden hinauf.

Ted kam herein und ließ sich auf einen Stuhl neben dem Herd nieder. «Da ist sie also doch gekommen», bemerkte er. Griesgrämig stopfte er sich seine Pfeife, drückte den Tabak herunter, zündete ihn an und blies eine Rauchwolke in den Raum. «Hab ich mir doch gedacht.»

Zehn Minuten später kehrten Millie und Pippa zurück. Pippa hatte sich ein Handtuch wie einen Turban um ihr

Haar geschlungen und trug einen Bademantel. Die Haushälterin hängte Pippas nasse Jeans und den Anorak auf einen Kleiderständer und stellte ihn vor den Herd.

Dann machte Millie Tee, setzte die Teekanne zusammen mit Tellern, Tassen und Untertassen auf den Teewagen, öffnete den Ofen und holte ein Tablett mit Plätzchen heraus. «Ich bringe die Sachen ins Wohnzimmer, Mr. George.»

Pippa sah fragend von einem zum anderen. «Entschuldigen Sie meine Neugier, aber warum ‹Mr. George›? Ich dachte ...»

«G-G-Gawaine ist mein zweiter Name. Mein K-Künstlername.»

«Ah, verstehe.»

Er stand auf. «B-B-Bitte hier entlang, Miss D-Devere.»

«Ach, wissen Sie, niemand nennt mich Miss Devere. Könnten Sie nicht Pippa zu mir sagen?»

Statt einer Antwort räusperte sich George nur. Aber sobald sie im Wohnzimmer vor dem lodernden Feuer saßen und Millie ihnen umständlich Tee und Plätzchen serviert und das Zimmer verlassen hatte, sagte er: «Also, P-P-Pippa, e-erzählen Sie mir, was S-S-Sie seit unserer letzten Begegnung getan haben.»

Sie lächelte und griff nach ihrem Rucksack. «Nun, ich war wieder im Updike-Haus, um weitere Aufnahmen zu machen, und ich habe auch einige Vergrößerungen von den Kontaktabzügen gemacht, die Sie gesehen haben. Die Sujets, fürchte ich allerdings, sind nicht sehr aufregend.» Sie reichte ihm einen Stapel Vergrößerungen.

Draußen schien der Regen langsam nachzulassen, aber der Himmel war immer noch bewölkt. Er nahm die Fotos mit ans Fenster und ging den Stapel langsam durch.

Seine Lektion hatte Früchte getragen. Die Vergrößerungen selbst waren exzellent und bewiesen ihre Tüchtigkeit in der Dunkelkammer. Und jede Aufnahme war so komponiert und beleuchtet, wie es das jeweilige Objekt erforderte. Er fand seinen ersten Eindruck bestätigt: Das Mädchen hatte ein gutes Auge.

«Was halten Ihre L-L-Lehrer davon?» fragte er.

Sie zog eine Grimasse. «Sie überschlagen sich nicht gerade vor Begeisterung.»

«Und w-w-was denken Sie? Es sind Ihre Fotos.»

«Ich habe viel darüber nachgedacht, was Sie mir gesagt haben, und ich weiß, daß Sie recht haben. Filter, Spezialobjektive und unkonventionelle Drucktechniken sollten nur benutzt werden, um die Eigenheiten eines Bildes hervorzuheben. Was ich früher gemacht habe, war ausgeklügelt um der Ausgeklügeltheit willen, obwohl das nicht in meiner Absicht lag. Aber an den Bildern, die Sie jetzt in Händen halten, ist eben nichts Besonderes. Es sind ganz gewöhnliche Bilder.»

«Nur weil die O-O-Objekte gewöhnlich sind. Stellen Sie sich vor, Sie hätten noch nie eine L-L-Leiter oder eine Sch-Sch-Schubkarre gesehen. Verstehen Sie? Ihre Fotos z-z-zwingen das Auge, sich auf den Gegenstand als solchen zu konzentrieren. Sie l-l-lassen die Dinge an sich interessant erscheinen.»

Pippa seufzte. «Vielleicht. Aber etwas begreife ich immer noch nicht. Bitte, verstehen Sie mich nicht falsch. Bitte, denken Sie nicht, daß ich versuche, meine Arbeiten mit Ihren zu vergleichen. Aber in Ihren surrealistischen Bildern haben Sie das Leben doch auch nicht so dargestellt, wie Sie es durchs Objektiv gesehen haben. Es waren keine gegenständlichen Bilder. Sie haben Ideen ausgedrückt – sie waren ein Produkt Ihrer Phantasie. Warum bestehen Sie jetzt so sehr darauf, daß ich das nicht auch versuchen sollte?»

«Paah! Diese Bilder waren t-t-typisch für die damalige Zeit. Wir wollten das gleiche machen, was M-M-Maler seit Jahrhunderten gemacht haben. F-F-Fotografie war damals noch ein relativ neues M-M-Medium. Wir wollten sie b-b-benutzen, um den D-D-Dingen, die wir fotografierten, unsere eigene Interpretation aufzuzwingen.» Er hielt einen Augenblick lang inne und starrte ins Feuer. Die verschiedenen Stadien seiner Karriere waren mit bestimmten Meilensteinen in seinem Privatleben eng verbunden. Wie sollte er ihr das erklären, ohne Erfahrungen preiszugeben, die er lieber nicht mit ihr teilen wollte?

«In anderen Worten, die Bilder waren experimentell?» fragte sie.

«Jeder neue Stil ist e-e-experimentell. Impressionismus, Expressionismus, Kubismus, S-S-Surrealismus waren zu ihrer Zeit alle neu.»

Pippa runzelte die Stirn. «Und warum sollte ich nicht auch experimentieren?»

«Bevor ein Künstler – ein guter Künstler – abstrakte B-Bilder produzieren kann, muß er in der Lage sein zu zeichnen. Er muß die Grundregeln von Form und K-K-Komposition beherrschen. Erst dann kann er die Regeln brechen.» Er konnte hören, wie seine Stimme fester, das Stottern seltener wurde. «Dasselbe gilt für die Fotografie. Zuerst muß Ihnen das Grundwissen in Fleisch und Blut übergehen. Dann können Sie experimentieren. Dann können Sie I-I-Ihren eigenen Stil schaffen. Und das meine ich wörtlich – Ihren eigenen Stil. Nicht den eines a-a-anderen.»

Ihr Stirnrunzeln war verschwunden. Der Widerschein des Feuers ließ goldene Funken in ihren Augen tanzen. «Sie glauben also, ich könnte eines Tages als Fotografin etwas taugen?» fragte sie.

«Ich kann Ihnen beibringen, eine Kamera gut zu handhaben. Was ich Ihnen nicht beibringen kann, ist, wie man ein Bild macht. Das ist ein Geschenk Gottes. Aber ich glaube, Sie sind mit diesem Geschenk gesegnet.»

Impulsiv sprang Pippa von ihrem Stuhl auf, lief über den Teppich auf ihn zu und küßte ihn.

Es war nur ein kleiner Kuß, nur eine ganz leichte Berührung ihrer Lippen auf seiner Wange. Aber noch lange danach konnte er die Wärme ihrer Berührung spüren. Ein kleiner Kuß, aber er hatte eine Lebensflamme in ihm neu entfacht, eine allzulange unterdrückte Flamme, die beinahe schon erloschen war.

Sie war zum Mittagessen geblieben, und nach dem Essen hatte er ihr die Dunkelkammer gezeigt.

Es war fast schon dunkel, als sie ging. Er war ins Musikzimmer gegangen. Lange Zeit saß er am Flügel, ohne den Deckel aufzustellen. Er hatte eine Melodie im Kopf und das Wispern von Worten, die vor langer Zeit gesprochen worden waren. Schubert und Shelley …

Er sah die Partituren im Klavierhocker durch und fand die Sonate. Seine Finger waren ganz steif, als sie die elfenbeinernen Tasten berührten; das Klavier mußte unbedingt gestimmt werden. *Musik, wenn sanfte Stimmen sterben, schwingt in Erinnerungen nach … So auch dein Denken, wenn du nicht mehr bist; die Liebe selbst jedoch schläft nur und wird niemals vergehen.*

Pippa hat mich geküßt. Und die Liebe, die in mir geschlummert hat, ist zu neuem Leben erwacht …

Während der folgenden Monate entwickelten Pippas Besuche sich zum Höhepunkt des Lebens auf Yondover. Sie waren leider allzu selten und gingen immer allzu schnell vorüber. Ja, zwischen Februar und Juli, als sie das College abschloß, kam sie nur vier- oder fünfmal. Aber das bloße Wissen um ihre Existenz, der Klang ihrer Stimme und ihr ansteckendes Gelächter wirkten wie ein Jungbrunnen auf die drei alten Menschen, und der Nachhall ihrer Besuche war noch wochenlang spürbar.

Manchmal begleitete Chris sie. Über Ostern und Pfingsten waren sie sogar einige Tage geblieben, bevor sie zu Kitty weiterfuhren. George erfuhr, daß sie zusammenlebten und Chris gerade seine Scheidung erreicht hatte, daß sie aber nicht vorhatten zu heiraten, zumindest nicht, bis Pippa das College hinter sich hatte.

Er mochte Chris. In gewisser Weise erinnerte er ihn an Adam als jungen Mann. Beide besaßen sie diese schwer definierbare Kombination von trockenem Humor und einer Ausstrahlung absoluter Verläßlichkeit. Das überraschendste jedoch war die Zuneigung, die sich zwischen Chris und Ted entwickelte. Während er und Pippa sich ganz in die Welt der Fotografie vertieften, schufteten die beiden Seite an Seite, um das Unterholz im Zaum zu halten oder irgendwelche Reparaturen an einem der Nebengebäude vorzunehmen, und ihre lakonischen Gespräche drehten sich ausschließlich um Yondover. «Der ist in Ordnung», lautete Teds Urteil. «Hat einen klugen Kopf auf den Schultern. Und scheut auch harte Arbeit nicht.»

Pippa war, wie George schnell herausfand, eine unverbesserliche Plaudertasche, und schon bald gab es kaum etwas, was er nicht über ihre Familie, ihre Freunde und das College wußte. Zuerst widerstrebte es ihm, wenn sie von Kitty, ihren Eltern und ihrem Bruder erzählte. Aber als ihm klar wurde, wie liebevoll Pippas Einstellung zu diesen Menschen war – ungewöhnlich in einer Welt, in der die Jugend nach allem, was man in der Zeitung las, immer selbstsüchtiger und egozentrischer wurde –, hörte er auf, ihre Großmutter und ihren Vater mit seiner eigenen Vergangenheit in Verbindung zu bringen, sondern betrachtete sie lediglich als einen Teil von Pippas Leben.

Was ihn jedoch auch weiterhin am meisten interessierte, war ihre fotografische Arbeit. Es überraschte ihn, mit welchem Vergnügen er sein Wissen weitergab und ihre Fortschritte beobachtete. Sie zeigte ihm die Arbeiten, die sie fürs College machte, und sie diskutierten jeden Aspekt eines jeden Bildes. Sie begannen auch eine Fotoserie, die das Leben auf Yondover festhalten sollte – das Haus selbst, den Garten, den Wald und den Fluß und natürlich die Menschen.

Während Ted und Millie sich als überraschend entspannte Modelle erwiesen, vor allem, wenn man sie bei ihren alltäglichen Arbeiten fotografierte, fiel es ihm selbst außerordentlich schwer, auf der anderen Seite der Kamera zu stehen.

Schließlich wurden Pippas Versuche, ein Foto von ihm zu machen, das ihrer beider Billigung fand, zu einem Scherz zwischen ihnen. Aber obwohl sie über ihre Fehlschläge lachte, entwickelte sich dieses Bild langsam zu einem Test, der für sie beide innerlich wichtiger war als Pippas Abschluß am College: ein Test nicht nur für Pippas technisches Können, sondern auch für ihre Beherrschung der Bildregie; während es für George ein Test seines Vertrauens in sie war, ein Bild zu schaffen, ohne daß er ihr über die Schulter schaute.

Am Ende hatte sie jedoch Erfolg – mit einem Porträt von ihm in einer Spiegelposition zu ihrer eigenen, in einer Pose, als machte er gerade selbst ein Foto, mit seiner großen Gandolfi auf einem Stativ vor sich, um das er herumspähte, als wolle er sein Modell genauer in Augenschein nehmen. Die Bilder, die aus dieser Idee entstanden, vermittelten den Wesenskern von George Gawaine de Vere – dem Mann und dem Fotografen.

Oder vielleicht doch nicht? Das Gesicht auf dem Kontaktabzug war nicht dasselbe Gesicht, das er jeden Morgen im Badezimmerspiegel sah, wenn er sich rasierte und das Haar bürstete. Der Gesichtsausdruck war anders. Die Lippen bildeten keine gerade, dünne Linie, sondern zogen sich an den Mundwinkeln ein klein wenig nach oben, was die Umrisse seiner Wangen und die Haltung seines Kinns veränderte. Aber es war mehr als das. Es waren die Augen. Die Augen unter den buschigen Brauen waren sanft und leuchtend und voller Leben. Beinahe die Augen eines Mannes, der liebte.

26

Während der letzten Wochen vor ihrem Abschlußexamen hatte Pippa keine Zeit, nach Yondover zu fahren. Sie hatte für nichts und niemanden Zeit, auch nicht für Chris. Nach ihrer Begegnung mit Gawaine de Vere war ihr Streben nach Perfektion noch größer geworden, und sie war fest entschlossen, keinen vermeidbaren Makel auf ihren Bildern zu dulden. Tagelang schlief sie kaum, und in der Nacht vor der Prüfung schlief sie überhaupt nicht. Als Chris zum Frühstück herunterkam, fand er sie in Tränen aufgelöst in der Küche. Er rief in seinem Büro an und erklärte, daß er etwas später zur Arbeit kommen werde. Dann fuhr er sie ins College. Als sie wieder herauskam, wartete er auf sie. Er half ihr in den Wagen, fuhr sie nach Hause, half ihr beim Ausziehen, brachte sie zu Bett, setzte sich auf die Bettkante und sagte: «Hör mal, du hast dein Bestes gegeben, jetzt kannst du nichts mehr tun. Also schlaf.»

Tränen der Erschöpfung stiegen ihr in die Augen. «O Chris», schluchzte sie, «du bist wunderbar. Ich bin so froh darüber. Und ich liebe dich – so sehr.»

Er küßte sie. «Und ich liebe dich auch. So, jetzt sei ein braves Mädchen und schlaf.»

Als sie wieder aufwachte, hatte sie die ganze Nacht verschlafen und einen guten Teil des nächsten Morgens. Chris war zur Arbeit gefahren, und sie hatte das Haus für sich allein. Sie duschte und machte sich etwas zum

Frühstück, ging ein wenig ziellos durchs Haus und versuchte sich an das unvertraute Gefühl zu gewöhnen, nichts Dringendes mehr zu tun zu haben. So fühlte man sich wahrscheinlich als Hausfrau, dachte sie. So verbrachten ihre Mutter und Kiki ihre Tage. Nun ja, es mochte zur Abwechslung mal ganz schön sein, aber lange würde sie das nicht aushalten. Sie brauchte geistige Herausforderungen und die Stimulanz der Gesellschaft anderer Menschen.

Vor allem aber mußte sie Geld verdienen. Für ihren Studienabschluß hatte es sich gut getroffen, daß die Arbeiten am Updike-Bau nach Ostern ein Stadium erreicht hatten, in dem für eine Weile keine Fotos mehr gemacht werden mußten. Aber der Verlust der Honorare im Verein mit den Materialkosten für ihre Yondover-Sitzungen mit Gawaine de Vere hatten ein riesiges Loch in ihre Finanzen gerissen.

Von ihrer Mutter kam schließlich nach mehreren fehlgeschlagenen Bewerbungen die Idee, Terry Hawkins, ihren früheren Nachbarn, anzurufen. Pippa hatte ihn, seit er von Dulwich fortgezogen war, nicht mehr gesehen, und als sie erfuhr, daß er jetzt Art-director bei einer der wichtigsten Londoner Werbeagenturen war, zweifelte sie daran, daß er ihr helfen könnte, denn er gab seine Aufträge mit Sicherheit nur an hochberühmte Fotografen und würde wahrscheinlich noch weniger als alle anderen geneigt sein, eine blutige Anfängerin wie sie einzustellen.

Doch Terry freute sich nicht nur, von ihr zu hören, sondern empfahl ihr auch, einen seiner alten Freunde, einen Fotografen namens Tim Wright, anzurufen. «Tim liegt mit seinen Sachen nicht besonders im Trend», sagte

Terry, «aber er ist ein verdammt guter Praktiker. Und ich weiß zufällig, daß sein Assistent gerade gegangen ist ...»

Daß Terry Hawkins sie empfahl, wirkte Wunder: Tim Wright gab ihr schon für den nächsten Morgen einen Vorstellungstermin.

Pippa mochte ihn auf den ersten Blick. Er war Ende Dreißig, vielleicht vierzig, groß, schlank und sah ziemlich gut aus mit seinen langen, gewellten braunen Haaren und seinem ordentlich gestutzten Bart.

Sein Studio lag in einem schönen, alten Gebäude in einem kleinen Gewerbegebiet in Clapham und war von ihrem Haus in Battersea aus gut zu erreichen. Das Studio war nicht sehr groß und furchtbar unordentlich, vollgestopft mit allerlei Papierrollen, Resopalplatten, Böcken, Tischplatten, Ständern, Lampen und anderem fotografischen Zubehör, ganz zu schweigen von Zeitschriften, leeren Weinflaschen, schmutzigen Tassen und überquellenden Aschenbechern.

Pippa hatte ihm gerade einen knappen Überblick über ihren Lebenslauf gegeben, als zwei junge Männer hereingeschlendert kamen. «Hi. Entschuldigt, daß wir so reinplatzen», sagte der eine und stellte mehrere Weinflaschen auf den Tisch. «Ein kleines Dankeschön dafür, daß wir dein Studio benutzen durften, Tim.»

Tim grinste und drehte sich zu Pippa um. «Das ist Nick Edwards. Er war mein letzter Assistent. Hat sich gerade selbständig gemacht. Und das ist Ian Wilkinson.»

Pippa lächelte und stellte sich vor.

Ian warf einen Blick auf ihre Mappe. «Fotografin, was?»

«Nein. Ich suche einen Job als Assistentin.»

«Sie wollen doch nicht etwa für Tim arbeiten?»

«Pippa ist erst vor ein paar Minuten, bevor ihr zwei reingestürzt seid, gekommen» erklärte Tim. «Ich habe mir ihre Arbeiten noch nicht angesehen.»

«Das können wir doch alle gemeinsam machen», meinte Ian.

«Mir gefällt dieses Bild von dem Haus», sagte Nick, als sie zu ihren Aufnahmen von Yondover kamen. «Haben Sie das mit einer 10 × 13 gemacht?»

«Nein, mit einer alten 12 × 16,5-Gandolfi.»

Tim hob eine Augenbraue. «Ach wirklich?»

«Was, mit der da?» fragte Ian und betrachtete ihr Porträt von Gawaine de Vere.

«Blödmann!» rief Tim. «Siehst du denn nicht, daß das eine 24 × 33 ist?» Er wandte sich an Pippa. «Wer ist der alte Knabe?»

«Ein Fotograf, den ich kenne. Er lebt jetzt im Ruhestand.»

«Und Sie haben ihn kennengelernt» – Tim blätterte die Bilder durch und hielt inne, als er zu den Detailaufnahmen des Updike-Baus kam – «kurz bevor Sie diese Aufnahmen gemacht haben.»

«Woher wissen Sie das?»

«Man erkennt seinen Einfluß. Ihre ersten Bilder waren für eine Studentin sehr ordentlich. Diese letzten da sind verdammt gut. Und das Porträt von ihm ist erstklassig. Ich wäre stolz darauf, wenn ich es selbst aufgenommen hätte.»

«Meinen Sie das wirklich ernst?» fragte sie.

«Hören Sie mal zu, Pippa, jedes Jahr um diese Zeit quellen Gott weiß wie viele Möchtegernfotografen aus den Colleges, die alle glauben, sie seien zweite Avedons, Baileys oder Donovans. Und wenn Sie mir den gleichen Pseudokunstquatsch gezeigt hätten, den viele von ihnen produzieren – all diese pseudosozialen Statements, diese Fotomontagen, die Erkundungen der Psyche darstellen sollen, all diese Offenbarungen studentischer Sexualität –, dann hätte ich Sie, egal wie gut Ihre Noten gewesen wären, hinauskomplimentiert.»

Pippa verspürte eine Woge des Triumphs.

Tim atmete tief durch. «Ich sag dir was, Nick. Warum machst du nicht eine von diesen Flaschen auf? Der Korkenzieher muß hier irgendwo rumliegen.»

«Sieht so aus, als würde ich besser erst abwaschen», meinte Nick, der einige schmutzige Gläser einsammelte.

«Kann ich Ihnen helfen?» erbot sich Pippa.

Nick grinste. «Habe nichts dagegen. Die Spüle ist da hinten.»

Als sie ins Studio zurückkehrten, konnte Pippa Tim sagen hören: «Aber darum geht es mir doch, Ian. Sie wird niemals damit fertig werden ...»

Er hielt inne, als sie eintraten.

Sobald die Flasche geöffnet war und die Gläser gefüllt, sagte Ian: «Ich meine, wir sollten Pippa erzählen, wovon wir gesprochen haben, während sie draußen war. Hast du was dagegen, Tim?»

Tim seufzte. «Na gut, wenn du drauf bestehst ...»

«Nun, wir haben über die Arbeit eines Assistenten gesprochen. Und wir sind beide der Meinung, daß ein Assistent vor allem Kaffee kochen und Fußböden aufwischen können muß. Und er muß natürlich nett zu den Klienten sein. Außerdem muß man besessen sein. Als Assistent eines Fotografen hat man einen der schlechtestbezahlten Jobs überhaupt. Wenn Sie Glück haben, kriegen Sie hundert Pfund die Woche für eine Mindestarbeitszeit von zehn Stunden täglich, und wenn Sie für jemanden wie Tim arbeiten, gehören oft noch die Wochenenden dazu.»

Pippa sah von Ian zu Tim. «Habe ich recht, wenn ich den Eindruck gewinne, Sie versuchen, mich abzuwimmeln?»

«Aber überhaupt nicht», erwiderte Ian lebhaft. «Ich stelle nur die Fakten klar.»

«Ich konnte nicht umhin, mit anzuhören, was Sie vorhin gesagt haben», meinte Pippa. «Womit würde ich Ihrer Meinung nach nicht fertig?»

Statt einer Antwort zeigte Tim zunächst auf den Aktensatz eines Elektronenblitzes von der Größe eines Koffers. «Mit solchen Sachen. Ich nehme immer jede Menge Apparate mit, wenn ich zu Außenaufnahmen gehe. Ich glaube nicht, daß Sie – oder überhaupt irgendein Mädchen – über die Körperkraft verfügt, um damit fertig zu werden.»

Nun, es gab nur eine Möglichkeit, diese Frage zu entscheiden. Sie ging zu dem Aktensatz hinüber, versicherte sich, daß er nirgends eingestöpselt war, und hob ihn hoch. Sein Aussehen war trügerisch, und sie zog eine Grimasse, als sie ihn nun in der Hand hielt. Nichtsdestoweniger trug sie ihn ans andere Ende des Studios und wieder zurück.

Nick kicherte. «Damit wäre dieser Punkt also geklärt.»

«Darf ich einen Vorschlag machen?» fragte Pippa Tim. «Warum kann ich nicht, sagen wir, vierzehn Tage auf Probe für Sie arbeiten? Das sollte ausreichen, damit Sie herausfinden, ob ich zäh genug bin – und ich, ob ich überhaupt so zäh sein möchte.»

Nick brach in lautes Gelächter aus. «Das gefällt mir!»

«Sie brauchen mich nicht zu bezahlen», fuhr Pippa fort.

«Wenn Sie keine Bezahlung wollen, können Sie für mich arbeiten», schaltete Ian sich ein.

«Sie suchen sich Ihren eigenen Assistenten, Wilkinson», sagte Tim. «Okay, Pippa, abgemacht. Vierzehn Tage Probe für beide Seiten.»

An ihrem ersten Tag kamen sie und Tim gleichzeitig um neun Uhr im Studio an, und er quittierte ihre Pünktlichkeit mit einem anerkennenden Nicken. «Als erstes brauche ich einen Kaffee», verkündete er. «Sie wissen ja, wo der Kessel ist. Ich nehme meinen schwarz, stark und ohne Zucker. Oh! Ich hasse die Morgenstunden.»

Als sie ins Studio zurückkehrte, starrte Tim einigermaßen düster ein Set an, das von der vergangenen Woche übriggeblieben war: einen burgunderfarbenen Stoffhintergrund, einen Kiefernzweig, der mit Weihnachtskugeln behangen war, und ein Arrangement von Geschenkpäckchen. «Verdammtes Weihnachten», murmelte er und nahm den Becher entgegen, den sie ihm reichte. Dann erklärte er: «Die Zeitschriften haben eine dreimonatige Vorlaufzeit. Deshalb machen wir jetzt die Aufnahmen für Dezember. Vanessa – das ist unser Art-director – müßte jeden Augenblick hier sein. Besser, wir richten ein paar Scheinwerfer auf das Objekt und tun so, als wären wir schon bei der Sache.» Er legte ein paar Schalter um, und zwar so schnell, daß Pippa nicht mitbekam, was er getan hatte. «So, jetzt eine Kamera. Kommen Sie mit zum Spielzeugschrank.»

Zu ihrem Erstaunen war der «Spielzeugschrank» –

wie Tim den Tresor bezeichnete, in dem er seine Kameras aufbewahrte – peinlich sauber und aufgeräumt. «Der Rest des Studios ist die reinste Müllkippe», gab er zu, «aber was meine Ausrüstung betrifft, bin ich neurotisch. Das ist der einzige Punkt, in dem ich diszipliniert bin.»

In diesem Augenblick kam Vanessa, die noch mehr Sachen mitbrachte, die fotografiert werden sollten. Das erste Set wurde abgelichtet, abgeräumt und durch das nächste ersetzt, mit einem anderen Hintergrund und anderer Beleuchtung. Pippa wußte gar nicht mehr, wo ihr der Kopf stand, während sie durch den Raum flitzte und nach Spiegeln und Reflektorbrettern suchte, nach Klemmen und Muffen, Gels und Filtern, während sie gleichzeitig herauszufinden versuchte, wie die Lichter funktionierten, ans Telefon ging, Filmkassetten wechselte und sich Notizen auf das Arbeitsblatt machte, das sie in dem Kabuff, das Tims Büro darstellte, unter einem Stapel ungeöffneter Rechnungen zutage befördert hatte.

Sie und Vanessa verstanden sich sehr gut. «Ich bin froh, daß Tim sich endlich einen weiblichen Assistenten besorgt hat», bemerkte Vanessa. «Nick war ein toller Bursche, aber Frauen sind viel besser, wenn es ums Organisieren geht. Und genau das braucht Tim.»

Vanessa brach um sechs Uhr auf, aber es wurde sieben, bevor Pippa und Tim mit der Arbeit fertig waren, und auch das nur, weil seine Frau Janet anrief, um ihn daran zu erinnern, daß sie ins Theater wollten. Pippa hatte den Eindruck, daß Tim, hätte sie nicht angerufen, noch länger geblieben wäre.

Pippa wollte es sich nicht eingestehen, aber sie fand ihre erste Woche sehr ermüdend, wenn auch weniger wegen der körperlichen Anstrengungen als wegen der geistigen Anspannung, so viele neue Dinge lernen zu müssen. Soweit sie das sagen konnte, war Tim mit ihr zufrieden. Sie hatte ihres Wissens keine Fehler gemacht. Und je besser sie ihn kennenlernte, um so mehr gefiel es ihr, mit ihm zu arbeiten, vor allem, da er ein Quell fotografischen Wissens war, das er freigebig mit ihr teilte. Was ihr gar nicht zusagte, waren die langen Arbeitszeiten; Tim schien ein wahres Arbeitstier zu sein. Am Freitag wurde es sogar Mitternacht, bis sie nach Hause kam.

«Wo in aller Welt bist du gewesen?» fragte Chris ängstlich.

«Ich habe dir doch erzählt, daß wir nach Bournemouth fahren würden. Eine der Aufnahmen, die wir machen mußten, sollte das Stadion im Flutlicht zeigen. Ich hätte anrufen sollen.»

«Beim nächstenmal wäre das vielleicht eine gute Idee», sagte er schroff.

Sie folgte ihm ins Wohnzimmer. «Chris, bitte sei nicht böse.»

«Ich bin nicht böse. Ich bin nur ein wenig aufgeregt. Ich habe dich die ganze Woche kaum gesehen.»

«Ich habe dich gewarnt.»

«Ich weiß, aber das ist doch lächerlich. Was denkt sich dieser Bursche eigentlich – daß du seine Sklavin bist? Na ja, jetzt bist du zu Hause. Willst du einen Drink?»

«Eigentlich nicht. Ich bin zu müde. Ich will nur noch schlafen.»

«Bist du sicher, daß du den Abend nicht in einem Motel zugebracht hast?» Es klang kein Humor in seiner Stimme.

«O Chris, bitte, fang nicht damit an.» Sie spürte, wie ihr die Tränen in die Augen schossen. Während ihres Examens hatte Chris ihr unerschütterlich zur Seite gestanden. Aber jetzt, da sie arbeitete, benahm er sich geradezu abscheulich. Eine Träne rann ihr über die Wange.

«Pippa, bitte weine nicht. Es tut mir leid. Ich habe mich so aufgeregt. Genau das ist passiert, als ich mit Carol verheiratet war. Sie hat immer behauptet, sie hätte bis spät im Büro zu tun gehabt ...»

Pippa schloß die Augen, als wolle sie seine Worte ausblenden. Es war schrecklich. Sie kannten einander jetzt seit über einem Jahr, und einen großen Teil dieser Zeit hatten sie zusammengelebt. Und trotzdem vertraute Chris ihr nicht. «Na schön», sagte sie. «Ich erkläre Tim am Montag, daß der Job nicht das Richtige für mich ist. Es muß ja auch Fotografen geben, die nicht so viel arbeiten.»

Chris setzte sich auf die Lehne ihres Sessels und legte ihr den Arm um die Schultern. «Das ist doch lächerlich. Du wirst nichts dergleichen tun. Jedenfalls nicht meinetwegen. Ich weiß, ich bin dumm und unvernünftig. Es ist dein Leben. Wenn du für Tim Wright arbeiten willst, arbeitest du für ihn.»

«Ich will nichts von ihm, ehrlich. Und er will nichts von mir.»

Chris lachte zittrig. «Ich würde ihm keinen Vorwurf daraus machen, wenn er's täte. Wenn ich eine Assistentin hätte, die so aussähe wie du, könnte mich das durchaus in Versuchung führen.»

Pippa angelte sich ein Papiertaschentuch aus ihrer Jeans und putzte sich die Nase. «Vielleicht nehme ich doch einen Drink.»

Er drückte sie kurz. «Was hättest du denn gern?»

«Einen Wodka Lemon, bitte.»

Als er aus der Küche zurückkam, fragte sie: «Warum kommst du nicht irgendwann mal mit ins Studio, damit du Tim kennenlernst?»

Plötzlich kam ihr ein Gedanke, über den sie lachen mußte. «Die Ironie wäre natürlich, wenn er nach diesen vierzehn Tagen gar nicht mehr wollte, daß ich für ihn arbeite.»

Das Ende ihrer vierzehntägigen Probezeit traf mit der Bekanntgabe ihrer Prüfungsnoten zusammen. Wie sie befürchtet hatte, waren ihre Zensuren relativ schlecht – sie war nur gerade eben durchgekommen. Chris ärgerte sich um ihretwillen, doch Tim fand nichts dabei. «Mir wäre es scheißegal gewesen, wenn Sie durchgefallen wären.» Daraufhin erinnerte sie ihn an ihre Übereinkunft, und er sah sie beinahe erstaunt an. «Natürlich möchte ich, daß Sie bleiben», sagte er. «Ich dachte, das wäre klar. Oder wollen Sie den Job nicht mehr?»

«Doch, er macht mir Spaß.»

«Ich schätze, wir müssen über Geld reden. Sind fünfundzwanzig Pfund am Tag okay?»

Das waren fünf Pfund mehr, als sie erwartet hatte.

«Und ich möchte Sie auch für die letzten vierzehn Tage bezahlen.»

«Aber ich habe doch gesagt, ich würde umsonst arbeiten.»

«Das kommt nicht in Frage.»

Die folgenden Wochen vergingen wie im Flug, denn sie und Tim steckten bis über die Ohren in Arbeit. Jedes Wochenende nahm sich Pippa vor, nach Sussex zu fahren, um ihre Großmutter oder Gawaine de Vere zu besuchen, aber irgend etwas kam jedesmal dazwischen.

27

Kitty war in Wests Wald, nur daß der Wald nicht so war, wie sie ihn in Erinnerung hatte, sondern mehr wie ein Wald in Grimms Märchen: Die Bäume standen dicht an dicht, wirkten bedrohlich und waren übersät mit krabbelnden Insekten. Der Himmel war schwarz, und der Wind heulte wie ein in wahnsinnige Raserei getriebenes Wesen. Sie hatte Angst, aber nicht um sich selbst. Sie war nicht allein in den Wald gegangen, hatte ihren Begleiter jedoch verloren. Sie suchte nach ihm, wußte aber nicht, wen sie suchte oder wo sie ihn finden konnte; sie wußte nur, daß es um Leben und Tod ging, daß sie, wen immer sie suchte, ihn so schnell wie möglich finden mußte. Sie versuchte zu rufen, konnte aber den Wind nicht übertönen. Sie versuchte zu laufen, aber ihre Füße waren wie angewurzelt. Die Bäume drängten auf sie zu, bogen sich unter dem Sturmwind. Ihre Furcht verwandelte sich in Panik. Sie begann zu weinen, wilde Tränen der Verzweiflung und der Einsamkeit.

Ihre Tränen weckten sie, und sie stellte fest, daß der Sturm Wirklichkeit war. Draußen schrie und heulte der Wind, und die Nacht war pechschwarz. Ein Windstoß hatte das Fenster aufgerissen und drohte es aus seinen Angeln zu zerren. Das Haus knarrte und quietschte und stöhnte. Draußen splitterte Glas, schepperten Mülleimer, schrillten Alarmanlagen und tönten eine Vielzahl anderer undefinierbarer, ohrenbetäubender Geräusche.

Als sie auf den Schalter ihrer Nachttischlampe drückte, blieb es dunkel. Sie stieg aus dem Bett, tastete sich zum Fenster und spähte, nachdem sie es mit beträchtlicher Anstrengung geschlossen hatte, hinaus in die Nacht. Der Mond war von Wolken verdeckt, aber nach Osten hin wurde der Himmel schon eine Spur heller.

Trotzdem war ihr Traum immer noch wirklicher für sie als die Wirklichkeit. Wen hatte sie gesucht? Irgend jemand war in Gefahr. Aber wer? Plötzlich dachte sie an Tabitha. Aber ihre suchende Hand fand die Katze zusammengerollt am Fußende des Bettes, völlig ungerührt von dem Tumult, der draußen herrschte.

Sie versuchte den Hauptlichtschalter neben der Tür, aber auch das war zwecklos. Entweder war eine Sicherung durchgebrannt, oder der Sturm hatte die Hauptleitung lahmgelegt. Sie zog ihren Morgenmantel an und ging vorsichtig nach unten. Auch im Flur gab es keinen Strom, und als sie aus dem Wohnzimmerfenster blickte, war in der ganzen Straße kein einziges Licht zu sehen.

Der Lärm war beängstigend. Sie hatte noch nie einen solchen Sturm erlebt. Vielleicht war das das Ende der Welt?

Also, jetzt nimm dich zusammen. Geh in die Küche und mach dir einen Tee. Es wird bald hell. Dann kannst du sehen, was da draußen passiert.

Sie fand die Streichhölzer und entzündete einen Gasring, der ein schwaches Licht auf die unmittelbare Umgebung warf, das jedoch beinahe sofort wieder erlosch, als sie den Kessel daraufstellte. Wo war nur die Taschenlampe? Irgendwo auf dem Küchenschrank. Sie suchte blind zwischen vertrauten Dingen, die ihr in der Dunkelheit plötzlich fremd erschienen.

Bleib ruhig. Das ist nur der Wind. Aber ihr Traum ließ sie nicht los. Nach wem hatte sie in Wests Wald gesucht?

Teekanne. Teebeutel. Wasser. Wieviel Uhr ist es? Gütiger Himmel, halb fünf. Kein Wunder, daß nirgendwo Licht brennt. Alle anderen liegen im Bett. Aber wer konnte bei diesem Aufruhr der Elemente schlafen?

Allmählich wurde es heller, doch als der Morgen dämmerte, schien der Sturm noch heftiger zu werden und kreischte wie wahnsinnig. Sie trank einen Becher Tee nach dem anderen, während sie am Küchenfenster stand und zusah, wie der Wind seine Verwüstungen anrichtete, Dachziegel und Fernsehantennen, Blumentöpfe, Mülleimer, Zaunbretter, Zweige, Blätter und Abfall mit sich riß – ihren Rosenbogen, ihre Pergola.

Dann ein Windstoß, der mächtiger war als alle vorhergehenden, ein gewaltiges Krachen und Splittern von Glas. Einen Augenblick lang dachte sie, der ganze hintere Teil ihres Hauses würde weggerissen. Sie lief zur Hintertür. Wo einmal ihre Veranda gewesen war, war jetzt nur noch der steinerne Sockel zurückgeblieben und ihre Dorothy-Perkins-Rose, die sich wie in Todesqualen wand.

Dann klingelte unglaublicherweise das Telefon. «Mrs. Devere? Wakehurst hier. Wollte nur einmal Kontakt aufnehmen. Also, alle Luken dicht und hübsch im Haus bleiben. Das ist nicht ein Sturm, sondern ein Orkan. Glücklicherweise hatte ich mein Transistorradio eingeschaltet; ich habe das Wetteramt eingestellt. Windstöße von bis zu zweihundert Stundenkilometern da draußen. Sobald es vorbei ist, komme ich zu Ihnen rüber.»

Gegen acht Uhr morgens machte der Orkan endlich Anstalten weiterzuziehen. Prompt klingelte es an der

Haustür, und Colonel Wakehurst stand vor ihr, eine ungewöhnliche Erscheinung in Soldatenmantel, Stiefeln und Stahlhelm. «Das war eine ganz schöne Überraschung, was? Und nicht mal eine Sturmwarnung im Wetterbericht gestern abend. Bei Ihnen scheint vorne alles in Ordnung zu sein. Wie sieht es hinten aus?»

«Ich habe meine Veranda verloren und den Rosenbogen ...»

Er schritt energisch den Flur hinunter in die Küche. «Ha! Tatsächlich. Aber nichts, was die Bausubstanz betrifft. So, jetzt wollen wir uns die Sache mal von draußen ansehen. Sie bleiben hier. Immer noch ein kräftiger Wind draußen. Das ist noch nicht ausgestanden.»

Als er aus dem Garten zurückkam, meinte er: «Kein Grund zur Sorge da draußen. Nun, wenn Sie Lust haben, zu uns zu stoßen, die Memsahib bereitet etwas zum Frühstück vor. Essen hält Leib und Seele zusammen, was! Dann schaffen wir Ordnung. Wie nach einem Luftangriff, was!»

Das war eine Ausdrucksweise, die sie an diesem Freitag, dem 17. Oktober 1987, noch oft zu hören bekommen sollte, während die Bewohner der Pannet's Row sich zusammenfanden, um über den Orkan zu sprechen, die Schäden zu begutachten und sie zu beheben. Es herrschte ein Geist uneingeschränkter Kameradschaft, während die Nachbarn einander mit Rat und Tat beistanden, einander Werkzeuge, Leitern, Schubkarren und Harken liehen und einander mit heißem Tee versorgten.

Später jedoch, als die Elektrizität wieder funktionierte und sie den Fernseher einschalten konnte, wurde Kitty erst klar, wie gut sie davongekommen war. Abgesehen von dem Verlust ihrer Veranda, dem Rosenbogen und den Lauben war bereits alles wieder wie vorher. Valerie rief an, um festzustellen, ob bei ihr alles in Ordnung sei, und erzählte ihr, daß ein Baum auf ihren Volvo gestürzt sei. Pippa meldete sich ebenfalls und berichtete, daß auf der Clapham Common, die auf ihrem Weg ins Studio lag, kaum noch ein Baum stehengeblieben war.

Andernorts war es den Leuten viel, viel schlechter ergangen. In den Nachrichten wurde gezeigt, daß riesige Bäume entwurzelt worden waren; große Waldgebiete waren dem Erdboden gleichgemacht worden, Gebäude eingestürzt, Häuser und Autos von Bäumen zerschmettert, Kirchtürme geknickt, Hochspannungsmasten, Kräne und Lastwagen umgeworfen, Anlegestege verwüstet, Leichtflugzeuge, Wohnwagen und Schiffe durch die Luft geschleudert worden. Viele Menschen waren verletzt, einige sogar getötet worden. Die genaue Zahl der Opfer war noch nicht bekannt.

Am Sonntag abend berichtete der Nachrichtensprecher: «Eines der Opfer des Orkans war der achtzigjährige Gawaine de Vere, der auf dem Grundstück seines Hauses in Sussex von einem umstürzenden Baum erschlagen wurde.»

Eine Luftaufnahme zeigte Kipwell und Wests Wald, dessen Bäume wie Streichhölzer geknickt worden waren.

Der Nachrichtensprecher fuhr fort: «Gawaine de Vere, ein bekannter Porträtfotograf der dreißiger Jahre, arbeitete im Krieg als Fotograf und zog sich anschließend auf seinen Landsitz in Sussex zurück. Sein Kampf zum Schutz seines Waldes und gegen den Bau einer Hochspannungsleitung sowie einer Umgehungsstraße um das Dorf Kipwell machte in den fünfziger und sechziger Jahren Schlagzeilen. Nichts jedoch konnte Mr. de

Vere und seine geliebten Bäume vor der Gewalt der Elemente schützen.»

Kitty schaltete den Fernseher aus und saß still und reglos da. Mit einemmal kehrte die Erinnerung an ihren Traum in der Nacht des Orkans zurück. Dann kam eine andere Erinnerung, an einen Tag, der viel länger zurücklag, an zwei junge Menschen, die durch Wests Wald ritten, während sich ein Unwetter zusammenbraute. Jetzt war der Wald dem Erdboden gleichgemacht und George tot … getötet von einem umstürzenden Baum …

Als Pippa ihr von George erzählt und ihr einige ihrer Fotos von ihm gezeigt hatte, hatte das – weil er mit dem George aus ihrer Erinnerung keine Ähnlichkeit mehr zu haben schien – keinerlei Gefühle in ihr geweckt, bis auf Neugier und, ja, ein gewisses Maß an Mitleid. Viel erschütternder waren Pippas Fotos von Yondover gewesen. Aber jetzt, da sie wußte, daß George tot war, verspürte sie jähe Traurigkeit. Ihre Ehe mochte zwar vor mehr als einem halben Jahrhundert zu Ende gegangen sein, aber George war ein wesentlicher Teil ihres Lebens gewesen. Er hatte sie zwar nicht glücklich gemacht, aber sie hegte auch keinen Groll mehr gegen ihn. Sein Leben war nicht einfach gewesen, obwohl er sich, nach dem, was Pippa ihr erzählt hatte, anscheinend mit seinem Schicksal arrangiert hatte. Ja, in vieler Hinsicht waren sie und George einander gar nicht so unähnlich gewesen – keiner von ihnen hatte sich der Konvention gebeugt, beide hatten sie sich ihre eigene kleine Welt geschaffen …

Kurze Zeit später klingelte das Telefon. Sie hatte erwartet, daß es Pippa sein würde, und überlegt, was sie zu ihr sagen sollte, aber es war Adam. «Kitty, geht es dir gut? Hört sich so an, als wäre die Sache in deiner Gegend ziemlich übel gewesen. Wir hatten einen starken Sturm, aber nichts so Ernstes wie bei dir.» Er hielt inne. «Du hast wohl nicht zufällig gerade die Nachrichten gehört?»

«Doch, habe ich – von George ...»

«Ah, also weißt du es. Ich habe gerade mit Kipwell telefoniert. Mit dem Pfarrer. Es sieht so aus, als sei George mitten in dem Orkan aus dem Haus gegangen. Es wird natürlich eine Obduktion geben.»

«Ja, wahrscheinlich ...»

«Kitty, bist du sicher, daß es dir gutgeht?»

«Nun ja, ich bin natürlich etwas durcheinander.» Sie zögerte. «Weißt du, wann die Beerdigung sein wird?»

«In einer Woche oder zehn Tagen, nehme ich an. Willst du hingehen?»

«Ich weiß es nicht. Gehst du?»

«Natürlich. George war mein ältester Freund. Wenn du einverstanden bist, komme ich nach Arundel, verbringe die Nacht im Rose Cottage, und am nächsten Tag können wir dann zusammen nach Kipwell fahren.»

«Kommt Eve auch mit?»

«Nein, ich glaube nicht. Nur ein überraschter Pinguin ...»

«Ich habe immer wieder gesagt, daß ich ihn besuchen wollte – und jetzt ist es zu spät», schluchzte Pippa. «Der Gedanke, daß er bei seinem Tod geglaubt haben könnte, daß ich ihn vergessen habe, ist einfach schrecklich.»

«Du hast ihm doch geschriebene, oder?»

«Ja, aber es war nur ein kurzer Brief, in dem ich ihm meine Examensergebnisse mitgeteilt und erzählt habe, daß ich einen Job habe.»

«Er hat sicher verstanden, daß du viel zu tun hattest.»

Eine Weile saßen sie schweigend da. Dann sagte Pippa: «Ich würde gern zu seiner Beerdigung gehen. Wie finden wir heraus, wann die ist?»

«Überlaß das mir», sagte Chris, dankbar dafür, etwas tun zu können.

Der Orkan geriet, soweit es die Medien betraf, schnell in Vergessenheit. Am folgenden Tag, am Montag, dem 20. Oktober – er wurde später als Schwarzer Montag bekannt –, wurden weltweit an den Aktienbörsen Milliardenverluste gemacht. Auch in den Tagen danach stürzten die Aktienkurse weiter ab, und man befürchtete eine Wiederholung des großen Zusammenbruchs nach dem Börsenkrach von 1929.

In den Fernsehnachrichten sah man chaotische Szenen von den Aktienbörsen in New York und London: junge Männer und Frauen, die gleichzeitig in zwei Telefone schrien, während ihre Computerschirme unter dem rasanten Wechsel der Ziffern flimmerten; der Fußboden um sie herum glich einer Müllkippe, übersät mit zusammengeknülltem Papier, leeren Plastikbechern und dem Inhalt überquellender Aschenbecher.

Am Samstag abend bekam Kitty einen Telefonanruf von Pippa. Statt wie befürchtet von George zu sprechen, sagte sie jedoch aufgeregt: «Ich habe gerade mit Mum telefoniert. Hast du von dem ganzen Chaos in der City gehört? Du weißt doch, daß Dominic für eine Handelsbank gearbeitet hat? Am Montag abend sind er und ein paar seiner Kollegen nach der Arbeit in eine Weinbar gegangen und haben sich furchtbar betrunken. Und anschließend haben sie die Bar demoliert, stell dir vor.»

«Ach herrje. Was ist passiert?»

«Das kann anscheinend niemand so genau sagen, nicht einmal Dominic, der sich an gar nichts mehr erinnert, nur daß er am nächsten Morgen in einer Polizeizelle aufgewacht ist. Seine Entschuldigung ist, daß irgend jemand eine beleidigende Bemerkung über Suzi gemacht hätte. Tja, es hat jedenfalls eine Schlägerei gegeben, und Dominic und einige andere wurden wegen Trunkenheit und Unruhestiftung verhaftet. Er durfte ein Telefongespräch führen, aber die einzige Nummer, die ihm einfiel, war die von Dulwich, also rief er Dad an, der bereits total am Boden war, weil er an dem Tag eine Menge Geld in Aktien verloren hatte. Überflüssig zu sagen, daß Dad fuchsteufelswild ist, weil Dominic Schande und Skandal über die Familie gebracht hat. Denn Dominic mußte vor Gericht und hat eine Geldstrafe bekommen. Als er dann gestern wieder zur Arbeit ging, haben sie ihn gefeuert. Und als krönenden Höhepunkt sozusagen fand er zu Hause eine Notiz von Suzi vor, die ihm schrieb, daß sie ihn wegen eines Filmproduzenten verläßt.»

«Ach, das tut mir leid. Armer Dominic. Und was will er jetzt machen?»

«Oh, der wird bestimmt im Handumdrehen wieder einen neuen Job finden. Und ich glaube, daß er seinen Porsche eingebüßt hat, macht ihm mehr zu schaffen als die Sache mit Suzi.» Pippa hielt inne. «Aber eigentlich rufe ich wegen etwas anderem an. Ich weiß nicht, ob du es in den Nachrichten gehört hast, aber Gawaine de Vere ist tot. Seine Beerdigung ist am Mittwoch. Chris und ich fahren hin, und wir dachten, wir könnten anschließend kurz bei dir vorbeikommen. Bist du zu Hause?»

«Ähm, ja, aber –»

Weiter kam Kitty nicht, denn Pippa unterbrach sie und sagte: «Bleib dran, Kiki, Chris ruft mir aus der Küche irgend etwas zu.»

Am anderen Ende der Leitung konnte Kitty Chris' Stimme hören, die etwas Unverständliches sagte. Pippa rief ihm zu: «Ich komme gleich.» Dann wandte sie sich wieder an Kitty. «Tut mir leid, ich muß Schluß machen. Wir haben Chris' Boß und seine Frau zum Abendessen eingeladen, und die Blätterteigpasteten, die ich in den Ofen geschoben habe, sind gerade in Rauch aufgegangen. Also sehen wir uns Mittwoch nachmittag, wenn dir das paßt?»

«Ja», sagte Kitty schwach. «Wir sehen uns am Mittwoch.»

Am folgenden Dienstag kam Adam gerade rechtzeitig zum Tee in Rose Cottage an. Nachdem sie sich eine Weile über die Sturmschäden, den Börsensturz und Dominics Unglück unterhalten hatten, nahm Adam die Brille ab und putzte sie mit seinem Taschentuch, ein sicheres Zeichen dafür, daß er etwas Ernstes zu sagen hatte.

«Tja, also wegen morgen», begann er.

Kitty nickte und war froh darüber, daß sie endlich auf das Problem zu sprechen kommen konnte, das sie beschäftigte, seit sie von Georges Tod erfahren hatte. «Bevor du weitersprichst, glaube ich, solltest du wissen, daß Pippa auch zur Beerdigung kommen wird.»

Er stieß einen leisen Seufzer aus. «Ich habe lange darüber nachgedacht, wie ich dieses Thema anschneiden soll. Ich wußte nicht, ob du wußtest, daß die beiden sich kannten.»

«Ja, ich wußte es schon ziemlich lange. Aber Pippa weiß überhaupt nichts von unserer Ehe. Sie hat nicht die leiseste Ahnung, daß George und ich Mann und Frau sind – oder waren.» Dann runzelte sie die Stirn. «Aber wie kommt es, daß du über Pippa und George Bescheid weißt?»

«George hat es mir erzählt. Vor einigen Monaten hat er mir geschrieben und mich gebeten, ihn aufzusuchen.» Adam setzte die Brille wieder auf. «Was ich jetzt tue, ist ein Verstoß gegen das Berufsgeheimnis, aber ich glaube, daß du vorgewarnt sein solltest. George hat mich nach Yondover eingeladen, weil er ein neues Testament machen wollte.»

Natürlich hatte sie sich gefragt, was jetzt, da George tot war, aus Yondover werden würde. Sie ging davon aus, daß er sie selbst schon vor langer Zeit enterbt hatte, und akzeptierte, daß sie jedes Recht auf Yondover verwirkt hatte, als sie mit Leo davongelaufen war.

«In diesem neuen Testament hat George das ganze Land, das zu Yondover gehört, dem National Trust, einer Stiftung, überschrieben. Aber das Haus und die Gärten hat er Pippa vermacht.»

«Pippa …?»

Beinahe jede andere Möglichkeit hatte sie erwogen, aber daß er Yondover Pippa hinterlassen haben könnte, war ihr nie in den Sinn gekommen.

«Als seine Witwe», fuhr Adam fort, «bist du berechtigt, sein Testament anzufechten, obwohl ich nicht in der Lage wäre, als dein Anwalt zu fungieren.»

Sie schüttelte energisch den Kopf. «Daran würde ich nicht im Traum denken. Ich wüßte niemanden, den ich lieber auf Yondover sähe als Pippa.»

«Hm …» Adam legte die Fingerspitzen aneinander und betrachtete sie eingehend. «George war sich immer sicher, daß Sebastian sein Sohn war. Er hielt Pippa für seine Enkelin …» Noch immer ohne sie anzusehen, fuhr er fort: «Kitty, ich habe dich noch nie danach gefragt, und der einzige Grund, warum ich dich jetzt frage, ist der, daß ich befürchte, daß man dir eben diese Frage schon bald von anderer Seite stellen wird: Wer war Sebastians Vater?»

Tabitha sprang auf Kittys Schoß, und geistesabwesend strich sie über das seidige Fell der Katze. Wessen Sohn war Sebastian? Seit seiner Geburt hatte sie versucht, sich einzureden, daß es Leo sei, aber wenn sie ehrlich mit sich selbst war, wußte sie, daß kein Brunnen-Blut in Sebastians Venen fließen konnte. Sebastian war die leibhaftige Verkörperung von Reverend Thurston Fellowes und dem alten Samuel Lambourne, genauso wie Pippa ihr künstlerisches Talent nur von West und George geerbt haben konnte – oder vielleicht von ihr, Kitty.

«Es klingt schrecklich, aber ich weiß es nicht.» Dann fuhr sie mit einem kleinen Lächeln fort: «Ich habe einmal ein spanisches Sprichwort gehört: *Yo soy yo y mis circunstancias*. Ich bin ich und meine Lebensumstände. Ich glaube, das gilt ganz besonders für Sebastian. Er ist einfach er selbst …»

Adam nickte nachdenklich. «Das gilt wahrscheinlich für uns alle. Ich bin weder nach meinem Vater noch nach meiner Mutter geschlagen – du übrigens auch nicht. Und sieh dir nur Elliott an …» Er verfiel in Schweigen, griff dann in die Brusttasche seines Jacketts und zog sein Zigarrenetui heraus. «Hast du etwas dagegen, wenn ich rauche?»

«Natürlich nicht. Ich habe den Geruch von Zigarren- und Pfeifentabak schon immer geliebt.»

«Ich muß gestehen, ich war sehr überrascht, als George mir erzählte, daß er Pippa kennengelernt habe. Anscheinend ist sie über seine alten Fotos gestolpert und hat ihm dann geschrieben. Weißt du irgend etwas darüber?»

«Und ob ...»

Sie schenkte Tee nach und erzählte Adam die ganze Geschichte von Edith Spencers Fotoalbum, ihrem Sturz im Garten, Pippas erstem Besuch in Kipwell und ihrer Entdeckung der «verzauberten» Bücher, die sie anschließend nach Bergsee geführt hatten. Und während sie von alledem berichtete und endlich in der Lage war, die Last mit einem anderen zu teilen, verspürte sie ein schier überwältigendes Gefühl der Erleichterung.

«Was für eine ungewöhnliche Verkettung von Zufällen», rief Adam, als sie geendet hatte. «Du mußt einige bange Momente erlebt haben.»

«Es war ziemlich nervenaufreibend», gab sie zu.

«Warum hast du nie etwas gesagt?»

«Wozu?»

«Geteilte Sorgen, halbe Sorgen. Dafür sind Freunde da, Kitty.»

«Da bin ich nicht deiner Meinung. Ich finde, man sollte seine Freude teilen und seine Sorgen für sich behalten.»

Adam warf ihr einen Blick zu, der sowohl vorwurfsvoll wie bewundernd war. «Ist dir je in den Sinn gekommen, daß du deine Unabhängigkeit ein bißchen zu weit treibst?»

«Weißt du, das fasse ich als Kompliment auf.»

Er lächelte. «Nun ja, zurück zu Pippa ... Nachdem wir klargestellt haben, daß du das Testament nicht anfechten wirst – nicht, daß ich das je angenommen hätte –, werde ich die Regeln juristischer Konventionen noch weiter brechen, indem ich dir erkläre, welche Probleme mit ihrem Erbe verbunden sind. Weißt du, soweit es Pippa betrifft, könnte Yondover sich sehr wohl als Mühlstein erweisen. Und Pippa wird zusammen mit Yondover auch die Verantwortung für Millie und Ted Gurney erben. Mit dürren Worten: Sie gehören zum Haus dazu und haben das Recht, dort bis zu ihrem Tod kostenlos zu leben.»

Das war eine Geste, wie sie Wests würdig gewesen wäre ...

«Hat Pippa dir von Yondover erzählt? Weißt du, daß George es ziemlich verkommen ließ? Da ich mich noch gut daran erinnern konnte, wie es zu Wests Zeiten ausgesehen hat, war ich sehr schockiert, als ich neulich da war. George sagte, daß er und die Gurneys an Haus und Garten in letzter Zeit ein wenig Hand angelegt hätten, aber das war sehr oberflächlich ...»

«Ich habe ein paar Bilder gesehen, die Pippa gemacht hat. Und seit dem Orkan, nehme ich an, sieht es noch schlimmer aus.»

«Ja, sicher.» Adam holte Luft. «Seit Georges Tod habe ich mich ein wenig um seine Angelegenheiten gekümmert, um festzustellen, woraus sein Besitz eigentlich besteht. Und das ist jämmerlich wenig. Er kann nur noch das Allernotwendigste zum Leben gehabt haben. Abgesehen von Yondover belaufen sich seine Vermögenswerte auf ein paar hundert Pfund bei der Bank und ein paar Aktien, die seit dem Schwarzen Montag so gut wie wertlos sind. Außerdem war Yondover nicht versichert, so daß man das Geld für die Behebung der Sturmschäden irgendwo anders auftreiben muß.»

Er hielt inne. «Natürlich wußte ich all das noch nicht, als ich sein neues Testament aufsetzte. Sonst hätte ich darauf bestanden, daß er ganz andere Verfügungen trifft. Wie die Dinge liegen, hat Pippa kein Geld für Reparaturen, und wenn sie das Haus verkaufen will, wird sie kaum einen Käufer finden, vor allem mit zwei Bewohnern, die Wohnrecht auf Lebenszeit genießen. Du verstehst also, was ich mit dem Mühlstein meine?»

«Wenn Yondover zu verkaufen wäre», stellte Kitty fest, «würde ich es kaufen.»

Er lehnte sich auf seinem Stuhl zurück. «Meinst du das ernst?»

«Natürlich. Du weißt doch, wie ich zu Yondover stehe. Ich könnte es nicht in fremde Hände fallen lassen.»

«Ich will mich ja nicht in deine Angelegenheiten mischen, aber hast du so viel Geld, daß du Yondover instand setzen und unterhalten könntest?»

Statt einer Antwort auf seine Frage sagte sie: «In der Speisekammer steht eine Flasche Rotwein. Der junge Mann aus der Weinhandlung hat mir versichert, es sei ein guter, also hoffen wir mal, daß er recht hatte. Wenn du so lieb bist, ihn zu öffnen und uns beiden ein Glas einzuschenken, hole ich ein paar Unterlagen, die ich dir gern zeigen möchte.»

Letzte Woche hatte sie William John angerufen und gefragt: «Wenn ich Rose Cottage verkaufe, könnte ich mir dann den Erwerb eines anderen, viel größeren Hauses leisten?»

Ihr Steuerberater hatte nur gelacht. «Meine liebe Kitty, wie viele Häuser möchten Sie denn gern kaufen …?»

Der Umschlag, den der gute William ihr als Reaktion auf ihren Anruf geschickt hatte, lag im Sekretär im Wohnzimmer. Er enthielt den Jahresabschluß des vergangenen Jahres und einen Überblick über ihre Vermögenswerte. In Anbetracht der jüngsten Ereignisse, hatte William in seinem Begleitschreiben bemerkt, sei es ein Glück, daß sie der Versuchung widerstanden hätte, ein wenig wagemutiger mit ihren Investitionen zu sein. Ihre Ersparnisse mochten zwar nicht ganz so viel abgeworfen haben, wie es der Fall gewesen wäre, wenn sie in Aktien und Wertpapiere investiert hätte, aber zumindest hatten sie keinen Schaden erlitten.

Als sie wieder in der Küche war, gab sie Adam den Umschlag. Er sah sich die Ziffern flüchtig an. «Meinen Glückwunsch, Kitty. Ich hatte ja keine Ahnung, daß die Schriftstellerei so ein einträgliches Geschäft ist.»

«Ja, ich muß gestehen, daß ich auch sehr überrascht war. Ich scheine mit den ‹verzauberten Büchern› wirklich viel Geld verdient zu haben. Und ich habe immer nur wenig ausgegeben. Du weißt ja, wie einfach ich lebe ...»

Er legte die Papiere auf den Tisch und prostete ihr zu. «Und jetzt erzähl, was du vorhast.»

«Das liegt doch auf der Hand, oder? Bis zu diesem Abend habe ich angenommen, daß Yondover verkauft werden würde, und ich hatte die Absicht, es zu kaufen. Aber jetzt liegen die Dinge anders. Da du auch mein Testament aufgesetzt hast, weißt du ja, daß mein Vermögen nach meinem Tod zu gleichen Teilen an Dominic und Pippa geht. Nun, was mir jetzt vorschwebt, ist, daß ich Pippa ihren Anteil früher gebe, damit sie es sich leisten kann, Yondover zu behalten. Ich nehme an, es gibt keinen Grund, der mich daran hindern könnte?»

«Aber überhaupt keinen. Im Gegenteil, steuermäßig wäre das sogar sehr günstig.»

«O Adam! Ich schere mich nicht im geringsten um irgendwelche Steuermätzchen! Worum es mir geht, ist Yondover.»

Er zwinkerte ihr zu, und sie mußte plötzlich daran denken, wie er als junger Mann ausgesehen hatte. «Wenn ich vorher von deinem Spargroschen gewußt hätte, hätte ich ernsthaft daran gedacht, Eve zu verlassen. Ich fand es immer schon sehr reizvoll, mich von einer reichen Frau aushalten zu lassen.»

«Und ich habe immer geglaubt, du liebtest mich um meiner selbst willen.»

«Tu ich auch», erwiderte Adam, plötzlich wieder ernst. «Und ich werde dich immer lieben. Aber ich habe bis heute gebraucht, um zu begreifen, daß mein wahrer Rivale nie ein anderer Mann gewesen ist. Es hat nur eine einzige wahre Liebe in deinem Leben gegeben ...»

Indem ich West verließ, konnte ich ihm die eine wahre, dauerhafte Liebe seines Lebens zurückgeben, eine Liebe, die ihn nie im Stich lassen würde – Yondover, hatte Marion McDonnell vor so vielen Jahren gesagt. Für Kitty galt dasselbe.

Und West selbst hatte gesagt: *Aber da war Yondover. Und ich liebte Yondover ... Ich beschloß, mein Erbe für schöne Dinge zu verwenden – für Bilder und Musik, Blumen und Bäume. Geld ist wie ein Strom, Kitty. Man sollte nicht zulassen, daß es stillsteht oder nur benutzt wird, um immer mehr Geld zu machen. Man sollte es fließen lassen – und Schönheit schaffen ...*

Adam hatte natürlich recht.

28

Kipwell bot einen traurigen Anblick. Die schmale Straße, die zum Dorf führte, war geräumt worden, aber am Rand lagen noch immer entwurzelte Bäume und abgerissene Zweige. Kipwell Grange, das Pippa noch nie zuvor gesehen hatte, war plötzlich neugierigen Blicken preisgegeben, die Bäume, die es bisher verborgen hatten, vom Sturm geknickt. Die Wälder, die zu Yondover gehörten, waren hinter den Stacheldrahtzäunen mit ihren Warnschildern dem Erdboden gleichgemacht. Auf dem Kirchhof war der Stamm einer gewaltigen Eibe bis zu ihren Wurzeln hinunter gespalten, so daß sie quer über dem Rasen und den Grabsteinen lag.

Chris parkte den Wagen wie gewohnt neben dem verschlossenen Tor. Dann gingen sie, nach einem flüchtigen Blick in Richtung Yondover, durch eine kleine Gruppe neugieriger Zuschauer, die sich neben dem Friedhofstor versammelt hatten, zur Kirche.

Hinter dem Portal standen Millie und Ted. Millie trug einen formlosen dunkelbraunen Mantel und einen wollenen Hut, während Ted einen Regenmantel und eine flache Mütze übergezogen hatte. Ted machte ein finsteres Gesicht, aber über Millies Züge huschte ein kleines, dankbares Lächeln, als sie Pippa und Chris sah.

«Oh, ich bin ja so froh, daß Sie gekommen sind», sagte sie. «Wir haben eine schreckliche Zeit hinter uns, das kann ich Ihnen sagen. Es war so ein Schock.»

«Bitte erzählen Sie, wie es geschehen ist», bat Pippa. «Wie ist Mr. George gestorben?»

Millie holte zu einer ausführlichen Beschreibung aus, wie sie am Morgen des Orkans von dem Wind geweckt worden war und, nachdem sie eine Kanne Tee gekocht hatte, eine Tasse in Mr. Georges Zimmer hinaufgebracht und sein Bett leer gefunden hatte.

«Ted und ich haben überall im Haus nach Mr. George gesucht. Sobald es hell war und keine Trümmer mehr durch die Luft flogen, sind wir rausgegangen. Gütiger Gott, Miss, so was haben Sie noch nie gesehen. Ein Baum war auf die Ställe gestürzt und hat das Dach der Dachkammer zerschmettert. Wir dachten, daß er da vielleicht drin wäre. War er aber nicht. Wir haben den gesamten Besitz abgesucht. Ich kann Ihnen sagen, ich hatte schreckliche Angst. Dann haben wir ihn schließlich im Wald gefunden. Eine große Eiche war auf ihn gestürzt. Ted ist runter ins Dorf gelaufen. Man konnte natürlich keinen Krankenwagen da rauffahren, also haben sie ihn in einem Hubschrauber weggebracht ...»

Chris unterbrach sie. «Ich glaube, es ist langsam Zeit, hineinzugehen.»

Sie hatten in der ersten Bank Platz genommen, als die Kirchentür sich knarrend öffnete. Alle drehten sich um, und zu Pippas maßlosem Erstaunen kamen ihre Großmutter und Onkel Adam den Gang herunter.

Für Fragen blieb keine Zeit mehr. Kitty und Adam hatten kaum ein paar Reihen hinter ihnen Platz genommen, als die Tür sich wieder öffnete und der Pfarrer mit den Sargträgern eintrat.

«Ich bin die Auferstehung und das Leben ...», begann der Pfarrer.

Das einzige, was Pippa einfiel, war, daß ihre Großmutter gekommen war, um ihr moralischen Beistand zu leisten. Aber warum sollte Onkel Adam sie begleiten?

«Der Herr hat's gegeben, und der Herr hat's genommen ...» Es folgten ein gesprochener Psalm, eine Kollekte und Gebete, und dann bat der Pfarrer die Gemeinde, sich zu setzen. Er blickte über Pippas Kopf hinweg zu der Reihe, in der Kitty und Adam saßen. Er nahm Platz, und Adam trat an seine Stelle.

«Es sind jetzt genau einundsechzig Jahre her, seit ich George kennenlernte», sagte Adam. «Im Herbst 1926 gingen wir beide nach Oxford und waren Zimmergenossen. George war ein sehr scheuer junger Mann ...»

Pippa starrte ihn ungläubig an. Er hatte Gawaine de Vere gekannt, seit sie zusammen auf der Universität waren?

«Georges Kindheit war überschattet von dem tragischen Tod seiner Eltern, als er erst sieben Jahre alt war. Er wuchs bei seiner Großmutter auf, die in Schottland lebte, verbrachte aber häufig seine Ferien bei seinem Großvater auf Yondover. Manchmal habe ich ihn begleitet, und noch immer besitze ich lebhafte Erinnerungen an glückliche, sonnendurchflutete Tage auf den South Downs. George war seit seiner Jugend leidenschaftlicher Fotograf gewesen, und sein Großvater hat ihn darin ermutigt ...»

Die ganze Zeit, während sie versucht hatte, mehr über Gawaine de Vere herauszufinden, hätte Adam ihr Antwort auf all ihre Fragen geben können.

«Georges Karriere erreichte ihren Gipfel wahrscheinlich kurz vor dem Krieg, obwohl es keinen Zweifel gibt, daß einige der Bilder, die er während des Krieges aufnahm, Meisterwerke sind. Er war ein sehr empfindsamer Mensch, und die Kriegserfahrungen haben ihn seelisch verwundet zurückgelassen. Als der Krieg vorüber war, kehrte er nach Yondover zurück. Aber seine Schlachten waren noch lange nicht vorüber ...»

Adam kam kurz auf Georges Schwierigkeiten mit den Hochspannungsmasten und der Umgehungsstraße zu sprechen. «Danach», fuhr er fort, «wurde er zu einem völligen Einsiedler. Unsere Freundschaft hatte weiter Bestand, aber sie beschränkte sich auf Briefe. Bis er mich vor zwei Monaten nach Yondover bat ...»

Seine Augen ruhten nun auf Pippa. «Damals erzählte er mir auch von Pippas Brief an ihn und den darauffolgenden Besuchen.» Er griff in seine Tasche und holte einen Bogen Papier hervor. «Nach unserem Gespräch habe ich mir seine Worte notiert. Er sagte: ‹Bis Pippa nach Yondover kam, hatte ich das Gefühl, als sei das Haus nur eine leere Ruine und wir drei nichts als Geister. Pippa hat uns alle wieder zum Leben erweckt. Jetzt kann ich ohne Bedauern sterben, denn dadurch, daß ich Pippa kennengelernt habe, weiß ich, daß mein Leben nicht umsonst war.›»

Pippa spürte das Brennen der Tränen in ihren Augen, und in ihrer Kehle bildete sich ein großer, schmerzender Kloß. Sie umklammerte Chris' Hand, und er drückte sie kurz an sich.

Adam kehrte in seine Reihe zurück, und der Pfarrer wandte sich abermals an die kleine Trauergemeinde. «Wenn jemand stirbt, ist es nur natürlich, daß die Menschen, die zurückbleiben, sich schuldig fühlen wegen der Dinge, die sie ungetan ließen, und der Gefühle, die unausgedrückt blieben. Wir haben Angst, daß der Mensch, den wir liebten, vielleicht nicht wußte, wie groß unsere Zuneigung für ihn war. Auf George Gawaine de Vere, der menschlichen Kontakt mied, mag dies besonders zutreffen. Daher schlage ich vor, daß wir ein paar Augenblicke Schweigen walten lassen, während wir alle ihm im Herzen die Worte sagen, die auszusprechen wir keine Gelegenheit hatten. Und weil sein Geist noch immer bei uns weilt, können wir das in der sicheren Hoffnung tun, daß er uns hören wird …»

«Lieber Mr. George», dachte Pippa mit gesenktem Kopf und geschlossenen Augen, während sie Gawaine de Vere so vor sich sah wie auf dem Porträt, das sie von ihm gemacht hatte. «Es tut mir leid, daß ich Sie nach meinem Examen nicht noch einmal besucht habe. Aber ich habe sehr oft an Sie gedacht und werde weiter an Sie denken und mich bis an mein Lebensende an Sie erinnern.

Vor allem möchte ich mich aber bei Ihnen bedanken für die vielen Dinge, die Sie mir beigebracht haben. Ich habe so viel von Ihnen gelernt, wahrscheinlich mehr, als mir im Augenblick klar ist. Und ich verspreche, daß ich so hart wie möglich arbeiten werde, um eine Fotografin zu werden, auf die Sie stolz gewesen wären …»

Die Tränen, die Pippa mit solcher Mühe während des Gottesdienstes zurückgehalten hatte, brachen sich während der Beerdigung Bahn. Die Worte des Pfarrers: «Erde zu Erde, Asche zu Asche, Staub zu Staub» und der Anblick von Gawaine de Veres Sarg, der auf dem verlassenen Friedhof mit seiner gespaltenen Eibe in das Grab gelassen wurde, erfüllten sie mit einem bis dahin ungekannten Gefühl für die absolute Endgültigkeit des Todes.

Als die Zeremonie vorüber war, gingen die anderen ins

Pfarrhaus, aber Pippa war zu durcheinander, um auch nur den Gedanken an Konversation ertragen zu können. Chris hatte ihr den Arm um die Schultern gelegt, und sie gingen langsam über den Friedhof. «Es ist mir nie in den Sinn gekommen, daß meine Freundschaft ihm so viel bedeutet hat», stieß sie schluchzend hervor. «O Chris, ich fühle mich so schrecklich, so schuldig. Ich wünschte so sehr, ich hätte ihn noch einmal gesehen, bevor er starb. Und das schlimmste ist, daß ich, seit er tot ist, einfach weitergemacht habe, als wäre nichts passiert.»

«Aber so ist es doch immer», tröstete Chris sie. «Das Leben muß weitergehen.»

«Ich bin gestern nach der Arbeit sogar mit Tim und Nick in einen Pub gegangen. Wir haben gelacht und Witze gemacht. Und die ganze Zeit über ...»

«Er hätte verstanden», versicherte Chris ihr.

Schließlich hatte sie sich so weit erholt, daß sie den anderen wieder gegenübertreten konnte. Doch auch von ihnen schien keiner in Stimmung für Gespräche zu sein. Ted starrte finster aus dem Fenster, offensichtlich tief in seine eigenen Gedanken verstrickt. Kitty unternahm keinen Versuch, ihre Anwesenheit zu erklären.

Wären nicht der Pfarrer und Adam gewesen, hätte vielleicht überhaupt niemand ein Wort gesagt. So aber führten die beiden Männer eine Art Dialog, in dem es vorwiegend um den Schaden ging, den der Sturm angerichtet hatte.

Nach etwa einer halben Stunde entschuldigte der Pfarrer sich mit der Erklärung, daß er noch ein älteres Gemeindemitglied besuchen müsse. Millie und Ted wollten nach Yondover zurück, und Adam begleitete sie aus dem Haus. Am Tor unterhielten sie sich noch eine Weile, dann machten sich Mutter und Sohn auf den Weg den Hügel hinauf, während Adam zu seinem Wagen ging und mit einer Aktentasche zurückkehrte.

Im Wohnzimmer des Pfarrhauses putzte sich Adam zuerst die Brille, öffnete dann die Aktentasche und nahm ein Dokument heraus, das von einem dünnen grünen Band zusammengehalten wurde. «Das ist Georges Testament», sagte er. «Es stammt vom 18. August 1987, der letzten Gelegenheit, bei der ich ihn gesehen habe. Ich werde nicht den gesamten Inhalt verlesen. Ich habe Kopien anfertigen lassen, damit ihr es später selbst lesen könnt.»

Er räusperte sich. «George trifft folgende Verfügungen. ‹Philippa Devere, die ich für meine Enkelin halte, vermache ich das Haus in Kipwell im County Sussex, das unter dem Namen Yondover bekannt ist …›»

Pippa öffnete den Mund, brachte aber keinen Laut hervor. Sie mußte sich verhört haben. Gewiß hatte sie Adam nicht richtig verstanden. *Meine Enkelin … das Haus, das unter dem Namen Yondover bekannt ist …*

Adam las weiter. Es kam noch eine Passage über den National Trust, dann eine komplizierte Regelung bezüglich Millie und Ted, aber Pippa konnte alledem nicht folgen, da sie immer noch krampfhaft versuchte, die Bedeutung der ersten Worte zu verstehen … *die ich für meine Enkelin halte …*

Adam legte das Testament auf seine Armlehne. «Herzlichen Glückwunsch, Pippa.»

Sie schüttelte den Kopf. «Ich verstehe nicht …»

«Yondover gehört jetzt dir», erwiderte Adam freundlich.

Sie war noch immer aufgewühlt von der qualvollen

Beerdigungszeremonie. Nun kam zu den Schuldgefühlen und der Trauer noch dieser zusätzliche Schock – sie brach in Weinen aus.

Sie spürte, wie Chris von der einen Seite ihr tröstend einen Arm um die Schulter legte und wie Kitty von der anderen Seite ihre Hand ergriff und murmelte: «Liebste Pippa. O Pippa ...»

Schließlich versiegte ihr Tränenstrom. Sie nahm das Taschentuch, das Chris ihr gab, und putzte sich die Nase. «Was meinte er damit, er halte mich für seine Enkelin? Das hat er doch gesagt oder?»

Kitty nickte. «Ich schulde dir eine Erklärung, die schon lange überfällig ist.» Ihre Stimme bebte, und plötzlich bemerkte Pippa, daß die Hand, die noch immer die ihre festhielt, noch mehr zitterte als ihre eigene.

«Als ich ein junges Mädchen war», begann Kitty, «war mein Vater hier in Kipwell Pfarrer. Ich habe in eben diesem Haus gelebt. Schon bald habe ich mich mit dem damaligen Besitzer von Yondover angefreundet, einem sehr lieben alten Mann namens West. Ich glaubte seinen Enkelsohn George zu lieben. Wir heirateten ...»

Sie starrte in das Kaminfeuer, als blicke sie zurück in vergangene Jahre, in jene Zeit, in der die Flamme der Liebe in ihrem Herzen gelodert hatte.

«Es war ein Fehler. Ich hatte mir ein Bild von George gemacht, das nichts mit der Wirklichkeit zu tun hatte. Wir waren sehr unglücklich. Und dann begegnete ich der wahren Liebe meines Lebens. Leo ...»

Sebastian hörte sich Philippas Bericht mit einer Mischung aus Ungläubigkeit, Argwohn und Zorn an. Irgend etwas stimmte da nicht. Er war davon überzeugt, daß sie ihm nicht die ganze Wahrheit sagte. Er war ein Mann: Er wußte, wie der männliche Verstand funktionierte; und er war sicher, daß kein Mann, wie exzentrisch er auch sein mochte, seinen Besitz einer jungen Frau hinterließ, nur weil sie – wenn man Pippa glauben durfte – zufällig denselben Namen hatten und sich beide für Fotografie interessierten.

Bis zu diesem Augenblick hatte er das Fotoalbum und Philippas Versuch, Gawaine de Vere kennenzulernen, völlig vergessen. Aber jetzt fielen ihm diese ziemlich geschmacklosen Bilder von nackten Frauen in ungewöhnlichen Posen zwischen Bäumen und Seerosen wieder ein. Und da war diese Sache mit den Leuten, auf die er geschossen hatte, nur weil sie sein Land betreten hatten. Er erinnerte sich jetzt auch wieder daran, daß er Philippa ausdrücklich verboten hatte, Kontakt zu diesem Wahnsinnigen aufzunehmen. Und sie hatte ihm nicht gehorcht.

Es war ihm schrecklich, das Schlimmste von seiner eigenen Tochter zu denken, aber unter den gegebenen Umständen fiel es ihm schwer, das nicht zu tun. Das war jetzt das dritte Mal, daß sie ihn hintergangen hatte: das erste Mal, als sie auf hinterhältige Art und Weise ihren Urlaub mit Chris geplant hatte; dann hatte sie ihm die Tatsache verschwiegen, daß Chris verheiratet war – und jetzt Gawaine de Vere. Wenn sie zu solchen Täuschungen fähig war, war sie auch zu anderem fähig.

Vielleicht hatte Pippa für Gawaine de Vere Modell gestanden. Diese schreckliche Freundin von Dominic hatte sie möglicherweise beeinflußt. Nach dem Fiasko der Weihnachtsfeier hatte Elliott eine perverse Freude daran gefunden, ihm Fotos von Suzi in Männermagazinen zu zeigen, die nichts der Phantasie überließen.

Weil Philippa in Sünde lebte und sich zu einer Karriere in einer Männerwelt entschlossen hatte, hielt sie sich für emanzipiert, aber sie war trotzdem immer noch sehr leichtgläubig. Und ihr schien gar nicht klar zu sein, wie attraktiv sie war. Einem gerissenen alten Mann würde es wahrscheinlich nicht schwerfallen, ihr Vertrauen zu gewinnen und sie dazu zu überreden, sich auszuziehen, wenn sie glaubte, es im Dienste der Kunst zu tun. Ja, etwas in der Art mußte es gewesen sein.

Aber wo kam Chris ins Spiel? Es war ein wenig schwierig, sich vorzustellen, daß er so etwas gebilligt hätte. Auf der anderen Seite waren die jungen Männer heutzutage ganz anders als in seiner Jugend. Dominic hatte nichts dagegen einzuwenden gehabt, daß Suzi sich so freizügig entblößte. Und Chris war geschieden: Das machte einen gehörigen Unterschied. Obwohl Dominic gesagt hatte, daß Chris' Frau mit einem anderen Mann auf und davon gegangen war, traf die Schuld bei einer Scheidung doch für gewöhnlich beide Seiten. Man brauchte ja nur an Elliott zu denken ...

War es möglich, daß Chris damit einverstanden gewesen wäre, daß Philippa sich vor Gawaine de Veres Kamera produzierte? Wenn man ihm einen ausreichend saftigen Köder hinhielt, wenn er gewußt hatte, daß sie eine Chance hatte, das Vermögen des alten Mannes zu erben ...?

Er hätte entschlossener sein müssen und nicht zulassen dürfen, daß Valerie und Dominic ihn gegen besseres Wissen überstimmten. Wenn Philippa im letzten Jahr weiterhin zu Hause gelebt hätte, wäre nichts von alledem geschehen ...

«‹Yondover› ist so ein hübscher Name für ein Haus»,

murmelte Valerie und riß ihn aus seinen finsteren Überlegungen. «Ich würde es schrecklich gern mal sehen. Es klingt so wehmütig, so romantisch.»

«Das ist es auch», versicherte Philippa ihr. «Na ja, das war es jedenfalls vor dem Orkan. Nach der Beerdigung sind Chris und ich hinaufgegangen. Es war so traurig.»

Sebastian sah das junge Paar an, das auf der anderen Seite des Zimmers nebeneinander auf dem Sofa saß. «Laß mich mal einen Blick auf das Testament werfen.»

«Tut mir leid», erwiderte Philippa kühl. «Das habe ich nicht mitgebracht.»

Dieser Unterlassung lag, davon war Sebastian überzeugt, Vorsatz zugrunde. Die Haltung seiner Tochter hatte etwas Störrisches, und in ihren Augen lag unverkennbarer Trotz.

«In diesem Fall werde ich die Sache mit Onkel Adam besprechen», sagte er.

Da Adam und Eve ziemlich regelmäßig nach London kamen und dann bei Elliott wohnten, hatte Sebastian gehofft, eine Fahrt nach Puddles vermeiden zu können. Seine Hoffnung wurde jedoch schnell zunichte gemacht. Adam hatte ihm am Telefon erklärt, daß es Eve nicht besonders gutgehe, während er selbst unter einem leichten Ischiasanfall leide. Und nein, er zöge es vor, Pippas Erbe nicht am Telefon zu besprechen. Wenn Sebastian wirklich darüber reden wollte, mußte er ins «Hügelhaus» kommen.

Als die Kinder klein waren, hatte Valerie sie manchmal zu Adam und Eve gebracht, genauso wie sie darauf bestanden hatte, sie gelegentlich zu seiner Mutter nach Arundel zu bringen. Aber es war so lange her, seit Sebastian selbst in Puddles gewesen war, daß er sich die Strecke noch einmal ansehen mußte, bevor er losfuhr.

Das «Hügelhaus» schien ihm größer, als er es in Erinnerung hatte, viel zu groß für zwei Menschen. Wie viele Schlafzimmer gab es doch gleich dort? Fünf, sechs? Was für einen Sinn hatte es, daß ein im Ruhestand lebendes Ehepaar in einem Haus von dieser Größe lebte? Er an Adams Stelle hätte es gleich nach seiner Pensionierung verkauft.

Wenn er und Eve allerdings starben und Elliott erbte …

Dieser Gedanke erinnerte ihn wieder an den Zweck seines Besuchs. Er parkte vor dem Haus, drückte einmal kurz auf die Hupe, um seine Ankunft kundzutun, und stellte den Motor ab.

Die Tür öffnete sich, und ein großer Hund sprang mit drohendem Gebell auf ihn zu. In diesen Zeiten war es wahrscheinlich dringend nötig, einen Wachhund zu haben, wenn man auf dem Land lebte.

Adam erschien in der Tür, hob grüßend die Hand und rief: «Bertie! Komm her!» Sobald er das Halsband des Tieres zu fassen bekommen hatte, stieg Sebastian aus dem Range Rover.

«Du bist früh dran», sagte Adam und ging voran in die Bibliothek, wo im Kamin ein schönes Feuer brannte. «Mach's dir bequem. Was möchtest du trinken? Kaffee? Oder kann ich dich mit etwas Stärkerem in Versuchung führen?»

«Nein, ich halte mich lieber an Kaffee. Ich kann nicht lange bleiben. Und du weißt ja, wie die Polizei heutzutage zu Alkohol am Steuer steht.»

«Ja, natürlich.»

Wäre er weniger mit seinen eigenen Gedanken beschäftigt gewesen, hätte Sebastian vielleicht den seltsamen Ausdruck in Adams Augen bemerkt, bevor dieser den Raum verließ. Aber er war ganz damit beschäftigt, die Möbel zu taxieren. Die Bibliothek war in seiner Kindheit verbotenes Terrain gewesen, und jetzt wurde ihm klar, daß hier ein paar sehr schöne Stücke standen. Die Sessel zu beiden Seiten des Kamins mußten Hepplewhite sein, und dasselbe galt, wenn er sich nicht irrte, für den Tisch. Wenn er wieder ins Büro kam, mußte er feststellen, ob Elliott Adam nicht überreden konnte, sich von einem Teil dieser Sachen zu trennen ...

Adam kehrte mit einem Glas Scotch on the Rocks und einer Tasse Kaffee zurück.

«Prost. Wenn du deine Meinung ändern solltest, brauchst du nur ein Wort zu sagen.»

Sebastian nickte. «Nun, ich sehe keinen Grund, um den heißen Brei herumzureden. Philippa hat mir von dem Testament erzählt, das dieser de Vere gemacht hat. Wenn ich richtig verstehe, bist du der Testamentsvollstrecker. Und ich will wissen, was dahintersteckt.»

«Er mochte sie», erwiderte Adam einfach.

«Na komm schon. Ich bin doch kein Idiot.»

Adam betrachtete aufmerksam den Inhalt seines Whiskyglases und ließ die bernsteinfarbene Flüssigkeit um die Eiswürfel wirbeln. «Ich würde vorschlagen, du erzählst mir mal, was du denkst.»

Sebastian vertraute Adam. Er war schließlich so etwas wie ein Vater für ihn gewesen. Während der vielen Jahre, die sie sich nun kannten, hatten sie sich noch nie gestritten. Als er klein war, hatte Adam es gelegentlich für richtig gehalten, ihn den Stock spüren zu lassen – aber es war schließlich die Aufgabe eines Vaters, auch hier und da zu strafen. Seit er älter war, hatte Adam jedoch nie mehr irgend etwas, das er tat oder sagte, kritisiert.

Sebastian zuckte die Achseln. «Der Mann lebte völlig alleine, und Pippa schrieb ihm, schwärmte für seine Bilder. Welcher Mann würde sich in dieser Situation nicht geschmeichelt fühlen? Und in Versuchung geführt?»

«Willst du damit sagen, daß etwas – ähm – Ungehöriges zwischen ihnen stattgefunden haben könnte? Nein, Sebastian, ich kann dir versichern, da irrst du dich.»

«Das ist die offensichtliche Schlußfolgerung.»

Adam stellte sein Whiskyglas ab und holte ein Zigarrenetui aus der Brusttasche seines Tweedjacketts. Nachdem er sich seine Zigarre mit einem Fidibus angezündet hatte, blies er eine Rauchwolke aus. Schließlich bemerkte er: «Es ist lange her, seit du das letztemal hiergewesen bist.»

Lag in dieser Bemerkung ein leiser Vorwurf?

«Ich bin ein vielbeschäftigter Mann», erwiderte Sebastian schroff. «Ich habe kaum einmal eine Minute für mich.»

«Ja, ich verstehe. Du hast dir dein eigenes Leben geschaffen. Und ich muß hinzufügen, sehr erfolgreich.» Adam schwieg einen Augenblick. «Ich glaube nicht, daß du je darüber nachgedacht hast, aber Eve und ich hatten ursprünglich auf mehr als ein Kind gehofft. Nach Elliotts Geburt sagten die Ärzte jedoch, daß Eve keine Kinder mehr bekommen könne. Dann kamst du ...»

Sebastian stöhnte innerlich. Adam war offensichtlich entschlossen, seinen Besuch voll auszunutzen, indem er ihn so lange wie möglich ausdehnte.

«Ich hätte nach London fahren können, um mit dir zu

reden», fuhr Adam fort. «Eve geht es mittlerweile wieder gut genug, um einen Tag allein zu bleiben, und mein Ischias ist auch schon viel besser. Aber ich fand es passender, diese Unterhaltung hier in Puddles zu führen. Du bist im ‹Hügelhaus› aufgewachsen. Dies war dein Zuhause. Und hier hat auch das Wiedersehen mit deiner Mutter nach dem Krieg stattgefunden.»

Darauf wollte Adam also hinaus. Das Gespräch sollte einer dieser ermüdenden «Nach-allem-was-wir-für-dich-getan-haben»-Vorträge werden ...

«Erinnerst du dich an einen Freund von mir, der während des Krieges manchmal herkam? Du und Elliott, ihr habt ihn ‹Onkel George› genannt ...»

O Gott! Das wurde ja immer schlimmer.

«Onkel George hat dich ganz besonders gern gehabt», meinte Adam nachdenklich.

Eins der Hauptprobleme bei alten Leuten war, daß sie in der Vergangenheit lebten und alle Zeit der Welt hatten, sich daran zu erinnern. Was also war das geringere Übel, fragte Sebastian sich ungeduldig: unverblümt festzustellen, daß er sich nicht an «Onkel George» erinnerte, oder so zu tun, als hätte er zumindest eine Ahnung an diesen «Onkel George», wer immer das gewesen sein mochte? Er warf einen vielsagenden Blick auf die Armbanduhr und hob mit einer entschlossenen Geste seine Kaffeetasse an die Lippen.

«Er hatte dich so gern, daß er sogar deine Ausbildung bezahlte ...»

Diese Bemerkung kam so unerwartet, daß Sebastian seinen Mund verfehlte und sich den Kaffee über die Hose goß. «Er hat was getan?»

«Er hat für deine Schule und die Universität bezahlt.»

Adams Stimme hatte sich verändert, war plötzlich klar und entschieden, und Sebastian begriff urplötzlich, daß er hier nicht dem ziellosen Schwadronieren eines senilen Geistes lauschte. Und genausowenig waren die Augen, die ihn durch dicke Brillengläser anschauten, die Augen eines Greises.

In seiner Kindheit hatte Sebastian oft den Fehler gemacht, Adam zu unterschätzen. Adam war so sanftmütig, daß man leicht vergessen konnte, daß hinter diesem trügerisch freundlichen Äußeren ein listiger und äußerst scharfer Verstand arbeitete, der die Gedankengänge von Verbrechern analysierte – und Strafen ersann.

Es war ein alter Trick von Adam, den er im Laufe seiner juristischen Karriere bis zur Perfektion kultiviert und gnadenlos auf ihn und Elliott angewendet hatte, wenn sie als Kinder unartig waren, um ihnen ein Geständnis zu entlocken: Er hatte ihnen eine Reihe scheinbar zusammenhangloser und verwirrender Fragen gestellt, und wenn der eine oder andere sich, wie es unvermeidlich war, verraten hatte, indem er eine unwahre Antwort gab, hatte Adam zugeschlagen.

Plötzlich war Sebastian davon überzeugt, daß er jetzt dieselbe Technik anwendete. Jedes Wort, das Adam seit seiner Ankunft gesagt hatte, war berechnet gewesen, sollte in eine ganz bestimmte Richtung führen. Aber wohin?

Während er sich mit seinem Taschentuch das Hosenbein abwischte, sagte er mißtrauisch: «Das war aber sehr großzügig von, ähm, ‹Onkel George›. Nur, was hat das Ganze mit Pippa und ihrem Erbe zu tun?»

Adam beugte sich über das Feuer und klopfte die Asche von seiner Zigarre.

Dann sagte er sehr bedächtig: «Der volle Name von ‹Onkel George› war George Gawaine de Vere. Er hat das ‹de› und das ‹Vere› voneinander getrennt, weil er glaubte, daß sein Name so etwas aristokratischer klingen würde. Aber ursprünglich war sein Name ein Wort, nicht zwei …»

Sebastian blieb lange Zeit still, während er versuchte, die Konsequenzen dieser Eröffnung zu verdauen. Schließlich sagte er – und zu seinem Entsetzen konnte er ein Zittern in seiner Stimme hören: «Ich glaube, jetzt nehme ich doch einen Scotch.»

29

Der Weg auf den Uffing Down ermüdete Kitty mehr, als sie gedacht hätte. Ihre Beine waren nicht mehr so kräftig wie früher, und schon bald geriet sie außer Atem, so daß sie immer wieder stehenbleiben mußte.

Sie ließ sich auf dem kurzgeschorenen Rasen nieder, der nach wildem Thymian duftete und mit Skabiosen, Hasenglöckchen, gelbem Marien-Frauenschuh und großen purpurnen Disteln übersät war. Hinter ihr, jenseits des sanft gewellten Landes, auf dem Schafe grasten, Kaninchen herumtollten und Schmetterlinge tanzten, lag das Meer – ein ferner silberner Schimmer.

Vor ihr, auf der anderen Seite von Kipwell, schlängelte sich ein Zug auf den Bahnhof zu. Er wurde von einer Elektrolok gezogen, sauberer und leiser, allerdings auch weniger romantisch als die Dampfeisenbahnen ihrer Kindheit. Sie sah zu, wie der Zug stehenblieb, dann wieder aus dem Bahnhof ausfuhr und das kleine Flüßchen Kip überquerte, um seinen Weg nach Hastings fortzusetzen. Sie setzte sich ein wenig anders hin, so daß ihr Blick dem Verlauf des Kip folgen konnte, der sich träge unter einer buckeligen Brücke und durch eine Lücke in den Downs dahinzog, vorbei an den Überresten von Wests Wald auf den Meeresarm zu.

Wie das Flußufer und das Hügelland war Wests Wald jetzt Eigentum des National Trust. Schon waren einige der Bäume, die dem Sturm des vergangenen Oktobers zum Opfer gefallen waren, weggeschafft und Setzlinge ausgebracht worden. Georges Verbotsschilder waren entfernt worden, aber viele der Zäune standen noch, damit Wanderer und Reiter die seltenen Pflanzen und Tiere, die auf dem Land Zuflucht fanden, nicht stören konnten. Der Orkan hatte schon genug Schaden angerichtet, ohne daß die Menschen die Dinge noch schlimmer machen mußten.

Schließlich ruhte ihr Blick auf Yondover. Das Haus war nicht mehr wie früher von Bäumen geschützt, so daß sie ganz deutlich sehen konnte, wie Ted in seinem Gemüsegarten arbeitete, Millie Wäsche auf die Leine hängte und Chris, der am Fuß einer Leiter stand, jemand, der auf dem Dach der Stallungen arbeitete, etwas zurief. Und da waren auch Pippa und Valerie, die gerade aus der Hintertür traten. Ein Hund sprang um sie herum, ein Golden Retriever, den Pippa auf den Namen Kodak getauft hatte.

Pippa hatte sich die plötzliche Veränderung ihrer Lebensumstände nicht zu Kopf steigen lassen. Sie und Chris hatten ihre Jobs behalten und lebten immer noch in Battersea, aber die meisten Wochenenden und ihren gesamten Urlaub verbrachten sie auf Yondover.

Als allererstes hatten sie die Einfahrt freigeräumt, so daß das Haus mit dem Wagen zu erreichen war. Dann hatten sie zu Millies großer Erleichterung Elektrizität legen lassen, allerdings nicht über Freileitungen. Kitty fiel es, ehrlich gesagt, schwer, sich an ein Yondover zu gewöhnen, dessen Räume von elektrischem Licht erhellt wurden. Öllampen und Kerzen mochten zwar unpraktisch gewesen sein, aber das sanftere Licht, das sie spendeten, hatte weit besser zu dem Charakter des Hauses gepaßt. Aber Yondover hatte lange genug in der Vergangenheit gelebt, und unter seiner neuen jungen Besitzerin war es nur recht und billig, daß es endlich den Schritt ins zwanzigste Jahrhundert tat.

Manchmal allerdings fragte sie sich, ob Valerie nicht eigentlich mehr die Herrin von Yondover war als ihre Tochter. Ja, die Auswirkungen von Pippas Erbe auf Valerie gehörten zu den merkwürdigsten Aspekten der ganzen Geschichte. Valerie verbrachte mehr Zeit in Yondover als alle anderen; oft blieb sie mehrere Tage lang und überließ Sebastian in Dulwich seinem Schicksal, während sie und Millie mit Argusaugen die Arbeiter überwachten, die Chris für die Renovierung eingestellt hatte, während sie Zimmer ausräumten, Polstermöbel reparierten, neue Gardinen aufhängten und ganz allgemein versuchten, das Haus wieder zu dem zu machen, was es zu Wests Zeiten gewesen war.

Manchmal fuhr Valerie über Arundel und nahm Kitty mit. Aber für gewöhnlich nahm Kitty den Zug und legte den Rest des Weges nach Yondover mit dem Taxi zurück. Erstens war sie lieber unabhängig von anderen, und zweitens – nun, um ehrlich zu sein, sie hatte lange gebraucht, bevor sie den Mut aufbrachte, auf den Gipfel des Uffing Down zu steigen, und sie war noch immer nicht tapfer genug, um eine Nacht in Yondover zu verbringen, denn wenn sie das tat, das wußte sie, würde sie nie wieder fortwollen …

Unter ihren Händen nahm der Garten langsam Gestalt an, obwohl die schwere Arbeit über ihre Kraft ging und sie die Hilfe eines Mannes aus dem Dorf brauchte. Von ihrem Ausguck konnte sie nun auch ihn sehen, wie er den Rasen mähte.

Pippa und Chris planten ein Buch über Yondover, einen detaillierten Bericht über die Renovierung des Hauses, für den Chris den Text schreiben und Pippa die Fotos machen wollte. Auf dem Dachboden hatte Pippa einen Schrank mit Glasnegativen von Georges Bildern entdeckt, von denen sie als einen Tribut an ihn Abzüge machen wollte, die sie in dem Buch veröffentlichen würde.

Dominics Reaktion auf das glückliche Geschick seiner Schwester war erstaunlich großmütig gewesen, vor allem angesichts seines eigenen jüngsten Mißgeschicks. Da Kitty nicht den Eindruck erwecken wollte, Pippa zu bevorzugen, hatte sie angeboten, ihm einen neuen Wagen zu kaufen, um ihn für den verlorenen Porsche zu entschädigen, obwohl er schon bald einen neuen Job bei einer Versicherungs- oder Rentengesellschaft – Kitty wußte nicht genau, welches von beiden – sowie eine neue Freundin gefunden hatte. Er hatte ihr Angebot dankend und unbekümmert abgelehnt und erklärt: «Ich bin nicht eifersüchtig auf Pippa. Im Gegenteil, ich bin froh, daß dieser Mühlstein nicht mir um den Hals hängt.»

Dominics neue Freundin war vom Typ her ganz anders als Suzi. Sie war die Tochter des Präsidenten seiner Firma, eines Baronet, laut Pippa etwas «echt Adeliges». Überflüssig zu sagen, daß sie Sebastians absolute Billigung fand.

Mit Sebastian war das überhaupt so eine Sache. Kitty war Adam dankbar dafür, daß er Sebastian mit den Tatsachen seines Lebens bekannt gemacht hatte, auch wenn Sebastian wahrscheinlich glaubte, sie selbst sei einfach zu feige gewesen, um ihm die Wahrheit zu gestehen. Aber das stimmte nicht. Sie hatte lediglich das Gefühl gehabt, es würde für sie beide weniger peinlich sein – und Adam hatte ihr da sofort recht gegeben –, wenn so ein Gespräch von Mann zu Mann geführt wurde, vor allem, da Adam beide Parteien gekannt hatte und mit beiden stets gut Freund gewesen war.

Aber wie sie befürchtet hatte, zeigte Sebastian keinerlei Verständnis für die Leidenschaften, die ihr Leben geprägt hatten. Ja, wenn überhaupt, trat sein Groll nur noch stärker zutage als früher, und die Kluft zwischen ihnen schien breiter denn je zu sein. Tief in ihrem Herzen zweifelte sie jetzt daran, daß sie sie je würden überbrükken können.

Aber wer weiß, vielleicht würden sie irgendwann in der Zukunft doch noch zueinander finden. Sie hoffte es sehr. Denn letztendlich war Sebastian ihr Sohn, und sie liebte ihn. Sie mochte ihm im konventionellen Sinne vielleicht keine gute Mutter gewesen sein, aber sie hatte immer das Beste für ihn gewollt.

Und manchmal geschah ja doch ein Wunder. Man brauchte nur an George zu denken …

Neun Freunde, hatte Sonja in den Bergen über Vevey gesagt, neun Freunde, die man um sein Totenbett versammelt sehen wollte. Seit Georges Beerdigung hatte sie viel über diese neun Freunde nachgedacht.

Wenn man jung war, wie sie und Sonja es damals gewesen waren, neigte man dazu, die Menschen, die man täglich sah, als Freunde zu bezeichnen. Aber im Laufe des Lebens trennten sich die Wege, und oft vergingen Jahre, ohne daß man seine Freunde sah. So war es auch bei ihr und Sonja. Aber das verringerte die Zuneigung, die man füreinander empfand, nicht im mindesten.

Dasselbe galt für die letzte Reise. Nur weil ein Mensch starb, hieß das nicht, daß er aufhörte, ein

Freund zu sein. Im Gegenteil, an diesem Punkt wurde das Band der Freundschaft für alle Ewigkeit zusammengeschweißt.

Für sie wären da also, um mit denen zu beginnen, die ihr am nächsten standen, Adam, Pippa und Chris. Dann, ein wenig weiter weg, aber genauso lieb, Sonja, Piers – und Gebhardt. Und die besten Freunde von allen, West und Leo. Das waren acht. Wer also war der neunte? Ja, unglaublicherweise hatte sich herausgestellt, daß der neunte George war ...

Sie legte sich zurück ins Gras und schaute in den Augusthimmel hinauf. *Es ist herrlich auf dem Uffing Down, nicht wahr?* schien sie West hören zu können. *Es ist, als wäre man auf dem Gipfel der Welt ... Tust du das auch manchmal – in den Himmel schauen ...*

J'aime les nuages ... les nuages qui passent ... là-bas ... là-bas ... les merveilleux nuages.

Wir scheinen eine Menge gemeinsam zu haben, du und ich.

Deine großen, runden Augen erinnern mich an ein Kätzchen. Ich werde dich Kitty nennen. Und da wir jetzt Freunde sind, kannst du mich West nennen.

Da oben liegt das Paradies – all die Sterne, die du da siehst, sind Seelen, die über uns Sterbliche wachen. Wenn du mich brauchst, Kitty-Cat, mußt du nur hier heraufkommen auf den Uffing Down, und mein Geist wird bei dir sein. Des Nachts wird er zwischen den Sternen sein, und am Tag wird er mit den Möwen fliegen und mit den Lerchen singen ...

Das Licht wurde plötzlich so hell und blendend, daß sie die Augen schließen mußte. Sie lag so still im Sommersonnenschein, daß ein weißer Schmetterling mit orangefarbenen Flügelspitzen auf ihrer Hand landete und seine Flügel zusammenlegte.

Dann erhob sich eine Lerche aus dem Gras und schwebte dem unendlichen Blau des Himmels entgegen, verharrte auf halbem Wege zwischen Himmel und Erde und schenkte der Welt ihr jubelndes Lied.

Tania Blixen

«Jenseits von Afrika», der Film nach ihrem 1940 erschienenen Roman «Afrika – dunkel lockende Welt», hat **Tania Blixen** weltberühmt gemacht. Geboren wurde die Dänin Karen Christence Dinesen 1885 auf dem Familienbesitz Rungstedlund. Mit ihrem Ehemann ging sie 1914 nach Kenia. Dort verliebte sie sich in den gutaussehenden Denys Finch-Hatton – ihre große Liebe, die tragisch endete. In Afrika entdeckte sie auch ihr literarisches Talent und begann zu schreiben. Tania Blixen starb im September 1962.

Schicksalsanekdoten
Erzählungen
(rororo 15421)
«Es ist eine kleine Kostbarkeit, die dem Leser da an die Hand gegeben wird. Es ist eine Lektüre, wie man sie selten findet ...»
Stuttgarter Zeitung

Schatten wandern übers Gras
(rororo 13029)

Wintergeschichten
(rororo 15951)

Briefe aus Afrika *1914 –1931*
Herausgegeben von Frans Lasson
(rororo 13224)

Sieben phantastische Geschichten
(rororo 22246)

Motto meines Lebens *Betrachtungen aus drei Jahrzehnten*
(rororo 22172)

Gespensterpferde *Nachgelassene Erzählungen*
(rororo 22682)

3204/7

rororo Literatur

Jenseits von Afrika
(rororo 22222)

Karneval *Erzählungen*
(rororo 22172)

Rache der Engel *Roman*
(rororo 22701)

Judith Thurman
Tania Blixen *Ihr Leben und Werk*
(rororo 13007)
«Eines der besten Bücher der letzten Jahre.» *Time*

Tanja Blixen
dargestellt von Detlef Brennecke
(bildmonographien 50561)

«**Tania Blixen** ist eine verdammt viel bessere Schriftstellerin als sämtliche Schweden, die den Nobelpreis je bekommen haben.» *Ernest Hemingway* anläßlich seiner eigenen Verleihung des Nobelpreises für Literatur 1954.

Weitere Informationen in der **Rowohlt Revue**, kostenlos im Buchhandel, und im **Internet: www.rororo.de**

Rita Mae Brown

«**Rita Mae Brown** trifft überzeugend und witzig den Ton ihrer Protagonistinnen und schreibt klug ein Stück Frauengeschichte über Frauen, die ihr Leben selbst bestimmt haben.» *Die Zeit*

Venusneid *Roman*
(rororo 13645)

Herzgetümmel *Roman*
(rororo 12797)

Jacke wie Hose *Roman*
(rororo 12195)

Die Tennisspielerin *Roman*
(rororo 12394)

Goldene Zeiten *Roman*
(rororo 12957)

Rubinroter Dschungel *Roman*
(rororo 12158)

Wie du mir, so ich dir *Roman*
(rororo 12862)
In Montgomery scheint die Welt zwar in Ordnung, aber was sich da alles unter der puritanischen Gesellschaftskruste tut, ist nicht von schlechten Eltern...

Bingo *Roman*
(rororo 13002)

Galopp ins Glück *Roman*
(rororo 22496 und als gebundene Ausgabe)

Rubinrote Rita *Eine Autobiographie*
Deutsch von Margarete Längsfeld. Illustrationen von Wendy Wray
288 Seiten. Gebunden

rororo Unterhaltung

Rita Mae Brown /
Sneaky Pie Brown
Tödliches Beileid *Ein Fall für Mrs Murphy. Roman*
Deutsch von Margarete Längsfeld.
416 Seiten. Gebunden

Herz Dame sticht *Ein Fall für Mrs. Murphy. Roman*
Deutsch von Margarete Längsfeld.
Mit Illustrationen von Wendy Wray.
320 Seiten. Gebunden

Ruhe in Fetzen
Ein Fall für Mrs. Murphy. Roman
(rororo 13746)

Schade, daß du nicht tot bist
Ein Fall für Mrs. Murphy. Roman
(rororo 13403)

Mord in Monticello *Ein Fall für Mrs. Murphy. Roman*
(rororo 22167 und als gebundene Ausgabe)

Virus im Netz *Ein Fall für Mrs. Murphy Roman*
(rororo 22360 und als gebundene Ausgabe)

3211/7

Dorothy Dunnett

Dorothy Dunnett, geboren 1923 in Dunfermline / Schottland, war ursprünglich Malerin, bis sie mit ihren historischen Romanen internationalen Ruhm erlangte. Sie ist verheiratet, hat zwei Söhne und lebt heute in Edinburgh.

Die Farben des Reichtums
Der Aufstieg des Hauses Niccolò
(rororo 12855)
«Ein rasanter Roman über den Aufstieg eines Färberlehrlings zum international anerkannten Handelsherrn ... Spionagethriller, Liebesgeschichte, spannendes Lehrbuch – einer der schönsten historischen Romane seit langem.» *Brigitte*

Das Königsspiel *Roman*
(rororo 13019)
Ein historischer Roman über die tollkühnen Abenteuer des Junkers und Frauenlieblings Francis Crawford von Lymond. «Ich bezweifle, daß es in der ganzen Romanliteratur einen besseren Helden gibt. Rhett Butler aus "Vom Winde verweht" kann ihm das Wasser nicht reichen», schrieb der Rezensent der *Sunday Times*

Das Gold von Timbuktu
Niccolò greift nach Afrika Roman
(rororo 13702)
Ein weiteres farbenprächtiges Epos über die Renaissance.

rororo Unterhaltung

Der Frühling des Widders
Die Machtentfaltung des Hauses Niccolò. Roman
Deutsch von Hermann Stiehl
640 Seiten. Gebunden im Wunderlich Verlag

Ein Gesamtverzeichnis aller lieferbaren Titel der *Rowohlt Verlage, Wunderlich* und *Wunderlich Taschenbuch* finden Sie in der *Rowohlt Revue*. Vierteljährlich neu. Kostenlos in Ihrer Buchhandlung.
Rowohlt im Internet:
www.rowohlt.de

3607/3